The Marriage Portrait

Maggie O'Farrell

ルクレツィアの肖像

マギー・オファーレル

小竹由美子 訳

ルクレツィアの肖像

THE MARRIAGE PORTRAIT
by
Maggie O'Farrell

Japanese translation published by arrangement
with He Said, She Said Ltd. c/o A M Heath & Co Ltd.
through The English Agency (Japan) Ltd.

Cover image: Lucrezia de'Medici (detail) by Agnolo Bronzino,
Photo by DeAgostini/Getty Images
Design by Shinchosha Book Design Division

メアリ＝アンとヴィクトリアへ

壁に掛かっているあの絵は先の公爵夫人、
まるで生きているようですな。

ロバート・ブラウニング「先の公爵夫人」(『対訳　ブラウニング詩集』富士川義之編、岩波文庫)

彼女らこそは……父親や母親やの、兄弟や夫たちの、望みや喜び、そして指図などに遮られ、彼女らは狭い部屋の中に閉じこめられて大部分の時を過ごし、ほとんどなすこともなく腰をおろし、好むと好まざるとにかかわらず、あらぬ思いをおのれの身にめぐらすしかないのだ……

ボッカッチョ『デカメロン』(河島英昭訳、講談社文芸文庫)

歴史的背景

一五六〇年、十五歳のルクレツィア・ディ・コジモ・デ・メディチは、フェラーラ公アルフォンソ二世デステとの結婚生活を始めるべくフィレンツェをあとにした。

一年も経たないうちに、彼女は死ぬこととなる。

死因は公式には「発疹チフス」とされたが、夫に殺されたとの噂があった。

人里離れた荒野
一五六一年、ボンデノ近郊のフォルテッツァ（砦）

ルクレツィアは長い食卓につく、磨かれて水を張ったように輝いている卓上には、皿や伏せた杯や樅(もみ)を丸く編んだものが並んでいる。夫も腰をおろしている、いつものように向かい側ではなく彼女の隣、そうしようと思ったなら夫の肩に頭をもたせかけられるくらい近くに。そして夫がナプキンを広げてナイフを置き直し、蠟燭を自分たち二人のほうへ引き寄せたとき、まるで目の前に色硝子が置かれたかのように、というか目の前のそれが取り除かれたかのようにと言うべきかもしれないが、奇妙な鮮明さでわかる、夫は自分を殺すつもりなのだと。

彼女は十六歳、結婚してまだ一年経っていない。夫婦はその日、この季節の短い日照時間を利用してほとんど丸一日旅をしてきた、フェラーラを夜明けに出て、馬で、この領土の遥か北西にある、夫の言う狩猟用の山荘を目指して。

でもこれは狩猟用の山荘などではない、目的地に着いたときルクレツィアはそう言いたかった。高い壁が聳え立つ黒っぽい石の建物で、片側は深い森に接していて、もう一方は曲がりくねったポー川だ。彼女は鞍の上で振り向いて、どうしてわたしをここへ連れてきたのですか？　と訊ねたかったた。

でも何も言わず、自分の乗った雌馬が夫について小道を進んでいくに任せた、水滴を降らせる木々のあいだを抜け、アーチ橋を渡り、風変わりな、要塞のごとき星形の建物の中庭へと入っていったのだが、そのときでさえそこは妙に人の気配がないように思えたのだった。

馬たちは連れ去られ、彼女はぐっしょり濡れた外套と帽子を脱ぎ、夫は炉の炎に背中を向けて立ってそんな彼女を眺めていたのだが、今は広間の端の暗がりにいるこの地の召使たちを手招きして、皿に料理を盛り、パンを切り、杯に葡萄酒を注げと合図しており、すると彼女の脳裏にふと義妹がしゃがれ声で囁いた言葉が蘇る、あなたが責任をとらされるわ。

ルクレツィアは皿の縁をぎゅっと掴む。夫は自分を殺すつもりでいるという確信が、隣に居るかのように感じられる、黒っぽい羽の猛禽が椅子の腕に舞い降りたかのように。

それが、こんな人里離れた荒野へ急にやってきた理由なのだ。夫がここへ、この石造りの砦へ自分を連れてきたのは、殺すためなのだ。

驚愕のあまり彼女は体の外へ引っ張り出されて、笑ってしまいそうだ。円天井(まるてんじょう)の近くに漂って、自分自身と夫が食卓についてスープと塩味のパンを口に運ぶのを見下ろしている。夫が身を寄せてきて、肌がむき出しになっている彼女の手首の部分に指先で触れながら何か話しかけるのを眺める。夫に頷き、食べ物をのみ下し、ここまでの旅のことや通ってきた興味深い風景について話す自分自身を見つめる、まるで二人のあいだには何もおかしなことなどないかのように、これはいつもの夕食で、このあと二人は床につくのだ、みたいに。

実際には、と、広間の天井の結露した冷たい石の傍になおも漂いながら彼女は思う、宮廷からここまで馬でやってくる道中は荒涼とした凍った野原を抜けてくる寒々としたもので、どんよりした空は葉の落ちた木々の梢にべったり垂れ下がってきそうだった。夫は道中ずっと馬を速歩で駆けさせ、何マイルも鞍で上下に揺られて、彼女の背中は痛み、脚は濡れた長靴下で擦れてひりひりした。裏にリスの毛皮を張った手袋をはめていてさえ、手綱を握りしめる指は冷たさにかじかみ、馬のたてがみはたちまち氷で覆われた。夫は先に立ち、衛兵が二人後ろに従っていた。街並みから田園地帯へ入っていきながら、ルクレツィアは馬に拍車を当てて、踵をぐっと馬の横腹に押しつけて蹄が石や土の上を飛び越えていくのを感じたかった、谷間の平野を疾駆していきたかったのだが、そうしてはならないのはわかっていた。自分の定位置は夫の後ろか、呼ばれたならその隣、決して前へ出てはならないのだと。だからそのままずっと一行は速歩で進み続けたのだった。

　食卓で、今や自分を殺すつもりなのではないかと思える男と向き合いながら、そうしていればよかったと彼女は考える、馬を全速力で走らせていればよかったと。途方もない喜びの叫びをあげて夫の横を駆け抜けていればよかったと、髪や外套を後ろになびかせ、蹄で泥を撥（は）ね上げて。手綱を遠くの丘陵に向けていればよかったと思う、あそこで岩だらけの隆起や頂のなかに紛れ込んで、夫に見つからないようにしていればよかった。

　夫は皿の両脇に肘をついて、この山荘——彼はあくまでそう呼ぼうとしている——に子どものころ来たときのことを話している、父親によくここへ狩りに連れてこられたのだと。木の的に向かって、指から血が出るまで矢をつぎからつぎへと射かけさせられたという話に彼女は耳を傾ける。適当なところで頷いたり同情の言葉をつぶやいたりしながらも、ほんとうは夫の目を見ながらこう言いたい。あなたが何を企んでいるのかはわかっているのよ。

　夫は不意を突かれて驚くだろうか？　夫は彼女のことを、うぶで世間知らずの妻、子ども部屋から出てきたばかりの女だと思っているのだろうか？　彼女にはすべてわかっている。夫が綿密に、あらゆることに配慮して計画を立てたのがわかっている、ほかの人たちから引き離したのだ、お付きたちはフェラーラに残して、妻がひとりになるように、城（カステッロ）の人間はここには誰もいないように、彼と彼女と、外で見張りについている二人の衛兵と、夫婦の世話をする少数の地元の召使たちだけになるようにしたのだ。

どんなふうにやるつもりなのだろう？　彼女は心のどこかで夫にそう訊いてみたがっている。暗い廊下で、ナイフで？　喉に両手をかけて？　事故に見せかけて馬から突き落とす？　そのどれもが彼にとってはお手の物であることは疑いない。上手におやりなさいね、と夫に忠告してやりたい、彼女の父親は娘を殺されて黙っているような人間ではないのだから。

彼女は杯を置く。顎をあげる。夫であるフェラーラ公アルフォンソのほうへ目を向け、つぎに何が起こるのだろうと考える。

ルクレツィア懐胎時の嘆かわしき状況

一五四四年、フィレンツェのパラッツォ（宮殿）

エレオノーラはこの先ずっと、五番目の子を身ごもったときのことをいたく悔やむこととなる。まずは一五四四年秋のエレオノーラを思い浮かべていただきたい。彼女はフィレンツェのパラッツォの地図の間（ま）で、図表をぐっと顔に近づけている（彼女は幾分近視なのだが、このことをけっして誰にも認めようとはしない）。お付きの女たちは距離を置いて、なるべく窓に近いところに立っている。九月とはいえ、この都市はまだ息詰まる暑さなのだ。壁で囲まれた中庭が大気を焼いているかのように、石敷きの四角形から熱気がどんどん立ち昇ってくる。空は低くて動きがなく、絹の窓覆いを揺らす風もまったくなくて、パラッツォの城壁の旗は力なくだらんと垂れさがっている。女官たちはぱたぱた扇いだり、手巾（ハンカチ）で額の汗を拭ったりしながら、そっと溜息をついている。あとどのくらいここに、この羽目板張りの部屋に立っていなければならないのだろうと各人が考えている、エレオノーラはあとどのくらいあの地図を調べたいのだろう、あれのいったいどこにかくも興味を惹かれているのだろうか、と。

　エレオノーラの目はトスカーナを描いた銀筆画を丹念に眺めている、丘陵の峰々、鰻のようにうねうね流れる河川、北へ続くぎざぎざの海岸線。彼女の視線は、シエナ、リヴォルノ、ピサといった都市で結節を作る道路群の上を過（よぎ）っていく。エレオノーラという女は、自分にはめったにない価値があることを十二分に承知している。世継ぎをつぎつぎと産める体を持っているだけではなく、容貌も美しい、象牙を刻んだような額に間隔のあいた濃い茶色の目、笑顔になってもむくれ顔になっても見栄えのいい口元。しかもその上、頭の回転が速くて機知に富んでいる。たいていの女たちとは違い、この地図のひっかき傷のような線を見ながら、それを穀物がどっさり実る畑や葡萄の段々畑、農作物、農場、修道院、賃借料を払う人々などに翻訳することができるのだ。

　彼女が一枚の地図を下に置くや、お付きの女たちはスカートの衣擦れの音を立てて、さあもっと風通しの良い部屋へ移ろうと身構えるが、彼女はまた別のを手に取る。沿岸からちょっと内陸に入った地域を検分する。地図のその部分にはなんの印も書かれておらず、ただ不明瞭で不揃いな水域が幾つかあるだけのようだ。

　エレオノーラが我慢できないものがひとつあるとするなら、それは目的がないことだ。彼女の采配のもと、このパラッツォのどの部屋もどの廊下もどの控えの間も改修されてなんらかの利用に供されている。むき出しの漆喰壁はすべて装飾を施されて美しくなっている。彼女は自分の子どもたちにも、召使やお付きの女たちにも、一日のうち一分たりとも無駄に過ごさせはしない。目を覚ました瞬間から枕に頭を埋める瞬間まで、皆彼女が作成した予定に従って動いている。眠っていないかぎり、彼女は何かしている。手紙を書いたり、語学の授業を受けたり、計画を立てたりリストを作成したり子どもたちの世話や教育を監督したり。

　エレオノーラの頭にこの湿地帯についての考えがつぎつぎ湧いてくる。排水しなければならない。いや、灌漑しなくては。ここで農作物を栽培できるだろう。町を建設できる。養魚池を配置してもいいかもしれない。それとも導水路とか——

　ドアが開いて床を踏みしめる靴音が聞こえてきてその思考は遮られる。自信に満ちた確固たる足取りだ。彼女は、振り向きはしないものの自ずと笑顔になりながら地図を光にかざし、太陽の輝きが山や町や畑を照らすのを眺める。

彼女の腰に片手が掛けられ、もう一方の手が肩の上に置かれる。首筋にざらざらしたひげの感触、湿った唇が押しつけられる。

「何をやっているんだね、忙し屋さん？」夫が耳元で囁く。

「この土地のことを考えていますの」地図を掲げたまま彼女は言う。「海の近くのここのところ、わかります？」

「ううむ」夫は片腕を彼女の体にまわし、ピンで留めた髪に顔をうずめて、その体を机の硬い縁と自分の体のあいだにぎゅっと挟みこむ。

「排水すれば、何かの形で利用できるでしょう、農業とか、何か建てたりとか――」彼女は話を中断する、夫がスカートを懸命にたくし上げようとしているのだ、邪魔物なしに膝のあたりへ手を這わせるべく、腿へ、さらに上へ、ずっと上へと。「コジモったら」と彼女は小声でたしなめるが、気にする必要はなかった、お付きの女たちはすり足で部屋から出ていっている、ドレスで床をこすりながら。そしてコジモの側近たちも出ていこうとしている、皆出口に集まって、そそくさと立ち去ろうとしている。

彼らは出ていき、ドアが閉まる。

「あのあたりは空気が良くないの」と彼女は続けながら、白いすんなりした両手で地図を広げる、何も起こっていないかのように、背後に男がいて下着の層に分け入ろうとしてなどいないかのように。「悪臭が漂って有害なのですけれど、もしなんとか――」

コジモは彼女に自分のほうを向かせ、手から地図を取り上げる。「そうだね、愛しい人」そう言いながら彼女を後ろの机のほうへ押しやる、「そなたの言うようにしたらいい、好きにしたらいい」

「でもコジモ、とにかく見てちょうだい――」

「あとでな」彼は地図を机に投げ出し、それから彼女を机の上に抱え上げて嵩張るスカートを押しやる。「あとでな」

エレオノーラは諦めて溜息をつき、猫のようにつり上がった目を細める。夫の気を逸らすのは無理なようだ。だけれど、それでも夫の手を握る。「約束してくださる？」と問いかける。「約束してくださいな。あの土地はわたしに活用させてくださるって、ね？」

彼の手と彼女の手が争う。見せかけだ、ゲームなのだ、両方ともそれは承知している。コジモの腕は彼女の腕より倍も太い。彼女の同意があろうがなかろうが、たちまちのうちにこのドレスをひんむいてしまえるだろう、彼がまったく別の人柄ならば。

「約束するよ」彼はそう言って接吻し、すると彼女は夫の手を離す。

彼がことを始める一方で、自分はけっしてこれを拒まないできた、と彼女は振り返る。これからもけっして拒むつもりはない。二人の結婚生活には、似たような地位のほかの妻たち以上に、エレオノーラが権勢を振るうことができる部分が数多くある。それを思えば、拒むことなく体を好きにさせるのは、自分に許されている数多の自由や権力の些細な代償だ。

彼女にはもうすでに四人の子がいる。もっと産むつもりだ、夫が種付けしたがるかぎり。支配者一族が大家族であることこそ、公国が安定して長く続くために必要なのだ。彼女がコジモと結婚する以前、この公国は先細りとなりかけていた、歴史のなかに消えようとしていた。でも今は？　コジモの支配権とこの国の勢力は盤石だ。彼女のおかげで上階の子ども部屋にはすでに二人の後継ぎの男児がいて、コジモのあとを継ぐべく教育されることとなろう、そしてよその支配階級一族へ嫁がすことができる女の子が二人いる。

彼女はこの思いに神経を集中させる、また妊娠したいのだ、昨年洗礼を受けさせないままで失った子のことを引きずっていたくはないのだ。彼女はこのことをけっして口にしない、けっして誰にも話さない、聴罪司祭にさえも、あの小さな真珠色の顔や丸めた指がまだ夢に現れる、あの子が恋しくて、欲しくてたまらない、今でもまだ、あの子の不在が心に穴を開けているのだ、などということは言わない。この、人には言えない鬱屈を癒すには、なるべく早くつぎの子を身ごもるにかぎる、と自分に言い聞かせる。また妊娠しなければならない、そうすればすべてうまくいく。彼女の体は強健で多産だ。トスカーナの人々が彼女のことを〝多産な女性（ラ・フェコンディッシマ）〟と呼んでいるのは知っているが、まさにぴったりな呼び方だ。彼女の経験によると、出産はそう思いこまされていたような地獄の苦しみなどではない。彼女は実家を出るときに乳母のソフィアを連れてきていて、この女が子どもたちの世話をしてくれる。彼女、エレオノーラは若い。美しくて、夫は彼女を愛していて、忠実で、彼女を喜ばせるためならなんでもしてくれる。彼女は子ども部屋を軒までいっぱいにするつもりだ。後継ぎたちをぎっしり詰め込むつもりだ。つぎからつぎへと子を産むつもりだ。もちろんそうしますとも。もう二度と赤ん坊を生まれるまえに流してしまったりするものか。そうはさせるものか。

サラ・デッレ・カルテ・ジェオグラーフィケ（地図の間）の熱気のなかでコジモが励んでいるあいだ、側近やお付きたちは外の部屋で気怠（けだる）げに待ちながら、あきらめ顔であくびしては目を見交わし、エレオノーラの心は亡くした子から後ずさって、またもあの湿地へと向かい、葦の上を、黄菖蒲の上を、生い茂った草の上を飛びまわる。霧や瘴気のあいだを縫って飛ぶ。機械類や導管を持った技術者たちがやってきて、じめじめどろどろした好ましからざるものをすべて排出してしまうところを思い描く。実り豊かな農作物を、肥えた家畜を、やる気があって恩義を知る臣民たちの住む村を作り出す。

彼女が腕を夫の両肩に掛けて、目はひたと向かい側の壁の何枚かの地図に据えるうちに、夫は快楽の極みへと昇りつめていく。古代ギリシャ、ビザンティウム、ローマ帝国の領域、天空の星座、未知の海、実在あるいは架空の島々、頂を雷雲で覆われた山々。

　これがとんだ間違いだったなどと、どうしてわかろうか、目を閉じて心を今いる部屋へ、妻としての義務へ、逞しい美丈夫の、これほどの年月を経てもなお彼女に性的欲求を抱く夫へと引き戻すべきだったのだ、などとわかるはずがない。この媾合（こうごう）から生まれるのがほかのどの子たちとも違う子になるなどと、彼女にわかるはずがないではないか、ほかの子たちは皆気立てが良く、好ましい性格なのに？　胎教の原理はこの一時、あっさり忘れ去られている。のちになって彼女は、気持ちをほかに逸らせていた自分を、集中していなかった自分を、さんざん責めることとなる。医師からも神父からも、子どもの性格は受胎の際に母親が何を考えていたかによって決まると叩き込まれてきたというのに。

　だが手遅れだ。エレオノーラの心は、この地図の間で、そわそわと野放図に、勝手気ままにうろついている。彼女は地図を見ている、地形を、荒野を。

　トスカーナ大公コジモは、いつものように呻くようなあえぎで行為を終えて妻を優しくかき抱き、彼女は、愛情を感じながらもいささかほっとし（なんといってもこの日は暑い）、夫に手を貸してもらって机から降りる。彼女は自室へ戻るのに随行させようとお付きの女たちを呼ぶ。ミントの薬湯（ティザーナ）と昼寝、それに清潔な肌着も要るかしら、と告げる。

　九か月後、身をよじって泣きわめき、巻きつけられた布をはいでしまう赤子を彼女は見せられる、静かにもせず眠りもせず、絶えず動いていないと気の済まない赤子、乳母――ソフィアが注意深く選んだ――の乳房を受け入れるにしてもほんの数分で、けっして落ち着いて飲もうとはしない赤子、遠くの地平線を探し求めるかのように目を常に見開いている赤子を見せられて、エレオノーラの心は罪悪感に近いものでいっぱいになる。この子の性格の荒々しさはこの母のせいなのだろうか？すべて彼女自身に帰するのだろうか？　エレオノーラは誰にも言わない、とりわけコジモには。この子の存在は彼女を脅かす、自分は優れた母親だという強い自信を損なうのだ、健全な心と体を持つ子らを産みだしているという自信を。子らのひとりがかくも扱いにくく、かくも手に負えないとなると、ここフィレンツェにおける彼女の役割のまさに真髄が崩れていってしまう。

子ども部屋を訪れて、午前中ずっと、金切り声をあげるルクレツィアを抱こうとしながら、彼女はこの泣き叫びが四人の兄姉たちに影響を及ぼしているのに気付く、兄姉たちは耳を覆ってべつの部屋へ逃げたがるのだ。この赤子の振る舞いがほかの子たちに影響するのではないかという不安に、エレオノーラはとらわれる。あの子たちも突然言うことを聞かなくなったりなだめようがなくなったりするのではないだろうか？　彼女はその場の思い付きで、ルクレツィアを子ども部屋から放り出してパラッツォのべつの場所に置こうと決める。一時のあいだだけ、と自分に言い聞かせる、この子が落ち着くまで。彼女は問い合わせてべつの乳母を、厨房の料理女のひとりをその任に就ける。尻の大きい陽気な女で、喜んでルクレツィアの世話を引き受ける——彼女自身の娘はもうすぐ二歳で敷石の上でよちよち歩きしており、乳離れしていい時期なのだ。エレオノーラはお付きのひとりを毎朝厨房へやって、赤子の様子を訊ねさせる。彼女はこの子に対する務めをちゃんと果たしている、それについては自信がある。ただひとつ不本意なのが、ソフィアが、エレオノーラのかつての乳母が、この状況に反対していることだ、ソフィアの言うルクレツィアの〝追放〟を声高に非難するのだ、それに、そもそもソフィア自身が選んだ乳母になんの不備もないではないか、と。だがエレオノーラは不思議なくらい譲らなかった。この子はほかの家族から離しておかなくてはならない、地下の厨房で召使や女中たちといっしょに、料理用の深鍋が音を立て、炎が大きく燃え盛るところに置いておくのだ。ルクレツィアの幼年期は洗濯桶のなかで過ぎていく、乳母の小さな娘に見守られて。娘は子どもの固く握りしめた小さな拳を撫で、赤子の顔がくしゃくしゃになって泣きだすと母親を呼ぶ。

ルクレツィアが歩きはじめると、湯が煮えたぎる鍋がひっくり返ってあわや、という出来事があり、彼女は階上へと送り返される。馴染んだ厨房の湯気と騒音から切り離されてまったく見覚えのない四人の子どもと向き合った彼女は、二日間泣きわめく。地下の乳母を求めて、歯が痛むときにしゃぶるよう与えられた木の匙を求めて、四角い窓に浮き上がる香草の束を求めて、噛んでいられる温かいパン切れやチーズの皮を持って上から降りてくる手を求めて。この部屋にはどこにもルクレツィアの欲しいものはない、寝台がずらっと並んでいて、同じ顔をした子どもたちが彼女のことを無表情な黒い目で見つめ、互いに囁き交わしては急に立ち上がって行ってしまう。彼女には、巨大な黒い鍋が近くでひっくり返り、煮えくり返った汁がどっと流れた、という不安をかきたてられる思い出がある。彼女は子ども部屋の女たちの腕も膝も拒む、服を着せられるのも食べさせられるのも拒否する。階下の料理女である乳母にいてほしい、親指と人差し指で乳母の滑らかな髪の房をつまんでねじりながらまどろみたい、乳母のゆったりした膝で安らかに丸まって。乳きょうだいの優しい顔を見たい、歌を歌ってくれたり、灰の上に棒で絵を描かせてくれたあの顔を。ソフィアは首を振り、この子を階下へやったっていいことは何もないとエレオノーラに言ったのに、とぶつくさ言う。ルクレツィアに食べさせようと思ったら、食べ物を横の床の上に置いておくしかない。まるで野生の動物みたい、とソフィアは言う。

　こうしたあれこれが、かつて世話をしていた御方の部屋へわざわざ出向いては両の拳を腰に押し当てて寝台脇に立つソフィアからエレオノーラに報告されると、エレオノーラは溜息をつき、殻から出した巴旦杏（アーモンド）を口に入れる。彼女はあと数日でまた出産を迎える、上掛けに覆われた腹は山のようだ。彼女は男児を望んでいる。今回は慎重を期し、健康な若い男を描いた絵で部屋を埋めつくすよう手配した、男らしく勇ましいことをしている姿だ——槍投げとか馬上槍試合とか。ここ以外ではパラッツォのどこであれ夫婦の行為に応じようとはせず、コジモをたいそうがっかりさせた——

彼はいつも廊下や中二階で慌しく媾（まぐわ）うのを好んでいたのだ。だが、彼女は前回と同じ過ちを犯すつもりはない。

四歳のルクレツィアは、姉たちがやっていた人形遊びはしようとしないし、食卓について食べることもしないし、兄姉たちの遊びにも加わろうとせず、ひとりでいるのを好んでいる、歩廊を一方からもう一方へ蛮族のように走ったり、窓辺に膝をついて何時間も街並みやそのむこうの遠い丘陵を眺めたりして。六歳のとき、もぞもぞそわそわして画家の前で行儀よくすわっていられないので、エレオノーラは腹を立て、ならばこの子の肖像画なんぞ要らないと言い放つ――子ども部屋へ戻りなさい、と。八歳か九歳のとき、一時期どんな靴も履くのを拒む、この不服従のためにソフィアに叩かれてさえも。そして十五の時、結婚を間近に控えたルクレツィアは、母エレオノーラ自らが発注した青い絹地と金襴という絢爛たる組み合わせの花嫁衣裳のことで大騒ぎを引き起こす。ルクレツィアは断りもなく母の居室へ駆け込むと、あれはぜったい着ない、着るつもりはない、自分には大きすぎる、とあらん限りの大声でわめくのだ。書斎（スクリットイオ）でお気に入りの尼僧院長たちに手紙を書いていたエレオノーラは、怒りを抑えようとしながらきっぱりした口調で、衣装を仕立て直させることになっているのはちゃんとわかっているでしょう、と娘を諭す。だがルクレツィアはもちろん言い過ぎてしまう。憤慨した顔で問いただすのだ、なぜ姉のマリアのために作られた衣装を着なくてはならないのだ、マリアが死んでしまい、マリアの婚約者と結婚しなければならないというだけでもじゅうぶん不運なのに、ほんとうに姉の衣装まで着なくてはならないのか？　尖筆を置いて机から立ち上がりアーチ道を通って娘のほうへ歩きながら、エレオノーラの心はまたもルクレツィア懐胎のときのことへと戻る、あのとき彼女は古代世界の地図に目を走らせ、奇妙で荒々しい海を見つめていた、竜や怪物がうようよしていて、船を針路から遠くへ吹き飛ばしてしまう風が吹き荒れる海を。なんという過ちを犯してしまったのだろう！　あの過ちにどれだけ付きまとわれ、罰せられていることか！

部屋の向こう側にいる娘の痩せこけた、涙の筋がついた顔が、花が開くように希望と期待を浮かべているのがエレオノーラの目に映る。ここにお母さまがいる、と娘が考えているのがエレオノーラにはわかる。お母さまならもしかしたら救ってくださるんじゃないか、あの衣装から、結婚から。もしかしたら万事うまくいくんじゃないか、と。

トスカーナで最初の虎

一五五二年、フィレンツェのパラッツォ

異国の要人がフィレンツェにやってきて、大公に虎の絵を贈呈した。コジモは贈り物がいたく気に入り、ほどなく、この獰猛で珍しい獣を一頭手に入れたいものだと口にするようになった。彼は自分のパラッツォの地下に、訪問客を楽しませるために様々な動物を飼っており、収集動物に虎が加われば素晴らしいのだがと思っていた。

彼は公爵の顧問(コンシリエーレ・ドゥカーレ)であるヴィテッリに、虎を見つけて捕獲してフィレンツェに連れてくるよう命じ、絵がやってきて以来こうなることを予測していたヴィテッリはこっそりとため息をつき、きちんと記録に書き留めた。当時シエナで不穏な動きをしていた共和派のことにかまけていた大公がそんな計画を断念するか、いっそ忘れてしまわないものか、と彼は期待していた。

ところがコジモはヴィテッリの密かな希望どおりにはならなかった。

「虎の件はどうなっている?」ある日コジモはテラスに立って、日課の運動に赴こうとルッコ〔丈の長い男性用衣服〕を脱ぎ、武器を装着しながら、何の前触れもなく訊ねた。不意を突かれたヴィテッリは記録簿の締め具をいじくりながら、東方からの海路が楽ではないといったことをなんとか呟いた。コジモは騙されなかった。彼は左の目をヴィテッリに据え、一方で言うことを聞かない右目は横のほうの、ヴィテッリが立っているちょっと向こうを見ていた。

「それはがっかりだな」コジモはそう言いながらまず一本、ついでもう一本、鞘に納めた短剣を長靴のなかに滑りこませた、パラッツォの壁の外へ出るつもりでいるときの習慣だ。「なんともがっかりだ。その方も知ってのとおり、地下の囲いは準備万端整っているのだからな。きれいに掃き清め、鉄格子は補強してある」彼は横にいる召使から革帯を受け取って腰に締めた。「あれが空のままとは残念なことだ。何かを――あるいは誰かを――入れないとな」

コジモは剣を持ち上げる、軽くてしなやかで、刃には装飾が施され、大公がとりわけ気に入っているとヴィテッリが知っているものだ。彼はそれを宙で打ち振り、束の間、コジモの目が両方とも、鋼のように冷ややかな愉快さに輝きながらヴィテッリを見つめた。

大公は革帯につけた鞘に剣を納めると、テラスから出ていった。決然とした足取りでさっさと階段を下りていく足音がヴィテッリの耳に響いた。背後では、書記官たちがごそごそしたり呟いたりしている、この寸劇を目撃してわくわくしているのだろう、とヴィテッリは思った――ひとりがくすくす笑いを押し殺すのがはっきり聞こえた。

「仕事に戻れ」ヴィテッリは両手を大きくぴしゃりと打ち付けながら鋭く命じた。「お前たちみんなだ」

書記官たちはこそこそと散り、ヴィテッリは自分の机に向かい、どすんと腰をおろすとしばし思案し、それからペンとインクを引き寄せた。

大公が妙に虎を気に入ってしまったことが使者に伝えられ、それから大使に、船長に、絹物商に、スルタンの顧問に、副王に、香辛料商に、マハラジャの宮廷の大臣補佐に、マハラジャのいとこに、マハラジャ本人に、その妻に、その息子に伝えられ、それからまた戻って大臣補佐に、そして兵士の一団に、ついでベンガルの僻地の村人たちに伝えられた。

捕らえられ、網に包まれ柱に繋がれて、虎は灼熱と雨と群葉の地から旅をしてきた。何週間も何か月も海上の、甲板の下の塩のこびりついた湿っぽい船倉で過ごし、それからリヴォルノの波止場のそばに降ろされた。そこから荷馬車に固定された木製の檻に入れられ、六頭の怯えた騾馬に引かれて内陸へ運ばれた。

獣を運ぶ一隊がフィレンツェに近づいていると聞いたヴィテッリは、暗くなるまで城壁の外で待つようにと伝えた。けっして、とヴィテッリは指示した、日中市内へ入ってはならない。荷馬車を木の生い茂った場所へ引き込んで、日が暮れるまでそこに隠しておくように、と。

フィレンツェに虎がお目見えするのは、ヴィテッリの知るかぎりこれが初めてだ。自分たちの只中にかような生き物がいるのを目にしたなら、人々は押し合いへし合いして、叫び声をあげることだろう。ご婦人方は驚きのあまり気を失う。若者たちは互いに競い合って通り過ぎる檻のなかの生き物を突こうとするかもしれない、棒や槍で突くかもしれない。そしてもしも獣が怒り狂い、拘束から逃れでもしたらどうなる？　通りを暴走して子どもらや市民を貪り食うかもしれない。真夜中過ぎの暗い時間帯を待ったほうがいい、とヴィテッリは決めた。誰にも物音を聞かれることがないように。誰にも気づかれないように。

だが、パラッツォの屋根の下、二人の姉とひとつの寝台に寝かされている小さなルクレツィアはべつだ。真面目くさった顔で人を見つめる、ぼさぼさした淡い色の髪のルクレツィアは――なんともおかしなことだ、きょうだいたちは皆、スペイン人のマンマの艶やかな濃い茶色の髪を貰っているというのに。ルクレツィアはきゃしゃで歳のわりに小さく、毎晩長姉のマリアに敷布団の端まで押しやられていた、姉は尖った肘を持っていて、寝台の真ん中で手足をぜんぶ伸ばして寝るのが好きなのだった。ルクレツィアはといえば、いつも寝つきが悪かった。

彼女だけが荷馬車がパラッツォの門を入ってくるときの雌虎の鳴き声を聞いていた。低くうつろな声で、風が筒を吹き抜けたように聞こえた。その悲しげな響きは夜を切り裂き――一度、二度

――そしてしゃがれたゴロゴロいう声になって止んだ。

ルクレツィアは針で突かれたように突然寝台で身を起こした。あの音はなんだろう、夢のなかへ入り込んで彼女を揺り起こしたあの聞いたことのない鳴き声は？　彼女は顔を一方へ向け、反対側にも向けた。

彼女は人並外れた鋭い耳を持っていた。下の階やいちばん大きい広間の反対側で話されていることが聞こえたりする。パラッツォには奇妙な音響効果があり、音や振動、囁き声や足音が、根太に沿って、大理石の浮彫の後ろを、塑像の背骨を、噴水の泡立つ水のなかを伝うのだった。ルクレツィアはまだ七歳とはいえ、耳を羽目板や扉の枠に押し当てればいろいろ知ることができるとわかっていた。たとえば、枢機卿の叙階式のことや、またきょうだいが増えること、川の向こう側に外国の軍隊がいること、ヴェローナの路上で敵が急死したこと、雌虎が今にも到着しそうだということ。

　ルクレツィアが聞くはずではなかったこうした会話が頭に入り込み、そこで根を張っていたのだ。

また鳴き声だ！　吠え声というのではない、いや、ルクレツィアが予期していた吠え声とは違う。これは切なる思いがこめられた、絶望的な声音だ。不本意にも捕らえられた生き物の声だ、とルクレツィアは思った、あらゆる望みを無視されてきた生き物の声音だ。

ルクレツィアは、上掛けやマリアの夜着の襞から抜け出して、そっと寝台から出た。舞踏の練習では不器用なのにもかかわらず――そのためきまって先生に叱られていた――彼女はいつも子ども部屋を音もなく移動することができた、足はちゃんと正しいタイルを見つけて、ぐらぐらしたり音を立てたりするものはけっして踏まなかった。兄たちが手足を絡め合って折り重なるようにして寝ている寝台の横をつま先立ちで通り抜け、赤ん坊のピエトロが乳母の腕にしっかり抱かれている幅の狭い小寝台を通り過ぎた。扉のそばにはほかの二人の乳母が寝ていたが、ルクレツィアは二人をまたぎ越し、扉の二つの掛け金をそっと開けた。

すっと外へ出て廊下を進み、立ち止まって、いちばん年嵩の乳母ソフィアがいつものように規則正しく鼾をかいているのを確かめ、それから小さな手を壁板に滑らせた。さいしょは真鍮の掛け金がわからなかったのだが、二度目に見つけた。壁板は内側に開き、ルクレツィアは自分と同じくらいの大きさの狭い開口部を潜って廊下から姿を消した。

パラッツォには夥しい数の隠し通路があった。ルクレツィアはこの壁の厚い巨大な建物を、虫食いだらけの林檎みたいなものとして思い描くことがあった。彼女は耳にしていた——三人の乳母たちが互いのあいだで使っているナポリ方言をルクレツィアがおおよそ理解できるとは夢にも思っていないソフィアが話すのを——これらの抜け道は、宮殿が襲撃された場合、公爵とその家族が逃げるためのものなのだ、と。誰に襲撃されるのかとルクレツィアは訊ねたかったが、そんなことをしないだけの分別はあった。子どもたちの頭越しに乳母たちが互いにしゃべっていることを理解できるのは役に立ち、この能力は秘しておくべきものだった。

今進んでいるこの通路は広めの中庭へ出る近道で、曲がりくねった滑りやすいでこぼこした階段を通っていくようになっていた。ルクレツィアは恐れてはいなかった、怖くはなかった。それでも息を詰め、夜着の裾をたくし上げて片手に握り、つまずかないようにした。この壁の裏側の空間で落っこちて怪我でもしたら、見つけてもらうまでにどれだけかかるかわかったものではない。叫んだって聞こえやしないだろう。

階段はぐるぐると、ロープを巻いたように螺旋状になっていた。空気は淀んで湿っぽく、生き物が長いあいだ閉じ込められていたかのようだ。彼女は頑張って顎を上げて足を動かした。もっと大変なことにだって向き合ってきたじゃないかと自分に言い聞かせた。それに、あの獣への思いが彼女を駆り立てた。あの雌虎を見るのだ——ぜったい見るのだ。

闇とにおいがたまらなくなってきたとき、細い光が目的地に着いたと知らせてくれた。扉の取っ手を手で探り――小さなひんやりした掛け金――そこを押すと、囲われた階段に出た、中庭を見下ろす傾斜した窓がある。この、夜の漆黒の闇が垂れこめる時間帯には、衛兵の姿も召使の姿もない。ルクレツィアは何度も確認した。それから、思い切って足を踏み出した。

下のほうから、騾馬たちの不安げないななきが聞こえてくる、軽い蹄の音が、それから遠い雷鳴のような怒りに満ちたごろごろいう声が。

両手を大理石の窓敷居に置いて、のぞいてみた。

眼下の中庭は薄暗い空間で、明かりは支柱に取り付けられた台座で燃える松明だけだ。騾馬が六頭、引き具をつけられて並んでいる。その周囲では、父の家来たちが赤と金色のお仕着せ姿でうろうろしている。荷馬車を取り囲んでそれぞれが尖らせた棒を持ち、互いに呼び交わしている。下がれ、と言っている、あまり近寄るな、ほら落ち着け、その手に気をつけろ、手綱を握ってろ、気を付けろ。

ひとりが手を伸ばして台座から松明を取った。男はそれを荷馬車に向かって振り、闇のなかに炎の弧を描いた。するとそれに応えて唸り声が。あの獣が炎に反応している。男たちは笑った。松明がまた振られ、またも獣の怒りと恐れの声がルクレツィアの耳に響いた。

それから、窓敷居を両手で握って、ルクレツィアは見た。柔軟でしなやかな体が檻の端から端へと動いている。雌虎は歩いているというよりは流れていた、まるでその存在そのものが、火山から流れ出たもののさながらどろどろに溶けてたぎっているかのように。闇のなかでは檻の縦格子も獣の毛皮の縞模様も見分けがつかなかった。獣は橙（だいだい）色、艶やかな金色で、生きた炎だった。力であり、怒りであり、獰猛で優美だった。自らの体に監獄の檻の印をつけている、まさにこのために烙印を押されていたかのように、生まれ落ちたときからずっと捕らえられる運命だったかのように。

騾馬たちは引き具をつけられたままもがき、頭を打ち振って恐怖に唇をまくり上げている。目隠しをつけられているので雌虎の姿は見えないとはいえ、その存在は感知できるし、においもする。騾馬たちは雌虎がそこにいるのを知っていて、閉じられた場所に雌虎といっしょにいるのをわかっていた。木製の檻がなければ、雌虎はこの中庭の誰もかも、何もかも殺してしまうとわかっていた。騾馬も人間も。

突然、騾馬たちはぐいと前へ動き、荷馬車と檻はアーチにのみこまれていった、食べ物が口に入っていくように。ルクレツィアはそのまま空になった中庭を見下ろしていた。火鉢からはなおもちらちら炎が揺らめき、そこではたいしたことなど何も起こってはいないかのようだった。

ルクレツィアの父のパラッツォはさまざまに変化して見える建物で、風見のように不安定だった。彼女にとって世界一安全な場所に思えるときもある、石造りの天守の周囲を兵士の駐留する丈の高い建物が取り囲み、硝子細工を飾り戸棚に入れておくようにして大公の子どもたちを守っているのだ。監獄のように息苦しく思えることもあった。

フィレンツェでいちばん大きい広場の一角を占めていて、裏には川があり、ごつごつした大きな断崖のように市民の頭上にそびえたっていた。窓は幅が狭くて高いので、誰ものぞきこめない。屋根から四角い塔が伸びていて、据え付けられた幾つかの巨大な鐘が正時に鳴り響いて全市に時を知らせる。びっしり銃眼の並んだ胸壁が帽子の縁のように周囲すべてにめぐらされている。子どもたちがそこへ上がるのを許されることはめったになかった。その代わり、子どもたちは毎日ソフィアと屋根のある歩廊へ外気にあたりに行った。子どもたちのマンマは、子どもは運動するとすくすく育つと思っていらっしゃるのです、とソフィアは言ってきかせ、子どもらはそこで互いに競走することを、足元のずっと下の広場で行き交う人々を眺めながら通風孔から通風孔まで走ることを奨励された。

歩廊のいちばん端からはパラッツォの扉の横に建つ像を見ることができた、それは白い人物像で、眼前の人々の視線を避けるかのようにそっぽを向いて、肩から投石器をぶらさげている。ルクレツィアは両親の姿をちらと目にすることもあった、像の台座を迂回して屋根付きの馬車へ向かうところを。母は冬なら毛皮をまとい、夏なら色とりどりの絹物を身に着けていた。黄や赤や葡萄の紫といった色合いのドレスだ。馬車が停まるのを見ると、ルクレツィアは胸壁からできるだけ身を乗り出して、両親の足音を聞こうとした。母の軽い足音、父の確固たる大股の歩み、歩くリズムに合わせて父の帽子の羽飾りがゆらゆら揺れた。

パラッツォで足を踏み入れていないところはないと主張するソフィアによると、壁の厚さは男三人を縦に並べたくらいあるということだった。武器だけのための部屋があるのだとソフィアは話した、剣や甲冑（かっちゅう）が壁に並んでいるのだ。そして本でいっぱいの部屋もあった。本また本なのです、と彼女は話して聞かせながら、子どもらの顔を手拭いでこすったり、スモックのボタンを留めたりする、頭上高くまである棚にぎっしりなのです、と話しながら。ぜんぶ読むには一生かかるでしょうね、と乳母は言う、それじゃ足りないかもしれない。べつの広間には世界のあらゆる場所の地図が、それに天空のすべての星の図が飾られている。鉄で裏打ちされた金庫室があって、扉には幾つもの閂がついていて、そこには子どもらのマンマの宝石がしまわれている、マンマがスペインの宮廷から持ってきたものすべて、子どもらのパパが贈ったものすべてが、といっても乳母はその目で見たことはないのだが。誰も見たことはない、その鍵を開けるのはパパの手だけなのだから。そして広場と同じくらいの大きさの長大な部屋があり、天井にはびっしり装飾が施されている。どんな？　とルクレツィアは訊ねたものだ、手拭いをひょいと避けて乳母の顔を見て、嘘をついてはいないのか、ほんとうにそのフレスコ画を見たのか確かめようとしながら。ああ、天使とか智天使とか偉大な戦士とか戦いとか、と乳母は答えながらルクレツィアの頭の向きをぐいと元に戻す、そういったものですよ。

ルクレツィアは眠れないとき——そしてそれはしょっちゅうだった——そういう、弟たちが好んで作る積み木の塔みたいに重なった部屋べやのことを考えた。武器の部屋、地図の部屋、絵が描かれた部屋、宝石の部屋。姉のイザベッラは、いちばん見たいのは宝石だと言った。マリアは天井の金色の智天使を見たいと言った。やがて公爵となるフランチェスコは、尊大な態度で、じつを言えばそういう部屋はもうどれも見ていると言った。何回も。イザベッラの一年後に生まれたジョヴァンニは呆れたという顔をしてみせ、お返しにフランチェスコに脛を蹴とばされた。

誰もルクレツィアにどの部屋を見たいか聞いてはくれなかったので彼女は何も言わなかった。だが、もし訊かれていたなら、サラ・デイ・レオーニ、ライオンの部屋を見たいと答えたことだろう。子どもらの父親は地下のどこかにある特別に補強された部屋にさまざまな動物を集めていると言われていた。父親は賓客をもてなすためにライオンを披露するのをとりわけ好んでおり、ときには他の動物と、娯楽として闘わせることもあった。熊や猪、一度などゴリラと。厨房から食事を運んでくる召使が、声をひそめて子どもたちに、公爵はライオンたちにたいそう好かれているので、囲いに入ることもできるのだ、と話した。片手に肉を刺した串、もう片方の手には鞭を持って入っていくのだ。子どもたちはサラ・デイ・レオーニのなかを見たことはなかった——フランチェスコは見たことがあると言い張ったが——だが風向きによって、動物たちのくぐもった遠吠えが子どもたちの耳に聞こえてきた。暑い日には、独特の臭いが歩廊に漂よってきた、とりわけ、ライオン通り（ヴィーア・デイ・レオーニ）を見わたす位置となるパラッツォの奥では——糞と汗のきつい強烈な臭いが。マリアとイザベッラは文句を言いながらスカーフで顔を覆ったが、ルクレツィアは通りの上方にある歩廊を、揺らめく尻尾か黒っぽいもじゃもじゃしたたてがみをひと目見られないものかと、はかない望みを抱きながらうろつくのだった。

雌虎が到着した翌朝、ルクレツィアが目覚めると、寝室はしんと静まり返っていて、一瞬耳に耳垢がつまって聞こえなくなったのかと思った。彼女の顔は枕にぎゅっと押しつけられていて、頭を起こすと、寝台の真ん中でひとりゆったり手足を伸ばしているのがわかった。片側へ押しやる姉たちはいない。部屋の向こう側の寝台にも兄たちの姿はない。小寝台の幼児たちもいない。

平穏さにあっけにとられながら彼女は部屋を見つめた。漆喰壁、畳まれた上掛け、窓腰掛けへと続く石の階段、棚の水差し。

開いた戸口から朝食中のきょうだいたちが立てる物音が聞こえてきた。幼い三人の金切り声や泣き声、匙や皿がかちゃかちゃいう音。

ルクレツィアは誰もいないひんやりした寝台で腕や脚を泳ぐみたいに動かした。一瞬、また枕に頭を埋めて、もう一度眠れるかどうか試してみたくなったが、うねるように自由に動く、黒い模様のついた肩の映像が脳裏に蘇った。彼女の頭にはっきりした決意が固まった。あの動物を間近で見なくては。ぜったいに見るのだ。そうするしかない。あの動物の前に立って、黒い縞が橙色の毛皮に融けこむ様が見たかった。サラ・デイ・レオーニにこっそり降りていくことはできるだろうか？　彼女の知っている抜け道であそこへ通じるものはない、そして、外の歩廊や廊下伝いに行けば、きっと誰かに捕まるだろう。どうやって、どうやって、どうやってあそこへ行けばいい？

こんなことを考えてすっかり目が覚めた彼女は、寝台から降りた。タイルの冷たいざらざらした表面が足の裏に吸い付くようだ。肌着の上から毛織物のソッターナ〔スモック〕を着こみ、足を靴に突っ込んで、急いで身支度した。部屋の空気は凍てつくようでしんとしている。横切りながら、ルクレツィアは凍った湖を歩いているような気がした。

べつの部屋への入口で、雌虎を見るにはどうしたらいいかあれこれ考えながら、彼女は立ち止まった。食卓の片側に姉たちと兄たちが並んですわっている——同じ赤茶色の髪で、背丈が順に低くなっていく四人の子どもたち。きっかり一年ずつ年が離れている。マリアは十二歳、フランチェスコは十一歳、イザベッラは十歳、ジョヴァンニは九歳。まるで階段の段のように続いている。この朝、彼らは頭がくっつかんばかりに身を寄せて、パンを食べ牛乳を飲みながらひそひそ話していた。

食卓のもう一方の側には、受け持ちの幼児を抱いた乳母たちがすわっていた、三人の幼い男の子、年の間隔は同様だ。ガルツィアは三歳、フェルディナンドはもうすぐ二歳、そして赤ん坊のピエトロはまだ一歳にならない。

しかしながら、ルクレツィアの前後には不可解な間隙があった、前も後ろも二年かそれ以上あいている。ジョヴァンニの誕生から彼女の誕生までは子どもはいないし、彼女とガルツィアのあいだも同じだ。彼女は一度、乳母のソフィアになぜこうなのかと訊ねたことがあった。なぜ年の近い男きょうだいや女きょうだいがいないのだろう？　そろそろ排便させなければとフェルディナンドをおまるにすわらせようと苦労していたソフィアは、いらいらしながら答えた、かわいそうなお母さまがひと休みしたかったんでしょうよ。

ルクレツィアは一歩ずつ横歩きのようにして食卓に近づいた。頭のなかでは彼女は新しく来た雌虎で、力強い足で歩きまわって彼女を目にした者たち皆を怯えさせていた。

彼女の席は用意されていないようだった。いつもすわる席には目下のところ乳母がすわっていて、ピエトロをショールの下に抱きかかえて乳を飲ませている。ルクレツィアの目に、はみ出した弟の足が見えた、吸うたびに足の指が丸まったり伸びたりしている。

彼女はその乳母とジョヴァンニの乳母のあいだに立って、一瞬振り向き、それから手を伸ばしてパンの塊を取った。相変わらず立ったままそれを口へ持っていき、嚙みちぎった。彼女は雌虎、敵をむさぼり食うのだ。笑みを浮かべんばかりの顔で食卓をちらと見まわす。雌虎が一緒にいるのに、みんなぜんぜん知らずにいる。マリアがイザベッラの肩を抱きながら、フランチェスコとガルツィアに何か言っていて、ガルツィアは降りて走りまわりたくてソフィアの膝でもがいている。牛乳を鉢に注いで舌で舐めはじめてようやく、ルクレツィアはまた見える存在となった。

「ルクレ！」ソフィアが叫んだ。「すぐにやめなさい！　まったくもう、お母さまがなんとおっしゃることか」ソフィアがガルツィアを放すと、彼はすぐさま積み木のほうへ行ってしまい、そして乳母は彼女のほうへやってきた。「それに、その髪はどうしたんですか？　嵐のなかにでもいたんですか？　どうしてスモックが後ろ前なんです？　この子には」彼女はほかの乳母たちに訴えかけながら、ルクレツィアのスモックをぐいと頭から脱がせた。「手を焼かせられるったら」

ルクレツィアはパラッツォの扉の外にある像のようにじっと立ち、ソフィアはせっせとその髪のもつれを梳(くしけず)り、顎から牛乳を拭きとった。こうなってはどうしようもない。ソフィアは背丈と同じくらいの幅があり、手はがっしりして、肩はたくましい。めったにないのだが、にっこりすると口が大きく広がって隙間がたくさん見える、ほとんど歯がないのだ。ソフィアは不服従やじたばた暴れることを認めない。ここは彼女が取り仕切る子ども部屋で、なんでも彼女のやり方でやるのだと、いつも子どもらに釘を刺す。イザベッラが一度、ここはわたしのお母さまの子ども部屋よ、このババア、と呟いたことがある、するとソフィアは、即座に手厳しい罰を与えた。鞭で六回打って夕食抜きで寝台へ。

でもイザベッラは恨みは抱かなかった。つぎの日、イザベッラが驚くほどしおらしい態度でソフィアの首に両腕をかけて頰にキスし、ソフィアの帽子の下へ向かって何かひそひそ囁く姿をルクレツィアは目の端で眺めた。ソフィアは黒々した隙間だらけの歯茎をむき出しにしてにっこりし、イザベッラの腕を軽く叩いて食卓へ行くよう促したのだった。

ソフィアはピンを口にくわえ、もう一方の手でルクレツィアの耳を握りながら髪にブラシをかけた。同時に、ピエトロに乳を飲ませるのをやめてげっぷさせるようバリアに指示した。フランチェスコには、がつがつ食べないでちゃんと嚙みなさいと命じる。この朝の授業についてマリアが訊ねるのに答える。

ブラシの剛毛でもつれをぐいとやられてルクレツィアは顔をしかめた。叫び声はあげなかった。そんなことをしても意味がない。声をあげたらソフィアは髪からブラシを離すかもしれないが、それをこちらの脚にばしっと叩きつけるだろうから。ソフィアに摑まれている耳が火照った。

彼女は心のなかで自分をこの状況、この瞬間から引き離した。代わりに地下のサラ・デイ・レオーニを思い描いた。雌虎があのごろごろいう音を喉で立てながら近寄ってくる、でも嚙みつきはしない、そんなことはしない。静かにじっと見つめてくるので、ルクレツィアもお返しにしわがれた喉声を出して――

耳をぐいと引っ張られて彼女は子ども部屋に引き戻された。やかましい叫び声や嘲り声に囲まれている。何か失敗したのだ――それだけは確かだった。ルクレツィアが起きてきてからこの時はじめて、姉や兄たちがこちらに目を向け、笑いながら指さしている。イザベッラは口元を手で覆って体を二つ折りにして笑っていた。

「なあに？」ルクレツィアは耳たぶをこすりながら訊ねた。

「お前……」ジョヴァンニがくすくす笑い出した。

「わたしが、何？」なぜ皆に見られているのかさっぱりわからないルクレツィアは、荒っぽく訊ねた。衝動的にソフィアのお馴染みの胴に抱きつくと、そこに顔を埋める。

「あなた、唸ってたのよ」マリアが非難がましく冷ややかにそう言うのが聞こえた。

「熊みたいに！」イザベッラが言った。「ああルクレ、あなたったら本当に可笑しいんですもの」

皆が食卓を離れて部屋から出ていくのが聞こえた、まだルクレのことを、熊になったつもりでいるんだから、などと話しながら。

ソフィアは彼女の背中を、両方の肩甲骨のあいだを、何度か下向きにしっかり撫でた。ルクレツィアは鼻を乳母のエプロンに押し当ててソフィアの、ソフィアだけのにおいを吸いこんだ。酵母、塩、汗、それに肉桂に似ていなくもない何かちょっとぴりっとしたもの。

「さあ」とソフィアが言った。「もう行きましょう」

ルクレツィアは頭をのけぞらせて乳母を見た、腕はまだソフィアの腰にまわしたまま。秘密の雌虎が胸のなかで動いているのが感じられる、肋骨のあいだを色鮮やかな飾り紐が縫うようにして。自分が見た物のことをソフィアに話すべきだろうか？　話そうか？

「どうして歯がないの？」代わりにそう訊ねた。

ソフィアはブラシでルクレツィアの頭を軽く叩いた。

「どうしてかというとね」と答えた。「あなたのお母さまやその兄弟姉妹たちに誰かがお乳をあげないとならなかったからですよ、そして赤ん坊ひとりにつき歯が一本なくなるんです。ときには二本か三本」

ルクレツィアはこれを聞いて面食らった。授乳していた乳母のほうを見やった、今はもうピエトロを肩にもたれさせておいて、スモックの胸元のボタンを留めている。あの人の歯も抜け落ちるのだろうか？　一斉に抜けるのだろうか？　赤ん坊と歯。乳ときょうだいたち。彼女自身にマリアにフランチェスコにイザベッラにジョヴァンニ、みんなバリアたちに歯を一本とか三本とか失わせているのだろうか？

ソフィアは身を屈めてガルツィアを腰に抱き上げ、すぐ下の弟がソフィアの首に抱きついて何やらぺちゃくちゃ話しかけるのをルクレツィアは見つめた。

「だけど」とルクレツィアは話しはじめた。「どうして――？」

「質問はもうたくさん」とソフィアは言った。「さあお勉強ですよ。お行きなさい」

ルクレツィアは教室へ入っていった。そこでは古代学の先生が地図や図表を広げながら滔々としゃべり、棒で指し示していた。フランチェスコは窓の外を眺めている。マリアは熱心な様子で石板に身をかがめ、先生がトロイア戦争について話すことを書き記していた。その隣ではイザベッラが、先生が背を向けるたびにジョヴァンニに向かってしかめっ面をしている。イザベッラがしかめっ面に鉤爪のように丸めた指先を添えているのを見て、ルクレツィアは、思わずうなり声を発してしまったことをまだ嘲られているのかと、ちょっと気持ちが沈んだ。

ルクレツィアは教室の奥、マリアとイザベッラが共有している大きな机の後ろの自分の小さな机に滑りこんだ。授業に出るようになってからまだ数か月しか経っていない、彼女の父が教育を開始すべき年齢と見なす七歳になってからのことだ。

古代学の先生は先のとがった顎ひげを生やした若い男で、彼らの前に立ち、片手を差し伸べて口をぱくぱく動かしながらしゃべっていた。このあとは、音楽の先生がやってくるのだとルクレツィアは知っている、そして子どもたちは楽器を取り出さなくてはならない、そのあとは絵の先生と交代し、そして兄や姉たちが絵の授業を受けているあいだ、彼女はアルファベットを書くという退屈な課題をやらされる。この授業――彼女にとってもっとも興味を惹かれる授業なのだ、世界を紙の平面に移し替えるというのは、目で、頭で見たものを指先に、それからチョークへと伝わらせるのは――に加わらせてはもらえないだろうかとルクレツィアは訊ねたことがあったのだが、十歳になるまで待たなくてはいけないと言われた。この先の日々が、年月が、目の前に立ちはだかっているかのように思えた、繰り返しばかりのまったく決まりきった日々が。

ルクレツィアは相変わらず赤ん坊に乳を飲ませることをあれこれ考えていた。それにソフィアが歯を失ったことを。それに雌虎のことを。それに自分のさまざまな望みのことを――あの獣を見たい、絵の授業に参加させてもらいたい、きょうだいたちと乗馬を教えてもらったり庭を駆けまわらせてもらったりしたあの別荘にもう一度行きたい。いつのまにか彼女の心は先生の言葉から離れて脇道へさまよい出ていた。また幼児に戻った自分が牙のない雌虎から乳を与えられているところをルクレツィアは想像した、絹のような毛皮の穏やかな獣は前足で愛撫してくれて、この赤ん坊のルクレツィアは、ずっとライオンの家で過ごしているのだ、雌虎の鮮やかで温かい脇腹の下に掻い込まれて、誰も来ないし、誰も彼女を探しはしない――

地図を叩く棒の音に、彼女はびくっとこの空想から引き戻され、束の間、古代学の先生がしゃべっていることに注意を向けさせられた。

「さて、トロイアへ向かう途中、ギリシャの船団が足止めを食ったのはどこだったでしょう？」

フランチェスコは目をぱちぱちさせ、マリアは軽蔑の念が心を過ったかのように引き結んだ口元をゆがめている。彼女はイザベッラの袖に片肘をついていて、イザベッラはその耳に何か囁いていた。

アウリスだ、とルクレツィアは思う。彼女は尖筆を手に取ると、目の前の紙の裏に長い水平線を描き、動かない船団の帆柱を点在させた。帆柱は長く伸び、帆は畳まれていて、船首からは水面の下に隠れた錨へ繋がる綱が下ろされている。それから祭壇を描き、その段に人々を立たせる。描きながら、まえの週に絵の先生が兄姉たちに話していた遠近法の講義のことを思い出した。そのとき彼女は、字を書く練習をすることになっていたのだった。世界には、大洋のように異なる層と奥行があり、一点に収束したり交差したりする線で構成できる、という考え方だ。ルクレツィアはこれを試してみたかった。

「イザベッラ？」先生が目を細めて問いかけている。

イザベッラはマリアに向けていた顔を元に戻した。「はい？」

「ギリシャ人たちが足止めを食った場所ですよ、どうですか」

アウリス、と絵を描きながらルクレツィアは頭のなかで呟く。祭壇へ続く通路に、長いローブをまとった娘が祭壇へと歩む姿を描き加え、眉根を寄せながら通路の両側の線をどんどん近づけようとした、遠近法の法則に従って、絵の先生が消失点と呼んだ方向へと向かって。

イザベッラはこの質問についてさも考えているようなふりをした。「もしかしてyで始まります？」彼女は可愛らしく首をひねりながら先生に向かって飛びきり魅力的な笑顔を見せた。

「違います」先生は冷ややかに答えた。「ジョヴァンニは？　マリアは？」

二人とも首を振った。先生は溜息をついた。「アウリスです」と教えた。「覚えていますか？　ここはつい先週やったばかりですよ。さて、偉大なる王アガメムノンは、追い風を吹かせてくれるよう、どうやって神々を説きつけたんでしたっけ？」

間があく。イザベッラは手を髪へもっていき、はみ出していた髪の房を耳の後ろへ撫でつける。フランチェスコは袖をぐいっと引っ張った。

自分の娘を生贄に捧げたのだと、ルクレツィアは知っていた。彼女は祭壇に垂れ幕を描き加えた、船の帆と同様にだらんと下がっている。祭壇で待つふりをしているアキレウスは描かない、描くものか。

「アガメムノンは何をしたのでしょう」先生はもう一度問いかける、「ギリシャ船団がトロイアへと航行し続けられるよう風を吹かせてもらうために？」

我が娘の喉を切り裂く、とルクレツィアは頭のなかで答えた。先週先生から聞いた物語の一言一句を思い起こす――彼女の頭脳はそういう仕組みになっているのだ。言葉が記憶に刻印されてしまう、柔らかい泥土の上に靴の跡がついてそれが乾いて固まり、足跡がずっと残るように。ときには言葉や顔や名前や声や会話でいっぱいに、詰め込み過ぎになって、頭がずきずき痛み、抱えているものの重みで平衡を失って食卓や壁にぶつかることがあった。ソフィアは彼女を寝台に寝かせ、カーテンを引いて、ティザーナを飲ませ、そしてルクレツィアは眠る。目覚めると、頭は整頓された戸棚のように感じられる、相変わらずいっぱいではあるけれど、きちんと片付いているのだった。

教室では、先生がアガメムノンと凪について質問していた。ルクレツィアは腕を組んだ上に頭を載せて、自分が描いた娘に無言の警告を囁いていた。娘はイーピゲネイアと呼ばれていて、ルクレツィアが聞いたことのない名前だった。気を付けて、とルクレツィアは声を出さずに呼びかける、気を付けて。イーピゲネイアの父親が、これから結婚するのだぞと娘を騙して生贄にしようとするのが、彼女には耐えがたかった。アキレウス、無情だが素晴らしい戦士で、海の精を母に持つ男と。イーピゲネイアは、本人は結婚の祭壇だと思っているところへ向かって心楽しく歩いていくのだが、それは生贄を捧げる祭壇となるのだ。アガメムノンは娘の喉をナイフで切り裂く。

ルクレツィアはそんなことを考えたくはなかった、思い描きたくはなかった、何も知らない娘、ナイフのきらめき、その後ろの不気味に凪いだ暑い海、二枚舌の父親、祭壇にどっと流れる泡立つ血潮。この物語は真夜中に脳裏に蘇るだろうとわかっていた。首に真っ赤なスカーフを巻いたような、喉を裂かれたイーピゲネイアが、ルクレツィアの寝ている寝台へ足を引きずって近づいてくる、そして毛布をまさぐる、冷たい血まみれの指先でルクレツィアに触ろうとして。

ルクレツィアは泣き声をあげそうになり、描いた紙を机上の本の下に押しこんで目をぎゅっと閉じ、すると彼女の視野を色彩の炸裂が過った。先生が話すのが聞こえる、「イーピゲネイア」そして「生贄」そして「娘」、それからこんなことも。「その子はどうしたんですか？　具合が悪いんですか？」

マリアがすぐさま答えた。「ああ、気にしないでください。注意を引くためにやってるだけなんです。あんなふうになったときは無視しなさいってマンマは言ってます、そうしたらやめるからって」

「そうなのですか?」先生の声は不安げで、ギリシャ人とトロイア人や彼らの船や包囲攻撃の話をするときとはまったく違っていた。「呼ばなくていいのでしょうか、その、乳母を?」

ルクレツィアは両目から手を外した。目の前の情景はあまりに眩しくて一瞬何も見えない。でもそれから、兄や姉たちや古代学の先生の姿がわかり、皆が彼女を見つめていた。

そして先生の背後から、父親が部屋に入ってくるのをルクレツィアが最初に見ることとなった。父の姿を見てルクレツィアはまず思った。雌虎、この人は雌虎の持ち主だ、地下に隠してあるんだ。イザベッラはたちまち背筋をしゃんと伸ばした、背中が棒のようになっている。ジョヴァンニはせっせと石板に何か書きはじめた。フランチェスコは手を上げた。

「はい、フランチェスコ」と言った先生の声はどうということのない口調だったが、頬が上気して、肩が強張っているのがルクレツィアにはわかった。子どもたちと同じく先生も、トスカーナの支配者である大公コジモ一世が教室にいることを意識していた。

子どもらの父親は古代ギリシャ、ローマの世界についてはなかなかうるさく、情熱を持っていた。彼自ら、子どもたちのためにこの古代学の教師を雇ったのだ。全員が、と父が言うのを彼女は聞いたことがあった、ギリシャ、ローマの歴史を七歳から学ばなくてはならない――息子たちも娘たちも。大公は古代写本の素晴らしいコレクションを所有している、とこの先生は子どもたちに話して聞かせていた、最近コンスタンティノープルから取り寄せたものだ。先生はそれらを見ることを、一部は手にとることさえ許されたのだという。この最後の部分は内気な誇らしさをこめて語られた。

コジモは手を後ろで組みながら、さらに部屋のなかへと足を進めた。机のあいだを悠然と歩きながら、子どもたちが何を書いているのか見下ろす。彼はフランチェスコの頭に手を置き、マリアに向かって頷き、イザベッラの肩を撫でた。ルクレツィアの机の横はゆったり落ち着き払った足取りで通り過ぎた。父の靴のくるりと上向きになったつま先が、シャツの袖口の端のフリルが、彼女の目に映った。スケッチが見えないように気を配る。父は窓まで歩くとそこでちょっと立ち止まり、こう言った。「どうぞ、続けなさい、先生」父は揃った白い歯並びを見せて微笑んだ。「私はここにいないと思ってくれ」

先生は咳払いし、手でさっとひげを撫で、それから古代ギリシャの地図をもう一度指し示した。「イザベッラ」と先生は切り出し、ルクレツィアはこの選択を興味深く思った――先生は意図的にコジモのお気に入りに質問することにしたのだろうか？　イザベッラが答えられる見込みはないと知っているのだろうか？　簡単な質問をするつもりなのだろうか？

「答えてください」と先生は続けた、「アガメムノンはなぜトロイア戦争に引き込まれたのでしょう？　スパルタのヘレネーと彼との関係は？」。

ルクレツィアはイザベッラの背中を見つめた。気を付けて背筋をぴんとたて、髪をきちんと撫でつけ、両肘を体に引き寄せている。ルクレツィアはパパのほうを見た、壁の横に立って、つま先立ちになってはまた踵を下ろしている。突然素晴らしい考えが頭に閃いた。

「イザベッラ？」と先生が棒で自分の腿を軽く叩きながら訊ねた。「アガメムノンとヘレネーの関係は？」

ルクレツィアは尖筆を取ろうとするかのように前へ身を乗り出した。さりげなく片手で口元に輪を作ると、姉の背中にむかって囁きかけた。「ヘレネーは彼の弟メネラオスと結婚していたの」

彼女はまた体をまっすぐにした。イザベッラは驚いて首を傾げたように見えた。マリアはちょっと振り向いてルクレツィアを睨み、警戒するような、不審げな顔で眉をひそめる。するとイザベッラが、顔をぐいと上げてはっきりした声で答えた。「彼女は彼の弟と結婚していました……メエナ――なんとかっていう」

ルクレツィアは見守った。先生はあきらかにほっとしたように微笑んだ。父は頷き、先生はイザベッラを褒めた、見事な答えです、ですが彼の名前は「メネラオス」と発音します、ギリシャ語で書くとこうです、皆さん、石板に書いてくださいね？

ルクレツィアは手早くギリシャ文字を書きとり、書き終えるとまた前へ身を乗り出した。

「ねえマリア！」と彼女は囁いた。「イザベッラ！　パパは雌虎を飼ってるのよ。夜のあいだに着いたの」

またも、マリアはちょっと彼女のほうを振り向きかけた、それから思い直した。先生が子どもたちのあいだを、石板を検分しながら歩いていて、ジョヴァンニに、この文字を直しなさい、そこは曲げて、と注意している。彼らのパパはまた扉のほうを見ていた。ルクレツィアは固唾をのんだ。父は出ていくのだろうか？

先生は何も言わずにイザベッラの横を通り過ぎ、そしてルクレツィアの石板に近づいたちょうどそのとき、イザベッラが叫んだ。「パパ！」

父は振り向いた、手は扉にかけている。「なんだね？」

「噂を聞いたの」とイザベッラは、指先を頬に当てて言った。

「ほほう？　で、どんな噂なんだ？」

マリアが割って入った。「虎が来たっていう噂よ」

父は驚いて目を丸くした。ちょっとの間黙っていたが、それから顔をほころばせた。「なんてことだ。聞いたかね、先生？　娘たちは何が起こっているかすべて心得ているんだ」彼はマリアとイザベッラに向かって人差し指を振ってみせた。「お前たちはマンマそっくりだな、お前たち二人は、どこもかしこもそっくりだ」

イザベッラは両手を組み合わせた。「わたしたちも見ていい？　お願い、バッボ、見せてくれる？　ねえお願い」
彼らの父親は笑った。「そうだな。今日はお前たちみんな勉強をちゃんとやれたと先生が言ってくれたら、連れていってやろう」

授業が終わって子どもたちが楽器を腕に抱えて一階下の音楽教師のところへ送り出されると、古代学の教師は教室を歩きまわって石板と尖筆を片付ける。足が痛み、穴倉のような小さな自室へ引き上げるまえに厨房で出してもらえるパンと豆の皿が恋しい。それにこの教師としての一日最後の仕事を大急ぎで片付けて、自分の研究にとりかかりたくてたまらない。それなのに、教室の後ろのルクレツィアの小さな机のところまで来ると、彼は困惑して立ち止まり、一枚の紙を親指と人差し指で摘まんで持ち上げ、これはなんだろうとしげしげ見つめる。ギリシャ文字が整然と並んでいるのではなく、遠近法の習作で、線も原理もすべて完璧なものだ。信じられないことに、彼が見ているのはアウリスだ。足止めを食っている船団、静まり返った海、そしてここにはアガメムノンが、二枚舌の祭壇で待っている、それからそっちには哀れなイーピゲネイアが、父親のもとへと向かっている。

あまりの驚きに、教師は上やまわりを見まわす、何か悪ふざけでも仕掛けられているんじゃないかと疑っているかのように。

これがあんな小さな子の作品だなどということがあり得るだろうか、黙りこくっているのでときどきそこにいるのを忘れてしまうあの子の？　とてもあり得ないように思えるが、ほかに説明が思いつかない。教師は怒りの感情をかきたてようとする――あの子はスケッチではなく授業に注意を向けるべきだったのだから――だが、描かれたものがあまりに素晴らしく、心を惹きつけずにはおかないので、彼の教師としての非難の気持ちは消えてしまう。

古代学の教師は絵を丸めると上着のなかへしまいこみ、一日じゅうそのままとなって、その存在は一時的に彼の脳裏から抜け落ちてしまう。その夜服を脱いだときに床に滑り落ち、彼はそれをもう一度蠟燭の光で検分して、またも無風の奇妙な場所アウリスへ運ばれてしまう。つぎの日、奥の廊下で、彼は絵の教師と行き会う――いささか軟弱な若い男で、天鵞絨(ビロード)の帽子を好む、宮廷画家ジョルジョ・ヴァザーリ工房の出身者だ。

お見せしたいものがあるんです、と古代学の教師は話しかけ、革の書類挟みからルクレツィアの絵を取り出す。これをどう思われますか？

絵の教師は微笑みを浮かべて足を止める――密かにこの男に好意を持っているのだ、いかにも学者肌で真面目だし、あの眼鏡のレンズが光にきらめく様子ときたら。絵の教師はその紙を大きな身振りで、できるだけ愛嬌のある笑顔で受け取り、帽子の飾り房を額から振り払う。たいして期待しているわけではない。その思いはむしろ、いつか夜に、パラッツォやあのつまらない研究を後にして街の狭い通りをいっしょに歩かないかとこの男を誘ってみようかどうしようかというほうへ向いている。明るい緑の目を紙に走らせながら、どんなふうに誘おうかと考えている。すると、絵の教師はそんなことをすっかり忘れてしまう。視線を水平線から船へ、祭壇へ、垂れ幕へと走らせる、歩く人の姿の軽やかな動きの感覚、待っている男の際立つ不穏さに見入る。通路の両端が先細りになっていることに、それぞれの船の大きさや角度、それらが前景から遠景へと徐々に変化しているように見せるべく工夫されていることに注目する。

これは誰が描いたのですか？　絵の教師は絵をまわしてから元に戻して、代わりにそう訊ねる。マリアではありませんよね？　王子様(イル・プリンチペ)――フランチェスコですか？

古代学の教師は首を振る。ルクレツィアです、と答える。

絵の教師はちょっと考えなければならない。後ろにすわっているうんと小さな女の子ですか？

そう、彼女です。古代学の教師は重々しく頷き、それから言う。あなたにお知らせしておいた方がいいかと思いまして。

そしてその場を去り、廊下を行ってしまう、本や地図を胸に抱えて。絵の教師はその後姿を見つめながら、またも機会を逃してしまったと悟る。手に持った絵をもう一度見る。そこには何かあけっぴろげで生気に満ちたものがある。あり得ないようなものが。そこに立って、この絵とそれを描いた子どもをどうしたものかと考えながらたたずむ絵の教師を、召使や衛兵たちが迂回していく。

サラ・デイ・レオーニへの夜のお出かけは五人の子どもたちの記憶にずっと残ることとなる、それぞれ違ったふうに。フランチェスコは門扉ごとに兵士がいたのを思い出す、武器を握っていて、一行が通り過ぎるときには彼らの父に敬礼したことを。マリアは噴水から水が噴きあがっていたことを何度も何度も思い返すこととなる、夜も水が流れているのやイルカが絶え間なく水を飲みこんではまた噴きだすのを見て驚いたことを。ジョヴァンニは、イザベッラがほとんどずっと通り道に並ぶ肖像画の厳めしい表情を真似していたことを覚えている、つばを折り曲げた帽子をかぶって不機嫌な顔で睨んでいる男のご先祖さま、自己満足にふけって一連の真珠をいじくっている女、途方もなく小さな犬をすぐ後ろに従えた横柄な男、地球儀を背にして立つ生っ白い顔の二人の子ども。イザベッラはそれらすべてを見事に真似してみせた、目を嘲りできらきらさせながら。

ルクレツィアはパパの外套を握りしめて脚を急がせ、顔をあちこちに向けてできるだけなんでも頭に入れようとした。広い石の階段、壁に取り付けられた手すり、つぎつぎと連なる部屋べや、星や金色の百合が描かれた天井、まぐさ石に彫り込まれた一家の紋章、すり足で歩き、公爵とその子どもたちを見ると壁際へ寄って視線を下げる召使たち、父が掛け金を外して押し開けていく重い扉。最初の中庭には頭上の狭い空から黄昏時の乳白色の光が斜めに差し込んでいたのに、二番目のもっと広い中庭は暗くて、そこから出入り口やアーチ道でほかへと繋がり、隅々には水栓が隠されている様子。目にしないうちにサラ・デイ・レオーニの存在がわかること。

　パラッツォには見るものがどのくらいあるのだろう。そして父がどれほどパラッツォを熟知していることか。なんと自信たっぷりに歩きまわることだろう。

　コジモは、ほかの二つのあいだに半ば隠れている小さな入口で足を止め、召使がぱっと前へ出て開けるのを待った。一行はそれから、狭い階段を降りていった、どんどん下へ。いちばん下にはまた扉があった——鉄板が張られ、鋲を打って補強されている。父は長靴から細身の短剣を抜き出すと、柄で叩いた。

　一行は待った。イザベッラがマリアにすり寄るのがルクレツィアの目に映った、ジョヴァンニがマリアの手を取るのが。フランチェスコの顔は蒼白でひきつり、どう振る舞えばいいのか教えてもらいたそうに父を見上げている。

　扉が開き、においが襲ってきた。糞と時間の経った肉との息が詰まるような悪臭だ。ここにいる動物たちは——いったい何匹くらい？——唸ったり鳴いたり吠えたり、ルクレツィアには理解できない異言でしゃべり、彼女には読み解けないことを告げていた。

　二匹の猿が長い腕を互いの体にまわして、きらきら輝く目で、夜着にショールを巻いて室内履きという姿の一行を見つめている檻の横を皆で通った。隣の檻では銀茶色の狼が一匹だけ、敷物のふりをしているかのように石の床に寝そべっている。熊が壁にどんとぶつかる、四本の脚はまとめて枷（かせ）がはめられ、鼻づらを下げている。さらに、水が満たされた槽があるが、水面はまったく波立っていない。なかに入っているのがなんであろうと、今夜は隠れたままでいるようだ。列の終わり近くにある檻で、彼らの父は足を止める。そこには二頭のライオンが、雄と雌が、互いの周りをぐるぐるまわっている圧倒されるような光景があり、そして四歩ごとに——ルクレツィアは数えていた

――雄ライオンが頭をそらして咆哮をあげる。雌ライオンは一行のほうへ頭を振り向け、黄色がかった茶色の目で見つめ、それからそっぽを向いた。

ルクレツィアはちらと父を見上げた。これが父のお気に入りの雌ライオンなのだろうか？　鉄串で食べ物を与えているライオン？

父は獣を眺めていた、檻のなかの雌ライオンの動きを目で追っている。父は舌を口蓋に打ち付けて鳴らした。それを聞いて雌ライオンの耳がぴくんと動くのをルクレツィアは目にしたが、ライオンの歩みは止まらない、鉄格子に近づきはしなかった。

「ふうむ」と父は言った。「今夜は神経が高ぶっているな」

「どうしてなの、パパ？」マリアが訊ねる。

「虎のにおいがするんだ。ここにいるのを知っているんだよ」

それからやっと、やっと、彼らの父はまた進んだ。空の檻がある、もうひとつ空の檻――そしてルクレツィアは、ここにいた動物たちはどうなったのだろうと思った――すると父が立ちどまった。列の最後の檻だった。檻の片側にパラッツォの外壁があるのをルクレツィアは目にした。彼らはこの建物のいちばん端にいるのだ。この向こうはもう通りだ、そしてべつの通り、さらにべつの、それから川が、黄土色の流れが街を横切っている。

檻には鉄の棒が取り付けられていた、縦に平行に並んでいる。壁の松明の炎が檻の前面に三角形の光を投げかけていたが、その奥は暗いままだった。白い脂肪で霜降りになった肉の塊が手付かずのまま床にある。それ以外は、虎のいる形跡はまったくなかった。

ルクレツィアは見た。この闇の奥をひたすら見つめた。橙色の毛皮がちらっとでも見えないか、目の輝きを、あの獣がここにいるというほんのわずかな動きなりしるしなりを求めて、目を凝らした。だが何もなかった。

「パパ？」しばらくするとイザベッラが言った。「虎はほんとうにここにいるの？」

「いるとも」彼らの父は首を前へ伸ばしながら答えた。「どこかに」

また沈黙が流れた。ルクレツィアは両手を胸に押し当てた。お願い、と頭のなかで、荷馬車の上の粗末な木製の檻に閉じ込められているのを見かけたあの獣に呼びかけた、お願いだから姿を見せて。わたしはここよ。もう二度と来られないの。お願いだから出てきて。

「寝てるのかな？」ジョヴァンニがいぶかるように訊いた。

「たぶんな」と父は答えた。

イザベッラは行きつ戻りつ踊ってみせた。「起きなさい」と呼びかけた。「起きなさいったら！ほら、猫ちゃん、出ておいで！」

父は微笑みながら娘を見下ろし、片手を娘の頭に置いた。「怠けものの猫ちゃんだね」しまいに父はそう言った。「お前たちみんなと友だちになりに出てこないとは」

「ねえバッボ」イザベッラは父の手を取った。「もう一度ライオンを見にいきましょうよ、ね？わたしはライオンが好き」

「ああ、そうだね」父は嬉しそうにそう答えた。「とてもいい考えだ。眠たがりの虎よりずっと面白い。おいで、行こう」

父は子どもたちを雌虎の檻から離れさせ、通路を引き返させた、後ろから召使が松明を持ってついてくる。

ルクレツィアがそのとき一歩か二歩離れて、召使より遅れ、それから歩くのをやめてしまって、闇がマントのように身を包んでくれるがままになっているのは、ぜんぜん難しくなかった。そして来た道を戻るのもたやすいことだった、どんどん、どんどんと雌虎の檻の鉄格子の前まで。

彼女はぺたんと踵をつけてしゃがみこんだ。今や光は壁のかがり火だけだ。他の皆ががやがやとライオンのほうへ遠ざかる音が聞こえた、ライオンたちはまだ吠えながら歩きまわっている。イザベッラが甲高い声で訊ねるのが聞こえた、雌ライオンのことだ、もしかしてそのうちすぐに赤ん坊が生まれたら、自分、イザベッラに一匹貰えないだろうか、だって自分の子ライオンがいたらこんな嬉しいことはないでしょうから、と。ジョヴァンニとマリアも言っている……わたしも、ああ僕も、ねえいいでしょ、パパ、いいでしょ？

ルクレツィアは闇を見つめた。脈を打ってどくどくいっているように思える。端から端まで見渡した。そこにいる獣に思念を向けようとした、遠いところで捕まり、それから船でトスカーナへ連れてこられて、この石の穴倉に置き去りにされるのがどんな気持ちか想像しようとした。

お願い、彼女はまた唱えた、礼拝堂の信者席でこれまで祈ったよりもずっと熱心に、お願い。

脂肪のレース模様のついた肉は鉄のようなつんと鼻をつくにおいを放っていた。どうして雌虎は食べていないのだろう？　お腹が空いていないのだろうか？　気持ちが沈みきっているのだろうか？　ライオンたちが怖いのだろうか？

ルクレツィアは果てしない闇を覗き込み、動きを、色彩を、何かを探した。だが彼女の視力が悪かったのか、あるいは違うほうを見ていたに違いない、なぜなら、パラッツォの石壁の横でちらと何かが動いたのだ、そして、彼女が見てみようと振り向いたときには、雌虎は彼女のほとんど間近に迫っていた。

雌虎の動きは液体のよう、匙から滴る蜂蜜のようだった。檻の闇から、雌虎は密林全体を意のままにしているかのように、フィレンツェの汚らしい土の床を滑るようにして現れた。猫ちゃんなどであるものか。雌虎は沸々（ふつふつ）とたぎっていた、爆（は）ぜていた、炎でわき返っていた、顔を彩るどきっとするような迫力のある対称模様は驚異的だった。ルクレツィアは生まれてからこれほど美しいものを見たことがなかった。火炉のように鮮やかな背中と脇腹、白っぽい下腹部。毛皮の模様は、ルクレッィアの見たところ縞ではない、違う——そんな言葉ではじゅうぶんでない。目立つ黒っぽいレース模様だ、飾るための、隠すための。雌虎を特徴づけ、助けとなっているのだ。

どんどん近づいてくる、光の三角形に照らされるところまで。雌虎の目はじっとルクレツィアに据えられていた。一瞬、雌ライオンがやったようにそのまま通り過ぎていくかに思えた。だが雌虎は足を止めた、少女の前で立ち止まった。雌虎の心は雌ライオンのようにどこかほかにあるのではなかった。少女を認めていた。雌虎はそこに、ルクレツィアといっしょにいた。ふたりが互いに話さなくてはならないことがたくさんある。ルクレツィアにはそれがわかっていた、雌虎にもそれがわかっていた。

ルクレツィアはゆっくり前へ身を乗り出し、膝をついた。雌虎の脇腹がすぐ傍にある、黄褐色に黒い刻み目と楕円が繰り返される。体が息を吸いこんでは吐き出すのが見えた。胴体が傾斜して柔らかい下腹部へと繫がっているところが見えた、しなやかに広げた足先が、四肢の震えが。獣が鮮やかな鼻面をあげて空気を嗅ぎ、それが教えてくれるものを吟味するのを眺める。ルクレツィアには雌虎から発する悲しみが、寂しさが感じ取れた、故郷から切り離された衝撃が、海で何週間も過ごしたときの恐怖が。この獣が受けたむち打ちの痛みを彼女は感じた、湿気の多いむしむしした密林の林冠や、その下生えのなかの雌虎だけが自由に使える魅力的な緑のトンネルが恋しくてたまらない辛さ、自分を閉じ込めている鉄格子に感じる、焼け付くような心の痛みを。望みはないの？と雌虎は彼女に問いかけているように思えた。ずっとここにいなければならないの？　故郷へはもうけっして帰れないの？

ルクレツィアは目から涙があふれるのを感じた。こんな場所でひとりぼっちだなんて！　そんなのひどい、正しくない。この獣を送り返してとパパに頼もう。船に乗せて、見つけたところまで行って、檻の鉄格子を開き、雌虎が水に飛び込んで地衣に覆われた木々がそびえたつほうへと帰っていくのを見送ればいいのだ。

ルクレツィアはゆっくりゆっくり手を差し出した。鉄の棒のあいだから指先を差し入れて突き出し、手を広げて肩の関節のところからぐっと前へ伸ばした、顔を檻に押しつけて。

雌虎の毛皮はしなやかで温かく、綿毛のように柔らかかった。ルクレツィアは指先を獣の背中に滑らせ、筋肉の震えを、数珠玉を繫いだような背骨がぴくぴく動くのを感じた。毛皮の橙色のところと黒いところにはなんの違いもなく、彼女があるんじゃないかと思っていたつなぎ目もなかった。二つの色は重なり合い、なんの跡もなく融けあっていた。

雌虎は鮮やかで複雑な模様の顔を打ち振った、こんな愛撫をしてくれる人間を検分しようとするかのように、その意味を突き止めようとするかのように。その目を覗き込むことは、光り輝く禁断の神の顔を注視することだった。

ルクレツィアと雌虎はしばし互いに見つめあった、女の子の手は獣の背中に置かれ、ルクレツィアにとって時間は止まり、まわる世界は静止した。彼女の生活も、名前も、家族も、彼女の周りのものすべてが後退して無になった。彼女は自分の心臓だけを感じていた、それに雌虎の心臓を、肋骨のなかで鼓動し、真っ赤な血を吸いこんではまた噴出し、血管を満たしている。彼女はほとんど息をとめていた、瞬(まばた)きもしなかった。

すると突然叫び声が、そしてマリアが金切り声をあげた、パパ、パパ、見て、そして世界とパラッツォがどっと戻ってきた。マリアがこちらを見ていた、ぎょっとするほど白い人影が闇に浮かび、腕が掲げられて、叱りつけるような指がルクレツィアを指している。足音が響き、人々が叫び、ルクレツィアは背後から捕まえられて後ろへ引きずられ、虎から引き離され、手首が鉄格子にぶつかった。父があれこれ命令する声が聞こえた。きょうだいのひとりが悲鳴をあげている、そして彼女自身の声が叫んでいた、いや、いや、下ろして。

ルクレツィアはそれから、急ぎ連れ去られた、父の兵士の腕にしっかりと抱えられて廊下をずっと。マリアがどこか近くにいて、冷ややかな、諭すような口調で言っていた、なんて馬鹿な、馬鹿なことをするんでしょう、殺されてもおかしくなかったのよ、あの子はいっしょに来るには幼すぎるって言ったでしょう、マンマが聞いたらなんておっしゃるかしら。ルクレツィアの手首はぶつけたところがずきずき痛み、指先は無防備でひりひりするような気がした。温かい毛皮の、滑らかな縞模様の感触がまだ残っていた。

彼女はきょうだいのことも父のことも気にしてはいなかった——彼らが自分といっしょにいるのか、後ろにいるのか前にいるのかまだライオンの傍に立っているのか、わからなかった。わかっているのはただ、この世の何よりも愛しているものから引き離されているということ、運ばれていく一歩ごとにどんどん遠ざかっていくということだけだった。彼女は叫んでいた、下ろしてくれと頼んでいた、戻らせてくれと。だが誰も聞き入れてはくれなかった。彼女はできるかぎり長く目をあの檻に向けていた。自分を運ぶ男の肩越しにずっと見ていた、闇に眼を凝らし、すると見えたのだ——彼女はそのあとずっと確信していた——雌虎が自分を見つめているのが見えたと、最後に一瞬、それから消えた、暗い隠れ家へと戻っていった、縞模様の尾を鞭のようにひと振りして。

葡萄酒に浸して焼いた鹿肉
一五六一年、ボンデノ近郊のフォルテッツァ

「そしてなんなら明日は」と夫は話しながら鉢を傾けて最後のスープをすくおうとしている。「川に沿って馬で行ってみよう。西に広がる景色はじつにいい眺めなんだ。そなたの鞍を調整させておこう――今日気がついたんだが、片側に傾いていたからね。それにそなたの雌馬の蹄も見ておいたほうがいいな、戻ったら……」

その言葉の意味はルクレツィアが夫の顔を見つめるうちにばらばらになってしまい、夫の口から出てくる言葉は、彼女の耳に届くときにはただの無意味なぺちゃくちゃいう音の、獣の鳴き声の連なりのようなものになってしまう。なぜ夫はこんなことを話しているのだろう？　そこにすわって落ち着き払って食事しながら馬丁や馬具の話をするなんてことが、どうしてできるのだろう、心のどこかに妻の命を奪うたくらみを秘めているのに？

またもルクレツィアは、夫の妹エリザベッタがしゃがれ声で耳元に囁くのが聞こえる気がする。あの人にどんなことができるかあなたは知らないのよ。

大きな火格子のなかでごうごうと炎が燃え上がったり爆ぜたりしているにもかかわらず、彼女や夫や暗がりに控える召使たちの人いきれにもかかわらず、食堂の空気は鉄のように冷え切っている。今年は常になく寒い冬で、まだ終わる気配を見せてはいない。凝った造りの真鍮の蠟燭立ての蠟燭

ですら、震えながら壁まで届かない覚束なげな光を投げかけているように思える。夫の顔は見えたり見えなかったりする、彼女は魅了されたように、蠟燭が揺らめくごとに夫の表情が変化するのをじっと見つめる。まずは思慮深く、それから優しく、こんどは厳めしく、こんどは快活に、こんどは気難しく、こんどは美々しく、それから好色に、そして超然とした顔に。確かにそうだ。夫にどんなことができるか彼女は知らない、そして知りたくもない。

またしても、信じられないという気持ちが陽気な泡のように胸郭のすぐ内側にあるのが感じられる。気を付けていないとどっと笑いだしてしまいそうだ、なにもかもが馬鹿馬鹿しくて。夫の話も、夫の演技も、夫の偽りも、夫の嘘をついている顔も。

自らの手によって、あるいは誰かに命じて妻を殺そうとしている彼女の夫は、ナプキンの端をつまみ上げて角のところで頰を軽く拭う、まるで顔にスープが一滴飛んだのが重大事だとでもいうように。妻の死を目論んでいる彼女の夫は、額にかかった髪を払いのけてから結局耳のうしろへ撫でつけるのにしばし時間を費やす。人殺しである彼女の夫は、肩越しに召使たちに向かって、もっと塩を入れるよう料理人に伝えろと言う。今このとき、味付けが重要なことなのだとでも言いたげに。やがて妻を殺すであろう彼女の夫は、妻の冷たい指を自分の手で包んでやろうとするかのように、手を差し伸べる。これは彼女には強烈すぎる。彼女ははっと現実に返り、手を振りほどき、匙を持ち上げて鉢に突っ込む。

そしてその一瞬、彼女の陽気な気分は縮んで焼け焦げ、まったく混じりっけなしの極めて激しい憤怒へと変わる。この人ったらよくもまあ。

彼女は匙を鉢から口へと動かす、思いを夫に伝えないよう抑えこんでいるので手が震える。ここでは隠しておくことがすべてなのだ。スープの表面には黄色い油の輪が光っている。彼女は目を夫に向ける代わりにこの輪を見据える。夫の顔を、あのきちんと分けた髪を、白い歯並びを見てしまったら、怒りが噴きこぼれて、怒鳴るとか夫を殴るとかこの部屋から駆けだすとかしてしまいそうな気がするのだ。

夫に殺されるがままに、消されるがままになるものか。だが、歳のわりに小柄な十六歳の花嫁、友も味方もいない彼女が、軍人で公爵で二十七歳の男に、どうやって勝てるだろう？　兄弟たちが受けていた戦闘訓練のことを彼女は思い起こす、何時間も何時間も剣や異なる種類の槍の練習、縄で絞め殺したり棍棒で殴打したり短剣で切りつけたり突き刺したりする訓練をしていた。かわしたり突き刺したり切り刻んだりすることを教わっていたのだ。片手で殴打を防いでおいてもう片方の手で殴り返したり、くるりと向きを変えて身をかがめたり、摑まれた体をもぎ離したりして、殺して生き延びることを。彼らはこういうことをいろいろ教えられていた、アルフォンソもそうだったのだろう。一方で彼女やイザベッラやマリアは上の階に閉じ込められて、色のついた絹糸で花々を再現することを教わっていた。

「計画を立てなくてはね」という声が聞こえてくる――聞こえてくる気がする――彼女の昔の乳母、ソフィアが言うのが、肘のあたりから。「かっとなったら戦いは負けですよ」

計画。戦略。ソフィアという人には常に計画があった。男に生まれていたら素晴らしい傭兵隊長（コンドッティエーロ）になっていたでしょうね、とルクレツィアはよく彼女に言ったものだった。

仕方ないでしょ、と彼女は横にいる見えないソフィアに言う。仕方ないでしょ。

彼女は止めていた息を鼻からゆっくりと吐き出す。夫に向かって無理に笑顔を作り、匙を持ち上げてスープを一口のむ。

彼女には計画があった、三年まえ、父の執務室へ行ったときだ（そしてほら、うまくいったじゃない、とソフィアに言いたい、ほんとうにソフィア自身がこの部屋にいるのなら、そしてそんな無礼な物言いに対して横っ面を張り飛ばさないでいてくれるなら)。彼女は意を決して神聖な敷居をまたいだのだ、両手を握りしめ、頭を高くあげて、はっきりした計画を胸に。

父の秘書官や書記官の何人かが目を上げて、彼女がそこにいるのを見て驚き、それからわざとらしく書類の上にうつむいた。窓の向こうには羊皮紙のように白っぽいのっぺりした空が広がっていた。何階か下の広場から音の切れ端やかけらが浮かび上がってくる。彼女の鋭い耳は、何人かの集団がいささか淫らな歌を歌っているのを、ぐずる子どもの螺旋状に高まる泣き声を、若い娘の甲高い笑い声が消えていくのを捉えた。

「パパ」と彼女は言った。

父は書見台に立って何か読んでいて、ページの上で指先を素早く精密に動かしている。

「パパ?」

父は目を上げなかった。隣に立って主の肩越しに書類を検分していたヴィテッリが、片手をあげて掌を彼女のほうへ向け、邪魔してはいけないと知らせた。

だがルクレツィアは言いたいことを抑えてはいられなかった。いつなんどき婚姻契約が最終的にまとめられ、封印してフェラーラの宮廷へ返送されないとも限らないのだ。今はっきり言っておかなくては、たちまち手遅れになってしまうだろう。

「バッボ」イザベッラが父に対して使う愛情のこもった呼び方を借りて呼びかけながら、自室で練習してきた言葉を脳裏に蘇らせようとした。「あの方とは結婚したくないんです。お父さまを失望させてしまうなら申し訳ありません、でも……」

指を紙の上に置いたまま、父は何やら聞き取れないことをヴィテッリに呟き、それからはじめて彼女のほうを向いた。

「愛しい娘よ」父はそう言うと机を離れ、彼女のほうへやってきた、この、自分専用の執務室に彼女がいるというかつてない光景について考えているかのように首を傾げながら。父の顔の右側のきょろきょろ動きがちな目がいつも以上にずれているのを彼女はたちまち見て取った、これはつまり、父が疲れているか怒っているということだった。どちらなのだろう？

「おいで」父は人差し指を丸めて引き寄せるような仕草をした。「こっちへおいで」

彼女は父のほうへ進んだ、父に抱きしめてもらえるのだろうか、それともきつく叱られるのだろうかと不安な気持ちで。父は娘が近づいてくるのを、片目はずっと娘に据えて、もう一方の目は壁をさまよわせて見つめていた、あたかも自分は一度に幾つかの場所へ注意を向けられるのだとでもいわんばかりに。

父の真ん前まで進むと、まず父の片手が、ついでもう片方の手が肩に置かれ、彼女は両側を父のマントでさっと囲われるような具合になった。

「ルクレ」と父は言いながら俯いて、自分が作り出した二人だけの空間で娘の顔をまっすぐ覗き込んだ。「わかるとも。若い娘にとって結婚は大きな一歩だ。考えると怖くなるのではないかな？　わかるとも、ちゃんとわかっているとも。だがな、心配する必要はないぞ、お前の母が準備万端整えてくれる。そしてこの私は？　私はお前のために最良の男しか選ばんさ。そうでなければお前を手放すわけがないだろう？」

父は彼女の顎を優しく摘まみ、ほんの一瞬、両方の目が同じほうを向いた。

「お前はパパのことを信頼しているだろう？」と父は訊ねた。

ルクレツィアは頷いた。「もちろんわたしは――」

「私はいつもお前を守ってきた、ちゃんと守ってきたんじゃないか？」

「はい、でも――」

「そうだろう！　こんな心配は杞憂というものだ。アルフォンソは卓越した男だよ。そのうち公爵になるだろう、教養があって、それに——」

「年を取っています！」ルクレツィアは大声を出した。「それにあの方は——」

「あの男はまだ三十になっていないのだぞ。それをお前は年取っているというのか？　ならばその基準でいくとこの私はどうなる？」父は彼女の肩から手を離すと傷ついた顔をしてみせた。「墓に片脚突っ込んだ大年寄りか？」その口調はおどけていて、まわりにいた側近や秘書官たちは律義に笑ってみせたが、ルクレツィアは騙されなかった。父の眼差しは真剣で注意深かった。

「お前はもう心配しなくていい」父は娘の腕に腕を絡めて扉のほうへと連れて行きながら言った。「この結婚はこれ以上なくうまくいくに決まっているのだからな。それについては自信がある。お前の母と私を見てごらん。知ってのとおり私たちはほとんど会ったことがなかったのだ、それでも——」

ルクレツィアは父の言葉を遮って、その朝自室にすわって考えた計画を口にした。「あの方に、代わりにわたしのいとこと結婚してもらうわけにはいかないでしょうか？」

　コジモは足を止め、今初めて娘の抵抗の程度や激しさがわかったとでもいうように表情が動かなくなった。

「お前のいとこ？」コジモは繰り返した、お前の犬？　とでも言うような口調で。

「わたしは体調不良だとか病弱だとか言えばいいのでは。それか——それか何でも。ディアノーラは結婚適齢期ですし、美人です。きっとアルフォンソもあの方のお父上さまも、あの人を見たら気に入ることでしょう。あの人を差し出してはどうでしょう、代わりに——？」

「ディアノーラは」父は音節をひとつひとつはっきり発音しながら言った。「お前の弟のピエトロと結婚する」

「ピエトロと？」ルクレツィアはこの話を聞いてはっと驚いた。あの麗しいディアノーラと癇癪持ちの男の子ピエトロ？　あり得ない組み合わせに思えた。「だけどもし――？」

「もう決まったことなのだ」とコジモは答えた、両の目は、こんどは娘を通り越して、彼女には見えない誰かに判読できない合図を送っていた。

「ならばもしかして……」ルクレツィアは逃げ道が狭まっていくのを感じていた、扉がばたんと閉じられて鍵がかかる。彼女はすぐに代替案を考えようとした、べつの手を。ソフィアならどうするだろう？　どんな提案をするだろう？　もしディアノーラがほんとうにピエトロと結婚するのだとしたら、それなら――

「お前の姉のことを考えてごらん」父が彼女の手をしっかりと撫でながら言った。「イザベッラも結婚するまえは不安になっていた、そうじゃなかったか？　でもあの子は幸せにやっていないかな？」

「そうですね」ルクレツィアはしぶしぶ答えながらも、イザベッラはけっして不安そうではなかったし、じつのところ結婚しても生活はほとんど変わっていないではないかと思った。夫がローマへ戻っても姉はそのままフィレンツェで暮らすことができ、夫婦は年に数回会うだけなのだ。一方ルクレツィアはここを出て、行ったこともないフェラーラへ知りもしない男と行かなければならない。ところがコジモは、たいていの大人がそうであるように、何事も自分の見方に基づいて行っている、だからこんな指摘をしても彼女の目的を推し進める助けにはほとんどならないだろう。

「私があの子のために決めた縁組であの子は幸せになっていないかな？」

「いいえ、なっています、でも――」

「だからお前も幸せになるさ、ルクレ。そうなると約束するよ」コジモは、この問題は満足のいく決着を迎えたといわんばかりに頷きながら微笑んだ。「アルフォンソの父君とは何度もやりとりをしていて、私たちは二人とも、この結婚は大いに祝われるものとなるだろうと確信している。お前もそのうちこんな話をしたことを振り返って――」

「パパ」と言ったルクレツィアの声はかすれていた。とつぜん、不覚にも涙を流しそうになっていることに彼女は気づいた。「あの方とは結婚したくないのです。お願いですから、わたしをあの方に嫁がせないでください」

その言葉の内容や熱っぽさに嫌なにおいでもあるかのように、部屋にいた全員が彼女から後ずさりした。父はくるりと向きを変えると書見台へ戻っていった、ヴィテッリが後を追い、うろうろしていた秘書官たちが急いでそれぞれの机へ戻った。

「まったくなんということだ」父が呟くのが彼女の耳に聞こえた、ヴィテッリに言ったものか、それとも彼女にか、あるいは部屋にいる一同にか、そしてそのあとルクレツィアは、つぎに言ったことを父は彼女に聞かせるつもりだったのかどうか、よくわからないままとなる。「あの子にはどうも、結婚というものに向いていないんじゃないかと思わせるところがある――この縁組を向こうが後悔して、一か月も経たないうちにあの子を返して寄越さなかったら奇跡だな」

アルフォンソは熱心に美味しい食事を食べさせたがるが、死が迫っているという思いで彼女は食欲がない。だが夫はしつこく、葡萄酒に漬けて焼いた鹿肉を食べるよう勧める、ほらもう一口、そしてもう一口、と。彼女はやせ細って見えると夫は言う――最近病気をした彼女に、体力を回復してもらいたいのだと。鹿肉は血に効き目があるのだと夫は言う。肉汁が体を巡ることが人間には必要なのだと。彼女は一口、二口食べるが、皿に盛られたほとんどを、細かく切り刻んでナプキンのなかへ落としこんでしまう。夫はパンを大きくちぎると、パンの皮を丁寧に取り除いて、ソースをすくいとり、ぽたぽた雫を垂らしながら彼女の口へと運ぶ。汁のにじむ鹿肉の筋のある赤身や脂身、葡萄酒にも血にも見える赤い汁のなかに浸るその様子を見ると胸が悪くなるのだ、とは言えない。

彼女は口を開けてべとべとしたパンを夫の手から受け入れ、喉の筋肉を無理に動かしてのみこむ。夫は彼女に、ここへ父親といっしょに狩りに来たときのことを話す、まだ幼かったころのことで――「たぶん、八つか九つ」――そして夫は空き地で猪と遭遇した。弓を構えたが矢を放つことができなかった。

「雌だったんだ」と夫は話す、「子どもを三匹連れていた。母親とはまるで違って見えた、小さくて薄茶色で、背中には縞模様があって。やらなければならないのはわかっていた、矢を飛ばさなくてはならないのはね、私が好機をみすみす逃したのを知ったら父は怒るだろうとわかっていた、だができなかった。それで、ただ眺めていたんだ、馬の背中から、親子が下生えのなかへ姿を消すまで」

「で、父上さまはお怒りになったのですか?」

アルフォンソの顔の下半分が揺らめく光の輪に捉えられる。唇が開いて笑顔あるいはしかめっ面になっている――どちらなのかは定かでない。

「執事に私を打たせたよ。三日間すわることができなかった。これに懲りて、情にほだされて必要な行動をとらないなんてことは二度としてはならないと常に肝に銘じておくんだな、と言われたよ」

彼女は夫が死んだ父から受けたこの忠告を考えてみた。情と必要な行動。この二つは、と彼女は訊ねたかった、共存はできないのかしら? 必要な行動が情に影響されたためしはないのかしら? 心に発言権はないの? 杯を持ち上げて葡萄酒をひと口飲みながら、小さな男の子だったころの夫を思い描いてみる、陽の当たる空き地で猪が食べ物をあさり、後ろから三匹の子が小さな蹄で土を踏みしめながらついてくる様子に釘付けになって眺めている。それから、その男の子が父の目の前で打たれる姿を目に浮かべる。

「わたしの父は」ルクレツィアの耳に自分の声が響く、「動物を飼っています――いろいろな珍しい生き物を――パラッツォで。地下に動物園があるんです」。

「ああ」とアルフォンソは言う。「それは聞いたことがある。動物が闘うのは見たことある？」

「いいえ。父はけっして……お客さまにお見せするだけで。それと、兄弟たちは見せてもらったのかしら、わからないけれど。父はわたしたちも行かせてはくれました、兄や姉たちとわたし、わたしがまだ小さかったころに。一緒に連れて行ってもらえてとても嬉しかった、見に行けるくらい大きいって父が思ってくれたことが――弟たちはみんな、子ども部屋に残されたんです。あのね、雌虎がいたの、そしてわたし――」

ルクレツィアは言葉を切った。とっくにしゃべりすぎたかもしれない。だいたいどうして自分はこんなことを話しているのだろう？　雌虎のことはぜったい話したりしないのに。これまでも話さなかったし、これからも話すつもりはないのに。

アルフォンソは光のなかに身を乗り出して、彼女を興味深げに見つめている、いつもやるように彼女の顔に視線を這わせて情報や思いを収集している。これはいったいどういうことだろう？　と考えている。ぜったいそうだと彼女は思う。これは虎の話だ、確かに、だが妻は、本当は何を言おうとしているんだろう？　それにこのためらいはなぜだ？　妻は何を隠しているんだ？

夫に逐一話そうと思えばそうできると彼女にはわかっている。火照った毛皮の感触のことから、引き離されたときに手首が鉄格子にぶつかったことまで。動物園の悪臭の漂う空気や足首に足枷をはめられていた熊のことを夫に描写してみせることができる。きょうだいがサラ・デイ・レオーニを訪れてから数週間後、音楽の授業のときに、勇気を奮い起こして、時間を割けるときにときおり見に来ていた父に近づき、あの動物をもう一度見せてもらえないだろうかと頼んだところ、父は刃物のような言葉で彼女の心を断ち割ったのだと話すことができる。

残念ながら、と父は明らかにおよそ気にしていない表情で言ったのだ、あの虎は殺されたよ、と。殺された？　ルクレツィアはおうむ返しに問い返した、その言葉が理解できないかのように、彼女がまだ遭遇したことのない言葉であったかのように。あんな生き物が死ぬなんてこと、消滅するなんてこと、あろうはずがないではないか、生命そのものの抽出物なのに？　そんなことあり得ない。

　雄と雌のライオンが、と父は説明した、いっしょに虎に襲い掛かったのだ。不注意な召使が檻と檻を繋ぐ扉を開けっぱなしにしておいたのだよ。あの獣は勇敢に戦った、と父は、見ていた楽譜のページをめくりながら付け加えた。二匹のライオンのどちらにもかなりひどい傷を負わせた。虎は命がけで戦った、でも結局ライオン二匹は荷が重すぎて、押さえこまれてしまった。召使たちには引き離すことができなかったのだと父は腹立たしそうに肩をすくめて説明した。おまけに、毛皮は台無しになってしまい、死体の皮を剝ぐことさえできなくて、ルクレツィアの母はたいそうがっかりしたのだった。

　その午後病気になったのだとアルフォンソに打ち明けたってよかった。医師が呼ばれた。医者は彼女に瀉血し、胸に湿布し、鎮静薬と鹿の子草のチンキ剤を投与した。神経から来る熱だと診断を下し、彼女を下の階の隔離室に入れた。残念ながらルクレツィアが生き延びるかどうかはなんとも言えないとのことだった。

　彼女は階下の部屋で、一人で数週間、パラッツォの医師と、スープを飲ませて敷布類を取り替える役目の召使の顔しか見ずに過ごした。やっと回復しはじめたのは、母が見舞いに来てからだった。ルクレツィアが断続的な眠りの淵から浮き上がって目を覚ますと、寝台の横にエレオノーラがいた、病の気を吸い込まないよう顔の下半分をスカーフで覆っていた。呆然として母を見上げると、母は紙で包んで紐をかけた幾つかの小さな包みを開いていき、なかにはさまざまな色の硝子の小さな動物（アニマレッティ）がたくさん入っていた。エレオノーラはそれを敷布に並べた——青い狐、黄色い熊、扇形の金色の尾がある魚——ルクレツィアのために特別に、硝子で有名な町に自ら注文したのだと説明しながら。そして、絵の先生がルクレツィアの描いた絵を見て、それを師である宮廷画家のシニョーレ・ヴァザーリに見せたのだという話もした。すると今度は画家がエレオノーラにそれを見せたのだ。シニョーレ・ヴァザーリがおっしゃるにはね、と母は言った、ルクレツィアに絵の授業を受けさせるべきなんですって。口元を覆った布の上のエレオノーラの目には、縋りつくような思いがきらめいているように見えた。そうしたい、ルクレ？　小さな硝子の熊をルクレツィアの顔の前でひょこひょこ踊らせながら母は訊ねた。母が話しているのがなんの絵のことなのか、自分がなにを言われているのか、ルクレツィアにはさっぱりわからなかった。だが彼女は、はい、マンマ、ありがとうございます、と答えた、これが母の喜ぶ返答だとわかっていたからだ。するとエレオノーラは、声を詰まらせて問いかけた、きっと元気になってくれるわね？　絵の勉強を始められるようにね？

子ども部屋と教室に戻ってきたルクレツィアは、以前より痩せて物静かになっていた。子ども部屋の窓台で、何時間も自分のアニマレッティを並べては並べ替えていた。彼女は絵の授業を受けさせてもらえるようになった。何週間か経つと、絵の先生は授業のあとに残って教えてくれるようになった、彼女だけに。教えるというよりは、隣にすわっていっしょに絵を描き、ときおり話しかけた。たとえばこれだ、それを見て、あなたには馬や蝶がそんなふうに見えるのかな、もう一度考えて、もう一度見てみて、ほんとうに見るんですよ、するとほら、これとかこれみたいに見えないかな？

彼女は二度とサラ・デイ・レオーニを見ることはなかった。

こういうことをぜんぶアルフォンソに話すことだってできただろう、そうやって夫に自分の内面の門や通路の鍵を渡すことも。だからこそ彼女はそうはしない。夫に立ち入らせるつもりはない。結婚するまで続いた絵の授業がなければ、回復することも生き延びることもなく、代わりにどこか人知れぬ下のほうへ沈み込んでいたことだろうなどと話すつもりはない。こうした言葉は胸の内にしっかりしまいこんで、誰にも見られたりじっくり調べられたりしないようにしておくのだ。

だから、その雌虎はどうなったのだとアルフォンソが訊ねると、愛想よくにっこりして答える。

「さあわからないわ。父が売ってしまったのかもしれません。母は動物園が大嫌いなんです——においや鳴き声のことで文句を言っていて、そして父はいつも母を喜ばせようとしますから」

夫は彼女の顔をちょっと長く見つめ、それから手を伸ばして妻の手を取り、指を絡める。

「冷たいじゃないか、愛しい人」と夫は言う。「もっと鹿肉を食べなさい。体が温まるから」

金を積んだ七隻のガレー船

一五五〇年代、フィレンツェのパラッツォ

ルクレツィアは子どものころ、機会さえあれば両親に、彼らの最初の出会いの話を聞かせてくれと頼む妙な性癖があった。エレオノーラに聞かせてくれとせがみ、それからコジモに、そしてまたエレオノーラに、せがみ過ぎてしまいに両親を苛立たせてしまう。じつのところエレオノーラとコジモはその話をするのが好きで、問題児である五番目の子がその話に惹きつけられているらしいのを喜ばしく思っていた。恋愛話に惹かれるのはあの子に欠けていることが多い女らしい感受性を示している、と。実際は、感傷だの恋愛を讃える気持ちだのはルクレツィアの動機とはなんの関係もなかった。両親が互いを初めて見たときの話を彼女が聞きたがるのは、自分という人間を生み出し、そして自分とはほとんど共通点がないように思える謎めいた魅力的なこの人たちを、なんとか理解したいと思うからだった。コジモの話を聞き、数日後にエレオノーラから聞いた話と比べてみる、それからさらにコジモの側の話をせがみ、そうやって全体がどのように一致するか確かめるのだった。それは彼女にとって、結婚とはどういうものか、このひとりの男とひとりの女との間で結ばれる契約に何が伴うのかを解き明かす手立てだったのだ。

夜に寝台で横になって、あるいはミサのときに床に跪きながら、彼女は自分が聞いた物語の断片について考えた、賭博師が点数計算用のカウンターをより分け、比較し、きちんと並べてみるよう

にして。眠っている弟たちが寝息をたてたり溜息をついたりするなかで、あるいはほかの家族が神父のラテン語に呼応して呟いているなかで、彼女は父の姿を思い浮かべる、ナポリを訪れた、十五歳の、ただの騎士見習いだった父が、神聖ローマ帝国のスペイン人副王の家で、薄い掛け布越しに一家の末娘を目にする。エレオノーラ、まだ十三歳だった。ルクレツィアは心のなかでその部屋にいくつも円柱を建たせ、彫刻を施した暖炉の両脇にずっしりした幕を垂らす。年若いエレオノーラの髪はたぶんつやつやした三つ編みにまとめられて背中に垂れ、顎は厳密にいう品の良い角度よりは心もち上げられているとルクレツィアは想像する、目は夢見るようにではなくそわそわと天井をさまよっている。ルクレツィアはそれぞれの話の構成要素を知悉（ちしつ）していたので、どれもがまるでなじみ深い、しょっちゅう触り過ぎている宝玉のように、角は丸みを帯び、輝きは曇っていた。

父の目にエレオノーラがどれほど魅力的で気になる存在として映ったか彼女には想像できた。外国風の衣服、飾りを編みこんだ髪。父はフィレンツェに戻り、二年のあいだこの若いスペイン娘の面影を胸に抱き続け、トスカーナの大公に選ばれて王朝の長となったときに、この娘を妻に求めたのだった。そう、父は政治的な利益のあるオランダ王女や近隣の支配者の娘と結婚しようとはしなかった。ナポリで見かけた娘を望んだのだ。スペイン人副王は父の懇願を検討したのち、上の娘ではどうかと言ったが、コジモは上の娘を受け入れようとはしなかった。恋する相手と結婚するつもりで、望む女性はエレオノーラただひとりだった。副王はしまいに同意し、そして二人は代理人を立てて結婚した。翻訳者を使って書き直させたりしないで夫と手紙を交わせるよう、エレオノーラはトスカーナ語を学び始めた。

コジモが初めてその姿を見てから四年後、エレオノーラはナポリを船出した、随行したのは五人の小間使いと彼女の乳母だったソフィア、それに持参金の金、食器類、絹織物、金襴、数珠玉、油を積んだガレー船が七隻。ルクレツィアは知っていた――彼らのパパが好んで話して聞かせたので

——コジモがエレオノーラの消息をずっと待ちわびていたことを、使いの者が夜到着するやもしれないと眠れずにいたことを、風が順調であるよう祈ったことを。一行がリヴォルノに上陸したという知らせを受け取るや、彼は花嫁を迎えにフィレンツェから海岸へ向かうべく、出立の準備を始めた。宮廷の顧問官たちはかように性急な行動に眉をひそめた。男から女のほうへ行くなど、思いもよらない不適切な行動であった。結婚における力関係について相手に誤った印象を与えてしまうことだろう。コジモは自分のパラッツォにじっとして、彼女が彼のところへやってくるのを待つべきなのだ。だがコジモは耳を貸さなかった。彼は一路リヴォルノへと向かい、途中でエレオノーラと出会って、彼女を貴重な賞品のように抱えてフィレンツェに戻ってきた。二人が到着すると、街の人々は何はさておきこの新しい外国風の公爵夫人をひと目見ようと通りを埋めつくしたのだった。

ルクレツィアは結婚式のまえにたった一度だけ未来の夫に会ったことがあり、そのとき彼は姉のマリアと婚約していた。

鐘楼を囲む胸壁のあるいちばん高い屋上で、二人は彼女の横を通りかかったのだ、マリアとその婚約者。彼は、緊張しながらしゃべっているマリアのほうへ首を傾げて聴いていた。ルクレツィアはたぶんあのとき十歳だったろう、ぺちゃんこでのっぺりした子どもの体形で、飼っていた鼠をくぼめた掌にのっけてそこに立っていた。婚約者の視線はマリア——その上気した頬や震える顎——を離れ、ルクレツィアの顔へ、鼠へと移り、それからまた彼女の顔へ戻り、口角をあげて皮肉な笑いを浮かべた。マリアは、彼が逃げようとするのではないかと恐れるように、緑色の天鵞絨の彼の袖に手をかけて、もう一方の手をその上にぎゅっと重ねていた。二人が近づくとルクレツィアは壁のざらざらした石に背中をぺたんとくっつけ、鼠を胸元に抱き寄せた。とても古い家柄——ローマ帝国の時代まで遡ることができる、と父が一度ならず口にするのを彼女は聞いていた——の出でやがては公爵となる婚約者は、靴の動きを遅くしたかと思うと立ち止まり、訊ねた、この子は誰？

マリアはついとルクレツィアのほうを見て、それから目を逸らした。妹のひとりです、と彼女は答え、二人は横歩きで彼女の傍をすり抜けると、そのまま何本もの円柱を通り過ぎて塔の向こう側へと行ってしまった、そこから円屋根が見えるとマリアが説明していた。

歩み去りながら、皇帝を守った先祖を持つ婚約者はルクレツィアの頬を親指で撫で、それから素早く、あとになってあれが本当に起こったことなのか彼女には確信が持てなかったほど素早く、彼女に向かって鼻をぴくぴくさせて——確かにそうだと彼女は思ったのだが——鼠みたいな顔をしてみせた。チーズとか美味しいパンくずとか、好きなもののにおいを嗅ぐときの顔だ。

ルクレツィアはあの塔の上で、この物まねがあまりにそっくりなのと、尊敬されている男があんな顔をしてみせた思いがけなさに、笑ってしまった。あの人は鼠がどんな顔をするかどうしてあんなによく知っているのだろう？　そして彼は、マリアに見られないよう、ルクレツィアのためだけにあんなことをしてくれたのだ。ルクレツィアは嬉しく思いながら、姉と将来の夫が歩み去るのを見送ったのだった。

食事の終わり

一五六一年、ボンデノ近郊のフォルテッツァ

「寒そうじゃないか、愛しい人」

ルクレツィアは首を振ると同時に身震いする。アルフォンソはじっと彼女を見つめている、身を寄せてきて、髪が額に落ちかかり、心配そうな表情だ。

それから彼は立ち上がり、椅子を後ろに押しやって彼女の手を取り、火のほうへと導く。スカートの下で、湿った長靴下に包まれた脚の筋肉が緊張するのを彼女は感じる、走れと急き立てている、全速力で逃げろと。

彼女は炉辺の小さな椅子にすわろうとするが、夫に引き寄せられる、膝の上へと、両腕で抱かれて。この奇妙な一瞬、彼女はそこに身を落ち着ける。彼がぎゅっと抱きしめるのを感じながら、これはほんとうに愛情なのか、それともまさにここでとどめをさそうとしているのだろうかとつい考えてしまう。

夫と目を合わせづらいことにルクレツィアは気づく、こんなに近くては注視しづらい、だが彼女は強いて視線を向け、夫が優しく微笑みながらこちらを見つめ返すのを眺める。夫の顔立ちは確かに整っていて凜々しい。皆いつもこのことを口にする。均整の取れた体格で、肩幅が広く、四肢は強健だ。だがこの揺らめく光のなかで膝に抱かれて、その顔立ちが魅力的なのか威嚇的なのか、彼

女にはわからない、言えない。彼女に見えるのは顔の一部だけだ。今は額、今は頬、渦巻き状の耳。

　思い違いだったということがあり得るだろうか、ここフォルテッツァでの状況を彼女が誤解していたということが。もしかしたら夫は言葉どおりの人なのかもしれない。ここへ連れてきたのは休息させるため、転地のためなのかもしれない。彼女の想像にすぎないのかもしれない――生まれてこのかたずっと、想像を働かせすぎる、想像力が過剰だと言われてきたのだ――あるいは気の迷いから、夫が自分に危害を加えるつもりでいると思い込んでしまったのだろうか？

　夫の腕は彼女の腰にまわされ、夫の脚は彼女を支え、彼女は指先を夫の襟の後ろに当てている。琥珀色の炉火の明かりのなかで、目の隅に見える夫はまたもあの袖に切りこみのある緑色の天鵞絨の服をまとっていると思ってしまいそうだ、夫が着ているのは梳毛糸（そもうし）で織った旅行用の服だとわかっていてさえ。

　衝動的に、夫に身を寄せて頬に接吻する。一日分伸びたひげで皮膚はチクチクしていて、彼女がまた背筋を伸ばすと、夫の顔は嬉しそうでもの問いたげだ。

「なんの口づけ？」と夫は訊ねる。

「ええっと……」彼女は答えをひねり出す。「……ありがとうの」

「なにが？」

「ええっと……わたしをここへ連れてきてくださって」彼女は素早く頭のなかをかきまわして、妻を殺（あや）めるのはやめておこうと夫に思わせられるような言葉はないか探す、もしそれがほんとうに夫の意図なのだとしたら。「わたしに優しくしてくださって。わたしに……」

　彼の腕がぎゅっと締る。圧力で着ている胴着の枠がきしむ音が彼女の耳に響く。

「礼を言う必要などないよ」と夫は言う。「だけど、もう一度口づけしてくれてもいいな」

　彼は光と逆のほうへ顔を向けて、反対側の頬を示す。一瞬おいて、彼女は顔を近づけてそこに口づける。すると夫は向き直り、口を寄せてくる。

彼女は笑みを作る。夫に身を寄せる。近づくほどに夫の顔かたちはぼやけ、そして彼女は瞼を閉じていく。夫が危害を加えようとしているわけがない、だって彼女の口づけを望むのだから、そして夫の唇がこうして今度は彼女の唇の下にある、そして力が加わる、口が彼女の口を覆っている、大きな手が彼女の後頭部にあてがわれている、そして誰もこんなことはしないはずだ、もしそういうつもりなら、そんなことをしようとしているなら、計画しているならば——そう、そんなことあり得ない、思い違いに決まっている、夫はやっぱり愛してくれているのだ、大事に思い、気遣ってくれているに決まっている、だって誰もこんなふうに口づけたりはしない、愛情をこめて熱っぽく口を押しつけて舌先を動かして、そうでしょう、殺そうと考えながらその相手に自分の魂そのものを注ぎ込もうとするかのように接吻するなんてこと、誰もするはずないでしょう?

間違っていたに違いない。旅で、最近の病気で神経が高ぶっているのだ。想像力を解き放ってしまった、またも想像力に惑わされるがままになってしまったのだ。この美男で教養ある夫は妻に悪意などまったくない。夫は愛してくれている。そうに決まっている。こんなに長いあいだ口づけてくれて。なんと幸運なのだろう、こんなに愛情深い人と結婚できて。

口づけは続く。まだまだ続く。彼女はされるがままになっている。夫の首にまわした両手の指を絡め、物思いにふける。この部屋の温度はどこかちぐはぐだ。体の片側は暑すぎ、左の頬と腕は炎の熱で焦げそうだ。もう一方の、部屋に向いているほうは寒すぎる、フォルテッツァの凍るような瘴気(しょうき)が彼女を包んでいる。

夫の手が彼女の両の袖の布地を撫でている。それからとつぜん、夫は体を離す。

「おいで」と夫は言う。「部屋へ連れていってあげよう」

ルクレツィアは夫の膝から立ち上がり、今朝宮廷を出てからずっと気になっていたことを切り出そうと決める。

「気になるんですけど」できるだけ軽い口調で彼女は話しはじめる、夫は食卓から蠟燭を取り上げ、そんなことどうでもいいだろうと言いたげに、妻の手を取る。「わたしの小間使いたちはいつ着くんでしょう。もうずいぶん遅いですし、それに……」

夫は彼女のほうは見ずに答える。「明日か明後日だろう」

「でも、わたしたちのすぐ後から来ているものと思っていました、だっておっしゃったでしょう——」

「お付きの女たちなしじゃ、やっていかれないのかい？」夫は面白がっているような口調だ。「たったの一晩も？」

夫は扉のほうへ行って開け、片側へ寄って彼女を通す。

「だいじょうぶだと思います」彼女は答えながら廊下に踏み出す。この人はわたしに悪意は持っていない、と自分に言い聞かせる。この人はわたしを愛している、愛している——この人は愛しているって言っている。

「なるべく早めに来るだろうよ」アルフォンソは彼女の肘を摑んで廊下を歩いていく、蠟燭の明かりの輪が揺らめきながら彼を包んでいる。彼女は遅れないようにしようと歩幅を広げなければならない。「暗くなってから進むのは安全ではない。お付きの女たちを危険な目に遭わせたくはないだろう？」

夫は手を伸ばして彼女の顎に触れ、親指と人差し指で摘まんで顔を光のほうへ向かせる。きれいに見えると夫は言う。田舎の空気がすでに彼女の体に効果を及ぼしているのだ。

「そなたの髪は惜しかったな」短くなったお下げ髪を掌で撫でながら夫は言う。「でも相変わらず見事だけれどね」

彼女は頷く。「ありがとうございます」

夫は彼女に、湿気と苔で滑りやすい螺旋階段を上らせる。靴が滑らないよう、ドレスの裾につまずかないよう、夫の手にしがみつかなければならない。自分のいる場所を、この建物の壁や廊下を見せてくれるのは、蠟燭の弱々しい黄色のぼんやりした光だけだ。二人は階段をのぼっていく、そして廊下を歩き、それからもっと幅の狭い階段を上る。自分が経路を覚えようとしていることに彼女は気づく、頭のなかにこの建物の図面を描こうとしていることに、念のために。広間を出て、それから階段を上がって、それから天井の低い廊下を右へ、そしてアーチ道を抜けてそれから――

「ここだ」夫はそう言って彼女のちょっと先で足を止め、重い木の扉を開ける。「ここがそなたの眠る部屋だ。火を熾(おこ)しておくよう言いつけておいた、だから温かくなっていて換気もできているはずだ。お先にどうぞ、愛しい人」

すべてが変わる
一五五七年、フィレンツェのパラッツォ

統治者一家の上の子どもたち四人が幼年期の終わりにさしかかるころには、彼らの将来についてはすでに綿密な計画が立てられていた。彼らの両親や使者や秘書官や顧問官たちが、子どもらが生まれたときからそうした計画を練ってきたのだ。

マリアはフェラーラ公爵の息子と結婚することになっていた。イザベッラはローマのパオロ・ジョルダーノ・オルシーニと婚約していた。フランチェスコはいずれフィレンツェの大公となる。ジョヴァンニは枢機卿という高位に就くことになっている。

ひとり、またひとりと、ルクレツィアの兄や姉たちは子ども部屋を出ていった。以前孤独を感じていたとしても、彼女は兄や姉たちが成長したらどうなるかという心の準備はできていなかった。婚約を機に、イザベッラとマリアは自分の部屋を与えられた。フランチェスコとジョヴァンニは十三の誕生日に、これまた二階に部屋を与えられ、フランチェスコは毎日父の執務室へ行って、父のもとで国務を学ぶことになっていた。

そのころルクレツィアは幅の狭い小寝台でひとりで寝ていて、弟たちが大きな寝台を使っていた。教室では、数字や文字を習っているだけのピエトロやフェルディナンドやガルツィアとは反対側の机にすわった。夜は遅くまで起きていて、ソフィアとほかの乳母たちが母国の言葉でおしゃべりす

るのを聞いていた。強勢が置かれるところが面白い、柔軟な母音、フィレンツェ人であるルクレツィアの耳にどこか馴染みのある言葉がときおり混じる。パラッツォではよく知られていることだが、ソフィアが子ども部屋で自分といっしょに仕事をさせるのは郷里のナポリの村出身の若い女だけだった。ほんとうに、ソフィアが主張する理由――村出身の娘たちは最上の子守女になるからという――のためなのだろうか、それとも、そういうふうにすれば、ほかの人たちにはわからないだろうと安心して自分たちだけの内緒の方言で手伝いの女たちとおしゃべりできるからだろうか、とルクレツィアは考えることがあった。

ルクレツィアが四人の兄姉たちの姿を見かけるのはほんの短いあいだだった。彼らが廊下を歩く足音が聞こえたり、階段を降りてくる彼らの服がすっと視界を過ったり、イザベッラの笑い声が広間の集まりから響いたり、彼らの父に随行するフランチェスコの空咳が大広間の壁を伝ったり。兄姉たちはけっして子ども部屋には姿を見せなかった。ルクレツィアは隠し通路をこそこそ歩きながら、情報の切れ端を集めた。マリアの結婚式は豪華なものとなるだろう、サンタ・マリア・ノヴェッラ教会を銀梅花（ぎんばいか）の枝で飾り立てて。そのあとの夕べには百人のフィレンツェのご婦人方が大広間いっぱいに踊り、仮面劇や東洋の曲芸も披露される。だが母の部屋の壁板の裏をうろうろしながらルクレツィアが耳にしたなかで、豪華絢爛さではマリアのまとう衣装を上回るものはなかった。純金を紡いだものに母の蚕室で作られた絹が重ねられるのだ。エレオノーラ自らが全工程を監督する。教会の通路を歩むマリアは光り輝くことだろう、クリームのような肌を引き立てるために金が、髪の栗色のきらめきを際立たせるために青が選ばれたのだ。これまで見たこともないような衣装となることだろう。

すべてが変わった日は、じめじめして雷がきそうだった。夜通し、そして午前中も雨が降っていて、パラッツォの屋根にはパラパラ雨音が響いていた。子ども部屋の窓からルクレツィアが見下ろすと、広場は雨水でつるつるしていて、敷石は爬虫類のようにきらめき、溝には落ち葉が詰まっていた。アルノ川は増水して泥川になっているだろうと彼女にはわかっていた。ふだんは健康で丈夫なマリアが肺の感染症に罹って寝ついている、とソフィアは数日まえ、子どもたちに話していた。今日は空気が悪い、とソフィアは言いながら目の前で手を振ってみせた、自分の掌や指にはこの部屋の不快な瘴気を一掃する力があるのだとでも言いたげに。

ルクレツィアは教室でメソポタミアの地図を模写していて、広大な海の部分に逆巻く波を描きこんでいた。海の怪獣を描き、水中からくるくる渦が巻く様を描き加えて、ほかに水面下に描くべきどんなものがあるだろうと考えているると、物音が聞こえた。長い耳障りな遠吠えのような声に、彼女は顔を上げた。最初は犬だろうと思った。怪我をしたとか打たれたとかしたのだろうと、ところが次第に小さくなったその声は人間の叫びになった、繰り返している。いやいやいやいやいや、と。

ルクレツィアは半ば立ち上がりかけて、尖筆を取り落とした。母だろうか？　イザベッラ？　声は下の階から聞こえていると彼女にはわかった、壁や天井越しに。

ほら、まただ。いやいやいや。それから甲高いむせび泣き。ルクレツィアは駆け出して部屋を横切り、扉を通り抜け、階段の吹き抜けに身を乗り出した。「マンマ？」と呼びかけた。

階下は静まり返っている。それから扉がバタンと音を立てる。廊下を急ぐ足音、衣服の裾が床をこする音。

「イザベッラ？」ルクレツィアは呼びかけてみる。「あなたなの？」

低い呟き、そして扉が開き、すすり泣きの声が彼女のほうへ煙のように上ってきた、その向こうで祈りの声が響いている、パラッツォの神父さまだ、とルクレツィアは気がついた、ラテン語を唱えている。

「マンマ？」ルクレツィアはもう一度呼びかけてみたが、聞こえてくるのはしわがれ声だけだ。何か恐ろしいことが起こったのだという思いが襲ってくる。この確信は彼女をがっぷりと咥えこんだ。階下のどこかから、数名が階段を駆け下りる轟くような音が聞こえてきた。誰かが泣いている、陛下はどこにおられる？　陛下をお見掛けしたか？　すぐここへお連れするのだ。

　ちょっと経ってから、ソフィアが階段の手すりにしがみついているルクレツィアを見つけた。ソフィアは彫刻を施した石からルクレツィアの指を引き剝がして子ども部屋へ引っ張っていかなければならなかった。弟たちは木の聖母マリア像の前に跪かされ、ソフィアは慣習に従って、マリアの魂が天国へ飛んでいけるようにすべての窓を開け放していた。

　絨毯の繊維がルクレツィアの膝に食いこむ。彼女は両手を合わせ、祈りの言葉を唱えた。木の聖母の彩色された目は見ずに、代わりに大きく開け放たれた窓とその向こうの街を見た。空は不穏な灰色で、さらなる雨で垂れこめていた。その様子はルクレツィアを身震いさせた——マリアにここから飛び去ってもらいたくはなかった、たったひとりで、ここの窓から、あの威嚇するような空へ向かっていくなんて。ここがマリアの居場所なのに。ルクレツィアは、振り向いたらマリアがそこにいればいいのにと思った、この部屋に入ってきてくれたらいいのに、顎をぐっと引いて腕を組んで、自分の婚礼衣装の生地のこと、ダンスの準備のことをしゃべってくれたら。そこにいた人が次の日にはいなくなるなんてことが、どうして起こるんだろう。

　ルクレツィアはソフィアに袖を引っ張られていることに気付いた、これはつまり、聖母のほうを向いていなくてはならないということだった、その表情は悲しげで、あまねく寛大で、足元は揺らめく蠟燭の炎に囲まれている。だがルクレツィアは、窓と窓枠のなかの長方形の空や旋回する鳥の群れから目が離せなかった。

　飛び立つマリアの魂らしきものは何も見えなかった。そよ風もなければ、動きもなく、ちらつく光もない。ただ雨だけ、雨は降り続き、何千もの何千もの銀の針が上から落ちてきて、子ども部屋の窓台に染みをつけた、床にも、緑色がかった窓硝子にも、通りにも、この街じゅうの家々にも。

マリアが埋葬されてから一か月ほど経って、大公の私室の裏を走る隠し通路の割れ目ができやすい板壁に耳を押し当てたなら、つぎのような音が聞こえたことだろう。くぐもった靴音が考え込むように部屋の一方の側からもう一方へと歩く、紙に羽ペンを走らせる音、抑えた咳払い、羽目板のすぐ向こう側にいる誰かの息遣い。すると、コジモ大公の顧問ヴィテッリの声が聞こえる。「すこぶる残念なことであります」と彼は言い、それからしばらくして続ける。「しかしもちろん、マリア公女様がお亡くなりになったという悲しみに比べたら何ほどのこともありません」

ちょっと間があき、それから同意の声。コジモだ。

「フェラーラからの手紙は」とヴィテッリが言う、「申し分ないものです」

紙がかさかさいう音、いかにも手紙そのものを熟読しているかのような。

「おわかりでしょう」ヴィテッリが今や羽目板にさらに近づいて言う、コジモの肩越しに読もうと寄ってきたようだ。「あの青年と父親の公爵は喪失に打ちのめされていますが、同時に非常に丁重に陛下とマリア公女様のお母君に弔意を述べております」

「うむ、うむ」と応じるコジモの声には苛立ちの気配がある。

耳を押し当てて聴いている者が左へ寄ったなら、羽目板の割れ目から僅かに光が漏れているのを発見したことだろう。そしてもしその割れ目になるべく目を近づけたなら、枝付き燭台の明かりが見分けられたことだろう、椅子の形が、立っているヴィテッリらしき人影が、それに光沢のある何か茶色いものをまとってすわっている人物が。寒い日に寝室で身に着ける黒貂（くろてん）のローブをまとったコジモ大公だ。

「二番目の手紙が」しばらくしてヴィテッリが言った、いつ黙っていつしゃべったらいいか心得ているのだ。「フェラーラの従者のひとりから私のもとへ届いております」

コジモは椅子の背にぐったりともたれかかった。「で？」

「公爵も陛下と同じく両家の子どもたちが結ばれる機会が失われたことを残念に思っていると仄めかされておりました。そしてさらに、じつに遠回しにではございますが、ご高齢の公爵の健康がすぐれず、ご子息アルフォンソが跡を継がれることになるのも時間の問題であると記されております。でありますからして、申し上げる必要もないことですが、こちらとしても早急に返答することが肝要かと。この空白を埋めたがっている者は大勢おります、ですから――」

「ああ、だがどうすればいい？　だからといって――」

「これまた仄めかされているのですが」とヴィテッリは説明する、「先方のおっしゃるにはご子息と大公のべつのお嬢さまとの婚姻を進めるにやぶさかではないとのことでして」。

「しかし……」コジモはひげのあたりを掻いた。「……公女イザベッラはすでに婚約しているし、あのような縁組を簡単に取り消すわけにはいかない、となると先方はどんな期待をしているのか……？」

ヴィテッリは礼儀正しく咳払いした。「思いますに、陛下、先方が言っているのはルクレツィア公女さまのことではないでしょうか」

通路で立ち聞きしている人物は、光の漏れる割れ目からはっと後ずさったのではないか。あまりに大きな衝撃だったので、部屋のなかの二人が振り向いて板壁を透かし見たのではないか、すっかり見られてしまったのではないか、彼女が二人の背後の位置に立って目を割れ目に押し当てているのがわかってしまったのではないかと思えるほどだった。

「ルクレツィア？」コジモはおうむ返しに問うた。「だがあれはまだ子どもだぞ、まだ……」

ヴィテッリはまた咳払いした。「もうすぐ十三になられます」

「十三だと？　いや、あの子は……たぶん十かな？　まだ子ども部屋にいるんだ、まだ人形で遊んでいるんだぞ。いったいフェラーラは何を考えているんだ――？」

ヴィテッリの身振りが、コジモに口をつぐませた。

「確かにまだ年端もゆかず、お身体も小さいですが、もうすぐ十三におなりです、陛下。陛下も何度もおっしゃっていますが、フェラーラとの縁組はじつに有益です。とにかくお考え下さい。我が国とフェラーラとのあいだの結びつきを正式なものとする機会がまた得られるのです。あのご子息はすぐに公爵になられるでしょう。確かに、母君とその宗教的傾向の問題はありますが、あの件はおそらくうまく処理されるでしょう、ご子息が私の情報提供者が断言するほど有能ならば。それにもし我々がこの好機をみすみす逃したならば、それに飛びつく者はほかに大勢おります。それに、もうそろそろのはずです、ルクレツィアさまが……」ヴィテッリは細やかな気配りを見せて言葉を切った。「……大人になられるのは。もう、すでになっておられるのかもしれません。なんなら問い合わせてみましょう。ですから、あとは陛下のお考え次第なのです」

建物のどこかからべつの、もっと騒々しい呼び声が聞こえてくる、怒った口調だ。「ルクレツィア！　ルクレツィア！　あの子ったらどこへ行ったんでしょう？」

聞いていた人物は隠し通路の壁から体を離し、さっと上の階へと、ひどく慌てた足取りで駆けていった。


ソフィアがスープをよそっていると、ルクレツィアが子ども部屋に駆け込んできた、狼の群れに追われているような勢いで、髪は乱れ、その後ろで扉がばたんと閉まった。

「まったく」ソフィアは玉杓子を振りまわした。「いったいどこへ行ってたんですか？　ずっと呼んでたんですよ。さっさとおすわりなさい」

ルクレツィアは食卓の自分の席へ滑りこみ、匙を持ち上げた。ソフィアは叱責を続けたが、その声はルクレツィアの頭上をただ流れていった。食べはせず、鉢の一方の側からもう一方へと匙だけ動かす、ガレー船のオールが水をかくように。しまいに、ガルツィアが彼女のスープを取って平らげてしまった。

彼女は立ち聞きしたばかりのヴィテッリと父とのあいだで交わされた会話のことを考えた。フェラーラ公爵の息子のことを考えた、靴がぴかぴかだったこと、塔の頂上で横を通って行ったときの様子、彼女の頰を親指で撫でたこと。マリアのことを考えた、二晩にわたって姉の寝室に医師たちが出入りしたこと、通路を歩く彼らの足音、そして結局一番上の姉は長い木の箱に収められて釘を打ちつけられることになったのだった。マリアはきょうだいのあいだからいなくなってしまった、彼らパラッツォの子どもたちという生き物は、頭を失ったのだ。父が廊下にあったマリアの肖像画をはずさせて私室に掛けるよう命じたとルクレツィアは耳にしていた。マリアの感情をあらわさない美しい目が未来永劫室内をじっと見つめる様を彼女は思い浮かべた。父は毎日あの絵を見上げるのだろうか？　失った娘の顔形を頭に刻んでいるのだろうか？　マリアの婚約者の父親からの手紙、アルフォンソはべつのご息女と結婚するわけにはいかないだろうかと訊ねる手紙を受け取ったとき、父はあの絵の前に立ったのだろうか？

マリアならなんと言っただろう？

彼女、ルクレツィアが、今度はこの男、フェラーラ公の息子と婚約するかもしれないという考えは、あまりに衝撃的であまりに思いがけなく、どうしたらいいのかわからなかった。どう考えていいものかわからなかった。亡くなった姉の代わりになることを期待されているかもしれないなどと思うと、恐ろしい、身のすくむような不安に襲われた。彼女の頭に自分とマリアとの違いが溢れはじめた。ルクレツィアは姉より小柄だ。音楽やダンスは及びもつかない。訪問客や廷臣たちに何を言えばいいのか思いつかない。部屋で交わされている会話に注意を払うのではなく、つい夢想にふけったりうたた寝したりしてしまう。姉の美しさには及びもつかない。衣服や装飾品のことはさっぱりわからない。

彼女は子ども部屋の、これまでずっと暮らしてきた部屋の食卓に両肘をついたが、自分の体そのものがどうもしっくりこない、自分の体ではなく、腕も脚も頭も他人のものみたいで、もはやどんなふうに椅子にすわったり匙を口へ持っていったり、息を吸ったり吐いたりするか、体に指示できないような気分だった。怯えが彼女を、石に生える苔のように覆いはじめた。まるで見えない何かあるいは誰かが忍び寄ってきて、今や後ろに立っているような気がした。空っぽの皿を前にすわっていると、後ろにいるものへの恐怖がどんどん高まった。それは黒っぽく、ゼラチンのように輪郭が変化して定まらない。目はないが、濡れた口を開けて湿気を、ガス状の息を吐きだしている。振り向かなくとも彼女にはわかっていた、それは自分の死なのだと。もしこの縁談が進んだら自分は死ぬだろうと、とつぜんわかったのだ、もしかしたら今、もしかしたらもっとあとで、でもすぐに。この恐ろしいものからは、この彼女自身の死の亡霊からは、けっして逃げられないだろう。

ルクレツィアは食卓の角に体を押しつけた。部屋の明かりが眩しくなった気がした、耐えられないほどだ、それから弱まる。胸が締め付けられるような、息ができないような感覚があった、何かに喉元を摑まれている、すでにそいつの冷たい指で口をふさがれている。

なんの前触れもなく、彼女は椅子と食卓のあいだにもぐりこんだ、クロスの下を手探りするようにして。そうするほかなかったのだ。食卓から逃げ出すわけにはいかなかった、あいつが手を伸ばして捕まえるだろうから。いや、こうやってあいつをかわすしかない、視界から消えて、それから椅子の脚や人の足のあいだをかいくぐって反対側へ出るのだ。

ルクレツィアはまた部屋のなかへと浮上した。まわりのあちこちから乳母たちの叫び声が聞こえ、ソフィアの叱責が飛んでくる、一体全体こんどは何をやってるんですか？　彼らには見えないのだとルクレツィアは悟った、あの恐ろしいものが、彼らには見えない、彼女のようには感知できないのだ。ぱっと前へ飛び出そうとしたが誰かに腕を摑まれた。あの恐ろしいものだろうか？　こんなにすぐに死が訪れるのだろうか？　今度は彼女が木の箱に収められて釘を打ちつけられ、家族の墓所の可哀そうなマリアの隣に横たえられるのだろうか？

彼女は腕をもぎ離し、絨毯の上を扉に向かって突進した、ところが相変わらず息がまるで吸いこめないし、頭が熱っぽくてかっかする。暖炉が、つづれ織りの壁掛けが、貴重品箱が、外へ出る扉が、目の前の火明かりのなかで漂っているように見えた。それからすべてが、幕が引かれたかのように止まった、そしてルクレツィアは床に倒れた。

気がついたルクレツィアは、何時間もぐっすり寝ていたような気がした。ところが見ると子ども部屋の床に寝ていて、ソフィアが立ちはだかって眉をひそめ、ほかの乳母たちと彼女の弟たちがまわりに集まって、死んだの、とか、目を覚ますの、とか、お医者さんを呼んでってパパに頼もうか、とか、がやがや言っていた。

ルクレツィアが目を開けたのを見ると、ソフィアは指をぱちんと鳴らして皆を追い立てた。「出ていきなさい」と命じた。「一人残らず。今すぐに」

乳母たちも弟たちもしぶしぶ扉へと向かい、ソフィアはクッションを両手に抱えて戻ってきた。ルクレツィアの頭をそっと、うんとそっと持ち上げると、その下にクッションを置いた。「いつも同じ」とぶつぶつ言う。「つぎには何をやらかすかわからないんだから」

ソフィアは食卓から水を持ってくると、大儀そうに絨毯にしゃがみ、スカートをまわりに広げて巣のなかの鳩のようにすわりこんで、ルクレツィアの唇にあてがった。ルクレツィアのスモックの紐を緩め、額にかかった髪を撫でつけてやった。

「さてと」とソフィアは言った。「話してくださいな。一体どうしたんですか？」

ルクレツィアは首を振って目を逸らしたが、一方でソフィアはなんとしても聞き出すだろうとわかっていた。

案の定、乳母のほうへ視線を戻すと、ソフィアは目を細めてじっとこちらを見ている。

「お腹が痛いんですか？」と問いただす。「頭痛？　お昼ご飯をぜんぜん召し上がってないのは見てましたよ。どうしたんです？」

ルクレツィアは涙をこぼさないよう目をぎゅっと閉じたが、それでも睫毛のあいだから漏れ出すのがわかった。話があまりに大きすぎて手に負えず、どこから話し始めたらいいのかわからなかった。手紙から、マリアの死から、塔のてっぺんにいた男から？

「ほら」ソフィアはルクレツィアの手を両手で包みこんだ、いつにない優しさだった。「ソフィアばあちゃんに話してごらんなさいな」

「あのね……」ルクレツィアはソフィアの荒れた掌のなかで指先を丸めながら話そうとした。「……あの、お父さまが……それとももしかしたらヴィテッリが……わからないけれど……望んでいるの……」

ソフィアは彼女をじっと見つめていた。「何を望んでいるんですか？」

ルクレツィアは大きく息を吸い込んだ。またあの灰色の怪物が近くにいるのを感じたが、ソフィアがいれば近寄っては来られないだろうとわかっていた。「望んでいるの……公爵のご子息、ほんとうならマリアが……つまりね……お父さまとヴィテッリが思うには、お父君の公爵はきっと……」

ソフィアは顔を寄せて耳をそばだてた、ルクレツィアの発するひと言ひと言が宙に漂うもろい金の細糸で、捕まえなくてはならない、飛んでいってしまうままにはしておけない、とでも言いたげに。

二人ともしばし何も言わなかった。ソフィアは眉尻を下げて渋面を作りながらまじまじと彼女を見つめた。それから言った。「あなたを？」

そして、頭の回転の速いソフィアがわかってくれたことに、あんな言葉を口にする必要がなかったことにほっとしながら、ルクレツィアは頷いた。

「あなたを公爵の息子と結婚させたがっているの？　あの方たちがそう言うのを聞いたんですか？」

ソフィアはこの件について考えているらしく、頭を起こして、何か初めてのものを味わっているかのように口を動かしていた。またルクレツィアに視線を戻したソフィアの顔は怒りに燃えていた。一瞬方言に切り替わり、聖母とか悪魔とかそのほかの言葉がちりばめられた一連の呟きを吐き出した。

「あなたは十二歳ですよ」ひとりごとのようにして言った。「そしてフェラーラの後継ぎは二十四歳の大人の男」

ソフィアはちょっとの間口をつぐんだ。それからルクレツィアの指を軽く叩いた。「どうやってこのことを知ったのか訊かなくちゃいけないんでしょうけどね」と言った。「だけどやめておきますよ」

ソフィアはルクレツィアの手を離し、息を弾ませながらやっこらさと立ちあがった。いつもの足を引きずるようなぎこちない歩き方で窓辺へ行き、片手を腰に当てて広場を見わたした。それから暖炉へ歩き、火搔き棒を摑んで炎のなかに突っ込むと、搔きまわされた薪はパチパチ抗議の声をあげ、煤けて黒くなった煙突に火花の集団を舞い上げた。

「あたしたち」と見たところ薪に向かってしゃべっているように言った、「この件については賢く立ち回らないと、あなたとあたし。二匹の狐みたいにね。あたしの言ってること、わかりますかね？」。

ルクレツィアはわかると答えたが、ほんとうはソフィアが何を言っているのかさっぱりわからなかった。彼女は横向きになって肘をついて体を起こしはじめた。ソフィアがやってきて脇を支え、立たせてくれた。それからソフィアはルクレツィアの両頬を手で挟んだ。「ヴィテッリはすぐにここへやってくるでしょう」と囁いた。「あなたとあたしと話をしたがるでしょう」

「あの人が？」

ソフィアはルクレツィアの顔を挟む手にいっそう力をこめた。奇妙な抱擁だった――心地よくはないけれど優しく、強要しているようでいて、愛情深かった。「あたしが何を言おうと、あの方にどんな答えを返そうと、あたしに合わせるんですよ。わかった？」

ルクレツィアは困惑しながらも頷いた。

「あの方が質問して、あたしが答えます、あなたではなく。あたしが何を言おうと、とにかく頷きなさい。それからこのことは誰にも言ってはいけませんよ。約束できますか？」

「はい」

「あなたのマンマにも、イザベッラにも、誰にも言わないで」

「約束します」

「あたしたちにはこの結婚を阻止することはできません、でも神さまのお助けがあれば、遅らせることはできます、ちょっとだけね。あなたが大人になるまで。一年か二年の猶予です。いいですね？」

一瞬、そしてほんの一瞬だけ、ソフィアはルクレツィアをぎゅっと胸に抱きしめた。ルクレツィアの鼻と頬がソフィアの前掛けに押しつけられた。それからルクレツィアを離すと、さっと食卓のほうへ向かった、散らかってるとか皿がとか、どうして誰も手を貸してくれないのかしら、いったいあたしのことをなんだと思ってるんだろう、役馬だとでも？　などとぶつくさ言いながら。

ソフィアはもちろん正しかった。

ヴィテッリはまさにその翌日現れた、夕方遅くに、子ども部屋の扉を二度強く叩いて来訪を知らせた。

年少の男の子たちは寝台に入れられていた。ほかの二人の乳母たちは子どもたちの冬の長靴下を繕うように言いつけられていた。絵の先生に言われて、ルクレツィアは中二階で見つけた死んだ椋鳥の油絵具による習作を試みていて、鳥をあっちへ向けたりこっちへ向けたりして翼のはかない玉虫色を捉えようとしていた。ソフィアは収納箱の内外のリネン類を数えていた。

扉を叩く音が聞こえると、ソフィアはさっと顔を上げた。扉のほうを見て、ルクレツィアを見た。それから妙なことをした。リネンを数え続けたのだ。ルクレツィアが見ていると、若い二人の乳母は戸惑った顔で目を見交わしたが、戸口に行かないだけのわきまえはあった。ここはソフィアの王国で、彼女以外の誰もあの扉を開けるわけにはいかないのだ。

また扉が叩かれた。今度はもっと強くて音が大きい。

「七」とソフィアが落ち着き払って重ねたリネンに向かって数えた。「八、九」満足げにため息をつき、四角く畳まれた最後のものを上に重ねて叩いた。「そして十」

ルクレツィアとほかの乳母たちが見守る中で、ソフィアは収納箱の蓋を開け、重ねたリネンを注意深くなかに入れた、いっかな急ぐ様子はない。

またも扉を激しくしつこく叩く音が響いた。

「ちょっと待ってください」ソフィアは叫んだ。「今行きますから」

彼女は雑巾を手に取って収納箱の上面のついてもいない埃を拭った。小声で歌を歌いながらゆっくりと部屋を横切り、ちょっと立ち止まって食卓の上の鉢を置き直し、また立ち止まってスツールを食卓の下へ押し込んだ。手にした雑巾で扉の取っ手をさっと拭い、それから暖炉の上の鏡に向かって帽子を直した。

やっと扉を開いたソフィアは、訪問者を上から下まで睨めまわした。

「シニョール・ヴィテッリ？」彼女は大声をあげた。「あらま、驚いた。どうぞなかへ」

ヴィテッリはつかつか部屋に入ってくると、絨毯の真ん中で立ち止まった。彼は革装の参考資料を胸元に抱え、兎の毛皮をあしらった長いマントをまとっており、それが足元で揺れていた。

「お前」彼は繕い物の上で針を構えていた乳母たちを指さした。「それにお前も。出ていけ」

二人の乳母は怯えを浮かべた目を、まだ雑巾を持ったまま扉の横に立っているソフィアに向けた。ソフィアは悠然と、ヴィテッリの衣装に汚れがついていやしないだろうかと確かめるようにじろじろ見たあとで、乳母たちに頷いてみせた。二人は繕い物や糸をまとめると、そそくさと別室へ向かい、出ていって扉を閉めた。

「なんのご用ですか、シニョーレ？」ソフィアは目を細めて相手を見上げながら訊ねた。「飲み物はいかがです？　ルクレツィアとあたしはちょうど――」

「いや」とヴィテッリはソフィアの話を遮り、手にした資料を開いてそこに書かれていることに目を通した。「長居するつもりはない。お前に訊きたいことがあってな」彼は咳払いした、一音程で。「いささか話しにくいことなのだが」

ルクレツィアは椅子にすわったままもぞもぞした。絵筆を一方の手からもう一方の手に持ち替えて、湿った毛先を尖らせる。この絵筆はパラッツォの猫の一匹から毛をちょっと切り取って――罪の意識を感じながらこっそり――自分で作ったのだ。火のそばでその猫が長々と伸びて寝ているところへ行きあわせたのだった。猫は目を覚ましもせず、ルクレツィアはついこのあいだ、その毛が伸びて完全に元に戻っているのを見かけていた。

彼女が濡れた筆先を少量の青絵具——この色はほんの少ししか持っていないので、使い方には気を付けなくてはならなかった——のなかでひたすら前後に動かしていると、ヴィテッリがまた口を開いた。

「我々は、フェラーラ、モデナ及びレッジョ公爵のご子息アルフォンソさまが公女ルクレツィアさまと婚姻の絆を結ぶにやぶさかではないとの確約を得ている」

ルクレツィアは身じろぎもしなかった、絵筆——希少で高価な群青色を含ませた——を宙に浮かせたまま。息ができなかった、目を上げることができなかった、ヴィテッリのあの淡い色の目はきっと彼女の皮膚を突き抜けて心の内を見通し、彼女がすでにこのことを知っていたと見抜くことができ、隠し通路をうろうろしては壁や羽目板に耳を押し当てる癖に気づいてしまうだろうと思ったからだ。

ソフィアについては、そんな心配をする必要はなさそうだった。

「フェラーラ公爵のご子息?」ソフィアはさも驚いたような口調で問い返した。「公女マリアさま、ああ安らかに眠り給え、あの方と婚約してらした殿方ですか?」ソフィアは信心深く十字を切った。

ヴィテッリはまたも咳払いした。「そうだ、まさにそのお方だ」彼はこの言葉を効率よく、じれったいと言わんばかりの早口で返した。「先方はもちろん公女マリアさまが亡くなられたことを嘆いておいでだが、公爵がご子息の配偶者を求めておられることに変わりはない。アルフォンソさまは公女ルクレツィアさまと会ったことを、そして好ましい印象を受けたことを覚えておられる。公女さまとの結婚を望んでいると述べられているのだ。これは」ヴィテッリは資料をばたんと閉じると長い革紐で括りはじめた、「まったくもって適切で礼節に適ったことだ、亡くなった方の妹に求婚するというのはな。このご一家に対する非常な好意と尊敬を示している。もちろん」と彼は付け加えた、「ご子息が公女ルクレツィアさまに抱いておられる大いなる敬意の念も」。

ルクレツィアは食卓にかがみこんで絵筆を下ろし、椋鳥の翼にほんの少しずつ群青色の縞を描き足していった。その色は揺らめきながら羽の黒っぽい光沢を押しのけているように見える。ルクレツィアの耳には不調和な二つのもののあいだの争いが聞こえてきそうだった。

「なんて名誉なことでしょう」ソフィアはぼそぼそ言いながら、雑巾を引き裂かんばかりに両手のあいだで引き伸ばし、ソフィアの本心は言っていることとは正反対なのだとは、ヴィテッリにはとてもわからないだろうとルクレツィアは思った。

「まことに」ヴィテッリは首を傾げて言うと、妙な顔をした、目がくしゃっとなり、唇がめくれて歯が見えた。

「もしかして」絨毯を踏みしめた足を動かしながらソフィアが言った、「公爵さまとご子息さまはルクレツィアさまがまだまだ年がお若すぎるということをご存じないのでは」。

「つぎの誕生日には十三になられますし――」

「まだやっと十二です」とソフィアが口を挟んだ、「そして公爵さまのお世継ぎは、確か――」。

「公女マリアさまは、神よ、あのお方を哀れみたまえ、確かにより適切なお年でした、ですがアルフォンソさまは明らかにご自分がフェラーラ公爵となる将来のことを考えておられます、そして妻を娶りたいというのは、もちろん、その重要な要素なのです。このご縁組は双方にとって益の多いものとなるでしょう」

「ルクレツィア公女さまは子どもですよ、シニョーレ」

「多くの女性が結婚するときはまだ――」

ソフィアは顎をあげた。「ルクレツィア公女さまはまだ子どもなんです」と繰り返し、その静かできっぱりした口調にルクレツィアは目を上げた。背中にまわしたソフィアの指が見えた、交差させて嘘をつくときの呪い(まじない)である十字を作っている。迷信深い乳母はけっして寝台に帽子は置かないし、階段で誰かを追い越すこともしないのだった。

ヴィテッリは目を細めた。ごくんと唾をのみこみ、白い首の突起がひょこっと上下に動いた。「つまりそれは、シニョーラ、ルクレツィアさまはまだ……?」ヴィテッリはわかっていただけますよねと言いたげに語尾を濁らせた。

乳母はちょっと間を置いた。困惑をにじませて首を傾げる。「まだ?」と続きを促した。

ヴィテッリは視線を床に、窓に、天井に移した。「いまだ……つまりその……あの……まだないと……?」

またもソフィアは沈黙を差し挟み、それは乳母と上級顧問官のあいだで広がり膨らんだ。ルクレツィアは目を伏せたまま二人を窺った。二人がなにを言っているのかはさっぱりわからなかった。わかるのはただ、ヴィテッリがしぼんでいる、空っぽになっているということだけだった、雨をいっぱいに含んでいた雲がいまや散り散りになって害のないうっすらたなびくものになってしまったかのように。

ヴィテッリはまたも試みようとしていた。「ルクレツィアさまはまだない……」彼は口ごもった、流れを漂流するボートだ、だがソフィアは彼が必死に投げてよこす綱を頑として摑もうとはしなかった。

「何がないんです?」乳母は何食わぬ顔で問いかけた。

ヴィテッリは踏ん切りをつけた、まだ乳母と目を合わせはしなかったが。「シニョーラ、ルクレツィアさまは始まっているのですか……」彼は言葉を切ってちょっと目を閉じ、勇気を奮い起こした。「……毎月の出血は?」

「いいえ」とソフィアは答えた。

ルクレツィアは目を落とした、描いている絵にではなく、絵筆や油の小瓶と並んで横たわる椋鳥に。鳥。絵。ほかへは目を向けなかった。鱗に覆われたきゃしゃな足を見る、もう二度と木の小枝や窓のまぐさ石にしがみつくことのない足だ。畳まれた、幾重にも重なった翼を見る、もう広げられて上昇する風を捉えることはない、この鳥を屋根や通りを越えて運んでいくことはないのだ。彼女は自分の絵を見る、嘴の精密な線を、柔らかい喉の光沢のある緑をちゃんと捉えてはいないのを認めた。

ソフィアの「いいえ」が頭に鳴り響いた。いいえ、と乳母は言ったのだ、はっきりと自信たっぷりに。ヴィテッリの顔を見て言ったのだ。いいえ。

ルクレツィアは指先で椋鳥の尾に触れた。その朝早く、中二階で見つけた。開いている窓から飛び込んできて、また外へ出る道が見つけられなかったのだ。一晩じゅう飛びまわっていたのだろうかと彼女は考えた、どんどん不安を募らせながら、嘴を何度も何度も硝子に打ち付け、翼を必死にバタバタさせて。彼女は丸めた指で天鵞絨のような喉を撫でた。その心から、しだいに希望がなくなっていったのだろうか？　硝子越しに外を見て、パラッツォの上空で仲間たちが揺らめく大きな雲のように集まって旋回するのを目にしたのだろうか？　この建物に閉じ込められた自分をそこへ置いて仲間たちが皆飛び去っていくのを見つめていたのだろうか？　彼女は耐えられなかった、この鳥に突然感じた同情を抱え込むゆとりが心のうちに見つからなかった。

いいえ、とソフィアは言った。そして彼女、ルクレツィアは自分の役割を演じなくてはならない。こんなふうに頭を垂れて、椋鳥を見つめていなければならない、その鳥を描いた不完全な絵を。ソフィアが背中で指十字を作っていることをヴィテッリにけっして漏らしてはならない、ソフィアがルクレツィアに出血が始まったらどうしたらいいか教えてくれたことを。布を折ってまた折って当てる、川岸の滑らかになった石を拾って、火のなかでちょうどいいくらいに温めて、それから亜麻布で包んでお腹に置く。血を下ろすため、血が通りやすくするため、とソフィアは、寝台に横たわって生理痛に狼狽えるルクレツィアに教えたのだった。これは二度、ルクレツィアに訪れていた。そしてソフィアは、これから毎月来るだろう、月が満ちるように、と言った。どの女にも来るのだと。たとえマンマでも？　ルクレツィアは疑うように訊ねた、あの宝石で身を飾った高貴な彼女の母がこんなことによってへたばることがあるなんて、とても信じられなかった。ソフィアは頷いた。たとえマンマでも、と乳母は言った。

そして今、この暑い部屋で、ヴィテッリが思い通りにならなくてひどく逆上した顔をしていて、その前にソフィアが、うんと小さく見えるけれど頑固な様子で立っているところで、ルクレツィアは訊ねたかった。これが公爵の後継ぎといったいなんの関係があるというのか、結婚と、自分の歳と、なんにせよ？　だがそんなことはできない。彼女は絵筆を取り上げて、猫毛の筆から群青色を洗い落とし、自分の絵をしげしげ見なくてはならない、ぴくりとも表情を動かさずに、目の前の食卓の椋鳥同様動かない表情で。何も漏らしてはならない——出血のことも、布のことも、熱い石のことも、ソフィアのことも。

「わかった」とヴィテッリが言った。ぶっきらぼうでがっかりした口調だ。「うん、確かにこれまでずっとお歳のわりに小柄だったし。発育不十分で」

ソフィアは肩をすくめた。背中の指の十字は解かれて、だらんとしている。

「婚約の交渉は進めても、結婚は待ってもらうようフェラーラの宮廷に伝えよう、始まるまでね、公女ルクレツィアさまの……」ヴィテッリは片手を宙で振った。問題となっている事柄を示す言葉を繰り返すつもりは毛頭なかったのだ、どうしても必要というのでないかぎり。「シニョーラ、是非知らせてもらいたい、あれが始まったらな？」

「承知いたしました」とソフィアは答えた。彼女はちょっと横へ動き、それから後ろへ下がった、自分の服の裾をあちらへこちらへと振るようにして。それは漠然とした、はっきりとはわからない勝利の気配を、一点取ったという気持ちをにじませた動作だった。

ヴィテッリもこれを感じたに違いない、眉をひそめると厳しい顔つきになった。「直接にな、願わくば」

「もちろんですとも、シニョーレ」ソフィアはにっこりし、開いた口の黒々した歯の隙間がぜんぶむき出しになった。「あたしが自分でまいります、何かわかったらすぐにね。結婚式の日を楽しみにしておりますよ、胸を躍らせながら」

ヴィテッリは乳母が真面目に言っているのかどうか確かめようとするかのように見返し、それから歩み去った。扉から出ようとしたとき、思い直したらしく、ルクレツィアがすわっている食卓へ向かった。

ヴィテッリが進んでくるのを彼女は見つめた、どんどん近づいてきて、どんどん高くそびえたってきて、しまいに首を後ろへ反らすまでになった。口が急に乾いてきた、胸のなかで心臓がどきどきしている。もしも同じことを訊かれたらどうしよう？　どんなふうに嘘をつけばいいだろう？　ソフィアはほんとうのことを言っているのかと訊かれたら？　どう答えればいいのだろう？　そして彼が知ってしまったら、ソフィアはどんな目に遭わされるのだろう？

ヴィテッリは今やうんと近づいてきて、マントの飾りの毛皮の毛が一本一本見えるくらいだ。斑点がある、先端は淡くほとんど金色で、根元はもっと色が濃い。彼のこのマントを作るために何匹の兎が死ななくてはならなかったのだろうと彼女は思った。七羽、八羽、九羽？　もうすぐ死にそうな年取った兎だろうか、それとも、柔らかい、若い兎のまだあまり時を経ていない毛皮だろうか？

ヴィテッリは彼女のほうへ身を乗り出した。奇妙な一瞬、包みこまれるのではないかと彼女は思った。マントを彼女のまわりに広げて包みこみ、壁で囲まれた安全な子ども部屋から、ソフィアのもとからパラッツォの奥底へ連れ去り、そこでフェラーラ公爵の息子が待ち構えていて、袖に切りこみのある服をゆっくりと脱ぎ、そしてその顔はあの鼠顔ではなく、険しい食肉動物のような顔で、彼は知りたがる、なぜ姉を救うために何もしなかったのか、なぜマリアは死んだのか、どうしてまた自分が代わりに妻になれるなどと考えたのか、よくもまあ。

だがヴィテッリは彼女の絵に手を置いた。小さな四角い板（ターヴォロ）の隅をつまんで持ち上げ、顔に近寄せる。

「誰が描いたのですか？」と彼は訊ねた。

ルクレツィアは声が出せず、人差し指を自分に向けて胸のあたりを指してみせた。

ヴィテッリは見ていなかった。眼鏡を取り出すと鼻梁に掛け、近くからじっくり絵を検分できるようにした。椋鳥――彼女が写していた死骸のほうは無視している――を描く小さな絵に見入る彼の顔には、驚きと疑念が入り混じっていた。

「誰が描いたのですか？」彼はまた訊ねた。

「わたしです」ルクレツィアはしゃがれ声で答えた。どうか、と頭のなかで言った、どうか。血のことは訊ねないで。わたしを見ないで。ヴィテッリのような男には肌に書かれた真実が見えるのではないかと思えた。

だがそうではなかったのかもしれない。彼は今度は彼女を、困惑した表情で見つめた。

「あなたさまが？」ヴィテッリは問いかけた。「いや、そうとは思えない。あなたさまの先生ですか？　先生がこれを描いて、あなたさまが仕上げをした、そうでしょう？」

ルクレツィアはまごつきながら頷いた。それから首を振った。「それはルクレツィアさまのですよ」とソフィアが言いながらこちらへやってきて、そして手を彼女の肩に置いた。「木の板の上にこういうちっちゃな絵を描くのがお好きなんです。いつも描いてるんです。戸棚に何箱も何箱もありますよ」

ヴィテッリはしばらくじっとルクレツィアを見つめた。その目は真ん中で分けられた彼女の髪からこめかみへ、目へ、頬へ、首へ、腕へ、手へと動いた。ルクレツィアは怖気づいて震えていた。自分が床になってブラシで何度もこすられているような気がした。

ヴィテッリは鳥から彼女へ、また鳥へ、と視線を動かし続ける。

「ふうむ」しまいにそう言いながら、手にしたターヴォロを品定めした。椋鳥の翼は折りたたまれ、足は引っ込められ、頭は敗北を表して、死を受け入れて、だらんと垂れている。ルクレツィアはそのまわりに蔦と宿木の縁取りを施していた。「いただいてもかまいませんか?」

それは質問ではなかった。彼はすでに向きを変え、彼女の細密画を革装の資料のなかに挟んで革紐で結わえていた、鳥がもう二度と飛んでいけないように、たとえ生きていたとしても。

この旅の真の目的

一五六一年、ボンデノ近郊のフォルテッツァ

なんの前触れもなく、ルクレツィアは合図を受け取る、この旅の真の目的がぼんやり現れる。アルフォンソは彼女から体を離し、片手はまだ彼女の夜着のなかに差し込んだまま、浅い眠りに落ちている。蠟燭は消されて部屋の闇は濃く、まるで生きているように感じられる——毛の生えたずっしりした体を持つ、呼吸している存在だ。

だがとつぜん、この馴染みのない部屋で、何かが彼女に閃く。映像のようではあるが、儚(はかな)く、迫ってくるように眩(まばゆ)くて、求めてもいないのに彼女の頭にやってきた。

閃いたのは絵だ、試されることのない完璧さを持ち、完全で確固としている。細長い長方形のターヴォロに描かれた絵——自分の手できっかり必要な大きさに、思うままに角を正確に切るつもりだ——その中央には城。いや、白い騾馬。いや、顔に縞のある胸白貂(むなじろてん)。それともケンタウロス？　それとも、それらすべて。ならば一枚ではなく、連作だ、どれも細密画で、どれも華美で、木の板にびっしりさまざまな細部や手掛かりや装飾が描きこまれている。今板を切ろう——いや、明日にしなければ、鋸の音でアルフォンソを起こしてはならないから。だけど、必要な道具を荷物に詰めてきただろうか？　小さな片手鋸、よく削れるナイフは？　入れてこなかったのではないか。

失望は大きい。彼女の胸に鋭いつららが残る。こんなことを思いついたのに、それを実行に移す

道具がない。阻止された落胆。たとえそうであっても。明日、思いついたことをスケッチするつもりだ。いや、今すぐでもいいかもしれない。そっと寝台から起き上がって、火口で蠟燭にまた火を灯し、旅行用の箱に入っているとわかっている上質皮紙の筒を取り出すのだ。

ほかに手立てがないわけじゃない。彼女にはちゃんとわかっている。寝台からするりと足を抜き出すと、夫が脱ぎ捨てた毛皮に包まって蠟燭のほうへ行く。

すべてうまくいっている、そして結局人生は続いていくのだ。アルフォンソは彼女が夕食のときにそう思ったような殺人者でもなければ怪物でもない——一時的な狂気だ、どんな悪魔があんなことをいろいろ耳に吹きこんだのだろう？　何度も何度も言われてきたではないか、母からも、ソフィアからも、空想にふけりすぎる、妙な想像や不安の影響を受けすぎる、もっと分別を持ちなさい、と。あの人たちが正しいのかもしれない。彼女はここで回復するのだ、そしてこの結婚も。夫が彼女をここへ連れてきたのは単純な理由からだ、ここが夫の子どもの頃からの大好きな場所で、それを妻にも見せたかったからだ。彼女は夫と何日か過ごし、妻が傍らにいる、夫に目を注いでいると思ってもらえるようにし、夜に絵を描くのだ。すべて、と彼女は、一度で蠟燭を点けながら考える、うまくいくだろう。そしてすわって、掌を下に向けて両手を机の表面に置き、微笑む。

本で読んだこと

一五五七年、フィレンツェのパラッツォ

ソフィアはルクレツィアの秘密を守って、ほぼ一年、結婚式を遅らせた。汚れた衣服も寝具も、ソフィアは鉢のなかでごしごし洗って戸棚のなかで乾かした。どうしようもなく汚れてしまったものはすべて手首をひょいと振って火に放り込み、炎が証拠を貪るのを二人して眺めた。ほかの乳母たちが気づいていたとしても、けっして何も言わなかった。どちらの乳母もソフィアへの忠誠は確固たるものだった。

離れたところにいる二つの家のあいだの婚約と持参金の交渉は続いていた。ヴィテッリと書記官の会話を聞いて、父が予定される結婚の条件をマリアのときと同等のものにしたがっているのに、フェラーラの家のほうでは延期を理由に金額を引き上げてほしいと言っていることをルクレツィアは知った。執務室近くの控えの間をうろうろして母と会うのを待ちながら、彼女の耳はヴィテッリが、たとえば一定額のスクーディ〔通貨単位〕を男子相続人誕生といった時まで留保しておいて、それからならその持参金を支払うことを考えてもいいのではないか、と言うのが聞こえた。父が頷いて、フェラーラから来た最新の手紙に手を伸ばして顔に近づけるのがルクレツィアには見えた。

冬がゆっくりと春に変わりはじめ、雪が融け、新しい小人（ナーノ）がパラッツォにやってきて、ほかの皆と同じくモルガンテと名付けられ、エレオノーラはそのおどけた仕草にいたく慰められているとい

うことだった。下の通りの市井の人々は毛織の帽子や肩掛けを片付け、そして子どもたちは、パラッツォの胸壁に身を乗り出して、広場の西の隅に花売りが、籠にライラックの花をぎっしり詰めて戻ってきたのを見て喜んだ。子どもらの父はアルノ川での日課の水泳を再開した。またも彼の命を狙う企てがあったが、彼と彼のスイス衛兵は暗殺者たちを撃退したということだった。彼はアレッツォの暴動に対処するために呼びだされた。エレオノーラはマリアの死以来初めてパーティーを開き、そこでは曲芸が披露され、音楽師たちの演奏にあわせて客が踊った。料理はそれまでエレオノーラが供したもののなかで一番であったということだった。ルクレツィアはギリシャ軍の戦術について学び、ホメロスの作品に出てくる光景を描き、そうさせてもらえるときはいつも塔の胸壁のまわりを歩いて、頭上で椋鳥の群れが大きく広がって、一方へ、そしてまたべつの方へとこぼれ落ちるように飛ぶのを眺めた。彼女の兄弟たちは下の中庭でカルチョ〔サッカーに似た競技〕を教わっていた。ガルツィアはフェルディナンドにあまりに勢いよく飛びかかられて腕に怪我をした。ピエトロは興奮すると兄たちに嚙みつくので、気分を調整するために週に二度医師が呼ばれて瀉血した。衛兵の飼っている犬の一匹が子犬を産んだ。エレオノーラの蚕室の蚕は桑の葉を食べ続けている。蜘蛛の糸のような跡が葉から葉へと伸びて、朝日に輝いているのが見えた。

差し迫った婚約、結婚、夫となるはずの男、その先のフェラーラでの生活、この間こういったものはあまりに遠くて実感が伴わず、まるで本で読んだことか、歌の歌詞で聞いたことのようにルクレツィアには思えた。彼女は婚約することになっている。これは依然として、先生によってラテン語の詩を叩きこまれるようにして心に刻み込まれた事実であるのは承知していた。その意味、その重要性はぴんとこないままだった。パラッツォの生活は以前と同じように続いた。イザベッラは相変わらず美しい衣装で着飾って中庭から大広間へと歩きながら、鮮やかな色のスカーフのように背後に笑いの響きをたなびかせた。ピエトロは相変わらず癇癪を起こしては顔が真っ赤になるまで叫び、拳で絨毯を打ち叩いた。ソフィアは相変わらず玉杓子で昼食のスープを、同じ食卓の同じ鉢によそった。太陽は相変わらず朝には教室の向こう側から陽光を降り注ぎ、それから夕方になるとぐるっと移動して寝室の窓から光を注いだ。マリアの部屋の扉は閉められたままだった。このまま何も変わらないんじゃないか、これらの部屋で弟たちと、長靴下とスモック姿で一生を送れるのではないかとルクレツィアには思えてしまうこともあった。

十三歳の誕生日のすぐあと、寝台から起き上がり、部屋を横切って窓の外をのぞき、空模様を確かめようとしたルクレツィアは、叫び声に仰天させられた。振り向くと、お付きの女二人を両脇に従えた母が戸口に立って、顔をにこにこ輝かせている。

「見て、ルクレを見て！」母はそう言いながら両手を叩いていた。「ああ、今日は記念すべき日だわ！」

ルクレツィアはよくわからないまま母に微笑みかけた。いったい自分は、あれほどの称賛、あれほどの注目に値するどんなことをしたというのだろう？

部屋にいた全員が彼女を見た。三人の乳母は男の子たちに服を着せる手を止めた。手が体の横へ降ろされた。エレオノーラが指さすのでルクレツィアは自分の足元へ目を落とした。自分の何が、母からこんな反応を引き出すほど変化したというのだ？ 彼女の目に映ったのはただ淡い色の長いカミチョット〔スモックの一種〕、むき出しの足、その下の床板だけだった。

「見て」母はまた熱っぽく促した。それから大股で部屋を横切るとルクレツィアの上腕を取り、壁のほうへ向かせた。

背後で叫び声の合唱が起こった。「おお」とお付きのひとりが声をあげ、「ああ」とべつのお付きが溜息をつく。「おめでとうございます」

「ほらね？」エレオノーラが嬉しげに言うが、ルクレツィアに話しかけているのではなかった。

ルクレツィアは一方へ体をねじり、それからもう一方へねじり、困惑しながら皆に見えているものを見ようとした。彼女の背後の何が、今日はそんなに注目に値するというのだろう？　すると彼女にも見えた。夜着の下のほうに染みが、暗赤色で地形のような形をしている、広大な白い海に囲まれた、地図にない遠い島だ。腹部にあのお馴染みの重圧感があることに彼女は気がついた、拳を握ったり緩めたりしているような。

エレオノーラは、すぐに誰かを下へ、陛下のところへやるようにと言っていた。今日のこの日に直ちにフェラーラへ知らせ、そして結婚の準備ができる、フェラーラの人たちをフィレンツェに迎える準備が。なにもかも、なんて素晴らしいんでしょう。

ルクレツィアは裸火のすぐそばに立っているかのように顔がかっと火照っていたが、手と足は冷たさで強張っていた。母の言葉は空から灰が降ってくるように彼女に降りかかった。彼女は夜着のひだを摑み、床板を見つめた。

母はお付きの女たちのあいだへ戻っていた。皆で相変わらず準備のことや、仕立て直しに必要なお針子のこと、今日衣装を見てみなくては、などと話している。ルクレツィアが目を上げると部屋の向こうのソフィアと目があった。年取った乳母は収納箱の横に立っていて、片側にはピエトロが、もう片側にはガルツィアがいた。三人は彼女を見返した、弟たちはこの騒ぎに困惑している。ソフィアの顔は無表情で、何を考えているのかわからなかった。乳母は男の子たちの手を常になく強く握って、ほんのわずか唇を動かしているように見えた、謝っているかのように、あるいはもしかしたら祈っているかのように。

エレオノーラのお付きの女たちがヴィテッリに知らせ、彼はこの知らせをルクレツィアの父に遠回しに伝えるべく正しいやり方を選んだ。エレオノーラとコジモは彼女の居室で会い、喜びにかたく抱きあった。コジモは、ルクレツィアが喜ばしいことに大人の女となったとフェラーラの宮廷へ知らせる手紙を書くことを、正式に許可した。翌週、押印と署名のある、フェラーラ公爵の封蠟で封印された契約書が使者によってもたらされた、陸路をボローニャ経由で運ばれて、コジモの机に届けられたのだ。公爵本人からの手紙が添えられていた。彼の息子と公女ルクレツィアとの婚姻の秘跡を喜びと期待をもって待ち望んでいる。トスカーナ大公並びにそのご家族に心から祝賀を述べる。皆さまのために祈っている。ただ残念なのは息子のアルフォンソが近々フランスへ赴き、王のために戦わねばならないことだ。大公に同意してもらえるなら、結婚式はアルフォンソが戻ってからにしていただきたい。それまでのあいだ、この幸福の時が訪れるのを常に心待ちにしている。

この手紙を読み終わったコジモは、椅子にもたれかかった。手紙を机に落とすと、結婚契約書を取り上げた。彼はこれを、ひげの生えている顎の下側を親指で前後に撫でながら四、五回読んだ。それから書記官が頭を下げて差し出した盆に並んだ羽ペンから一本選び、フェラーラの条項の幾つかに線を引いた。金額を訂正し、北方の土地の相続に関する要求を抹消した。それから短い手紙を書き、そのなかで自分の行なった修正を説明してフェラーラの同意を求めた。彼は公爵に対し、去年の春に送った以前の手紙に言及した、これらの事柄を契約から削除するよう要求していたものだ。ならば結婚式はアルフォンソがフランスでの戦いから帰還した時点で執り行うようにしようと記した——ということは、と彼は背後に立って肩越しに読んでいたヴィテッリに言った、今から一年後かもっとあとだな。

コジモは署名し、そして、封蠟を炎にかざして書類に蠟を垂らし、それからその熱々の赤い円に自分の印章指輪を押しつけて、自身の第五子と古い歴史を持つ王族の代表者との婚姻を認めた。

ほどなくして、フェラーラから使者が、フィレンツェの公女ルクレツィアに宛てた書状を携えて到着した。

書状はパラッツォの門から運び込まれてコジモの執務室へ送られ、そこで中身の最初の閲覧が行われてから エレオノーラの客間へ持っていかれて、まず公爵夫人が、ついでお付きの女たち全員が吟味したのちに、今ではルクレツィアの寝室となっている、礼拝堂の裏にある天井の高い四角の部屋へ届けられた。

暖炉の横の机にすわって、ルクレツィアは召使から封をした手紙を受け取り、机上に置くと、目を細めてじっと見つめた。彼女はこのとき、依然として誰に対しても公爵の息子とは結婚したくない、姉の身代わりにはなりたくないと言い続けていたが、とはいえ、婚約という手続きの歯車がキリキリと無情に回っているのはよくわかっていた。両親とその下で働く者たち全員のあいだには、彼女の抗議は無視するという暗黙の合意ができているらしく、結婚式の計画をどんどん進め、様々な祝宴の料理を相談し、大広間に新しい壁掛けを掛けるかどうか、正餐ではトスカーナの葡萄酒のみを供すべきか否か、どの音楽師には舞台の上で演奏させどの音楽師には床で演奏させるか議論し、家族全員の結婚式用の衣装をお針子たちに縫わせていた。そして今度はこれだ。息子であり世継ぎである当人からの手紙だ。

彼女は封印の下に爪を滑らせて持ち上げ、すでに封が破られていることに気づいたが、軽い驚きを感じただけだった。当然だ。彼女のもとへ届けられるまえに両親は二人ともこれを読んだのだろう。手紙は本のように四角く畳まれていて、ルクレツィアが机上でそれを平らに伸ばすと、紙面全体を埋める自信たっぷりの伸びやかな筆跡が目に入った。手紙は我が愛しのルクレツィアへという言葉で始まっていた。

とつぜん、顔がかっと火照った。どちらがより衝撃的だったか特定するのは難しかった——所有を表す「我が」か、「愛しの」という言葉の心を乱す優しさか、あるいはじつのところ彼の書いた手紙のなかから自分の名前が目に飛び込んできたことなのか。それまで誰も彼女にこんな言葉をかけてきたことはなかった。彼女は誰かの「愛しい」存在、誰かのルクレツィアなのだ。この三つの単語が身体に巻き付いてくるような気がし、ほんの一瞬彼女は自分自身を目にした、両腕を絡められた姿を、自分の体が抱擁されているところを。

彼女の目はもう一度その部分をたどった――我が愛しのルクレツィアへ――それから、続く言葉を読んだ。このようにお呼びしてもいいでしょうか？　貴女は私にとってそういう存在であり、これからもそうなのです。

指でつまんだ手紙が震えるので、彼女はそれを膝の上に平らに置いた、ここならスカートの布地の上でしっかり安定する、ところがそれでもなお、視線が紙面で滑り、あの単語この単語と勝手に飛ぶのを防ぐことができなかった。大切にする、と彼女の目は読み上げる、熱烈に、心待ちにしている、実り多い、王のために戦う、祈る、忠実な。

まだ手紙の両端を握ったまま、彼女は一行一行、順にたどろうと努める。二人の結婚が近々執り行われることで彼は喜びでいっぱいになっている、と、手紙には記されていた。どれほど幸せな日となることだろう。彼も、彼の家族も、そしてじつのところ宮廷全体が、この行事を心待ちにしている。しかしながら、彼にとっては残念なことに、まさに今週フランスへ発つことになっている。アンリ王のために戦うと約束しているのだ。貴女のことを、彼のルクレツィアのことを、あの遠い土地にいるあいだ毎日思っている。この、将来の夫のために祈ってもらいたい、無事に戻れるようにと。もしよかったら手紙を書いてもらえないだろうか？　日常のことやどんなことを楽しんでいるのか、どうか聞かせてもらいたい。貴女の手紙は大切にする、そして二人の結婚が実り多い幸せなものとなることを熱烈に望んでいる。常に貴女の愛情あふれる忠実な婚約者、アルフォンソ。

すぐさま彼女の心に萌したのは、申し訳ないが貴方と結婚はできない、わかっていただきたい、と彼に手紙を書きたいという思いだった。だが、そんな書状が彼のところへ届く望みはまったくないのはわかっていた。彼女の父、父の秘書官たちや補佐官たちが妨害するだろう、そしてそんな手紙を書いたことで母から罰せられるだろう。

しかし、なんらかの返信は送らなければならない。それが正しいやり方というものだ。男が女に手紙を書く――「婚約者」という言葉を使うつもりはない、そんな言葉を自分にくっつけることはできない――そして女は男に返事を書く。だが、ルクレツィアはそんな手紙に何を書けばいいのだろう？ 中二階を歩きまわっています？ 何時間も広場を眺めています？ リュートの練習をして、ギリシャ語の翻訳をやって、それから何か絵に描くものを探します？ いったいどうやったら、将来のフェラーラ公のような男の関心を引きそうなことが書けるのだろう？

咳払いの音に、ルクレツィアは目をあげた。手紙を持ってきた召使がまだ扉の横に立っている。その女がそこにいることをルクレツィアは忘れていた。

「はい？」ルクレツィアは声をかけながら、婚約している男から手紙を貰いつけている女らしく振る舞おうとした（熱っぽく、実り豊かで、幸せそうに）。

「よろしければ」と召使は囁くように言った。「お母上さまからお伝えするよう申しつけられたのですが、お使者があなたさまのお返事を待っておられます」

「ああ」とルクレツィアは言った。待っている？ いますぐ返事を書けというのか？ こんなにすぐにそんなことを要求されるとは思ってもいなかった。なんと書けばいいだろう？ どうやって言葉をひねり出せばいいのだ？

彼女は机のほうへ向き直った。六分儀や星座図、折り畳み式望遠鏡、削っていた葦ペンが何本か、ペンナイフ、亜麻仁油と緑青粉が混ざったものがこびりついた鉢といったものが散乱している。そういったものを左へ、右へと押しやって、何か――なんでもいいから――手紙を書き記せるものを、記す道具を探した、きれいな紙を。戦に赴こうとしている男に宛てて、絵具で汚れたりコンパスで穴が開いたりした羊皮紙に手紙を書くわけにはいかない。母はこの手紙を必ず読むことだろう、そしてもしルクレツィアが相応しい言葉づかいできちんと書いていなかったなら——

召使が彼女の視野に入ってきて、机のうんと端に二つの物を置いた。ルクレツィアは言ってやりたかった、これ以上何も置かないで、場所を作ろうとしているのがわからないの、と。だが召使はまた告げていた。「お使者が持ってきたものです、よろしければ。公女さまにでございます」

ルクレツィアは探し物から目を上げ、包みを見つめた。ひとつは小さくて、布で包まれ紐で固く縛ってある。もうひとつは平らで、亜麻布で包んであった。小さな方へ手を伸ばし、結び目を解いて包みを開こうとしたとき、自分がもう一方の寸法を見定めていることに気づいた。長い長方形でかっちりした角がある。彼女の手が揺れ、小さい方の包みから離れて大きい方へ伸びた。巻きつけてある紐に指をかけると机上を引き寄せた。

こちらには何が入っているか推測できた。アルフォンソの肖像画だ。彼の顔を拝めるのだろう、その目を見つめられる。

ペンナイフはどこだっけ？　どこにある？　彼女は机上の物入れを開けて羽ペンやインク瓶を掻きまわした。召使の娘を振り向いた。「ナイフ持ってる？」と訊ねた。「それとも鋏は？」

娘はルクレツィアの顔を見つめ、それから首を振った。

ルクレツィアは机に向き直ると、コンパスを摑んで先端の針で結び目をつついた。三度目に引っ張ったところでするっと緩むのがわかった。コンパスをぽんと脇に置くと、結び目を解き、紐を取り去り、包装もはぎ取った。覆いをどんどん剝いていく、藁と亜麻布の詰め物を、すると思ったとおり木の板の裏が現れた。ほらね、やっぱり。婚約の肖像画だろう。さあ、あなたを見てみましょうか、と頭のなかで呟きながらそれをひっくり返した。

ところが彼女は完全に間違っていた。彼がこの包みで送って寄越したものは、彼女をすっかり困惑させてしまった。予期していた顔、塔の上のあの一時の記憶に朧げに残っている顔の代わりに、そこにはべつのものが描かれていた。ターヴォロの表面で、輝くビーズのような目をもの問いたげに彼女に向け、足には尾を巻き付けて、片方の前足を持ち上げているのは、動物だった。彼女はそんな動物を見たことがなかった。木のような色の滑らかな毛皮に包まれ、足には鉤爪がある。鼻面は狭くて、鼻は桃色がかった茶色、下側は乳白色で、細いひげが突き出している。

獺（かわうそ）みたいだ、それともミンク、それとも小さな熊。だがそのどれでもなかった。彼女は思わず小さな驚きの声をあげてしまった。あのような男がこんな思いもよらない、こんな型破りな贈り物を寄越すとは、なんとも驚きだった。婚約の贈り物といえば肖像画か宝石と決まっている。彼女もそれは知っていた。なのに、夫となる人はこれを送ってきたのだ。たちまち全身が足先から頭頂まで、描かれている動物に対する単純で絶対的な愛情に満たされた。顎の下で両手を握りしめた彼女は、その喜びに逆らうことができなかった。

ルクレツィアが気に留めていなかった召使の娘が、前へ出てきて打ち捨てられていた亜麻布や紐を拾い上げ、詰め物から落ちた畳まれた紙を彼女に手渡した。

ルクレツィアはまだ絵を見つめたまま、心ここにあらずの様子でそれを受け取って開いた。

べつの手紙だった、今度は短い。

最愛の人へ
貴女が動物をお好きなのを思い出し、それに絵をお好きだとうかがったのでこれをお送りします。この作品は私がずっと気に入っていたものです——子どもの頃から私の部屋に掛けてありました。だから今度は貴女に持っていていただきたいのです。この肖像画は胸白貂（むなじろてん）、こちらではラ・ファイーナと呼びます、魅力的で、でも臆病な動物で、フェラーラの森を住処としています。一緒に馬で出かければ、この動物をたくさん見られますよ。
もちろん野生動物ですが、あなたのためにこうして油絵具のなかで馴らしてあるこいつは、受け取っていただけますよね？　これを見て私のこと、私たちの婚約のことを思い出してください。
いつも貴女を愛する、アルフォンソ

ルクレツィアは手紙を机に置いた。手を伸ばして指先でこの生き物の描かれた背柱をそっと撫で、油と顔料の輪郭やざらつきを感じる——これを創り出した誰かからの秘密の伝言の連なりだ。森の小動物、未来の夫のありふれた肖像画の代わりに。母はなんと言うだろう？　そして父は？　二人ともとんでもないと思うだろう。ルクレツィアは笑いを抑えようと口に手を当てた。

「La faina（ラ・ファイーナ）」彼女は呟いて、その言葉を味わった、母音aが二度現れる、fの摩擦音。彼女にとって初めてのフェラーラの言葉だった。胸白貂——森林の妖精、木の住人、森の精霊——は、いたずらっぽい目つきで彼女を見つめ返していた。

ルクレツィアは黒っぽいハリエニシダのような尾に、真珠色の尖った爪に触れた。絵具の厚みを、でこぼこした豊かな層を、ターヴォロから絵具が勢いよく立ち上がっている様を感じて驚いた。こうすれば彼女の心を摑めるとわかっている、あるいは推測できる人がいると思うと、感動を覚えると同時に不安もかき立てられた。何年もまえにほんのちょっと会っただけなのに、どうして彼はルクレツィアのことをこんなにわかっているのだろう？

とつぜんバタンという音とともに扉が乱暴に押し開けられ、イザベッラがさっそうと部屋へ入ってきた。飼っている金糸雀（カナリア）が入った金色の籠を手に下げている、優美な生き物で、陽光のもとへ置くと、頭をあげて、その小さな鋭いくちばしから明るい音色をつぎつぎあふれださせる。イザベッラは鳥に新鮮な空気を吸わせるために、いっしょにパラッツォを歩きまわるのが好きだった。

「聞いてるわよ」姉は籠を置くと言った。「フェラーラから贈り物が届いたんですってね。なんなのかしら」

ルクレツィアは机から絵を取り上げた、目が輝いている。「ほら」とルクレツィアは言った、「思いがけない物よ――」

「肖像画？　見せて」イザベッラは踵の高い靴で騒々しい音を立てながら部屋を横切ってやってきた。ルクレツィアの肩越しに覗き込んだ彼女は、小さな金切り声をあげた。「あらいやだ」と、後ずさりしながら言う。「それ、何？」

「ファイーナよ、木立のなかで――」

「鼠みたい。送って寄越したのはそれだけ？」イザベッラの顔には嫌悪感が浮かんでいた。「あの男、どうかしてるわね。古ぼけた鼠の絵をあなたに寄越したって、パパはご存じなの？　ひどいわね、我が家に対する、そしてあなたに対する侮辱だわ、まるで――」

「ほかにもあるわ」ルクレツィアは画家が胸白貂のひげの硬さと腹の艶やかな柔らかさを対比させている様をうっとり見つめながら言った。「あったはず」

「どこに？」イザベッラが問いただした。

ルクレツィアは曖昧な身振りをした。「どこかに」

召使が進み出て、紙が重なった下から小さな箱を取り出してイザベッラに渡した。

「へええ」イザベッラはそれを手のなかでひっくり返した。耳元に持っていって振ってみる。かちゃかちゃ金属的な音が返ってきた。「こっちのほうが期待できそう」

ルクレツィアのほうへ目をやりもしないで、イザベッラは紐と布を取り去って床へ投げ捨て、革張りの箱をあらわにした。

「なるほどね」と彼女は言って蓋をぱたんと開けた。

ルクレツィアはまだ胸白貂を見つめながら、絵具の際立った厚みのことで頭を悩ませていたので、姉が発見したところは見ていなかった。気づいたのはただ、背後でイザベッラがうめき、こう言ったことだけだった。「見て、ルクレ」

「はい？」ルクレツィアは呟いたが、振り返りはしなかった。

「見てよ！」イザベッラは強く言うとルクレツィアの肩をひっぱたいた。「そのおぞましい鼠のことはちょっと忘れなさい、とにかく――」

「痛いじゃない」ルクレツィアは叩かれたところをさすりながら返した。「それに、いけないんじゃないの、お姉さまが――」

「耳を殴るわよ、いまいましい子ねえ」イザベッラは金切り声をあげた、「いますぐ見ないならね。あなたって本当にイライラさせられる」

ルクレツィアは溜息をつくと絵から視線を引き剝がした。「なんなの？」と訊ねながら椅子にすわったまま振り向いた。

ところが、さすがのルクレツィアも目にしたものに息をのんだ。姉が掲げていたのは、はっとするような深紅の宝石だった。巨大なルビーが金の台座にはめ込まれ、周囲に真珠があしらわれ、それがさらにルビーをちりばめたつるつるした首飾りに下げられていて、首の周りに着けるのだろうとルクレツィアは思った。大きい石の色は澄んでいて強烈で、葡萄酒の凍った雫みたいだった。それは間違いなく視線を惹きつけた、部屋にあるもののなかで最も輝いて見えた。

「これこそ」とイザベッラは言った、「婚約の贈り物と呼べる物だわね」。

ルクレツィアは何も言わなかった。彼女は首飾りを見つめた、そのまわりに光が集まるように見える様を、そのそばにあるものすべてが色褪せて目立たないように見えてしまう様を。喉元に掛けたら、さぞ重く感じられることだろう。肌の上で、引っ張られるように、重くのしかかられるように感じられることだろう。

「不公平だわ」イザベッラはそう呟きながら、首飾りを自分の喉元にあてて炉棚の上の鏡を不機嫌に見やりながら、あちらへ、こちらへと身体の向きを変えた。「パオロはこの半分も素敵じゃないものでさえ送ってくれたことがないのよ。わたしの肌の色にぴったり。あなたにはもったいないわ」

「どうして？」とルクレツィアは問いかけた。

「どうしてって、何が？」

「どうしてわたしにはもったいないの？」

「だって」イザベッラは相変わらず鏡に映る自分の姿を見ながら答えた、「あなたはこういうものに関心がないでしょ？」。

ルクレツィアは動物の絵を、ぴかぴか光る金メッキの額をちらと見やった。「そうね」と呟いた。「これ、欲しい」イザベッラは腕をぐっと伸ばして首飾りを掲げながらきっぱりと言った。「わたしのにしていいでしょ？　わたしにちょうだい」

ルクレツィアは姉を見返した、その好戦的で貪欲な光を放つ目を、決然とした口元を。ちょっと間を置いてから言った。「あの方にこんな手紙を書けと言うのね、贈り物をありがとうございます。ですが、姉が貰うと申しております、とか？」

イザベッラは妹の視線をちょっと長く受け止めながら、この状況から生じる様々な結果を思い巡らし、それから腹立たしそうな溜息をついた。

「パパがお許しにならないわね」彼女は、ルクレツィアにというよりは自分に向かってそう言った。「不公平だわ」彼女はまたそう言いながら、ルビーの下がった首飾りを箱に戻した。蓋をぱちんと閉めようとした彼女は手をとめた。「あの人ここに何か書いてる、蓋の内側に」

「あの人が？」

「そうよ。読んであげましょうか？」返事を待たずにイザベッラは低い男っぽい作り声で読み上げた。「これは私の祖母のものでした、あなたと同じ名前だったのです。ルクレツィアからもうひとりのルクレツィアへ」彼女は片手でパタンと蓋を閉じるとそれをルクレツィアの膝に投げた。「ほら」と不機嫌に言った。「ぜんぶあなたのよ。彼とお幸せに。偉そうなお馬鹿さん」

イザベッラはくるりと向きを変えると部屋をずんずん横切って、寝台のところへ行くとその上にうつぶせに身を投げ出した。

ルクレツィアは箱を机の自分の横に置いた。蓋を開けて首飾りから下がるルビーをしげしげと眺めた。その豪華さや心を騒がす美しさが、革に囲われてやや弱まっている。扱いやすく、手に取りやすく思えた。周囲に真珠をあしらおうと誰かが決めたのだ、小さな歯がずらりと並ぶ口にくわえたかのように、宝石を囲んでいる。決めたのは職人だろうか、それともお祖母さまだろうか？　そのもうひとりのルクレツィアはどんな人だったのだろうと彼女は思った。アルフォンソの祖母は名だたる美人で、多くの画家に描かれていると父から聞かされていた。この首飾りはそういう肖像画のどれかに登場しているのだろうか？　アルフォンソに訊ねてみてもいいかもしれない、と彼女は思った、返事の手紙で。ルクレツィアは羽ペンとペンナイフに手を伸ばし、先端を鋭く削り始めた。

背後のイザベッラが気になった、寝台に横たわって何かぶつぶつ言っている。「ご立派公爵。ルクレツィアからもうひとりのルクレツィアへ。馬鹿みたい。遠い国(ファーラウェイア)の公爵。誰が鼠と宝石を送ったりするのよ？　馬鹿」

ルクレツィアは何も言わず、ただ羊皮紙を一枚手元へ引き寄せた。イザベッラの不機嫌に対処するにはたったひとつの方法しかない。無視することだ、成り行きに任せておくのだ。片手で羊皮紙を押さえながら、彼女はペンを構えた。どんなふうに書きはじめたらいいだろう？　最愛のアルフオンソさま？　殿下？　高貴なお方（ラルトゥーラ）？　わたしの愛する人？
ルクレツィアは唇を噛んだ、羽ペンのインクは乾いていき、羊皮紙は白いまま、使者はこの返事を待っていて、イザベッラは寝台の上で、今度はかすれ声で何やら歌を歌っている、夫は財布の紐が固くって、小さな——

　ルクレツィアは周囲のすべてに対し、耳と心に蓋をした。胸白貂の絵を目の前の花瓶に立てかけた。彼女はそれを見つめた、見つめに見つめた。観察され、そしてたぶん理解されているんじゃないかという馴染みのない奇妙な感覚を覚えた。なんとおかしな話だろう、彼女を理解しているように思える男、彼女の本質そのものを見通しているように思える人が、たった一度ちらと彼女を見かけただけの男だなんて。

　彼女はふと、ナポリで父が母を透ける掛け布越しに見初め（みそ）めたことを考えた、父がすぐさまその場であの娘を妻にしようと決心したことを。あの公爵の息子が彼女の面影をずっと心に抱いていたなどということがあり得るだろうか、胸壁の上の鼠を抱いた子どものことを？　そして、最初の婚約者であるマリアが死ぬと、彼の愛はルクレツィアに向いた、なんてことが？

　一日か二日経って、ルクレツィアは胸白貂の油絵を小脇に抱えて、母のお付きのひとりに不本意ながらも付き添われて、パラッツォのどこかでしょっちゅう仕事をしている絵の教師を探しに行くこととなる。彼女はついに廊下で梯子に上っている教師を見つける、シニョール・ヴァザーリその人といっしょに、孔雀が引く車に乗った女神ユーノーのフレスコ画の下絵を天井に描いているところだ。ルクレツィアが絵を台の上の画家たちのチョークの横に置いて見ていると、画家たちの目が獲物を見る猫のように絵に吸い付く。教師は梯子を下りてきて絵に手を伸ばし、両手で注意深く、指が絵の表面に触れないようにして持ち、一方ヴァザーリは肩越しに覗き込む。これは、と教師は彼女に言う、腕のいい大家の手になるものだ。ほら、ここの色のぼかし具合、そこの注意深い筆使い、この動物が動いているように見えるところとかね？　ヴァザーリは頷いて、あの威厳のある声音で、並外れている、と言う。彼女は画家たちに自分が気づいたことを訊いてみる。なぜ絵具がこんなに分厚いのでしょう、なぜ画家はこんなにたくさんの絵具を塗ったのでしょう。ヴァザーリと教師はしばし考え込む、相変わらず胸白貂を、その生き生きとした顔を、持ち上げられた前足を見つめながら。するとヴァザーリが絵を教師から取り上げ、横から見られるように傾ける。それから彼女に下絵というものについて説明する。画家は風景とか肖像画を描いて、それからその上にまったくべつの絵を描くことがあるのだ。そういうことはしょっちゅう起こっていた、画家が最初に描いたものに満足できなかったり、画材を買う金が足りなかったり、何らかの理由で自分が描いた絵を隠したかったり、ただ単に完成した絵に光と影の印象を加えたかったり。ターヴォロあるいは画布には、とヴァザーリは説明した、三つか四つの違う絵が描かれていたりする、どれも秘密の層に潜んでいるのだ。この絵のように。わたしもやってみたいです、と彼女は若い教師に言う。どうやるか教えてください。教師はちらと彼の師匠に目をやり、ヴァザーリは溜息をついてから行きなさいと手で合図する。教師は両手をぼろ布で拭く。来てください、と彼は言う、始めましょう。

　自室で、イザベッラがまだ寝台で横になっていて、姉の金糸雀（カナリア）が籠のなかからきらきら光る片目でルクレツィアをじっと見ているなかで、ルクレツィアは羊皮紙を整えて羽ペンを構え、そして初めて彼の名前を文字として書き記した。親愛なるアルフォンソさま。

暗闇のどこかで
一五六一年、ボンデノ近郊のフォルテッツァ

そのあと、目を覚ました彼女は、さっと急降下しているような気がする、坂をすごい速さで上がっているような、あるいは一か所からほかへと飛んでいるような。

枕から頭をあげて重苦しい濃い闇を覗き込む。どこにいるのだろう、ここはどんな場所なのだろう？　幾何学的なカステッロの窓が右手にないか見てみる、だがそこには何もない。パラッツォの高い不透明な窓硝子を見ようと首を巡らすが、またも何もない。ラ・ファイーナの絵はどこだろう、どうして炉棚の上にないの？　と彼女は訝しむ。

それから寝台のカーテンが一枚、誰かが急いで出ていったかのように開けられているのが、そしてその向こうの真夜中の闇のなかに浮き上がる傾斜した壁を目にし、思い出す。フォルテッツァだ。フォルテッツァにいるのだ。

でも、アルフォンソはどこ？　どこにも姿が見えない。出て行ったのだ。寝台は空だ。左のほうには机があって、昨夜思いついた絵のためのスケッチが何枚か広げてあるはずだ、そしてその反対側には——

ぞっとする早さで彼女は悟る、吐きそうだ、と。

ぐっと体を上へ伸ばし、寝台の端へ行こうともがく。カーテンの向こうへ出られさえすれば、敷

布団の向こうへ――

「エミリア?」彼女は呼ぶ、自分の声なのに聴き慣れない声のようだ、耳障りで不明瞭で、ずっと遠くから聞こえてくるようだ。「クレリア?」

すると思い出す、あの女たちは同行していない、フェラーラに残っているのだ。

頭が痛みでずきずきする、顎を頭骨に繋ぐ蝶番があまりにきつすぎるかのようだ。首の筋肉が絡まり合って、鮮やかで猛々しい結び目になり、頭へ繋がる血管を圧迫している。眼窩の骨が感じられる、奥歯の根が、鼻孔の空洞が――それらは眩いインクで闇に刻み込まれているように思える、激しい痛みとともに歌っているように思える。

カーテンを手探りし、ぐいと後ろへ引っ張り、寝台から床へ落ちる。彼女は嘔吐く、胃がけいれんし、苦く酸っぱいものが口中にせりあがってくる。また嘔吐き、今回は液体がどっとあふれ出す、焼け付くようで嫌なにおいだ。火山の溶岩みたいだ、おかまいなしに地上へ出てくる、ぐつぐつ沸き立って噴出する。

彼女の心は鋭敏になり、慄いている。自分のなかにあるものが出てこようとしている。動物のように四つん這いになり、咳き込んでは嘔吐し、しまいに胃が空っぽになり、焼けてひりひりする口から血と胆汁を吐きだす。

彼女はまた叫ぶが、厚い壁に嘲られ、意味のないひどく弱々しい声など跳ね返されてしまうので、黙るしかない。ぐっしょり湿った夜着を脱ぐと、ほかにどうしたらいいかわからないまま、寝台に戻る。これまでこんなに、と彼女はぼんやり思う、ひとりだったことはない。いつも呼ぶ相手がいた、命令する相手がいた、生まれてからずっと。

ちょっと経って、震えはじめる。はじめは足から、震えがくるぶしを摑み、それから脚へ来て、毛布をはねのけて温かい空気を逃がしてしまい、彼女は哀れっぽく呻いて体を丸める。今度は病苦に襟首を摑まれたかのようだ。そいつは彼女に腹を立てている——それだけは確かだ。怒り狂っている。彼女はそいつに対して何かひどい、許しがたいことをしてしまったのだ、そいつの怒りをどんどん掻き立てるようなことを。そいつは彼女を引っ摑んでガタガタ前後に揺らし、歯茎で歯をぐらつかせ、腕や脚をばたばたさせる。寝具は床へ放り投げられる、両手が絡み合わさり、手首が反り返り、脚の筋肉がけいれんし、硬くなる。自分で自分が認識できない。より強い力のなすがままになるしかない生き物、獰猛な獣の背の蚤、湯が煮えたぎる鍋のなかのマルメロの実だ。

彼女にできることは何もない。無力で、完全に無情な力のなすがままにされている。一方に投げだされ、ついでべつのほうへ。頭が枕に押しつけられる、前へ折れるかと思うと後ろへ反る。腕が引き伸ばされてかちかちになり、指は鉤爪のように丸まる。凍った喉では息を吸い込むのが難しい、化石化した肺に吸い込むのは。

死ぬのかもしれない。この事実が彼女の前へ姿を現わす、嵐から一羽のカモメが飛び出すようにして、そして彼女はそれをぼんやりと吟味する、揺れ動く病の霞を通して。そうなのかもしれない。彼女はこれを認識する。これを受け入れる。切望するのはただこの苦しみが、この体の苦痛が終わることだけ、というところまで来ているのだ。どんな終わりでもいいから。

結婚式の日のルクレツィア公爵夫人

一五六〇年、フィレンツェのパラッツォ

部屋は人でいっぱいで、婚礼衣装が寝台の上で彼女を待っている。

炉棚の上の花瓶には背の高い百合が活けられ、茎が花を、じっくり見てくださいと言わんばかりに差し出している。彼女が吸いこみ吐きだす空気にはそのにおいが濃く漂っている。夜が明けてすぐに目覚めたときには蕾（つぼみ）が閉じていたのに、今では花びらも雄蕊（おしべ）も何もかもが開いてすっかり見える。甘ったるく鼻につくにおいが胸を満たしては出ていき、また満たす。赤錆色の花粉が花瓶の周囲に僅かに散っている。

その背後では召使たちが出たり入ったりしていて、靴音が一方へ走るかと思うとまたべつのほうへ走る。誰かが扉を叩き、木の箱を手渡す。べつの誰かがその箱を開け、なかから宝石をひとつずつ取り出す。ほかの誰かがルクレツィアの腕を持ち上げて腕輪をはめ、耳たぶに耳飾りをつけて、婚約の贈り物のルビーを首に掛けて留める。身動きしないのはルクレツィアだけだ。この活動の真ん中にすわっている、川の渦のなかに捕らわれている一本の葦だ。

三人の小間使いが彼女を囲んで、それぞれが髪の一部のもつれを解き、地肌をぐいぐい引っ張りながら櫛で梳（す）いている。そのうちの一人、ルクレツィアと同じ年ごろくらいの、口の端から首にかけて曲がった引きつれのある娘は、ことのほか優しい手つきをしていて、指で注意深くもつれを解

いてくれる、櫛でぐいぐいやるのではなく。それでルクレツィアは、こんなふうに優しくしてくれてありがとうと礼を言いたくなる。

ルクレツィアはここにすわりながら、あの百合をどう描こうかしきりに考えている、内側の桃色の斑点を、外側の花びらの白鳥のような白さを、花蜜でべたべたする雄蕊を、強くてまた同時に脆いところをどう捉えればいいかと。カミチョットの下の彼女の両脚は、上がったり下がったり上がったり下がったりしている。止めることができないのだ。こんなに長いあいだじっとすわっているのは耐えられない。ぴょんと立ち上がりたい、この女たちを叩いて追い払いたい、女たちに握られた髪をぐいと引っ張って取り戻し、部屋じゅう動きまわって、じゃらじゃらする腕輪をはずし、肩の関節をぐるぐるまわして首を左右に伸ばしたい。なによりも、大声で叫んで全員を部屋から追い出し、考えをまとめる時間を持ちたい。

だが今日はスケッチする時間はないだろう。婚礼衣装が待っているし、百合は括られて彼女の手に持たされる、それを盾か槍みたいにずっと前で掲げながら祭壇まで歩くのだ。

長い光の三角形、後ろにある窓の正確な黄色い複製がとつぜん足元に現れ、床に伸びる、彼女の踝を摑もうとしているかのように。ルクレツィアは光が通り道にあるものをまわりこんで伸びていくさまを、靴を、落ちている布を、脱ぎ捨てられた夜着を覆うさまを観察する。

寝台の近くで、二人の召使が熱っぽく口論している。何か衣装のこと、身に着ける順序のことだ。ルクレツィアが見ていると、片方が袖を取り上げて、横柄な口調でこれだと言うと、もう一方が首を振って大げさな身振りで手を胴着の上に降ろす。最初の召使は芝居がかった仕草で自分の額をつまみ、髪にこんなに時間がかかっていなければとうに衣装の着付けが済んでいるのに、と言う。彼らが気が気でないのは、エレオノーラから威厳たっぷりの口調で指示されているからだ、ルクレツィアを公爵夫人らしく見えるようにしなさい、なにしろ、とエレオノーラは滅多に浮かべない笑顔になって言った、あの子はそうなるのだから。老いた公爵、父親は亡くなり、今やアルフォンソがフェラーラ公爵なのだ。だから彼はフランスから帰ってきたのだというひそひそ話をルクレツィアは耳にしていた、宮廷の実権を掌握するためにであって、エレオノーラが言うようにルクレツィアを娶(めと)るためではない。どちらにしろ、彼女は今日公爵夫人となる、結婚した瞬間から。彼女はときおりこの言葉を自分に向かって呟いてみる——公爵夫人(ドゥケッサ)、ドゥケッサ——ひとりでいるときに、何度も何度も繰り返して、この言葉を音の連なりにしてしまう。三つの音節が互いに戦っているように思える、尊大なドゥ、とげとげしいケッ、そして最後の柔らかいサ。なんとも妙な気分だ、すぐにこの言葉がこの先ずっと自分の名前の一部となるだなんて。

ルクレツィアは昨夜パラッツォで一連の仮面劇が上演されたのを知っている、新たな公爵を寿ぐためのもので、演者たちは刺繍を施した天鵞絨の衣装をまとっていた。十二人のインド人と十二人のギリシャ人が登場し、美しい音楽が演奏された。フィレンツェのご婦人方が踊り、美味しいご馳走が大広間の長い食卓の上につぎつぎと供された。これもまた召使たちが疲れて不機嫌になっている原因なのかもしれない。ほとんど寝ていないのだろう。街じゅうで祝宴が開かれ、火の上で豚が炙(あぶ)られ、市民たちは夜通し酒盛りをしていた。彼女の父はサンタ・クローチェ聖堂の前でカルチョの試合を行わせ、何千人もが集まり、東部地区の若い男が自分のチームのゴールを守っていてひどい怪我をした。父はその勇気と根性に敬意を表してスクーディの入った財布を男の家族に届けさせた。

彼女がこういったことをいろいろ知っているのはその場にいたからではなく、召使たちがあれこれ話しているのを小耳に挟んだからだ——仮面劇、蠟燭、豚の炙り肉、カルチョ、スクーディ。彼女はそういうものを見たくてたまらなかった、そういう部屋にいたかった、それともなんなら上の回廊でもかまわない、そして踊っているところを見るのだ、あのいろいろな顔を眺めるのだ。父と母に何度も懇願したのだが、拒否された。彼女は足を踏み鳴らして叫んだ。どうしてわたしは見られないの？　どうして？　だが両親は首を振って拒み、彼女、ルクレツィアはこの自室に残らなくてはならない、と言った。若い花嫁が結婚式のまえに人目にさらされるのはよくない。

　鏡から見返す自分の顔は頬が上気して目はキラキラ輝き、髪は召使たちの六本の手でそれぞれ輪にした紐でまとめられ、梳って編まれていて、おかげでこの世のものではないように見える、浮き上がって空へのぼっていきそうに。

　婚礼衣装が待っている。背後にその存在が感じられる、その空っぽの形のなかに彼女の体を包みこもうと身構えて待っているのだ。

　皆の周囲に鐘楼の鐘の音が響く。鐘が五つ打たれる、六つ打たれる、それから七つ。そのあとから、ほんのちょっと遅れてフィレンツェのほかの鐘の音が響く、まるでこの街が反響室になって、それ自体で呼びかけたり応えたりしているかのようだ。最後の音色がまだ部屋の壁で震えているときに、小間使いたちが慌てだした。扉から窓へ、収納箱から寝台へと走りながら、急いで、早く、急いで、と互いに言い交わしている。衣装の袖を持ったままでいた女がまだ髪を編んでいる女たちに向かって非難を浴びせはじめる、どうしてまだ終わらないの、のろすぎるわ、あんたたちのせいでみんなただじゃ済まなくなる、と言って。年かさの小間使いが長い三つ編みをぐるぐる巻きつけてピンでルクレツィアの頭皮に留め付けはじめながら、口を閉じなさい、でないとあたしが閉じてやるから、と言い返す。

　ルクレツィアの髪は、生まれ落ちてこのかた切られていない。結わえなければ、踝まで届く、頭から地面まで流れる光沢のある銅色の川だ。彼女は髪で幕のように体を覆うことができる。多くのものを隠せるのだ。解いたならば、彼女の全身、結い上げたならば、花、種、小動物だって。ブラシをかけると、髪は活気づき、ばらばらになってくるくるした巻きひげに変化し、毛先はぱちぱち音を立てて破られた蜘蛛の巣のように宙に浮きあがる。今回のように熟練した召使たちの手で結いあげられるとなると、髪はピン留めされたり編まれたりして王冠か後光のようにもなる。

何本もの三つ編みが髪を縦横に走るように整えられ、両耳のところで輪にして宝石が着けられ、うなじから持ち上げて頭頂で留められる。ベールが彼女を覆い、ヴィテッリ自ら鉄板で裏打ちされた金庫室から持ってきた金の王冠がかぶせられる。

小間使いたちはなおもつまらない口喧嘩を繰り広げている。ひとりが夫なるものについていささか下品なことを言い、もうひとりがくすくす笑い、年嵩のひとりが静かにしなさいと鋭い口調でたしなめる。王冠が急にルクレツィアの頭にはきつすぎる気がしてくる。頭骨を締め付けるのが感じられる、髪をきちんと保つべく突き立てられた無数の真鍮のピンといっしょになって。彼女は室内履きのなかでつま先を丸め、結婚初夜のことについてソフィアから受けた助言を胸の内で繰り返してみる。殿方のやりたいようにさせておくこと、抗ったりもがいたりしてはいけない、深く息を吸って、そうすればすぐに終わるから。だけど、と彼女はソフィアに言いたかった、嫌なことに黙って従うなんてわたしにはできない、服従するなんて。

それからベールが後ろへ持ち上げられ、目の前で、あの優しい手を持ち顔に傷痕のある召使の女がルクレツィアに立ち上がってくださいという身振りをしている。

ルクレツィアは身を翻して婚礼衣装と向き合う。

さあいよいよやってくる、召使二人の腕で抱えられて。帆をすべて揚げた船のように、下着とベールを着けて準備のできた彼女の立っているところへやってくる。その布地は流れる水のようにさざ波が立っている、絹糸のなかには晴れた空の明るい紺碧から暗い謎めいたインク色まで無数の青がたたえられている。金色のオーガンザが青を真ん中で縦に分けている、きらきら輝く道だ。

衣装は小間使いたちのたくさんの器用な手で開かれ、地図のように広げられ、そして一瞬宙に浮く――ぺちゃんこで、何も読み取れない。それから彼女の前に持ってこられて、体を包む。ひとりの小間使いが引っ張りながら結わえ、もうひとりが布地をぎゅっと引き寄せて胴着の紐が締められる。ごわごわしてかさばる袖にそっと彼女の腕が通され、あの傷のある娘が肩のところに立って素早い手つきで留めていく。ルクレツィアはこんなに優しく接してくれるこの娘のことをつい考えてしまう。娘はたぶんルクレツィアよりそんなに年上ではないだろう。髪の色は薄くて、ルクレツィアの髪の色と似ていなくもなく、帽子の下から巻き毛がはみ出している。着ている服の脇の下と襟元には汗染みができている。口から首にかけて曲線を描く三日月型の傷が彼女の美しさを際立たせ、なぜかいっそうはっきりさせている。

ルクレツィアは腰のくびれのところで胴着がぎゅっと合わさるのを感じる。自分の頬が、首が上気するのがわかる、そして瞼がちくちくする危険な状態になるのが。袖を結わえ付けている娘は、今では前に来て脇の下の紐を結んでいて、ちらと彼女を見て、それから目を逸らす、そしてこれはルクレツィアの妄想だろうか、娘がまた彼女を見て、その目には憐れみと同情がたたえられているのは？　このような娘、こんな傷があって召使として暮らしている娘がルクレツィアを可哀そうに思うなんてことがあるのだろうか？

そして終わる。彼女は衣装をまとっている。踝まで届き、手首まで覆い、周囲を隈なく囲んでいる、絹の砦だ。その上には結い上げた髪、ルビーの首飾り、下には足、今では繻子(しゅす)の靴を履いている。

鏡のなかの、青と金色の海に囲まれた娘が彼女の目に映る、地上に落ちた大天使のようだ。

そして、召使たちに先導されて、百合の花束を両手でもたされた彼女は、扉へと進む。

衣装はさらさら音をたてて周りで揺れ、自分たちだけの異言でしゃべっている、絹地はごわごわしたアンダースカートのけばとせめぎ合い、胴着を支える骨が被膜の下でひずんで軋(きし)み、手首の皮膚は袖口に擦られて擦り剝けそう、硬い襟が首筋をひっかき歯を立てて、スカートを膨らませる枠が船の索具のような音を立てる。織物の交響曲、オーケストラのようで、ルクレツィアは耳を塞ぎたい、音を手で遮りたい、だがそうはできない。こんな状態のままで扉へと進み続けなければならない。そこを通り抜けて廊下へ出なくては、するとそこでは人々——父に仕える者たち、母の付き人たち——が彼女を待っている。彼女はこの部屋を、このパラッツォを後にしなければならない、そしてたぶん、もう二度とここで眠ることはないのだ。

彼女は先導されながら部屋から部屋へと通り抜け、大理石の出入り口をくぐり、アーチ道を抜けていく。彼女のために扉が開かれ、幾つもの顔が彼女を見つめる。

マリアの部屋だったところにさしかかると目を逸らすが、そのまえに見えてしまう、信じられないことに扉が半開きになっている。細い光が部屋のなかから廊下に差し込んでいる。ルクレツィアは百合の茎をぎゅっと握る。誰かがあの部屋を使っているということか？　マリアの部屋が誰かに与えられたのだろうか？

フェラーラ公爵ではないかという思いが心に閃く。彼だ、もちろんそうだ。ほかのどの部屋に彼を泊まらせるというのだ、パラッツォは賓客や来訪者や召使や廷臣たちでいっぱいなのだから？　ほかのどの部屋が彼の地位に見合うというのだ？

マリアの部屋。あの寝台、ずっしりした赤いカーテン、金色に塗られた収納箱、高い窓とその下に置かれた机。以前はそこに、縁まで模様が切り込まれた水晶の花瓶が置かれていた。マリアは春にはそれにアネモネをいっぱいに差すのが好きだった、そして夏にはブーゲンビリア。あれはまだそのままあるのだろうか、姉がまだ生きていたならそうしていたであろうように、紫がかった桃色の優美な花でいっぱいになって？

もし姉が生きていれば、今こうしてあの扉を出て階段に向かって歩いているのは姉だったのだ、小間使いたちを従え、廷臣たちに両脇を守られて。そしてほら、階段の下にはヴィテッリがいてこちらを見上げ、ついで中庭に目をやってそこで待っている誰かに合図する。さあ、お出ましだぞ、と視野からは外れている誰かに告げている。

マリアのはずだったのに、というのが周囲にいる皆が考えていることなのだ。ぜったいそうだとルクレツィアは思う。この衣装を身に着けて百合の花束を持っているのはマリアのはずだった。この娘ではない、小柄で、幼くて、美しさでは比べ物にならないし、まるで愛嬌がない。

階段の上で、彼女は引き返してあの扉を押し開けたいという衝動に駆られる、万一何かの間違いで、マリアが部屋で机に向かってすわって手紙を書いていて、その前には花を活けた花瓶が置かれ、窓から差し込む陽射しが姉の髪を輝かせていたらどうする、姉は、邪魔されて不機嫌な表情で振り向いて、そこにいるルクレツィアを見て言うだろう、いったい何をしているの？　どうしてわたしの衣装を着ているの？　今すぐ脱ぎなさい。

ルクレツィアは一段降りる、そしてまた一段、また一段、薄い靴底で踏みしめる。顔に傷のある娘がすぐ右側にいる。ルクレツィアの手首を握り、階段の上で支えてくれている。ルクレツィアが転がり落ちると思っているのだろうか？

ヴィテッリが横に来て彼女の腕を取る。二人は守衛詰所の天鵞絨のような闇のなかを進んでいる。こんなふうに闇に包まれていっしょにいると妙に親密な気分になる。ルクレツィアは彼のほうへ身を寄せて言いたくなる――何を？　行かせて。逃がして。腕を離して、そうすればわたし――

門が軋みながら開き、騒音がどっと降りかかってくる。彼女は知らないが、その日唯一の静かな空間から足を踏み出したのだ。そのあとは動きに押し合いへし合いに会話に命令に義務だ。彼女はここ、生まれた場所であるパラッツォの入口に立ち、そして今や前へ踏み出す、高い、高い城壁の外へと。彼女は眩しさに目を閉じないではいられない。大音響が周りで轟く、波のようだ。びっくりしてふらつきそうになるほどなので、とにもかくにもヴィテッリがまだ腕を摑んでいてくれてよかったと思う。目を開くと、広場は人でいっぱいだ。フィレンツェの人々がスカーフや旗を振りながら叫んでいる、どの顔もすべて彼女のほうを向いている。なんとたくさんの顔だろう！　びっくり仰天だ。みなそれぞれ違っている。老いた顔もあれば、大きく見開いた目も細めた目も、真っ白な歯がのぞく口もあれば歯のない口も、巻き毛の頭もあれば地肌近くまで刈り込まれた頭も。腕に抱かれた赤ん坊もいれば、首をぴんと伸ばして見ようとしている子どもたちもいる。人間の顔にはどのくらいの種類があるのだろう、口や鼻や目の配置は何種類くらいあるのだろう！　ルクレツィアには大きな驚きだ。立ち止まって皆をひとりひとり見てみたい、話しかけ、名前を訊ね、ここで何をしているのか訊きたい。彼女の近くにいて衛兵に引き戻された女が何か言っている、繰り返し、繰り返し、手を懇願するように差し伸べて。ルクレツィアは女を見る。手を伸ばせばこの女に触れることができる、この薄汚れた服を着て髪をざんばらに背中に垂らした女に。ルクレツィアは軽い驚きとともに、女が叫んでいるのは自分の名前であることに気づく――ルクレツィア、ルクレツィア――だが、どうしてこの女が彼女の名前を知っているのだろう、そしてこの女にとってその名がなんだというのだろう、この女にとって彼女がなんだというのだろう？

　とつぜん馬車が現れる、彼女の両親がいつも使っているような箱型のものではなく、屋根なしで、衛兵が彼女のために扉を押さえている。足載せ台につま先をかけると、ヴィテッリと衛兵が彼女と花束と婚礼衣装を持ち上げて馬車に乗せ、バタンと扉を閉める。

　馬車は丈が高く、心もとなく思える。眩い陽光も広場の騒音もすぐそばに感じられるが、圧倒されるほどではなく、ルクレツィアは鳥籠のような衣装のなかですわり心地のいい姿勢を見つけようとしていて、両親と向かい合わせにすわっていることに気づくのが一瞬遅れる。

　エレオノーラは網目模様の布地の輝きに包まれてすわっていて、片手で顎を支え、もう片方の手はコジモの腕に絡めている。母は睫毛の濃い目で娘を見つめる。「そうね」さきほどからずっと会話していたかのように彼女は呟く、「その色は似合っているわ。目や髪が引き立っている。そうだろうなと思ったの、青白いのを目立たせてしまうかもしれないって言う女たちもいたけれど、でも結局わたしが正しかった」母は引き続き衣装を検分する、胴着からずっと下へいって裾まで、そしてまた戻り、身を乗り出して袖を丹念に眺める。

それからエレオノーラは首を一方へ傾げる。「こんな日に、マンマに口づけもしてくれないの？」「はい」とルクレツィアは答える。「ごめんなさい、マンマ」彼女は百合を握りしめて注意深く立ち上がる。平衡を保つのにちょっと苦労するが――衣装は巨大でひどく重いのだ――それからそろそろと身を屈めて母の頬に口づけする。

頬は冷たくて柔らかく、熟れすぎた杏の手触りを思い出させ、同じように緩んだ、融けていきそうなところがある。母のにおいはいつも同じだ。髪の香油、菫油、丁子。

この母と娘のあいだの口づけを目にして、群衆は大きな歓声をあげ、その声が頭上を跳び越えてまた戻ってくる。まるで誰かが輝く金の球を馬車の片側から向こう側めがけて投げ込んでいるようだ。

鞭を当てられた馬たちががくんと前へ出て、ルクレツィアは向かい側の席へと押しやられる。「ほら見て」とエレオノーラが言う。「この人たちを、ねえルクレツィア？　皆わたしたちのことが大好きなのよ」

ルクレツィアは母を見る、母は手巾を宙に掲げている。レースの縁が温かい空気に美しくはためいている。エレオノーラは馬車の外へ微笑みかける。コジモは背筋をまっすぐにしてすわって、頭を高く上げている。彼は微笑まないが、ときおり顎をいかにも支配者らしく頷かせる。父のカミーチャ〔シャツ〕の襟元の金属的な輝きを見て、ルクレツィアは父が今日のような日でさえ服の下に鎖帷子(かたびら)を着けていることに気づく。父はけっしてそれなしではパラッツォの外には出ないと彼女は聞いている、必ずや命を狙われると父は思っているのだ。彼女は一方へ顔を向け、ついで反対側へ向ける、群衆のなかから暗殺者が飛び出してくるかもしれないと怯えながら。だが通りに並ぶフィレンツェの人々の顔は、馬車の動きによって、塗られた絵具が水に溶けていくようにぼやけてしまう。

「そうね、マンマ」とルクレツィアは言う。

　馬車は左に揺れ、それから右に揺れ、馬は引き具にぐいぐい力をかけ、ルクレツィアはあちらへこちらへと揺られる。彼女は花弁が傷つかないよう百合の花束を立てて持っている。目の前の両親は、互いにもたれあってほとんど身動きしない。両親は相変わらず群衆を見つめ、エレオノーラは曖昧な微笑を浮かべて手を振っている。

「マンマ？」彼女はそう呼びかけながら前へ身を乗り出して母の手を摑み、自分の方へ引き寄せる、この隔たりを埋めればルクレツィアの誕生以来母子のあいだに起こったことをすべて取り消して書き直せるとでも言いたげに。馬車が彼女の結婚式に向かって街を進んでいくなかで、とつぜん明らかになったようにルクレツィアには思える、母との絆は、彼女にはこの先けっして理解できないだろうしこれまでも理解できなかったもつれや捻(ね)じれが幾つもある、緊張をはらんでぼろぼろになったものなのだ、と。どうして、と互いに向き合ってすわりながらエレオノーラに訊ねたい、どうしてわたしたちはこんなふうでなくちゃならないの？　あのアニマレッティを覚えていない？　わたしがどれほど気にいっていたか、お母さまがあれを持ってきてくれてどれほど驚いたことか。兄弟たちがあれを窓台からはたき落としたときに、どれほどやるせなかったことか。絵の授業を受けられるようにしてくれたときのことを覚えている？

「マンマ？」彼女はもう一度小声で呼びかける、母の手を握って、母とのあいだを繋ぐ互いにとってあまり心地よくはない見えない綱を滑らかなものとすることを、なんとか正常なものとすることを、何よりも願いながら。

車輪の騒音、群衆のざわめき、飛び去る空気が、言葉を追い払ってしまう。もうあまり時間がない。ルクレツィアは馬車がサンタ・マリア・ノヴェッラ教会に近づいているのを目にする。もうあまり時間がない。これは彼女の娘時代の最後の一時となるのだ——一秒一秒過ぎてゆくごとに、家族といられる時間が減っていく。もうすぐ彼女は結婚するのだ。宴会、舞踏会、試合がもうすでに行われている——祝賀は何日にもわたって続いているのだ——そしてもうすぐ、彼女は去っていく。

ルクレツィアはもう一方の手を母の膝に置く。指先で布地を叩く、入る許可を求めるように。

エレオノーラは驚いてそれを見下ろし、それから目をあげてルクレツィアを見る。完璧な弧を描く眉をあげて、母は彼女を見る、その日初めて、まともに。そして何かがエレオノーラの顔を過り、その表情を和らげる、あたかも末娘の声がどこか中心部を貫いて、その心に思いやりを目覚めさせているかのように。

「なんなの？」とエレオノーラは訊く。

「マンマ、わたし……」ルクレツィアは言葉を見つけようと努める、自分の言いたいことをはっきりさせようと。母娘のあいだの複雑な、もつれた糸のことは話せない、今はだめだ、大聖堂がもうすぐそこなのに、怖いのだとは言えない、結婚に対する恐れ、この先に待ち受けるものへの恐れはじつに強烈で、この馬車で彼女の隣の空間を満たし、足の鉤爪を座席の布地にひっかけていっしょに移動しているのだ、などとは。こんなことをいろいろ話している時間はない、話す時間は過ぎてしまった、だから代わりに母とのあいだでのいつも安全な話題に立ち戻ることにして、こう言う。「マンマが……マンマが……初めてパパに会ったとき、あのリヴォルノからの道で……マンマは……どんなふうに……」

エレオノーラは当惑した表情で末娘を見つめる。ルクレツィアは見返しながら、わたしが言えないことをマンマわかって、と念じる。

「わたしがどんなふうにって、何を？」とエレオノーラは問いかける。

「あの……そのときにパパへの愛を感じたのかしら……すぐに……それともあとから？」

エレオノーラはこの質問を考えてみてから、わずかに肩をすくめる。「最初に会ったのはナポリ副王の家だったから――」

「パパだけがマンマを見たんだと思ってた」熟知しているとばかり思っていた物語のこの新たな展開に、彼女は衝撃を受ける。「マンマはパパとは違う方を向いていて、天井を見上げていたんでしょ」

彼女の両親はちらと目を見交わし、二人だけの糸がそのあいだに紡がれていく、エレオノーラの蚕が空中で仕事しているかのように。ルクレツィアの父は瞬きし、妻の白い手を取る。

「いいえ」とエレオノーラは宝石をかちゃかちゃいわせながら首を振る、「パパのことは見ていたんだけれど、見ていないふりをしたの。パパがそこにいるのはわかっていた。わたしのことを素晴らしいと思っているのもわかっていた。あの瞬間、この先どうなるかわかったの」

彼女の父は妻の視線を受け止め、唇を湿らせる、ひげに囲まれて、いつもひどく赤く見えるあの唇を。ルクレツィアは目を逸らす。サンタ・マリア・ノヴェッラ教会が今や自分の背後にあることを彼女は承知している、通りからあの巨大な建物がぬっとそびえたっていると。母は振り向いて、男の子たちの乗ったもう一台の馬車は来ているのかと訊ねていて、ルクレツィアはまたも、いつまでもずっと背負っていなくてはならない重い袋が背中に括りつけられているような気がする、母はまずいちばんに男の子たちを愛しているのだという認識だ、母にとって息子たちの代わりになるものは何もない、父のお気に入りはイザベッラで、イザベッラがすることはすべて正しく、ルクレツィアに残されている愛情はじゅうぶんだったためしがなく、ルクレツィアは常に付け足しで、我慢してもらえるのがせいぜいなのだという認識だ、そして彼女は言いたい、どうして愛されるのはあの人たちなの、どうしてわたしじゃないの、フランチェスコがどれほど冷たいか、ピエトロがどれほど残酷になってきたかわからないの、どうしてわたしをフェラーラへ連れていってしまうような男と結婚させるの、イザベッラはここにいることを許されているのに、どうして送り出されるのがわたしでなくちゃならないの？

馬車が停まる。ルクレツィアはこうした言葉を苦い薬のように飲みこむ。こんなことを話すにはもう遅すぎる。そういう時間は過ぎ去ってしまい、そんなことはもはや問題ではないのだ。彼女の新しい人生が始まろうとしている。彼女、ルクレツィアは新たに生まれ変わるのだ、もうフィレンツェの五番目の子、年齢の割に小柄で見過ごされている娘ではない。フェラーラの公爵夫人となるのだ。

彼女は目をあげて教会の絶壁のような石造りの正面を見る。夏空に刺繡されているかのような鐘楼を見る、青い空に茶色のレンガ。そしてよろよろと立ち上がる。

教会の内側に入るとほっとする。街の喧騒は扉をくぐり抜けたとたんに彼女の心から消える。父と母は洗礼盤のところで立ち止まり、手を水に浸す。ルクレツィアも同じようにしようとするが、向きを変えて足を止める。目の前に広がる建物は驚くべきものだ。このようなものを彼女は見たことがない。赤いタイルの床が彼女の立っているところからずっと伸びていて、両側に白っぽいアーチが連なっている。頭上の遥か高いところにある見えない窓から光が斜めに差し込み、アーチの上端を温め、白い漆喰を金色の菱形（ひしがた）に変えている。蠟燭がそれぞれの光の冠の中心で、薄闇を貫いてちらちら燃えたり大きく伸びたりしている。天井の線も、通路の線も、目を断固ずっとむこうの祭壇のほうへと向けさせ、そこは金色の光輪を戴く彩色された聖人たちと色とりどりの硝子の入った窓に囲まれている。

ルクレツィアは畏敬の念にうたれながら前へ進む。視線を上へ向ける、一方の側に、ついでもう一方に。覚えておきたいのだ、あとで再現できるように。紙とチョークと、白、赤、それに窓の空色、鮮やかな黄色、光輪の金色の絵具が必要となるだろう——そして彼女は興奮か狼狽のようなものがこみあげるのを感じる。そんなことができるようになるまでどのくらいかかるのだろう？　いったいどうすればすべて覚えておけるだろう？　そして、じつに驚くべきことではないか、ただの石の建物の内側にこんな中心部分が、栄光の核が、炎と金が隠されているだなんて？

一行は通路を進んでいく。空気には香と煙が混じっている。細い日光の筋のなかに渦巻いて漂っているのが見える。どこかから低いラテン語の歌声が聞こえる。足下の白い大理石部分に顔が浮き出ているのがルクレツィアの目に入る、目を閉じていて、摩滅している部分もあり、体は半分床に沈んで、まるで流れに仰向けに浮いているかのようだ。墓にしては奇妙な場所だと彼女は考える、教会の床だなんて、皆がその上をぞろぞろ歩いて、永遠の眠りを踏みにじっていくというのに。

一行は祭壇に到達し、そこでは何人かの人々が立っている、そのうちの一人は司祭で、まとっている白と金色の式服はとても長いので、足がないように見える、車輪で動いているか床のちょっと上に浮いているかのようだ。

ルクレツィアはそんなことを考えて笑みを浮かべる、これほど美しい、天国のような場所では、何物も彼女に手出しはできないだろうから、ここでは悪いことなど起こらないだろうから。彼女は体じゅう隅々までこの聳え立つ空間に満たされる、頭上の平凡な木製のものと似た、とても美しく実体のない光の垂木に。父が自分から離れるのに彼女は気づく、ちょっとの間のことだと思っていると、とつぜん触れられるのを感じる——敬意はあるが、自信たっぷりだ。

手が、彼女の手を取る。大きくて指が長く、掌は温かい。ベールと衣装の隙間からその手首の一部がちらと見える。残りは布地に包まれている。袖口のところから黒い毛が同じ方を向いて生えている、吹く風になびく作物のようだ。その手首の持ち主は背の高い人物で、彼女の隣に立っている。この手は彼女の手をすっぽり覆っている。

ルクレツィアは自分がはっと息をのむのを耳にする――ベールの内側の自分だけの空間で小さく息を吸う音を。彼女の手は包みこまれて消えてしまったように見える、袖から先は見知らぬ人に、自分の物だとでも言いたげに強く握られている。

とすると、これがアルフォンソだ。彼はここに、彼女の隣にいて、式が始まるのを待っている。気がつかなかったとは、自分はなんと馬鹿なのだろう。これは彼、アルフォンソだ、フェラーラ公爵、彼女と彼女の鞄類と持参金を積み込んで彼の城へ連れ帰る人だ。彼はここにいて、彼は実在しているのだ。

剣が掲げられ、二人の頭上に振りかざされ、そしてアルフォンソは彼女に金の帯(チントゥーラ)を贈り、ルビーと真珠がちりばめられたずっしり重いそれを彼女の腰に巻きつける。それから体を伸ばすと、彼女の手にまず指輪をひとつ、それからもう一つ、さらにもう一つはめる。三番目の彼の紋章、羽を広げた鷲の模様が刻まれたものは、ちょっと大きすぎる。落ちないようにしておくために彼女は指を曲げなくてはならない、そしてその慣れない重みを肌に感じながら、父がアルフォンソに厳かに銀の皿と水差し(ボッカーレ)を手渡すのを見つめる。男二人は厳めしく会釈しあう。

アルフォンソはすぐ後ろに立っている男に品物を渡し、そしてルクレツィアのほうを向き、彼女のベールの端をつまんで持ち上げる、上へ、上へ、頭上まで、するといきなり見える、息ができる。彼女と世界とのあいだには何もない、視界を遮るものはなにもない、目が自由に教会を動きまわって見とれるのを止めだてするものはない、彼女の肌とお香のにおいが強く漂う空気とのあいだには何もない、そして、彼女と彼女の前に立つ男とのあいだにも何もない。

司祭がミサの始まりを告げ、アルフォンソは体勢を変えて祭壇のほうを向く。一瞬遅れてルクレツィアもこれに倣う。

夥しいラテン語の言葉が二人の頭上を流れる、というかおそらく天井へ飛んでいく。ルクレツィアは自分がどうも集中できないのがわかってくる、司祭が何を言っているのか理解できないのだ。ときおり単語をつかまえては、それを何かの意味と結びつけることはできる――父、魂、結合――だがそれを縫い合わせて文章にすることができない、それどころか、一節にすることすら。儀式の厳粛さや意義深さに浸りきっているべきなのはわかっているものの、アルフォンソの目に入る部分すべてを観察することにかまけてしまう。彼の靴、光沢のある茶色い側面の部分、革越しに彼の足の形がわかる部分、長靴下に包まれた彼のふくらはぎの長い曲線、細い銀鎖で留められている彼のシャツの袖口。彼の髪は黒っぽくて、彼女が会ったことのあるほかの男たちよりも長い。髪は額に垂れ下がっている。そして彼は彼女の記憶にあるとおり背が高い、幅のある軍人の体格だ。彼女は頭がようやく彼の肩に届くくらいで、足の大きさは彼の半分もない。

彼が息を吸い、吐くのが感じられる、彼が杯を取ってそれから彼女に渡すときの身動きで衣擦れの音がするのがわかる。

司祭が彼女の手から百合を取って彼の手と結びあわせ、向き合うようにと合図する。ここで司祭からさらに言葉が発せられ、ルクレツィアは「夫」と「妻」と「生涯」という言葉を把握することができ、そして終わったのだとわかる、自分は結婚したのだ、もう元には戻れないのだと。彼女はもはやこれまでの人間ではなく、彼女のまだ知らない、違う名前で違う家で暮らす人間になったのだ。いまやこの目の前に立っている男のものとなったのだ、そして、彼は真面目で重々しい表情をしているのだろうと思いながら目をあげる。

ところが、アルフォンソ公爵の顔にはべつの、それを見たルクレツィアが面食らうようなものが浮かんでいる。アルフォンソも彼女と同様、この宗教儀式の厳粛さにはほとんど影響を受けていない。目を合わせると、彼女の視線を待っていたのがはっきりわかる。彼の口の両端がほんのちょっと持ち上がる。彼は視線を司祭のほうへ滑らせ——相変わらず神だの義務だのいう言葉を唱えている——それからまたさっと彼女と目を合わせて、片方の眉をちょっとあげてみせる。

面白がっているような、彼女を自分との共謀のマントにさっと包みこむ表情だ。それはこう言っている、この司祭はまったくもって退屈だよねえ？　そして、これはいつ終わるんだろう？とも。

アルフォンソが祭壇の上で踊りを披露したとしてもルクレツィアはこれほど驚かなかったことだろう。彼女は自分の口元が笑みを浮かべ始めるのを感じる。

手に力が加えられて彼の手に繋がれ、彼に指をぎゅっと握られていることに彼女は気づく。またその顔をちらと見ると、彼は鼻をぴくぴくさせる、ほんのちょっとだけ。あの何年もまえに塔の胸壁でしたのと同じ顔だ、あの鼠の顔だ。彼女は問いかけたくなる。あれを覚えているの？　あそこで、飼っていた鼠を抱いたわたしに会ったのを覚えているの？　そしてまた。今日ここにいるのがマリアではないことを残念に思っているのかしら、この衣装を着けて、あなたに手を握られているのがマリアではないことを？　マリアではなくわたしで、ほんとうにかまわないの？

だがこんなことを、どれにしろ彼に訊ねても意味はないだろう。二人は今度は教会の後方を向き、通路を歩いて、連なる黄色い光のアーチを通り抜けていく、赤いダイヤモンド型のタイルや大理石の墓を踏んで。巨大な扉をくぐりぬけ、アルフォンソは彼女と腕を絡め、彼女は刺繍がカサカサ音をたてるのを感じる、それに何かほかのものも——彼の服の下で筋肉や腱が動いたり跳ねたりするのを。

教会の外階段の上に立つと、彼は集まった群衆に手を振り、ルクレツィアも同じようにする。彼女のベールは後ろへ払いのけられ、顔に陽を浴びている、そして群衆は小さな旗や手巾を掲げて叫んだり歓呼の声をあげたりしていて、それを父の衛兵たちが厳めしい顔で見守っている。アルフォンソはフィレンツェの人々に頷いてみせる、黒髪が陽光に輝く、それから振り向くと、夫としての最初の言葉を彼女にかける。「あの胸白貂の絵をまだ持っている？」

「ラ・ファイーナ？」と彼女は返す。「もちろん！　わたしのいちばん大切なもののひとつです。机の横に掛けてあるんです、毎朝さいしょに目に入るのが彼女なの」

彼は首を一方へ傾げてルクレツィアを見つめ、唇にからかうような笑いがちらつく。

「彼女？」と彼は問いかける。

ルクレツィアは頷く。「わたしには彼女に見えるんです」

「で、彼女はフィレンツェを離れてフェラーラへ行くのを喜ぶと思う？」

ルクレツィアはこの男を、自分の夫を見上げる、二年あまり前に、型破りにもあの絵を結婚の贈り物に選んだ男を、彼女が動物――彼女の手に抱かれていたあの桃色の鼻の鼠――が大好きだと気づき、それを覚えていた男、彼女が初めて我が物とした絵を送ってくれた男を。

「はい」とルクレツィアは答える。「喜ぶと思います」

そしてそこで、サンタ・マリア・ノヴェッラ教会の外階段の上で、アルフォンソは彼女の手をぎゅっと握り、陽光が二人に降り注ぐ、群衆の上にも、広場を交差する敷石にも、パラッツォの胸壁にも、通りにも溝にもアーチ道にも、街中の赤い屋根にも、まわりに広がる丘や木々や野原にも。

焦土

一五六一年、ボンデノ近郊のフォルテッツァ

誰かが寝台の脇にいて、慰めの言葉をかけてくれている。手が彼女の額に触れる。顔から髪が払いのけられ、口元にカップが当てられて、口に水が入ってくる。飲み込むと、体を冷たさが走るのが感じられる。

「飲みすぎちゃいけませんよ」とその人は言っている。「ほんのすこしだけね」

一瞬、ソフィアだとルクレツィアは思う、世話をしに来てくれたのだ、またも助けに来てくれたのだ。病気だということがフィレンツェに伝わったに違いない、それでソフィアが馬に跨って夜通し走らせて山を越えて、その駿馬は雪の吹き溜まりや氷原を突っ切り、憤りに燃え狂う女ソフィアは、腫れた関節のことなど忘れてしまい、とつぜん馬に乗れるようになったのだ。ルクレツィアはここにいてはいけない、とアルフォンソに言ってくれるだろう、彼に立ち向かってくれるだろう、これまでしてきたように、そしていっしょにここを出てフィレンツェへ帰るのだ――いや、どこかべつの場所へ。ウルビノがいいかもしれない、あるいはローマ。ソフィアとルクレツィアはいっしょに行くのだ、どこか遠いところ、べつの地方、べつの土地で暮らすのだ。

だが、ソフィアのはずはない。ルクレツィアにはちゃんとわかっている。なんとか目を開けると、光で頭が痛くなるのをこらえて、睫毛を透かして見上げる。

結局それは小間使いのエミリアで、女主人の額を海綿で拭い、女主人を包む寝具を整えながら、言っている。「ああ、奥方さま、お可哀そうに。悪いものでも召し上がったのですか？　ちょっと水をお飲みにならないと、少しずつですよ、そうでないと胃が受け付けませんからね」

エミリアはカップを置くと立ち上がり、汚れたリネン類をバケツのなかに放り込みはじめる。ルクレツィアはぼうっとした驚きの目でそれを眺める。

「昨夜ここにいなくて申し訳ありません」とエミリアは言っている。「馬が出ていったので、あたしたちもすぐ後からついていくんだろうと思ったんです、ところが、天気が悪いし道が安全じゃないから残るようにって言われたんです。あたしはもう奥方さまのことが心配で、たったお一人で、お世話する者が誰もいないだなんて。馬丁に頼んで追いかけようとしたんですけど、馬丁が言うにはシニョール・バルダッサーレから命令されていて——」

「バルダッサーレ？」ルクレツィアは焦土のように乾いてひび割れているように感じられる口で問い返す。

「はい、奥方さま。あの方は出かけるときに、召使たちはフェラーラに残るようにと命じられたそうで、だから——」

「あの人、出かけたの？」

「はい、夜が明けるとすぐに」

「どこへ行ったの？」

「あの、ここです、もちろん。公爵さまはあの方とご一緒でなくてはけっして遠くへはいらっしゃいませんし——」

「バルダッサーレがここにいるの？」

「はい」

「このフォルテッツァに？」

「そう思いますけど」

「もう着いてるの？」

「着いてるでしょうね。今朝早くに馬で出たんですから、一緒に行ったのは——」

「ほかに誰が一緒だったの？」

エミリアは寝台の下から取り出したぼろ布で床をごしごしこすっている。「ああ、ええっと、確か——」

「誰なの？」ルクレツィアは思わず鋭く問いかける。「考えてみて、エミリア」

「ほんの少人数だと思います、奥方さま。シニョール・バルダッサーレがいて、それから公爵さまの家臣が何人か、衛兵が三人、馬丁がひとり。料理人がハムを届けて寄越して——」

「で、あなたはその人たちと来たの？」

「いいえ、お話ししたでしょう……」エミリアは話を中断してぼろ布を絞る。「あたしを一緒に連れていってはくれませんよ、それでそのあと、べつの人たちが出発する物音が聞こえたときに——」

「あなたがここにいることを誰か知っているの、エミリア？」

「そうですねえ……」

エミリアの話は延々と続く、さまざまな言葉に名前、後戻りしたり但し書きがついたり、あまりにいろいろあってルクレツィアには把握できない。話についていこうとするのだが、まるで頭に砂が詰まっているような気がするのだ——乾いて滑らかな砂で、一方に集まっていて、頭を傾けるとそちらのほうへ移動する。

「……だから、そっと抜け出したんです」とエミリアは話している、元気よく床をこすりながら、

「だって、宮廷にはあたしがいないのを寂しがる人なんていませんからね、だけど奥方さまにはあたしが必要だってわかってましたから、許可を求めたりしないに限るって思ったんです。許可を求めたりしなければ――」。

「ここへ来ることを誰かに話した？」ルクレツィアはこの言葉の洪水を遮って問いただす。

「お話ししたじゃないですか――言ってませんとも」

「あなたが出るところを誰かに見られた？」

「そんなことはないと思いますね」エミリアは口を引き結ぶ。「どうしてそんなことを訊くんです、奥方さま？　奥方さまは――」

「よく考えて」彼女は小間使いに強いる。「クレリアは？　ヌンチャータのお付きの女たちは？」

エミリアは顔をしかめながら首を振る。「いいえ。見られてないと思います。さっと荷造りしてこっそり出てきたんです――」

「馬丁たちは？　馬丁の誰かに見られなかった？」

「あり得ません」エミリアは冷笑を浮かべる。「あの人たち、昨日の晩は葡萄酒を飲み始めたとかで、だからみんな――」

「あなたの乗ってきた馬は？　あなたが乗ってったって、誰か知っているの？」

「だけど、もうお話ししたでしょ、奥方さま」エミリアはそう答えながら立ち上がる。「お城の馬で来たんじゃないんです。あの人たち、予備を一頭持っていたので――」

「なら、あなたがここにいることは誰も知らないのね？」

「はい」

「バルダッサーレは知らないのね？　公爵さまも？」

「はい」エミリアは当惑顔で口を尖らせて、窓の留め金をはずして汚水を外へぶちまける――一瞬あとに水がフォルテッツァの下のほうの壁に飛び散る音がルクレツィアの耳に聞こえる。「どうしてそんなにいろいろ質問なさるんです？　お顔が真っ青ですよ。また吐き気がするんですか？　なんなら――」

「今は説明している暇がないの」とルクレツィアは答えて、目を閉じる。考えをまとめようとする――アルフォンソ、フォルテッツァ、昨夜の夕食、バルダッサーレが夜明けに出立した、エミリアに来るなと命じた、彼女にルクレツィアの後を追うことを禁じた。このすべてが告げていることは何なのだ？　自分はどうすればいい？「どこかしら……」彼女は何かを求めて寝具のなかを探る――昨夜描いた下絵、体を包むもの、何かこの奇妙な朝のよりどころとなってくれるものを、纜綱（ともづな）を解かれたような、衝撃を受けたような気分なのだ。「要るの……」自分は何が要るのだろう？

ルクレツィアは枕から頭をあげようとする。「わたし……」

エミリアはルクレツィアの肩に手を置く。「ここで、寝ていらっしゃらないといけません。お休みにならなくては。公爵さまのところへ行って、奥方さまのお加減が悪いとお伝えします、そうしたらきっと――」

「だめ！」ルクレツィアはエミリアの手を摑む。「下へは行かないで。この部屋から出ないで、わかった？　わたしたちのどちらも出ないの。あなたがここにいることは誰にも言わないで。考えなくちゃ、考えなくちゃ――」

「奥方さま、お医者さまに診てもらわないと。あたしが話して――」

「エミリア」ルクレツィアは小間使いを引き寄せて囁く。「エミリア。聞いて」一瞬、何を明かせばいいのだろうと思う、エミリアにどうやってわかってもらえばいいのだろう、でもそれから、何を話すべきか心を決めもしないうちに自分がそのことを話していることに彼女は気がつく。「あの人、わたしを殺そうとしているの」

エミリアがこの言葉を聞いて驚いたとしても、ルクレツィア自身ほどではない。彼女の口から滑り出たその言葉は、二人のあいだの空中に煙のごとく浮いているように思える。これは真実だとルクレツィアはこの瞬間に悟る。昨夜の夕食のときにもわかっていたのだけれど、なぜか自分を説得してしまったのだ――あるいはたぶん、利口なアルフォンソに納得させられたのかもしれない――自分の誤解だと。だが、これが彼女の直面しているものなのだ。死が彼女のところへやってきている。扉を叩いている。指を鍵穴からもぐりこませている。鍵の向こうへ行く方法を探している。

エミリアは首を傾げて彼女を見下ろしている。エミリアはあの言葉を聞いた。あの言葉について考えているが、はっと息をのんだり嘆きはじめたりするのではなく、ルクレツィアの手を撫でる。

「奥方さま」と彼女は話しかける。「熱が出ると頭のなかにいろいろ――」

「頼むから聞いてちょうだい」ルクレツィアは痛む喉から声を絞り出す。「お願い。わたしを信じて。あの人はわたしを殺すつもりなの。わかる？　だからわたしをここへ連れてきたの、あなたを連れずに、誰も連れずに。目撃者はいない。ね？」

「奥方さま」エミリアは不安そうに扉のほうを見ながら体を左右に揺する。「だってほら、しばらくのあいだ普通の状態ではなかったんですし、だからたぶん――」

「あの人、わたしに毒を盛ったの」ルクレツィアはエミリアの手を力いっぱい握りしめながら話す。「昨日の晩に。わたしは知ってるの。鹿肉かスープか葡萄酒か――わからないけれど。でも彼は毒を入れた。わたしを信じてちょうだい」

部屋を満たすしらじらした冬の光のなかで、エミリアの顔は変化していく。彼女は女主人を見る、磨いたばかりの床を見る、机の上のスケッチを見る、窓の外の川べりを見る。またルクレツィアに視線を戻した彼女の表情はしかめっ面だ。

「そんなの信じられません」と彼女は言う。「公爵さまは立派な方ですし、奥方さまを愛しておられます。ぜったいそんなことはなさいませんとも。奥方さまに対して。妻に対して」エミリアが話すにつれて、その問題について自分自身と話しあうにつれて、女主人の言葉がゆっくりと密かに彼女の思いのなかに根を張っていくのがルクレツィアには見て取れる。エミリアが女主人を少しずつ信じ始めるのが見て取れる。

「でも、あの方は奥方さまを愛していらっしゃいますよ」とエミリアはまた言う、こんどは小声で。「そうですとも。誰にだってそれはわかります」

ルクレツィアは何も言わずにじっと小間使いの顔を見続ける。

「あの方がなんだってそんな……」エミリアは大声を出す。「そんなことできっこないでしょう……そんなことのできる男がいるんでしょうか？」と彼女は言う。

エミリアは寝台にがっくり腰を下ろす。ルクレツィアの弱々しい手を握る。「ああ、奥方さま」「あたしたちどうしたらいいんでしょう？」

ルクレツィアは彼女のその〝あたしたち〟に心を打たれる。その響きが嬉しい。その響きは彼女の乱れた心を、空っぽになって痛む体を癒してくれる香油だ。

「わからない」とルクレツィアは言う。彼女は痛みを消そうとするかのように額をさする。「何も言えないわ」

眠る男、休息する支配者

一五六〇年、フィレンツェのパラッツォとヴォギエーラのデリツィア

婚礼の日の終わりに、彼女は顔の前にもってきた自分の手も見えないほど深い闇のなかですわっている。今は陽が沈んでかなり経った真夜中、この箱型馬車はパラッツォの閂のかかった門のすぐ内側のアーチの下で待機している。外から召使たちの話し声が聞こえる、この箱をここへどう結わえ付けたらいいか、あの袋をそこへ動かすにはどうしたらいいか、荷物を結わえ付ける紐がもっといる、馬にきちんと馬具をつけなくては、などと相談しているのだ。

彼女の膝には数珠と小さな花束、それにすべすべする房飾りのついた毛織の肩掛けが置かれている。すわっている席の座面は詰め物をした天鵞絨で、金のボタンがちりばめられているのだが、彼女には父の馬車の木の板の硬さのみが尻の下に感じられる。

たぶん夜が明けようとしているのだろう。外の広場では椋鳥が打楽器を打ち鳴らすようなやかましい声でさえずり始めている。暗闇とパラッツォの重い木の門を隔てていてもちゃんと聞こえてくる。結婚式のミサのあと、すぐにアルフォンソと出立するものと彼女は思っていたのだ、教会からそのまま新生活に入るのだとばかり。だが違っていた。彼女にそうと知らせておこうとは誰も考えなかったのだが、ミサのあとには果てしなく続く婚礼の祝宴が待っていたのだった。長い食卓に炙り肉や香草入りのパンがどっさり並び、ルクレツィアがほんの僅かばかりの食べ物をなんとかのみ

下す一方、男たちはルクレツィアの父が催した戦車競走を見に行ってしまい、そのあと、そろそろ祝宴も終わりなのではなかろうか、食卓の席をたってもいいのではないだろうかという気がしはじめたちょうどそのとき、男たちが顔を興奮で上気させて戻ってきて、それから音楽師たちがやってきて演奏を始め、曲芸団が跳びはねながら大広間に入ってきて、そしてナーノのモルガンテが曲芸師のひとりと喧嘩になり、それからダンスが始まって、アルフォンソはルクレツィアと踊り、ついでエレオノーラと、それからイザベッラと踊り、そのあとまたルクレツィアに踊ってくれと頼み、ルクレツィアはこのころには疲れ果てて立っているだけで眩暈がするほどだったのだが、両親やフェラーラの宮廷の面々が見ているのがわかっていたので、にっこり微笑んで手を彼の手に委ね、足に無理にステップを踏ませ、頭を細い首の上でしゃんとまっすぐにして楽しそうな表情を浮かべているしかなかった。動きはなるべく優雅に――でもやりすぎてもいけない――ほんとうのところ、自分の部屋へ行って重い金のチントゥーラと籠のような婚礼衣装を脱ぎすてて眠りたくてしかたがなかったのに。

ルクレツィアは角を掌に食い込ませてロザリオから下がる十字架を握りしめ、手にショールを巻きつける。アーチ道の下のこの馬車のなかの空気は、湿っぽくて冷たい。

彼女はソフィアに別れを告げることができなかった。こっそり子ども部屋へしのんでいく暇などなかったのだ。こんなことができようか。ひと目ソフィアに会うことなく行ってしまうなんて、さよならを言わずに行ってしまうなんてできない。そんなことできない。自室へ戻るちょっとした時間はあったのだが、ソフィアを呼んでくれと頼もうかと思っていると、まず父が別れを告げにやってきて、明日また会おうみたいな態度で出ていくという、当惑してしまう出来事があり、それから母が召使たちに婚礼衣装の正しい脱がせ方としまい方を指示した。こうしてね、いいえ、そうじゃありません、注意して、だめよ、それじゃ破けてしまう、その子の頭の上へ持ち上げて、上って言ったのよ、聴いてるの？　そしてルクレツィアは青と金色の衣装を脱がされて、雨のあとで陽光が降り注いできたかのようにほっとした。なんの妨げもなく胸郭に息を吸い込んだり吐き出したりすることができ、腕がひどく軽く感じられた。イザベッラもちょっとやってきて、砂糖菓子を手にあくびしながらダンスで見かけたとあるご婦人のことを母に話した、靴がとてもみっともなかったけれど、あの人の夫はわかってるのかしら？　それからイザベッラは、元気でね、ルクレ、と言うと、まだあくびしながら出て行った。そして、イザベッラのように寝台へ行くことは許されず、ルクレツィアはべつの服、彼女の好きな淡いラベンダーグレイの服を着せられ、母から言い聞かせられた。アルフォンソの言うことを常によく聞いていること、いつも敬虔かつ従順であること、不適切な人たちとの付き合いには気を付けること、とりわけ画家だの作曲家だの彫刻家だの詩人だのといった人たち全般には。フェラーラの宮廷にはそういった類がひしめいているということだから。不適切なものに愛着を持たないよう気を付けなければいけない。身だしなみに気を配り、常に自分の地位にふさわしい装いをすること、じゅうぶんに食べ、しかも食べ過ぎないこと、音楽の稽古を続けること、アルフォンソの母や姉妹には礼儀正しく敬意を持って接すること、アルフォンソが部屋に入ってきたら常に微笑みを浮かべて立ち上がること。

はい、マンマ、とルクレツィアは答えた。はい、マンマ、はい。

そして母から口づけしてもらい、別れの挨拶を交わすと、彼女は階段を下へと導かれていったが、頭にあったのはまだソフィアに別れを告げていない、老いた乳母の顔を見ないで去ることなどできないということだけだった。ルクレツィアがさようならも言わずにフェラーラへ行ってしまったらソフィアはどう思うだろう？　ルクレツィアにとって自分はもうどうでもいい存在なのだと思うんじゃないだろうか、忘れられてしまったと、犬が肉を食べ尽くした骨を捨てるように捨てられてしまったのだと？

ルクレツィアは階段を導いてくれている廷臣たちに言った。戻らなくてはならないの、子ども部屋へ行かなくてはならないの。だが廷臣たちは首を振ったり、聞こえなかったふりをした。ソフィアに会わなくちゃならないの、とルクレツィアはなるべくきっぱりした口調で言った。だが階段は終わり、イルカが水を噴き出しているさいしょの中庭へと進み、そして二番目の中庭へ入ったかと思うと、扉を大きく開かれた馬車が彼女をのみこもうと待っていた。

どうしようもない。それは明らかだった。引き返すことは許されないだろう、子ども部屋へいくことなど、ほんのちょっとの間でさえも。

彼女は馬車の踏み段に片足をかけ、スカートを持ち上げ、上へ駆けあがっていく機会を、あるいは口実を探そうとするかのように振り向いた、すると幾つかの人影が中庭に現れたが、近づいてきたのはあの老いた乳母ではなく馬丁たちで、夜の大気にさらされてはなりませんと言いながら彼女を乗せて扉を閉め、内側に閉じ込めてしまったのだった。

ルクレツィアは身を乗り出して取っ手を動かしてみる。ちょっと上へ戻りたいのだと頼んでみようか――忘れ物をしたのだとか、袋を置いてきてしまったのだとか言えばいい――ところが、なんの前触れもなく扉が外から引き開けられて、ルクレツィアは引きずられて座席から床に落ちてしまう。

「おい」と声があがる、「公爵夫人が気を失ったぞ」。

黄色い光の帯が馬車の床に差し込み、その真ん中に黒い人影が浮かぶ。

「違います、違います」体を起こそうともがきながら彼女は言う、恥ずかしくて顔が火照る。「わたしはだいじょうぶです、わたし――」

「ランタンを持ってこい、早く」

この男の口調は、とルクレツィアは、男の片手で上腕を、もう片方の手で肩を掴まれながら考える、堂々としていて高圧的だ。皆がたちまち従うはずと決めてかかっている——わかっている——声だ。父なら、同じ状況だったら叫んでいただろう、と彼女はとつぜん思う、父の口調はどんどん激しくなっていただろう。だがアルフォンソは冷静で、落ち着いている。

言いつけを実行しようと召使たちが速足で動きまわるのが聞こえる。ランタンが持ってこられ、人々が扉のところに群がり、彼女は抱き起こされてクッションに寄りかからされる。

十時間か十一時間まえに夫となったアルフォンソが彼女の前に膝をつく。彼は彼女の額に手を当て、脈をはかろうとするかのように手首を握る。ほかの者には決して彼女に触れさせようとしないのがわかる。彼がここにいることだけで、公爵然とした振る舞いで皆を遠ざけているのだ。そしてそのあいだずっと彼は低い声で話している。そんなに近寄るんじゃない、ゆったりさせなくちゃ、もうずいぶん元気そうになってきたじゃないか。

「わたしはなんともありません」彼女は言おうとする。「ほんとうなんです。ただ扉の取っ手を動かそうとしていただけなの、そうしたらあなたさまが——」

「これを持っていってくれ」とアルフォンソが、彼女には姿の見えない召使に向かって言うのが聞こえ、そして物入れを馬車の外に手渡す。「すまないが、すぐに出発できるよう準備してくれないか」

この「すまないが」は彼女の関心をそそる。使用人に何か言うときに父や母の口からこんな言葉が出てくるのは聞いたことがない。

アルフォンソはランタンを掲げながら彼女のほうへぐっと身を寄せてきて、暗闇から彼の首が、襟元の開いたシャツが現れ、ついで喉と顎が、それから唇が、鼻が、頰が、黒っぽい大きな目が、それから額にかかった髪の毛が浮かび上がる。

二人は互いに見つめあう。ルクレツィアはアルフォンソを、アルフォンソはルクレツィアを。

二人きりになるのは初めてだ。

「旅ができるくらい元気なのかな？」彼は優しく訊ねる。

「はい、もちろん」

「何か持ってこようか？　何かほしい？」

「何もいりません。ほんとうです」

「ここに旅行中に食べるものがある。夕食のときはほとんど食べていなかっただろう」

結わえた布の包みを膝に置かれて、彼女はびっくりしながらそれを両手で包む。パンの塊や、厨房で作られるごつごつしたチーズ、果物――たぶん杏（あんず）だ――の柔らかい球体が手に感じられる。

「ありがとうございます」と彼女は礼を言う。

彼はルクレツィアの手を取ると自分の口元へ持っていく。彼女はそれが他人の手であるかのように眺めている。彼の口が肌をかすめる、押し付けられる感触、生えかけているひげがちくちくする、吐く息の熱。

「さてと」と彼は首を傾ける。「何もほしいものがないのなら、旅を始めよう、いいね？」

そして返事を待たずに馬車の外へ身を乗り出してランタンをすぐ外にいた者に手渡す。いろいろ指示を与えているのが聞こえる。準備万端整えるよう、荷物はすべて固定されているか確かめろ、門を開けてもらえ。

彼は扉を閉めて隣にすわる。ルクレツィアは呼吸を落ち着かせようと努める。吸って、吐いて、吸って、吐いて。パラッツォの門が開いていく。もうほとんど夜明けだ。彼女は出発するのだ。外から、馬丁たちが手綱を握って宙で鞭をふるっているのが聞こえてくる。街を抜けた向こうまでは馬車で進むが、そのあとは馬に乗り換える、山越えの道は岩だらけなのでそうでないと無理なのだ、とアルフォンソが説明し、彼女はそのことはもう父から聞かされているとは言わずに、彼の声に、その言葉に耳を傾ける、山を登っていく話、アペニン山脈の峰々の自然の美しさ、そのあとに現れるポー川流域の平野、そこで二人の旅は終わるのだ。

門は音をたてながら開いていき、ルクレツィアは馬車の扉を押し開けたくなる、最後にもう一度、中庭に別れを告げるために、白いダビデ像に、鐘楼を囲む胸壁に、その横を通り過ぎていくときに。でもそんなことはとてもできない。今や御者が口笛を吹き、車輪ががたんと前へ動き出すのに備えて身構える。

ところが代わりに外から声が聞こえる、叫び声が。「止まって！　待って！　止まって！」アルフォンソが振り返る。暗闇にもかかわらず、彼が顔をしかめているのがルクレツィアにはわかる。彼の指示にはなかったことだ。

「待って！」と叫ぶ声は最後には泣き声になっている。つぎの瞬間、馬車の扉がこじ開けられ、ルクレツィアはソフィアを目にして仰天する、夜着の上から肩掛けを羽織り、捻じった髪を肩に垂らしている。顔を苦しげに火照らせて、目は濡れている。自分のほうへ伸ばされた手をルクレツィアは摑む。すると乳母は馬車に乗り込んできて、死に物狂いの勢いで彼女を強く抱きしめる。

「さようなら、ルクレちゃん、さようなら」と乳母は言っている。「公爵さまが良いお方で優しくしてくださいますよう、あなたさまにはちゃんとそれだけの価値があるんですからね。それを忘れちゃいけませんよ」ソフィアは肩掛けの下を探り、ルクレツィアは手に何かが押し付けられるのを感じる。硬くて平たいものだ。ソフィアは彼女の指にそれを握らせる。「これを忘れてましたよ」と乳母は言う。「上の子ども部屋に。思ったんです――」

「これはあなたによ」ルクレツィアはそう言いながら小さな絵を乳母の手に押し返す。「あなたのために描いたの、持っていてもらおうと思って」

ソフィアは頷いて感謝を示す、この子の発するものをいくらか吸い取りたいとでもいうように頬をルクレツィアの頬に押しつけながら。

「長生きなさいますよう」ソフィアはルクレツィアの髪に顔を埋めながら熱っぽく囁く、「お幸せに」。

それから体を離すと、アルフォンソに探るような厳しい視線を向ける。一瞬、何か言いたそうに、彼に何か話しかけそうに思える。でもそうはしない。彼に目を向けて学者が写本に注ぐような視線で吟味するだけでじゅうぶんなのだ。

ソフィアは出ていく。

馬車の扉が閉まり、御者が鞭をふるい、引き具をつけた馬たちがびくんと前へ踏み出し、アーチ道をくぐってひと気のない広場に出てはじめて、いったいあれは誰だったんだとアルフォンソが訊ね、そしてルクレツィアは気がつく。これまではじめて、ソフィアからナポリ方言で話しかけられていたのだ、それはつまり、ルクレツィアがナポリ方言を理解できるとソフィアにはずっとわかっていたということだった。

「あの女がそなたに渡そうとしたのはなんだったんだ？」とアルフォンソは訊ね、一方馬車は街中を縫って進んでいく、彼女の父の軍隊が馬に乗って両脇を固め、何百もの蹄の音が通りにカタカタ響きわたる。

彼女はまたロザリオをぎゅっと握りしめながら、何週間もかけて描いた小さな絵のことを思い起こす。敷物の中央にひとりの乳母が立って、背の高い顧問官を挑むような表情で見上げている。うさぎたちがたくさん、乳母の足元で楽しそうに跳ねまわっていて、その銀茶色の毛皮が光に輝いている。よくよく見たならば、乳母の指がお呪(まじな)いの十字の形を作っているのがわかるだろう。ルクレツィアはその絵を、自分のさまざまな秘密を守ってくれるソフィアのために特別に描いたのだった。

「なんでもありません」と彼女は答える。

馬車はひと気のないフィレンツェをガタガタ通り抜けていく。ルクレツィアが扉の隙間に片目をあてると、薄明りのなかに揺らめいて過ぎていく家々や、窓や、鎧戸や、小さな広場や、水桶や、橋や、教会の木の扉や、入口の段で眠る犬や、バルコニーでちらちら光を放つランタンが見える。父の街はまだ眠っている。

市の城壁が周囲の街路に濃い影を投げかけ、馬たちはナイフがパンに切り込むように狭い門をくぐっていく。ルクレツィアには、城壁をくぐりぬけるときに一瞬馬車のなかが暗くなるのでそれとわかるだけで、すると馬車はもう向こう側に出ており、両手を握りしめている彼女には、結婚指輪の硬い輪が馴染めない。

彼女は隣にいる、頭を後ろの背板のクッションにもたせかけた男のことを考える、彼が持ってきてくれた食べ物の包みのこと、それに胸白貂の絵のことや先刻のダンスや音楽のことも。彼女の心は落ち着かず、思いはあちこちへ飛ぶ、青い絹地の衣装から紐で束ねた百合へ、林立している一握りのヘアピンへ、紙の上を前後する筆へ、バルコニーのランタンへ、肥沃な緑の平野を横切る平坦な川へと。

ずいぶん経ってから目が覚めると、彼女はひとりで座席に横になっていて、頬にボタンが食いこんでいる。開いた扉から差し込む眩い光が馬車のなかを照らしている。馬車は停止しているのだ。外では話し声が聞こえ、鳥の鳴き声が響き、馬たちが草を食(は)む音もする。

「アルフォンソ？」彼女はおずおずと呼んでみてから、こんなふうに呼びかけてよかったのかしらと思う。彼は敬称で呼ばれるほうを好むかもしれない。「陛下？」彼女はちょっと声を大きくして言ってみる。

馬車の外にいる誰かが驚きの声をあげる。かちゃかちゃと石ころを踏む足音が響いたと思うと、人が現れる。護衛兵だ、彼女の父の兵士たちの着る赤い制服ではなく、緑と銀色のチュニックを着ている。男はお辞儀し、よくわからない言葉で何か言って片手を差し出す。明らかに馬車から降りるよう言われているのだ。

そこで彼女はそうする。なんのためらいもなくフェラーラ方言――だってもちろんそのはずではないか？――でぺらぺら話しかけてくるこの護衛兵の手を取り、そして地面に降り立つ。

馬車が停まっているのは、道が澄んださざ波の立つ小川にぶつかっている場所だ。馬車を引く馬たちは小川にむかって頭を下げ、引き具をかちゃかちゃいわせて水を飲んでいる。前方には山が連なり、重なった峰々や斜面が空に紫色に浮かび上がっており、隆起した部分の上を道が現れたり消えたりしている。日差しで周囲が暖かくなってきている。足元の彼女の影は短くて、彼女自身を折りたたんだみたいだ。川辺の濡れた石から湿気が立ち昇っている。翼に青い筋の入った鳥が水面をかすめて飛び、きゅっと円を描いてからまた元の方向へ戻る。

馬車は護衛兵や召使たちに囲まれていて、皆同じ銀色と緑の服装だ。彼女に向かってお辞儀しながら熱心に話しかけてきて、表情は生き生きして嬉しそうでさえある。彼女のものである箱や荷物を持っている者もいるようだ。彼女が微笑みかけながら首を傾げると、彼らは手招きしてみせる。

「アルフォンソは？」と彼女は父のものである馬車の扉に指をかけたまま訊ねる。「公爵さまは？」

召使たちは熱っぽく頷きながら、相変わらず身振り手真似を続けている。

「陛下は？」と彼女は訊く。「フェラーラ？」

はい、はい、と彼らは言っているようだ。フェラーラです、はい。そして手招きする、こちらです、こちらへ来てください。

アルフォンソの気配はどこにもない。ルクレツィアは自分の左側を見て、それから右側を見て、そしてくるりと回る。護衛兵がひとり彼女のほうへやってくる、生クリームのような色の馬を引いている。両側には鞍袋が下がっている。これはきっと従順な雌馬で、彼女を乗せるためにフェラーラから寄越されたに違いない。父の兵士たちは姿を消していて、馬車はフィレンツェへ戻る準備をしている、彼女は乗せずに。

ルクレツィアは唾をのみこむ。どう振る舞ったらいいのかよくわからない。母の助言も、ソフィアから聞かされた話も、授業で学んだことも、こんな状況の心構えをさせてはくれない、道端に置き去りにされるのだ、彼女には理解できない言葉を話す人たちとともに。アルフォンソはどこにいるのだろう？　まさかいなくなった？

白っぽい馬は背が高く、胴は地面からかなりある。どうやって乗ったらいいのだろう？

馬車に乗り込んでフィレンツェへ連れ帰ってもらいたいという思いが彼女の頭に渦巻く。だがルクレツィアは馬車から一歩離れる。地面の見覚えのある荷物に目をやる、うねる水面に、ここにいる男たちの意気込んだ顔の輝きに、華美な緑の制服に、馬の頭絡(とうらく)に、それにはグリフィンと鷲の飾りがついている。

「フェラーラ？」と彼女はまた訊ねる。その言葉は魔法のようだ。それは彼女と彼らが互いに理解し合えるたったひとつの単語なのだ。

「フェラーラ！」と彼らは叫び返す。フェラーラ！　そして、彼らは活気づいて頷き、手招きする。

ひとりがぴょんと前へ出て、しきりにしゃべりながら何かを熱心に勧める。男は両手を打ち鳴らし、その言葉をもう一度叫ぶ。すると馬車の横から女が出てくる。一瞬、ルクレツィアにはそれが誰だかわからない――アルフォンソの身内、姉妹のひとりが山越えに同道するために来てくれたのか？　だが女の足取りには、その茶色い服には、前掛けには、どこか見慣れたところがある。ルクレツィアは気づいて驚く、あれはパラッツォの小間使い、顔に傷のある娘だ。

「あなたなのね」とルクレツィアは言う。ここでこの娘に会うとはどういうことだろう、アペニン山脈の陰のこんな人里離れた場所で。

「陛下」と娘は呟き、膝を曲げてお辞儀する。

「ここで何をしているの？」

「フェラーラまで行くことになっています、奥方さま」

「あなたが？」

「奥方さまとご一緒に」娘は恭(うやうや)しく付け加える、目は伏せたまま。

「誰がそう言ったの？」

「陛下のお父上でございます」

ルクレツィアが彼女から目を離して振り向くと、フェラーラの召使たちも馬も皆彼女を見つめているので、また元どおり向き直る。

「名前はなんというの？」とルクレツィアは訊ねる。

「母からはエミリアと呼ばれていました、奥方さま」

「エミリア」ルクレツィアは繰り返し、そのとき初めてトスカーナ方言でしゃべる喜びを自覚する、互いのあいだをお馴染みの言葉が行き交う喜びを。「公爵さまがどこにいらっしゃるか知っている？」

エミリアは落ち着かなげに片足からもう一方へと重心を移し、それから片手を突き出して山並みのほうを指す。

「あの方は……」ルクレツィアは自分がこんなふうに置いていかれた理由をなんとか見つけようとする。「先に行ったの？」

「とても急いで行ってしまわれたのです、奥方さま。宮廷へ行かれたのだと思います」

「理由は知っている？」

小間使いは躊躇した。「手紙が来たんです」彼女は小声で言い、ルクレツィアは彼女に近寄った、自分たちが何をしゃべっているか周囲の誰にもわかっていないのは明らかなのだが。「山の向こうから手紙を持って、使者が馬を全速力で走らせてやってきたんです、ひどく慌てふためいて。公爵さまはそれをお読みになって、そしてあの方は……」

「あの方は？」

「畏れ多いことでございますが、奥方さま……あの方は……」エミリアは適切な表現を探そうと言葉を切った。「……お怒りでした」

「手紙に書いてあったことで腹を立てていらしたの？」

「そうです。あの方は手袋を地面に投げ捨てられて、そして聞こえたんです……」またもエミリアは口ごもる。「……少なくともわたしが思うにあの方は罵っていらして、あの方の……」

「あの方の、何？」

「あの方のお母君さまを、奥方さま」小間使いは謝るような口調で呟いた。

ルクレツィアはちょっとの間エミリアを見つめ、それから俯く。考えなくては、判断しなくては、そしてどんな推測が心を過ろうと、召使たちからは隠さなければならない、あの人たちはいつだって仲間内でおしゃべりしたり噂したりするんだから。彼女の頭は疲れでぼんやりしているが、それでもなお、結婚して数時間しか経たない夫によって道端に置き去りにされるのはひどい侮辱だということは強く感じている、そして、今この瞬間にも幾つもの、幾つもの視線が自分に注がれていて、彼女がどう反応するか見守っているのだということも。だからルクレツィアは目を伏せる。自分の旅行着が見える、薄い革のサンダルを履いて石だらけの小道に立っている足が、ぎゅっと組まれた両手が。彼女は考える。あの方の母上さま、わたしの足、わたしのサンダル、使者、罵り。彼女は考える。おとなしい雌馬、地面に手袋を投げ捨てた、わたしはとっても疲れている、あの方の母上さま。彼女は首を振り、指先で額を押さえ、考えをまとめようとする。アルフォンソの母がフェラーラ宮廷で大きな面倒を引き起こしていることは、彼女も知っている、原因は……ルクレツィアが父から聞かされたのは何だっただろう？　フランス生まれの新教徒だが、先の公爵と結婚するために信仰を捨てたのだ。このことを思い出せて、ルクレツィアはほっとする。だけどそれから？　何かほかにもあった、物語のさらなる章が。彼女は懸命に父の話を思い出そうとする（そのとき彼女はろくに聞かずに、首を伸ばして、父の聖域の棚に並ぶ滅多に見られない骨董品や宝物を眺めようとしていたのだ）。すると思い出す。何年かまえに、その母が密かに新教のミサにあずかり、新教の支持者と付き合っていることが発覚し、そして――これを聞いたときの衝撃が蘇る――前公爵は子どもたちをとりあげて、妻を城（カステッロ）のどこかに幽閉してしまった。ルクレツィアの父は彼女に向かって人差し指を振ってみせながら、冗談っぽく言った、だから気をつけるんだよ、ルクレ。そしていっしょに笑ったのだ、父と、それにその後ろに立っていた従者たちも。だがそのあと、この話はルクレツィアの心をいささか波立たせ、答えよりもさらに多くの疑問が生じたのだった。どうして自分の妻を幽閉するなどということができるのだろう？　幼いアルフォンソやそのきょうだいたちは母を奪われて辛い思いをしなかったのだろうか？　先の公爵夫人は、二度と新教の信仰には戻らないとアルフォンソに約束した上で、今では幽閉を解かれていると父は請けあってくれたが、公爵夫人に、ルクレツィアの前任者にそんなことが起ったと思うと複雑な気持ちだ。そのような女性にルクレツィアはどう挨拶したらいいのだろう？　先の公爵夫人の宗教的反逆や幽閉のことは何も知らないふりをすべきなのだろうか？　そして、なによりもまず、アルフォンソが彼女をここへ置き去りにして馬で立ち去ることになった原因であるその手紙には、いったい何が書かれていたのだろう？

「公爵さまは」まだ横にいたエミリアが意を決したように話しはじめる。「奥方さまを起こさないようにとおっしゃいました。眠らせて差し上げたいのだと。宮廷の問題を処理してから、別荘で奥方さまと落ち合うからとお伝えするよう言われました」

「別荘？」

エミリアは唇を噛んで哀願するような表情でルクレツィアの顔を見つめる。「はい、奥方さま」

「でも、わたしたちはカステッロへ行くのよ、わたしたちはフェラーラへ行くのよ」そう言いながらルクレツィアの声は甲高くなる。そういう予定だと父から聞かされたのだから、それが正しいはずだ。「わたしはあの都市に正式に入り（エントラータ）、そこであの方の母上さまやご姉妹方とお会いするの、家に入る（メナーレ・ア・カーサ）ためにね」と彼女は言い募る、「だって……」。

娘は首を振る。「申し訳ありません、陛下、ほんとうに申し訳ありません。公爵さまは、わたしたちは代わりにデリツィアへ、田舎にある別荘へ向かうとお決めになったのです」彼女は胴体がクリームのように白い馬を指さす。「公爵さまがこの馬を奥方さまのために選ばれました。それに」と彼女は何かを掲げる、「わたしは奥方さまの絵を持っております」。

ルクレツィアが紐を掛けた長方形の包み、布で幾重にも包まれた胸白貂が、小間使いの手に握られている。

そのあと、山越えの旅は夢のなかの出来事のようになる、はかない、束の間の出来事に、人生の外側での経験に。

続く数週間、招かれざる客がやってくるように心象や印象が彼女の心に割り込んでくる。書簡を認（したた）めたり、廷臣たちの言葉に耳を傾けたりしながらも、彼女の心は鞍や、動きにつれて鞍の革が軋む音や、馬の首や、山道を踏みしめる蹄の眠気を催させる律動や、馬が足を踏み外すたびにぎゅっと握りしめるためのへこんだ部分があったことなどでいっぱいとなる。アーティチョークを敷いた上に盛られた豚の炙り肉の皿を前に食卓についていたとしても、頭を過るのは風の吹きすさぶ山道の岩陰に身を寄せて食べたパンのちぎった外皮だったりする、周囲では護衛兵たちがうろうろしながら丸めた両手に息を吹き込んで温めていた。寝台に横になり、エミリアが部屋を動きまわって服を振りはたいて畳むのを見つめながら、ルクレツィアが思い起こすのは、山道を数時間登ったところで、エミリアを自分の馬の後ろに乗せてくれと頼んだことだ、そして二人は残りの道のりをそんな具合に、女主人と召使が一緒に乗っていったのだった、エミリアの手は女主人の腰に置かれ、ルクレツィアは指先の震えで娘が怯えているのがわかったのだった。馬の背で眠ること――というか、すくなくとも半分眠ること――が可能だとは、ルクレツィアには思いもよらなかった。馬に乗っていて、頭絡から伸びた引き綱は横に並んで馬に乗る馬丁の手に握られていて、そして頭が次第に前へ傾く、じわじわと、ちょっと目を休めているだけだと考える、ところがはっと頭を起こすと、なんと太陽は岩の後ろに沈んでいて、木々は闇に包まれ、頭上は黒い鉢をさかさまにしたように夜空で覆われているのだ。

一行は日中にアペニン山脈を越えていき、ルクレツィアは鞍頭(くらがしら)にしがみつき、エミリアは女主人にしがみつき、胸白貂の油絵は鞍袋に結わえ付けられている。ルクレツィアは何度も山を描いたことがあるが、小さくした縮小版でしかない、場面の背景として、構成に奥行を与える手段として。間近で見るのは初めてだ、山越えするのは初めてだ、遠くからだと緑や灰色に見えるものが、近くだと、色彩や質感がぶつかり合っているとわかるのも初めてだ。濃い焦げ茶色の土、豊かな緑の針葉樹、木々の葉は風に震えてねじれ、銀色の裏側を見せる、灰色の岩、馬たちが顔を近づける湿っぽい錆色の水たまり。

彼女の背後では、怯えのせいか寒さのせいかエミリアが歯をカタカタいわせている、そしてときおり小声で祈りを唱える。

「怖がらないで」ルクレツィアは何度も何度も彼女に言う。

「はい、奥方さま」と彼女は答える。

　ところが、山の向こう側へと下っていって、またも闇の帳（とばり）が降りはじめ、フィレンツェがひどく遠く感じられ、行く手にあるのは夫が待っているかもしれないし待っていないのかもしれない別荘、そして彼女もエミリアも夜の闇のなかを案内してくれるこの男たちと意思の疎通ができないという状況のなかで、元気がなくなってくるのはルクレツィアのほうだ。アルフォンソはどこにいるのだろう？　新妻をこんなふうにほったらかしにするなんて、どういう男なのだろう？

　一行は馬を休める。ルクレツィアはチーズと、オリーヴがちりばめられた平たい乾いたパンを貰う。召使たちから身振りでまた馬に乗ってくれと促されると、不安がじわじわ募ってくる。

「フェラーラ」と彼女はまた言いながら、なんとか体を持ち上げるようにして立ち上がり、召使たちはにこにこと頷く。「陛下は？　公爵さまは？」

　召使たちはなにやらぺらぺらしゃべる。ルクレツィアは「フェラーラ」という言葉を聞きとる、それと「デリツィア〔悦楽の意〕」、「公爵」、それに「庭」か「獲物」かもしれない言葉を。

　彼女はエミリアの手を取る。小間使いはしっかりと握り返す。二人の娘は手をつないでそこに立ち、召使たちと向き合っている。ルクレツィアはエミリアと背の高さも顔色もとても良く似ていることに気がつく、同じ服か外套を着れば、後ろから見たら取り違えられるかもしれない。こうと気づいたからといってなんの慰めにもならない、それどころか、新手の奇妙で不可解な策略に嵌まったような気分だ。

「どう思う？」ルクレツィアは小声で訊ねる。

「ここにいるわけにはいきません」とエミリアは答える。「どんどん暗くなっています」

「あの人たちがほんとうにわたしたちを公爵さまのもとへ連れていくつもりなのだと確信が持てるといいんだけど、なんとか方法があればねえ――」

「フェラーラ？」エミリアが声を張り上げてまた訊ねる。

はい、はい、と召使たちは大声でその言葉をおうむ返しに娘たちに返し、雌馬を指さす、闇を透かしてたてがみが大理石のように輝いている。ルクレツィアは馬に向かって足を踏み出す、エミリアの手をぎゅっと握ったままで。

「いらっしゃい」ルクレツィアは、この状況の指揮をとろう、今や公爵夫人となった立場にふさわしく振る舞おうとしながら言う。「行きましょう。そうするしかないんだから」

つま先を鐙(あぶみ)に掛けると、手助けしようとたくさんの手が慌てて差し出されるが、彼女は自分で雌馬の鞍に体を引き上げ、それからエミリアを乗せようと腕を差し出す。娘は惨めな泣き言を並べるが、ルクレツィアは馬の向きを変えて踵で胴を軽く蹴り、またも道を進んでいく。

周囲の夜の気配が濃くなり、闇が深まり、見えない絵筆で宙が黒く塗られていくかのようだ。一行は広い道を進んでいて、両側には果樹が幾列も並んでいる――つかの間、ルクレツィアには丸い桃やたぶん涙の形をしたレモンが枝にたわわに実っているのが見分けられた。だが今は暗すぎて何も見えない。行列の後ろにいる召使たちは前にいる者たちに呼びかけ、呼びかけはまた返され、その声はルクレツィアを飛び越えていく。エミリアの呼気の湿り気が首筋に感じられる、娘が女主人の腰を握りしめているのが、そしてこれらはちょっとした慰めだ。彼女ははかない望みを抱き続ける、もうすぐ闇のなかからアーチ道のようなものが、たぶん石造りのものが見えてくるのではないか、そしてそれはゆらめく松明の明かりで照らされていて、その向こうには開かれた入口があって、蠟燭の光に満たされてつやつや輝いているのではないか。寝台が、寝室が、食事が、暖かい服が用意されているだろう。

ところが代わりに、一行はさらに狭い道に入っていき、そこにはもう果樹はなくて畑ばかりで、丈の低い作物が通り過ぎる行列にかさかさと囁きかけるか、あるいは囲い越しに夥しい家畜の濡れた目がこちらを見つめている。ときおり、遠くのほうに屋根の形が黒々と現れ、ルクレツィアの心臓はどきんと打つが、行列は通り過ぎていき、その大きさからして歴史ある名前を持つ公爵にふさわしい場所ではないのが彼女にもわかる。

とつぜん、一行は両側に糸杉の並ぶ狭い道に入っていき、さあいよいよ何か起こるぞ、とルクレツィアは思う。彼女とエミリアは連れ去られ、辱(はずかし)められ、身ぐるみはがされるのだ。彼女はもはやアルフォンソはどこにいるのだろう、また彼と会えるのだろうか、などということは考えていない。自分はきっと——

すると、前方にアーチ道が見える、扉が開けはなたれ、松明を手にした人々が近づいてきて、馬上の召使たちに呼びかける。

ルクレツィアは見えない手で助け降ろされ、四角い中庭を導かれて横切り、田舎風の服を着た二人の男に理解できない言葉で案内されて階段を上らされ、部屋のなかへと導かれる。男たちは低い小卓に置いてあった蠟燭に火をともし、なにやらわけのわからないことをぺらぺらまくしたててにこにこしながら出ていく。

まだ手をしっかりつないだまま、ルクレツィアとエミリアは部屋のなかへと進む、エミリアが蠟燭を持って。目の前の部屋は暗い洞窟で、どの隅に二人には未知の怪物が潜んでいるやもしれない。蠟燭の光の震える輪が闇を押しのける。ルクレツィアは自らの内部で、精神と思えるもの——誰も、彼女自身でさえも触れることのできない自由な部分——が浮上してくるのを感じる。それは彼女の心の奥深い場所で、豪華なパラッツォの衣装の重なりの下で、たいていは木の葉に覆われたように冬眠している、目覚めて活動し始めるまでは。そうなると体を伸ばして光のなかへ這い出し、瞬きしながら毛を逆立て、汚れた手を丸め、鋸のような歯が並ぶ赤い口を開く。この暗い馴染みのない部屋で、ルクレツィアはそれの目覚めを感じる、それが動き出して頭をもたげ、吠え始めるのを察知する。

彼女は顎を上げ、エミリアの手から蠟燭を取り上げて握り、腕をいっぱいに突き出す。恐れてなどいない、そうだ、怖がったりするものか。一匹の獣が——筋骨隆々で恐れを知らない——自分のなかにはいるのだ。彼女は胸をどきどきいわせている自分にこう言い聞かせる。この部屋の物陰に潜む悪鬼どもに誰を相手にしているのか見せてやろうじゃないの。彼女はトスカーナの支配者の第五子だ。雌虎の毛皮に触れたことがある娘だ。山脈を越えてここまで来たのだ。さあどうだ、暗闇め。

彼女はじりじりと部屋を前へ進む。ひどく白々した壁が闇の中へと曲がっている。見上げると高い天井のカーヴが目に入る、うごめくフレスコ画に覆われて生きている。頭上では、波打つひげを生やして輝くものをつけた男が真珠色の嵐雲のなかで二輪馬車を駆っている。その隣では、僅かばかりの布で体を覆った木の精たちが滝でたわむれている。隅のほうで女神が、肩のまわりに金の巻き毛をなびかせながら手首を無頓着にひねって多彩な虹の縞を投げているのがルクレツィアの目に映る。

ルクレツィアは手を引っ張られるのを感じてしぶしぶ視線を天井から引き離す。エミリアが右手にある何かを指さしている。

闇のなかに四角いものが浮かび上がっている。ルクレツィアはそれを見つめる。彼女よりも丈が高く、長く平らな基部があり、上には蓋がある。一瞬、不安と疲れのなかで、それが何か判断がつかない。箱だ、と動揺した心が囁く、檻だ。

彼女は蠟燭を掲げ、光の輪の端が震える、そしてそれが何かわかると、短く甲高い笑い声をあげる。

それは寝台だ。もちろん。寝室に、ほかに何があるというのだ？　ただの寝台だ、鷲鳥の羽入りの膨らんだ枕、詰め物をした薔薇色の絹の上掛け、周囲にめぐらす厚手のカーテンは金色の縄で結わえてある。

至極あたりまえの、歓迎すべきものを目にしてじつにほっとしたあまり、二人の娘は笑い出し、思わずしっかり抱きあう。

「思ってしまったわ、てっきり――」ルクレツィアは言葉が出てこなくなる。

「わかりますとも」とエミリアが口を挟む。

「檻かと！」

二人は笑う。それからエミリアは、自分の役割を思い出したかのように女主人の後ろへまわって、旅行着の紐をほどき始める。ルクレツィアは今このとき、寝台ほど目にして嬉しいものはないとつくづく思う。これこそ自分が何よりも必要としているものだ。彼女は蠟燭を寝台の脇の小卓に置くと、エミリアが袖を脱がせやすいように両腕を突き出す。小間使いは寝具を折り返し、それから扉のところへ行って、大きな鉄の鍵をまわす。二人の娘の耳にがちゃんと鍵がかかる音が響く。

わたしたちは安全だ。ルクレツィアはこの言葉がさざ波のように心を覆うのを許す。

彼女はフィレンツェを出て以来ずっと止めていたように思える息を長々と吐きだす。心置きなく寝台に身を沈める。あまりにも疲れていて、足を持ち上げて上掛けの下に入れるのでさえ大儀に思える。だがちゃんとそうする。後頭部を枕にもたせ掛ける。羽の細い軸が頭の重みにかさかさ音をたててからまた落ち着くのが聞こえる。

エミリアは薄暗い部屋を動きまわって、脱ぎ捨てられた衣類を拾って椅子に置いていている。ルクレツィアが目を閉じると、瞼の裏になだらかな馬のたてがみが見える、過ぎ去る木立が、風の吹きすさぶ山道が、そこで彼女はまた目を開ける。

エミリアが床に寝ているのが見える、寝台の足元のすぐそばで、外套で体を覆って、むき出しの床板に頭が直につかないよう靴を枕にしている。

「エミリア」とルクレツィアは声をかける。

小間使いは頭をあげる。「はい、陛下？」

「そんなところで寝てはだめ」

「いいえ、だいじょうぶです、あたしは——」

「ここで寝なさい」ルクレツィアは自分の横の空間を叩いてみせる。

「いけません、奥方さま、それはいけないことです。申し上げておきますが、あたしは——」

「エミリア、お願い。だって……この部屋は大きすぎて、わたし……とにかく眠れないの。お願い。そうしてほしいの。ひとりだと不安なの」

エミリアは体を起こし、そっと彼女のほうへ来る。エミリアが寝台に入ってきて、敷布団が沈むのをルクレツィアは感じる。

ルクレツィアは蠟燭を吹き消す。

「おやすみなさい」とエミリアの背中に囁く。

真夜中だ。外からは奇妙なかさかさいう音や森の生き物たちの鳴き声が聞こえてくる、ときには悲鳴も。小動物が捕食動物に捕らえられるところをルクレツィアは思い描く。隣からは小間使いの呼吸音が聞こえる、しだいにゆっくりと、深くなっている。だが彼女、ルクレツィアは眠るつもりはない。眠ることなどできない。とんでもない。

それなのに、寝てしまう。まったくなんの前触れもなしに、高い塀から落っこちるように、深い、底知れない人事不省のなかへ落ち込んでしまう。夜の森は別荘の塀のすぐそばまで押し寄せてきて、この生き生きした緑の世界の住人たちを取り囲んでいるように思える。それは彼らの夢に、木の枝がぽきっと折れる音や、広がる地衣類、蜘蛛の巣のような葉脈のある葉をつけて光を求めるきゃしゃな若枝を織り込む。その鮮烈な土臭い大気が彼らのまどろむ肺を貫く。

ルクレツィアが眠っているうちに、一頭の鹿が鬱蒼とした森から現れ、柔らかい蹄で別荘の進入路を横切って、近くの木から果実が落ちる音に頭をあげる。彼女が眠っているうちに、猪たちが剛毛の密生した、旅行用の荷箱ほど重いずんぐりした体で、棘（とげ）の生えた藪のなかを鼻面を地面に押しつけながらしゃにむにくぐりぬける。彼女が眠っているうちに、夜明けの鳥たちが翼を広げる、山嵐が松葉の積もった道で誰にも知られずに鼻をふんふんいわせる、召使たちが起き出して竈（かまど）に炊きつけを積み上げ、火打石を打ち合わせ、鍋を持ち上げ、粉にイーストをまき散らす。彼女が眠っているうちに、農夫たちが服を着こみ、帽子をかぶり、畑へ出かける。彼女が眠っているうちに、雑用係の男の子たちが井戸の水を汲みにいかされる、山間の平野にさいしょの弱々しい光が見えはじめ、そのさいしょの温かさが感じられる。

彼女は長かった結婚式の準備から眠りのなかで回復する、髪を梳かれたことから、寝台の上の衣装から。彼女はミサから眠りのなかで回復する、宴会から、ダンスから、曲芸から。彼女は眠りのなかで両親との別れから回復する、冷淡な姉との、ソフィアとの別れから。彼女は眠りのなかでまんじりともしなかった二夜から回復する。彼女は眠りのなかで何か月にも及んだ結婚の騒ぎから回復する。彼女は眠りのなかで夜明けにアルフォンソとともにフィレンツェを通り抜けた馬車の旅から、彼が姿を消したのを知ったことから、アペニン山脈を登ったことから、夕暮れどきに向こう側の平野へと降りたあの旅から回復する。彼女はひたすら眠りに眠る、心地よい眠りがなべてそうであるように、悪いことはすべて捨て去って。

別荘は朝食の準備をする。それを食べ尽くす。床が磨かれ、窓が開けはなたれ、卓上の埃が払われ、犬たちは外に出され、パンが焼かれて食べられ、そしてまた焼かれる、柱廊が掃き清められ、扉の取っ手が磨かれる。昼食が料理される。食べられる。片付けられる。皿が洗われて乾かされ、それからまた戸棚に戻される。犬たちは日陰に入り、鼻づらを下げてまどろむ。農夫たちは一日でいちばん暑い時間帯のあいだ、木陰へ、ひんやりした家のなかへ避難する。召使たちは椅子にすわる、椅子を見つけられたなら。料理女は樽の上へ両足をのせる。

　目を覚ましたルクレツィアは、蜂蜜色の光に満たされた部屋にいることに気づく。何もかもがつやつやし、その温かいまだらの光に染まっているかのようだ。寝台のカーテンも、その金色の紐も、扉のそばの収納箱も、黄色いバラの鉢が置かれた机も、暖炉の両脇の二つの椅子も、横木に彫り込まれた、踊りながら互いに追いかけっこしている木の精たちも。ルクレツィアは横になったままこれらすべてを見つめる。

　まるで明け方のあいだに旅をしたみたいだ、眠りに落ちた部屋――あの真っ暗で危険な洞窟――を出て、魔法によってこの日の光と暖かさと美しさに満ちた場所に移動させられたみたいだ。エミリアの姿はどこにも見えない。寝台の彼女の寝ていた側は平らで、枕はふくらんでいて、誰もそこで寝てなどいないかのようだ。頭上には喇叭と竪琴を持ったとても美しい人たちが天井の漆喰の上を飛んでいる、天上のそよ風を広げた翼に受けて。長い濡れたひげを生やし、海藻の垂れさがる三叉の鉾を持ったネプチューンが戸口の上で見張っていて、その臀部は泡立つ海のなかへ消えている。相変わらず手から虹を放っている黄色い髪のイリスの姿だけが、これは同じ部屋なのだ、夜陰に紛れて連れ去られたわけではないのだとルクレツィアを納得させてくれる。

　彼女は上体を起こし、片腕を頭上に上げ、それからもう片方も上げる。いま何時なのか、どのくらい寝ていたのか、さっぱり見当がつかない。窓の外では蟬が鳴いている、胃が完全にからっぽに感じられる。鎧戸の隙間から熱気が入ってきているようだが、正午を過ぎているはずはない。まさかね？　こんなに遅くまで寝ていたのは初めてだ。

上掛けを押しのけて立ち上がろうとしたとき、扉を叩く音がする、そして彼女は朝だとばかり思っているので、だからきっと召使だろう、おそらくエミリアが朝食と着替えを持ってきたのだろうと思って、こう言う。「お入り」

扉がばたんと開き、靴の踵でこつこつ音を立てながら自信に満ちた足取りで、男が部屋に入ってくる。ルクレツィアはひどくびっくりしてしまい、男が部屋を半分横切ってはじめて彼の名前が脳裏に浮かぶ。フェラーラ公爵。アルフォンソ。彼が、彼女の寝室に入ってきたのだ、急にまるで違って見える、髪を後ろで括り、こちらへやってくる彼の動きに従って着ているシャツが膨らんだりしぼんだりする。

「へ、陛下」彼女はつっかえながら言い、背筋を伸ばして、何か羽織るものはないか、外套とか、なんでもいいから体を包むものはないかと目で探す。生まれてこのかた、母か姉たちを除いて、夜着姿をひとに見られたことなどないのだ。「ここにいらしたんですね。知りませんでした……わたし……わたしは……すみませんがちょっと……」

彼は寝台のところまでやってきて、いささかのためらいもなく、そこに腰を下ろす、自分の寝台だとでもいわんばかりに。確かに、とルクレツィアは考える、この人のものだ。彼の重みで敷布団が揺らぎ、くぼむ。

「陛下？」と彼は叫ぶ。「お互いにそんなふうに呼び合うの？」

「わたしは……」ルクレツィアの指は夜着の襟元を合わせる紐を見つけ、それをぎゅっと引き寄せる。「……あのう、いつも教えられていたんです――」

「教えられてきたことなんか気にしなくていい」と彼は言う。「私の名前はアルフォンソだ、そなたも知ってのとおり。家族も友人たちも私を名前で呼ぶ――私を愛してくれる人たちは。これからは、そなたもそこに含めてもいいなら嬉しいのだが」

　言葉が途切れる。彼は期待するように眉をあげる。彼女にはぐるぐるまわる彼の言葉の流れが追いきれない。質問されたのだろうか？　どうも思いだせない、それに、これは彼女の想像なのだろうか、それとも彼はほんとうに寝台の端伝いに彼女のほうへにじり寄っているのだろうか？

「いい？」

「いいって、何がでしょう？」うろたえている自分が馬鹿みたいだ、彼女がほんとうに知りたいのは、宮廷で何が起こったのか、なぜ彼はあんなふうに彼女を置き去りにしたのか、ということなのに。彼は名前のことを話していた、そうよね？　だけど、いったい何を訊かれているのだろう？

「私を愛してくれている人たちのなかにそなたを入れてもいいのかな？」

　ルクレツィアは彼を見つめる。目に映るのは紐を解いたシャツを着た知らない男で、ひと気のない部屋で寝台の彼女のすぐそばにすわっている。湿って汗の雫が連なっている胸の皮膚の下に筋肉が伸びているのがわかる、指関節の幅が広くて指が長い両手は優雅だが力強い、爪は半円形にきれいに切られている。自分の宮廷の緊急事態と向き合ってきたばかりのようにはとても見えない。彼からは独特なにおいが漂ってくる——汗と熱気と戸外の大気と、何か植物性の新鮮なにおい、木の葉とか樹皮とか樹液のような。圧倒されるにおいだ、快くもあり不快でもある。近寄ってくんくん嗅いでみたい、後ろへ下がって上掛けを引き寄せて顔を覆いたい、亜麻布の繭のなかにもぐりこんで絶対出てきたくない。

　彼はまた質問を繰り返す、これで二度目だ。そして彼女は答えなくてはならない。母から教えられた立ち居振る舞いや礼儀作法のことがどっと浮かんでくる。どんなことでも訊かれたらすぐに答えること、顔には明るい表情を浮かべて、軽やかな口調で、必要に応じて肯定的な反応を示すべし。「はい」と彼女は呟く、「もちろんです」。「陛下」と付け加えそうになるが、なんとか押しとどめる。

彼はにっこりするが、そこにはどこかふざけているような、不遜なところがある。彼の目には押し殺した笑いがちらついている。この会話すべてが彼にとっては気晴らしか、もしかすると何か試しているのだと、彼女ははっきり感じている。

彼は一度頷いて、言う。「よかった」

それからまたにじり寄る、上掛けの下の彼女の腰に彼の脚が当たるくらい近くまで。そして彼が部屋に入ってきてからずっとルクレツィアが考えまいとしていたことが今や脳裏でぎょっとするような花弁を開く。

彼は彼女を我がものとするつもりなのだ、今、ここで。椋鳥を描いていたらヴィテッリがやってきたあのときからずっと、彼女が全身全霊で恐れてきたことを行う気でいるのだ。彼は彼女が目を覚ますのを待っていたのだ。今あれをするつもりなのだ。

ルクレツィアは唾をのみこもうとするが、喉はからからに乾いている。このまえ水を飲んだのはいつだっただろう？　昨夜、だった？　山の麓で停止したとき？　あれはもう何時間もまえだ——数えきれないほどの時が経っている。

彼は、今度は話している、彼女におはようを言いたくなったのだ、家令と出かけ、それから友人のレオネッロとフェンシングの一勝負をした、友人はそのまえに宮廷から同道してきたのだ——彼女はこの友人に、たぶん夕食の席で会うだろう。友人は彼女に紹介して欲しがっている。

欲しがっている。この言葉は彼女を霰のごとく打つように思える。欲情するという言葉ととても近いではないか、あれはもちろん男が女に対して抱く感情を表す、結婚の行為を表す言葉だ。それは教会によって、結婚している夫婦に限って認められている、それ以外は重大な罪だ。そして彼女は、男たちの顔に浮かぶあの表情を見てきた、宮廷で、饗宴で、そばを通る女たちの揺れる体を見つめる顔に。あの表情を彼女はよく知っている。半ば夢見るような、半ば思い定めているような、まるで気もそぞろでいながら、それでいて同時にひたむきに集中している、目は半分閉じ、口は開き、なにか美味しいものを味わっているかのようだ。そしてそれがいまここでこの男の顔に。彼女の夫の顔に。アルフォンソ。彼を愛する人のなかに彼女を加えた男。

欲しがっている、という言葉は、と彼女は恐慌をきたしながら考える、あの言葉と語源が同じに違いない——

「そなたの髪は」と彼は呟く、「素晴らしい色合いだ、あまり見かけない色だな」。彼は手を伸ばすと編まれた髪を握る、本物かどうか確かめようとするかのように。「よく眠れたかな？　休めた気がする？」

また質問だ、と彼女は思う。でもこれは簡単に答えられる。

「はい」と彼女は言う。

「ずいぶん長いあいだ寝ていたな」

「すみません、わたし——」

「いや、いや、謝ることなんてない。そなたを放っておくように言ったんだ。休ませてあげたくてね、元気を回復してもらいたくて。この別荘は私の曾祖父が建てたもので、まさにこういう目的で使おうというのが曾祖父の考えだったんだ。楽しむため、くつろぐためにね。宮廷の堅苦しさや厄介ごとから逃れる場所だ、我が一族のための。そなたも今ではその一員だ」

彼は言葉を切る、彼女の返答を待っているらしい。なんと言えばいいかわからないまま、彼女はともかく頷いて「はい」と言う。

彼は編まれた髪を持ち上げて撫で、検分し、顔に近づけ、それから長さを測るかのように伸ばす。根元がちょっと引っ張られるのを彼女は感じ、前かがみにならざるを得ない、彼のほうへかがみこむような姿勢に。

「すべて……」どんな言い方で訊ねたらいいだろうと彼女は考える、「……順調でしたか、宮廷では？」。

「ああ、うん」彼は彼女の髪から目を離さずに答える、「もちろん」。

「心配したんですよ、あの……」言葉を曖昧に途切れさせながら、彼が話を引き取って彼女があれこれ言う必要がないようにしてくれないものかと願う、彼女を安心させてくれて、彼の母に関する問題を話してくれたりしたらいいのに、と。

そうはせずに彼は首を傾げて彼女を見つめる。

「心配した？　なぜ？」

「だって、あなたさまがいなくなってしまって……」と彼女は話しはじめるが、彼の顔に浮かんでいるのはぽかんと困惑した表情なので、口ごもってしまう、もしかしてエミリアが彼の母について言ったことは間違っていたのかもしれない、彼を彼女のもとから呼び戻したのはまったくべつのことだったのかもしれない、そしてこんなこと訊くなんて馬鹿な真似をしているだけかもしれない、と思いながら。「あなたさまがいなくなって、わたし……わたしは……」

彼は彼女が何も言わなかったかのように微笑みかける。「そなたは……」結婚式のために編んだ髪を相変わらずぴんと引っ張って、彼女が身を引こうとしてもそうできないようにしながら、彼は呟く、「……今朝はまるで違って見えるな」。

「わたしが？」彼女はひどく震えていて、彼にわかるのではないか、震えが髪を伝っているのではないかと気になる。

彼は彼女を見つめたまま頷く。「そうだよ。昨日はひどく蒼ざめていた、小さな鳩みたいに真っ白だった。でも今はここで、薔薇色できれいだ。天使のようだよ。髪はこんなに見事だし。こんなに長いとは思いもよらなかった。つくづくよかったと思っているよ、この部屋をそなたの寝室にしておいて」

「ありがとうございます」と彼女は小声で言う、その声はしゃがれている。

「上の天使たちと」彼は空いているほうの手で上の、天井のフレスコ画を指さす、「そして、下の天使」。手がすっと降りてきて彼女の頬に着地する。彼は彼女の顔を包み、上向きにして自分のほうへ向ける。彼女は歯がカタカタ鳴るのを抑えようと顎をぎゅっと閉じる。男の人とこんなに近づくのは初めてだ。神父にしろ、従兄弟たちにしろ、召使の男たちにしろ、一度もない。これまでどの男も彼女に指を触れることは許されなかった。彼のにおい――フェンシングの汗、今朝彼が歩いてきた畑や森のにおい――が鼻腔にあふれ、顔に広がる。頬に置かれた手はがっしりして揺るぎなく、その体熱が彼女の骨まで押し寄せてくる。

彼女は寝台で、上掛けを胸にしっかり引き寄せて待ち受ける。戸口からネプチューンが彼らを見下ろしているように思える、海水を滴らせる三叉を手に冷淡な顔つきで。

「そなたの絵を描かせないとな、近いうちに」と彼は呟く。彼の口から出た言葉が、空気がちょっと炸裂したみたいに頰に着地するのを彼女は感じる。「その仕事をめぐって宮廷画家たちのあいだで争いが起こるだろう。皆がやりたがるだろうからな。絵そのものがそなたを讃えることになるだろう」彼は彼女の額、目、顎を眺める。「肖像画……あるいは古典的な場面でもいいかもしれない。ううむ」彼はひとりごとを言っているようだったので、ルクレツィアは返事はしない。

「以前」と彼は話を続ける、「当方からそなたのお父上にそなたの似顔絵を送ってほしいと頼んだことがあった。するとそなたのお父上は」考えこむ様子で呟きながら、彼女の顔をそっと一方へ向け、それからべつの方へ向ける、「肖像画を送ってきた、油絵で、立派な額に入っていた。おそらくお父上のお手元にあるものの複製だったのだろう、弟子の描いたものだったんじゃないかな。描かれていたのは黒い服をまとって真珠の首飾りを着け、片手をこんなふうに上げている姿だった。背景がいくぶん薄暗くて。あの絵は知っている？」。

ルクレツィアはこくんと一度頷いた。彼女がなんの愛着も持っていない肖像画の、出来の悪い複製だ。巨匠ブロンズィーノの手になる原画、何時間もすわらされて、上げたままの腕は痛いし背中は強張るし首を曲げているのは苦しいし、という目に遭ったあの絵も、ひどい出来だった。自分らしいところはどこにもなく、目にするに忍びない絵だ。

彼は彼女をこの至近距離からじっと見つめている、目を細めて、彼女の考えていることを見定めよう、紙の上に書かれた文字のように読み取ろうとしているかのようだ。

「あれを見たときに私がなんと言ったかわかるか？」と彼は訊ねる。

彼女は首を振る。

「こう言ったんだ、『これが同じ娘だとは。あれから大病を患ったか、それともひどく出来の悪い肖像画なのかどちらかだ』とね」

ルクレツィアはびっくりして笑ってしまい、それから手で口を押さえる。「わたし、ずっとあの絵が嫌いだったんです」と彼女は小声で言い、そう口に出せることにこれまでにない大きな安らぎを覚える。

彼の口元が面白そうにゆがむ。「ほんと？」

「原画でさえも。あなたさまが受け取った複製よりはましですが、たいして変わりません。わたしはひどく顔色が悪くて不機嫌に見えるんです、実際は――」

「実際はそんなことはぜんぜんないのにね。なぜそなたのお父上は描きなおせとおっしゃらなかったのだろう？」

ルクレツィアは、どう返事したらいいのだろうと言葉を探そうとするが、答えはあまりに大きくて、心の奥深くに根差すものだ。父はたいして気にしていないんです、と答えたい。よく似ていようが似ていまいが、父にとってはどうでもいいのだ。原画は、パラッツォの誰も来ない隅に掛けてある、愛されもせず、見向きもされないで。兄弟姉妹たちは皆二枚か三枚描いてもらっている、子ども時代と、それから若い男女になってからと。なにしろ落ち着きがなくそわそわしているから画家の前でじっとすわっていることなどできない子だと彼女はしょっちゅう言われていて、だからたった一枚しか描いてもらっていない、婚約の直後に、みっともなくも慌てふためいて。この古傷が、胸郭のどこか奥のほうで強く疼くのを彼女は感じる。

「私だったら、そのまま工房へ送り返すところだ。そなたのお父上とお母上にとって、肖像画の正確さは大事ではないのかな？」

「そんなことありません」ルクレツィアはつい感情的になる。「大事です。姉たちは何度も描いてもらっています、子ども時代にも、それからもっと最近になってからも。兄のジョヴァンニは、まだ一歳のときに描いてもらった肖像画もあるんです。そういう肖像画が父の部屋の壁に掛かっているのをご覧になっているんじゃないかしら。母は二度、息子たちと一緒にブロンズィーノの前にすわって描いてもらっていますし、父は――」

「だけど、そなたはたった一度？」

この質問は氷の欠片のように彼女の皮膚に侵入し、並外れて瞳孔の大きい彼の目はちゃんとこれに気づいている。間違いないと彼女は思う。彼は答えを聞くまえに見てとっている。彼はその夥しい含意を把握している。

「たった一度だけです」と彼女は呟く。

彼の反応は彼女の顔を両手に挟むことだ。「それは驚きだ」と彼はひそひそ内緒話をするように言う、「それに、じつに愚かなことだ。すぐにこれを正すからね、見ていてごらん。そなたの絵を描かせよう、巨匠に、我が宮廷画家たちのいちばん優れた者に。そしてもしその出来具合がすこしでも傑作と言えないものなら、完璧になるまではじめから描き直せと言ってやるよ」。

この言葉に、あの父に対して彼が「愚かな」という言葉を向けたことに、彼女は動揺している、大公コジモ一世についてこんなことを言える人がいたということに、こんなふうに父や父の判断を批判しようという人がいたということに。

「いいですね」と彼女は言う。

「怖がっているな」アルフォンソは指の一本を彼女の頬骨に滑らせながら低い声で言う。

「いえ、わたしは――」

「私のことを」

「ぜんぜんそんなことありません」

「怖がっている。だけど、怖がる必要はないよ。そなたを傷つけたりはしない。これは約束する。私を信じるか？」

「あの……」

彼はまたもじっと長いあいだ彼女を見つめ、それから言う。「今はそなたの寝台へ来るつもりはない。わかるか？　私は動物ではない。これまで女性に無理強いしたことはないし、これからもそんなことはしない。そなたは怖がらなくていいんだ。ゆっくり時間をかけよう、そなたと私と二人で。今のところは、まず起きなさい、そなたの小間使いを呼びにやるから、そして食事をする。いいね？　それからこの別荘を探索してどんなものが見られるか眺めてみるといい」

とつぜん彼は彼女を放して立ち上がり、窓辺に行き、鎧戸を開け放つ。

「この太陽を見てごらん」と彼は叫ぶ。「地面に光を降り注いでいる。外の光のなかへ出てきてくれとせがんでいるみたいじゃないか？」

彼はシャツに空気をはらませながら大股で扉へと向かい、それから急いで引き返す、何か忘れ物でもしたみたいに、床を踏みしめてまた彼女のところへ戻ってくる。彼は腰を曲げて片手を彼女の首のまわりに滑らせ、身をかがめて唇を彼女の唇に押し当てる――ちょっとの間、力強くぎゅっと。それは彼女に父が書類のいちばん上に押印するときのことを思い出させる、自分のものだという印をつけるときのことを。

彼女は歩いている、柔らかい靴とゆったりした黄色い服という姿で。水色の帽子をかぶった頭には太陽が優しくまさぐるような光の矢を降り注いでいる。額や頭頂部や前頭部に当たる陽光は、飼いならされた動物に撫でられているようだ。

彼女は手を両脇に突き出し、小道を縁どる四角く刈り込まれた生垣の上端の葉を左右の掌で撫でていく。太陽も彼女の両手を見つけ――これはまた、なんと徹底した、倦(う)むことを知らない太陽なのだろう――皮膚をじりじりと焼く。

彼女の足取りはゆっくりと落ち着いている。一歩ごとに砂利道に足形を押し付けるようにして歩いていいのだ、自分なりの歩調で、自分が選んだ方角へ、好きなだけの時間。ここでは誰も彼女の邪魔をしたり悩ませたり危険な目にあわせたりはしない。どこでも好きなところへ行っていいのだ。アルフォンソがそう言ってくれた、まさにこの同じ言葉を使って。どこでも好きなところ。

こう思うと彼女の心は活気づき、ぶくぶく泡立って喉元へせりあがり、口から飛び出して笑い声ときーきー声の中間のような音を立てる。

周囲には庭園が広がっている、整然と、なんの関心も見せずに。彼女はひとりだ（ややがに股で湾曲したナイフを腰に差した男をのぞいては、ということであるが。アルフォンソが言うには、この男は彼女の散策に常に距離をおいて同行し、彼女は男を気にする必要はなく、何か用があるときは呼びつければ直ちに彼女のところへやってくる、ということだった)。

今のところ、今日は彼女は、濃い紫の花を咲かせた茂みのところをぶらぶら通り過ぎる、茂みは夢中になって舞い上がってはまた降りる無数の蜂たちの動きで、うねったり震えたりしている。彼女は木陰の下で身をかがめる、枝では星形の茉莉花(ジャスミン)の花が大気のなかへ芳香を放っている。後ろに引きずっている彼女の服の裾に、小枝や落ちた花弁が掬(すく)いとられる。香草の花壇を通り過ぎる、桃の木が列になっている、何かの草がうねっている、すると、知らずに円を描いて元に戻っていることに気づく。庭の真ん中の噴水のところへ——楕円形の段になった構造で、縞大理石でできており、海の怪獣が楽しそうに、良いにおいが漂う晴れ渡った大気のなかへ水を吐き出している。

こんな自由が、こんな行動が自分に許されていることが、彼女にはまだ信じられない。寝室に運ばれた牛乳と蜂蜜菓子の朝食を済ませ、エミリアの手を借りて服を着たあと、彼女は別荘の中庭を横切って長い部屋へ案内され、そこではアルフォンソが机に向かってすわって書類を処理しながら、両手で帽子を抱えた男に命令を下していた。

彼女を見るやアルフォンソはぴょんと立ち上がり、書類を脇へどけ、男を下がらせて、彼女の腕をとり、中庭を通って彼女をここへ、別荘の庭園へ連れてきて、そして言ったのだ、好きなときにいつでも「自由に歩きまわって」かまわない、と。この庭は、と彼は説明した、ご婦人方が気晴らしをして楽しむということを念頭に設計されたのだ。

彼と腕を組んで、そのシャツの袖の滑らかさを指先に感じながら、言えるわけがないではないか、と思う。どこであれ、これまで自由に歩きまわることなどけっして許されなかった、女の子というものは結婚するまで限られた幾部屋かのなかで注意深く見守られていなければならない、しっかり監視されるべきで、けっして放っておかれてはならない、と彼女の両親は信じていたのだ、などとは。

でもこれが結婚というものなのだ、とルクレツィアは思ったのだった。男の腕に腕を委ねて、その背の高い姿と並んで小道を行く、彼の声が、この散歩道は、あのあずまやは、なんという建築家が設計したのか、噴水の大理石はどこで掘り出されたのか説明してくれる。囲壁で囲われ、天井には天使や神々が描かれた別荘、そしてそのまわりには畑や鬱蒼とした森が広がり、遠くには川がうねうねと、谷間の平野に金茶色の刺繡糸を縫い付けたように流れている。

アルフォンソは彼女を伴って最初の庭を抜け、二番目の庭に入り、彼女のやることなすことすべてが――歩く、しゃべる、身振りをする、日差しを遮ろうと小手をかざす――興味深いとでも言いたげに彼女のほうへ顔を向けたままだった。これがこの散策のいちばん好きな部分なのだと言いながら、彼女に三番目の門をくぐらせようとしたとき、彼はなんの前触れもなくとつぜん離れていった、誰かの控えめな咳払いに注意を惹かれたのだ。その人物は巴旦杏(アーモンド)の木が並んでいるところから、手に持った紙の束をひらひらさせて現れた。

ルクレツィアは腕をだらんと脇に下げてどうすればいいかわからないまましばし立ち止まり、彼を待つべきなのだろうか、彼のほうへ行くべきなのか、それともここにとどまるべきかと考えた――どんな行動をとるのがいちばんいいのだろう？　だが彼は、男と話そうと引き返しながら、手を振って彼女に散歩を続けるよう合図した、そして彼女はそれ以上促される必要はなかった。彼女は、たとえほんの二、三分であっても一人になれたことを密かに喜びながら、散歩を続けた。泡立つような巴旦杏の花の下、足早に小道を進み、三番目の庭に出た。狭い小道が左右対称に網の目のように伸びていて、低い生垣で縁取られ、彼女は今、それに手を滑らせていた。

すべすべした常緑樹の葉が掌のしわをひんやりと突く。小道が交差しているところへ来るたびに左か右かまっすぐか選んでいく。異なる花々の香りがぶつかりあう。広大な青空が遠くの地平線からもういっぽうの地平線へと広がっている。ルクレツィアはこれほど広い空を見るのは初めてだ

——フィレンツェでは屋根や窓の上の空は煙や霧でかすんでいて、ところどころの隙間から見えるだけだった。

別荘のほうを向くと、建物の低い赤みがかった側面が見える、並木が、そしてアルフォンソが、首を傾げてあの紙を持った男と話している。アルフォンソは、黒っぽい長靴下に白っぽいシャツで帽子はなし。男は彼より背が低く、灰色のシャツを着て、ライオンのような色の髪に帽子をかぶっている。

葉の茂った木々を背景にした二人の姿を眺めていたルクレツィアは、帽子をかぶった男は召使ではないことに気づく。ルクレツィアはこれまでずっと、ちょっと離れたところから人を観察してきた。これは彼女の才能というか、生まれてこのかた発達させてきた能力なのだ。態度や服装や身振りや頭の位置や表情を、ひと目見ただけで読み解くことができる。扉から入ったとたん、その部屋で誰がいちばん力を持っているか、どういうタイプか、誰が誰の敵で誰の味方なのか、誰が何か秘密を持っていそうか、彼女にはわかるのだ。

そこで、別荘の庭園で花々や果樹のあいだを散策しながら、彼女は今や夫となった男にこっそり目を向ける、その隣にいる、アルフォンソの注意を惹きつけた男にも。男の服装は隷従を示してはいない——シャツは形が良く、ドレープや華美な垂れがある。帽子にはきらきら光る尖った垂れ飾り(チョンドリ)がついている——それに男の態度は、まっすぐ立っているアルフォンソの隣で、まるで無頓着だ。彼は片方の足に体重をかけてアルフォンソに身を寄せている。二人のあいだには、気楽さというか親密さがあるのが彼女にはわかる。紙に記されていることをいっしょに吟味しながら、男の肘がアルフォンソの肘にちょっと当たるが、アルフォンソは身を引きはしない。

ルクレツィアは興味をそそられて見守る。あれがアルフォンソの言っていた友人、フェンシングの練習をした相手だろうか？　それともしかすると街からやってきた兄弟か従兄弟？　確か、アルフォンソのただひとりの男きょうだいは信仰心の篤い男で枢機卿、ローマにいると聞いている。

今度は男がしゃべっている、片方の掌を上に向け、それからもう一方もそうして、両方を並べて、まるでアルフォンソに何か懇願しているみたいだ。アルフォンソが考えているのがわかる、俯いて、地面に目を落としている。これまた彼の母に関係があることなのだろうかと彼女は考える、それとも宮廷における何かほかの問題なのだろうか。彼女は父から、アルフォンソが公爵となった初めての年は困難なものとなるかもしれないと心しておくよう言われていた。若き新支配者を試してやろう、挑発してやろうと思う者は、宮廷の内にも外にもたくさんいるだろう、と父は言った。お前のアルフォンソは、不服従は許さないということをはっきり示さなければならない、とコジモは言ったのだった。自分はフェラーラを支配するという職務を遂行できるのだということを、すべての人々に証明する必要がある。力と気概を見せつけるよう求められるかもしれない。こういうことはそうしたものなのだ、と。

向こうの生垣のそばで、アルフォンソはきっぱりと頷きながら何か言い、相手の男の肩を叩き、それから身を翻して彼女のほうへと小道を歩きはじめ、そして右を見て左を見て迷路の道筋を確かめる。

もう一人の男は緑のなかへと姿を隠し、最初からそこにいなかったかのように消えてしまう。アルフォンソは彼女のところへやってくると、これでさよならしなくてはならない、執務室へ戻らなければならないのだと告げる、だが、彼女は好きなだけこの庭にいてくれ、と。

「すまないね」彼はちょっと笑みを浮かべて話を締めくくる。「今晩会おう」

ルクレツィアは心がぺしゃんこになってしまった気分だ、庭や蜂や花が消えてゆき、フレスコ画の下の寝台しか見えなくなる、上掛けは折り返してある。

「はい」彼女は口ごもりながら答える。今晩、と考える、今晩。

「かまわないだろう？」彼はあの暗い、射るような眼差しで彼女を見つめている。

「もちろんかまいません。どうぞ、わたしのことは気にしないでください。ここにいるととっても楽しいですから」

「あまり長いあいだ日に当たっていてはいけないよ」と彼は忠告し、彼女の手を自分の口元へ持っていく。「思いのほか陽射しがきついかもしれない」

「あの男の方はどなたですか？」彼女は急いで訊ねる。

「どの男？」

彼は彼女の手を放し、手は二人の隙間に落ちる。

「書状を持ってきた人です」

「ああ」アルフォンソは男を探そうとするかのように大きな生垣のほうを向く。「行ってしまったのかな？　あれはレオネッロだよ」

「あの……お友だちの方ですか？」

「私の良き友だ。子どものころからのね。いっしょに育ったんだ。父は彼も私たちといっしょに教育した。私にとっては兄弟か従兄弟みたいなものなんだ。長きにわたって国事のことで私を助けてくれているし、それに対処とか――」アルフォンソは言葉を切り、小手をかざす。「どこへ行ったのかな？　私を待っていろと言っておいたのに」

彼は彼女から離れて小道のはずれのほうへ向かう。「レオネッロ！」と彼は呼び、甲高い口笛を吹く、狩人が犬を呼ぶように。「レオ？」

遠くのほうから、草木にさえぎられてくぐもった返事が返ってくる。「なんだい？」

「いったいどこへ行ったんだよ？　戻ってこい！」

カサカサ、ドスンという音が生垣から響いたかと思うと、ぶっきらぼうな声が。「わかった」

「こっちへ来て新妻に会ってくれよ。礼儀知らずなやつめ」

あの男が現れる、枝のあいだからまずは肩が、手にはまだ紙を握っている。男は庭をこちらへやってくるが、アルフォンソと違い、小道を通ったりはしない。そんなものないかのように花壇を突っ切り、低い生垣をまたぎ、通るみちみち蜂を追い払い花弁を散らしながら花のあいだをやってくる。この男は、と彼が進むのを見ながらルクレツィアは思う、誰にも仕えず、自分の進路を何物にも邪魔させない人間だ。

男は彼女から数歩のところで立ち止まる。

「レオネッロ、我が妻、フェラーラの新しい公爵夫人を紹介させてもらえるかな？　ルクレツィア、こちらは我が友にして縁戚のレオネッロ・バルダッサーレだ」

レオネッロは深々とお辞儀する、深すぎる——と言ってもいい——くらいで、この場での礼儀を誇張し、皮肉っているかのようだ。ルクレツィアはこれを見逃さない。彼女はじっと彼を見つめる。くっきりした頬骨、黄褐色の目、唇がやや薄い口元、髪は恐らく夏の日差しで色が明るくなっているのだろう。体形は見目好く、肩幅が広くて腰がきゅっとすぼまっている。フェンシングのフルーレ〔練習用の剣〕を振るう様が、丸めた切っ先を宙に打ち振る姿が目に浮かぶようだ。

「奥方さま」彼は感傷的な声音で言う、「私はあなたさまの卑しき僕（しもべ）です」。

「お目に掛かれてとても嬉しいです。我が夫のお友だちはどなたも皆わたしのお友だちになってくださることを願っています」

レオネッロはこの言葉を検討するかのように彼女をじっと見つめる。ライオンを意味するこの名前は彼にぴったりだ、と彼女は思う。顔はたてがみのようにふさふさした朽葉（くちば）色の髪で囲まれ、肌は滑らかで金色だ。ちょっとたってから、彼は笑みを浮かべずに首を傾けて承諾を示す。この人は、彼女が会ったことのあるもう一人のコンシリエーレ・ドゥカーレとはまったく違う、と彼女は考える――ヴィテッリの教養ある物腰や安心させてくれる慇懃で保護者然としたところはみじんもない。この男にはどこか不安定な熱っぽいところがある。この男と部屋で二人きりにはなりたくないと彼女は思う。

「美人だろう？」アルフォンソは彼にそう言いながら、ルクレツィアの顎をつまむ。「こんな肌を見たことがあるか、こんな澄んだ目を？　この髪は言うまでもなく」

　またも、あの黄褐色の目が自分に向けられるのを彼女は感じるが、今度は彼と目は合わせない。代わりに夫のほうを見る。

「確かに」何を考えているかわからない顔でレオネッロは答える。「奥方さまは女らしさの最上の見本ですな」彼は丸めた紙で自分の顎を軽く叩く。「我々が望んでいたとおりだ、そうでしたよね？　そしておっしゃったとおり、あの肖像画はぜんぜん似ていなかった」

「ああ、だけどすぐに新しいのを描かせるつもりなんだ」アルフォンソは大声で言う。「寓話的な情景か、それとも宗教的なものをね。それか、今こうして彼女を見ていて思ったんだが、ただ斜め前から見た肖像画というのでもいいかもしれない、現在の彼女そのままの。結婚した彼女の肖像画だ。どうだろう？」

　男たちは二人とも彼女を見つめる、後ろへ下がって、一方へ首を傾げて、彼女の夫の顔は考え込んでいるようで、レオネッロの考えが測りがたい顔は値踏みしているようだ。

　この男はわたしのことが好きではない、とルクレツィアは困惑に似た思いとともに悟り、なぜなのだろうと考える。彼はわたしのことをほとんど知らない――まだ会ったばかりだ。いったいわたしの何に対して、こんなにたちまち敵意を抱いているのだろう？　この男の目には、わたしはどんなことをしたと、どんな欠点があると映っているのだろう？

「もう行かなくては」とレオネッロはアルフォンソを小声で促す。彼はアルフォンソにその内容のことを思い出させようとするかのように手にした紙を掲げる。

「そうだな」

　アルフォンソはそそくさと彼女の手にもう一度接吻すると、身を翻し、レオネッロといっしょに大股で歩み去る、二人して砂利を蹴とばしながら。そしてルクレツィアは庭の真ん中に一人で残される、花々がうねる上には蜂が群がり、噴水はなおも銀のように輝く理解できない言葉を発している。


　まずは彼女が寝台に横になる。至極日常的なことなのに努力が必要だ、夜着の長い袖口を握りしめないようにしながらそこにじっと横たわっているのは。一方彼は、本を片手に、もう一方の手には蠟燭を持って、注意深い足取りで部屋を横切ってくる。天気が怪しい、風が強くなりそうだから今夜は鎧戸をすべてしっかり閉めておかなくてはならない、というようなことを言っている。

　もう夜も遅い、とても遅い。夕食が供された、鉄板で焼いたラディッキオ〔赤チコリ〕を添えた兎の煮込みだ。彼女は肌に銭葵（ぜにあおい）チンキをすりこんだ。寝具にもぐりこんだ、寝具はローズマリーとラベンダーの香りがしている。

　何が起こるかはわかっている。わかっているはずだ。ちゃんと聞かされている。仕組みは把握している、じゅうぶん明確に理解していると思っている。幸運だったではないか、と自分に言い聞かす、思いやりのある親切な男と結ばれて、それにもちろん、見栄えもいいし。傷つけたりはしないと彼は約束してくれたではないか？　女の子が皆これほど幸運とはかぎらないのだ。それに彼女は、自分が切り抜けるだけの強靱さを、回復力を持っていることを知っている。そうたやすく怯え上がったりはしない、苦痛や辛さや恐怖にも耐えられる。自分はこれを乗り切ることができる。できますとも。時間が経てば、すぐに終わるのだ。しなければならないことなのだ、我慢しなければならないことなのだ、自分にはできる。

でもこんなことは予期していなかった。寝台へ歩いてきた彼は服を脱ぐ、恐ろしいことに一枚一枚を脱いでいって、しまいに彼女の目の前に笑みを浮かべて裸で立つ。彼女は笑うまいと努める。泣くまいと努める。見たくはないのに、見てしまい、でも見ることができない。彼女は予期していなかった、彼が隣に横たわろうとは、それから近寄ってきて、それからさらににじり寄ってこようとは。そして彼がしゃべろうとは予期していなかった、話しかけてこようとは、いろいろ訊ねてこようとは、たとえば彼女の旅のことや、食べ物のことや、あれやこれやのフレスコ画が気に入ったかとか、どんな音楽が好きかとか、どの楽器の音色を聞くのがいちばん好きか、リュートか、ヴィオールかとか、マドリガーレは好きか、フィレンツェはマドリガーレで有名だと聞いたが、とか。こんな日常的な話題を、広間とか食事の席とかで話されるようなことを口にしながら、そのあいだずっと彼の指は辛抱強く、けれど休みなく、彼女の細い髪に触れたり顔を撫でたり唇の輪郭をなぞったりしている、まるでそうやって彼女に関する情報を集めているかのように。彼女はそんなことはまったく予期していなかった。

パラッツォには犬が何匹もいた、それに猫も。それらが行為に及ぶのを彼女は見たことがあった、雄はぼうっとして及び腰で、横のほうを向いていることが多い、のしかかられている雌は諦め顔だ。そしてソフィアはできるだけのことを話してくれた。ルクレツィアの服の外側の、臍のあたりを手で示し、手を丸めて筒にしたところへ親指を滑り込ませてパントマイムを演じてみせた。蠟と紐で蓋をした軟膏の小瓶をくれて、最初の数週間は彼が来るまえにそれを塗るよう教えた。母は両の掌を祈るように合わせて、「神の思し召し」とか「女の義務」とか「結婚の一部」とかについてなにやら曖昧なことを話した。だから彼女はつぎにどういうことが起こるか知っている。

彼が落ち着き払っていることに彼女は驚く、平然として、一途に目的を遂行していくことに、それに、時間をかけることに。

「心配しないで」彼女の頬を手で包みながら彼は呟き、寝台の下のほうで彼の脛が足のあいだに滑りこんでくるのを感じる。「怖がらないで」

「怖がってなんかいません」と彼女は小声で答える。

彼は親指の腹で彼女の額を撫でる。「痛い思いはさせないから」と彼は言う、「約束する」。

「ありがとうございます」

「私を信じるか？」

「はい」

「私を信頼するか？」

「します」

彼女は彼を信じなくてはならない。ほかにどんな道があるというのだ？　彼女は自分の家族から何マイルも何マイルも、何日も離れたところにいる。ここには誰もいないのだ。

「私を信頼するか？」彼はまた訊ねながら、彼女の手を取って自分の胸にぺたんと置く。

彼女はまだ彼に触れてはいなかった、彼の肌を知らなかった、彼の服を着ていない体は。鋼のような硬さに彼女は驚く、その筋肉と体温と骨に、彼の心臓の獣の鼓動に。

「もちろんです」と彼女は答え、その答えでよかったのだとわかる、彼は微笑んでいる。彼は彼女の手を胸に押しつけ、それからもう一方の手を彼女の胸に置いてぎゅっとさせる、彼女の夜着の襟元に、その下は乳房の谷間だ。彼女はたじろぎ——仕方ないではないか——彼はこれに気づいているのに、手をどかしはしない。彼女の想像だろうか、それともほんとうに彼の顔を思いやりが過った？　彼女はそう思う——そう望む。これは彼の権利なのだといういうことはわかっている、夫なのだから、触りたいところに触っていいのだ、ソフィアからもそのことは聞かされていた、それでもなお、これには動転してしまう。だが、彼が彼女の苦しい気持ちをわかっていて、理解してくれているというのは心強い。痛い思いはさせない、彼はそう言ったではないか。彼女は何も恐れることはないのだ。

彼は彼女の手を自分の胸から持ち上げて肩に置き、また自分も同じようにして手を彼女の肩に置き、丸い関節部分を包み込む。微笑みながら、彼はつぎに彼女の手を自分の喉へ動かし、それから頬へ、そして肋骨へ、それから腰へやり、自分の手も同じように動かす。彼に触れられたところは焼けるようでいて同時に冷たく、あたかも彼の手が彼女の夜着に何か見えないインクのようなもので跡を残しているかのようだ。一方彼女の手は彼に導かれるまま、彼の体のさまざまな手触りを学んでいる。伸びてきたひげのざらざらした感触、しわのよった唇の皮膚、裸の肩の繻子のような滑らかさ、胸元の渦巻き状の体毛。彼女には興味深く、遊びのように繰り返されるのが心地いい。胸、肩、喉、頬、腰、それからまた胸。二人はまだこんなことを話している、彼の三匹の猟犬とそれぞれ違う性格について、彼女のいちばん好きな食べ物について、そして二人のあいだにあるすべてが奇妙だ、確かに、だが穏やかだ。彼の鏡像遊びの繰り返しに彼女は心が和むのを感じる。彼女にはできる、彼女には耐えられる。もしかしたら、と彼女は思う、今夜はこれ以上何もないかもしれない。たぶん彼はこんな遊び以上のことはしないつもりなのかもしれない。

だから彼女は覚悟ができていない、心構えができていない、互いの腰に触れたあと、彼が彼女の手を胸に戻すのではなく、下へ、さらに下へ、ずっと下の彼女がこれまで見たことのない、あえて考えたこともない場所へと動かしたときには。

父のパラッツォには、いたるところに裸の男や神や天使の像がある。だからあの下のほうにあるものは謎でもなんでもない。彼女はもちろん、男兄弟たちといっしょに育った。幼いころ彼らが水を入れた桶のなかに立ち、乳母たちに洗ってもらっているのを見てきた。男に付いているものは見てきた、袋みたいな形状で、突き出している、なんだか脆弱そうで、滑稽で、丸まって自分の小さな被膜のなかに畳みこまれたようになっていて、外の世界に顔をのぞかせるのを恐れる生き物みたいだ。姉のイザベッラは、この部分は男によって大きさが違うのだと仄めかし、どうしてそう言えるのかとルクレツィアは姉に訊ねたのだった、だって、姉はたったひとりの男、彼女の夫のパオロのあそこしか知らないはずなのだから、と。すると不可解なことに、イザベッラはけらけら笑い声をあげながらルクレツィアの脚をちょっと痛いほどの強さでぴしゃっと平手打ちしたのだった。

彼女はこんなことは予期していなかった。手であれに触れることを要求されようとは思いもよらなかった。誰かが彼女の指——ページを繰ったりリボンを結んだり針で縫ったりパンを割ったりカップを持ち上げたり言葉を綴ったり絵を描いたりしてきたのと同じ指——をあれに導いて、敬意は示しつつもぎゅっと握らせてどんなものか教えようとするなどとは。体のあの部分が変形することを彼女は知らなかった、まったくべつのものに姿を変えるとは。それにこの変化が男の体全体に広がることも知らなかった、男がべつの人間になってしまう、自身の一部分の奴隷となり、我を失ってしまうとは、この瞬間から先すべては変わり、速度が増して張りつめたものとなるなどとは。

今や会話はほとんどなくなる。好きなフレスコ画についての質問はもうない。彼はいつもよりしゃがれた声で、彼女の夜着を脱がせていいか訊ね、彼女がはい——だって、ほかになんと言える？——と答えると、憑かれたようにそそくさとそうして、それから彼の両手ががつがつした動物のようにまさぐりはじめる、しつこく、はっきりした意図をもって、彼女の体の隙間にある失せ物を探すかのように。

彼が上にのっかる必要があるとは知らなかった、彼の体の下敷きになって身動きできなくなるとは。あんな不格好な、まるで蟬のような格好で両脚を折り曲げるよう求められるとは知らなかった、彼の体の重みで背骨や骨盤がきしむことになろうとは。

彼はまたも、彼女に痛い思いはさせないと言う、怖がらなくていい、痛い思いはさせないから、そんなことはしない、約束する、と、これまでにない耳障りな声でそんな言葉を囁く。

それから、彼はいずれにしろ彼女に痛い思いをさせる。

痛みは衝撃的だ、そしてその特異性において興味深くもある。それは彼女の体のもっとも密やかな部分に焼けつくような穴を穿つ、それまでほんのうすぼんやりとしか意識していなかった部分に。こんな不快感は初めてだ。燃えるような、受け入れたくない侵入が満ち溢れる。自分が苦痛に顔を歪めていることに彼女は気づく、昏のあいだから泣き声を漏らしていることに。

彼にも聞こえているはずだと彼女は思う。彼が片手をあげて彼女の顔を包む。謝っているのだと彼女は思う、きっとこれでやめてくれるだろう。だって痛い思いはさせないと約束してくれたのだから——そんなつもりはなかったのかもしれないが、結局そうしてしまった。彼はやるつもりだったことをやったのだ。婚姻契約における自らの役割を果たし、彼女もそうした。彼は彼女を気遣い、たぶん愛してくれていて、彼女に痛い思いをさせたくはないのだ。これで終わった、済んだのだから、彼はやるべきことを終え、彼女は求められたことをしたのだから、もう放してくれるはずだ。

ところが奇妙なことに、彼はやめない。身を引かない。痛む場所にとどまって、元の痛みにさらなる痛みを刻みこむ。だいじょうぶだ、と彼は彼女に言う、じっとしておいで、すべてうまくいくから、だいじょうぶだ、だいじょうぶだ、と。だけど、どうしてそんなことが言えるのだ、どうしてそう思えるのだ？　わたしはだいじょうぶじゃない、と彼女は言ってやりたい、痛い、あなたはわたしを痛い目にあわせている、あなたは約束を破っている。

どういうことが起こるのか自分は知っていると彼女は思っていた。心構えはできていると信じていた。だが、心構えなんてぜんぜんできていなかった。しばらくは痛いかもしれないけれど、それから痛くなくなって、そのあと楽しめるようになる、とイザベッラは教えてくれた。この言葉が彼女の脳裏をさっと横切る、行ったり来たりする。彼女はそう思っているしかない。彼女、彼女自身、彼女の体、彼女という存在は、敷布団とほかの人間とのあいだで押しつぶされている、本の表表紙と裏表紙に挟まれたページみたいに。驚きなどというものではない、衝撃などというものではない。

この火照りは、動きは、音は、仰天するほどだ——麗しい、ある種精神的な交わりを彼女は漠然と予想していた、人と人が穏やかに合わさる、静かに——だがこれはほとんど憤怒のようではないか、持続する反復運動、打ち付けるような動き、侵入、彼の顔の歪み、とり憑かれたかのようなあえぎ。

彼女はちゃんと知っていた。それは確かだ。ちゃんと知ってはいたのだが、また同時に知らなかった。彼女がかつて男性器について持っていた臆病でおどおどしているような印象はあまりにもかけ離れ、あまりにも見当違いに思え、父の所有するジュピターの絵の前に立って、陰毛の巣からのぞいている興味深い肉の筒を密かに観察していたのは違う女の子だったに違いないと彼女は考える。ルクレツィアは自分の心臓の鼓動を数える。二十まで、それから四十まで。六十のあとはわからなくなる。いったいこれはいつまで続くのだろう？　わかるわけがない。なぜソフィアか母か、それともいっそイザベッラに訊いてみなかったのだろう？

重さ——彼の体の重さ——のせいで息がじゅうぶん吸えない。

外では風が吹き始めているのが聞こえる。この風には存在感が、人格がある。鎧戸にぶつかり、鎧板の隙間に細い指をもぐりこませて錠をがちゃがちゃいわせる。唇をすぼめて煙突から息を吹きこみ、炉辺の敷物に煤をまき散らす。頭上の屋根のタイルをこする、しつこい指先で引き剝がそうとするかのように。

手をどこに置いたらいいのかわからない。顔から、口元から髪を払いのけたいのだが、彼のほうがずっと大きくてどこもかしこも彼に覆われていて、筋骨たくましい両腕が彼女の両脇の敷布団に押し付けられているので、動けない、しかも腕はどんどん押し付けてくるのだ、彼女の髪の束の上に。片方の掌が、宙で打ちふるはずみに彼の体の一部をかすめる、たぶん彼の背中、彼の腰、その湿った肉の焼けるような熱さ、ぴくぴくした動きに、ぎょっとしてすぐさま手を離す。ならば両腕は脇へ、離れた邪魔にならないところへ落としておくほうがいい、と彼女は決める。

こんなことが起るまえに、食堂で兎の煮込みが下げられているとき、結わえている髪を解いて見せてくれないかと彼に頼まれた。彼女は言われたとおりにした。食卓に向かってすわったまま、婚礼用に編まれた髪の片側を解き、この作業のために呼ばれたエミリアがもう一方を解いた。これはことのまえ、こんなことが何も起こっていないとき、二人で夕食を終えようとしているときのことだった。彼は見守りながら、果物ナイフを片手に食卓に置かれた鉢のなかの桃に手を伸ばした。彼は果物を味見するよう強く勧めた、ここで、この別荘で育ったもので、彼女のために摘ませたのだ、この谷間の平野は美しく実り豊かな土地で、土は農業に最適なのだと言って。彼女は「実り豊か」という言葉に目を逸らし、おそらく彼女がそうするだろうとわかっていたのだろう――また視線を戻すと、彼の顔には微笑が浮かんでいて、橙がかった薄紅色の桃の果肉を一切れ、なかなか優しげな態度で差し出したのだった。ほら、と彼は言った、食べてみてごらん。そして手を伸ばすと彼女の唇のあいだに桃を滑りこませた、こういうのはごく当たり前の行為であるかのように――彼女は口を開いてそれを受け入れなければならなかった、彼の手から食べ物を受け取るしかなかった。桃の味わいが瞬時に彼女の口中に広がり、喉を伝っていき、一瞬彼女は喉を詰まらせるかと思った。びっくりするような味わいだった、苔のように柔らかく、神々の食物のように甘いなかに酸味がぴりっと効いている。さてと、彼は肘をついて身を乗り出し、彼女を見つめながら低い声で訊ねた、お味はいかがかな？　太陽の味がします、と彼女は答えた。日の光を食べているみたいです。良い答えだったに違いない、彼は笑って、自分でもその言葉を繰り返したのだから。解かれた髪はなおも結婚式の三つ編みの跡が残っていて、小麦のようにさざ波をたてて彼女の背を流れ落ちていた。寝台。以前は眠るための場所、あるいは眠れないままきょうだいたちの寝息に、パラッツォの夜の物音に耳をすませる場所だった。それが今では他人が上掛けをはぐって入ってきて、そしてするのだ――こんなことを。

窓の隙間から風が吹き込んでくる。囁くように頬を撫でるひんやりした風を、彼女は感じる、誘うか勧めるかしているかのように。

顔を横へ向けると息がしやすいことに彼女は気づく、彼とのあいだの狭い隙間ですでに共有されている、吸われては吐かれ、吸われては吐かれしたものではないように思える空気を吸うことができる。

そしてその呼吸とともに横糸と縦糸で織られた布が二つに裂けるような感覚が訪れ、彼女のどこかが、おそらくはもっとも優れた部分が、風の呼びかけに答える。それは身をもぎ離して自由になる。寝台から起き上がり、二つの体はそこに残してやりたいことをやらせておき、移動する。寝台から遠ざかるのはほっとする。彼女の自己、離れていく部分の彼女は無定形、形がないように思える。床板の上を音もたてずに歩いていくと同時にまた天井近くに漂っている。この体のないルクレツィアは垂木や天使の絵のそばをすり抜ける。手を伸ばして虹の線をなぞる。それは巨大で堂々としている、それは極小で目立たない。

二人の人間が寝台で手足を伸ばしているところ、一人の体がもう一人の体を覆い隠しているところは、うんと下だ。あれは影と闇の場所だ。見るべきものは何もない。あそこで起こっていることは今や彼女にはどうでもいいことだ。

彼女は壁を通過しながら分解していって漆喰や梁や支柱や編み枝細工や煉瓦に融けこみ、それからまた反対側の大気のなかで一体化する。

今度はここにいる、別荘の壁の外側、そこでは夜が、藍色の大胆な筆使いで谷間の平野の夜景を描いている。この神秘的な薄暗い風景を風が活気づけていて、木々を動かし、夜の鳥たちを濃い藍色の空に飛びたたせ、大空の無表情な顔に怒りの染みをつける。彼女は瓦屋根の上で溝や雨樋に沿ってゆっくり進みながら、活気のある風に助けられていると感じている、足元は苔でふわふわしているが、彼女はまた同時に下の地面にもいて、そこでは木々の枝が風で広がり、一方へ引っ張られたかと思うともう一方へ引っ張られる。鋭い小石が彼女の裸足に食いこむ。形を整えられた生垣の向こうに、刈り込まれた果樹の向こうに、森が黒々と見えている。うずくまって、待ち構えている。

ルクレツィアは油断がない。ルクレツィアは本来の自分になっている。ルクレツィアは彼女自身のテンポを選ぶことができる、早めることができる、遅くすることができる。庭園を早駆けで、全力疾走で駆け抜けることができる。生垣や小道を飛び越えることができる、薄明りのなかでその体は色の筋となり、肋骨は高鳴る心臓の入れ物となる。そして森へ着いたなら、木々が彼女を取り囲み、なかにいるすべての動物や鳥たちが空に向かってわめき声や鳴き声で問いかけ、彼女もいっしょに待つだろう、じっと見守りながら、冷たい朝の光の最初の筋が現れるのを、それは手の込んだ絹織物のような彼女の皮膚には、元気づけてくれる寛大なものに感じられるだろう。

彼女ははっと息をのんで目を覚ます、夢にたじろぎながら。夢でマリアに手を引っ張られて廊下を進んでいる、しきりに急き立てられていて、ルクレツィアは身を振りほどくことができない、不思議なことに彼女とマリアは同じひとつの服を着こんでいるのだ、ごわごわした重いドレスで、ルクレツィアは姉に遅れまいとするのだが、姉は歩調をゆるめてはくれず、ルクレツィアは裾につまずくのではないかと心配だ。ちょうど転んだとき、夢のなかの彼女の足がマリアの足と絡まって夢のなかの彼女自身が床で頭を打ちそうになったとき、心臓が一拍打つあいだにびくんと眠りから目覚める。

彼女は寝台の端すれすれのところで横向きになって寝ていることに気づく、見慣れない部屋で、天井が高く、壁は白っぽくて、不安定なまだらの黄色い光に照らされている。マリアはいなくなっている、二人でいっしょに着ていた服はなくなっている。彼女の髪が液体のように枕にも寝台にも広がっている。乱れた金色の流れになって床まで流れ落ちている。指に絡まり、口を覆っている。どうなっているのだろう？　何かが起こったに違いない。寝台に入るときには必ず髪を一本の長い綱に編んで、それは一晩中、愛玩動物か親友のように傍らにおとなしく横たわっているのに。

背後から、耳慣れないぎょっとするような音が響いてきて、彼女の頭皮が縮む。息を吸ったり吐いたりする音だ。他人の胸が上下している。力強く、規則正しく。他人が眠っている音だ。

ルクレツィアの心は、すぐ目の前にある自分の両手が内側に皺や溝を作っている眺めから、体の下のほうに感じている痛みへと蚤のようにぴょんと跳ぶ。自分の内側に綱が結わえ付けられていて、引っ張られているかのような痛みへ、括っていない自分の髪へ、この寝台の端とその下の敷物へ、光の金色の帯のなかで旋回している埃へ、痛みへ、背後の呼吸へ、痛みへ、すぐ目の前の自分の両手へ。

ちょっと、ほんのちょっと頭を起こす。背後にいる人を起こしたくはないので、一度にほんの少しずつうんと気を付けて体を動かす、寝具をかさかさいわせないように。

そこには彼がいる。その姿を目にするのは衝撃だ。枕に広がる髪は黒い羽毛のようで、顔にはなんの表情も浮かんでいない、見ているのがどんな夢にせよ、彼を落ち着かせ、どこかへ連れていっているらしい、顎や頬には無精ひげが生えかけて、山腹の小さな森のようだ。

ルクレツィアは彼を眺める、スケッチの構想を練っているかのように。眠る、男。休息する、丈配者。彼が目覚めているとき、彼女は彼を長く見つめていられない——実際の彼、彼という存在はあまりに圧倒的なのだ。なにも見逃さないような、あらゆる詳細を把握してしまう眼差し、常に思考し解釈し評価している頭脳、こちらのどうでもいい個人的な思いをすべて宙から摑みとって吸収し、理解し、しまい込んで自分のものとしてしまえる能力。これが支配者というものなのだ、と彼女は思う。だがこんなふうに目を閉じていると、彼の頭脳が休んでいると、どぎまぎせずに観察できる。彼は、今だけはフェラーラの支配者ではなく、勢力を持つ宮廷の新たな長ではなく、眠っている人というだけで、それ以上でも以下でもない。

　この、彼女の隣の枕の上には、彼女が結ばれた男のさらにもうひとつの顔がある。彼女には、たくさんのアルフォンソがいてそれがすべてひとつの体に組み込まれているような気がする。子どものころに胸壁のある屋上で出会った世継ぎがいる、そして、貂の絵や、二年にわたる婚約期間にフランスから送られてきた手紙の文字の輪形（ループ）の部分やダーシの背後にいた人、それから祭壇で彼女を我がものとした公爵、馬車のなかの人物、それに庭園を案内してくれたシャツ姿の男。そしてこんどはここにもう一人。眠っているサテュロス、裸の胸が見えている、不穏な下半身はまといつく上掛けで隠れている。

　なんたる恵み、なんたる幸運だろう、こんなふうにじっくりと、彼を隅々まで観察できるとは。

　彼女は彼がはめている指輪に目をとめる——右手に二つ、左手に一つ、印章指輪には彼の鷲の紋章が小さく逆に彫り込まれている——首には細い金鎖が巻き付いていて、髪が引っ掛かって絡まっている。唇が開いているので、歯も観察できる、白くて鋭くて等間隔に並んでいて、下の左側が一本欠けている。何かの事故の痕跡か、それともほかのことで失ったのか。上半身の体毛は腕毛よりも色が濃いのがわかる。胸毛は二つの波になっていて、互いに反対方向から近づいて、真ん中で棟の線のように合わさっている。まるで彫刻のように、半分ずつの鋳型で作られて中央の線で溶接されたかのようだ。彼の爪、清潔で短く切られている。彼の睫毛、黒だ。彼の目、瞼に隠れていて、眠りながらも資料——宮廷からの書状、公文書、報告書、政治的論文、反乱の報告書——を読んだり解読したりしているかのようにずっと左右に動いている。

ゆっくりと、うんとゆっくりと、彼女は彼から身を離し、敷布団と上掛けのあいだを滑って寝台を出て、そこから、そこで起こったすべてから離れて、裸でいることにうろたえつつ部屋を横切り、脚のあいだのずきずきひりひりする痛みを感じながら室内履きとスモックを見つけ、床から外衣(ジマラ)を拾い上げてさっと羽織る。

炉棚に置いてあるラ・ファイーナの絵——それにしてもあの絵はあそこでなんと素敵に見えることか、壁の白っぽい漆喰を背景に、貂の目が部屋を横切る彼女を追っている——をちょっと見てから、掛け金をはずして扉を開け、外に出てから閉める。

彼女は廊下を進んでいく、子羊の毛皮の室内履きで音もなく、エミリアが眠っている小さな控えの間を通り過ぎ、召使たちが使う狭くて暗い階段を通り過ぎ、どんどん進んで、段を幾つか降りて、柱廊に出る。

まだ早朝、太陽が円柱や木々の根元から長い影を刻んでいて、召使たちが中庭に立って互いに何やら話をしている、主人たちはまだ何時間も起きてはこないと安心しているのだ。

しかしルクレツィアは起きている。彼女はまた、目立たないでいることには熟達している。秘密の通路を探っていた子ども時代に学んだのだ、すくなくともこれだけは。彼女は柱廊の明るい縁から奥まった場所へと下がり、音を立てずにこっそり別荘の壁に沿って歩く。最初の中庭を、厨房と、箒や塵取りをがちゃがちゃいわせながら窓を開けている騒々しい女中たちを避けながら進む。またも陰へ入って彼らに見られないようにする。自分がどこへ向かっているのかはっきりわかっているわけではないのだが、角を曲がると、わかる。

そこには、彼女の前には、これまで見たことのないものがある。そんなことがあり得るなどとまったく考えたこともなかったものが。あまりにわくわくする思いもよらないものなので、彼女は両手をはっと口に当てる。

別荘の重い木の扉が開いている。

戸口を警護する者は誰もいない。武器を持った兵士はいないし、お仕着せを着た男もいない。急いで扉を閉めようとする動きはない。敵や刺客を防ごうと重い閂をまた掛けようとする様子はない。何もないし、誰もいない。ただ門が大きく開いているだけだ、開けっぴろげに。これはなんの脅威も、攻撃も、盗人も、侵入者も予期していない住居のやり方だ。ここにあるのはその力を明示する必要がない建物なのだ、デリツィアは楽しむことだけを目的としている、建物自体もその土地も、安心してくつろぐ場所なのだ。

門の輪郭——長方形で、先のとがったアーチがある——の向こうには、砂利道がうねうねと続き、糸杉の並木があって、尖った梢が、夜明けの光が赤い筋をつけた空を突き刺している。道に沿って野生の草花が群生し、彼女に向かって青や赤や黄色の頭を頷かせる。

ルクレツィアは一歩踏み出す、そしてもう一歩。さっと後ろを振り返る。誰かに止められるだろうか？　別荘の囲壁の外に足を踏み出した途端、引き戻して門扉を閉めようと軍勢が押し寄せてくるだろうか？

彼女は敷居で躊躇し、分厚い並木の壁に目をやる。それから踏み出す。

昨夜の風がここでもまた吹いているが、昨夜のことは考えたくもない、あれに関することは一切、考えるつもりはない、だってこんな朝にあんなことを考えるなんていけないことだし、どのみち風は変化していて弱まり、礼儀正しくなっている。お行儀がいい。立場を弁（わきま）えている。動物が腹ばいになるように地面の低いところで吹き、小道を縁取る花を揺らす、茂みの低い枝をかさかさいわせる、外衣の裾を、髪の房をもてあそぶ。

彼女は別荘から遠ざかる、室内履きでぺたぺたと小道を行く。だんだん足が速くなる、不意に、明るくほっとした気持ちになっていることに気がついて。やってのけたのだ。やり終えたのだ――恐れていたことを、怖がっていた行為を。恐ろしい、耐えられないようなことなのかもしれないと考えていたのだ――そして実際のところ、そうだった――とはいえ、ほら、彼女はこうしてあれをくぐりぬけて太陽の下を歩いている。やるべきことを済ませたのだ。自分の家族の期待を裏切らなかったのだ。ソフィアか母かイザベッラに訊いておけばよかったと思うのは、どのくらいの頻度で求められるのかということだ。これで一度は耐えたのだから、しばらくはあんなことをしなくてすむかもしれない。

頭上の空は広大で、糸杉の梢からずっと遠くのアペニン山脈の頂、はるか向こうに紫がかった灰色にかすんで見える峰々まで広がっている。その空の下を歩いていると、光の色が変わっていくのがわかる、日の出の薄紅色から赤へ、橙色へと。

これだ、と彼女は思う。このすべてだ。逆さに立てられた絵筆が画家の巨大な手を待っているように並んだ糸杉、低いところで吹いているおとなしくなった風、地平線に濃灰色で描かれたぎざぎざの山の稜線、背後のどこかで響く、召使たちが呼び交わす低めた声、別荘の開いた扉、牛の首に掛けられた鈴の音、通りすがりの、大通りがいくつも並んでいるようにきちんと隙間を空けた何列もの果樹。彼女が欲しいのはこれだ。この至福が皮膚の表面のいたるところに感じられる、乾ききった日照りのあとで霧雨に覆われるように。もう一方だって受け入れられる、耐えることができる、そうすればこれが得られるというのなら。あれをこれと交換しよう。そうしようではないか、彼女にはできる。

横のほうから、ぴしっという音がする、ついでかさかさいう音が響き、彼女はぱっと振り返る。

それは、恐れていたように野生動物が彼女を貪り食おうとやってきたのではない。代わりに、森の木立を背景にひとつの姿が現れる。一瞬、怯える彼女の心はそれをケンタウロスだと思う、半人半馬の怪物が神話的な力によって何かを伝えに寄越されたのではないか、もしかしたら。彼女は外衣をぎゅっと体に巻きつけながら後ずさりする。

すると馬の頭が現れる、頭絡と手綱がつけられていて、人が跨っている。結局ケンタウロスではなく、狩人だった、早朝に出かけて獲物を追っているのだ、弓と短剣を持ち、帯にずんぐりした棍棒を挟んでいる。

アルフォンソの友人にしてコンシリエーレのレオネッロだ。狩人の帽子の下の明るい髪に見覚えがある。頭を下にして鞍にぶら下げられているのは、だらんと伸びた三羽の野兎だ、目を固く閉じて、前足を無防備に垂らしている。

彼は馬を停止させ、手を鞍頭に置き、彼女を見下ろす。彼女は見返す。帽子の下の彼の目は微笑んではおらず無表情だ。彼に向かって叫んでやりたいという思いが心にこみあげる。なぜそんなにわたしを嫌うの、わたしはあなたに何か嫌なことをしたのかしら？　そんな言葉が彼女の口から今にも飛び出しそうだ。彼女は困惑する、今この瞬間の本能的な敵意に。これまでも同じようなものと遭遇したことがあり、いつも困惑させられる、なぜ見ただけで彼女を嫌いになったりするのだろう、と。思い当たるようなことは何もしていないのに。それは彼女にとって小さいけれども消えない傷となる、イラクサの棘に刺されたような。

もちろんそんなことは一切口にしない。顔をあげて彼と目を合わせる、教えられてきたように——この馬に乗った男にひるまずそこに立ちながら、自分のスペイン人のマンマの誇りを感じる——そして、こんにちはと挨拶する。

彼は彼女に一度会釈し、乗っている馬が身動きする。胴が湿っていることに彼女は気づく、脇腹が上下している。

「こんにちは」彼は返す、唇を殆ど動かさない独特の気になるしゃべり方で、言葉が互いにもたれかかっているような口調だ。「公爵夫人」

最後の言葉は引き伸ばして強調されている。ほんのちょっとだが故意に間を置いて抑えてから口にされている。彼女にはそれがわかる。彼にもわかっている。そのまわり、その言葉のまわり、その称号のまわりには、空気と空間があって、その空間には彼が言わないたくさんのことが、彼が考えてはいるけれど口に出さない夥しい思いがあふれている。

ルクレツィアはこういう状況でいつもしていることをする。絶えず彼女をこき下ろし、立場を弁えさせ、のけ者にし、虐め、けなしてきた四人の姉や兄といっしょに育ちながら、何も学ばなかったわけではない。彼が作り出したいと思っている力関係は彼女にとっては自分の爪の形同様お馴染みのものだ。彼女はこの手の目に見えない一撃から身をかわすことには熟達している。

「ご機嫌いかが、おいとこさま？」と彼女は呟く。彼に対してこれ以上声を張り上げるつもりはない。彼女の言うことをよく聞きたいというなら、彼に鞍から身をかがめさせればいい。「狩りの成果は上々だったようですね」

「いとこ」という言葉をどう取るだろう、その言葉は親しさを主張し、恐らくはこの男の忠告や願いに反して行われた結婚という反論の余地のない事実を押し立てているのだが？ ルクレツィアはそういう物事の仕組みについてはじゅうぶん理解している。レオネッロにはたぶん、アルフォンソとの結婚によって身分を引き上げたいと思う姉妹か身内がいたのかもしれない。もしかしたら彼は、外国の王女かべつの地域の娘との縁組のほうがいいと思っていたのに、アルフォンソは彼の助言に逆らって彼女を選んだのかもしれない。それとも彼はルクレツィアの父の一家か父の支配力に何か恨みを抱いているのか。誰にわかる？ ルクレツィアには訊ねるつもりはない。アルフォンソにもほかの誰にも、このレオネッロという男が彼女をどう扱うか告げ口するつもりはない。無視することがその力を削ぐことになるのだ。

レオネッロは相変わらず馬上高く身を起こして、ちょっと間を置いてから口を開く。「じつに上々でした」彼は兎を鞍に結わえ付けている紐を調整し、一瞬兎たちは身動きして、はかない生へと戻ったかに見える。「よく眠れましたか？」

あれやこれやにもかかわらず、意図的に落ち着き払った態度をとっていたにもかかわらず、彼女は頬が赤くなるのを感じる。もちろん彼にはわかっている。昨夜何が起こったのか想像がつくはずだ。だが彼女は彼の視線をちゃんと受け止めて、あの金茶色の目をのぞきこむ、物おじせず、挑戦的に、そしてしっかりした声でこう言ってのける。「はい眠れました、ありがとうございます。ここはのどかですね」

「気になりませんでしたか……風が？」

「いいえ、すこしも」

彼女は彼に丁重だがよそよそしい笑みを向ける、彼女の母の微笑みだ。

「わたしたち二人とも早起きのようですね」彼女はそう言ってから付け加える、彼が使ったのと同じ口調で。「おいとこさま」

彼の顔に何かがちらと過る——軽い驚き、たぶん、話術による攻撃をかわす彼女の技に対するものだ。ルクレツィアははっと自分が間違っていたことに気づく。レオネッロはべつの花嫁を念頭に置いていたわけではないのだ。彼が気に入らないのは、宮廷生活における細かく目盛りのついた階層構造のなかで、ほかの誰かが彼とアルフォンソのあいだに割りこむのを許されたということなのだ。レオネッロは新公爵のもっとも親しい友という地位を享受している。それこそ彼の目指すべてであり存在意義なのだ、そして彼はそれをほかの誰とも分かち合いたくはないのだ、若妻も含めて。この気づきに彼女は笑いたくなる――彼の敵意は、急に子どもじみた、不安に心乱されたものに思えてくる。

彼は足を鐙から外すと馬を降りる。

「どうか私に」と彼は言う、「別荘までお供させてください。外のこんなところにお一人でいらっしゃるのはよくありません」。

「べつにかまわないのではないでしょうか――」

「アルフォンソは嫌がるでしょう」

「でも、あの方は――」

「あなたは、ご自分でもおわかりのはずですが、極めて貴重な資産なのです。おそらく現時点では彼のもっとも貴重な資産でしょうね、フェラーラの状況を考えると」

彼はまるで冗談を言っているかのようにこんな言葉を並べる、彼女を財産、高価な物と考えるのは二人のあいだの冗談だとでも言いたげに。だが彼女はそのおどけた口調には騙されない。彼はひと言ひと言本気で言っていて、こんなことを言うのは彼女の落ち着きを失わせるためだ、心の平穏を奪うためだとわかっている。

「どういう意味ですか？　なんの状況なのですか？」

レオネッロはにやにや笑い、手袋をはめた掌に手綱を打ち付ける。「ご存じない？」

「だって――」

「アルフォンソは話していないんですか？」

「あの方は――」

「私が言っているのは先の公爵夫人のことです、もちろん、彼の母親のことですよ。アルフォンソの望みに従うことをずっと拒否し続けて、息子の目と鼻の先で新教徒として知られている人間たちと付き合っている。教皇さまからは彼女を故国のフランスへ追放するよう命じられている。そして今度はこの、アルフォンソの姉妹をいっしょに連れていきたいという母親の新たな要望ですからね」

ルクレツィアは仰天して聞いている。この途方もない情報をのみこめない。「教皇さまが？」彼女はおうむ返しに訊ねる。「追放を命じられた？」

「そうです」彼はまた手綱を掌に打ち付ける。「ご存じだとばかり思っていました」

「そしてアルフォンソさまは……この命令に従わないおつもりなんですか？」

「従わないわけではありません」彼は目を細めて朝の太陽を見上げる、「ですが、必ずしも従うというわけでもない。彼はね、先の公爵夫人は彼がそうと決めたときに初めて国を出られるとしているんです。彼女は他の誰の命令でもなく、彼自身の命令に従って動くのだということを世に知らしめたいと思っているんです」

「ですが、危険が大きいのではありませんか、教皇さまのご不興を買うようなことをすると？」

レオネッロは肩をすくめる。「彼はそんなこと少しも気にしていませんよ。仮に彼の姉妹が母親と一緒にフランスへ行くことになって、向こうで夫を見つけたら、その子どもたちはアルフォンソの称号を要求できることになるんです。そして公爵領はそのフランス人の手に渡るでしょう。彼は何もかも失うことにもなりかねません。何もかもね。もしも——」

「ですが、このフェラーラに留まってくださるよう姉妹のかたがたを説得すればいいじゃないですか？　たとえ母上さまは追放されなくてはならないとしても、そうすればきっと——」

「彼がやらなければならないのは、喫緊の課題はですね」レオネッロはそう言いながら彼女の目をまっすぐに覗きこむ。「世継ぎを作ることです。そうすれば」と彼は手袋をはめた手を暖かい空気のなかですっと横に動かす。「問題はすべてなくなります。だからこそあなたがここにいるんですよ。ついにね。フェラーラの大いなる希望だ」レオネッロは歯をむき出しにして彼女ににやっとしてみせる。「これは急を要するということを心しておいてください。なにしろ——どう言ったらいいのかな？——彼の世継ぎ候補になれる人間はまだぜんぜんいないんですからね」

ルクレツィアはちょっと後ろへ下がり、この男と馬から距離を置く。「何をおっしゃっているのかよく分かりませんが——」

「これまでに、言ってみれば、不品行はなかったというか？　非嫡出子の問題はないというか？」

彼女は首を振る。「わたしは——」

「彼は一度も父親になったことがないんです」

ルクレツィアは下を向く、横を向く、あまりにあさましい、まともとは言えない言葉を吐き散らすこの男のほう以外ならどこでも。彼女は耳を覆って、この男の不快極まりない言葉を聞かないでいたい。だが彼の話は同じ淡々とした口調で続く。

「彼のような身分の男ならたいてい——あなたもよくご存じでしょうが——少なくとも一人や二人は私生児がいます、もっと多いこともある、若気の至りの種まきの結果としてね、ほかがすべて駄目だった場合利用できる子どもたちです。ところが我らがアルフォンソにはいない。もしかしたら彼はなんらかの形でその能力に欠けているのかもしれないと世間では言われはじめています、もちろん、間違っていると証明しなければならない噂です」レオネッロは片方の手袋を脱ぎ、ついでもう片方も取る。「そして今や彼にはあなたがいる、フィレンツェの有名なラ・フェコンディッシマの娘がね、そして、こういう問題はすべて終わりを迎えると私は確信しています」

レオネッロは待っている馬の手綱を引き、彼女に片腕を差し出す。「行きましょうか？」と別荘の方を示す。

ルクレツィアは差し出された腕を無視する。この男に触れるつもりはない、どこへも同道するつもりはない。

「私たちには皆それぞれ演じるべき役割があります」と彼は穏やかに言う。「でしょう？　そして私の役割は、少なくとも現時点では、あなたに面倒なことが一切降りかからないようにしておくことなのです」

ルクレツィアは黙っている。彼女はレオネッロの途方もない打ち明け話のことを考えている。彼が語ったすべてが——国を離れたがっている姉妹、アルフォンソの公爵位を剝奪し得る彼女たちの将来の子ども、彼には早急に世継ぎが必要であること、彼にはその能力がないかもしれないこと——この男やその冷笑的な口調や立場をめぐる競争心に対して彼女が築いている鎧を貫きそうで、不安になる。だが、と彼女は自分に思い出させる、彼女はありのままのこの男を見抜いている、常に一番でいたい人間、アルフォンソの愛情を求める競い合いで勝ちたいと思っている人間だ。彼女はこのような競争にかかわる気はない。この男の話に耳を傾ける気はない、彼の不愉快な囁きや当てこすりになど。彼女は拒否する。

「護衛がいっしょではないのでしょう？　護衛を連れずに別荘を出られたんですよね？」レオネッロはわざとらしく道のあちらとこちらに目をやる。「あれは良い男ですよ、養わなければならない家族持ちで——私が自分でこの任務に選んだのです。あなたをお一人で外出させたことで罰せられたら可哀そうだ。そうじゃないですか？」

彼女はちょっと間を置く。それは二人のあいだで、道の上でふくれあがる。威厳に満ちた沈黙、彼女は公爵夫人であり、彼のようなつまらない人間のことなど知ったことではない、彼女は目下彼の提案を考慮中で、そのうち答えを知らせるであろう、と彼に告げる沈黙だ。

この沈黙を保っているあいだ、彼女は彼のほうを見ようとはしない。彼女は目の前に伸びていく道をじっと見る、谷間の平野に走る道に沿って視線を動かす、畑や囲い地のあいだを、林を抜けて、しだいに細くなって消えていく。彼女は別荘を振り返る、切妻屋根が赤く輝き、並ぶ窓には四角い雲が映っている。

「いいわ」としまいに彼女は言い、来た道を引き返す。レオネッロは馬の手綱をぎゅっと引き、彼女の横を歩いていく。鞍のさらし絞首台に吊るされた野兎たちがぶらぶら揺れる。

川は曲がりくねって流れている
一五六一年、ボンデノ近郊のフォルテッツァ

「起きなくちゃ」ルクレツィアは言い、上掛けを押しのけはじめる。

「だめです、だめです」エミリアが、炉辺に膝をついて火を搔き立てようとしながら止める。「寝台に寝ていらっしゃらなくてはいけません」

「ほんとうに起きなくちゃ」

ルクレツィアはじりじりと寝台の端へ体をずらし、そこで止まって両足を床に降ろす。部屋がちょっと揺れる、四隅がダンスしているように近づいてきて、また本来の場所に戻る。手足に力が入らず骨がないように思えるが、無理に体を起こし、エミリアが肩に毛皮を掛けてくれるに任せる。

両手で頭を押さえながらふらふら椅子へ行く。何をしたらいいのだろう？　この質問を自分自身に冷静な調子で問いかける、その日何を着ようかとか集まりに誰を招こうかといった程度のことであるかのように。何かする必要がある、何らかの行動をとる必要がある。だが何を？　夫が自分を殺そうとしているのではないかと疑っている女は何をすべきなのだろう？　誰に訴えたらいいのだろう？

彼女はエミリアにインクを持ってくるよう言いつける。羽ペンの軸にペンナイフを当てると手が震える、腕が病の力を思い出している、まだ怖さに慄いている。

ナイフはすぱっと切れる。幸先がいい。彼女が切ったペン先は上出来だ――強くて、先端が鋭く尖り、押し付けたとたんぼさぼさになったりはしない。それを人差し指の腹に押しつけ、その力から逃れようと血が引いて、肉に白いくぼみができるのを見つめる。

羽ペンを待ち構えるインクに浸し、書く、ぎこちない、不揃いな筆跡で、助けが必要です、という言葉を。彼女は再びペンをインクに浸す。救援を寄越してください。

誰に宛てて書いているのだろう？　彼女にははっきりわからない。この訴えを誰に向けたらいいのだろう？　母には退けられるだろう、なんて大げさな、ルクレツィアがまたいつものように自分の想像力に振り回されている、と言って。ならば父か。父はこの手紙を読んでくれるだろうか、もしも父のもとへ届けることができたなら、間に合うように父の注意を引くことができたなら？　それとも父の机に届く手紙の山に埋もれてしまうだろうか？

それに、どうやって送ればいい？　ここには手紙を届けてくれる者は一人もいない、彼女の味方をしてくれる廷臣はいない、まずアルフォンソのところへ持っていかずに彼女の手紙を発送するなどという危険を冒してくれる者はいない。彼女自身と、そしてたった一人の味方であるエミリアしかおらず、エミリアの存在は秘密で、ほかの誰にも知られてはならないのだ。

彼女がほんとうに手紙を書きたい相手は、もちろんソフィアだ。彼女は書きたい。どうすればいいか教えてちょうだい、この状況にどう向き合うのが一番いいか、どうやって逃げ出せばいいか、計画が必要なの。彼女は書きたい。助けて、お願い。

手紙を書いても無駄だ――エミリアに持ってやらせるわけにはいかない、公爵の家臣に姿を見られてしまうだろうから――とわかっていながらも、彼女は書き続ける、書かずにいられないからだ、こうして書いていると僅かながら心が慰められるからだ、何が起ろうとしているか少しばかり書き記していると、今ではよりしっかりと確かになってきた筆跡で文字を書いていると、パラッツォの屋根の下の教室で子ども時代にきょうだいたちと学んだ古代ギリシャの文字を書いていると。命の危険を感じています。もうほとんど時間がありません。彼はわたしを殺すつもりです。彼女は手紙に飾り書きで一文字、頭文字のLを署名し、それから、我が姉、イザベッラへ、と一番上に記す。

エミリアは手紙を受け取ると炉棚の上に置く、カステッロでルクレツィアの手紙をそうしていたように。まるでこれが、まったく普通の日の、まったく普通の状況であるかのように。女主人が書状をしたため、それを小間使いがちゃんと発送されるよう計らう。

顔を背けたまま、手紙はあとでなんとかしますから、とエミリアは言うが、ルクレツィアは、エミリアもまた手紙はけっしてフィレンツェには届かないとわかっているのだと思う。

ルクレツィアは苦労して椅子から立ち上がり、窓のところへ行く、そこからは川筋が見える。考える必要があるのだ、選択肢を検討し、ここから抜け出す方法を考えださなくてはならない。

川はここでは広く、満足げにゆっくりとフォルテッツァの下方を、うねうね曲線を描いて流れている。水面は不透明で、深いところにある見えない流れで泡立ち、端のほうは無気力な黄土色の舌で岸を舐めている。川は引きずっていく、その流れに捕らえて、木の葉や小枝、膨らんだ腹を見せる溺れた小さな哺乳類、泥の欠片を。川は岸辺の草を引っこ抜いて運んでいこうとするが、草は長く伸ばした根で土にしっかりしがみついて抵抗し、緑の茎はしなやかにいたずらっぽく、流れの望みに従って曲がったり、逆らって曲がったりする。

このポー川は、都市を流れる細くて流れの速い支流やデリツィアの傍の浅いせせらぎとは似ても似つかない。同じ川だとはとても思えない、ここの、この窓の下に見えている川がフェラーラの水路を流れ、そして別荘を流れ、さらに海岸へと向かって、広大で全能の海にのみこまれて消えるのだとは。

ルクレツィアが寝台に戻り、枕にもたれて横になって目を閉じると、何頭かの馬がはね橋を渡ってくる物音が聞こえる。

「今頃誰なのかしら？」問いかけながら、こう返事する明るい囁きを求めて耳をそばだてまいと努める。パラッツォの兵士たちです、お父上の衛兵たちがお助けしようとここへやってきたのです。彼女のこの状況についての知らせが父の耳に届いているわけがない、もちろん、それでもなお彼女の心臓は激しく骨に打ち付ける、あのイザベッラが彼女のギリシャ語の訴え――炉棚に置かれたままの――を摩訶不思議にも受け取って、警告を発し、娘を守ろうと父が一連隊を派遣したのではないかと想像して。

エミリアはかがっていた長靴下を置いて立ち上がり、幅の狭い窓から外をのぞく。「ああ」と彼女は言う。「なんだ……あの人たちです。やっと着いたんですね」

「誰？」

「ほらあの……」エミリアは宙で片手をまわす。「なんて名前でしたっけ、あの画家？」

「なんですって？」ルクレツィアは頭をあげながら、聴き間違えたのかと思う。

「ほら、あの人ですよ」エミリアは興味のなさそうな口ぶりで言い、繕い物のほうへ戻る。「あたしがくっついてきた人です」

ルクレツィアはこの情報をのみこもうと努める。「セバスティアーノ・フィリッピのことを言ってるの？」

「誰ですか？」

「イル・バスティアニーノ？」

「それです。あの人――」

「あなたはイル・バスティアニーノと一緒にここへ来たの？　あの画家の？」

エミリアは頷きながら、舌先で糸の端を濡らし、針穴に通す。「そうお話ししましたよ」

「いつ？」ルクレツィアは問いただす。「いつわたしに話したの？」

「もっとまえです、寝台で寝てらしたときに。バルダッサーレが宮廷から出ていった話をしたでしょう、少人数でね、だけどあたしが付いていくのは断られました。そうしたら、あのイル・バスティアニーノって人がいきなり奥方さまの肖像画を持ってカステッロにやってきて、でも受け取る人が誰もいなくて、だって、公爵さまは当然こっちですし、それにバルダッサーレはここへ来る途中ですしね。それから――」

「ちょっと待って」ルクレツィアは片手をあげて話を止めながら、なんとかこの説明にちゃんとついていこうとする。「どうしてこういうことをぜんぶ知っているの？」

エミリアは肩をすくめる、そんなのわかりきっているでしょうと言わんばかりに。「だってあたしは中庭にいたからですよ、もちろん、奥方さまの後を追えるよう、馬丁の誰かに頼みこんで馬を使わせてもらおうとして。あの画家が公爵さまを――それにもちろん奥方さまを――見つけようとしているのに気がついて、あたしはあの人をつかまえたんです。イル・バスティアニーノをね。あの人に、公爵さまがどこにいらっしゃるか、そして奥方さまがどこにいらっしゃるか知ってるって話したんです。ボンデノって名前の村の向こうの辺鄙な場所にあるどこかのフォルテッツァだって」

「いったいどうやってそれがわかったの？　わたしなんてどこなのかも知らなかったのに――」

エミリアは鋭い歯で糸を噛み切る。「バルダッサーレが秘書官たちに話しているのを立ち聞きしたんです。あたしはイル・バスティアニーノに言ったんです、そんなにどうしても公爵さまに会って仕上がった肖像画を渡したいのなら、あたしを一緒に連れてってくださいって。承知してくれるなら、お返しに皆さんがどこにいらっしゃるか教えますよってね。じつはね」とエミリアは付け加える。「あの画家はお金が欲しいんじゃないかと思うんです――肖像画の代金を。なんだかあの画家は――」

「エミリア」ルクレツィアは耳を手で覆って呼びかける。「ちょっと確認させて。あなたはイル・バスティアニーノと一緒にここまで来たのよね？」

「はい」とエミリアはじれったそうに答える。「それがどうしたんです？　そのことはこれでもう三回はお話ししましたよ、奥方さま。一緒に連れてってくれるなら皆さんを奥方さまのところへご案内しますって言ったんです、そうしたらあの画家がお供の男の後ろに乗れって言って、困ってるんならって、だからあたしは――」

「だけど」ルクレツィアは、このよくわからない成り行きの何を明確にする必要があるのか考えようとする。「どうしてあの人は今ごろになって着くの？　あなたがここへ来てからもう一時間かそれ以上になるのに――」

「あのね、信じられますか、はるばるここまでやってきて、入口へ続く通路の端にたどり着いたら、あの人ったらちょっと停まって森に入りたいって言うんですよ」エミリアは非難がましく顔をしかめる。「枝に差してる光の具合を確かめなくちゃならないとかなんとか馬鹿みたいなことを言って。だからあたしは馬から降りて、光だかなんだか知りませんけど、あたしは待ってるつもりはありませんって言ったんです。そして建物まで通路をずんずん歩いて裏口からなかに入ったんです。厨房はごった返して大騒ぎで、みんなお互いに、公爵さまのご朝食がどうとか、宮廷からまた人が来るとか、大声張り上げてて、誰もあたしが誰で何をしてるのか気にするどころじゃなくって。とにかく、厨房の男の子を一人つかまえて奥方さまがどこにいらっしゃるのか訊いたんです。で、こうしてここにいるわけで」

「あなたはここにいる」ルクレツィアは呟く。「あなたはわたしなんかよりずっと賢いわね」

「とんでもない」エミリアは繕い物を脇へ置く。「さあ、また毛布を掛けて横になってください、奥方さま。お風邪を引いてはいけませんから。この上そんなことになったら最悪です——」ルクレツィアは彼女を払いのける。「しーっ」と制する。「このままにさせておいて。ちょっと考えなくちゃならないの」

そしてルクレツィアは考える。レオネッロ・バルダッサーレ、馬でフォルテッツァへ向かう彼女の夫の忠実なコンシリエーレのことを。昨夜の夕食のことを。鹿肉、葡萄酒、暗闇のなかで気分が悪くなったこと。宮廷画家イル・バスティアニーノが、仕上がった彼女の肖像画を携えてカステッロに不意に現れたことを考える。エミリアが、一緒に連れていってくれと画家にせがんで同行を承知してもらえるよう交渉したことを。そしてアルフォンソのことを考える。なぜ彼は彼女の眠る寝台から抜け出したのか。なぜ今朝はまだ彼女の顔を見に来ないのか。今この瞬間、彼はどこにいるのだろうか——階下のどこか、食堂か、それとも外で狩りをしているのか、バルダッサーレと何か相談しているのか。そして彼はこのあとどんな行動をとるのだろう。もし彼が、昨夜思惑どおりの分量を食べさせたと思っているのだとしたら、妻はすでに死んでいると考えているのではないか。あるいは少なくともひどく具合が悪くなっていると。そのはずだと考えているのではないか、まさにこの瞬間バルダッサーレに、二人で考えた毒殺計画を実行した、彼女はなんの疑いも抱かなかった、すっかり引っ掛かった、そして計画どおり今朝はまだ姿を見せない、と話しているかもしれない。それに、もしかしたらすぐにでも彼女の部屋へ来るつもりなのかもしれない、若い妻が死んでいるのを発見したと見せかけるために、叫び声をあげて、医者を呼んで、だが——ああなんたること——すでに遅かった。すべてがいかに入念に計画されているかということを考える、細かい点の一つ一つに至るまで、極めて入念に。ただし、もちろん、彼女が昨夜あまり空腹でなかったということを除いては。画家が田舎のフォルテッツァに、アルフォンソが内密でやってきた場所に前触れもなく現れてアルフォンソを驚かせるということを除いては。そのせいで、とルクレツィアは考える、アルフォンソはまだこの部屋へやってきて彼女がぴんぴんしているということを発見しないでいるのだ。

　イル・バスティアニーノが急いでいたおかげで、金を欲しがっていたおかげで、彼女には時間ができたのだ。ほんの少しだけ、でもたぶん公爵に不意打ちをくらわすにはじゅうぶんだろう。このじめじめする部屋でこのまま、囲いのなかの子羊みたいに斧が振り下ろされるのを待っているつもりはない、夫を驚かせてやるのだ。

　ルクレツィアは両手で顔を撫で、寝台の端から両足をさっと下ろす。

「エミリア」と呼びかける。「服を着るのを手伝ってちょうだい」

蜂蜜水

一五六〇年、ヴォギエーラ近郊のデリツィア

ルクレツィアにとって、デリツィアでの生活でいちばん不思議なのは、ほとんど何も要求されないということだ。彼女は母によって課せられた日課に従う規則正しい毎日に慣れている。ミサ、宗教教育、食事、体の手入れと礼儀作法、授業、音楽の練習、立ち居振る舞いと語学の勉強、これらが厳格に繰り返される。ここでは、誰も彼女にこれをしなさいとか、あれを着なさいとか、この部屋に、あの部屋に行きなさいなどとは言わない。目の前に教師が現れて、この文章を清書しなさい、あのスケッチをきちんと描き直しなさいなどと言ったりすることはない。彼女にはこういうことが、ああいうことが欠けている、などと誰からも言われない。昼まで寝台から出ずにうとうとしたり空想にふけっていたりしてもかまわない。なんでも自分の好きな服を着ていればいい。厳しい顔で彼女の部屋につかつか入ってきたマンマから、そんな服じゃ駄目でしょう、いったい何を考えているの、これを着なさい、ほら、さっさと、急いで、お客様が待っていらっしゃるんだから、なぜ髪をちゃんとしていないの？　小間使いはどこなの、どうしてあの小さな板に何度も何度も絵を描いて時間を無駄にしているの、こんな変わったことを繰り返すのはどういうつもり？　などと訊かれることはない。気が向いたら丸一日つぶして、遠いアペニン山脈を描いて、それぞれの峰に戯れに表情を描きこんでみたり、花のなかに頭を埋めている丸花蜂の小さな絵（その下には羽を生やして空

へ飛んでいく女の子が描かれている――だがそんなこと誰も知らなくていい）を描いたりしてもちっともかまわないのだ。食事でさえ、彼女の好きなときに命じればいい。胃のなかに空腹感が広がるのを感じたら、鈴を鳴らせばいい、すると厨房から召使が急いで廊下を伝って、チーズや果物や砂糖煮や小さなパイを――彼女が食べたいと思うものをなんでも――盛り付けた大皿を運んでくる。

アルフォンソは出たり入ったりしている。午前中に彼女のもとを訪れることもあるし、日中の暑さが和らいだころに柱廊のあたりを彼女と散歩することもある。彼はレオネッロや家来たちと馬で森へ出かける。彼はかなりの時間、接見の間に閉じこもっている、そこでは始終宮廷から人が来たり帰っていったりしている。中庭の向こうで、夜遅くにあの部屋の窓に明かりが灯っているのがルクレツィアには見える。彼がそこにいるときはけっして邪魔はせず、頭を下げてそっと通るようにしている。

ある日、いっしょに食事を始めたところで、アルフォンソがその朝鹿の家族を見かけた話をし、そなたもそこへ連れていって鹿の一家を見せてやろうか、と言うので彼女が返事をしようとしたとき、秘書官が開いた窓のところに現れて、木の部分をそっと叩く。アルフォンソは何か言いかけたまま立ち上がり、出て言ってしまう。それでルクレツィアはひとり、花を活けた花瓶だけを同席者に取り残される、アルフォンソと二人、馬で森を行く情景を頭に思い浮かべながら。彼女はほんのすこし食べ、襟元のレースを整え、召使たちが出入りして皿を下げたり新たな皿を置いたりするのを眺める。たちまちのうちに、食卓の上には夥しい料理が並ぶ、とても彼女が食べられる量ではない、そしてさらに召使たちがつぎつぎ皿を運んでくるのを見て、彼女は笑ってしまう、最初は手で口元を隠して、それからもっと大っぴらに。召使たちも彼女ににっこりしてみせる、こんなにたくさんの料理が並ぶ滑稽さが楽しいのだ、彼らの小さな公爵夫人がこんなに陽気な気分でいるのが嬉しいのだ。アルフォンソがかなり経ってから戻ってくると、彼女は手つかずの豊富なご馳走に囲まれていて、愉快そうな表情で夫を振り向いて言う。「お仕事で食欲が増進していらっしゃるといいんだけれど、だって、ほら、信じられる――」

彼女は言葉を切る。彼の顔は強張り、妙にげっそりしている。彼は腰を下ろすとナプキンを取り上げるが、手にずっしり重く感じているかのようだ。

召使が二人、扉から入ってくる、おどけた口調で叫びながら――「ほら、ご覧ください、陛下！」――公爵夫人を楽しませようとまたも料理を運んでくる。だが主人の様子を見て彼らは黙り、皿を置いてそそくさと立ち去る。

アルフォンソは俯いて豚の腿肉を口に入れ、せわしなく嚙みながら椅子のなかで体を動かす。

「もうすっかり冷めてしまっているでしょう」ルクレツィアはぼそぼそと言いながら、領土内の問題で頭がいっぱいな父の気持ちを和らげよう、慰撫しようとする口調で話しかける母を思い出す――ああいう口調で話せばいい、そうよね？「温めるように言いましょうか、そうすれば――」

「いや、いい」と彼は答え、筋の欠片を歯のあいだから取り出すと皿の縁に置く。

彼女は部屋を見わたして、彼の気分転換になりそうな話題を探す。良い妻はそうするのだ。夫の気持ちを悩み事から逸らすのだ。でもどうやってそうすればいいのだろう？ 彼女の母は時おり父の額を撫でたり、顎ひげを引っ張ったりしていた。ルクレツィアには彼にそんなことをしてみる勇気はない。

「すまなかった」彼はとつぜんそう言って、彼女を飛び上がらせる。「そなたをこんなに長いあいだ食卓に置き去りにして」

「ああ」と彼女は返事する。「べつにいいんです。あなたさまには気がかりなことがたくさんおありなんですから。そんなことはわかっています」彼女は思い切って手を差し出して彼の指の背を撫でる。「そんなの当然のことです。わたしの父も同じです、急がなくてはならないことや気を配らなくてはならないことがたくさんあって、いつもまさにさっきのように呼び出されています。そんなにお仕事ばかりで、ほんとうにお気の毒です」

彼は自分の手を撫でる彼女の手の動きをじっと見つめている、動物を観察しているかのように。それから彼女の顔を見る、彼の視線が彼女の顔を隈なくめぐる、本気で言っているのか確認しているようだ。

「あのう……」彼女は思い切って自分の指を彼の指に絡める。「……教えていただけませんか……あの男の人は悪い知らせを持ってきたのですか？　何が起きているのかわたしも知っておきたいのです、もしあなたさまが話してもかまわないとお思いならば。もしかしたら何かでお役に立てるかもしれませんし――」

彼は短く息を吐き、それはほとんど笑い声のように聞こえる。「私の役に立ちたいだと？」

彼女は体を後ろに引く。彼の手から手を引っ込めたいのだが、そのままにしておくよう自分に命じる。

「はい」と彼女は威厳を持って答える。「もちろんです」

彼は皮肉っぽく笑いながら杯を持ち上げて長々と葡萄酒を飲む。

「もし宮廷で何かあるなら」と彼女は続ける、「それとも気がかりなご家族の問題があるのなら、もしかしてわたし……」。

彼は大きな音を立てて杯を置く。彼の顔に浮かぶ表情に――怒りに燃え、疑っている――彼女の口で言葉がしぼんでいく。

「私の家族のことで何を知っているんだ？」彼は低い声でゆっくりと訊ねる。「あるいは、私の宮廷のことで？」

「何も知りません」

「どんなことを聞いたんだ？　何の話を聞かされたんだ？」

「申し上げたでしょう──何も聞いていません」

彼は前へ身を乗り出す。彼女の手の下にあった手が上向きになり、彼女の指を冷たい指でぎゅっと握る。

「そなたのお父上か？　お父上がそなたに何か話したのか？」

彼女は首を振る。

「それとも、フィレンツェのほかの誰かか？　そなたのお母上か？」

「いいえ」

「ここの人間か？」

一瞬彼女の目に小道に立つ男が浮かぶ、後ろには馬がいて、鞍に三羽の野兎が吊るされている。どうしてなのかは説明できないが、バルダッサーレから何を聞かされたか明かしてしまうのはよくないと彼女にはわかっている。

「いいえ」と彼女はまた言う。

彼はしばらくのあいだじっと動かず、何も言わない、相変わらず彼女の手を握ったままで、彼女のほうへ身をかがめたままだ。彼女は彼に目を向け続けている、びくともせずにしっかりと、だが内心では、なんとか自分の心を空っぽにしようと努めている、何も書かれていない羊皮紙みたいにしておこうと。自分の知っていることを何もかも押し流してしまう。どんなことも知っているとは認めないつもりだ、バルダッサーレからアルフォンソの姉妹たちがフランス行きを望んでいると聞かされたことも、父やヴィテッリから聞かされたフェラーラ宮廷のこと、先の公爵の逝去以来意見の相違で分裂していること、夫を亡くした母のことでアルフォンソが直面している問題のこと、母が息子の統治に対し謀反や分裂を企てているとの噂、領地を従わせるべく彼が苦闘していることも。

彼女はこのようなことは何も知らない。何も聞いていない。忘れてしまった。そもそも知ってはいなかった。彼女は夫に、感じのいい、世慣れていない顔を向ける。彼女は彼の年若くてあどけない妻で、フェラーラの統治のことなどまったく何も知らないのだ。

　苦しくなるほど長い時間が過ぎ、彼の気持ちは和らいだようだ。背もたれによりかかり、もう一切れ肉を取る。

「ぜったいに」と彼は椅子の背もたれに頭をもたせかけて咀嚼しながら言う。「そんなことをそなたに話したりはしないよ。そなたに重荷を負わせたくはないからね、そんな――」

「あら、でも話してくださっていいのですよ。重荷なんてことはぜんぜんありませんし、それに――」

　彼は彼女の差し出口に、冷ややかに一呼吸置く。

「そういうことは」と彼は話を続ける。「妻の役目ではない」

「でも、役目であってもいいのではないですか。わたしは――」

「もっとはっきり言ったほうがよさそうだな」彼はそう言って椅子から立ち上がると、彼女の後ろへ来て立つ。「そういうことは私の妻の、私の公爵夫人の役目ではない」

「わかりました」彼女は答えて、首をねじって夫の顔を見ようとするが、彼はちょうど見えない位置に留まって、彼女の肩に両手を置く。

「私の妻には」彼はぐっと身をかがめて、一語一語の合間に彼女の耳の下に口づけする。「まったくべつの役割がある。そして妻はそれをたちまち果たしてくれると、私は思っている」

　くぼみに雪がたまるように、彼女の心に不安がたまりはじめ、心のなかに見えない巨大な吹き溜まりができていく。彼女は食卓に並んだ料理に目をやる。炙り肉、巴旦杏タルト、牛乳プディング、半分に切ってチーズを詰めた杏、油で揚げた花。

「何か召し上がらないんですか？」と彼女は問いかける。「お腹は空いていらっしゃらないの？」
「食べ物は欲しくない」と彼は呟く。「おいで。さあ行こう」

デリツィアでは毎日、日中は何も要求されない。だが夜になると、求められることがどっさりある。彼女は自分自身を委ね、差し出さなければならない、自分という存在を他者に引き渡さなくてはならない、夜ごとに、毎晩、彼に交接を、侵入を許さなくてはならない。彼は憑かれた男、追い求める男のようだ。世継ぎを孕（はら）ませるために、自分の血筋の継続を確たるものとするために。彼はその任務に、ほかのあらゆることに取り組むときと同じ姿勢で取り組む、断固一意専心で臨むのだ。

彼は、夜になると彼女の寝室でまったく別人になる。彼は公爵の皮を脱ぎ捨てる——彼から剝がれ落ちるのだと彼女は思っている、入口から寝台まで床を横切りながら投げ捨てる衣服と一緒に。彼は上掛けをめくって彼女を見るのが好きだ。これは、彼女には耐えがたい——裸の皮膚がとつぜん夜気に触れる衝撃。恥ずかしさに身を縮めたりしてはならない、体を隠したり目を閉じたりしてはならない。彼女がそういうことをするのを彼は見たくないのだ。どのみち彼はもはやアルフォンソではない、長い食卓に一緒にすわって夕食を食べた男ではない。彼は変化している、姿を変え、装っていたものを捨てている。彼は神話の生き物だ、皮膚と筋骨とくしゃくしゃの髪でできている。彼は川の神、水の怪物で、谷の平野をうねうねと流れるポー川から這い上がってくる、彼女の寝室へ、寝台へ来るために人間の姿となって、寝具のなかに滑りこんできて、水かきのある指で彼女をつかまえ、鱗のある肌を彼女の肌にこすりつけ、水中の深みで、うねる水流に抗いながら得た力で彼女を征服する、首の隠れた鰓（えら）をどくどく鼓動させて部屋の異質な空気を吸いながら。

この時点で、彼女は目を閉じることを許される、彼が彼女と共にいて、だがいない状態になっているあいだ。彼は紛れもなく、圧倒的な存在感でそこにいる。それなのに、どこかほかにいるのだ。

彼は我を忘れている、彼の顔は彼とは思えない、彼女がつい忘れて目を開けて自分の上にある奇怪な仮面を目にするときの彼は。激しい顔、没頭している、癒しがたい欲望に憑かれた顔。自分はすっかり忘れられていると彼女は思う。今や彼女は待ってさえいればいい、その時が来るのを心待ちにしていればいいのだ。川の神は夜ごとの儀式を執り行っている、あの神秘的で欠くことのできない解放を求めて、交合への差し迫った欲求のままに、突いて、突いて、彼女のなかに自分の印をつけようとするかのようだ。彼の肌には川の水の雫が現れていて、それが彼女の上に滴る、まるで彼の内側には深い沈泥があるかのように、まるで彼はひたすらそれを彼女のなかに注ぎ込もうとしているかのように、そうすれば彼女もまた彼のようになれるから、水の生き物に、人魚娘に。

彼女は息をすることを覚えた、逆らわないでくれと自分の筋肉に頼むことを、体をさらにぐっと敷布団に沈めて自分のためのちょっとした空間を見つけることを、彼の手や体のほかの部分に触れられてもたじろがないことを。イザベッラは正しかったとわかった、時が経つうちにだんだん痛くなくなるものなのだと。彼女が嫌がっている素振りを見せるのを彼は喜ばないということが、彼女が体を空っぽにしていると、されるがままにじっと横になっていると、行為が長引くということがわかった。彼の満足度が高いと早く終わる、彼女が彼の動きや表情を真似ると、彼が微笑んだら彼女も微笑み、彼が溜息をついたら彼女も溜息をつき、彼と目を合わせていたならば。

こういうときには、彼女は誰であってもいいのだ。

だが彼女は、誰かほかの人間ではない。彼の妻で、教会によって、彼女の父によって彼と結ばれている。死んだ姉の身代わりとなった娘だ。トスカーナの支配者一家とフェラーラの支配者一家を結びつける存在であり、二つの領土、二つの家に対する権利を主張できる子どもたちを産む。これはデリツィアにおける自由の代償なのだ。

彼女はまた、ずっとこうではないこともわかっている。二人はいつまでもデリツィアにいるわけにはいかない。アルフォンソはすぐにでもフェラーラへ戻ることになるだろうし、彼女も同行するだろう、そして彼女はそこに住まうことを求められるだろう、カステッロに、彼の母や姉妹たちとともに。自分がどんなふうに迎えられるのか彼女には見当がつかない、アルフォンソの家族からどういう扱いを受けるのか、優しくされるのか敵意を示されるのか疑念を向けられるのか、宮廷自体が歓待してくれる場所なのかそれとも不調和と不信の渦巻く場所なのか。デリツィアとそのさまざまな魅力は今だけのものだ。やがて間もなく彼らの生活はフェラーラへ移され、結婚生活が本格的に始まり、彼女は公爵の配偶者としての自分の役割を担わなくてはならないだろう。

そしてすぐにでも自分は子を宿すことになるであろうことも、わかっている。もしかしたらすでにそうなっているかもしれない。

この思いは、子どもの頃イザベッラとマリアにやってみろと挑まれて呑み込んだきり再び目にしていない刻印のある真鍮のボタンのように、彼女の内部にずっとある。彼女は母のことを思い起こす、あの白い体が身に着けている衣装のなかで膨らんだり縮んだりしていたことを、何度も何度も膨らんだり縮んだり、母の背骨は度重なる妊娠で弱り、医師によって専用の鉄のコルセットが作られた、エレオノーラの背中を支えるにはそれが必要なのだということだった。ラ・フェコンディッシマ。彼女はまた、出産という営為を生き延びることができなかった女たちのことも考える——何人もの従姉妹やおばたちや廷臣の妻たちが姿を消している、ひそめた声で噂され、礼拝堂では彼女たちのために祈りが捧げられる。彼女、ルクレツィアもそういう運命に見舞われるのだろうか？それとも幸運に恵まれて、向こう側へ行きつくことができ、我が子たちが成長して大人になっていくのを見守ることができるのだろうか？

ときどきそんなことを彼に訊ねたくなる、夜の交接の最中に、彼が彼女にある体位を取らせ、それからまた別の、さらに別のと、彼女の体を解かなくてはならないパズルか征服しなくてはならない土地のように扱っているときに、彼が彼女のなかにまさに放出しようとしているときに、寝室の温かい乾いた空気のなかで溺れかけるか窒息しかけるかしていて、本来の居場所である川へ戻るための最後の望みが彼女なのだといわんばかりにしがみついてくるときに。貝の渦巻きのような彼の耳に顔を向けて囁きかけたくなる。もしわたしが生き延びられなかったら？　このことがわたしを殺してしまったら？　そんなことを考えることがあるのかしら？

声には出さずに口の動きだけでそんなことを呟いているのが聞こえたとしても、彼はけっして返事しようという気にはならない。

別荘の午前半ば、ルクレツィアは自分の寝室を歩きまわって、物を取り上げてはまた置く。ブラシ、珠を縫い付けた袋、彫刻を施した木の鉢、角の杯。ふらふらと中庭を見わたす窓のほうへ行って、それから反対側の壁にある窓へ行く、こちらからは山々が見える。彼女はジマラを羽織っている。それから、暑すぎるので床へ脱ぎ捨てる。

アルフォンソは、昨夜は彼女の寝台に留まらなかった。彼は事を終えるとすぐさま寝てしまい、朝までそのまま敷布の上で手足を伸ばして意識を失ったように寝ていることもある。行為のおかげで奇妙な活気に満ちあふれ、そわそわしているように見えることもある。こういうときに彼女が眠ったふりをしていると、彼は寝台からそっと起き上がり、服を身に着けて部屋から出ていくということを彼女は知るようになった。出ていくまえに必ず、かがみこんで彼女のこめかみに軽く口づけする。彼が初めてこうしたとき、彼女はびっくりしてたじろぎ、もうすこしで敷布団から身を起こすところだった。でも今ではそれを予期するようになり、楽しみにさえしている。これまで誰からも眠っているときに口づけされたことなどないと、彼女は思っている。彼が部屋を出ていったあと、そこに掌を押し当てるのが彼女は好きだ、空中へ花粉みたいに漂い出るのを止めて、そこに留めておこうとするかのように。

ルクレツィアは窓辺に立って観賞用の庭園を見わたす、厳密に角度を揃えた生垣や均(なら)された小道を。その向こうにはアルフォンソの狩場である木の生い茂った森がある。その向こうは谷間の平野で、さらに遠くには山脈が。そのまた向こうにはフィレンツェがあると彼女は知っている、彼女の家族がいて、パラッツォがある、でも彼女はそういうもののことは考えない、自分のいないあの地にあるものすべてを思い浮かべないようにする。

代わりに窓硝子に視線を集中させる、そこにはこちらを見返す娘がいる。血色のいい、たっぷり睡眠をとった顔だ。目は輝き、頬は桃色。いつも目の下に潜んで彼女を不眠症で用心深そうな顔つきに見せていたあの三日月型の影はなくなっている。ルクレツィアはこれまで自分のことをイザベッラやマリアのような美人だと思ったことはなかった。彼女にも二人と同じ顔立ちはある。まぶたの重たげな眼と目立つ下唇。だが、なぜか、彼女の目鼻立ちは姉たちのように魅力的には見えないのだった。些細な相違なのだが、違うのだ——彼女の目は引っ込み過ぎているし、頬は痩せていて、顎は細い。彼女には不安定で物思いに沈んでいるような雰囲気がある。休息しているときでさえ、彼女の顔には何かに心を奪われているようなところがある。ところがこの窓のなかの娘は、魅力的と考えてもいい。美しいとさえ言える。

ルクレツィアはあちらを向いたりこちらを向いたりしてみる。彼女に訪れたこの変化はなんだろう？　もはやひどく青白くて生気のない顔ではない。これでは母だって彼女の頬をつまんで、まるで石の下で暮らしているみたいじゃないの、などとは言えないだろう。

ある考えが矢のような勢いで頭を駆け抜け、そのあと心を揺るがす思いが湧く。まさか。ルクレツィアは両手をあげて腹を押さえる。そうなのだろうか？　でもそういうふうになると女は美しさを失うと言われている、逆ではなくて。

彼女は筋肉質で弾力のある自分の腹部をしげしげ見ながら、何か違いが感じられるだろうかと考え、感じると思ってから、いや感じないと思ったりしているときに、扉を叩く音がしてびっくりさせられる。

彼女はさっと手を腹から離す。彼だろうか？　アルフォンソ？　戻ってきたのだろうか、まさか――？

彼女はその考えを押さえつける。太陽が空高く昇っているときにそんなはずはない、やらなければならない仕事が、返信しなくてはならない手紙が、処理しなければならない書類があるときに。彼女は咳払いし、体の前で両手を組み、それからそそくさと手を後ろにやり、そして腰に置く。手や腕はいつもどんなふうにしていたっけ？　どこへ落ち着かせるのが自然なのだろう？　どうしても思い出せない。

「どうぞ」と大声を出す。

扉が押し開けられてエミリアが部屋に入ってくる。彼女が現れたのがあまりに嬉しくて、ルクレツィアは思わず安堵の声をあげる。

「もしよろしかったら、奥方さま」とエミリアはこんなふうに迎えられたことに明らかに困惑しながら話し始める。「ここへ来て身支度して差し上げるようにと陛下から言いつかったんです。眠っておいでかもしれないと申し上げたんですが、何か見せたいものがおありとかで――」

「わかったわ」とルクレツィアは言う。「ありがとう、エミリア。始めましょう」

エミリアは頷き、それから四角い亜麻布を手に取ってルクレツィアの肌をこする。そして菫油を掌で温めるとそれを脚、胸、背中へと擦りこんでいく。ルクレツィアは黙ってされるままになり、腕をあげたり手首をひねったり膝を曲げたり首をあちらへ向けたりこちらへ向けたりする。この一連の身支度はいつも彼女に母を思い出させる。つまるところこういうことを考え、何をどうするか厳格に定め、パラッツォの侍女たち全員に教えこんで娘たちが皆魅力を最大限に発揮できるようにしなくてはならないと言ったのは、母なのだ。

ルクレツィアは溜息をつく。彼女も知っているしエミリアも知っていることだが、菫油のあとは足を洗わなくてはならない、それから爪をきれいにして、つぎは豆花水を顔に塗り、そして髪にブラシをかける。なんと飽き飽きすることか、庭師が花壇の草抜きをしたり生垣を刈り込んだりするような、こういう手入れのすべて、こういう世話ときたら。なぜこんな儀式を毎日エミリアとやらなくてはいけないのだろう？　そんなに違いがでてくるのだろうか？　彼女の頭に初めて、やりたくもないのにこんなことに従っている必要はないのではないか、という考えが兆す。ここでは誰も確認なんかしない、ここでは彼女を検分したりしないのだから。

この考えは植物が水を吸い上げるように下の方から浸みこんでくる、脚をのぼり、胴体へと。驚くべき天啓のように思える。見下ろしたら自分がまったくべつの人間になっているのがわかっても、彼女は驚かないだろう。

「そのままでいいわ」と彼女は言って、エミリアに摑まれていた手を引き抜く。「ですが……」エミリアは皮を剝いた榛の小枝を持ったまま、まごついた顔になる、その枝でルクレツィアの爪の甘皮を押し上げるつもりでいるのだ。「……あたしはいつも言われてたんです――」

「髪だけ整えてちょうだい、お願い」

エミリアの手は小枝を置いて、しぶしぶと離し、豆花水の瓶の上でぐずぐずする。

「あのう……？」

ルクレツィアは首を振る。「髪だけ」

彼女は毅然として腰掛けにすわる、血液が威勢よく血管をめぐっている。

「それと、スクッフィア〔被り物〕でまとめないでね。今日はあれでは暑すぎるから。ざっくり編んでそのまま背中に垂らしておいてちょうだい」

エミリアは何か言いたそうな顔をするが、それから思い直す。ブラシと櫛を取り、髪を分け始める。

「結婚した最初の年は女は髪を覆わなくてもかまわないの」ルクレツィアはそう言いながら顎を上げ、鏡のなかの自分を、反対できるものならしてみなさいと言わんばかりに見据える。

「はい、奥方さま」

「公爵さまから聞いたのよ。フェラーラの習慣なんですって」

「わたしたちはもうフィレンツェにいるんじゃないのよ」

「そうですね、奥方さま」

彼女は視線を鏡に映る召使の娘のほうへ向ける。二人の目が束の間合い、ルクレツィアはエミリアが笑いを抑えていることに気がつく。短いくすくす笑いがルクレツィアの口から洩れる。

「あちらの陛下なら、お母君さまならなんとおっしゃるでしょう」エミリアがピンを何本もくわえたまま呟く。

「お母さまはここにはいらっしゃらないわ」

「そりゃそうですね」

ルクレツィアは鏡のなかの自分とエミリアを見続けている。「わたしたち、肌の色や髪の色が似てるわね」と言う。「あなたとわたし、そうじゃない？」

エミリアは肩をすくめる。「奥方さまの御髪(おぐし)のほうが赤みがかってますし、細いです。しかももっとずっと長いですし。あたしの父親はスイス出身の衛兵だったんですけど、母が言うにはあたしの金髪は父親譲りだそうで」

「いい人だったの？」

「あたしにはまるで覚えがないんです、奥方さま」

ルクレツィアはこれについて考える、スイス衛兵のことやパラッツォの地下にある彼らの兵舎のことを。胸幅の広い頑丈な男たちだ、目は淡い青色で。

「どうしてなのかしらね」ヘアピンをもてあそびながらルクレツィアは言う。「結婚式の日までパラッツォであなたを見かけたことがなかったなんて？」

エミリアはちょっとためらう素振りを見せ、それから倍の力でまた髪にブラシをかけはじめる。

「さあわかりません、奥方さま」

「もしかして、どこかよそで召使をしていたの？」

エミリアは驚いて目を上げる。「いいえ、とんでもない。あたしはパラッツォで生まれたんです。生まれてからずっとあそこで暮らしてました」

「ならばなぜわたしたちはこれまで一度も顔を合わせなかったのかしら？」

エミリアはブラシで髪を下までとかす、二度、それから答える。「昔は顔を合わせてました、奥方さま、しょっちゅう」小間使いは言葉を選んでいるかのように用心深く話す。「あなたさまがうんとお小さかった頃です、でもたぶん覚えてはいらっしゃらないでしょう。それからまた顔を合わせるようになりました、あなたさまがもっと大きくなられてからも、ときどき。あたしは下の階で母と一緒に働いてましたから、そんなにしょっちゅうあなたさまの前へ出ることはなかったですけど」

「お母さんはどこで働いているの？」

「厨房です」

その返事の素っ気なさに、ルクレツィアは手に持っていた真鍮のピンから目を上げて、鏡のなかで背後に立っている召使のほうを見る。エミリアの美しい、損なわれた顔は閉じられて、意図的に無表情になっている。

「あなたのお母さんは……？」ルクレツィアはためらいがちに訊ねる。

「亡くなりました、奥方さま」

「ああ、悪かったわ、エミリア。わたし――」

「もう三か月になります」

「お母さんの魂に神のお慈悲を」

「ありがとうございます、奥方さま。あたし……母は……」エミリアは顔をしかめて唇を嚙み、それから早口で話す。「母はあなたさまのことがとりわけ好きだったんです。あたしをあなたさまの小間使いに仕込みたいとソフィアから言われて、母はとっても喜びました。母にとって……ものすごく嬉しいことだったんです、あたしが奥方さまのお付きになるというのは」

「お母さんはわたしを好きだったのね？」ルクレツィアは繰り返す。

「はい……母は……」エミリアはブラシを宙に浮かせたまま、またためらう。「ソフィアは何も言わなかったんですか？」

「言うって、何を？」

「あたしの母は……あなたさまのバリアだったんです。あなたさまの乳母です。ご存じなかったんですか？」

「知らなかったわ」ルクレツィアは驚いてエミリアを見つめる。「厨房にいた女の人だったのは知っていたけれど、一度も聞かされなかった……ごめんなさいね、ぜんぜん知らなかった。ならばあなたは……？」

エミリアは女主人の豊富な髪をまとめながら笑顔を見せ、熟練した手つきでそれを三つに分ける。

「あたしは、あなたさまより二歳上だと思います。あなたさまがまだ赤ちゃんだったときのことを覚えています。いつも一緒に遊んでいました。あなたさまもその場にいらしたんですよ、あたしが……」エミリアは自分の顔の傷を身振りで示す。「……火傷したとき」

「どうしてそんなことになったの？」

「あなたさまとかくれんぼして遊んでいたんです。火のそばで遊んじゃいけないって言われてたんですけどね。煮立っている鍋が落っこちたんです。これだけの差であなたさまには当たりませんでした」エミリアは片手をあげると、親指と人差し指をちょっと広げてみせた。「ことが起こったとき、あなたさまはご自分が痛い目に遭ったかのように悲鳴をあげて、あたしのことを思いっきりぎゅっと抱きしめてくださいました。あれは忘れられません」

「エミリア、なんて恐ろしい。わたし——」

エミリアは悲しげな笑顔を浮かべてみせる。「あたしでよかったです、あなたさまじゃなくて」

「わたしたちのどちらでもなかったほうがよかった」

「だけど、もしどちらかでなくてはならなかったのなら、顔が台無しになったのがあたしでよかったんです」

娘たちは二人ともちょっと黙り込む。ルクレツィアは何か言うことを考えようとする、この雰囲気をはぐらかせるようなことを、そして彼女は、事件のことを何か覚えていないか記憶を探りもする——かくれんぼ、鍋が床にがちゃんと落ちる音、煮え湯の熱さと湯気。

だがエミリアはつぎの話に移っていく。

「それから」と彼女は続ける、「あなたさまがもっと大きくおなりになると、もうとっくに歩いたりしゃべったりなさっていたころ、ソフィアはよくあなたさまを下の厨房へこっそり連れてきてました」。

「わたしをこっそり？　どうして？」

「これはあなたさまが子ども部屋へ送り返されてからのことです。あなたさまはわあわあ泣きに泣いて誰にも泣き止ませられないことがあって、そんなときに唯一あなたさまをなだめられるのが……」エミリアははっとした顔になる。「べつにあなたさまのお母君さまを軽んじているわけじゃないんです、陛下、わかってください、お気を悪くさせるつもりはなかったんです、奥方さま」

「気を悪くなんかしないわ。続けて。ソフィアがこっそり連れ出した話を聞かせてちょうだい」

「あの、ソフィアはいつもあなたさまを下の厨房へ連れてきていたんです。あなたさまはわあわあ泣いていて、それがうちの母を見ると、泣き止んで両腕を差し出すんです、大きな笑顔を浮かべて、目からはまだ涙を流しながら。みんな笑いました。あたしはいつもあなたさまを厨房の食卓の下にお連れして——母があたしたちの遊び用に鍋や匙をくれて、粉で遊んだりしました、それにときには——」

このびっくりするような話はまたも扉が開く物音に邪魔される——扉は壁にばたんとぶつかり、アルフォンソが現れる、戸口に立った彼の顔は柔らかい帽子の陰になっている。

「支度はできたか？」と彼は訊ねる。

エミリアははっとしてブラシを落とし、お辞儀しながら拾おうと身をかがめる。

「もうすぐです、陛下」

「すぐに行きます」ルクレツィアは言いながら、彼のほうに顔を向けてエミリアが髪を編んでしまえるようにする。

「そなたを驚かせるものがあるんだ」と彼は言い、その声に彼女は彼が微笑んでいるのを聞き取る。

「なるべく早くおいで」

アルフォンソは身を翻すと大股で廊下を去っていく。

エミリアは女主人に身をかがめる。「宮廷で騒動があったと聞きました」と囁く。

「フィレンツェで？」

「いいえ、奥方さま。フェラーラです」

ルクレツィアはすわったまま振り返る。「どんな騒動なの？　何を聞いたの？」

エミリアは公爵がまだそこに潜んでいないか確かめるかのように開いたままの戸口にちらと目をやる。「今朝フェラーラから使者と一緒にやってきた召使が馬丁のひとりに話して、その馬丁が女中に話して、あたしは女中から聞いたんですけどね、公爵さまのお母君さまがなんと今、密かにフェラーラの宮廷から出ていく準備をなさっていたとかで。お母君さまは公爵さまに気づかれるまえに出立するおつもりだったんですが、もちろん公爵さまは宮廷でお母君さまを見張らせておいでですから、その一人が――」

「どうして母上さまはそんなことをなさるのかしら？　わたしたちが到着してご挨拶するまで母上さまはフランスへお発ちにならないってアルフォンソから聞かされたけれど、そのあと、いつかそのうち――」

「いいえ。お母君さまはここしばらく時間をかけて計画していらしたということです、公爵さまがこのまえ宮廷に行かれてからずっと。旅の途中で公爵さまが急に行ってしまわれたのを覚えていらっしゃいますか？　きっと公爵さまとお母君さまはひどい言い合いになったんです、そしてそれ以来ずっとお母君さまは出ていこうと思い詰めてらしたんです。昨夜、教えてくれた人が言うにはね、お母君さまは明日出立できるよう馬と馬車を用意しておくようにとお命じになったそうで――」

「お気の毒なアルフォンソ」ルクレツィアは大声をあげる。「わたし……」彼女は立ち上がりかけるが、それからまた椅子に沈み込む。自分はどうしたらいいんだろう？　こういうことはそなたに知ってほしくはないんだ、と彼からはっきり言われているというのに、何が言える？「わたしはやっぱり……」

「聞いたところによると、教皇さまご自身が」とエミリアは憚るような口調で囁く。「お母君さまの追放をお命じになったそうですが、公爵さまがその気になってはじめてお母君さまは国を出られる、ということを、公爵さまは知らしめておきたいようで」

「そうね、知ってるわ」

「ですが、こんどはどうやら、お嬢さまがたまで国を出ようとなさっているらしく、それで――」

「母上さまはアルフォンソのお姉さま妹さまたちをいっしょに連れていくおつもりだっていうこと?」とルクレツィアは口を挟む。「公爵さまはそんなことお望みにならないわ。そんなことお許しにならないし――」

「どうしてですか? どうしてお嬢さまがたがお母君さまとご一緒にいらしたら駄目なんですか、もしお嬢さまがたが――」

ルクレツィアは首を振る。「いいの。続けてちょうだい。ほかに知っていることを話して」

エミリアは肩をすくめる。「公爵さまとお母君さまとのあいだの口論は宗教のことだったと聞きました。変な話ですけれど、先の公爵夫人はフランスの方ですからね、たぶん――」

「先の公爵夫人は新教徒なの」とルクレツィアは話す。「そして、その信仰はお捨てになったはずだったんだけれど、どうやら……」

エミリアは十字を切る、素早く、手際よく、そのような異端から自分を守ろうとするかのように。

「先の公爵夫人がなんであろうと、使者がこういうことをぜんぶお話しすると、公爵さまは大層お腹立ちでした。隣の部屋にいた召使が言うには、公爵さまが何かを壁に投げつけて、こんなふうに逆らうなら、お母君さまとお嬢さまがたを捕えさせて鞭打たせる、とおっしゃるのを聞いたそうです。想像できますか? ご自分のお母君さまを――」

「あの方がそんなことおっしゃるはずないわ」ルクレツィアは話を遮ってきっぱり言う。「その召使はきっと聞き間違えたのよ。アルフォンソはたぶん廷臣のことを言ったんだわ、それとも……従者のことを。あの方の母上さまはルネ・ド・フランスなのよ。生まれつきの女公爵さまなの。公爵さまはぜったいそんなこと、高貴の生まれの女性に対して……」

「そうですね、奥方さま」エミリアは頭を下げる。「あなたさまのおっしゃるとおりですとも」

ルクレツィアは出し抜けに立ち上がる。両のこめかみのピンが差し込まれている部分の頭皮が引っ張られるのを感じる。彼女のカミチョットは脇の下がきつい。今日は、始まりはとても良い日だったのに、急に悪いことが起こりそうで、危険に満ちているように思えてくる。

「公爵さまはできるだけ早くフェラーラへいらっしゃるだろう、とみんな言ってます」エミリアはルクレツィアのドレスの襟元を整えながらぺらぺらしゃべり続ける。「あちらで何をなさるのか知りませんが、でも――」

「ありがとう、エミリア」ルクレツィアは退けようと手を振る。「下がっていいわ」

彼女は部屋を横切って廊下へ出て、荒々しくばたんと扉を閉め、小間使いには寝室を整えさせておく。

外の柱廊へ出ると、ぎらぎらした白昼の光が襲ってくる。光は中庭に降り注ぎ、情け容赦なくなみなみと満たしている。頭上の空の長方形の空間は、いきり立ち、睨みつけてくるかのようだ、凄まじい熱気を炉のように別荘に吹きかけながら。

室内の薄暗い涼しさに慣れていた彼女の目は、順応できない。一歩進み、ついでもう一歩進み、それから柱に手を支(つか)えなければならない、瞼を半ば閉じて。

彼女の前には、白っぽい人影が見える。二人が一緒に、もう一人と向き合って立っている。熱気と光のせいで色彩や輪郭がすべて奪われ、骸骨か枝のない木みたいだ。彼女には彼らの声がわかる、上り調子のトレームロ（トレモロ）の心地よい抑揚が、どんよりした空気を縫っていく。夫の声音が聴き分けられる、野太く響き渡るような、ちょっと高い声、もう一つの、抑揚が平板で鼻にかかった声は――レオネッロだ、と彼女は推測する。

ルクレツィアは顔を動かす。耳をそばだてる。植物のように、光のほうへ乗り出して、首を伸ばし、空気に含まれているものに我が身をさらす。

どんどん妙なことになっている、と夫が呟くのが彼女には聞こえる。侮辱だ、とレオネッロが言っている、明確にあなたの権威を損なうべく計画されたものだ、だから、こんなことをほうっておく姿を見せてはならない。彼女を見せしめにしなくては、とりわけ彼女を。すると三番目の男、使者が言う、たぶん奥方さまとお嬢さまがたは――

背の高いほっそりした人影が配列から離れ、彼女のほうへやってくる、近づくにつれて手足や胴体が厚みを増し、奥行きや顔立ちを備える。見事な刺繍を施したシャツ、黒い髪。

「ルクレツィア」とアルフォンソは呼びかける、いつもの、ほとんど唇を動かさないで言葉を発するしゃべり方で、そして彼女に手を差し出す。

彼女は夫を見上げる。悪い知らせを受け取った人には、母親と激しい諍いを繰り広げたり、自分の統べる宮廷に危険な騒動が起きたりしている人には見えない。その顔には不安の兆しなど微塵もない。彼は穏やかで落ち着き払っているように見える。エミリアが言ったことは、はたしてほんとうなのだろうか？　エミリアの誤解だということはないのだろうか？

「散歩しないか？」彼はたった今別れてきたばかりの男たちのほうへ僅かに頭を傾げてみせて、あの男たちを閉め出して二人きりになるのだということを示す、あの連中にはうんざりで、彼女とだけいたいのだと。彼はなんと巧みに、ほんのちょっとした動作でこんなにも多くを伝えるのだろう。

「はい、もちろん」と彼女は答える。

彼は彼女と腕を組み、一緒に柱廊を歩いていく。後ろに引きずられる彼女のドレスが、タイルの上でシュッシュと音を立てる。ルクレツィアはレオネッロともう一人の男がこちらをじっと見ていることに気付いている。彼女は通路の向こう端にじっと目を凝らす、それから夫に、夫は今朝の狩りのことを何か彼女に話しかけている、それからまた通路に。見ている男たちのほうはけっして振り向かない、彼らがそこにいるのを気にしているということさえ悟らせるものか。彼女は何も知らないとアルフォンソに思っていてもらいたい。すくなくともこれが、彼のために彼女ができることなのだ。

柱廊の端に近づくと、アルフォンソが思いがけないことをする。さっと彼女の背後にまわると、彼女の目を覆う。とつぜん彼女は見えなくなる、動けなくなる。彼女の顔のほとんどが彼の両手で覆われる、彼の両腕が彼女の両腕を押さえる、彼の体がぴったり彼女の背中に押し付けられる。

彼女ははっと浅く息を吸う。彼にどう説明したらいいだろう、これは彼女がとりわけ嫌いな遊びなのだと？　マリアはいつも彼女を捕まえては手か長い布で目隠しし、それから面白半分に子ども部屋をぞんざいに引きまわし、彼女が椅子にぶつかったり炉格子につまずいたりすると笑っていたのだ。

彼女は思わず両手をあげる。馴染んだ自分の顔かたち——突き出した鼻、滑らかな頰や額——の代わりに指に触れる、夫の手首の体毛に、連なる幅広い指関節の峰々に。ふざけているように見えてほしいと思いながら彼の手を引き剝がそうとするが、心中では恐慌状態が募るばかりだ。彼は何をしているのだろう？　どうしてこんなことになっているのだろう？　これは彼の母上さまとか宮廷の問題とかと関係があるのだろうか？

「そなたを驚かせるものがあるんだ」と彼が優しく言うのが聞こえる。

「わたしを？」落ち着いた口調でしゃべろうと努めながら彼女は訊ねる。夫はわざと彼女の体を固いものにぶつけさせたりはしないだろう。脛や膝に青あざを作らせたがったりはしないだろう。まさかね？

「そうだ。私は……」珍しいことに彼の口調にはためらいが見られる。「……出立しなくてはならなくなったんだ、急にね」

「どちらへ？」と自分が訊ねているのが彼女の耳に聞こえる、答えは知っているけれど。

「フェラーラだ。丸一日いなくなる。もしかしたら二日。それ以上にはならない。あいにく、私の立ち合いが必要なことがあってね、でなければレオネッロに任せておくのだが。そういうわけで、私は行かなくてはならないんだ、小さな花嫁さん、でもすぐ帰ってくるからね」

「わたしは……ご一緒できないんでしょうか？」彼の手で覆われたまま言ってみる。彼の皮膚が彼女の皮膚に触れているところに熱気と汗が溜まるのを感じる、彼女の睫毛が彼の掌をかすめる。

「今回は駄目だ。そのうちそなたをフェラーラへ連れていくつもりだ、宮廷で皆に拝謁させに。あと一か月ほどここで過ごすつもりだったんだが、どうやらもっと早く戻らなくてはならなくなったようだ。一緒に馬で市の門をくぐるんだよ——祝祭が開かれるだろう、皆が通りに並ぶだろうな、そして美しいそなたを目にするんだ。だが今日は、私は急いで、余計なことは抜きで行ってこなくてはならない」

「ならば、わたしはここに残ることをお望みなのですね？」

「そなたにはなんの危険もない。レオは連れていくが、ほかの者たちは皆ここに残る。護衛も召使も皆いる、神父も、それに……」

彼は彼女を導いて角を曲がらせ、それから手を外し、代わりに彼女の腰に置く。

ルクレツィアは瞬きする。頭上から降り注ぐ光が強烈に眩しい。

目の前には何かの姿がある、輪郭が光のなかで脈打ち、蝶番で二つ折りになったように影が地面に伸びている。何かの獣だ――巨大な犬。いや、馬か。何なのだろう？

彼女は片手をあげて顔に当たる陽を遮る。そこには、榛の木に繋がれた馬に似た動物がいるが、もっと小型で、優雅な頭部は傾斜していて、長い尾を打ち振っている。色は真っ白だ、首を覆う長いたてがみから滑らかな蹴爪まで。胴に固定されているのは真っ赤な革の婦人用の横乗り鞍で、金の浮き出し模様が施され、房飾りには金の鈴がついている。「これは……わたしに？」彼女は小声で訊ねる。

「そなたのものだ」とアルフォンソは答え、顎を彼女の頭にのせて後ろから抱きしめる。「珍しい生き物なんだ。半分馬で半分驢馬。この近くの農夫が交配させたんだ。白い騾馬だよ。生まれるのはたぶん百年に一頭とかそのくらいかな。話を聞いてすぐに買い取るよう手配したんだ。そしてね、そなたのものにしてほしいんだ、私からの贈り物だよ」

それ以上は言わず、両手を彼女の腰にまわして地面から抱え上げ、柱廊の段から騾馬のほうへ運んで、赤い鞍に乗せる。

「ほら」そう言いながら彼女の脚を持ち上げてちゃんと支えの部分に沿わせ、鐙を調整して彼女が楽に足をのせられるようにする。「そしてほら」彼は赤と金色のほっそりした手綱を彼女の手に置く。それから頭絡を摑み、舌を鳴らす。騾馬はぱっと動きはじめて前へと進む。

彼らは下手の中庭をめぐる、榛の木をまわり、別荘の屋根が投げかける影を出たり入ったりする。騾馬の歩調は安定していて気持ちが落ち着く。脚を高く上げ、踊り子のように優雅な足どりだ。ルクレツィアは手綱を握り、背中をまっすぐにし、動物の歩みにつれて背骨が揺れるに任せる。彼女は騾馬の白い天鵞絨のような脇腹を掌で撫で、身を乗り出して白っぽい蹄が地面の上を優美に進む様を眺める。

アルフォンソは彼女をあちらへ、それからこちらへと導く。彼らはレオネッロと使者の横を通るが、彼らが近づくと二人は黙る。使者は、浮き出し模様のある鞍を軋ませ、小さな鈴をちりちりいわせながら行き過ぎる馬上のルクレツィアに深く頭を下げる。アルフォンソは騾馬のことを話している、馬といっしょに厩舎(きゅうしゃ)に入れることになるだろう、騾馬がいると馬たちが落ち着く、ルクレツィアはいつでも好きなときに騾馬に鞍を置くよう命じればいいから、などと。

ルクレツィアは騾馬の横を歩く夫の後頭部を眺める、シャツの下の肩の動きを、ゆったりと自信ありげな頭絡の握り方を、騾馬の牛乳のように白い首を撫でたり頭を下げて柔らかい鼻に口づけたりする様子を。

二人はいかにも夫婦らしくおしゃべりする。彼女の馬上にすわる姿勢がいいと彼は褒める。子どものころ乗馬の練習をさせられたのだと彼女は答える、パラッツォの馬丁たちに小型の馬に乗せられた、父は子どもの教育に乗馬も含めるべきだと考えていたのだ、と。アルフォンソは、それはなかなか賢い考えだと言い、彼も自分の子どもたちに同じようにするつもりだ、子どもたちには小さいうちから馬に乗らせるつもりだと話す。ルクレツィアは頬がかっと燃えるのを感じ、するとアルフォンソは振り向いて彼女を見ながら、もっと踏み込んでみようと思ったらしく、身ごもったら騾馬は理想的だと付け加える。自分の後継ぎを身ごもっている女性を馬に乗せることなどできない――正気の男ならそんなことをするわけがないだろう？――だが、騾馬なら適切な運動になる、穏やかで、興奮しやすくはないから、と。

彼はこう言いながら騾馬のたてがみを撫でている。べつにどうでもいいことなのだが、彼の手首にインクの染みが、そして人差し指にももう一つ染みがついていることに彼女は気づく。後継ぎだの子らの乗馬の練習だののことを考えまいと努める、この騾馬は彼女の妊娠に備えて購入されたのだということを。彼が親指を頭絡の革ひもの下に、磨り減っていないか確かめるかのように突っ込むのを彼女は見つめる。

ただの動物の快適さを気遣う男が、自分の母親と女きょうだいたちを捕えさせて鞭打たせてやるなんてことを言うはずがない。考えられない。

彼女は彼が直面している問題のことを訊ねてみたいと思う、母上さまが命令に従わず彼の許しなしにフランスへ戻ろうとしているというのは本当なのか、それを防ぐために彼は何をするつもりなのか、彼の姉妹たちはほんとうにこの宮廷を去ってよその宮廷に忠誠を誓おうとしているのか。彼に勧めてみたいと思う、母上さまに留まってくれとお願いしてみたらどうかと、母上さまや女きょうだいたちがいなくなったら寂しいと言って。命令する代わりに優しくしてみたことはありますか？ と訊ねてみたい。彼が留まるよう命じているのに母や姉妹たちが宮廷から出ていったりしたら、とんだ不祥事となるのはわかっている。父が顧問たちと、家族や妻に対して権力をふるうことができない男たちのことを嘲り口調で話しているのを彼女は見てきた。身内の女どもも押さえつけられない男が領土に対してどんな支配力を持てるというのだ？ それは敵に致命的な印象を与えてしまう、敵はいつも監視しているのだ。彼女は父がそう言うのを耳にしてきた。男が家族の問題を解決するやり方からは多くのことがわかる。この言説を彼女は何度も聞かされてきた、母から、ソフィアから、様々な廷臣たちから、誇りを込めて。なにしろルクレツィアの父はいかなる不忠も反逆も味わったことがないのだから、家庭のなかでも領土内でも。きっとアルフォンソも同じだろうと彼女は思う。

アルフォンソはどうするのだろう？ どうやって母や姉妹が出ていくのを止めるのだろう？ 彼はほんとうに自分の命令は教皇さまの命令に優先するはずだと思っているのだろうか？ 彼女はこういった言葉が心のなかで押し合いへし合いし、われがちに宙へ出ていこうとするのを感じる、成り行き任せの順番で。

「もうすぐ」と話しながら騾馬を柱廊から引き離して開いた門のほうへ向ける彼が、どうやってこんなに落ち着いて平静な顔をしていられるのか、彼女には想像がつかない。「そなたの肖像画を描く作業が始まる。まずは下絵を何枚か、そのほかいろいろとな」

「はあ」彼女は半分耳に入っていない、まだ騒然とした宮廷のこと、アルフォンソの姉妹のことを考えているのだ。

「嬉しくないのか？」

「嬉しいです」と彼女は慌てて答える。「とっても」

「そなたには楽しいだろうと思ったんだけどな」彼はちょっと不服そうだ。

「とっても楽しいだろうと思います。すみません。わたし……ちょっとべつのことを考えていて。肖像画。きっと素晴らしいでしょうねえ……見ているのは」

「そなたが絵に強い関心を持っているのは知っている、だから……」

「はい」描くのが好きなのと肖像画を描いてもらうためにすわっているのとはぜんぜん違うと言いたくなるのをこらえようとしながら、彼女は答える。「おっしゃるとおりです。とても興味があります」

「決めたんだ」と彼は続ける、「それを結婚を記念する肖像画にしようとね。それがいちばんふさわしい。もちろんやがてさらに絵が続くだろう、私たちの子どもらと一緒のそなたの絵が。画家を選んだんだ――私のよく知っている男だ。彼の絵はカステッロでたくさんの部屋を飾っている。しかも、彼はもっとも偉大な巨匠のもとで修業している、ミケランジェロその人だ。この肖像画をどういうかたちにしたらいいかはまだ相談中だ。だけど私が期待しているのは……」。

アルフォンソの話し声はどんどん続く。ルクレツィアの注意はつい話から逸れて、代わりに別荘の屋根瓦のあいだを進む鳩たちに吸い寄せられる、互いに頭を上下させて、嘴からは五音音階のさえずりを発し、翼はきちんと脇に畳んでいる。小さな虫が榛の木の上に集まって旋回している、互いに何か相談しているのに何も決まらないでいる、といった雰囲気で。騾馬は頭を振り、柔らかい毛に覆われた三角の耳が後ろのルクレツィアのほうを向き、それから前のアルフォンソのほうを、そしてまた後ろへ、まるで彼らの会話を追おうとしているかのようだ、この結婚で何が起きているのか見定めようとしているかのようだ。遠くのほうにレオネッロが見える、アルフォンソとは違い、いらいらと急いでいるようだ。召使たちに幾つかの物——服、書類、亜麻布製品の包み——を鞍袋に積み込ませている。彼は一覧表に印をつけていく。しなやかな革の長靴に包まれた足を中庭の固められた地面にぱたぱたぱた打ち付けながら。首の筋が皮膚の下にくっきり浮き上がっている。

ルクレツィアがめったにない白い騾馬の背から見ていると、ひとりの召使——あけっぴろげな優しい顔立ちの若い男の子で、持ちかねるような荷物を持っている——が浅い石段でつまずく。細い腕から幾つもの箱や袋が地面に滑り落ちる。紙や封蠟が乾いた地面に散らばる。男の子は膝をつき、拾い集めては手で土を払う。年嵩の召使——執務室の書記官——が大声で叱りつけながら男の子の後頭部をはたく。見ていたルクレツィアは男の子を可哀そうに思い、あれは重要な書類なのだろうか、アルフォンソは機嫌が悪くなるのだろうかと考えていると、レオネッロ・バルダッサーレが目を向けもしないで手を下に伸ばし、男の子の襟首を摑む。彼は男の子を地面から引っ張り上げると、落ちていた箱をひとつ取り、男の子の顔を一度、二度、三度、硬い木の蓋にたたきつける。

輝かしい日が、太陽が顔を隠したかのように暗くなる、そしてこの暴力の物音——柔らかいものが硬い表面に当たる、キャベツが床に落ちたような音——が中庭じゅうに跳ね返る、タイルに、壁に、ほかの召使たちのぎょっとした顔に。

ルクレツィアは鞍の上で立ち上がる、足で鉄の鐙を踏みしめて、片手をあの男の子のほうに伸ばす。

「なんてこと！」言葉が彼女の唇から飛び出す。「やめて！　もうたくさん！」

わざとらしくゆっくりとバルダッサーレは彼女のほうを振り向く。彼の顔は平静で、目は小石のように無表情だ。男の子はなおも襟首を摑まれて彼の手からぶらさがっている、くぐもった苦痛の悲鳴をあげる血まみれの操り人形だ。きっとすぐにでもアルフォンソがなんとかしてくれるはずだとルクレツィアは思う。男の子を放せとレオネッロに言ってくれるだろう。こんな恐ろしいことは止めさせられるにきまっている。

ところが実際にはこのような成り行きとなる。バルダッサーレは相変わらずルクレツィアと目を合わせたまま、男の子を最後にもう一度箱で殴り、それからその子を地面に放り出して、書記官から手巾を受け取り、それで指を拭う。召使が数人前へ出て男の子を抱え上げ、その悲惨な姿を急いでその場から取り除く。

アルフォンソは何もしない。アルフォンソは何も言わない。アルフォンソは何か嫌なことを目にした様子などまったく見せない。アルフォンソは彼女の騾馬を引いてテラスに沿って進み続ける、中庭の端へ向かって、そしてこんどはその向こうへ、そして彼らは庭園へ向かう細い小道に入る、別荘から離れて。

ルクレツィアは震えている、腕も指もいたるところが。寒気がする。手綱を握っていられない。鞍から地面に滑り落ちてしまいそうな気がする。どうしたらいいのか、何を言ったらいいのかわからない。生まれてこのかた、あのような光景は目にしたことがない。もちろん、召使たちが罰を受けるのは見てきた、彼女の両親や王宮内のほかの高位の成員によって、だがあそこまでのことはなかった、怒鳴りつけるか、せいぜいでぴしゃっと平手打ちする以上のことはけっしてなかった。まさかこんなことを見せられようとは思ってもいなかった。

「アルフォンソ」二人だけになり、彼の頑とした後頭部から、口を開くつもりはないのだとはっきりわかった彼女は話しかける。「あれはちょっと……行き過ぎだったとお思いになりませんか？

あの可哀そうな子――あれはあの子のせいじゃありません。誰が見たってわかります。こんどレオネッロに話してくださいませんか、あれは――」

アルフォンソは振り向き、手綱を引いて騾馬を急停止させ、彼女をじっと見つめる、顔には微笑が浮かんでいる。ルクレツィアは戸惑いながら彼を見る。あんなことが起こったあとで、どうして笑顔になれるのだろう？ 彼が何を言い出すのか、彼女には見当がつかない。彼に抱くようになった印象、感じるようになった親密感は、その瞬間吹き飛ぶ。目の前に立っているのは見知らぬ人だ、なんの繋がりもない人だ。彼女に同意する代わりに、そうだ、バルダッサーレの与えた罰はあまりにひどすぎる、あの男の子はあのような残虐行為を加えられるようなことは何もしていない、と言う代わりに、アルフォンソは手を伸ばしてちょっと丸めた指で彼女の頬に触れる。「そなたはなんと優しくて思いやり深い心を持っているのだろう」そう呟きながら、後れ毛を彼女の耳の後ろに撫でつける。「そなたは素晴らしい母になるだろうな」

彼の声も言葉も優しいが、その下に何かほかのものが流れているのがルクレツィアにはわかる、黒い腐食性の意図を持った地下水流が。彼に触れられるのを、火傷させられるかのように避けてしまう自分を彼女は感じる。

「だが、そなたに言っておかなくてはならないことがある」と彼は続ける、同じ調子で。「私の命令、決定や行動のいかなるものに対しても、異議申し立ては許さない。そんなことをする者は、罰してやる。すぐさま厳しく。私の言っていることがわかったか？」

ルクレツィアは彼の言っていることが理解できない。誰が罰せられるというのだろう？ この人はあの男の子のことを言っているの？ あの子はただ箱を落としただけなのに。

「レオネッロは」とアルフォンソは滑らかな口調で話す。「私の代理だ。私の道具なのだ。父上が彼を選び、ただひとつの目的に向けて教育した。私のコンシリエーレにするという目的だ。彼は、いうなれば私の手の羽ペン、脇の剣なのだ。彼は私の言葉をしゃべる、私の行為を実行に移す。もしそなたが彼の権威に疑義を唱えるなら、そなたは私の権威に疑義を唱えることになる。これでわかってくれたかな？」

「はい」とルクレツィアは声を絞りだす。

「そなたはまだ若い、それにこの宮廷へ来て日が浅い、だからもちろん今回の逸脱は許そう。だが、これで最後にしてもらわないとな。もう二度とバルダッサーレの権威を傷つけるようなことをしてはならない。とりわけ、ほかの者たちがいるところでは。わかったな？」

彼が望む言葉を口に出せる自信がないので――違う言葉、彼が気に入らない言葉を口走ってしまうのではないかと不安で――彼女は一度頷くだけに留める。

「よし」彼は前かがみになって彼女の口に接吻する。「わかってもらえて嬉しいよ。じゃあ、中庭に戻ろう」

アルフォンソは手綱をぐいと引いて騾馬をもと来た方へ向ける。

榛の木の枝が軽い突風にあおられて、群青色の空を背景に束の間苦しみ悶えるような形になる。

アルフォンソとレオネッロは日中の暑さが和らぐとすぐに出発する。ルクレツィアは中庭へ出て、二人の旅の無事を祈る挨拶をする。アルフォンソは臀部が高く、くるくる動く潤んだ目をした黒い種馬に跨っている。ルクレツィアはずっと下がって立って、片手を柱廊の円柱に当てている。

レオネッロはあの朝森から出てきたところでルクレツィアと出会ったときと同じ馬に乗っている。今は鞍から野兎はぶらさがっていないが、膨らんだ革袋が幾つかと葡萄酒用の袋が取り付けられている。彼女はレオネッロには目を向けない。

カステッロまでは一、二時間かかる、とアルフォンソから聞かされている。

「じゃあ」と彼は呼びかける。「行ってくるよ。そなたに神のお恵みを」

彼の種馬は輝く蹄で横に跳びはね、口に咥えさせられた金属部分を動かしながらルクレツィアのほうを向く、彼女を見てみなくてはならない、彼女に伝えたいことがあるのだとでも言いたげに。アルフォンソはそれに応えて有無を言わさぬ調子で手綱をぐいと引き、馬は鼻を鳴らし、強い束縛に逆らって首を捻じり、主から支配権を奪い取ろうとする。馬に言ってやれたらいいのにとルクレツィアは思う、そんなことをしても無駄よ、アルフォンソはぜったいあなたの好きなようにさせはしないから、と。そして、彼女が思ったとおり、アルフォンソは短い、警告するような舌打ち音を発すると、手綱をいっそう短くし、種馬の頭はほぼ完全に首の下に押し込まれてしまう。

「行ってくるよ」と彼はもう一度呼びかける。

ルクレツィアは手に手巾を持ち、そよともしない湿気の高い空気のなかで前後に振る。馬たちは蹄をかたかた横滑りさせながら、駈歩（かけあし）で別荘の門を出ていく。


彼は丸一日とさらに一日いなくなる、ルクレツィアが思っていたのよりも長い。これが悪いしるしなのかそれとも良いしるしなのか、彼女にはわからない。夜になると、彼女は寝室の扉に掛け金をかけ、邪魔されることのない、夢も見ない眠りに沈み込む、腕を両側に伸ばしてゆったりした十字形になって。

怪我をした召使の男の子のことを問い合わせ、鼻の骨が折れ、歯が何本か割れたが、順調に回復している、と告げられる。回復の助けとなるよう罌粟（けし）のシロップと滋養のある肉汁を与えるよう彼女は頼む。その費用としてエミリアに硬貨を何枚か届けさせる。

彼女は観賞用の庭園を歩きまわる、花の咲くあずまやや小道を。常に護衛を付き従えて、森の光の当たる幹のあいだを踏み分けていく。明るい色の花弁のある花々を摘み、ふわふわした苔を手に集め、葉脈のある分厚い木の葉や襞飾りのついた黄色い帽子の茸、落ちていた山嵐の棘を拾う。彼女は絶えず頭上の枝を胸白貂がいないか探す、なんとしても本物を見てみたくてたまらないのだ、だが彼女の護衛は、もうここには滅多にいないと告げる——うんとたくさん狩人たちにやられてしまったので、と言う。彼女は泉の冷たい水に手首まで浸す。毎日騾馬のところへ、林檎や梨を持っていって食べさせる。鞍を置いてくれと頼み、騾馬に乗って柱廊をまわり、庭園へ入っていく。地面に起伏の多いところへくると、護衛が前へ出て騾馬を導く、ルクレツィアはちゃんと操れるどころではないのだが。だが護衛の気持ちを傷つけたくはないので、頷いて介助を受け入れる。彼女は騾馬にセージやタイムの茂みを齧らせておく、そうすると、厩（うまや）へ戻したときに、騾馬は草地の、夏のにおいがするのだ。

　彼女はゆったりした衣服をまとう、子どものころ着ていたソッターナに近いようなものだ。靴はうちやる。髪はほとんど一日じゅう結わえずに背中に垂らしておく。

　アルフォンソの好きな肉や魚などの重い料理の代わりに、彼女は料理人に牛乳プディングを注文する、外皮に塩を振った焼き立てのパン、半分に切った無花果（いちじく）に柔らかいチーズを添えたもの、優美なカップに入った杏の果汁。

　アルフォンソのいない三日目の朝、ルクレツィアは広間にいて、服の上に麻の上っ張りを羽織っている。部屋の周囲を歩きまわってヘラクレスの十二の功業を描いたフレスコ画を何度も何度も見ている。男の苦役と汗、皮膚の下で筋肉が張りつめている様子。彼女は壁に顔を寄せてテンペラ画のざらざらした表面の細かい筆使いを眺める、遠い昔の画家が、顔料を、卵黄の練り物を、速乾性の混合物を意のままにしようと努力したしるしを。アルフォンソのご先祖さまの注文により、ここで、まさにこの部屋で画家が混ぜ合わせたに違いない藍と藍銅鉱は、時とともに色褪せ、和らいでいて、まるで色彩が壁のなかへ後退したかのようだ、身を隠そう、何世紀かが過ぎ去るのをじっと待っていようとして。なにか魔法の合図とか秘密の合言葉とかで、とつぜんすべてが一斉にぱっと元の生き生きした様子を取り戻したらどうだろう、とルクレツィアは想像する。ヘラクレスの目はもう一度空色になり、腰布は褪せた桃色ではなくぱっとした赤に、その足下の山々は新芽の緑色に。ルクレツィアはフレスコ画に顔を近づけて埃と錆とかすかな腐臭を吸い込む。

振り向いて、窓際の小卓に並べたものを見つめる。桃を盛った鉢、水の入った水差し、それに緑の皿にのせた蜂の巣、巣は滲み出た金色の蜜のなかに鎮座している。彼女は一方へ首を傾げ、ついで他方へ傾げる。濃い紫色の布はいい具合だ——その色が桃の皮の橙色や蜂蜜の金色といっしょに歌ったりせめぎあったりする様子も、垂れ下がったり折り重なったりしている様も。太陽が光の指を桃の盛り上がった曲線に当てている。急がなくてはならないと彼女は悟る、光が消えるかもしれない、色が変わっている。アルフォンソは今にも帰ってくるかもしれず、そうなったらこんなことは置いておいて夫の相手をしなくてはならない。サフランを、コチニールを、アヤメの花芯をすりつぶさなくては、それに——ほかに何かあったかしら？　ルクレツィアは後ろの画架のところへ行く、いつも使うかんなをかけた四角いターヴォロが置いてある、絵筆、縁に乳棒を置いた乳鉢も、粉末の顔料を溶かすための亜麻仁油を入れた牡蠣殻（かきがら）も用意してある。

彼女は、昨夜描いた情景の上に描こうとする、水棲生物、半分人間の男で半分魚のそれが、銀色の尾を月光にきらめかせながら川岸から這い上がってくる情景に重ねて。これが初めてではないのだが、この情景が消えてしまう、ただの下絵になって、もう彼女以外の誰の目にも触れることはないのだという悲しみがこみあげてくるのを感じる。

だがそうでなければならないのだ。これは誰にも見られてはならない。下絵にしておかなくてはならないのだ。だから彼女はこのなんとも無害で似つかわしい果物と蜂蜜の静物画で隠してしまうつもりだ。若き公爵夫人にとって、これほど健康的な娯楽があるだろうか？

チョークを手に取ってターヴォロに最初のしるしをつけよう――丸い曲線が重なる桃を盛った卵型の鉢で、半魚人の鱗のあるきらめく尾を二分しよう――としたとき、奇妙な音が耳に聞こえてくる。

とつぜんのどすんという音、何か重いものが床に当たったような音が、幾部屋か向こうから響いてくる。袋かな、たぶん、それとも布の梱（こり）が投げ捨てられたのか。ルクレツィアは誰かがその場所から立ち去ろうとする足音が聞こえるのではないかと耳をすませる。

ところが何も聞こえない。音はしない。足音はしない。なんの動きもない。

ルクレツィアは手にしたチョークを見つめる、夜遅くまでかかって描いた、さざなみを立てて流れる川を、たくさんの頭を持つヒドラに対し刀を振り上げるフレスコ画のヘラクレスの色褪せてはいるもののまっすぐな眼差しを。

彼女は棒状のチョークを手から落とす。布で手を拭く。広間を横切り、吹き抜け部分を抜けていく、彼女の足音が床から天井に跳ねてまた戻ってくる、渋面のゼウスの頭からアテナが出現する雪花石膏の浮彫がある部屋を通り、卓上に干した灯心草らしきものが広げてある控えの間を抜け、中央の中庭から谷を見わたすアーチ型の窓まで続く廊下へ出る。

するとほら、床の上に、男が倒れている。

ルクレツィアは瞬きし、それから思い切って前へ進む。空から落ちてきたかのように、男が煉瓦の上に横たわっている、赤褐色の煉瓦を背景にシャツがとても白く見える。

「シニョーレ?」彼女はおずおずと声をかける。「聞こえますか?」

足のいちばん先っぽで男をつついてみる。なんの反応もない。男の傍らにしゃがんで、ためらいがちに肩に手をかける。「シニョーレ」と彼女はまた声をかけ、男をそっと揺する。

男は反応を見せないが、動かしたせいで仰向けになり、ルクレツィアには男の顔がはっきり見えるようになる。

見覚えがない男だ。巻き毛の髪は薄茶色、大きな革袋を肩から吊るしている。服や靴は高貴な身分の人のものではない——袖口に刺繍はついていないし、指に指輪は嵌まっていない、後ろに広がっている外衣は目の粗い織り方のものだ。だが、一方で、召使のようでもない。靴は頑丈なものだが、複雑な面白い縫い取りが施されている。手は労働で荒れてはいないが、指は長くて表現力が豊かそうだ。

この人はどこから来たのだろう？　彼女は廊下の両端を見わたす。声をあげてみるが、誰も来ない。この男は明らかにここへ到着したばかりだ——服は道中の埃にまみれているし、袋にはこの男が運んでいるもの、あるいは届けようとしているものがまだ入っている——だが、いったいどこから来たのだろう、そして、なんのために？

もうひとつルクレツィアの目に明らかなのは、男がひどく具合が悪いということだ。まったく意識がなくてなんの反応もない状態に陥り、白目をむき、瞼は半ば閉じられ、口はぽかんと開いている。手に触れてみると、皮膚はじっとりして大理石のように冷たく、冷や汗でつるつるしている。暑さや脱水症状で失神しているのではない。これは何かまったくべつのものだ。

「シニョーレ！」と彼女はまた呼びかける、もっと強く。男の頬を叩いて目覚めさせようとするが、男の頭は怖くなるほどだらんと一方へ垂れてしまう。見ると、呼吸は浅くて速い。

どうしてかはわからないものの、この見知らぬ男が死にかけているのがなぜか彼女にはわかる。男が目の前で、別荘のこの赤い煉瓦の床の上で死にかけているのが。掌で触れたところからそれが感じられる。命がだんだん失せていく。この男は二度と帰ってこられない場所へ漂っていこうとしている。

彼女は強い恐怖にとらわれる。男を揺すぶる、両肩を握って激しく。肺にいっぱい空気を吸い込んで叫ぶ。「助けて！　誰か、お願い！　助けが要るの！」

男の顔は灰色っぽくなってきて、目は眼窩（がんか）に落ちこんだようで、唇には血の気がない。彼女は必死になってシャツの襟首の部分の結び目を解く、これでもっと空気が吸えるようになることを願いながら。心のどこかで彼女は事態の奇妙さを気に留めている、見知らぬ男の体を触っているのだ、指先を喉に、鎖骨に、首の不規則な脈に当てる。この男の体はアルフォンソとはまるで違う、あちらはフェンシングや乗馬や狩りや重量挙げで鍛えて強健だ。アルフォンソの場合、艶やかな茶色い皮膚の下はすべて筋肉と骨だ。この男は、というかたぶん少年だろう、もっと柔らかくて筋肉がしなやかで、病人のように色白だ。

「お願い」ルクレツィアは見知らぬ男の意識のない顔に囁きかける、「お願い。目を覚まして」。

そのとき、この死にかけている男を見下ろしながら彼女の脳裏に記憶が蘇る、彼女の父の宮廷を訪れた客——外国の高官——がミサの最中に卒倒したのだ。その人は顔から先に礼拝堂の床に崩れた、木が倒れるようにして。ルクレツィアはまだ小さかったが、あの男の顔色の悪さや四肢がだらんとしていたのを、まだ覚えている。ソフィアが教えてくれた——あれはなんだったのだろう？——血と関係する病気が、何かの不均衡からくる病気があるのだと、赤い血が多すぎたり、それともじゅうぶんじゃなかったりするとそうなる、ルクレツィアは今では思い出せないが、でもその死にかけていた高官が口に蜂蜜水を注がれて蘇ったのはちゃんと覚えている。その高官に付いていた老人、もしかしたら父親だったのかもしれないが、その人がどうすればいいかちゃんと知っていたのだ。ルクレツィアは老人が蜂蜜を求めたのを覚えている、一杯の水を。老人が大慌てで召使の手から頼んだものをひったくったのを覚えている。

すぐさまルクレツィアは駆け戻る、控えの間を、雪花石膏の部屋を、吹き抜けを抜けて。彼女は卓上の蜂の巣の皿を、水差しと匙を引っ掴む。それから全速力で駆け戻る、手首や服の前に水をこぼして濡らしながら。

また若い男の横にしゃがむと、容態が悪化しているのがわかる、さっきよりもさらに岸から離れている、呼吸はぜいぜいと耳障りで、顔は粘土の仮面のようだ。

話しかけることが大事だという気がする、声が届いて、この男がどこにいるのであろうと、自分はひとりではないとわかるだろう、この世の側に引き留めておこうと頑張っている人がいるのだと、自分には戻るべき、力を振り絞って向かうべきものがあるのだと。だから彼女は絶えず言葉をかけ続けながら、焦って震える手で水を皿に注いで蜂蜜と混ぜる。

「あなたが誰なのか知らないし、どこから来たのかも知らないけれど、死なないでほしいの、聞こえてる？　死んでは駄目。わたしたちはヴォギエーラのデリツィアにいるんだけど、あなたはどうしてここへ来たのかしら、こんな重い袋を持って。さあ、これを飲んでみて、すこしずつね」

彼女は蜂蜜水を匙で男の開いた口へ注ぐが、頭が違う角度にがくんと垂れて、貴重な液体は口から床の上へと滴り落ちてしまう。

「お願い」と彼女は囁きかけながら頭の位置を直そうとするが、あまりにゆらゆらするので、自分の靴を片方、ついでもう片方脱いで支えにして、頭をまっすぐにしなくてはならない。「飲まなくちゃだめよ。聞こえてる？　お願いだから」

彼女は二杯目の匙を男の口に運び、今度はこぼれない。ちょっと待ってみるが何も起こらないので、もう一杯与える。それが口に入ると、男の呼吸が喉の奥で、ぞっとするようながらがらいう音になる。むせているのだ、蜂蜜水を気管に吸い込んだのだ。彼女の目から涙があふれてくる。皿を置き、男を横向きにする。男の体は重くて扱いにくい。摑もうとしても滑るのだが、なんとか引っ張ってこちらを向かせ、その口から液体がだらだら垂れて床に溜まるのを見守る。

この人を殺してしまった。彼女はそう確信する。死を早めてしまった、死に導いてしまった。いったい自分は何を考えていたのだろう、意識のない男の口に水を注ぐなんて？　なぜ走って助けを呼んでこなかったんだろう、それとも——？

なんの前触れもなくごぼごぼいう音がして、それから咳が。男はさらに液体を吐き、ついで身震いするように大きな息をする。目はまだ閉じているが、唇にほんのり赤みが差してくる。

ルクレツィアは男の腕を掴む。「シニョーレ？」彼女は呼びかける。「聞こえますか？」

男の隣の床の上にぴったり体をつけ、顔を正面から覗き込む。男の目は瞼の下で珠のようにごろごろ動いている。彼女は皿に手を伸ばし、男の唇に匙を持っていく。今度は、飲みこんでくれる。「そうよ」ルクレツィアは安堵感がふくれあがるのを感じながら言う。「そうそう。もうちょっと飲んで」

男は口を開いて匙を受け入れ、また飲みこむ。潮が満ちるように顔に赤みが広がっていく、口元から頬へと這い上り、眉へ、額へと。

「いいわよ」とルクレツィアは言う。「とっても上手」

瞼がすこし開き、また閉じ、もう一度開き、今度はもっと大きく開いて瞳が現れるが、それは緑でも青でもなく、その中間だ。それとも、右目のほうが左よりも青い？　ルクレツィアはその目をじっと覗き込む。男も彼女を見つめ返す。

彼女は背筋を伸ばす。男は瞬きし、震える手を自分の頭に持っていって、それから仰向けになる。彼女は男の頭を持ち上げて、もう一度自分の靴を枕にして支えてやる。

「だいじょうぶよ」と話しかける。「すっかりよくなるわ。ちゃんとうまくいってるから。とにかくこれを飲んでね」

男は彼女を見上げ、まごついた表情で、視線を彼女の背後の壁に移す、頭上の天井へと。手が袋の吊り紐へ動く、緩められた襟元へ。彼女が匙を差し出すと、体を前へ曲げて蜂蜜水を飲む。

「ほんとうに心配したのよ」彼女は声を震わせて話しかける。「どうしたらいいかわからなかったの。もう話ができますか、シニョーレ？　名前を教えてもらえます？　ここへは何をしに？　ひとりでいらしたの、それとも誰か……お仲間と？」

男は匙を口に入れて唇を閉じ、それから匙を放す、そのあいだずっと藍玉色の目を彼女に向けたままだ。

「いいの、気にしないで」ちょっと経ってから彼女は言う。「それはあとでいいわ、だけど、できれば――」

背後で足音がし、興奮した叫びがあがる。「なんてこった！」

ルクレツィアが振り向くと、若い男がもう一人いる、こっちの男よりも痩せてひょろっとしていて、似たような革の袋を肩に掛け、廊下をこちらに向かって突進してくる。

「うわあ、畜生め」とその男は言いながら襲いかかるように近づいてくる。「こいつ、発作を起こした？」友だちの横にしゃがむと、男はその肩に手を掛ける。

「だいじょうぶか？　意識は戻ってるか？」男の目が蜂の巣ののった皿に向けられる。「あんたがこいつにそれを飲ませたのか？」男はルクレツィアに訊ねる。「どうすればいいか、なんで知ってたんだ？」

「わたし……」彼女は口ごもる、とつぜん置かれた状況の奇妙さを感じて――ひとりっきりで、身分のよくわからない初対面の若い男二人といっしょにいるのだ、もし誰かがアルフォンソに報告したら、面倒なことになるかもしれない。「……まえに見たことがあるんです、似たような……発作を」

「で、こんなふうに治療してたわけ？」男は身振りで皿を示す。

ルクレツィアは頷く。「それが正しいやり方なのかどうかよくわからなくって。たまたまこの人がここの床の上に倒れているのを見つけたんです、とっても怖かったの。この人はひどい状態で、本当に駄目かと思ってしまって――」

「すごいな！　あんたはまさに正しいやり方でやってくれたんだ」二人目の若者は彼女の言葉を遮って話す。「あんたはこいつの命を救ったんだよ」

「いいえ」と彼女は抗議する。「わたしはただ――」

「あんたが救ったんだ」若者はきっぱりと言う。それから靴のつま先で友人をつつく。「この人に命を救ってもらったんだぞ、ヤコポ。この綺麗な娘さんに。運が良かったよな？」

ルクレツィアは立ち上がる。若者はゆったりした優雅な動きで彼女から皿と匙を受け取り、ヤコポが飲みこむのを確かめながら少しずつ与え続ける。

「どうしてヴォギエーラへ？」彼女は訊ねる。

「ここへ来たのは肖像画のためだよ」若者はヤコポに目を据えながら答える。

「肖像画？」

「結婚記念の肖像画だ。新しい公爵夫人の」

ルクレツィアは壁によりかかる。男が死にかけている場へ行きあわせた衝撃のせいなのか、男の命を救えないと思ったときの恐怖感のせいなのか、これで男は危ういところで助かったという安堵のせいなのかはわからないが、急に四肢に力が入らなくなったような気がし、視野がぼやける。

「あなたたちは……画家なの？」

この質問に、しゃがみこんでいた男は朗らかな笑い声をあげる。「いや」と答える。「まあ、見方によればね。俺たちは画家の弟子なんだ。まあともかく、弟子の一員だ。俺はマウリツィオ、そしてこいつは」彼は手の甲で横たわっている体を叩く。「ヤコポだ。迷惑ばっかりかけるやつ。だけどそれでも俺たちはこいつが大好きなんだ」

「弟子は何人くらいいるの？」

「その時々だな。いっときに五人から十人ってとこだ、どのくらいの仕事を抱えてるかによるね。ここにいるヤコポは布を描くのが専門だ、そして俺は――」

「布？」

「そうだ」マウリツィオは彼女にニヤッとしてみせる。「腕とか脚に布がまといつく様子とか、絹地に光が当たっているところとか、蠟燭の光のそばで布の色が変化する様子とか。それほど単純なものじゃないんだ。誰にもヤコポの真似はできない」

「だけど、あなたがたのお師匠は――？」

「師匠？」マウリツィオは嘲り口調になる。「イル・バスティアニーノは布ごときのために自分の指を汚したりはしないよ。面倒だからやりたくないんだ。うん、師匠は顔とか、たぶん手とかを描く、あんまり飲んでいなきゃね――そして飲んでたらヤコポが描く。だけど公爵には内緒だよ、いいね？」彼はいたずらっぽくにやっとしながら片目をつむってみせる。「ヤコポの専門は布だ。俺の専門は後ろの景色」

「人物の後ろの？」

「そうだ」マウリツィオは無造作にヤコポを廊下の壁のほうへ引っ張り上げて背をもたせ掛けて座らせる。「丘とか湖とか木とか。俺はそういうのを描いてるんだ」

「そんなふうに分業になっているだなんて、ちっとも知らなかった」

「ああ、いつもだよ」マウリツィオは言う。「工房にいる全員でやるんだ」彼はヤコポの隣に腰を下ろす。「で、公爵夫人さまについて、なんか話してくれない？」

ルクレツィアは黙り込む。今のように靴も履いておらず、服の上からすっぽり上っ張りを羽織っている格好では、自分はこの人たちの目には召使のように見えているに違いない、と気がつく。

「すごく若いって聞いてるけど」とマウリツィオ。「それに、すごい美人だって。ほんと？　髪はまるでヴィーナスそのものだって」

「わたし……わたしは何も話せません」

「なら、見たことないの？」

「あのう……」

「亭主が鍵かけて閉じ込めてるのかな？　べつに驚かないけどね、俺の聞いたことからすると」ルクレツィアは両の掌をぎゅっと壁に押し付ける、そして後頭部も。とつぜん、漆喰壁の堅牢さが自分には必要な気がする。「どんなことを聞いたの？」

「ただ、ヤヌスみたいだってことだけだよ、二つの顔を、二つの性格を持ってるっていうあれみたいだって。そしてその二つを入れ替えられるらしい」彼は宙でぱちんと指を鳴らす。「こんな具合にね」

ルクレツィアは首を振り、考えを整理しようとする。鍵をかけて閉じ込める？　ヤヌス？　彼女の目の前に一瞬二つの頭を持つ神の姿が浮かぶ、何年もまえに教師から見せられたものだ。若々しい滑らかな顔が一方を向き、悩み疲れた陰鬱な顔が他方を向いている。我が夫はほんとうにそんな人なのだろうか？

「まあとにかく」とマウリツィオは陽気な口調で言う。「そのかわいらしい公爵夫人に会うのが待ちきれないなあ、みんなが言うような人ならなおさらね。なあ、ヤコポ？」彼は友だちを肘でつつき、相手はぼうっとした笑みを浮かべてみせる。

「ところで、あんたはここでどんな仕事してるの？」マウリツィオは訊ねながら彼女の頭から足先までじろじろ見つめ、目を賛美に輝かせる。「この仕事は辛いなんて言えないな、あんたみたいな女の子たちがいるんなら」

ルクレツィアは彼を無視してヤコポに話しかける。「気分はどう？　わたしはもう行かなくちゃならないんだけど、あなたがもう完全にだいじょうぶだって確認しておきたいの」

マウリツィオはヤコポの頭を片腕で抱え込み、頭を囲むオーク材のような色の巻き毛をくしゃくしゃかきまわす。「こいつはもうだいじょうぶだよ」

「ヤコポ」ルクレツィアは話しかける。「ほんとうにだいじょうぶ？」

「ああ」マウリツィオはヤコポの頭を放して説明する。「こいつ、しゃべらないんだ」

「ほんと？」

「うん」

「ぜんぜん？」

「ぜんぜん。口が利けないんだよ」

「知らなかったわ、この人が――」

「というか、なんか変な言葉はしゃべるんだけど、何言ってるか誰にもわからないんだ。こいつがどこから来たのかもわからない――イル・バスティアニーノが言うには、南のほうのどこかの孤児院で見つけてきたとかでさ。何でも描ける子がいるって話をなんかで聞いたらしい、ほんの一瞬見ただけでもね、そこで修道士たちからその子を買ったんだ。慣れるもんだよ。ほんとのところ、なんかほっとするし。たいていの人間はしゃべり過ぎだ、俺もそうだけど。ところでさ、あんたの名前教えてよ、それと、俺たちがここにいるあいだ、また会えるかな？」

ルクレツィアは二人を見つめる、壁に背をもたせかけてすわり、徒弟袋を横に置いていて、マウリツィオの顔はあけっぴろげで親しみやすく、ヤコポの顔は青白く用心深そうだ。

「会えると思うわ」と彼女は答える。

彼女は顔料をすりつぶし、油に溶いた。絵具を桃の曲線に塗りつけた——黄土とコチニールを鉛白と混ぜたものを——そして鉢に塗る緑を混ぜはじめる。水棲生物が半分消えたところで、エミリアがやってきてアルフォンソがフェラーラから戻ったと知らせる。

ルクレツィアは絵筆を宙に浮かせたまま小間使いを見つめる。窓から入る光がエミリアに当たる具合で、今この瞬間はちょうど顔の傷が陰に隠れている。エミリアは完璧に見える、とても美しい、金髪は後ろでまとめて帽子にたくしこまれ、有能な手は前で組まれている。

「あの方が……？」ルクレツィアは言おうとするが、心はまだ絵の世界にいて、光と影の相互作用や、様々な形の配置や、興味の尽きない難問である立体をどう紙の平面に描くかといったことに思いをめぐらせている。

「あの方は……」彼女はまた言おうとする。「……わたしをお呼びになったの？」

「いえ、まだです、奥方さま。お帰りになったことを知っておかれたいかと思いまして」

「そうね」とルクレツィアは上の空で返事し、絵筆を布で拭う。「そうよね。知らせてちょうだい、もしあの方が……あの方が……わたしをお呼びになったら」

エミリアは頷き、退出して扉を閉め、そしてルクレツィアは絵を描く作業に戻る、ほっとして、この一時の猶予を喜びながら。

彼女は長いあいだ描く、ターヴォロから下がって立って、かがみこんで顔を近づけて。鉢から蜂蜜へ、布のひだやしわへと進んでいく。置かれた物のあいだを見てまわる、物が互いにどう影響しあっているか、物と物のあいだの間隔ややりとりを、自分を甲虫くらいに縮めて桃と桃との隙間や蜂の巣の六角形の連なりをうろうろできるようにして。探りながら進むようにしてそれを描いていく、絵筆を足か触角代わりに使って、これらの物の見知らぬ地形で道を探っていく、作品の下生えを叩ききって進みながら。

彼女は太陽が高くのぼっているあいだじゅう描いている、屋根の勾配の向こうへ沈んでいくときも、召使たちが柱廊を忙しく行き来しているときも。光が弱まっていくことに気づきさえしないし、自分のいるこの別荘があたふた忙しそうなことにも、昼から何も食べていないことにも。彼女は作品に没頭している。彼女は作品そのものなのだ。これは彼女にこれまで経験した何よりも満足感を与えてくれる。心が必要としているものを直感で教えてくれる、心にある虚しさを、そして満たしてくれる。

午後も遅くなって、エミリアがまた扉を叩く。彼女はルクレツィアと目を合わさないようにして告げる。「公爵さまがお呼びです、奥方さま」

ルクレツィアは絵筆を置く。頭がくらくらする、眩暈がするようだ、こんなふうに現実と向き合わなくてはならないと思うと。「ありがとう、エミリア。すぐにあの方のところへ行きます、そして――」

彼女はエミリアの顔を見て言葉を切る、とんでもないという表情だ。ルクレツィアは自分の体を見下ろす――上っ張り、絵具の汚れ、裸足――そして、笑い出す。「着替えたほうがよさそうね」

「はい、奥方さま」エミリアはちょっとほっとした顔で答える。「あたしもごいっしょいたします」

それからほどなく、淡緑黄色の繻子の羽織り物（ソプラヴェスティータ）に身を包み、ルビーの首飾りを首にかけて、ルクレツィアはいささか暑い。広間の窓は部屋の両側とも開け放たれているが、風はほとんど通らない。すべて、そよともしない。外の中庭の木々の枝に茂る葉はぴくともしない。しだいに黒々となっていく雲がいくつか、桃色と橙色に染まって別荘の上空に浮かんでいる、疲れ果てて動けないとでもいいたげに。

ルクレツィアは待っている、嫌いな椅子にすわって――詰物が硬いし、馬の毛が布地越しに刺さって、脚がちくちくする。手をおとなしく膝の上で重ねておこうとしたのだが、どうも変な気がして、横の卓上に片肘をついてみる、ところがそれも不自然に思える。押し殺した溜息とともに彼女は夫と過ごす夕べに気乗りもせずにやっている刺繡を取り上げる。妻というのは、公爵夫人というのはどんなふうにしていればいいのか思い出せない。アルフォンソがいなくなってまだそんなに経ってはいないのだが、なぜかその数日のあいだに妻としての習慣が彼女のなかから消えてしまっている。

だがほんとうのところ、彼女はまだあの絵の小宇宙にとらえられたままなのだ。いたいと思う場所はあそこしかない。他の光景はどれも、ほかの世界はどれも、彼女には満足できない、あれを仕上げるまでは、絵が完成して彼女を解放して本来の場所に戻してくれるまでは。刺繡の丸枠を手にして夫が現れるのを待っているここ、この広間に。

ルクレツィアはもう一度溜息をつき、布に針を刺して糸をぎゅっと引っ張る。刺繡は何か月もまえにイザベッラが始めたもので、薔薇のまわりを金色の縁が囲んでいる。なぜこれが今自分の持ち物のなかにあるのか、ルクレツィアにはとんとわからない。恐らくは、イザベッラがほかのものに注意を引かれて途中でやめてうっちゃってしまい、そしてなぜかルクレツィアの持ち物のなかに紛れ込んだのだろう。彼女にとっては小道具として役に立つ、こういう無意味な趣味で時間をつぶすような人間だと周囲に思い込ませることができる。

彼女は外側の花弁の一枚に蝶をとまらせようとしているのだが、どうもうまくいかない。羽の一枚がもう一枚より大きくて釣り合いが取れていないように見える。もしかすると彼女もまたこれを仕上げないかもしれない。もしかすると、この薔薇はけっして完成することがないのかもしれない。彼女は針と糸を扱うことができない——指は強張り、自分のものではないように思えてくる。絵具が彼女のいちばん好きなものだ、そしてチョーク、そしてインク。枠をひっくり返して反対側を点検する。ひとには言えないが、じつは刺繍のこの部分が彼女はいつも好きなのだ、「裏」の側が、結び目や絹の繊維や糸の捩じれでごちゃごちゃになっている部分が。こちらのほうがずっと面白い、完璧に仕上げるためにどれほどの手間が必要かが、率直に示されている。彼女はそこに現れている図形を手で撫でる。どの針目が自分のもので、どれがイザベッラのものかがわかる。彼女自身のものは不器用で雑で、せっかちにいやいややっている気配がある。

枠をまたひっくり返して元に戻し、布に針を突き刺す。たちまち鋭い痛みが走る、爪のすぐ下だ。誤って自分の指を刺したのだ。彼女は人食い鬼のようにうっとりと、甘皮から真っ赤なものが完璧な球形になってせり出すのを見つめる。

とつぜん、扉がばたんと開く。ルクレツィアはびくっとし、指を口に当ててぴょんと立ち上がる。アルフォンソが足早に部屋へ入ってくる。身じまいに余分な手間をかけたのが見て取れる、髪は滑らかに撫でつけて油を塗ってあり、顔は剃りたて、そして袖口には金の飾りがついている。

「我が最愛の人よ」彼はそう言って彼女の手に頭をかがめ、口づける。「会いたくてたまらなかったよ。元気？　時が経つのがのろくてたまらなかった。わたしは？」

「いいえ、ぜんぜん」とルクレツィアは答える。「わたし――」

「なんだって？」彼は叫び、彼女が立ち上がったばかりの椅子にどすんと身を投げ出す。「私がいなくてもぜんぜん寂しくなかったのかい？」

「ああ」ルクレツィアは言いながら、顔がかっと火照る。「いえ、そんなことありません、ほんとうに、わたし――」

「ほんのちょっぴりも寂しくなかった？」彼はからかいながら彼女を自分の膝に引き寄せ、彼女の指を見て、その手を自分の手に握る。「だけど怪我をしているじゃないか。どうしてこんなことになったの？」

「なんでもありません。刺繍をしていたら、針がすべって――」

「ほら」彼は袖のなかから手巾を取り出して、彼女の指に優しく巻きつける。

「ありがとうございます」彼女は礼を言ってから、用心深く、彼の顔は見ないで訊ねる。「フェラーラではいかがでしたか？」

「順調だ」歯切れのいい効率的な言葉が返ってくる。「すべて順調だ」

ルクレツィアはアルフォンソの膝の上に気後れしながらちょこんとすわって、指に巻きつけた真っ白な手巾に赤い汚れがにじむのを見つめる、血は隠されるのを拒否して自らを知らしめている。

「うまく……処理がお済みになったのでしょうか、気に掛けていらしたことは？」

アルフォンソに両腕でぎゅっと抱きしめられて、またも彼女は、押さえつけられている、拘束されているという感覚を味わう。彼の袖口の刺繍が彼女の服にひっかかり、擦れて小さな音を立て、何か理解できないことを告げてくる。「済ませた」

「それは……」どうやら彼は話したくないらしいからこれ以上言わないほうがいいとわかってはいるのだが、ここ数日のあいだにフェラーラの宮廷でいったい何があったのか気になって仕方がない気持ちを抑えられない。「……あなたさまは……決着は……ご満足のいくものだったのですか？」

彼は後ろに身を引き、彼女をじっと見つめる。「もちろんだ」と彼は答え、彼女の頭の横の巻き毛をいじくり、自分の指にぐるぐる巻きつける。「なぜだかわかるか？」

黙ったまま、彼女は首を振る。

「なぜかといえば、何事も」ひと言ごとに彼は巻き毛をちょっと引っ張る。「常に私の満足のいくように決着がつくからだ」

「ああ、よかった」彼女はほっとして大声をあげる。「母上さまがフェラーラにいてくださるよう説得できたのですね？　せめてわたしが宮廷に行くまで、母上さまは待ってくださるのですか？

わたし、母上さまにお会いしたくてたまらないんです。それと、ごきょうだいの方々は。あなたさまのもとに留まると同意してくださったのですか？　ごきょうだいの方々は――」

彼女は言葉を切る。アルフォンソは椅子のなかで体を後ろへ引いて彼女を注意深く見つめている。しゃべり過ぎた、と彼女は悟る、あのせっかちな言葉を空中から引き寄せてまた自分のなかに詰め込んでしまいたいところだ。

「どうやらそなたは」やがて彼は言う、「じつに情報に通じているようだな」。

「お許しください」と言いながら彼女は、自分が説明しがたい恐怖にすくみあがっていることに気づく、心臓はどきどきし、首の皮膚がちりちりする。彼は腹をたてるだろうか？　バルダッサーレにあの男の子を殴るのをやめてくれと言ったあとのように、厳しく叱りつけるのだろうか？「軽率なことを言ってしまいまして――」

「いや、いや。こういう話がそなたの耳に届いたというところに興味をそそられているんだ。知っておく価値がある」

「すみません、言うべきでは――」

彼はゆっくりした瞬きで彼女の話を遮り、このごく小さな身振りによって彼女の詫びは望んでいない、必要ではないのだとはっきり告げる。「とはいえ、そなたはどうやってこういう情報を手に入れたのだろうなあ」

彼女は彼の膝にすわっている、手のなかの華美な小鳥のように。エミリア、と彼女は心のなかで呟く、エミリア。だがぜったいにその名を夫に告げたりはしない、自分の小間使いを引き渡したりはしない。ぜったいに。

「それは……つまり、たまたま小耳に挟んだんです……そのことについて。あなたさまもご存じでしょう、人の噂って――」

「人とはどういう者たちのことだ？」

「さあ」

「召使たちか、それとも廷臣たちか？」彼女は考える。どちらのほうがいいだろう？　どちらのほうがまずいだろう？どちらのほうが、悪影響が、罰が少なくてすむだろう？

「あの……よく覚えていないんですけれど……たぶん両方？」

彼は彼女をしばらく見つめる、顎を支える手で口元は隠れている。それから頷く。何をして過ごしていたのかと訊ねる、何かやることを見つけたのか、と。それで彼女はこの話はもう打ち切られたのだとわかるが、彼の母がフランスへ発ったのかどうか、姉妹たちがフェラーラに残っているのかどうかは相変わらずわからない。もう訊ねることはできない。彼は彼女を膝からおろして、画架のほうへ歩く、そこには彼女の未完成の絵がのっていて、肩掛けで覆ってある。彼はその覆いをはぐって床に落とし、身をかがめて彼女の作品を検分する。

「これは素敵だね」彼は言いながら、静物画をしげしげと見る、桃と蜂蜜で、鱗のある尾を持つ川の生き物が月光に照らされている姿は完全に覆い隠されているのを思い出して、彼女はほっとする。「とても素敵だ。そなたにはじつにいい気晴らしになるじゃないか、だけど――」そこへ扉を叩く音がし、アルフォンソは振り返りもせずに大声で言う。「入れ」

そしてルクレツィアが振り向くと、あの二人の弟子が部屋に現れる、マウリツィオが先に立って、弾むような足取りで入ってくる、楽しいことへの期待を顔に浮かべてにこにこしながら。その後ろからヤコポが、目を伏せて続く。二人は旅装を着替えている。どちらも襟は汚れておらず、靴はぴかぴかに磨かれている。

「ああ」とアルフォンソは言い、二人がぼそぼそ挨拶するあいだ、ちょっと待つ。「この二人の画家見習いを紹介しよう、我々が宮廷に戻ったらそなたの肖像画を描くセバスティアーノ・フィリッピ、またの名イル・バスティアニーノの弟子たちだ」彼は彼女のほうへ片手を伸ばす。「これが私の妻、公爵夫人だ」

ルクレツィアは部屋の端から、枝付き燭台のまわりの揺らめく光の輪が交差するなかへ足を踏み入れる。袖の金線細工の透かし模様、ルビーの首飾り、頭飾りが光に応えてぱっと燃え上がるようにきらめき、二人の若者は彼女のほうを向く。

マウリツィオは彼女が誰か気づいて蒼ざめ、口をぽかんと開けるが、たちまち気を取り直し、恭しく頭を下げて、光栄です、畏れ多いことです、あなたさまの献身的な僕です、と呟く。ヤコポは攻撃を恐れる動物のようにじっと突っ立って目を彼女に据えている。ルクレツィアは一瞬、自分の指に感じた彼の皮膚のじっとりした弾力性を思い出す、首が恐ろしいほどだらんとしていたこと、細い鎖骨が突き出していたことを。

一時、広間では、誰も身動きしない。

それからマウリツィオがヤコポを肘でつつき、ヤコポははっと動きを取り戻す、糸をぐいと引かれた操り人形のように。彼は頭から帽子を取ると、床を掃くほど深いお辞儀をする。

「友をお許しください」とマウリツィオが言う。「この男は、今日はちょっと調子が悪くて――」

「調子が悪い?」アルフォンソが口を挟む。「どんなふうに調子が悪いのだ?」

「感染するようなものではございません、陛下」マウリツィオは慌てて答える。「保証いたします。この男は恐らく……ちょっと暑さにやられたのと、それに――それに旅の疲れで。それだけのことです」

「そうか」アルフォンソはルクレツィアに近づき、手を取る。「これが、諸君、お前たちの絵の題材、お前たちのミューズだ」彼は彼女の全身を、足先から頭までを身振りで示す。「師匠から聞いてはいると思うが、私が依頼したのは妻の結婚を記念する肖像画だ、それがふさわしいからな。お前たちは下絵の案をいろいろ描くことになっているはずだ、お前たちの師匠と私とでどのような絵にするのがいちばんいいか決められるように。わかっているな？」

「はい」マウリツィオは頷きながら答える。「そして言わせていただきますが、公爵夫人はまさにミューズであられます、陛下、なんという喜びでしょう――」

「お前の連れは」とアルフォンソはヤコポを指さす。「なぜ何も言わないのだ？」

「この男は一言もしゃべらないのです、陛下」マウリツィオは答え、ヤコポの肩をぽんと叩く。

「この男は口が利けないんだと、私たちは思っています」

「耳も聞こえないのか？」

「いいえ、陛下。耳はとてもよく聞こえています、この男はただ――」

「しかしその男……」アルフォンソは眉をひそめる。「……下絵描きとしては有能なのか？」

「有能どころではありません」マウリツィオは満面の笑みを浮かべて答える。「この男はじつに腕が立ちます、工房で一番優秀な弟子なんです。師匠は陛下のもとへはもっとも優れた助手たちしか送り出しませんですよ、陛下。どうかご安心を。ヤコポの描く人物や布はじつに素晴らしいんです、あれに優るのは師匠ご自身の描かれるものだけです。陛下もおわかりになりますよ、私たちが公爵夫人にポーズをとっていただく機会を頂戴して、そして――」

「わかった、わかった」アルフォンソは素っ気ない身振りで話を遮る。「どうやらお前は連れと自分の二人分以上しゃべれるようだな。さてと」彼は両手を打ちあわせる。「ぐずぐずしないですぐに始めてもらおうか」

ルクレツィアは夫のほうを向く。彼女は夕食を何も食べていない。空っぽの胃が空腹を訴えている。彼女は疲れている。頭が痛い。今夜はおよそ二人の画家見習いの下絵のためにポーズする気分ではない。だがアルフォンソはやる気満々だ。部屋を行ったり来たりしながら、ポーズは彼自ら指図しよう、絵画については深く学んでいる、理論も実践も両方とも、と言う、お前たち二人の仕事ぶりはちゃんと見ているからな、言っておくが、完璧な水準にちょっとでも欠けるようなら容赦はしないからな、と告げる。彼は立ち止まって、私が満足できなかったら、ただちに思い知らせてやるからな、と。彼はルクレツィアの腕をとって炉辺の椅子へと導き、彼女の画架を後ろへ動かし、枝付き燭台を二つ彼女の横の卓上に置く、卓上には大理石の球と酒杯が置かれている。

彼女が目を上げると、予想していたとおり、ヤコポがまっすぐこちらを見ている、その顔は、彼女にはなぜかとても愛しく思える。今日はもう死んでいたかもしれない、と彼が考えているのがわかる、彼女が介入しなかったなら、ここで、この部屋でこうして紙を手に立ってはいなかっただろう、自分の立っている飾り棚の横のまさにこの場所はぽっかり空いていたことだろう、と。もし彼女があの物音がなんなのか確かめに行っていなかったなら、彼女がいなかったなら、どうすればいいのか彼女が知らなかったなら、彼を見つけていなかったなら、なぜわかるのかは定かでないものの、彼女にはわかるのだ。それから、彼は画架の上の桃の絵を見て、ついでまた彼女に視線を戻し、その顔に問いかけるような表情が過る。その瞬間、彼女には他人の命を救ったということがじつに特異なことに思われる。それによって、見えないながらも変わることのない絆が、この男、この口を利かない人、今や卓上で紙の隅を押さえながら棒状の木炭を手にしている人とのあいだに形成されたのだということを、薄ぼんやりと感じる。彼女はそれを感じている。彼はそれを感じている。二人はそれがわかっていて、互いの考えていることがわかっていて、互いの動きや不安が感じ取れる。

どうしてこうなのか、これがどこへ向かう可能性があるのか彼女にはわからないが、隠しておかなくてはならないということはわかる、彼の舌と同じく黙ったままにしておかなくてはならないということは。

弟子たちは二日間にわたって下絵を描く。二人は雪花石膏の部屋を、丸めた紙や石墨や木炭やチョークや旅行用の袋や脱ぎ捨てた外衣やチュニックで占拠する。開いた扉の前を通ると、ルクレツィアの目にはちらとヤコポの姿が映る、袖をまくりあげて、机にかがみこんでいる。マウリツィオの一方的なおしゃべりが聞こえ、そしてヤコポはそれに笑い声で応えている。

その笑い声は彼女を驚かせる。彼が声を発するのを聞いたのはこれが初めてだ。そしてそれは彼独自の声であると同時にまた、若い男が発するどの笑い声にも似ているように聞こえる、たとえば彼女の兄弟たちが取っ組み合いながら発するのを耳にした笑い声にも。

それで彼女はもう一度扉の開いている部分からなかを覗き込む、すると二人とも雪花石膏の浮彫を施された壁の金色の光のなかに立っていて、まるで澄んだ池にいるしなやかな魚みたいだ。マウリツィオはヤコポの描いたものを見下ろしている。ヤコポは紙の上の何かを指さしていて、マウリツィオはそれについて考えている、それから首を振る。二人のあいだで交わされるこの言葉を使わない相互理解の様子は、彼女の興味を惹きつける。ヤコポが絵のことで何を訊いているのか、マウリツィオにはどうやってわかるのだろう？

彼女はしぶしぶその場を離れ、廊下を歩いて厩へ、自分の騾馬に会いに行く、朝食に出たものをとっておいた、燕麦を入れたカップを持って。

続く一日二日、彼女は頻繁に広間へ呼び出され、そこでは夫が下絵を検討している、一枚を手に持ち、ついでそれを捨て、べつのに手を伸ばす。マウリツィオとヤコポは横に立ち、アルフォンソが彼らの描いたものをしげしげと見ていくのをじっと見守っている。

「こういうのじゃない」アルフォンソは言って、丸まった紙を床に落とす。「これでもない。これでもない」彼は重なった紙のなかから一枚を抜き出し、卓上に広げる。「だがこれは、見込みがあるな。彼女の愛らしさを捉えているが、また溌剌としたところも捉えている、彼女の――」アルフォンソは言葉を切り、振り向いて弟子たちのほうを見る。「お前たちのどちらがこの下絵を描いたんだ？　お前か？」彼はマウリツィオを指さす。

マウリツィオは首を振る。「いいえ、陛下。それはヤコポが描いたものです」

「その……しゃべらないやつか？」

「はいそうです、陛下」

「なら、こういうのをもっと描けと言ってくれ。お前もだ。彼女の顔はぜんぶ見せて、こちらを見据えている感じで、両肩と両腕、それに衣装の大部分を――ぜんぶとまでいかなくとも――枠内におさめてもらいたい。わかったか？」

マウリツィオとヤコポは慌てて紙の後ろの位置に戻る。ルクレツィアはただ、夫の命じたとおりの姿勢で立っていればいいだけだ。単純なことだ。だがそう簡単ではない。一、二分経つと、挙げた腕の筋肉が痛みはじめ、そのうちじんじんしてくる。いつもより頻繁に瞬きしないではいられないのに気付く――これは真剣に見つめられていることと関係している。ドレスの下の足は皮膚が薄くなったような気がする、骨が肉で保護されずに床を押しているかのように。ドレスが肩に重くのしかかり、肺を締め付ける。すたすた逃げだしたい。厩へ行って騾馬に鞍を置くよう命じ、あれに乗って別荘の門を出て、小道をどんどん行ってしまいたい。

彼女は部屋のあちこちへ視線をさまよわせる。体じゅうで唯一、目だけは動かすのを許されている。アルフォンソは長身を折りたたむようにして椅子にすわっている。片方の腕を膝に垂らして、顔をくるくると、彼女のほうへ向けたり弟子たちのほうへ向けたりしている。マウリツィオは壁のそばに立ち、いつもは陽気な顔が集中しているために重々しくなり、額に皺が寄っている。苦難に耐えている人、魂の苦悩に悩まされている人のように見える。彼は紙の上にためらいがちに何か描き、それから心配そうに彼女を見上げる。ヤコポは対照的に、落ち着き払っているのがルクレツィアにはわかる、木の幹のように平静だ。彼の手は紙の上を動いて自信たっぷりに描いていく。彼はほんの一瞬ちらと見上げては、また下を向く。見上げて、また俯く。見上げるときに、人間を見てはいないと彼女は思う。彼はさまざまな形の組み合わさったものを見ているのだ、面や角の交差、光と影のかみ合い方を。

「もしかしたらこういうことにうんざりしているんじゃないか、愛しい人？」アルフォンソがやってきて彼女の前に立ち、低い声で話しかけてくる。

「いいえ、そんなことありません」彼女はあくびをかみ殺す。「なぜです？」

「そなたはなんだか……」彼は片手で宙に円を描く。「……ぼんやりしている。飽き飽きしているようだ。我々がそなたの意に反して拘束しているみたいじゃないか」

「いいえ、何も問題ありません」

「こうしているのが楽しくないのかい？」

「とっても楽しんでます」

「そうか、ならば努力してもらえないだろうか」と彼は囁く、「もうちょっと威厳を漂わせるようにね？」。

「威厳？」

「そなたは私の公爵夫人だということを心に留めておいてくれないか。我々はそなたの物腰にそれを見なくてはならないんだ、そなたの容貌、そなたのすべてに」

ルクレツィアは唇をぎゅっと引き結び、それから頷く。「やってみます」

アルフォンソが離れていくと、ヤコポの目が自分に向けられていることに彼女は気づく。ルクレツィアがヤコポを見るとヤコポも見返す。彼の手は描くのを中断して紙の上に浮いている。自分は見えるようになっているのだと彼女にはわかる、もはや彼の下絵の題材ではなく、人間として見られているのだと。彼は視線を、自分の椅子に戻って靴下についた犬の毛を取るのに没頭しているアルフォンソへと滑らせる、それからまたルクレツィアに目を戻す。彼の口元がぴくぴく動く、面白がっているのではなく、何かべつの感情だ。非難？　気がかり？　よくわからない。ルクレツィアは彼を見つめ、何かが空中に凝固しているように思える、自分たちの視線のなかに、彼女から彼へと流れ、そしてまた戻ってきて、二人のあいだに触れることのできそうな水路をつくりだしている。部屋にいるほかの人たちにそれが見えてもルクレツィアは驚かないだろう。それは赤か青、あるいはその二色のあいだで変化して紫に近づき、聞こえるほどパチパチ音をたてるだろう。今このとき、それにひっかからずして部屋を横切ることはできない。二人のあいだの水路というか繋がりは、他者を寄せ付けない。独自の空間を占有している。

それを断ち切るのはヤコポだ。アルフォンソは椅子のなかで身じろぎし、脚を組む。弟子ははっとした様子で、自分がなぜここにいるのかを思い出した顔つきになり、またも紙の上に俯いて、絵筆を紙に向け、上端に近いどこかに不明確なものを描く。彼の手が震えているのがルクレツィアにはわかる、ごく僅かに。まるで誰かが彼の後ろに立って、指先を彼の肘に当てて軽く前後に揺すっているかのように。

ルクレツィアが視線を窓のほうにめぐらせると、別荘の屋根の上にのぞいている空に、鉄床（かなとこ）のような形の真っ黒な雲が集まってきている。

その夜、天気が急変し、空がぱっくり割れて嵐が解き放たれる。ルクレツィアが寝室の窓を眺めると、稲光に照らされて闇のなかから山々が現れ、そしてまた消え、現れ、また消える——岩だらけの峰々の連なりが明滅する天の松明の炎によって目に見えるようになる。ちょっと遅れて雷鳴が聞こえ、巨石が彼女に向かって転がってくるかのような音が轟きわたる。

寝室の外では、別荘の犬たちが閉じ込められている場所で吠えている。召使たちが駆けまわって行き来しながら外に置いてあった家具を引っ摑んでいる。木々は前後にのたうっている。

画家の弟子たちは今夜出立する予定だったのを彼女は知っている。道具を荷造りして馬で城下へ戻ることになっていた。でももう出発できない。彼女とアルフォンソも彼らが出たあと間もなく発つはずだったが、空と風がべつの決定を下してしまった。皆のために違う計画を立てているのだ。

彼女の思いを感知したかのように、嵐が応え、谷をいっそう強く握りしめ、自己の優位を主張し、次なる兵器を投入する。目で見るより先に雨が降りはじめる音が彼女の耳に聞こえてくる、屋根瓦を叩く打楽器のような音、中庭のびちゃびちゃしたぬかるみの音、排水溝のごうごうごぼごぼ流れる音。デリツィアはすっぽりのみこまれている、壁も屋根もすべてびしょ濡れで水がとめどなく流れ出している。瞬く間に、木々の葉は夏の埃をざあざあ洗い流されてきれいになる。

空がまたも山並みの上で割れて、二股の稲光がそこの風景——川の明るい三角州——に焼き付けられる、谷は閃光によって、見えたり見えなかったりする。ここ数週間のぼうっとなるほどの暑さはどこかへ退いて隠れ、傷を癒している。硬貨ほどもある雨粒が、開いた窓越しにルクレツィアの顔や首に降りかかる。彼女は掌を上に向けて両手を伸ばす、雨粒を手で受けたいのだ、この荒々しさを感じて、嵐の気魄の何かをとらえたいのだ。

彼女の背後では、エミリアがルクレツィアの持ち物を旅行鞄や袋に詰めている。ルクレツィアの耳には彼女の足音が、床をぱたぱた歩く音が聞こえる、そして箱のなかにしまわれる絹の服が擦れる音が。

エミリアが挨拶するのを聞いて、アルフォンソが来たのがわかる。ルクレツィアは夫のほうを向き、驚くべき嵐のことを話そうとする、彼もいっしょに窓際に立って外を見てくれることを期待しながら。

「いったい何をしてるんだ」と彼は言う、「そんな開いている窓のところで？　閉めてくれ、頼むから」。

一瞬、彼はふざけているのだと彼女は思う、彼の口調は怒ったふりをしているだけなのだと。彼女の父はしょっちゅう母にそんなふうに話しかける、エレオノーラが夫をからかったり、軽薄な振る舞いをしたりすると、コジモは厳しいことを言いながらも、その目はエレオノーラに、甘やかし放題の愛情をたたえて向けられている。だからルクレツィアはアルフォンソに微笑みかける。

「見てちょうだい、この嵐！」と彼女は嬉しそうに言って、彼に見えるように窓をさらに開ける。「息をのむようだわ。ほらね、空が暗くなって――」

彼は脅すように迫ってきて、手を伸ばして彼女の両手首を掴む。「言っただろう」と彼は言う。「窓を閉めてくれと、そして私が何か頼んだら、そのとおりにしてもらいたい。すぐに。ぐずぐずせずにだ。わかったか？」

彼の握り方はきつくて容赦がなく、そのとき初めて彼女は、胃に吐き気を感じながら悟る、彼は本気なのだ、彼を怒らせてしまったのだと。捕えている手は緩めずに、彼は彼女の背後に手を伸ばしてばたんと窓を閉める。

「これほどじゃなくても人は死ぬんだ」と彼は言う。「気は確かか？　凍えているじゃないか。それにびしょ濡れだ」彼はエミリアに向かって指を鳴らす。「奥方さまを拭くものを何か持ってこい。さっさとしてくれ」

彼は彼女を窓から引き離すが、その触れ方は優しさからはほど遠く、手で彼女の上腕を手枷のように締め付けながら、冷気や嵐や悪寒のことをしゃべり、そのあいだずっと彼女の夜着の紐を解いている。彼はエミリアが持ってきた布をひったくり、それで荒っぽく彼女の額を、頬を、今やむき出しになっている肩をこする。彼が夜着を脱がせてしまうと、彼女は両腕で体を覆うが、彼はそれを許さない。

「じっと立っているんだ」と命じる。「体が乾くまで」

エミリアが近づいてくる、ルクレツィアのむき出しの首筋に小間使いの吐く息が感じられるほど近くまでくる。慰めを求めて手を伸ばし、この娘の手にしがみつかないようにするのがせいいっぱいだ。エミリアは注意深くルクレツィアのジマラを肩に羽織らせ、また引き下がる。

「すみませんでした」ルクレツィアはしどろもどろに謝りながら、袖に腕を通し、紐を結ぶ。彼の振る舞いは彼女がこれまで目にしたことがないものだ——異質で、恐ろしい。彼女の父はぜったいに、母の腕を摑んでずっと叱りつけながら部屋を引きずっていったことなど一度もないと断言できる。コジモがエレオノーラに、優しさと敬意を感じさせる手つき以外の触れ方をしたところなど、ルクレツィアは見たことがない。とつぜんルクレツィアにははっきりとわかる、まるで目の前の空中にそう書いてあるかのように、アルフォンソが彼女に抱いている感情は父が母に抱いている感情とは似ても似つかない、ということが。結婚とは愛情と好意、揺るぎない絆、一体となること、協力関係を意味するのだろうとルクレツィアは思っていた。結婚が喜びと敬意をもたらしてくれることを期待していた。ところが急に彼女は怖くなる、怒りと軽蔑をあらわにしたアルフォンソに腕を握られて、自分の結婚はおよそ違ったものとなるのではないかと。

「あなたさまのお怒りをかうつもりなどなかったのです」と彼女は言う。「わたしはただ——」

「こういう無謀さは私に言わせれば幼子のものだ、そなたのような公爵夫人のやることではない。これではほかの者たちに示しがつかないではないか？　もし外にいる誰かに見られていたらどうする、あんなふうに窓辺に立っているところを？」

「誰も外には――」

「慎みある振る舞いをすることを、お母上から教わらなかったのか？　それに、自分の健康を守ることを？」

「母は――」

「すでに子を宿しているかもしれないとは考えなかったのか？　どうなんだ？　そなたは私の世継ぎを身ごもることを望んではいないのだと、誰だって思うぞ」

ルクレツィアは笑いたいという、恐ろしく強くて差し迫った思いに駆られ、とつぜん顔がほころんでしまうのを夫に見られないよう俯かなくてはならない。この人は本気で、嵐を見つめることが妊娠に影響すると信じているのだろうか？

「わたしはただ――」

「そなたはこれを面白いことだと思っているのだな、わかった」彼の声はさらに低くなる。もう彼女に触れてはいない。「だがな、果たしてこの先そなたは――」

ルクレツィアはこんなことにはもう耐えられない。この人はどうかしてしまったのだろうか？こんなに難詰されるいわれはない。ただ稲光を見ようと窓を開けていただけなのに。そう言ってやろうと彼女は顔を上げる。「アルフォンソ――」

「いいか」彼は人差し指を上げ、両目を閉じて、持てる忍耐力のすべてを奮い起こしているような表情になる。「私が話しているのを遮るなどという馬鹿な真似をするんじゃない。二度とするな。わかったか？」

ルクレツィアはまた頭を下げる。「はい、陛下」

彼女の微笑みも押し殺していた陽気な気分も消えてしまう、最初からなかったかのように。彼女が笑いだすおそれはもうまったくない。ひどく腹を立てている夫の前に悔悟者の姿勢で立っている。

彼女は外側から見た自分を思い描く。肩をすぼめた娘、頭を垂れ、両手を上に向けている。誰が見ても、自らの犯した罪に対する後悔でいっぱいになって、謝罪し、悔恨の念に暮れているとしか思わないだろう。だが彼女だけは知っている、内側では、冷え切った皮膚のすぐ下では、まったくべつのことが起こっていると。炎が、力強く励ますように彼女の心を舐めている、火がつき、ぱちぱちとくすぶり、煙をあげ、それが彼女の隅々にまで浸透する、爪の一枚一枚に、四肢の一インチごとに。髪が彼女を取り巻いている――彼に見えるのは彼女の頭頂だけだ。きっと彼は、妻は自分の説教に、小言に耳を傾けていると思っているに違いない、だが違う。彼女はこの大火災を掻き立てている、燃え上がらせている、内側のすべてを焼いてしまえとけしかけている。彼が知ることはけっしてない、彼女のこの部分に彼が手を届かせることはけっしてない、どれほど荒っぽく彼女の腕を握ったり、手首を摑んだりしようとも。

とはいえ、彼女は炎のどよめきを感じながらも考える、このあとどうなるのだろう、と。フィレンツェへ送り返されるのだろうか、かつて父が予測したように面目を失って？　また両親と顔を合わせなくてはならないのだろうか、旅立ってからこんなにすぐに？　父の怒りや母のひどい落胆と向き合うよりもここで熱でも出して死んでしまったほうがましかもしれない。

髪の毛の天幕のなかで、彼女には自分の足が見える、裸足で濡れていて、彼の磨かれた靴を履いた足と向き合っている。ジマラの前側が見える、繊細な刺繡が施されている、それに、両脇に垂れている自分の腕。

何をしなければならないのかはわかっているが、彼女の心のなかにはそれをためらう部分がある、この部屋から駆けだして、階段を降りて、中庭を横切って、別荘から出て、森へ入っていきたいと思っている部分が。そこで彼女は下生えのなかに身を隠し、山嵐や胸白貂といっしょにそこを隠れ家にするのだ、髪を松葉だらけにして、服の裾には苔をくっつけて。二度と出てくる必要はないのだ。

小さな溜息をついて、彼女は冷えた手を差し出し、思い切って彼の手を取る。これがしなければならないことなのだ。この場面からの唯一の出口なのだ。どれほどそうしたいと思っても、森へ駆け込むことなどできないのだ。彼が抵抗を示さないので、彼女は夫の手を自分の口元まで持ち上げて硬い骨のところに口づける、何度も何度も。

「ほんとうにごめんなさい」彼女はこの言葉を、俳優がせりふを述べるように口にする。「お願いですから、許してください。もう二度とあんなことはしません。嵐と稲光にすっかり興味を惹かれてしまったんです。考えなしでした。あなたさまがわたしに腹を立てておいでだと思うと、耐えられません」

言葉を切る。夫の顔を見ることができない、その表情が相変わらず怒りと無理解に歪んでいたらと思うと。なおも夫の手を自分の顔に近づけたまま、彼女は待つ、体の端までできていた内側の火が引いていくのがわかる、次第に消えていくのが、炎が小さくなっていくのが、そしてそれは彼女に深い悲しみをもたらし、本物の涙が――魔法で呼び出したのでもなければ、ふりをしているのでもない――目の奥に盛り上がり、頬を伝う。

手の皮膚に塩辛い水を感じるや、彼の怒りは消滅する、雲が割れて陽光が差すように。その顔から怒りの表情は消え、甘やかすような気配にとって代わる。彼のもう一方の手があがって彼女の頬を包む。彼は親指の横腹で彼女の涙をぬぐってやる。彼がとつぜんまた彼自身に戻ったように彼女には思える、一時のあいだなぜか彼は、執念深くて怒りっぽい人間の形をした怪物、襟と袖口のあるシャツを着た悪魔と入れ替わっていたように思える。だがもうその獣は追い払われた。アルフォンソが戻ってきたのだ。

「よしよし」彼の声が聞こえてくる、そしてそれはまたいつもの彼の穏やかで優しい口調だ。彼は身をかがめて彼女の額に、ついでこめかみに口づける。「もうこの話はしないでおこう。気にするんじゃないよ、愛しい人」

彼は彼女を引き寄せて抱きしめる。彼女の顔は彼の上着(ジュッポーネ)に押し付けられ、彼の両腕が彼女の頭を抱える。手が奇妙に震えるのを隠そうと、彼女は両手を彼の腰にまわして背中で組む。息を吸ったり吐いたりして彼のにおいを吸い込む。繰り返し唾を飲みこんでいなくてはならないことに気づく、消化できないものを食べてしまったかのように。これからどうなるのだろうと考える。

だが長く考えている必要はない。彼の手の片方が彼女の髪をいじくり、波打つ房を掌で撫でる。それから遠ざかる。もっと下へいって、彼女の腰へ向かう。そこにあった結び目を解き、帯を解く。手はジマラを横へ押しのける。エミリアに合図する。

「私たちだけにしてくれ」と手の持ち主は言う。

彼がようやく出ていくと、彼女から離れて寝室の扉の向こうへ歩いていってしまうと、彼女はしばらく寝台の上で、フレスコ画を見上げながら絵に焦点があってはまたぼやけるに任せ、彼はもういないのだと徐々に自分を納得させる、そう思ってもかまわないのだ、そう、彼は行ってしまった、と。

それから起き上がると、部屋を歩きまわる、エミリアがきちんと積み重ねてあるものや、荷造り用の箱や旅行鞄のあいだを通って。彼女は夜着や室内履きや肩掛けを拾い上げて身に着ける。

エミリアが扉をそっと叩き、明日の旅支度で何か手伝うことはないかと訊ねる、奥方さまはお手伝いがお要りようでは、と。だいじょうぶ、何も必要ないから、エミリアは寝台にお戻りなさい、とルクレツィアは答える。

エミリアは扉の向こう側でちょっとの間そのままでいる。ルクレツィアの耳にはエミリアの息遣いが聞こえる、そして彼女はためらい、小間使いを部屋へ引き込んで扉を閉めてしまい、訊いてみたらどうだろうと考える、エミリアも見ていたか、わかったか、わたしたちの目の前でアルフォンソが別人に変化したとエミリアも思ったか、あれはどういうことなのだろう、また起こるのだろうか？　と。はい、あたしも見ました、とエミリアは答えるかもしれない。女主人をなだめ、男はみんなときどきああなるんです、なんでもありません、と言うかもしれない。ルクレツィアは扉の取っ手に手を伸ばすが、すると小間使いが忍び足で廊下を去っていくのが聞こえる。

　彼女は代わりに実際的な問題に注意を向ける。絵の道具を入れてある箱を開ける。絵筆やオイルの瓶を数える。絵具を溶く貝殻の真珠のような内側を指先で撫でる。鉱物や顔料の包みに触れる。大理石の乳鉢と乳棒はちゃんと藁で包んであるか確かめる。

　ドレスやチュニックや靴やベールや肩掛けや宝石や外套やジョルネーア〔オーバードレスの一種〕や付け襟や帯の入っている旅行鞄はわざわざ開けて確かめたりはしない。こういう物はエミリアが気を配ってくれる、丁寧に縫い目に沿って畳んで紙と杉材の欠片（かけら）を挟んでくれているだろう。

　鏡を見て彼女は凍りつき、胸のなかで心臓が魚のように跳ねる。ほんの一瞬、こちらを見つめ返しているのは姉のマリアだと彼女は思う。高い額、不安げに寄せられた眉、ちょっと突き出した下唇。それから、当然のことながら、これがマリアであるわけがないと悟る、あの世からの訪れを経験しているのではない、と。これはただの自分、ルクレツィアだ、だが、急にどっと年を重ねたように見える。

　彼は常に勝ち誇っていなくてはならない、勝っているとみなされなくてはならないのだ。彼女はこの言葉を心に刻みながら、鏡のなかで顔をあちらへこちらへと向けてみて、ここに映っているのは間違いなく自分だと確信する。どのような時でも状況でも、彼がやすやすと負けを認めることはけっしてないだろう。

彼女はマリアのことを考える、何日か寝台に横たわり、熱が体じゅうで猛威をふるい、肺が命取りの痰でいっぱいになったことを。あれが起こらなかったら、マリアが病気に罹らなかったら、この部屋に、この寝台に、この結婚生活に、この鏡のなかにいるのはマリアだったのだ、自分ではなく。彼女、ルクレツィアは相変わらずパラッツォにいて、胸壁の上で風にあたり、子ども部屋にソフィアを訪ね、中庭で兄弟たちと乗馬の稽古をして、リュートで歌を習い、広間の回廊から両親が開催する催し物を眺めていたことだろう。

だが彼女にはわかっている。アルフォンソでなかったら、誰かほかの男だっただろう――王子、べつの公爵、ドイツやフランスの貴族、スペインの又従兄弟。父は有利な結婚相手を彼女に見つけていたことだろう、なぜなら結局のところ彼女はそのために育てられたのだから。結婚するために、父の権力の鎖の輪として使われるために、アルフォンソのような男に世継ぎを産んでやるために。

一方で彼女の兄弟たちは、支配者としての教育を受けていた。戦うことを、主張することを、議論することを、交渉することを、出し抜くことを、策略で勝つことを、待つことを、利点を見つけることを、計画を立てることを、巧みに処理することを、自らの影響力を確固たるものにすることを教えられてきた。雄弁術を、話術を、説得術を、書き言葉でも話し言葉でも学ばされてきた。毎朝、走ったり跳んだり拳闘したり重量挙げをしたりフェンシングしたりさせられている。刀や短剣、弓、騎兵用の槍、普通の槍の扱い方を学んできた。戦場でどう戦うか教えられている。彼らは戦術を学んできた。拳や足を使って至近距離で戦うことを教えられてきた、通りや室内や階段で自分の身を守るために必要となった場合に備えて。もっとも迅速かつ効果的に他者――敵や襲撃者や好ましからざる人間――の生命を絶つ方法を教えられてきた。

夫の頭もまたそういった知識で占められているのだろうとルクレツィアにはわかっている、夫もまた似たような訓練を受けてきたのだろうと。彼女の兄弟たちと同じく、すべての支配者たちと同じく、アルフォンソは人の体のどこが弱いか、どこを指で押せばいいか、ぎゅっと握りしめたらいいか、肋骨のどの隙間に小刀を刺したらいいか、首あるいは背骨のどの部分がいちばん折れやすいか、どの血管を刺したらもっとも夥しく出血するか、知っているのだろう。

彼女は鏡に映った姿を見る、ランタンのぽってりとまつわりつくような光のなかで、それは半分マリアで半分自分に見え、死んだ姉だったらどうしただろうと彼女は思う、この結婚生活をどんなふうにやっていっただろうと。どれほどやってみても、あの傲慢で芯の強い姉がこんな生活に、あんな男に屈しているところなど、想像できない。とはいえ、マリアだったらぜったいにあんなふうに立って激しい雷雨を見ていたりはしないだろう。落ち着いて椅子にすわって、肩掛けや毛布に包まって、たぶん宗教書のページを繰るとか絹の色糸で刺繍布に狩りの風景を刺したりしていたのではないか。そうやって姉はアルフォンソにとってもっと良い妻となっていただろう、ルクレツィアのように夫を怒らせたりはしなかっただろう。

ルクレツィアはとつぜん、自分の肝心な部分は撓まない、けっして屈しないのだとわかる。それは彼女にはどうしようもないことだ——そういうふうにできているというだけのことなのだ。そしてアルフォンソは、素早く敏感に人の心が読める人なのだから、きっとこれに気づいているはずだ。そうでなければあんなに腹を立てるはずがないではないか、砦の壁をぶち壊そう、彼女の核を捕えて自分は征服者だと宣言しようとするのでなければ？

この結婚生活を生き延びたければ、もしかしてうまくやっていきたいとさえ思うならば、この自分の肝心な部分を保護し、彼から遠ざけておかなくてはならない、離して、不可侵の状態にしておかなくては。茨の茂みか高い柵を巡らしておこう、おとぎ話に出てくる城のように。扉のところには歯をむき出した長い鉤爪のある獣たちを配置しておこう。けっして彼に知られてはならない、見せてはならないし、手を届かせてはならない。彼に侵入させはしない。

翌日、エミリアに起こされた彼女は、画家の弟子たちが早朝発ったことを知らされる、自分たちの小型馬に鞍を置いて、夜明けの直後に。

ルクレツィアとアルフォンソ、それに従者たちは、正午過ぎに出発する。嵐に洗われて大気は澄み、秋の肌寒さの気配がある、とルクレツィアは思う。彼女は馬上で極上の羊毛の肩掛けを羽織っている、アルフォンソは種馬に、彼女はクリーム色の雌馬に。彼女の騾馬はあとで召使に連れてこさせる、とアルフォンソは言っていた。フェラーラの宮廷や市民に彼女が騾馬に乗った姿を見せるわけにはいかないから、と。

たてがみの長い雌馬の背に高々と乗って、ルクレツィアは別荘を出るときに鞍の上で振り返る。あの四角形の赤い屋根や噴水のある庭の均整美を記憶に刻んでおきたいのだ。手綱を握りながら、この別荘を目にすることはもう二度とないだろう、ここで過ごしたときほど楽しくて自由でいられることはけっしてないだろうという奇妙な確信が湧きあがる。宮廷での暮らしが彼女を待っている、そして、公爵夫人としての役割が始まろうとしているのだ。

頭を高くあげて

一五六一年、ボンデノ近郊のフォルテッツァ

エミリアが天鵞絨の衣装と宝石で飾ったチントゥーラを広げるが、ルクレツィアは首を振る。

「それじゃないわ」

「ですが奥方さま、廷臣たちや画家たちとお会いになるんですよ、それに――」

「かまわないわ。毛織りのをちょうだい。寒くてたまらないの」

いかにも不賛成をあらわにした身ごなしで、エミリアは天鵞絨の衣装に背を向け、ルクレツィアが昨夜脱ぎ捨てた毛織の服をいじくり始める。あれがたった数時間まえのことだったなんて。ここに何週間も、もしかしたら何か月もいるような気がする。彼女は昨日とは違う人間だ、フェラーラから馬できた娘、昨夜すわって食事した娘とは。彼女は姿を変えた、皮膚を脱ぎ捨て、色を塗り替え、新しい姿に作り替えたのだ。

「急がなくてはならないの」ルクレツィアはそう言ってエミリアから胴着をひったくり、苦労して身に着けようとする。

「あたしにはやっぱりわかりませんよ、どうして奥方さまが下へ行かれる必要があるのか。奥方さまは寝台で寝ていらっしゃらなくては、奥方さまは……」

ルクレツィアはエミリアの言葉を聞き流す。彼女は髪をスクッフィアに押し込み、立ち止まって

小間使いにチントゥーラを腰に結わえてもらったり、耳たぶに耳飾りを通してもらったりすることもなく、毛皮を取り上げると扉に向かう。

彼女は頭を高くあげてあの部屋に入っていくつもりだ。そうするつもりだ。霧が湖の面にいつまでも残っているように、熱がまだまつわりついている。額には冷たい汗が膜を作り、背骨の下部と、骨が関節のくぼみに嵌まっている部分に、鈍い痛みが広がっている。螺旋階段を降りていくと、足首がふわふわ頼りなく感じられる。だが彼女はこれをやってのけるつもりだ。彼女は肌理(きめ)の粗い石壁をしっかりと摑む、澄みきった正義の怒りをもって。

遠くから目にしたアルフォンソ二世の妹たち

一五六〇年、フェラーラのカステッロ

一行はデリツィアを出発する。夫は彼女と馬を並べている。彼は両手に革手袋をはめている。帽子を後ろに傾げた夫が話しかけようと振り向くと、顔がよく見える。雷雨のあとの空気は冷たく澄んでいて、地面はまだ濡れている。畑のあいだを通っていくと、果樹の根っこがこのとつぜん与えられた雨水をいかにも渇ききっていたかのように吸い上げるのが聞こえてきそうだ。レオネッロは二人の後ろのどこかにいて、護衛兵たちが前を固めている。

市街に着くと、アルフォンソの臣下たちが城壁の外に幾列にも並び、剣と旗を持って待ち受けている。音楽家たちが楽器を宙に掲げ、大音響で一行の到着を告げる。けたたましい無調の音なので、ルクレツィアは顔をしかめないでいるのがせいいっぱいだ。すると人々が群れをなして市の門からどっと出てきて、通りの彼らの馬のまわりに流れこみ、叫び、喝采を送り、手巾や帽子を振る。ルクレツィアの馬が尾を振り動かしながら不安そうに横へ動き、アルフォンソが手を伸ばして頭絡を摑み、列に引き戻す。レオネッロが大声で命令すると兵士たちが群衆を押し戻し、道を空けさせる。一行が門のアーチをくぐっていくと、門衛たちが帽子をとってお辞儀しながら、彼らの新しい公爵夫人を見ようとこっそり目を上げる。通りにはさらに多くの人々が並び、木々と均整の取れた高い建物が並ぶまっすぐな道を進むルクレツィアとアルフォンソのほうへ、顔をむける。フェラーラ市

民たちは、荷物をおろしたり露店を放り出したり子どもたちの手を引いたりして、彼女を見に押し寄せ、歓呼の声をあげ、彼女の進む道に花や穀粒を撒く。家々の窓は開けられて、人々が身を乗り出し、挨拶や祝福の言葉を叫び、宙で十字を切る。微笑んだらいいのか手を振ればいいのか、彼女にはわからない。アルフォンソのほうへ目を向けると、彼はじっと前を見ている。彼女は、感じが良く、それでいて威厳のある表情を作ろうと努める、堅苦しすぎもしないしはしゃぎすぎでもない表情を。公爵夫人はどういう顔をしていればいいのだろう？　彼女はこれらの人々の顔をちらと見ないではいられない、彼女がここに現れたことを皆大喜びで祝ってくれている。彼女は見る。男が小さな子どもを肩にのせていて、子どもはぼうっと手を振っている、新しい公爵夫人を歓迎するよう言われたのだが、どうしてそうしなくちゃいけないのかさっぱりわからないとでも言いたげに。男の子が茶色い犬の首輪を摑んでいて、犬は馬や兵士たちに向かって頭がおかしくなったかのように吠えている。男の子の顔は楽しそうで、この光景と騒々しさを喜んでいる。年配の男女が腕を組んで、編んだ籠を売っている商人の横に立ち、男は妻に身を寄せて、耳元に向かって何か話している、目の前の光景を説明しているようだ。ルクレツィアが馬で通りながら見ると、女の目は閉じていて見えておらず、顔を空のほうへ仰向けている、その力に懇願するかのように、彼女に見えるのはその輝きだけなのだとでも言うように。街角に、袋を頭に、うまく均衡をとってのせている女の子がいる、足は裸足で汚れている、そしてここには背中に赤ん坊を括りつけた母親がいる、小さな泉のそばでは、子どもたちが集まって水滴を宙に飛ばしながら、互いに呼び交わしている。行列を見るや、彼らは泉から走ってきて、手を叩いて叫び、ぴょんぴょん跳びはね、細い手足を興奮によじらせる。ルクレツィアは手を振る――我慢できずに――すると子どもたちはどっと笑いだし、腕を振って応え、公爵夫人（ラ・ドゥケッサ）、ラ・ドゥケッサ！　と叫ぶ。

　大聖堂近くの角を曲がって大きな広場に入ると、彼女の微笑は揺らぐ、広場の片側は、広大な緑の堀からそびえたつ、隅にそれぞれ高い塔のある堂々たる建物の陰になっている。カステッロが彼らを待っている、はね橋がすでに降ろされている。

城は広大で堅牢、壁は厚く、胸壁は高い——彼女の父のパラッツォの優に三倍か四倍の大きさだ。土台は水のなかにあり、塔の頂は雲を突いている。上層階では赤煉瓦造りの壁に長方形の窓が並び、塔と塔は連絡通路で繋がれている。招かれない限り、誰もここへは入れないし、また許しなしには誰も出ていくことはできないだろう。これはカステッロというより権力の殿堂、予め防御態勢を整えた建物だ。

橋の上で馬の蹄がかたかた音をたてる。燕が一羽、堀の水面をあちらへこちらへと、暗藍色の矢のように飛んでいる、それからアーチの下へと消える。ルクレツィアは落とし格子の下をくぐる、引き上げられた格子の金属釘が下を通る彼女のほうを向いている、すると彼女はなかにいて、背後では扉が閉められてカステッロの安全を確保し、一行は四方を眩暈がするほど高い壁に囲まれた天井のない中庭に入る。アルフォンソとレオネッロは馬から降り、待っていた馬丁たちに手綱を投げる。アルフォンソは乗馬用手袋を外し、首を左右に伸ばし、それから彼女のほうへ来て馬から助け降ろす。

腕を絡めると、彼は彼女に向きを変えさせ、眼前に集まって頭を下げている大勢の召使や兵士たちと二人揃って向き合う。アルフォンソは皆を見わたして彼らの敬意に応える、恭順の意を受け入れる、それから頷くと、ルクレツィアとともにひんやり陰になっている柱廊へと向かう。

そして彼らは広い大理石の階段を上っていく、アルフォンソは肩越しに、オランダの副王や条約について、付き従っているレオネッロに何か話している、それからべつの誰かにウルビノ及び基本合意書のことを。レオネッロはふむ、ふむ、と言っている、アルフォンソの言うことに賛成でも反対でもないが、頭に入れておく、とでも言いたげだ。ルクレツィアは何歩か先を歩くよう努めている、スカートの裾がレオネッロに近づかないよう引き寄せながら。彼が自分の後ろから近づいてくると思うと、とても嫌だ、後ろだと姿が見えない。そしてまた、召使の男の子が顔を旅行用の箱で殴られたときの音を思い出すまいとも努めている、あの鈍いごつんという音を。

レオネッロとアルフォンソがまだ国事について話しているうちに、三人は壁に綴（つづ）れ織りが掛かっている踊り場に着く。ルクレツィアは綴れ織りの壁掛けを見まわす——神話世界の自然の風景だ、木々の根元には一角獣が体を丸めている——すると、幾人かの召使がさっと前へ出て重い木の扉を開け、彼らはそこをくぐって、うんと高い円天井の大広間へ入っていく。壁には精緻な絵が描かれていて、ルクレツィアの目の隅に、服を着ていない男たちが並んで両腕を上げている絵が見える、男たちは喜んでいるのか怒っているのか——ちょっと判断がつかない。

「どうか」とアルフォンソが言って、軽く頭を下げる。「女きょうだいたちを紹介させてほしい」

ルクレツィアはうろたえる。自分の寝室へ案内されているとばかり思っていたのだ、そこで旅装から着替えて正式なメナーレ・ア・カーサ〔花嫁が夫の家に入ること〕のためにアルフォンソの家族と顔を合わせる準備をするのだろうと。この任務までには数時間あるだろうと思っていた。ところがこれだ、彼女はまだ埃まみれのジョルネーアと外套姿で、髪は風に吹かれて乱れ、手袋は汚れている。するとほら、彼女たちがいる。部屋の向こう端、奥の台座に遠い人の姿が、すわっていたのが立ち上がって、顔を彼女のほうへ向ける。動揺を隠そうとして、ルクレツィアはアルフォンソの腕から腕を引き抜くと、遠い姿に向かって片膝を曲げ、深々とお辞儀する——あそこにいたのは二人だったのか、三人だったのか、アルフォンソの母上さまはいらした？——教えられてきたとおりに首を曲げているので、彼女の視線は敷物の上に向けられている。

叫び声があがり、それから模様のある大理石の床を歩く足音がし、そして優しげで耳に心地よい声が言う。「来てくださってほんとうに嬉しいわ。よかったわ、やっとあなたにお会いできて、ルクレツィア」

腕に手を置かれてルクレツィアが顔を上げると、黒っぽい青の袖なしのドレスを着た女性が彼女を見下ろしている。ルクレツィアよりもかなり背が高く、兄と同じ黒い目だが、顔立ちはきゃしゃで、頬骨が高く、口元は赤い曲線を描いている。

「ありがとうございます」ルクレツィアは口ごもる、女性の優しさに、落ち着いた美しさに狼狽して。「殿下。光栄でございます――」

女性はルクレツィアの手を取る。「お願いですから、わたしのことはエリザベッタと呼んでください――わたしたち、今では姉妹なんですもの、ねえ？」彼女はもたもたとやってくる二番目の女性を身振りで示す。「そしてこちらはヌンチャータ」

ルクレツィアはもう一度片膝を曲げてお辞儀する、ヌンチャータに頭から足先までじろじろ見られているのを意識しながら。姉妹はこれ以上ないほど似ていない。エリザベッタの輝く黒髪は分けて結い上げ、レースのリボンで留めてある。麗しい首の円柱のまわりにはごわごわした襞襟を着け、それにぴったりした真珠の首飾り。切り目の入ったドレスの布地からは下の淡い薔薇色の絹地がのぞき、ほっそりした足は金色の革の靴で包まれている。ルクレツィアはこの人の顔を、衣装を、宝石を見つめていたい、すっかり記憶しておけるように。歳は二十六か二十七くらいだろうと彼女は推測する。ヌンチャータのほうは、しかしながら、それほど顔立ちは良くない。たるんだ白い顔に小さな目、しまりのない顎から続く首は太い。どっしりしていて背が低く、眉間のしわは眉をしかめる癖があることを示している。ドレスはこげ茶色で、ごわごわした紋織りだ。艶やかな耳を垂らした敵意に満ちた横柄な顔つきの小さなスパニエル犬を小脇に抱えている。

「ようこそ」とヌンチャータはその言葉の意味とはほど遠い口調で言い、堅苦しく会釈する。

ルクレツィアは微笑み、相手の容姿について何か言うつもりなどまったくないと伝えたいと思う、姉妹のあいだでないがしろにされて、あまり褒められることのない存在でいるのがどんなものかはわかっていますよ、と。だがヌンチャータは横を向く、部屋の向こうの窓のほうを、そこではアルフォンソが立ってレオネッロと話をしている。

「結婚してもあの人の態度は良くなっていないのね」ヌンチャータは溜息をつくと、不機嫌な声で彼に呼びかける。「わたしたちに挨拶しにきてはくださらないの？　それとも、小さな花嫁さんに代わりにやらせるおつもり？」

アルフォンソは彼女の声が聞こえた素振りも見せずに会話を続けている。

「とっても小さな花嫁さんね」ヌンチャータはいかにも近眼らしい目でルクレツィアの足をじろじろ見てから、腕へ、髪へと視線を移すが、顔だけは見ない。「なんだか、か弱そうね、そうじゃない？」

エリザベッタは妹と兄へちらと視線を投げてからルクレツィアへ戻し、まだ握ったままだった彼女の手を元気づけるようにちょっと強く握りなおす。

「この方、愛らしいわ」とエリザベッタは言う。「とっても愛らしい。なんておめでたいご縁なのでしょう——」

「あのね、わたしが言いたいのは若いってことかしら」とヌンチャータが口を挟む。「あなたはとっても若く見える」彼女は声を大きくして付け加える、なんらかの意味でそれはルクレツィアの落ち度なのだとでも言わんばかりの難詰口調だ。「あなたは二十歳くらいだと思っていたわ——」

「違うわ」エリザベッタが素早く滑らかに遮る、彼らはわかっている、皆わかっている、ヌンチャータがルクレツィアをマリアと混同しているのだと、あの花嫁になれなかった花嫁と、そしてルクレツィアは、振り向いたらきっとマリアが自分の横に立っているのが見えるだろうという気がする、腕を組んで、不機嫌な面持ちで、ヌンチャータがとっているのと同じような態度で。「ルクレツィアは……十四よね、それとも十五？」彼女は確認しようとルクレツィアのほうを向く。

ルクレツィアは頷く。「こんど十六になります――」

「素敵な年齢ね！」エリザベッタが叫ぶ。「もうすぐ十六って――」

「とっても若い」ヌンチャータがまた言う、姉の耳元に向かって、気がかりだし気に入らないというように顔を歪めて、まるで買い物で騙されたんじゃないかと疑っている人みたいに。「若すぎなければ」と彼女は付け加える、どうやらルクレツィアには聞こえていないと勘違いしているらしい囁き声で。「いいけどねえ？」

エリザベッタの優美な頬骨のあたりに赤みが差し、なんと言えばいいか懸命に考えているような表情になる。ほんの一瞬、エリザベッタは妹の気配りの足りなさに、うっかりにもほどがある軽率さに、ばつの悪い思いをしているのだろうとルクレツィアは考える、ところが、エリザベッタはさっと俯いて床に視線を落とし、それでルクレツィアは愕然としながら、それどころかヌンチャータはエリザベッタ自身の懸念をはっきりと声に出したのだと悟る、彼ら、彼ら全員、おそらくこの建物にいる誰もが、ひたすら待っているのだ、彼女が身ごもるのを切に望んでいるのだ、と。

ルクレツィアはそこに立っている、旅装をまとって、十五歳の皮膚をまとって。この人たちが彼女の内部を見たがっているような気がする。動物の皮を剝いで体のなかを見る、皮膚から筋肉を剝ぎ、骨から血管を取り除き、査定したり判断を下したり注目したりする解剖学者のように。彼ら、彼ら全員が、切望で、欲求で胸を高鳴らせている、彼女の胎内で子が育っていくのを見たい、彼らのために世継ぎが確保されているのを知りたいと。彼らは彼女を、繫ぐものとして見ている、彼ら一族の存続手段として。ルクレツィアは外套をぎゅっと体に巻きつけたい、手を袖のなかに隠したい、帽子を頭に結わえ付けたい、顔にベールを垂らしたい。わたしを見ないでください、と彼女は言いたい、わたしの内部を覗きこまないでください。わたしはあなた方のものにはなりません。わたしを評価したり何かが欠けていると考えたりするのはやめてもらえませんか？　わたしはラ・フェコンディッシマではありませんし、ぜったいそうはなりません。

ルクレツィアの横のほうで何かが動き、またもマリアが心を過るが、彼女の手を握る手はお馴染みのもので温かい。背の高い姿がすぐ横へ来る。アルフォンソだ。

彼は妹たちを見て、それからルクレツィアに目を向け、その顔を探る。女たちのあいだで起きたことを見抜けたのだとしても、彼はそれを口には出さない。代わりに、妻の手を取って、妹たちの前で自分の胸に押し当てる。

「どう思う？」と妹たちに問いかける。「彼女、美人じゃないか？　いい選択をしたと言っただろう？」

「ええ、もちろん」エリザベッタは目に見えてほっとして答える。「ええ、良い選択でしたとも。お会いできてわくわくしています。こんなに愛らしい方で、とっても嬉しいわ」ヌンチャータも頷く、口をきゅっと引き結んで。それから、兄が身を落ち着けることなくずっと青春時代を続けるつもりかと皆で心配していたので、やっと結婚してくれたのは家族にとってとてもありがたいことだ、みたいなことをぼそぼそ言う。

アルフォンソはヌンチャータが口を閉じたあとしばらく黙っている。彼は身動きせずに、目を彼女に向けている。それからルクレツィアの手を自分の袖に移すと、腕を曲げてしっかり押さえる。彼女の掌に夫の鉄のような筋肉が収縮するのが感じられる。

ルクレツィアは咳払いする。誰かが何か言わなければならないのなら、それは自分だという気がして。「あのう……」彼女は口ごもり、調度品だの椅子だののあいだにべつの話題が見つけられないだろうかというように部屋を見まわす。「できれば高貴な母上さまに今日お会いできたら嬉しいんですけれど？　それに姉上さまにも？」

エリザベッタはぎくっとし、眉を上げる、それからアルフォンソに目をやる。ヌンチャータは鼻を鳴らす。「あなたは」と彼女は、憤慨するようにドレスをがさがさいわせながら、小さな犬を抱えていないほうの腕を動かす。「フランスまでいらっしゃるおつもり？」ルクレツィアはこの返答にどぎまぎしてしまう。「わたしは……いえ……母上さまたちは——？」エリザベッタは溜息をつく。「わたしたちにどう言わせたいの、フォンソ？」と彼女は訊ねる。アルフォンソは返事しない。彼はルクレツィアから離れると、卓上の葡萄酒を一杯注ぐ。「私がお前たちに何を言わせたいかって？」と彼は繰り返す。「いったいどういう意味なんだ、エリザベッタ？」

「どういう意味なのかはちゃんとわかっていらっしゃるでしょ」ヌンチャータがぴしゃりと言い、女主人の苛立ちを察したかのようにスパニエル犬が甲高い声で吠える。

アルフォンソはグラスの縁越しにヌンチャータと犬を見つめながらひと口飲む。ルクレツィアは一歩後ずさる。この部屋は三人のきょうだいにしか見えない揺らめく炎でいっぱいで、秘密の大火が燃え盛っていて、三人に近づきすぎると火傷してしまいそうな気がする。

「私の母は」アルフォンソはこの言葉をはっきりと発音し、ルクレツィアは不意に、彼は自分に話しかけているのだと気がつく。「今はフランスにいる、私たちの姉、アンナとね。そう話しただろう。だからどうもわからなくてね、なぜそなたが」と彼は話しながらグラスのなかの葡萄酒をまわす。「あの二人のことを訊ねるのか」

ルクレツィアは口を開いて、話してくださったことなどありません、何も話してくださらないじゃないですか、と言おうとする。お二人はここフェラーラにいらっしゃるものとばかり思っていたのです。すべてあなたさまの満足のいくように片付いたとおっしゃったじゃないですか、と。だが彼女はまた口を閉じる。エリザベッタがこれを見ている。彼女はルクレツィアを痛ましそうにじっと見つめる。

「暗い話はやめましょう」エリザベッタは手を叩いて宣言する。「あなたが到着したお祝いをしなくてはね、ルクレツィア。わたし、宴会（フェスタ）の準備をするわ、音楽やお芝居つきのね、あなたを歓迎するために――アルフォンソがとても気に入っている歌手たちにも歌ってもらわなくては、兄がローマに特注した人たちよ。でも今夜ではないわ」と彼女は慌てて付け加える。「旅でお疲れでしょうからね。この方を攫（さら）っていってもいいかしら、アルフォンソ？　ヌンチャータとわたしとで寝室へお連れするわ。きっとひと休みして荷解きをなさりたいでしょう。わたしたち、この先何週間もおしゃべりする時間はどっさりあるんですもの。まずは、いっしょに行ってお部屋をお見せするわ。もうすっかり準備はできているの。わたしが自分で取り計らったのよ」

「ありがとうございます」ルクレツィアは礼を言う。そして居室を見て、また礼を言う。ありがとうございます、ありがとうございます。専用の広間がある、真四角で、カステッロの塔のひとつの最上階に位置している。分厚い壁掛け、書き物机、フラシ天の椅子、大きな暖炉、それに詰め物をした腰掛けのある窓が二つ。そして扉の向こうにはもっと小さな部屋があって、カーテンを巡らした寝台、鏡、彼女の衣装を入れるための戸棚や収納箱がある。もうすでに召使たちが何人か、彼女の旅行鞄や箱をきちんと積み重ねている。エミリアは荷物のあいだを動きまわって指で数を数えている。

　ヌンチャータはやっとのことでこの塔の部屋へやってきて、はあはあぁえぎながら椅子にすわりこみ、二人の歩き方が速すぎる、どれだけ距離があるか忘れていた、と文句を言う。彼女がスパニエル犬を床に降ろすと、犬は主の広がったスカートの下に姿を隠す。

「ここで気持ちよくお過ごしになれるといいんだけれど」エリザベッタは言い、一方妹のほうは、ぱたぱた扇ぎながらまだ階段のことで文句を言っている。「ここの部屋の手配はわたしがしたんだけれど、どうぞおっしゃってね、何かお好みに合わないところとか――」

「あら、とんでもない」とルクレツィアは声をあげる。「何もかも完璧です。何一つ変えたくありません。どちらの部屋もとてもきれいです。お二人ともほんとうにご親切に」

「どういたしまして」エリザベッタは天鵞絨の長椅子のひとつに腰をおろす。「喜んでさせていただいたのよ。アルフォンソが結婚して、わたしたちとっても嬉しかったの。そうよね、ヌンチャ？」

ヌンチャータはぶつぶつ言いながらポケットを探って手巾を探す。

「わたしたち姉妹が望むすべてだったの。それに……」エリザベッタは言葉を切って袖口を整える。「……母も。母が……ここにいてくれたらどんなによかったでしょう」

ルクレツィアは彼女の隣に腰をおろす。母上さまのことを訊いてみたくてたまらない、なぜ出ていかれたのか、アルフォンソはなんと言ったのか、エリザベッタとヌンチャータは母上さまがいなくて寂しいと思っているのか、また帰っていらっしゃると思っているのか、アンナは、姉妹の姉上さまのことはどうなのだろう、結婚なさってお世継ぎをお産みになったりするのだろうか、その世継ぎはアルフォンソの爵位やカステッロや領土を欲しがるのだろうか、そしてそれはつまり、今やアルフォンソの血脈への希望のすべてがルクレツィアにかかっている、子をもうけてほしいという圧力は十倍にもなっているということなのだろうか、と。彼女は代わりにぱっとこんなことを口にする。

「あなたは結婚してはいらっしゃらないのですか？」

エリザベッタは黒っぽい目を彼女に向ける。

「お許しください」ルクレツィアは謝る。「つい余計なことを――」

「許すだなんて」エリザベッタは軽い口調で答える。「はい、わたしは結婚していません。それにヌンチャもね。妹のことはわかりませんけれど、わたしの場合は、まだその気になれるような申し出がないものですから」

「結婚しようという気にはね」とヌンチャータが茶化すように言う。「そうね。だって、違う種類の申し出にはその気になっているものねえ、そうじゃないかしら、エリザ?」

「ヌンチャったら、やめてちょうだい」エリザベッタの顔が赤みを帯び、頬が火照る。初めて彼女は冷静さを失う、うわべの穏やかさを。

「とくに誰かさんには」と妹は意地の悪いひそひそ声で続ける。

エリザベッタはルクレツィアのほうを向いて、口元を強張らせて言う。「妹は人をからかうのが好きなの」

「わたしにも姉たちがいます」とルクレツィアは答える。「だから姉妹がどういうものかは知っています」それからおろおろと自分の言葉を訂正する。「姉一人、です。二人いたんですけれど……」

エリザベッタは手を伸ばしてルクレツィアの手に重ねる。ちょっとの間、三人――花嫁と二人の義妹――は黙ってすわっている、真四角な部屋で三角形を形作って。

すると、エリザベッタが上品な動作で手を離すと、窓のほうを示す、外ではフェラーラの青空がすでに暗くなってきている。「もう遅いわ。わたしたちはおいとまします。ヌンチャ、いいわね?」

ヌンチャータは手巾をしまい込み、頷くが、どちらも立ち上がろうとはしない。ルクレツィアは服のなかで体を動かす。スパニエル犬はヌンチャータのスカートから顔――ずんぐりした鼻と出っ張った目――を覗かせ、じっとルクレツィアを見つめる。

「今夜は夕食をこのご自分のお部屋で召し上がる?」とエリザベッタは訊ねる。「運ぶように言いつけますよ」

「ご自分のお食事はご自分で言いつけられるでしょうよ」ヌンチャータがぴしゃりと言う。「フィレンツェでもそんなことはできたのではないかしら、そうでしょう?」

ルクレツィアは一方の義妹からもう一方の義妹へと視線を移す。正しく答えるにはどう言えばいいのだろう? この二人のあいだで何が起こっているのかはわからないものの、ヌンチャータが美しいエリザベッタをなんらかの形で痛烈にやりこめ、動揺させて顔を赤らめさせたことはわかっている。ルクレツィアは姉妹というものについてはよく知っているので、手厳しい言葉や難詰や正当化、おそらくは二人がともにしてきた人生をずっと遡るそれらが、この部屋を出たとたんにエリザベッタとヌンチャータのあいだで交わされ、言い放たれるだろうとわかっている。

「はい」と彼女は答える。「もちろんですとも。どうかこれ以上わたしのためにお気遣いなさいませんよう」

「わかりました」エリザベッタはあの心地よい声で言い、スカートを引き寄せて立ち去る体勢になる。だが彼女はルクレツィアの顔もヌンチャータの顔も見ないで、こう言う。「妹の言ったくだらないことを他言したりなさらないでね? つまり、アルフォンソにはね?」

ルクレツィアは、目を丸くする。

「そんなことを話しても……」エリザベッタは言葉を探す。「……兄を心配させるだけだわ。気がかりなことがどっさりあるのに。兄の心配事を増やしたくはないの。それにヌンチャータはただからかっていただけだし。そうよね?」彼女は妹に同意を求める。

ヌンチャータは犬を撫でさすって耳を手に滑らせ、エリザベッタの言葉は無視する。またも、ルクレツィアは二人のあいだの空中でぱっと炎があがって揺らめくのを感じる。

「あらそう?」しまいにヌンチャータは言う。

「そうよ、からかってただけ」

「ならそれでいいわ」

「約束してくれる、ルクレ？」エリザベッタの口調は冗談っぽさを装ってはいるが、その声のなかにナイフの刃のような不安があるのがルクレツィアにはわかる。「ルクレってお呼びしてもいいかしら？」

「もちろんですとも」とルクレツィアは答える。「姉もわたしのことをそう呼んでいます」

「ならばちょうどいいわね。わたしたちも今では姉妹なんですもの」

「それと、お約束します」とルクレツィアは言う。「このことはアルフォンソには言わないって」

彼女の部屋を整えてくれたこの愛らしい人にならなんでも約束できると彼女は思う、自分のことで何かどうしても隠しておきたいことがあって、何でもないことだ、みたいなふりをしていなければならないこの人のためならば。

「ありがとう」とエリザベッタは言う。「ほんとうにどうでもいいことなのよ、ね。ほんのつまらないことなの。でも、どうもありがとう」

エリザベッタのハート型の顔は安堵で緩む。彼女は手を伸ばすとルクレツィアの頰を軽く抓る。

「あなたってなんて愛らしくてお綺麗なんでしょう」と彼女はつぶやく。「アルフォンソは賢い選択をしたわ。そう思わない、ヌンチャ？」

ヌンチャータは曖昧な声を出す。スパニエル犬は手すりに鳩がいるのを見て、小さな唸り声を発し、細い引き綱いっぱいに前へ飛び出す。

エリザベッタは何か考えながら指でルクレツィアの髪に触れる、いつものように紐とスクッフィアでまとめてある。「これはフィレンツェ流なの？」

「わたし……」ルクレツィアは手をあげてスクッフィアの網を押さえ、小粒真珠が掌にあたる感触を確かめる。「……これは……わたしの母がいつもこうしているんです。母自身の母の習慣ではないかと思います。そしてわたしたち、母の娘たちはいつも――」

「あなたのお母上はスペイン人よね？」ヌンチャータが問いかける。

「スペインでお生まれになったけれど、少女時代はナポリで過ごされた、そこでその人のお父上と――」

「ならばあなたはスペイン語をお話しになるの？」

「はい」

「ほかには？」ヌンチャータが訊ねる。

「フランス語と、ドイツ語をちょっと。それにラテン語とギリシャ語は書けます」

「なるほど。小さな学者さまってところね？」

ルクレツィアはこの攻撃的な口調を躱そうとぱっと決断する、イザベッラとマリアに愚弄されたときに効果をあげたことがあるのだ。「わたしの父は」と彼女は冷静に返す。「子どもたちの教育に理念を持っていて、娘たちも同じく――」

「あなた、女官はお連れになっているわね？」

ルクレツィアは首を振る。「わたし、あのう、たぶん――」

「女官がいないの？」ヌンチャータはルクレツィアを鋭い眼差しで見つめる。「一人も？」

「小間使いを連れてきました」とルクレツィアは答える。「そして、わたし、その小間使いをとても気に入っているんです。そこにいます」ルクレツィアは寝室を指さす。

ヌンチャータは横に身を乗り出して、開いている扉の向こうの寝室を覗き込む、そこではエミリアが箱にかがみこんで、衣類を取り出してはぱたぱた振っている。彼女は明らかに目に映るものに感心しないらしく、こう言う。「すぐに一人あなたのところへ行かせます。お相手にね。あなたの地位にふさわしい人を。あなたに仕えて、この宮廷の流行を紹介したり、それに適切な装いにしてさしあげたりとかも」

ルクレツィアはうろたえ、返事ができない。自分の居室に会ったこともない女官を、感じの悪いヌンチャータが選んだ女を受け入れるというのは、どうも歓迎できない。自分の領分のただなかにやってくる回し者だ。彼女の今の服装の、髪型のどこが悪いというのだろう？　彼女は前かがみになってこの人に、わたしの母は非常な美人でとても洗練されていると思われているのだと言ってやりたい、国じゅうからもその向こうからも、母を見て、母のドレスや立ち居振る舞いを手本にしようと、人々がやってくるのだ、と。

エリザベッタは彼女の困惑を見抜いたに違いない、出し抜けに、話題を変えようとするかのようにこう口にする。「アルフォンソのことを話してちょうだい」

「あの方の何を？」

「兄は調子が良さそうだわ。田舎で過ごして、あなたといっしょに過ごして、すっかり元気になっている。あんな姿を見られるのは嬉しいことだわ。そうよね、ヌンチャ？」

ヌンチャータは答えず、小型愛玩犬のほうへうつむいたまま、まだ犬の耳に囁きかけている。

「兄は……」エリザベッタはためらいを見せる。「……あなたに思いやりがある？」

ルクレツィアは頷く。「はい」

「そして……優しい？　あなたのことを、大事にしているかしら？」

「はい」

エリザベッタはちょっと長く彼女を見つめていてから、こう言う。「よかった。それを聞いて嬉しいわ」

エリザベッタはヌンチャータが立ち上がるのに手を貸す。「もうおいとまするわね。なんでも必要なものがあったら言って寄越してね。わたしの部屋は、わたしたちが最初に会った大広間に隣接しているの。ヌンチャータの部屋はわたしの隣」彼女はヌンチャータと腕を組んで扉のところへ行き、そこで振り返って言う。「アルフォンソの居室はあなたの真下よ。あなたの部屋とは階段で繫がっているの。兄はすぐ、あなたに会いにここへ上がってくると思うわ」

彼はその夜来ない。専用階段を上ってくる決然とした靴音が聞こえてくるのではないか、扉を叩くことすらせずに掛け金が上がる音がするのではないかとルクレツィアは耳をすませる。だがどちらも聞こえてこない。

彼女は寝支度をし、エミリアは上掛けを折り返して、それから寝台のまわりのカーテンを閉める、ルクレツィアはそのなかにいる。布の鳥籠に入った鳴き鳥だ。まだ彼は現れない。

ルクレツィアは待つ。部屋には闇が満ち、星がかすかな冷たい光を空に開いた穴から放っている。彼女はカステッロの一角、二つの側面が合わさるところにある塔の部屋にいる自分を思い描く。この部屋は宙に浮いているように思える、都市の上空、緑の堀の上の高いところに。もし窓から身を乗り出しすぎたなら、足場を失って水のなかに石のように落っこちるだろう。

彼女はエミリアに、寝室の控えの間に隣接する小部屋ではなく、彼女の寝台の傍らに藁布団を敷いて寝てくれと頼む。小間使いは承知して、自分の寝具を運んでくると、なんの面倒もなくすぐさま寝入ってしまう。

だがルクレツィアには眠りは訪れない、彼女の求めを聞いてはくれない。旅や新しい部屋のせいで彼女の頭は休まらない、やることがありすぎる、思い返したり磨いたりしまっておいたりする印象があまりに多い、問いかけ熟考すべき疑問が多すぎる。エリザベッタとあの踵の高い金色の靴、繊細な頬骨、ルクレツィアにはよくわからないながらアルフォンソには隠しておかなくてはならない秘密、ヌンチャータとあの気難しさ、ずんぐりした指、スパニエル犬の苛立った滑らかな、白い針のような歯がある顔、いなくなったフランス人の母親、結婚したなら恐ろしい危険をもたらすかもしれない姉、アルフォンソがその権力を、鷹匠が鳥を手袋に戻らせるようにして行使せねばならない宮廷、これから開かれる祝宴。

　夜の帳に包まれて、カステッロは奇妙な音をたてて呼吸している。根太(ねだ)がきしむ音、かすかな足音、外の通路で足をひきずったりカツカツ音を立てたり、あれは衛兵たちが巡回しているのだとルクレツィアは自分に言い聞かせるが、彼女の頭の興奮している部分は、幽霊とか死者の魂とかが鎖や拷問の道具を引きずってカステッロの静かな空間を歩きまわっているのだと言う。

　彼女は聴力を抑制しよう、制御しようと努める、手に負えないブラッドハウンド犬にするように、遠くのさまざまな音を聞き取ろうとするのではなく、代わりにこの部屋の音に集中するよう命じる。隙間風に揺れる寝台のカーテンがこすれる音、エミリアの規則正しく深い寝息に。

　ルクレツィアはこの夜の案内役、夜の仲間、夜の聴罪司祭だ。扉がばたんと開いてぴしゃっと閉まる音が聞こえる。下の通りを荷馬車ががたがた走る音が聞こえる。人の声――男――の低い響きが聞こえる、たぶん下の階だ、そして女がそれに答える、安心させてもらいたがっているようにルクレツィアには聞こえる声で。ずっと遠く、都市を囲む壁の向こうから、哀調に満ちた狼の鳴き声が聞こえる。闇が薄れていくのがわかる、徐々に夜明けに捕まえられて、やがて支配権を硝子のような灰色の霧に譲りわたす。そして、この夜、初めての夜がほとんど終わりかけているちょうどその時、それが消え去ろうとしているときに、彼女は眠りに落ちる、疲れ果てた案内役としてのその任務は完了する。

　アルフォンソの歌手たちは祝宴で、台座の両側に立ち、顔を上へ向けて、声を口からではなくどこか背後から発しているように思える。その歌声はルクレツィアがこれまで聞いたことのないようなものだ。ほかのどんな歌手たちよりも声に強さが、力がみなぎっている。まずひとつの音を発すると、息継ぎすることなくそれをそのまま伸ばし続け、あまりに長いのでルクレツィアはつられて自分が眩暈を感じるほどだ。よくまあ八つ、九つ、十、それ以上数えるあいだ声を出し続けていられるものだ。彼らの声は綯い合わさって円天井へ昇っていく、絡まり、増大して。彼らは声を合わせて歌う、競い合って歌う、旋律が彼らのあいだを行き交う、糸の先で舞う凧のように。

　彼女はあたりを見まわす、この驚きをほかの人たちも感じているのだろうかと。食卓の反対側にいるヌンチャータは歌には無関心な様子で、ルクレツィアが詩人だと紹介された人とすっかり話しこんでいる。彼女のスパニエル犬は卓上に立って皿を舐めている、小さな臀部をぶるぶる震わせて。エリザベッタは演者たちに顔を向けているが、視線は横滑りして、部屋の向こう側に据えられている。ほかの人たちはちょっとのあいだ聴いていて、それから隣席の人に感想を述べたり関係ないことを話したりしている。一人は鮮やかな緑色のドレスにふわふわした半襞襟、もう一人は髪に小鳥の剝製を飾った二人の女性が囁き合っている、顔を寄せ合って、肩は声に出さない笑いで震えている。食卓の端の男は片手を果物の盛り合わせに伸ばし、葡萄や桃や杏の上で指先をさまよわせている。男は無花果に落ち着き、盛ってあるなかから引き抜くと、それを、丸ごと、自分の待ち構えた口のなかに放り込む。ルクレツィアの視線を受けて、男は片目をつむってみせる、男の唇はじっとりしてよく動く。彼女は目を逸らす。ルクレツィアの見るところ、アルフォンソだけが音楽に熱中している。前へ身を乗り出し、食卓に片肘をついて手に顎をのせ、人差し指でこめかみを歌のテンポに合わせて叩いている。彼は心を奪われ、夢中になっている。音楽に捕らえられている、美しくも脆弱な網のなかに自ら進んで入っている蝶だ。音や楽句が彼の頭のなかを、様々な色の三角旗のようにさざ波を立てながら流れていくさまを彼女は思い描く。

　彼女は婚礼衣装を着けて祝宴の食卓にすわっている。その日のもっと早くに彼が彼女の部屋に、眠っていないらしい疲れた顔でやってきて、そうしてくれと言ったのだ。昨夜は来られなくてすまなかったと彼は謝った。国政のことに注力する必要があったのだ――カステッロを留守にしているとよくそうなるのだが、彼と話したがっている人々がたくさんいて――だが、どうか彼女のために催されるフェスタでは、婚礼衣装を着てもらえないだろうか？　廷臣たちは婚礼衣装姿の彼女を見たら喜ぶだろうし、付き添って会場に入り宮廷に披露するに際して、彼は誇らしい気持ちになれる。あの衣装を着けた彼女は女神のようだったから、彼としてはフェラーラ全体に、自分の傍らにいるあの姿の彼女を見せたいのだ、と。彼が去るやエミリアは手を叩き、衣装を取りに駆け出した。なんて嬉しいんでしょう、とスカートを整えたり金色の部分を引き出したりしながらエミリアは言った、陛下がまたこれをお召しになるなんて、しかもこんなにすぐに。

そこでルクレツィアはまたも婚礼衣装をまとった。青いスカート、巨大な袖、アルフォンソから贈られた金のチントゥーラ。だが今回はエミリアに、自分の望みどおりに胴着を締めてくれと指示することができた、紐をどこで結ぶかを示す母のつけた印は無視して、彼女自身の衣装となるようにしてもらいたい、と。今夜は、衣装はマリアのもののようには感じられず、彼女のもの、彼女だけのものだ。もう替え玉ではない、姉の人生を肩代わりしたもぐりではない、彼女自身なのだ。フェラーラの公爵夫人、ルクレツィアなのだ。

彼女がアルフォンソと祝宴が開かれる大広間へ入っていくと、音楽が鳴り響いた――トランペットが震える音で分散和音を奏でる――そして感嘆の声と喝采がどっと沸き起こった。人々は部屋の長い壁際に並び、アルフォンソは彼女を導いて巡り、ときどき立ち止まっては特定の人物を彼女に紹介する。従兄弟、友人、廷臣、詩人、彫刻家、お付き、ヌンチャータやエリザベッタの女官たち、リュート奏者、近衛隊長。ルクレツィアはこれらの人々に頭を下げ、彼らから片膝を曲げたお辞儀や会釈を受けながら、名前を脳裏に刻みこんで覚えようとした。ご婦人がたのドレスはフィレンツェのものより幅が狭く、襟が高く、レースが多く、胴着は前部が長い。こうした衣装を横目で観察する彼女に、アルフォンソの顧問官のひとりがフェラーラの街を囲む壁の出口と入口の数を告げ、一方アルフォンソは彼女の横に立って、手を後ろで組んでいる。男が自分のずんぐりした指を使って数え上げながら、揺るぎなく門の名前をすべてつらつらと並べていくのを夫がとても面白がっているのが彼女には感じられた。彼女はこの情報に魅了されているような顔で頷きながら、そのあいだずっと、こうしたフェラーラ風のドレスの絵をイザベッラ宛ての手紙に描いてみようかと考えていた、こちらの流行を詳しく手紙で知らせてくれと言われていたのだ。

彼女はこのレンズを通してフェスタ全体を眺めている。これをイザベッラにどう伝えたらいいだろうか、長くていささかとりとめのない歴史劇風の詩による芝居のあいだじゅうそう考えている、うっかり妻を毒殺してしまい、そのあとずっと非難がましい不気味な妻の亡霊に悩まされる王の話だ。どの料理のことを、と彼女は食べながら考える、手紙に書こうか？　詰物をした猪（チンギアーレ）の頭——口は黄色い花梨（かりん）でこじ開けられ、目はその無礼に閉じられている——魚の汁物、ねじった巴旦杏の練り粉菓子、卵焼き（フリッタータ）、厚切りにした白い背脂の生ハム（ラルド・クルード）、光が透けて見えるほど薄く切られたチーズ。

食卓にすわりながら、彼女は頭のなかで文章を綴る。こちらの宮廷はとても洗練されています、と姉に綴る、姉はフィレンツェに留まっている、両親のもとに。夫と暮らすべく送り出されはしなかったのだ。こちらでは曲芸やこびとのおふざけではなく、演劇や詩や音楽が高く評価されます。あるいは。ご婦人がたは円形の襞襟をつけて頭上高く髪を結い上げています。それに。叙事詩の朗読が行われ、そのあとは類まれな声を持つ二人の歌手が登場しました——ただただお聴かせしたかったと思うばかりです。

この手紙を脳裏で綴っていると、今までにない強い喜びが湧いてくる。彼女はイザベッラに、姉の知らないことを教えてやれるのだ。彼女はイザベッラが熱心に注意深く手紙を読むさまを思い浮かべる、それから、羨ましさが、自分もフェラーラへ行けたらいいのにと思う気持ちが突き上げるところを。来たっていいのだ。アルフォンソの許しが得られれば、ルクレツィアは姉を招待すればいい、そしてイザベッラは馬でアペニン山脈を越えて、ここでしばらくいっしょに暮せばいいのだ、カステッロで。

ルクレツィアは溜息をつく。音楽と歌手たちの声は物憂い調子に変わっている、短調になっていく。イザベッラが来るはずがない。彼女はフィレンツェでの生活に夢中だ、心を奪われている。ルクレツィアが手紙を書いて、このフェスタのことをあれこれ説明したところで、十中八九イザベッラは手紙の途中で興味を失い、脇へ投げ捨て、友人の誰か、それとも目下のお気に入りの廷臣を探しに行ってしまうだろう。

文章はルクレツィアの脳裏から消えていく。黙ってしまう。彼女はスカートのひだを撫でつけ、代わりにこの大広間に注意を向ける、この空間には小声の会話と歌が広がっている、蠟燭の光が揺らめき、それがご婦人がたの首まわりの宝石に、指輪に、殿方の武器の柄に反射する。

歌は最高潮に達し、両方の歌手が同じ高い音を発し、その声は二人のあいだの空間で高まり、増幅していく。すると、互いに目を見交わした二人はまったく同時に口を閉じ、絹のような音の綱を真っ二つに断ち切る。

嵐のような拍手喝采が起こる。皆椅子から立ち上がり、手を上へあげて拍手する。女性たちは手巾を振る。男たちは、ブラーヴォ、ブラーヴォ、もっと頼む、もう一度、と叫ぶ。もっとも騒々しく喝采を送っているのは歌のあいだじゅうしゃべっていた人たちだとルクレツィアは心に留める。

彼女は掌がじんじんするまで拍手する。歌手たちは聴衆に投げキスを送りながら、面白い横歩きで互いに近づいて、手を取り合って低くお辞儀する。ルクレツィアは宙返り芸人や軽業師や道化師は見慣れているが、この歌手たちにはどこか高尚で言葉で表せないようなものがある。二人は背が高く、四肢は長く先細で、猫のような尖った顔をしている。その手首や腕の柔軟な動かし方はうっとりするほど敏捷で、普通よりも滑らかに動くよう関節に油を差しているかのようだ。歌っているあいだは特別な存在――歌手、天才、天使――だったが、こうして立って、大広間にいる人々にお辞儀したり手を振ったり何か叫んだりしている彼らは、また人間に戻っている。

　アルフォンソがその喧騒のなか彼女のほうへ身をかがめ、その顔を覗き込もうと体を低くする。

「音楽を楽しんでいる？」

「はい、もちろん」と彼女は答える。「ああいうのは、これまで聴いたことがありません。最高です――あの二人は並はずれています。あの歌い方、低い音から高い音へと移っていく――どうしてあんなことができるんでしょう、あんなふうに声を変えることがどうしてできるんでしょう」

　彼はじっと彼女を見つめる、まだ拍手しながらも、興味をそそられている。「そなたの言うとおりだ」と彼は驚きをにじませて言う。「そんなふうに考えたことはなかった。たしかに彼らには低い音域から高い音域へ移る非凡な能力がある。彼らのような人間独特の技能だな」

「彼らのような人間？」

「彼らはエヴィラート（カストラート）だ。ローマに特注したんだよ。彼らはうんと幼いころからこの上なく厳しい訓練を受ける、あの処置のまえからすでに……」彼は伸ばした指先で何やら判読できない手振りをしてみせる。「あれのおかげで恐ろしく澄んだ声が生まれるんだ、かつてないような声域の。彼らの声帯は少年の声帯なんだよ、大人の男の体なのにね」

　たちまち彼女は理解する。古代世界のそうした慣習については読んだことがあるが、今の世の中でも行われていたとはまったく知らなかった。顔が赤らむのを感じ、同時に奇妙な息の詰まるような感覚に喉元を摑まれる。彼女は素早くちらと枝付き燭台の傍にいる二人に目をやる――すんなり細い手首、滑らかで年を取らない顔。彼女はつい小さな子どものころの彼らを思い浮かべてしまう、処置を受けようとしているところを、この先にどんなことが待っているかも知らずに。どれほどの苦痛を感じ衝撃を受けたことか、すべて裕福な男の気まぐれのために、どれほどの無力感、混乱状態だったことか。彼らに選択の余地はあったのだろうか？　誰がそのような処置を行うのだろう？

広間は静かになっていく。人々は自分の席へ戻り、会話は再びひそひそ声になる。歌手たちはべつの歌の準備をしている。

曲の最初の楽句が聴衆の頭上に漂い出ると、アルフォンソが手を伸ばして卓上に置かれた彼女の手に重ねる。芸を仕込まれた動物扱いも同然の去勢を強制されたエヴィラートのことで乱れる彼女の思いが、一瞬この仕草の単純さ、心からの気持ちに抗う。

こうして彼女の手に降りてきたアルフォンソの手は、その指が彼女の指を包みこみ、ひどくずっしりした意味ありげな重みを感じさせる。彼女にとってそれは、彼は自分のことを愛しているに違いないということだ、好きだと思っているということだ――だがまたそれは、この大広間全体、集まった人々に向けてのものでもある。ここで、彼の宮廷全体の前で、友人知人たちや廷臣たちや衛兵たちや召使たちや芸術家たちや音楽家たちや詩人たち全員が見ている前でこうすることは、愛と献身の表明、声明なのだ、それに恐らく新規まき直しの。たぶん新しい公爵夫人である自分は、先の公爵夫人によって生じたこの宮廷の亀裂を修復できるのではないか、この宮廷の明らかな不安定さや不満、宗教的分裂、娘たちの連合の試み、不在の姉といったことを？

眩いばかりの婚礼衣装に身を包み、ルクレツィアは夫に手を取られてすわっている。あまりの幸福感に、自分自身が暗闇のランタンのごとく輝いているに違いないという気がする。誰かに愛されている――男の人に、大きな権力を持つ、博識な男の人に。彼女は公爵の心に愛を掻き立て呼び起こしたのだ。彼女、ルクレツィアが。何よりも、彼女はこのことを手紙に書けたらいいのにと思う、イザベッラに宛てて、読んでくれる誰かに宛てて。彼は正餐の席でわたしの手を握りました、宮廷の全員を前にして。ヌンチャータが気がついて、そっぽを向くのがわかる。髪に小鳥をつけた女性が握られた手に少しのあいだ刺すような視線を投げたかと思うと、連れの耳に何か囁き、美しい狐顔を憤りと妬みに歪めるのを目にする。無花果を食べた男性が今は小さな鳥の骨で歯をせせっているのを目にする。ヌンチャータが詩人の袖を引っ張り、詩人はやれやれという顔で礼儀正しくかがみこんで彼女の言うことを聞いているのを目にする。エリザベッタが部屋の向こう端を椅子やすわっている客たちを縫って移動して、支柱の横に立っている人のそばを通るのを目にする。制服を着た兵士だ。エルコレ・コントラーリ、ルクレツィアが一時間ほどまえに紹介された近衛隊長だ。彼の口ひげや整った美しい顔立ちには見覚えがある。彼は片腕を柱に当ててもたれかかっていて、エリザベッタが通りかかるとそちらへ身をかがめる。彼は何か言うが、エリザベッタは聞いていないふりをし、顔は断固室内に、幾つもの食卓や何列もの客たちのほうへ向けている。だがルクレツィアは、コントラーリの手が伸びて、その手の指のあいだに畳んだ紙片が挟まれているのを見てしまう。エリザベッタはその紙片を、後ろにまわした腕をあげて、素早く器用に彼からもぎ取り、幅が広くて先すぼまりの袖のなかに隠してしまい、それからまた、何もなかったかのように進み続ける。じつに円滑で、じつに手慣れた、それでいて彼にとっても彼女にとってもじつに危険に満ち溢れた行為なので、ルクレツィアの胸から息がなくなってしまう。ルクレツィアは視線をアルフォンソのほうへ向けるが、夫はまだ歌手に注目している。エリザベッタのほうへ視線を戻すと、広間の向こうの従兄弟たちの隣にすわっていて、その顔は平静な様子だが、目は——彼女の目！——危険で魅力的な喜びに輝いている。

エヴィラートたちは頭を後ろに傾け、喉を開いて音を発し、それは、堀の上を軽やかに飛びまわる矢形の翼を持つ燕のように天井へと飛翔する。

その夜遅く、ご馳走が胃の腑に収まり、飲んで騒いでいた人たちが大広間から去って自分の寝床に入り、召使たちが食卓を片付け、皿や鍋や焼き串を洗い、タイルの床を掃いたあとで、カステッロの壁の内側の誰もが自分の寝室へ引きとり、アルフォンソがルクレツィアの寝台で片腕に彼女を抱きしめながら眠ってしまったあとで。

彼女は夫が熟睡してしまったと確信が持てるまで腕の重みの下で身を横たえていて、それからクッションを身代わりに押し込んで彼を目覚めさせないようにして抜け出す。カーテンを押し開けて出ようとしたとたん、髪を摑んでぐいと引き戻され、一瞬恐れおののきながら、夫が髪を摑んで寝台に引き戻そうとしているのだと思う。

だが振り返ると、彼は相変わらず眠っていて、あのすべてを見通す目は閉じられ、その両手は開いている。彼女の髪の端が彼の胴体と敷布団のあいだに挟まっている。

ルクレツィアは自分を自由にすべく髪を引き抜く、ひと房ひと房。

隣の部屋では、銀色の薄明かりが低く床の上にちらついている。そのなかをつま先立ちで歩きながら、きらめく輝きに足が染まって、朝になったら動かぬ証拠の光る足跡を残していることに気づくのではないか、などと想像してみる。

彼女は机に向かってすわり、丸めた上質皮紙と紙を一枚取り出す。新しいペン先を削り、削り屑を掃き寄せてきちんと山にする。羽ペンの羽の先端で唇を撫でる、一方へ、それから反対方向へ、羽枝が開いてまたくっつき、開いてくっつくのが感じられる。

自分が何をしたいのか、彼女はぜんぜんわからない。手紙を書く、絵を描く、本を読む、詩を暗記する。わかるのはただ、ここにこうして、インクや木炭やペンナイフや紙や絵筆の入った自分の机上物入れの前にすわると、ほかのどこにも見いだせない安らぎを得られるということだけだ。

眠りは彼女のところに訪れようとはしてくれない。捕らえることも引き具をつけることもできない元気な馬のようだ。眠りは彼女を振り払い、近寄ると逃げてしまい、懇願しても拒否する。こってりしたものを食べたせいなのか、彼女の寝台の真ん中で手足を伸ばして寝ているあの背の高い男のせいなのか、部屋に差しこんでくる心を乱す青白い光のせいなのかは、わからない。

彼女は羽ペンをインクに浸し、乾くにまかせながら身じろぎもせずに、窓の外側に貼りついている硬貨のような月の面を見つめる。またペンをインクに浸す。姉ではなく、母に手紙を書こうと決める。

大好きなマンマへ

今は夜更け、わたしはマンマや皆さまのことを考えています。皆さまがご健康で、ますますお元気でありますよう。マンマとパパに、フランチェスコ、イザベッラ、ジョヴァンニ、ガルツィア、フェルディナンド、ピエトロに愛を送ります。

どうか皆に、なるべく頻繁にわたしに手紙をくれるよう頼んでください。何が起こっているのかすべて知りたいのです。パパの猟犬たちは、子ども部屋の猫たちは、それにあの小さな栗毛の小型馬も、元気ですか？　今はあの雌馬に誰が乗っているのでしょう？　ピエトロには乗らせないでください——馬をひどく蹴るんですもの、そんな扱いを受けるいわれのない気立てのいい馬なのに。

わたしたちは昨日フェラーラに着き、数えきれないほどの市民たちに出迎えられました。アルフォンソの臣民たちは彼にとても忠実です。馬で通りを進んでいくとき、馬上の彼はとても堂々として美男子に見えました。マンマにもお見せしたかったです。彼の二人の妹さまたちにお会いしました（母上さまと姉上さまはフランスに行ってしまわれました——なぜなのかわたしは知りません——パパはこれについて何か聞いていらっしゃるかしら？）。

今夜は祝宴でした。音楽（エヴィラートたち——彼らが歌うのをお聴きになったことありますかか?)や朗読もありました。この手紙の裏に、出てきたお料理の一覧を書いておきます、それにフェラーラのご婦人たちのドレスのスケッチも。イザベッラが興味を持ってくれるかもしれません。ご覧になるとわかるように、こちらの流行はわたしたちのものとはかなり違っています。

カステッロはとても広くて、デリツィアとはまったく違います。廊下や階段がありすぎて、迷子になってしまいそうで心配です! わたしの部屋は東南の塔にあって、アルフォンソの部屋の上です。妹さまたちがわたしのために整えてくださいました、お二人はとても親切です。もしよかったら、つぎの手紙にお二人の絵を描きますね。

ソフィアのことを教えてください。湿気の多い気候で膝があまり痛んでいないといいんですが? 皆さまのためにお祈りします、お会いしたくてたまりません。千のご挨拶を送ります、そしてそれ以上の接吻を!

あなたを愛する娘、ルクレより

彼女は手紙を読み直す。なんてどこもかしこも血が通っていないんだろう、なんて意気地のない。愛玩動物やきょうだいたちについての質問、料理の一覧、花梨を口に突っ込まれたチンギアーレに無花果の皿。こんな言葉のなかの自分が彼女は嫌いだ。こんな手紙、誰が書いたものであってもおかしくない。

ほんとうに知りたいのはこういうことだ。フィレンツェでは今夜雨が降っている? 秋の雷は始まった? パパは毎日アルノ川で泳いでいる? 一日の終わりになると広場の上空に椋鳥が集まっている? 今でもわたしの部屋には夕方になると、街に連なる屋根の下に消える直前の光が斜めに差し込みますか? わたしがいなくて寂しいと思ってくれていますか? ほんのちょっぴりでも? わたしの肖像画の前へ行って眺める人はいますか?

彼女は蠟燭の炎で封蠟を融かし、それから融けた雫に自分の印章を押し当てる。六つのパッレ（ボール）のついた彼女の父の紋章だ。

仕上げた手紙を傍らに置き、肩越しに振り返り、また物入れに手を伸ばして、今度は小さな四角いターヴォロを取り出す、つい先週、自分で鉋をかけて砂で磨いたものだ。まだ手をつけてはいない。彼女はその滑らかな表面を指で撫で、手で重さを測る。赤のチョークを取ると、上から下へ動かして、直立した物体を描く、細長くて、二面ある。柱だ。その隣に、最初は三角形が現れ、さらにチョークで線が幾つか足されて、頭と両腕がついて人間になる。

ルクレツィアは顔料をすりつぶし、油を滴らせて混ぜる。先の細い絵筆をとり、美しいハート形の顔を描く、細い首に、小さな顎、伏せた目、夢見るような表情。この女の背後に、男を配置する。かろうじて見えている、青い影のなかに溶けこんで。この二番目の人物は最初の人物のほうへ身を寄せていて、その顔は優しく穏やかだ。

描き終えると、その掌の大きさの絵はルクレツィアの心を満足感と、同時に恐れで満たす。彼女は長いあいだ絵を見つめる。絵具が乾いて凝固するのを見守る、恋人同士の姿が永遠になるのを、男が永久に愛する人に身を寄せ、女の顔が喜びにとりつかれたままになるのを。

ルクレツィアは指先で油絵具に触れ、ほんとうに乾いて、元に戻しようがないことを確かめる、すると、月が不意に霧のなかに隠れる、月もまた彼女の手が作り出したものに恐れを抱いたかのように。

彼女は背後を振り返る、寝室へ繋がる扉が閉じているのを、アルフォンソが背後から見てはいないことを確かめるようにして。それから毛先の硬い絵筆を取ると、黒ずんだ鶯色、森の影の色を含ませ、大きく手を動かしてその情景を闇で覆う、恋人たちを消し去ってしまう、絵具の墓の内側に封じ込める。女のドレスが消える、男の手が、二人の顔が、柱が。ちょっと経つと、すべては消え、永遠に隠されてしまう、あの情景があったという唯一のしるしは絵具の表面のかすかな起伏だけだ、湖底の岩のような。

彼女は絵筆を布で拭う。机を片付ける。今は何も描かれていないターヴォロを花瓶に立てかけて乾かす。蠟燭を消し、痕跡をすべて消したことを確認してから寝台に戻る。


アルフォンソのカステッロでの日課は彼女にはよくわからない。わかるのはただ、彼はここではデリツィアにいたときよりもずっと忙しいということだけだ。彼は鍛錬のために早起きする、たいていレオネッロと二人か三人の若者が同行する。彼らは市を囲む城壁外の狩場で馬に乗るか、でなければ中庭でいっしょにフェンシングをする。彼はそれから執務室に行って、書簡を読んだり手紙や指示を書いたり、請願や頼みごとを聞いたり、衛兵や秘書官や役人や顧問官や政治家や建築家や枢機卿や審議官に命令を下したり、疲れを知らずに決然と、領土を自らの権力支配のもとに置くべく励むのだ。使者や廷臣や軍人や大使が一日じゅう到着したり出立したりしている。彼は昼食を執務室でとることも多い、とりわけ忙しいときには。エミリアは小耳に挟んだことを報告する、事務次官たちが馬丁にしゃべったことが次に衛兵に伝わり、それが厨房の召使たちに伝わり、それから小間使いたちに伝わる。アルフォンソは領土のいたるところ、それに近隣諸国にも密偵を配置している、とか、国はそこそこ平穏だが、宮廷自体はまたべつだ、とか。

ルクレツィアは丸一日彼と顔をあわさずに過ごすこともある、役人たちに両脇から挟まれ、何かで頭がいっぱいな厳しい表情で中庭を横切る彼をちらと目にしたり、柱廊に風にあたりに出たときに疲れ果てた馬に乗って門から入ってきた彼から手を振られたり、朝彼女の寝室を出ていく彼からせっかちな別れの挨拶をされたりする以外は。

彼は一日に一度、下層階の礼拝堂を訪れるのだと彼女に語った、ミサや告解のためではなく、後ろにすわって合唱の指導者がエヴィラートたちに練習させるのを聞くのだ。この指導者というのが、と彼はルクレツィアに話した、世界でも最高の一人でね。ウィーンから派遣されたオーストリア人なのだが、毎朝きっかり二時間を発声練習と和声による即興に充てるべきだと言っている。午後には彼らは、アルフォンソの望みに従って宮廷の集まりで披露される音楽演奏の下稽古をする。アルフォンソはルクレツィアに、そこにすわって聴いているのが好きなのだと話す、頭をすっきりさせてくれる、心を穏やかにしてくれるのだ、と。政策や財政や家族のことで難しい選択を迫られることがあったりすると、彼らが練習している礼拝堂にいると解決策を見出す助けになるのだ。

カステッロで四日か五日過ごしたところで、ここでは長い自由時間を持てることにルクレツィアは気がつく。彼女には信じられない。好きなようにしていられる時間が毎日うんとたくさんあるのだ。机に向かって、窓から見えるものや自分の頭のなかにあるものや傍らに置いた物——地球儀、革手袋、望遠鏡、厨房から持ってきた死んだ鳩、デリツィアの近くで彼女が見つけた栗鼠の骸骨——をスケッチし、それをどう絵具と画布に移すのがいちばんいいだろうかと考えてもいい。エミリアを薬剤師のところへやってコチニールや緑青を買ってこさせてもいい。小間使いは顔料の詰まった捻じった蠟紙、しっかり包装された円錐形の包みを持って戻ってきて、そこから虹や熊や獣や雨や木の葉や髪や肉や、この世のあらゆるものの材料がこぼれ出てくるのだ、正確な配合を、完璧な筆の運びを見いだせさえしたならば。専用の階段を降りて公爵の居室へ行き、オレンジの木のあるテラスを使ってもいい、そこからは、壁のダイヤモンド型の穴から街の通りを眺めることができる。フェラーラでのこの最初の一週間は、なんでも手に入るように、なんでもできるように感じられる。このカステッロで過ごす日々にはどこか、輝くような可能性で心をいっぱいにしてくれるものがある。彼女はなんでもできるのだ、なんでも描けるのだ。ただ手を伸ばして、欲しいものを摑めばいいのだ。

ところがアルフォンソの妹たちは、彼女のためにべつのことを考えている。何日かのあいだ、ルクレツィアが自分の部屋に閉じこもって、べつべつの建物――デリツィア、パラッツォ――を鳥瞰図で描いた細密画を試みることに没頭して過ごしたあと、エリザベッタから呼び出しがくるようになる、ほとんど毎朝。彼女の居室はうんと濃い桃色の布で覆われていて、柔らかい果物の内側のようで、ルクレツィアはすわって、義妹が髪を仕上げたり顔や手を美しくする練り物を塗ったりしながら、このドレスやあの手紙、このリサイタルやこんどのフェスタのことを女官と相談するのを見ていなくてはならない。

それから義妹はルクレツィアと腕を組み、いっしょにカステッロの側面に沿って散歩する、部屋がべつの部屋へと続き、階段を降りたり、専用の柱廊へ上がったり。エリザベッタはルクレツィアに、公爵の居室のテラスにあるオレンジの木から花を摘んできてくれないかと頼んだりもする。「この花はね」と彼女は、籠にいれて持ってきてくれたルクレツィアに話す。「肌を明るくするのにとてもいいの。だけど」と彼女は微笑みながら付け加える。「あなたには必要ないけれど、ねえ」

彼女はルクレツィアに子どもの頃のことを訊ねる、兄弟姉妹のことを、フィレンツェの街のことを。エリザベッタは行ったことはないけれど、あの街の魅力や素晴らしい建物のことはいろいろ聞いているのだ。彼女はルクレツィアが答えるのにじっくり耳を傾け、義姉の家族の詳細を、それぞれの名前、年齢、好みを記憶に留める。

「なんでしたら」とルクレツィアは思い切って言ってみる、言わないと失礼になるからだ。「そのうちいつかいらっしゃれば」

エリザベッタの口角が上がって笑みになる。「是非行きたいわ」

ルクレツィアはエリザベッタが両親のパラッツォにいるところを想像してみる。あの幅の狭いドレスがタイル張りの床を掃き、あの目ざとい眼差しが金箔張りの天井を眺め、あちらへこちらへと顔を向けるとあの襞襟のレースがかさかさ音をたてる、あのめりはりの利いた声でイザベッラと、エレオノーラと会話する。彼女にはどうもうまく想像できず、刺すような不安とともに、もしヌンチャータも行くと言い張ったら、と考える、両親の夥しすぎるフレスコ画や像を、さぞや批判的な眼差しで眺めることだろう、軽業の伴奏として軽快な曲を演奏する音楽家たちの喧しさに顔をしかめるだろう。ヌンチャータがお付きの女たちにフィレンツェの宮廷というのはけばけばしく飾り立てたところだと話すだなんて、たまらない。ヌンチャータとあの噛みつきやのスパニエル犬があの場にいるのを想像すると、生まれて初めて両親を、両親がまわりに築き上げた世界を庇(かば)いたくなる。

　エリザベッタやヌンチャータをあそこへ連れてなどいくものか、と彼女は思う。

　エリザベッタはルクレツィアが自分の部屋にあまり長い時間引きこもらないよう、宮廷生活に引っ張りこむ。一日じゅうここに閉じこもっていてはいけないわ、と前触れもなくやってきて言い、窓覆いを開けて、描いているもののためにルクレツィアが注意深く濾過していた光を台無しにしてしまう。エリザベッタはルクレツィアの画架をちらと見るが、とっても素敵、という褒め言葉しか口にしない。彼女はルクレツィアの手を取り、エミリアに命じて絵を描くとき用の上っ張りを脱がさせ、それからルクレツィアを広間のひとつに連れていく、そこでは作家たちが詩を論じていたり、哲学者たちが倫理学について議論していたり、俳優が朗読したり、高貴な女性たちがこの夫のことやあの愛人のことやどの裁縫師がいちばん怠け者かといったことをひそひそおしゃべりしている。ルクレツィアも、たいていは黙ったまま、こうした催しの場ですわっている。彼女は宮廷の男たちや女たちからじっと見つめられたりチラ見されたりするのに耐える、身のこなしだの着けている宝石だの彼女自身の価値だの地位だの魅力だの、その他いろいろを評価されるのに耐える。こうした矢や槍に気づいている自分の表面部分には意識を向けず、代わりにリュートの弦のように自分を調整して、部屋の向こう側で哲学者がしゃべっていることだけ聞こえるようにする、俳優が朗読するイタケー島についてのくだりだけ。周囲の人たちが「アルフォンソ」という名前を口にするのが聞こえたら、まわりの言葉が頭に入ってくるのを拒否する。彼女はこういう人たちが泳いでいるところへ入るつもりはない。扉に目を向けることさえ断じてしない、そこには近衛隊長エルコレ・コントラーリのがっしりした背の高い姿がある。エリザベッタがすっと出ていくとすぐさま彼が追いかけていっても、瞬きもしない。彼女はこうしたことをすべて目にするが、それを自分自身にもほかの誰にも認めない。

この時点で彼女の地平に雲があるとしたら、それはヌンチャータだけだ。ある朝犬を連れて一人で礼拝堂にすわっていたヌンチャータは、開いていた扉のところを通りかかったルクレツィアとエリザベッタを見て、とつぜん二人が長い時間いっしょに過ごしていることを気にしはじめる。ルクレツィアは、母がスペイン人の女官しか置かず、それがしばしば女官たちとパラッツォの召使たちとのあいだに言葉が原因の誤解を引き起こすのだという話をエリザベッタに聞かせている。ルクレツィアと腕を組んでいるエリザベッタは笑い、ルクレツィアったらなんて面白いんでしょう、もっと聞かせてちょうだい、と言う。ヌンチャータが姉に声をかけて、どこへ行くのかと訊ねると、エリザベッタは歩く速度を変えることなく、ルクレといっしょに外へ新鮮な空気を吸いにいくのだと肩越しに返事するだけだ。たちまち、ヌンチャータも二人を追いかけてくる、二人のあとを追って中庭へやってくる、エリザベッタがルクレツィアの白い騾馬をそこへ連れてくるよう言っておいたのだ、二人で騾馬にオレンジの皮や菓子のかけらを食べさせてやれるように。ルクレツィアが動かないよう押さえつけている我慢強い動物のたてがみにエリザベッタが色のついた飾り紐を編みこみながら、尻尾にブラシをかけるようお付きの女たちに言いつけているところへ、ヌンチャータが現れる、スパニエル犬を小脇に抱え、体を動かしたので顔が汗で光っている。二人が騾馬を飾りたて、それから中庭を歩かせながら、もっと飾り紐を持ってきましょうか、もっと明るい色のほうがいいかしら、それともいっそレース、などと互いに訊ねあっているのを、目を細めて眺めている。アルフォンソを呼びましょうよ、これを見せましょう、気晴らしになるわ、とエリザベッタが提案する。この場の浮き浮きした気分にのったルクレツィアが頷きかけたとき、ヌンチャータが割って入る。

「お兄さまは」と言う彼女は、どうやらエリザベッタにだけ話しかけているようだ。「邪魔されるのはお喜びにならないわよ。とりわけこんなつまらないことでね。少しは分別をお持ちなさいな」

彼女の声はまるで火に水をぶっかけたようだ。喜びは、活気は、皆のなかから消え去る。皆で飾り紐を解き、騾馬の手綱を馬丁に返し、中庭から立ち去る。

このあと、ヌンチャータは毎日必ずくっついてくるようになる。彼女はエリザベッタの寝室に早くに出かけ、一緒にルクレツィアの居室へ誘いに行けるようにする。エリザベッタが開く広間の集まりのすべてに参加する、朗読や独唱会のあいだじゅうあくびしたり体をもぞもぞさせたりしているのではあるが、しょっちゅう座席の二人のあいだに割り込んでは、ルクレツィアがエリザベッタに何か言うと口を挟み、エリザベッタが質問すると、ルクレツィアの代わりに答える。なんともやりにくい取り合わせだ。ルクレツィアはあの感じが良くて快活なエリザベッタと二人だけだった日々が恋しい。この三角関係の力学、二人が彼女の関心を引こうと争うさまは、厄介で気まずく、イザベッラとマリアの超然として他者を寄せ付けない二人組とは雲泥の差だ。

エリザベッタはヌンチャータの振る舞いを面白がって喜んでいるようで、カステッロのますます遠く離れた隠れ場所を思いついては、ここならぜったいヌンチャータには見つからないわよ、とルクレツィアに小声で言う。あの人、妬ましくってたまらないのよ、とエリザベッタは嬉しそうに囁き、彼女の広間の窓カーテンの陰で一緒に身を潜めながら、ルクレツィアの手を握りしめる。だが、母もきっと面白がってくれるだろうと思ったルクレツィアがこのことを手紙に書くと、母からは、くれぐれも気を付けるようにと警告する改まった調子の返事がきて、驚かされる。

愛しいルクレへ

アルフォンソの妹さまたちが、あなたのことが好きだからそんなふうに競い合っているなどと騙されてはいけませんよ。そういう振る舞いを好意と勘違いしないように。宮廷における連携は常に力と影響力が関係しているということを覚えておきなさい。兄の妻、兄の公爵夫人の親友になる、というのが妹さまたちの目的なのです。公爵さまに近づきたいからあなたに近づきたがっているのですよ、自分たちの立場を揺るぎないものにしておくためにね。あなたを公爵に通じる道として見ているのです。常に気をつけていなさい、どちらか一方へより好意を示すことのないように。公正に振る舞いなさい、そして相応しい距離を置くことです。あなたが公爵夫人なのです、妹さまたちではなく。なぜ彼女たちがそんなに懸命にあなたの歓心を買おうとするのかと、自問してごらんなさい。妹さまのどちらかが何かの形で兄上に盾突こうとなさっているということは考えられませんか？　あるいはもしかしたらあなたに対して？

毎日あなたのために祈っています。

あなたを思う母より

ルクレツィアは急いでこの手紙を鍵のかかる引き出しに隠す。ときどき取り出しては読み返す。母は正しいのだろうか？　たぶん、エリザベッタはルクレツィアとの付き合いを楽しんでいるだけで、ヌンチャータはそれに対して仲間外れにされている気がするというだけのことなのだろう。だがアルフォンソの妹たちといるときはいつも、彼女の心の端っこを疑心が揺さぶるようになってくる。この人たちは彼女に何を望んでいるのだろう？　母が言うように、彼女たちの動機は隠されているのだろうか？　彼女たちの招待や誘いがそれとわからない洗練された権力争いにおける戦略だ、などということがあり得るだろうか？

　エリザベッタが毎日ルクレツィアを連れて馬で市の門の外へ出かけるようになると、ヌンチャータは馬が好きではないので同行できない、するとヌンチャータはルクレツィアの居室に女官を寄越す。クレリアはある午後、ルクレツィアが乗馬から帰ってきたちょうどそのときに何の予告もなく現れて、深いお辞儀をして、公爵夫人ルクレツィアさまにお仕えするよう言いつかっております、と述べる。彼女は部屋に入ってきて、その慇懃な口調とは裏腹に好奇心をむき出しにしてあちこち見まわす、絵を描く机を、画架を、ルクレツィアの集めた鳥の羽を、窓の張り出しに置かれた象牙色で繊細な狐の頭骨をしげしげと見つめる。彼女の目はちょっと出っ張っていて、あまりに見開きすぎるので、瞳のまわりぜんぶに白目の部分が見えている。足の運び方が変わっている、とルクレツィアは思う、靴底を床に打ち付け、合間に深いため息をつくのだ。エミリアは彼女の存在が気に入らない。クレリアが何か仕事――服を並べたり、靴を磨いたり――をしていると、エミリアが傍につきまとって見張っていることにルクレツィアは気がつく。二人は、気づかれないと本人たちが思っている方法で競い合いはじめる、どちらがルクレツィアに朝の飲み物を運ぶか、ルクレツィアのパンを切るか、髪を編むか、胴着を締めるかで。クレリアは、ルクレツィアが新しい女官を気に入ったかどうか確かめようとやってきたヌンチャータによると、さる零落した高貴な一家の親族なのだという。「育ちがいいのよ」ヌンチャータはエミリアに蔑みの目を向けながら強い口調で言う。「だからあなたにはまさに相応しいお相手だわ」ルクレツィアは絵を描いたりスケッチしたり本を読んだりしたいときには、何か用事をこしらえてクレリアを使いに出さなければならなくなる、でないとクレリアはバタバタ足音を立てながら部屋じゅううろうろしたり、窓の外を眺めて、こんなところにだけはぜったいいたくないとでも言いたげな溜息をつくのだ。

「もうちょっと様子を見て」とエリザベッタは、クレリアの存在が鬱陶しくてたまらないのだと訴えるルクレツィアに助言しながらその腕を優しく撫でる。「クレリアも落ち着くかもしれないわ。あなたはまだ彼女に慣れていないだけかもしれないし。彼女」とエリザベッタは言う。「あなたのドレスと髪をとっても素敵にしてくれているじゃないの。そう思わない?」

ルクレツィアの髪はその日、フェラーラ風になっている、エリザベッタの髪と同じように、こめかみの両側に曲線が張り出していて、端の尖ったたくさんのピンで頭頂に留め付けられている。自分がこの髪型を気に入っているのかどうか彼女にはよくわからず、頭の上でこれだけの重さの髪が均衡を保っているせいで、首が強張るように思える。だが彼女はそんなことは口にしない。頷いて、微笑んで、そうね、クレリアの様子をもう少し見てみます、と答える。

エリザベッタは嬉しそうに頷き、それから、もうお暇しなくては、と言う。約束があるからと。彼女はルクレツィアと目をあわせる、わかるでしょ、ちゃんとわかってるんじゃないの? とでも言いたげに。そしてルクレツィアは立ち上がって扉のところまで一緒に歩く、エリザベッタに歩調を合わせて、はい、わかっていますとも、そしてぜったい言いませんからね、と黙ったまま伝えながら。

アルフォンソはその夜、いつもより早い時間に彼女の居室にやってくる。ルクレツィアはまだ寝支度の最中だ。エミリアがピンを一本一本外して襟を取り除き、クレリアはルクレツィアが夕食のときに着けていたチントゥーラを解いていると、アルフォンソが扉から入ってくる。

「どうか」と彼はどうしたらいいかわからず作業の途中で手を止めている小間使いたちに言う。

「続けてくれ」

彼は椅子の、重ねてあった衣服の上にすわるが、ルクレツィアもエミリアもクレリアも、布地を押しつぶしていますよ、などと言う訳にはいかない。クレリアがチントゥーラを彼の横にある卓上に滑らせる。

の箱にしまうと、彼はそれを取り出して両手で持ち、金の鎖やちりばめられたルビーを指のあいだ

「そなたの髪」と彼は不意に言う。「いつもと違うな」

ルクレツィアはこの頃には下着とスカートという姿になって部屋の中央に立っている。

「はい」と彼女は返事しながら彼のほうを向く。「わたしには新しい型なんです」

気に入った、とか、もしかしたら気に入らないとか、エリザベッタの髪型と同じだね、とか言われるのを待つが、彼は黙ったままだ。

彼はまだチントゥーラを両手に持ったまま立ち上がり、窓辺へ行ってまた戻ってくる、まるで彼女をあらゆる角度から見ようとするかのように。

「そなたに聞かせる素晴らしい知らせがあるんだ」彼は微笑みながら言う。「イル・バスティアニーノが明日の朝ここへやってくる、肖像画を描くためにね」

「はい、聞いています」とルクレツィアは答える。「そして――」

「聞いている？」彼は足を止める。「いったい誰から聞いたんだ」

「ヌンチャータです。あの方は――」

「で、あいつはどうやってこの情報を手に入れたんだ？」

「あの方がおっしゃるには確か……」ルクレツィアは言わなければよかったと後悔する。「……あの方のお友だちがイル・バスティアニーノに何か絵をお願いしたら、遅くなると言われたとかで、ここに、わたしたちのところにいらっしゃることになっているから、と――」

「なるほど」

彼は部屋をまわる、暖炉から窓へ、扉へ、椅子へと。小間使いたちは顔を伏せ、せっせと手を動かしている。ここから出ていきたいのだ、とルクレツィアにはわかる、公爵から離れたいのだ。二

人を下がらせようとしたとき――アルフォンソがここへ来た目的を済ませるのが早ければ早いほど、彼女は早く一人になれる――アルフォンソがまた口を開く。

「そなたは私の妹たちと過ごす時間がかなり長いと聞いている」

ルクレツィアは彼を見る。これは質問なのだろうか、それとも意見？　ここでどう答えるのがいちばんいいのだろう？

「わたし……はい……そうだと思います」

「ヌンチャータと？」

「はい」

「ヌンチャータとだけなのか、それともエリザベッタとも？」こう訊ねながら彼の視線は彼女の髪まで上がり、それから顔に戻る。

「両方です。最初は、エリザベッタだけだったんです、あの方は……」彼女の声は小さくなり、不意に自分が不安定な地盤に立っているような気がしてくる。

「続けなさい」

「あの方は……エリザベッタは……あの方が最初に……お友だちになってくださって。着いたときからとっても歓迎してくださったんです、それから……ヌンチャータが……」ルクレツィアはためらう。こういうあれこれをどう彼に説明すればいいのか彼女にはわからない。彼が何を聞きたがっているのかわからないし、自分がついうっかり余計なことを言ってしまわないかどうかも。「あの方は……ヌンチャータは……わたしたちの仲間に入りたがっていらっしゃるように見えました。それで今では……」

「今では？」彼は催促する。

「あの方々は……あの方は……お二人とも……ご親切に……わたしとお付き合いくださって……」

「いつもそなたたち三人一緒なのか？」

「ときどきは」

「なら、そうじゃないときは——どうなんだ？　そなたとヌンチャータだけなのか？　それともそなたとエリザベッタか？」

ルクレツィアは頷く。

「ほかに誰か加わることはあるのか？」

「いいえ」彼女はさっと答える。「はい。ときにはエリザベッタのお相手たちが。それとか……それとか、廷臣たち。ヌンチャータのお気に入りのあの詩人とか」

「ヌンチャータかエリザベッタかどちらかとより長く過ごしていると思うか？　それとも同じくらい？」

「たぶん……ちょっと長いかしら……」

「エリザベッタとのほうが？」またも彼の視線がさっと彼女の髪のほうへと上がる。

「たぶん、そうです」

「一緒に何をするんだ？」

「わたしたち……散歩します……柱廊をぐるっと。招かれることもあります……あの方の広間での集まりに」

「そしてそなたは妹とカステッロから離れるのだな、数日ごとに、違うか？」

「そうです」

「馬で？」

「はい」

「乗馬に出かけるのか？」

「はい」

彼は頷き、この情報について考えながらチントゥーラの鎖を一つずつ掌に落としていく。それから箱に戻すと、彼女の手を取り、寝室へと連れていく。

「おいで」と彼は言う。「もう遅い、そなたはきっと疲れているだろう」


「まことに恐れ入りますが陛下、顎をちょっと上げていただけますか？　もっと。もうほんのちょっと。けっこう、けっこう、お美しい。今度はお顔を窓のほうに向けてください、ゆっくりと、どうか、ゆっくりと。はい、そうです！　そのままでお願いしますよ、陛下」

画家は遊戯の大広間（サローネ・デイ・ジョーキ）の真ん中に立って、窓から差し込む陽光を浴びている。画家が動かないのを、ルクレツィアは目の端から見て取る、なにしろ彼女の視線は壁に向けられているのだ。両脚を揃え、両腕を宙に持ち上げて、泳ぐために水に飛び込もうとしているか、技のまえにバランスを取る軽業師のようだ。

「うむ」彼は一人で呟く、指先をなだらかにまわしている、見えない絵筆を握っているかのように、もうすでに自分の想像の世界で描き始めているかのように。それから、振り向くことはせずに背後にいる人に話しかける。「おわかりですか、陛下？　こちらのほうが先ほどのポーズよりもいいのではないかという気がします。顎の曲線が良く出ています、首の優雅さも、とはいえ、その喉元の赤らみを再現する絵具をどうやって見つけたらいいでしょうか。素晴らしい、素晴らしすぎます。それにその額！」

アルフォンソは、今日は黒っぽい色の服を身に着けて、部屋の陰になっている奥まった場所を動きまわっている。彼は長卓に並べられたスケッチを検討している、一枚にかがみこみ、ついでもう一枚にかがみこみしながら、列に沿って移動し、それからまた戻る。彼は昨夜ルクレツィアに、イル・バスティアニーノはまさにこの部屋のフレスコ画を描いた画家なのだと話したのだった。鳥の羽ばたき一回分くらいの沈黙ののち、ルクレツィアはなんとか肯定的な言葉を発することができた。じつを言えば、彼女はここのフレスコ画が好きではなかった——イルカに乗っている赤ん坊、蛇に跨る魚人、無表情な顔で戦う男たち。彼女の目から見ると、奇妙に静止していて、肉の質感がさっぱり魅力を感じさせない。ところがアルフォンソは彼女に、イル・バスティアニーノこそ彼女の肖像画を描かせるのにぴったりの画家なのだと言う。彼女の住まう空間のまさにその壁をかくも相応しく飾っている彼が、こんどは彼女を描くのだから、と。

もうかれこれ数時間、ルクレツィアにあるポーズ——すわる、立つ、足を組む、手を組む、両手を離す、頭を前に、頭を横へ、片腕をあげて、片腕を下げて、手首を捻って——を取るよう頼んでは、画家はスケッチする。それから彼女の位置を変え、またべつのを描く。

彼は今朝、幾人かの弟子に夥しい備品を背負わせてカステッロに到着した。ルクレツィアは彼らを見わたした。少年が何人か、むっつりした若者、そしてマウリツィオ、彼は年下の弟子たちに、資材をどこへ並べるか、貝殻をどこに重ねるか、紙と画布はどこへ置くか指示している。デリツィアの廊下で最初に会ったときと同じ青い短上着を着ている。ヤコポの姿はどこにもない。ルクレツィアは胸に不安の炎がぱっと燃え上がるのを感じる。病気なのだろうか？　彼の身に何か起こったのだろうか？　彼女は出入口を確認するがそこには誰もいない、それからまたマウリツィオに視線を戻して、問いかける表情をする。彼はルクレツィアを目で追っていたにちがいない、ちょっと頷いてみせた、心配要りません、あいつは元気です、何も問題はありません、と言うかのように。

画家のイル・バスティアニーノは彼女に近づき、腕やスカートの襞を持ち上げたり、腰に巻いたチントゥーラを整えたり、喉元のレースをまっすぐにしたりする。そしてアルフォンソは横に立って、両手を後ろで組んで眺めている。ルクレツィアには馬鹿げた情景に思える。他の男が彼女のドレスや手や宝石に触れることをアルフォンソが許しているというのは、なんともおかしなことだ。もしこの男が彼女を描いているのでなかったならば、アルフォンソは帯に挟んだ短剣を鞘から抜いて画家を刺し貫いていてもおかしくはないだろう——これほどではないことで男たちが殺されたと耳にしたこともある。

ときおり、イル・バスティアニーノは「公爵さまのお許しをいただきまして」とつぶやきながら近づいてきて、アルフォンソの返答は待たずに指先をルクレツィアの袖口に差し入れて、そこのレースを引っ張りだしたり、彼女の頬やこめかみに触れたりする。

アルフォンソが知らないのは、手とか顎とかその他触れている場所に、イル・バスティアニーノがこっそりと、気づかれないように力を込めるということだ——ほんのわずかな内緒の力を。初めてこれが起こったとき、ルクレツィアはびっくりして目を上げて画家を見たのだが、相手はいたずらっぽい、挑発するような顔で見返しただけだった。画家はだらんと垂れた口ひげに、両脇が灰色になりかけている長めの髪、下あごは赤らみ、緑の目は生気に満ちている。ルクレツィアはこういう種類の男を知っている、女とみたらちょっかいを出さずにはいられない男だ、たとえ相手が後援者である公爵の夫人であっても、たとえ相手が自分よりも三十歳年下であっても、たとえそれが自分の命を危険にさらすことを意味するとしても。エレオノーラならば睨めつけるだろう——似たような男たちに対して母がそうするのをルクレツィアは何度も見ている——冷たい眼差しで凝視し、それから父コジモに、あの男は「気を許してはならない人間」だと告げるのだ。

ルクレツィアは二度と彼の顔を見ないように、彼と目を合わせないようにする。彼女はポーズをとってすわり、画家と夫と弟子たちと様々な廷臣たちが彼女を見ながら意見を交わし、この肖像画には何が必要か考え込む——もっと金が、もっと宝石が、地球儀が、ロケットが、動物が、食卓が、本が？　的確な印象を与えるのは何だろう？　フェラーラのエステ家の印象をもっとも良くするためにはどうすればいいだろうか？　画家はスケッチし、マウリツィオは助言し、アルフォンソは行きつ戻りつする。ヌンチャータは犬を腕に抱え、詩人のタッソと一緒にやってきてアルフォンソの横に立ち、イル・バスティアニーノの肩越しにのぞきこむ。彼女はふんというようにちょっと肩をすくめる、目にしているものが気に入らないと言いたげに、そしてタッソに何か囁き、詩人は笑みを浮かべて鷹揚に首を振る。一日の終わりを迎える頃、レオネッロが扉の一つから入ってきてアルフォンソの隣に位置を占め、スケッチからルクレツィアへ、そしてまたスケッチへと視線を動かすが、何も言わない。

彼女はできるだけ動かないようにしながら、部屋で起こっていることから自分を解き放ち、心をさまよわせる。どこかほかの場所の何かほかのものになる、アルフォンソと一緒に過ごす夜にやるように、自分の皮と骨だけ代わりに残して。自分の外側だけ残すのだ。あとの部分は退場する、逃げ出す、こっそり去る。彼女は白い騾馬のことを考える、背に乗って森を抜けるときに頭絡がちりちり音を立てることを。ソフィアのことを考える、きっと子ども部屋の食卓に皿や匙を並べているだろう、もしかするとほかの乳母に足をさすってくれないかと頼んでいるかもしれない。母が大事にしている蚕室のことを考える、幼虫がじわじわ食べていく様子、あの粘着性のある絹の糸。堀の流動性のある水面の銀色の映像がこの部屋の壁や天井に映っているのを観察する。すると、窓の外の何かが彼女の目をとらえ、今この時へと、部屋のなかへと引き戻す。

反対側の塔の胸壁で囲まれた狭い屋上に、二つの人影が見える、互いに向かって歩いていく。青い空を背景にした黒い切り絵人形だ。女が男に近づいていき、男も女に近づいていく。途中で二人は出会う。二つの体が融合し、あいだにあった光は消える。

それはもちろん、エリザベッタとコントラーリだ。足早な歩き方と輪郭でルクレツィアには前者が識別できる。後者はといえば、あの近衛兵のがっしりした体格と、羽飾り付きの帽子をかぶっていることで。一瞬、彼女は二人とともにあそこにいて、塔の上に吹きすさぶ風を感じ、人目を盗んで抱擁する二人の切羽詰まった気持ちを感じる。自分はエリザベッタだ、自分はコントラーリだ。二人の愛の激しさがルクレツィアの体じゅうを駆け巡る。

彼女が二人を見ていたのはほんの一瞬だけで、すぐに視線を部屋に戻す。

アルフォンソが彼女をまっすぐ見つめている、目を細めて。

ルクレツィアは笑みを浮かべようとするが、急に心臓がドレスの下でどきどきいい始める。アルフォンソが何かに気づいたなどということがあり得るだろうか？　彼女の表情から、それとも窓の外を見ていた様子から？　いったいどうやって？

だが彼は何かに気づいている。彼が今度は窓の外を見ているのがルクレツィアの目に映る、胸壁を、塔を、空を、そしてレオネッロもまた彼の横に来て立っている。

ルクレツィアは危険を冒してちらと見てみる。エリザベッタは一人のようだ。コントラーリはいなくなっている。彼女は止めていた息を吐く。たぶん、万事うまくいくだろう。

アルフォンソは妹が塔の端から端へと歩くのを眺めている。その表情は何か考えているようで、頭を一方へ傾げ、腕を組んでいる。エリザベッタの姿が塔の真ん中にある戸口のなかへ消えると、彼は室内へと向き直る。組んでいた腕を解き、それからイル・バスティアニーノが立っているところへ歩いていく彼を、ルクレツィアは見守る。彼は画家が描いているスケッチを長いあいだじっくりと眺め、それから手を伸ばすと画架から画紙を取る。

「私の考えははっきり言っておいたはずだが」彼はほとんど唇を開かずに呟く。「妻の……なんと言ったらいいのかな？……妻の威厳、妻の血筋を示すようなものを私は望んでいる。わかるか？妻は普通の人間ではないのだ。そのように表現してもらいたい。どうか肖像画には確実にそういうことを表してもらいたい、ほかの何よりも。この肖像画を見る誰もが瞬時に妻がどういう存在であるかわかるようにしてもらいたいのだ、王族であり、洗練された、手の届かない存在なのだと」

イル・バスティアニーノは一瞬呆然として公爵をぽかんと見つめ、それから気を取り直す。

「もちろんでございます、陛下」彼はお辞儀しながら答える。「お望みのとおりに仕上げるべく全力を尽くします」

アルフォンソは頷く。彼はスケッチを側へ投げ捨てると、ほかの誰にも目を向けずに部屋を出ていく。

彼女の部屋に朝早く手紙が届く、夫の筆跡だ。彼が細かく指示して作らせた衣装で描いてもらうことにした、衣装は昨夜遅くに届いている。それを着て、婚約の贈り物も身に着けて、広間へ降りてきてもらえないだろうか？　彼はこの信書に、そなたのアルフォンソ、と署名している。

真四角の部屋の壁のフックに、ドレスのスカート部分が掛かっている。胴着と袖はべつになっていて、飾り戸棚と小卓にだらんと置かれている。敷居をまたいで入ってきたルクレツィアの目には、四つに断ち割られた女が家具のあちこちに平然と並べられているように見える。

エミリアは興奮して手を叩きながらスカートのところへ行き、さらさらいう絹地を掌で撫で、片袖を取り上げてから下ろし、肌理の細かい布地や刺繍や際立ったデザインについてあれこれしゃべる。クレリアでさえ微笑みと言えそうな表情を浮かべている。彼女もまた、ドレスに触れてみないではいられない。

ルクレツィアは立って二人に着せてもらう。両腕を上げ、両腕を下ろし、向きを変え、頭を下げ、そのあいだずっと顔を背けて目を空に向けている、空は灰色で嫌な感じで、雨をため込んでいる。

エミリアとクレリアに鏡の前へ連れていかれると、彼女を見返しているのはちょっと不安げな面持ちの人間だ。ドレスは細身で、スカートは彼女のまわりにあふれ、渦巻いている。首は高い襟に包まれて、頭の向きを変えるのが難しい。レースが喉元に爪を立てる。両腕は、肩の上から立ち上がって手首のすぐ下で終わっている巨大な風船のような袖に包まれて見えない。手はまるで、フリルで飾り立てた袖口からのぞく青白くて無力な鼠の手のように見える。これまで彼女がまとってきたどんな衣装とも違う。胴のくびれは彼女の腹部を締め付け、巨大な袖とギャザースカートが彼女を、きゃしゃで取るに足らない葦のような存在に思わせる。この衣装を身に着けた人が誰なのか彼女にはわからない。フィレンツェから持ってきたドレスとは似ていないし、かといってエリザベッタやヌンチャータやほかの宮廷の女たちがまとっているものとも似ていない。片腕をあげてみたり、足先で裾をつついてみたりしながら彼女は考える、夫がこの衣装を彼女のために作らせたということは何を意味しているのだろう、結婚記念肖像画に描かれる彼女がこんなふうであってほしいと夫が望んでいるということは？　いちばん気になるのは生地そのものだ。臙脂色に起毛した黒のダマスク織文様が入っていて、じっと見つめていると、ある瞬間赤の後ろに遠ざかっていくように思えるのに、それからまた飛び出して、赤にのしかかるかに見える。赤の上に黒なのだろうか、黒の上に赤なのだろうか？　ルクレツィアはひたすら見つめるが、はっきりしない、複雑に仕上げられた黒い格子模様が赤を閉じ込めているのかそれとも自由にしているのか、わからない。くらくらして、心もとなくなってくる、物と物との関係や境界がすべて崩れ去って融合していきそうな気がして。

　サローネ・デイ・ジョーキでは、男たちが取っ組み合って戦っている自分の描いたフレスコ画のなかにイル・バスティアニーノが立っている。彼女を見ると、彼は大きな笑顔になり、口いっぱいの狼みたいに尖った乱杭歯をむき出しにする。「そうです、そうです」腕を組み、首を振って目から髪を払いのけながら彼は言う。「完璧です、陛下、まったく完璧です。素晴らしい肖像画になりますよ」

　アルフォンソは片足を足載せ台に置いて立っている、手には本か冊子を持っていて、閉じようとはしない。ルクレツィアを、読んでいるものの上端越しに見やる。イル・バスティアニーノは彼女を椅子へ導き、ドレスをまわりに広げ、そのあいだじゅう、お世辞や大げさな言葉を繰り返し、スカートを撫で、裾をあちらへこちらへと引っ張り、ほんのちょっと下げて彼女の靴の先が見えるようにしたりする。彼女の背中にクッションを置いて背をまっすぐ伸ばしてすわらざるを得ないようにし、その片腕を卓上へと動かす。

画家はそれからそそくさと三歩下がり、ついでもっとゆっくり一歩、そしてまた一歩下がる。「さて」と彼は言いながら、まるで前へ突進して彼女を抱擁しようとしているかのように両腕を差し出す。「いかがです?」

二つの人影が画家に近づく。広大な広間のそれぞれ反対側から彼らが進んでくるのがルクレツィアの目に映る。一人はアルフォンソで、暖炉の傍で何か読んでいた場所からやってくる。もう一人は広間のいちばん遠いところ、イル・バスティアニーノが画材を並べているところからやってくる。一方は背が高く、脚が長くて、タイル張りの床に長靴の音を響かせていて、もう一方はずんぐりしていて、もじゃもじゃの巻き毛、靴音を立てずに床を滑るように進んでいる。

一方は夫。もう一方は、堀に反射したゆらめく光に照らされた姿を彼女が見ると、あの弟子、ヤコポだ。

ルクレツィアはたちまち自分がどんな馬鹿げた姿でいるか意識してしまう、こんなふうにすわって、豪華な衣装の湖に包み込まれて。胴着がきついのが気になる、糊付けされた襟がちくちくするのが、首から下がったルビーの震えるような動きが。ヤコポは彼女のほうを見ない。やってきてイル・バスティアニーノの後ろに立つと、たぶん彼女の前の床かドレスの裾あたりを見る。彼は指のあいだに、絵筆や木炭棒やパレットナイフや小さな瓶、恐らく絵筆や画布を洗うための液体を入れたものを、武器のように突き出して挟んでいる。指の関節部分の皮膚は擦り剝けて赤く、絵具の染みがついている。茜色、石黄。ふと彼女はこんな色がつくとは、彼は何を描いていたのだろうと思う。天使の翼？　花の花弁？　顧客の家族が可愛がっている愛玩動物？

彼女の注意はこの一連の思いからヤコポの横で生じた動きのほうへと逸らされる。アルフォンソが頷いている、片手をジュッポーネに差し込んで。それから彼は笑顔になる、そして彼がめったに浮かべない笑顔のなかでも、これは彼女が大好きなものだ。無防備で、自然で、顔全体に広がる大きな、人を寄せ付けない表情を陽気な好男子に変えてしまう笑いだ。

「これこそ彼女だ」と彼は呟き、その言葉は部屋を横切ってすわっている彼女にも聞こえてくるので、彼女は夫に微笑み返す。それから彼は付け加える。「私の最初の公爵夫人だ」

彼女はまだ微笑みながら、イル・バスティアニーノがほんの一瞬、床に向かって戸惑った渋面を作るのを目にする。ヤコポがゆっくりとアルフォンソのほうへ顔を向ける、この仕草自体が衝撃的だ――粗末な服を着た庶民が畏れ多くも公爵を至近距離から見つめるとは。

だがアルフォンソは「私の美しい公爵夫人」と言い直し、イル・バスティアニーノはいま一度こびへつらうような薄ら笑いを顔に浮かべ、ヤコポは顔の向きを変え、そしてルクレツィアは、緊張感と不安の奇妙なざわめきが遠ざかっていくのを感じる、川を行く船のように。

もちろん夫はそのつもりで言ったのだ、と彼女は思う。「最初の」ではなく、「美しい」だ。「最初の」と言うわけがないではないか、彼女は彼の妻、たった一人の妻なのだから？　言い間違い、とっさの失言。彼女自身、そんなことはしょっちゅうある、なんの前触れもなく言葉が飛び出てしまう、同意も得ず意識することもないまま出てきてしまう。不適切な、意図的ではない発言。彼は「美しい公爵夫人」と言うつもりだったのだ、「最初の公爵夫人」ではなく、なぜなら「最初の公爵夫人」なんて道理に合わないからだ、まったく。それではまるで、この先ほかの妻を迎えることになると彼が思っているみたいではないか。そんなこと、本質的にあまりに突拍子もなく、あまりにどうかしていて、とてもあり得ない。

　彼ははじめから「美しい」と言うつもりだったのだ。それは確かだと彼女は思う。

　彼女が部屋に注意を戻したときには、アルフォンソはいなくなっている。クレリアとエミリアは窓辺の席にすわって、エミリアは白地に青い縁取りのようなものを刺繡していて、クレリアは、ルクレツィアには薔薇の刺繡のように見えるものに投げやりに針を刺している、イザベッラのものだったのがルクレツィア自身のものとなり、今はクレリアのものだ。イル・バスティアニーノは黙りこくって画布に、絵具や遠近法に集中している。そしてヤコポは腰と片腕で支えている大きな板の上で、絵を描いたり字を書いたりしている。彼が左手を使っているのをルクレツィアは目にする、彼は彼女を見上げてはまた目を伏せる。

　一度、彼がルクレツィアのすわっている間近までくる、どうやらドレスが膝から垂れている様子を眺めているようだ、山になってから裾にむかって滝のように流れる様を。彼女は彼に言いたい、訊ねたい。布の重なりを観察しているのかしら、色の変化を、模様が襞で中断されて違う場所でまた始まる様子を？　あなたはこの模様が嫌い？　わたしは嫌いなの。なんだか閉じ込められているみたいで、この左右対称の渦巻き図形に監禁されているように感じるの。わかってもらえるかしら、ねえ？　きっとあなたならわかってくれると思うの、どうしてそう思えるのかはっきりとは言えないんだけれど。とにかくわかるの。

　そこに立っている彼を彼女は見つめる、彼女のすぐそばに。右手の皮膚は絵具で染まり、爪の内側も半円形に別々に染まって、虹の縞模様みたいだ。動きっぱなしの左手は尖筆を握っている。考えるときに舌先を口の端に押し付けるあの様子。その舌は彼女の興味を掻き立てる、あの人間の道具は、彼の場合は休眠状態で、使われていない。ほかの舌と見た目は少しも変わらないのに。あの桃色で斑点のある舌を見ても、あれがほかの舌と違うところがあるなどとはおよそわからないだろう——

ヤコポは紙の上の何かをこすろうとし、へまをやって尖筆を床に落とす。それはからからかたんと六角形のタイルに跳ね返る、最初は片方の端、ついでもう一方がぶつかり、そして彼女の足もとで止まる。

するといつも鋭く、いつも聡い彼女の耳は、何かほかの音を拾う。ヤコポが呟いている、はっきりと、自分を叱りつけている、彼女の知っている言葉、彼女が聞いて育った方言だ、パラッツォの子ども部屋でナポリ人の乳母たちの口から。「ぶきっちょな馬鹿者め」

彼は板を持ったまま跪き、彼女のほうは見ないで床の上の尖筆を探す。

ルクレツィアはあたりを見まわす。小間使いたちは部屋のちょうど反対側にいて、クレリアはあくびし、エミリアは縫い物にかがみこんでいる。イル・バスティアニーノは画架の後ろだ。衛兵たちは戸口の横で壁にもたれ、退屈そうな生気のない顔をしている。

ルクレツィアは軽く息を吸い込む。「あなたはナポリのご出身?」ほとんど声は出さず、唇も動かさずに同じ方言で訊ねる。

ヤコポの顔がぴくんと上がる。彼女はあの変化する海の色のような青緑色の目を忘れていた、大理石から切り出したような顔の鋭い線を。

「そうです」と彼は話すというよりも吐息のような小さな声で答える。「そうでした。なぜあなたは——?」彼は言葉を切り、素早く背後を確かめる。

ルクレツィアは足を横へ動かす、ほんのすこしずつ、そして爪先で尖筆を踏んで、それをスカートの下に引き込む。ヤコポはこれを見ていて、ちょっとためらったあと、探しているふりを続ける。

「わたしの乳母よ」と彼女は囁き声で説明する。「で、あなたはこの方言しか話さないのね?」

ヤコポは床のあちこちを見まわしながら、タイルの上を両手で半円形に撫でる。「あの人たちみたいに話せますよ、おおよそね」彼は頭でイル・バスティアニーノのほうを示す。「そうしようと思ったら。だけど」彼は彼女を見上げ、一瞬彼女の脳裏に彼の弱っていく脈拍を指先に感じたこと、彼のぜいぜい苦しげな息遣いが蘇る。「そうしようとは思わない」

「どうしてそんなことができるの」とルクレツィアは問いかけようとする。「あの——」

彼女はイル・バスティアニーノが呼びかける声に遮られる。「ヤコポ？　いったいどうしたというんだ？　なぜそんなふうに床に這いつくばってるんだ？」

ルクレツィアは尖筆を押さえていた爪先を上げる。ヤコポの手がさっと彼女の裾の下に消え、それから二本の指のあいだに尖筆を挟んで出てくる。あの一時は終わった、二人が話す機会は失われた。二人のおしゃべりはあれでお終いなのだ。

だがヤコポは、うずくまった姿勢から立ち上がるときに、彼女の傍の空間でソフィアの国の言葉を囁く。「あなたに命を助けていただいたことはけっして忘れません」

それから彼は離れていく、長い部屋を向こうへ行ってしまう。彼の軽い足取りを、片方の足がちょっと内側を向いているように思える様を、彼女は見守る、観察する。彼が小脇に抱えている板には、彼女の手首や首や頬や眼窩がぎっしり描かれている。彼がそれらを持っている、手にしている。彼はそれらを保護してくれるだろう、なんの害も及ぼされないようにしておいてくれるだろう。そう思うと、彼女の心に小さな温かみが広がって沁みわたっていく。

ルクレツィアはエリザベッタと、それにお付きの衛兵たちとともに馬で出かけて、カステッロから市を囲む壁まで、その外の狩場まで続くまっすぐな道を進んでいく。今年最初の霜に、どの枝も草の葉も、一行が出てきたカステッロの扉の閂や取っ手も覆われている。空気には鉄のような冷たさがあり、冬の到来をほのめかしている。森は常になく静まり返っているように思える、まるで寒さに沈黙させられたかのようだ。ルクレツィアは馬を駈歩で走らせる。世界がするする流れていく感覚を味わいたいのだ、木と木のあいだの明るい隙間がとけあってひとつになってほしいのだ。

エリザベッタは毛皮の裏のついた乗馬用の外套に身を包み、羽飾りのある帽子をかぶり、自分の馬は遅れさせておく。コントラーリが彼女の横に馬を並べて、片手でしっかり手綱を摑んでいる。二人は互いに頭を寄せ合い、そんなふうにしながら何時間も話している。

二人の雰囲気にはルクレツィアの心にどこか父コジモと母エレオノーラを思い出させるものがある。コントラーリが指をエリザベッタの袖に掛ける仕草。彼女を見る彼の目に浮かぶ優しさ、そういう愛が非常に強い男性を物柔らかにしてしまう様子。コントラーリが何か言おうとするとそのまえにエリザベッタにはわかってしまうらしいこと。彼が何を口にしようとしているのか、エリザベッタには直感でわかるのだ。ルクレツィアはこういうことをすべて見ている、そしてそれはルクレツィアにとってお馴染みのものだ。それは彼女の心を、誰かとそういう繫がりを持ちたいという切ない思いでいっぱいにする。彼女だって誰かに、特別で貴重な存在であるかのように見つめてもらいたい、彼女があげた柊の小枝を馬鹿みたいに帽子の飾り紐に挟んでほしい、あれやこれやについて意見を訊いてほしい。

ルクレツィアが鞍の上から振り返ると、二人はまるで古の森の精のようで、さやさや揺れる森の木の葉で顔が緑に染まって見える。

ある夜眠れないまま、ルクレツィアはカーテンを開け、寝台から起き上がって寝室を歩きまわり、そして自分の広間に入る。エミリアの眠っている小部屋の前を通ると、閉まっている。扉の掛け金を開け、外の階段の吹き抜けへと身を乗り出す。

まだ真夜中ではない、と彼女は推測する。カステッロはまだ活動しているように思える、少しだけではあるが。遠くで聞こえる足音が彼女から遠ざかっていく。たぶん召使が、夜遅くに寝室へ呼びつけられたのだろう。中庭からはひそめた声がする。

物心ついて以来ずっと抱いてきた気持ちを彼女は感じる。探検に、行動に惹かれる気持ちだ。彼女はちょっと考えてから頭を扉の内側へ引っ込める。数歩戻って、エミリアの寝台への扉をそっと開く。小間使いはうつぶせになって、顔を藺草(いぐさ)の茣蓙(ござ)に押しつけ、片腕を曲げて寝ている。

ルクレツィアは小間使いの寝台の隣の床から茶色の服と亜麻布の前掛けと帽子を取り上げる。服を頭からかぶる――小さすぎもせず、大きすぎもせず、肩のあたりがちょっとゆるいだけだ――そして前掛けを。髪に帽子をのせる。ゆったりした頭巾型で、百合の花のような形をしている。顔の上までぐっと引き下げられるので、かぶっている者の顔を隠してくれる。

音を立てずにそろそろと、部屋を出て階段へ向かう、小間使いの服がくるぶしを擦る。足早に歩くよう気を付ける、俯いて、両手を前で組んで。彼女は小間使いなのだ。肌に直(じか)に目の粗い布をまとっている。誰かに問われたら説明はもう用意してある。女主人が眠れないので、厨房から牛乳と蜂蜜を持ってくるよう言いつかったのだ。

牛乳と蜂蜜、牛乳と蜂蜜。ルクレツィアはこの言葉を自分に向かって唱えながら階段を降り、廊下を歩き、氷の張った堀を見渡す窓の列を通り過ぎる。二人の衛兵の横を通る、一人は何か淫(みだ)らなことを口にし、それを聞いてもう一人が笑う。べつの小間使いと行き会う、若くはなく、湯の入った鉢の重みでよろめいていて、鉢からは湯気がゆらゆら立ち昇っている。彼女はルクレツィアに唸るような声で挨拶するが、足は止めない。

ルクレツィアは一つの塔から隣の塔まで歩く。逆方向へと歩き、それから一つ下の階へ降り、もう一つ下へ。扉の後ろでスパニエル犬が吠え立てるのが聞こえ、ヌンチャータが優しくなだめながら皿の食べ物を与えている。三人の廷臣が配属のことで妬(ねた)ましそうに、なぜあの男が自分たちより優遇されるのかと話している横を通る。髪に鳥を飾っている女が侍従の寝室から真夜中過ぎという時間に出ていくのを見かける、女の服は乱れ、足は裸足だ。

誰も彼女には、ほんの一瞥以上は目を留めない。偽装は完璧だ。自分というものを捨ててエミリアの服を身に着けることで、なんという自由が得られるのだろう、なんという機会を手にすることができるのだろう！　どこへでも行けるし、何にでも加われる。あの人たちは召使など目に入らない、意見や感情を持つ存在であるとは思っていない。茶色の服を着た小間使いは、食卓か壁から突き出した燭台も同様なのだ。彼女はとつぜんカステッロの隠された個人的な生活、刺繍の裏側の、結び目や絡まりや秘密がむき出しになっている部分に出入りできるようになったのだ。

一時間ほど経ったころ、彼女は自室へ戻る、息を切らして、元気いっぱいで、肌はぞくぞくし、心は養分を与えられ、和らいでいる、どっと一時に。彼女はエミリアの服をまた置いて、寝台に戻り、あの一人だけになれる空間に引きこもる、目にしたあれこれについて考えるために。

とはいえ眠ってしまっていたときに、その夜、ものすごい音が聞こえてくる——眠りに落ちた覚えはないのだが、眠ってしまったに違いない、とつぜんはっと夢から覚めたのだから、溺れかけていた人が水から出たみたいに。自分がフィレンツェの遊歩道を巡っているのではないことに彼女は気づく、てっきりそうしているつもりだったのだが、寒い場所で暗闇のなかにうずくまっている。一瞬、自分がどこにいるのかわからない、闇はあまりに深い。あたりを手探りする。アルフォンソはこの寝台にいるのだろうか？　この部屋にいる？　だが彼女の手が出会うのは空間だけだ、毛布の端があり、それから寝台のカーテンに手が触れる。

自分の目を覚まさせたあの音はなんだったのだろう？　ルクレツィアは首を捻じる、一方へ、それからもう一方へ、聞こえた音はなんだったのか、ほんとうに聞こえたのかどうか確かめようとして。

答えは音の形でやってくる。悲鳴だ、甲高い、絶望的な、人間の魂そのものの奥底からのものだ。それはカステッロの夜間の沈黙を刺し貫く、何度も何度も、空気を切り裂き、ルクレツィアの耳にぎざぎざの鋭い歯を立てる。

いったい何が起こったのだろう？　彼女は寝台からよろよろ起き上がり、カーテンを潜って、寝室の扉から出る。広間の暗闇のなかで、まごつきながらこちらへ向かってくるエミリアと出くわす、髪はもつれ、顔は恐怖に歪んでいる。

「あれをお聞きになりましたか？」エミリアは訊ねる。

「聞いたわ」

「なんだったんでしょう？」

二人の娘は互いの腕をしっかり摑む。小間使いは心臓を鎮めようとするかのように片手を胸に当てて震えている。

また悲鳴が聞こえてくる、こんどはもっと大きくて、言葉が加わっている。「やめて、やめて、やめて！」

女だ、苦悩で半狂乱になっている。ルクレツィアは扉のほうへ進み、エミリアがその手を握っている。

「お願い」と女はすすり泣いている。「お願い、やめて！」

ルクレツィアは扉の木の板に耳を押し当てる。

「誰なんでしょう？」エミリアがひそひそ訊ねる。

「わからない」

「どうしたらいいんでしょう？　衛兵を呼んだほうがいいんでしょうか？　どうしたら――？」

「しーっ」ルクレツィアは聞き耳をたてながらたしなめる。

女が誰であるにせよ、慈悲を乞うている、やめてくれ、頼むからやめてくれと頼んでいる。

ルクレツィアの指は掛け金を見つけてそれをずらす。

エミリアは女主人が外に出るつもりなのを察して止めようとする。「奥方さま、いけません、だめですよ、そんな――」

「行きましょう」

「行ってはいけません」

「あの人、助けが必要なのかもしれない」

「でも、何か悪いことが起こってるんですよ、そして――」

「行きましょう、って言っているのよ」とルクレツィアは命令する。

エミリアは手を離す。ルクレツィアは掛け金を外して扉を開け、外に出る。

ちょっとの間、聞こえるのは彼女自身の血が駆け巡る音だけだ。それから足音に気づく、たぶん一階下から聞こえてくる、武器ががちゃがちゃいう音、入り乱れるたくさんの足音、足早に駆け回り、戸口を出入りしたり、廊下を行ったり来たり。低く響く男たちの声が緊迫した口調で飛び交う。するとあの女のしゃがれた声が、涙にむせびながら嘆願している。「お願いですから」

ルクレツィアは階段を降りかける、あの女が誰なのか確かめよう、手助けしようと。なんとか自分にできる方法で――あの可哀そうな人のために何かできることがあるはずだ。ところがそのとき、彼女の耳にはっきりと、あの女が言うのが聞こえてくる。「アルフォンソ、お願い」

その名前は彼女の頭にこつんと当たる、母音の一つ一つがこめかみに打撃を与える。アルフォンソが階下のあの場にいるのか？　彼がいる？　彼は起こっていることを止めようとしているのだろうか、それとも眺めているのだろうか、もしかしてそれどころか加わっている？　ルクレツィアには信じられない。聞き間違えたに違いない。

女の声がまた聞こえてくる。「アルフォンソ、お願いです。どうかこんなことしないで」下の階で扉がばたんと閉まり、階段を降りていく足音がする。そして静かになる。

ルクレツィアはちょっとの間廊下に立っている、カステッロの氷のような息吹が彼女のまわりを過る。それからよろめきながら自室の扉へ向かい、小間使いの質問は無視して掛け金をつぎつぎ掛けていく、一つ、また一つと。

翌日、カステッロには静けさが漂っている、どの廊下にも広間にも静寂が満ちて、壁を押している、内側からの圧力だ。ルクレツィアはテラスを巡る朝の散歩をしない。エリザベッタは人を寄越して彼女を自室へ招いたりはしない。ヌンチャータがスパニエル犬に朝の空気を吸わせようと柱廊へ連れ出す姿も見られない。街でさえ、というか、ルクレツィアの部屋の高い窓から見える部分は、息を潜めているようで、通りの隅や広場の端には灰色の霧が渦巻いている。

朝食はルクレツィアの部屋の扉の外に置かれている。いつもの生ぬるい牛乳の鉢で、表面には黄ばんで皺のできた膜が張っていて、滑らかで不透明なその感触に彼女は胸がむかつく。彼女は飲まないまま、鉢を盆の上に戻す。

エミリアは足音をしのばせて歩きまわり、壁掛けをまっすぐにしたり、ルクレツィアの絵や顔料の包みや亜麻仁油の瓶の埃を払ったりする。クレリアは窓辺の肘掛椅子にすわって合間に大きなため息をつきながらルクレツィアの上っ張りの端に沿って下手な花弁の刺繍をしている。

ルクレツィアは彼女に言付けを託してエリザベッタの部屋へ行かせる。エリザベッタさまはテラスで散歩などなさりたくはないでしょうか？

クレリアは戻ってきて、扉を叩いてもなんの返事もなかったと告げる。

この長い朝も半ばを迎えようとするころ、下の階から召使がやってきて、扉を叩き、肖像画用のドレスを箱詰めして運んでいけるようにしてもらいたいと依頼し、そしてまた、公爵夫人には追って知らせがあるまで今日はご自分のお部屋に留まっていただきたい、との伝言を伝える。

ルクレツィアは椅子から立ち上がって扉の所へ行く、そこではクレリアが立って男と話している。

「なぜわたしはここにいなければならないの？」ルクレツィアは訊ねる。「これは誰の命令なの？」

召使は深くお辞儀をして答える。「公爵さまからのご要請でございます。公爵さまはご自分でお伝えできなくて申し訳ないとおっしゃっておいでで――」

「これは公爵さまがおっしゃったことなの？」彼女は問いただす。「なぜ？」

召使はおろおろし、視線をどこへ向けたらいいかわからないでいる。「私には……私には申し上げられません、奥方さま、私はただ言いつかっただけでして……」彼の言葉は消えていき、またお辞儀をする、顔は狼狽で真っ赤だ。

彼女は手を伸ばしてこの男の袖を摑みたい、何を知っているのか、これは何を意味するのかと問い詰めたい。だが彼女は自分の胴着の前をぐいと引っ張ってなんとか冷静な様子を保つ。

「なぜドレスを運んでいくの？」と彼女は訊ねる。「どこへ持っていくの？」

「あの……」召使は口ごもる。「サラ……オーロラ（サラ・デッラウローラ）の間です、そこで公爵さまが待っていらっしゃいます。思うに……その……奥方さまの肖像画のためではないかと」

「肖像画？」彼女は唇を引き結ぶ、さまざまな思いが渦巻く。「下がってよろしい」と彼女は言う。

「ドレスは自分で持っていきます」

召使は蒼白になる。「ですが、公爵さまはおっしゃったんです――」

「何をおっしゃったかはわかっています。だけど、それでも、わたしは階下へ行きますから」

彼女は部屋のなかでエミリアとクレリアに衣装を運ぶ用意をするよう命じる。蓋が下ろされるのを見守る、濃い赤紫色の絹地が最後にちらと見える、黒い格子模様が今朝は前面に出ているように思われて、繊細な赤を支配している。それからエミリアとクレリアに箱を運ぶよう言いつける。彼女は先頭に立って歩く、頭を高くあげて、階下のサラ・デッラウローラへ。

四角い部屋は空っぽで、描かれた神々の顔や空が見下ろす先には何もない。ルクレツィアは何もない空間を中央へと進みながら、きっかり真ん中はどこだろうと見積もる。ここがそうだと思うところに達したそのとき、扉が開く。

振り返ると夫が、三人の顧問官とレオネッロと共に入ってくる。五人の男たちには厳しい人を寄せ付けない雰囲気が漂っていて、かたまって歩いてくる様子は皆で何か重いものを運んでいるかのようだ。

夫は黙ったまま部屋を横切り、目の前の情景をじっと見る。妻、妻の小間使いたち、彼が遣わした召使、ドレスの入った箱。彼の服装は完璧だ。黒い長靴下、黒いジュッボーネ、黒い靴。「愛しい人」と言いながら妻に近づき、その視線は妻から箱へ、小間使いへとさっと動いて情報を集め、この状況がどういうことか推し量ろうとする。

彼女のうんと近くに立って手を取り、一瞬その上に頭を下げてからまた続ける。「そなたと会うとは思っていなかった」

この物言いのなんと彼らしいこと、とルクレツィアは思う。たったこれだけの言葉、表面はどうということのない言い回しだが、とても多くの意味を含んでいる。彼はただ彼女と会って驚いたと言っているだけに見えるが、じつのところは、彼女が独断でこんなふうに夫の居室へ降りてきたことに対する不快感を伝えているのだ。なぜ、と彼女は考える、夫は彼女をここへ来させたくないのだろう？　どういうわけで、彼女に自室に留まるよう要求するのだろう？

「あの、わたし」と彼女は言う。「ドレスを無事にお渡しするために自分で降りてこようと思ったのです、それに、肖像画の作業でわたしがいなくてはいけないこともあるかと」

彼の表情は動かない。まだ握られたままの彼女の手は、夫の手のなかで熱くなる。

「それならそなたを呼びにやっている」と夫は返事する。「そういう場合は」

彼女は肩をすくめる。「場所が変わるのは気分転換になりますし」

彼は頷き、彼女の手を離して卓上に箱が置かれているほうを向く。彼は箱に手を当てる。「これか？」

小間使いたちに問いかけているらしいが、彼女たちのほうを見てはいないので、エミリアはそうとは気づかず答えない。彼は待つ、忍耐と寛容の図だ、片手はまだ箱に当てたままで。しまいにクレリアが跳びあがると、お辞儀をして答える。「さようでございます、陛下」

「なぜ……」ルクレツィアは夫の背中に問いかける。彼女はなぜ自室に閉じこもっていなければならないのか訊こうとする、そう、そう訊ねようとする、だがなんとなく、正面からぶつからないで夫に話させておくのがいちばんいいやり方なのではないか、夫からできるだけ多くの情報を引き出せるのではないかという気がして、代わりにこう訊ねることにする。「……このドレスは持っていかれてしまうのですか？」

「これが通常のやり方なのだ」と彼は答える。「そなたに時間を取らせないように、そなたにあまり辛抱させないようにするためにね。イル・バスティアニーノはそれをすこしのあいだ自分の工房に置いておいて、ポーズをとらせて絵を描くのだ。それから」と彼は彼女のほうを振り向く。「戻されてくる、肖像画が完成したらね」

ルクレツィアは初めて、夫の顔の左側に傷があるのに気づく。頬骨の下、耳のすぐ前に、ひっかき傷が三つ、できたばかりで生々しく、深い傷だ。

「そのお顔」と彼女は叫び、夫に近づく。「いったい——？」

「なんでもない」彼は痛々しい縞に指先で触れる。「すっかり忘れていた」

「でも、軟膏か何かおつけになったほうが――」

「なんでもない」と彼はまた繰り返す。「気にしないでくれ」

「アルフォンソ」彼女はもはや抑えきれず、低い声で切り出す。「わたし……わたし、お訊ねしたいことがあるんです」

彼は返事をせず、じっと彼女を見つめている。

「夜中に恐ろしい声が聞こえていました。そして今朝、エリザベッタに言付けをしたのですがなんの返事もありません。何が起こっているのですか？」

「下がってくれ」彼は身動きせずにそう言い、一瞬衝撃を覚えながら、夫は自分に言っているのだ、部屋から出ていけと威圧的な口調で命じたのだと彼女は思う。ところが、レオネッロと顧問官たちと召使と彼女の小間使い二人が、何のためらいも見せずに揃って立ち上がり、ぞろぞろ扉から出ていく。

そして彼女とアルフォンソだけになる、頭上では金の馬車に乗った曙の女神アウローラが陰鬱な夜を押し返している美しい部屋で。

「ときに」と彼は呟くような小声で話し始める。「我々の暮らしには、そなたには不可解に思えるようなことが起こる。そなたは係わる必要はない。我々の立場や家名を脅かすようなことすべてに対処するのは私の役目だ。そなたの役目ではない。そなたには自室にいてもらいたいと伝えてあった、それなのにそなたはここにいる。昨夜起こったことは――」

このどきっとするような話が始まって、ルクレツィアの脚はスカートの下で震えていたのだが、広間の向こう端で扉が開いて話は中断される。

あの画家の弟子ヤコポが二人のほうへ歩いてくる、帽子を手に持って。アルフォンソは横目でちらとヤコポを見ると、片手を突き出して箱を指さす。「あれだ」と彼は言う。

ヤコポは二人を避けて、ルクレツィアがアルフォンソと立っている部屋の中心を迂回して進む。彼は袋から革紐を取り出すと、それで箱を結わえはじめる。

「いろいろとあるのだ」アルフォンソはまるでヤコポが部屋にいないかのようにまた話を始め、恐らくアルフォンソは相変わらずヤコポは口がきけないだけではなく耳も聞こえないと誤解しているのだ、とルクレツィアは思い当たる。「そなたは知らないほうがいいことが。だがな、そなたの忠誠心の方位磁針はいつも正しい方向を向いているようにしておいてもらいたい。そなたは私の妻であり、念を押す必要もないことだが、そなたの最優先の義務は常に私に対する義務でなくてはならない。ほかの誰に対するものでもなく。そなたのお付きの女たちでもなければ私の妹たちでもない、誰でもない。私はそなたの夫であり、そしてまた、そう、そなたの保護者でもある。だから、お願いだ、私にそなたを守らせてほしい」

夫の背後でヤコポが横目でちらと公爵を見るのがルクレツィアの目に映る、彼女のほうを見るのが。彼は箱を肩に担ぎあげている。彼はこれをゆっくりと、うんと慎重に、なるべく時間をかけてやる。扉へと向かう彼の足取りは遅く、不穏な一瞬、もしかして方向を変えてこちらへ歩いてくるのではないかと思える。だがそれから思い直したようだ。箱に掛けた紐を彼は握り直し、すると彼女は、彼が運んでいるのは自分の衣装だ、と思う、このあとすぐに工房で彼が蓋を開けたら、そこに封じ込められていた空気を吸い込むことになるのだ、彼女の寝室の空気を。彼は手で布地に触れるのだろう、持ち上げて、振って、しげしげ眺めて、それをイル・バスティアニーノの肖像画で再現するにはどういう顔料の組み合わせがいいか考えるのだろう。彼女がそれをまとっている姿を思い浮かべて、それがどう彼女の体を包むか、脚に垂れるか考えるのだろう。彼はあの衣装にいつまでも係わり、観察するのだろう。日中はそれから離れられず、夜には彼の夢のなかをひらひら舞うことだろう。

「きっと」とアルフォンソが言っている。「そなたのお父上も同じようになさっていることだろう、統治のもろもろがお母上の目に触れないようにして――」

「とんでもない」とルクレツィアは、自分がどういう立場で誰に向かって言っているのかつい忘れて熱っぽく夫の言葉を遮る。「父はなんでも母に話すんです。いろいろな問題を母に相談します、国を離れるときはいつでも母に統治を委ねます、母に意見を求め、尊重します、そして――」

「それはなかなかよい話だな」アルフォンソはこの言葉を、口元を強張らせて発する。「だが、そなたのお父上と私は違う。しかもそなたは、ただの子どもだ」

眼前にそびえたち、周囲のほとんどを見えなくしている夫の肩越しに、ヤコポが広間の扉のところまで行ったのが見える。戸口で掛け金に手を掛けながら、ちょっとためらっているように思える。

「だからね、頼むから、どうか言われたとおりそなたの部屋へ戻ってくれないか、そしてもうかまわないと私が言うまでそこから出ないでいてもらいたい」アルフォンソは彼女の顎を親指の爪でなぞりながら言う。「わかったか?」

彼女はさっと頤を下げて頷く。ヤコポは扉を押し開け、外へ出ながら最後に彼女を一瞥し、その背後で扉が閉まる。ルクレツィアは夫から離れてヤコポのあとを追って駆け出したいという強い衝動を押し殺さなければならない。一瞬、あの箱のなかに隠れていられたら、という途方もない思いがこみあげる、あの衣装のなかに自分を畳みこんで、ヤコポにカステッロから連れ出してもらえたら、門をくぐって、はね橋を渡って、そして逃げるのだ。

「はい」代わりに彼女はそう言い、顔を上へ向けてアルフォンソを見る、まだ櫛目が残っている髪を、誰かに爪で顔を引っかかれたかのような、まだなまなましい頬の溝を。「わかりました」

部屋に戻ると、ルクレツィアは小間使いたちを下がらせる。肩掛けをいっそうしっかり体に巻きつけて、窓辺に立つ、そこからは堀の一部、正面のはね橋、それに広場から反対方向へ伸びていく幾つかの通りが見える。

冬が奇妙なほど突然やってきたように思える。北部の気候のせいなのか、それともポー渓谷のじめじめした湿気のせいなのか彼女にはわからないが、フェラーラでは季節は回旋盤の取っ手を動かしたように変わる。夏だと思っていると、翌日は木々が葉を落とし、それから霜がおりて凍てつく風が壁や窓の隙間から入り込んでくる。彼女はトスカーナの気候に慣れている、向こうでは暖かさや光がだんだん薄れて、秋が次第にやってきて、冬が申し訳なさそうに忍び寄ってくる。

彼女は窓辺で待つ、指先を窓枠に押し付けて、額を冷たい硝子にくっつけて。息を吐くごとに僅かな靄が目の前に現れ、息を吸い込むと消える。

衛兵の一隊が橋を行進していく、統制のとれた隊形で、二人ずつ三列に並び、剣を肩に担いでいる。一団は広場を横切り、脇道へと消える。黒い外套をまとった男が大股で橋を渡ってきて、守衛詰所で入城を許される。召使が二人、籠を持って小走りで出てきて、広場の真ん中で別れ、背の高い方が低い方に何か叫ぶと、相手は手を振る。

すると、はね橋に車輪の音ががらがら響く。馬車が門から速度をあげながら出てくる、まだらの馬に引かれていて、召使が立ち上がって馬の背に鞭をふるっている。三人の召使がその横を走っている。彼らは互いに注意や警告の言葉を叫んでいる。衛兵が何人か馬車のあとから走ってくる、帽子を手に持って頭はむき出し、顔は苦悩にひきつって荒々しい。

馬車の後部では——ルクレツィアは首を伸ばし、つま先立ちになって覗く——長い長方形のものが毛布で覆われている。

これが自分の待っていたものだとルクレツィアは悟る。何を意味するのかはよくわからないが。どういうことを示しているのかは——何も。召使たちの慌てた様子、警戒ぶり、鞭を振るう禍々しい音、馬車を追って走る衛兵たちの乱れた様子、今こうして、馬車が全速力で広場を抜けて、それから角を曲がり、家屋のあいだの狭い隙間にのみこまれてしまってもなお。

ルクレツィアはその隙間にひたと目を据えている、衛兵たちが追うのを諦めてゆっくりと、ひとりは仲間の肩を抱いてカステッロに戻って来てからも長いあいだ、馬車が行ってしまってから長いあいだ。彼女はそこから視線を動かさない、馬車がまた現れてすべてを説明してくれるかもしれないとでもいうように、馬車に乗っていた召使は落ち着いていて、積み荷はまったくなんでもないあたりまえのものになっているのではないかとでもいうように。

彼女は自分と議論する、自分の目と、目が見たと思っているものについて、目が見たかもしれないものについて、間違っているかもしれないじゃないかと反論する。だが彼女にはわかっている。彼女の心が知っている。馬車の後ろに積んであったものは長くてそれほど厚みはなく、縁が角張っていた。箱か寝台みたいだった。それとも棺。

彼女は長いあいだ窓辺にいる。フェラーラの人々が行き交うのを眺める、広場をある方向に横切り、それから別の方向へ行くのを。子どもたちが親と手をつないでいるのを眺める。女が布の巨大な梱を背負って運ぶのを、男が樽を汚い裸足の足で転がしていくのを、女の子が紐で犬を引っ張っていくのを、二人の兄弟が腕いっぱいに薪を抱えて運ぶのを。空から光が消えて建物の石壁が影をまとうのを眺める。

彼女がまだ窓辺にいるときに、馬車がまた姿を現す。召使は、こんどは端に腰かけ、馬に勝手にとぼとぼ橋を渡らせている。鞭は折りたたんで巻いて召使の腕の下に挟まれている。馬車の後部は空だ。

戻ってきたエミリアとクレリアは、女主人が寒さで体を強張らせてそこにいるのを見つける。二人は女主人を椅子にすわらせ、凍えた両手両足をこすって温め、エミリアは熱いスープを女主人の口へ匙で運ぶ。クレリアは、こんなに体をお冷やしになって、と彼女を叱る。

何かが起こったの、と彼女は二人に繰り返し、繰り返し言う。起こったってわかるの。

エミリアは彼女と目を合わそうとせず、代わりにスープや、毛布を持ってくることや、火を熾すことに注意を集中する。

わたしにはわかるの、ルクレツィアが二人に言えるのはそれだけだ。

どうしてわかるっていうの？　とクレリアはエミリアにひそひそ言う。

今はそんなこと考えてはいけません、とエミリアは言いながら、ルクレツィアの腕を撫でる。何も考えてはいけません。

だが二人で女主人に風呂をつかわせようとクレリアが厨房へ湯を頼みに行くと、ルクレツィアはエミリアに視線を据え、彼女の肩を摑んで、自分の隣にすわらせて言う。何が起こったか話して。知ってるんでしょ。

エミリアは懇願する、いえ、訊かないでください。そんなことお考えにならないほうがいいです。

ルクレツィアは言う。話してちょうだい。

エミリアは、カード遊びでもしませんかと提案する、それか、ルクレツィアは絵を描いてはどうかと。奥方さま、紙をお持ちしましょうか？

ルクレツィアは言う。エミリア、あなたのお母さんはわたしに乳を飲ませてくれたのよ、わたしたちは乳姉妹（ちきょうだい）なのよ、あなたとわたしはね。あなたはわたしのことを、わたし自身よりも長く知っている。わたしたちはいっしょに長い道のりをはるばるやってきたんじゃないの。お願いだから話して。

エミリアは自分の顔の傷に触れる、最初は一本の指で、それからべつの指で。目を伏せる。口ごもりながら話しだす。彼女はルクレツィアに、公爵の執務室で仕事をしている男から聞いたという厨房の女中から聞いた話だが、と言って、エルコレ・コントラーリが――そしてエミリアはここでためらい、言葉を探す――公爵さまの妹さま、エリザベッタさまの名誉を傷つけたことが、公爵さまにわかってしまったんです。公爵さまは近衛隊長のコントラーリに死刑を宣告なさいました。

ここでエミリアの話は止まるが、まだ先があるのに急に中断したとルクレツィアにはすぐわかる。続けて、と彼女は言う。

だめです、とエミリアは小声で答える、首を振りながら。

だめじゃないわ、とルクレツィアは言う。話して。

それで、と話を続けるエミリアの声は震えている、エリザベッタさまが後悔の念をまるでお示しにならず、コントラーリが悪いとは断固おっしゃらず、ご自分はコントラーリを愛しているし、コントラーリもエリザベッタさまを愛しているとおっしゃったので、公爵さまはお命じになりました――エミリアは言葉を切って、唾をのみこむ――お命じになったんです、コントラーリは縊(くび)り殺され、エリザベッタさまはそれを見ていなくてはならない、と。

ルクレツィアはひと言ひと言聴き入る、それぞれべつべつの音一つ一つ、すべての音節、音節と音節のあいだの隙間に。彼女は聞いたことを頭で思いめぐらせる、一文、一文。それを一つ一つ検討する、気を付けて、細心の注意を払って、それらの意味を、重大さを確実につかめるように、エミリアが言っているのがどういうことなのか完全に理解できるように。

そして、とルクレツィアは言いはじめる、自分が何を訊こうとしているのか定かではないのに、わからないまま、自分自身の同意もないまま、自分の声が話し続けるのが聞こえてくる、それは……実行されたの？

エミリアはうなずく。公爵さまはコントラーリの部下二人に執行をお命じになりました。今日の午後、サローネ・デイ・ジョーキで。ですがその二人は……できませんでした。それで、バルダッサーレがやりました。

バルダッサーレ？　とルクレツィアは繰り返す。レオネッロ・バルダッサーレ？

そうです。

そして、エリザベッタさまは……？

その場にいらっしゃいました。

わたしの夫は？

見ていらっしゃいました。公爵さまは衛兵たちにエリザベッタさまを押さえつけておくようお命じになりました、その場から離れられないように。

ルクレツィアは苦労して声を出す。自分の口と舌に言葉を発するよう命じる。エミリアと、戻ってきたクレリアに、気が変わったから湯浴みはしないと告げる。どうか、ひとりにしておいて、と。

二人は出ていく、エミリアは扉を出ていって、閉める。

ルクレツィアは自分の広間に立って、クレリアが厨房から運んできた湯の容器の上で湯気が宙に渦巻き模様を描くのを見守る。管楽器の音色に反応する蛇のように、ねじれ、身をくねらせて窓の方へと進んでいく、その脱皮した皮が冷たい窓硝子に付着する。一瞬、下の広場の情景は曇り、ルクレツィアはもはや塔の部屋に立っているのではなく、世の中から遮断されて箱のなかにいる。

すると彼女は急ぎ足で湯気を突っ切って寝室に行き、外衣を羽織って靴を履く。外衣の襟元を留め、頭巾を頭にかぶる。それから扉をくぐって廊下へ出る。

彼女は煉瓦の床を足早に進む、頭巾の端をぎゅっと握って頭からずり落ちないようにしながら、火鉢の明かりの円からつぎの円へと、黒っぽい羽の蛾のように。彼女がいる廊下と直角に交わる廊下から声が聞こえてくると、横の壁のくぼみに入って体をぺたんと壁にくっつける。

詩人のタッソがやってくる、横には女がいる。ヌンチャータの女官のひとりだとルクレツィアは気がつく。詩人の腕にぶら下がるようにして、肩掛けが床をこすっている。詩人は悲しみに沈んでいるようで、連れの存在にはほとんど無関心だ。

「……医師をお呼びになったのですが」と女はタッソの顔を見上げてしゃべっている。「あの方は、診てもらおうとはなさらないんです」

「なんともひどい状況だ」とタッソがあのよく響く声で言う。「痛ましい、酷い」

「急ぎましょう」女は震えながらそう言って、肩越しに後ろを見る。「さあ。こんな夜に歩いているのはよくありません」

二人は角を曲がって消え、ルクレツィアはくぼみから出る。あの女には本能的な嫌悪感を覚えるが、とはいえ、彼女が言っているのはどういうことかはわかる。今夜のカステッロには奇妙な雰囲気が漂っている。各部屋や通路を満たしている空気はどんよりして悪臭を放っているようで、そこで起こったあらゆることの重みにひしがれているかのようだ。異様な静けさに包まれていて、それがときおり奇妙な音で破られる、くぐもった得体の知れない音もあれば、離れた場所から増幅されて聞こえてくる音もある。階段を降りていくルクレツィアの足音は壁に跳ね返るように思える、コツコツコツという音がばらばらになってねじ曲がり、異様に大きな打ち叩くような音となり、彼女の胸に警告の針を突き立てる。

彼女は急ぐ、下の階をほとんど走る。もしアルフォンソに見られたら、もしバルダッサーレとか夫の配下の誰かとばったり出くわしたら、もしアルフォンソが彼女の寝室へ行ってそこが無人であることがわかってしまったら——そうしたら、どうなる？　彼女には見当もつかない。

気にするものか、気にするものか。夫が見るなら見たらいい、わかってしまうならそれでいい。気にするものか。

彼女は自分にそう言い聞かせながら、走る、頭巾を頭からずり落として、エリザベッタの寝室の扉を叩く、戸口に現れて、申し訳ありませんがエリザベッタさまはどなたにもお会いになりません、と言っている女官を押しのけてなかに入る。

ルクレツィアは息を切らせながらエリザベッタの居室に突入する。今夜は、苺色(いちごいろ)の壁掛けはまわりに闇を集めて、陰鬱な紫っぽい色合いを帯びているように見える。

女官はルクレツィアを出て行かせようとして、嘆願したり弁解したりしている。女官は手を触れることはしないだろうとルクレツィアにはわかっている、それでも両手を大きく広げて、押し入ってきたルクレツィアの眼差しから部屋を隠そうとしているかのようだ。

ルクレツィアはこの状況にどう対処すればいいかわかっている――彼女は、それでもやはりあの母の娘なのだ。顎をあげ、相手の女に尊大な目を向ける。わたしはこの城の公爵夫人ですよ、とその態度は言っている、そしてあなたはわたしの邪魔をしている。ルクレツィアにはそれがわかっている、女にはそれがわかっている。

「どいてちょうだい」とルクレツィアは言う、「お願い」。

女は溜息をつきながら壁際へ寄り、まだ弁解の言葉をつぶやいている。

部屋のなかで、布がこすれるようなかすかな音がし、それから咳か唸り声のようなものが聞こえる。ほのかな明りのなかで、長椅子に服が山になっているとルクレツィアが思っていたものがとつぜん動く。

「あなたなのね」という、生気のない不機嫌な声がする。

ルクレツィアは長椅子の脇へとんでいき、床に膝をつく。薄暗がりのなかで、腫れぼったくて青白い、月のように丸い顔が目に入る。一瞬彼女は、間違えたと思う、ここに寝ているのはヌンチャータだと。だが、自分が握っている手の指輪はエリザベッタのものだと気がつく、高い額も、黒い目も、同じく彼女のものだ――

「よくまあここへ来られたものね？」エリザベッタはこれまでとは違うしわがれ声で言う。「いったいどういうつもり？」

ルクレツィアはエリザベッタの手を握りしめる。「お会いせずにはいられなかったの。聞きました……お気の毒で——ほんとうにお気の毒で……信じられません、わたしには——」

「なら、あなたはわたしが思っていたよりももっと馬鹿なのね」エリザベッタは鋭い口調で言うと、ルクレツィアに握られていた手を引き抜いて向こうを向き、顔をクッションに押し当てる。

ルクレツィアは傷ついて体を後ろへ引く。まだひざまずいたまま、ちょっと待つ。あの女官が、彼女を部屋から連れ出そうと背後をうろうろしているのがわかる。

「お辛いでしょう」とルクレツィアは話しかける。「わかります、そして——」

エリザベッタは短く苦々しい笑い声をあげる。「わかるですって？　ほんとうに？　わたしは見せられたのよ。わたしを押さえつけておいて、あの人を素手で殺したのよ」

「わたしにはとうてい——」

「言ってちょうだい、兄のことを愛している？」

「も——もちろん愛しています」ルクレツィアは口ごもる。

「ほんとうに？」

「わたし——」

エリザベッタは上体を起こす。ルクレツィアは彼女のあまりの変わりようにまたもはっとする。髪は絡み合って塊のまま顔の片方に垂れ下がっている。ルクレツィアが思っていたよりもかなり短いようで、エリザベッタが高々と結い上げていた髪は付け髪で、ほかの女のものだったに違いないと気づく。目のまわりの皮膚は赤くなって、怒っているみたいに見える、粗い布でごしごしこすったみたいだ。

「愛がどういうものか、あなたにはほんの少しもわかってないわ」とエリザベッタは言う。「あなたはほんの子どもだもの」彼女は手を伸ばすとルクレツィアの頬に当て、指先で耳たぶを挟む。「宝石や絹で着飾った可愛くて愚かな子ども。手飼いの猿みたいなものね」

ルクレツィアは風の吹きすさぶ胸壁の旗のような気分だ、こちらへ吹き寄せられたかと思うとあちらへ。この会話がどこへ向かっているのか、この会話のなかで何が起こるのか、彼女にはさっぱりわからない。

「ほんとうにお気の毒です」と彼女は言う。「あんなことになって——」

エリザベッタは顔をぐっと近寄せてきて、酸っぱくて金気のある呼気を吹きかける。この人は割れた窓硝子みたいだ、とルクレツィアは思う、すべてがばらばらになり、ひびだらけの破片になっている。

「あなたが兄にしゃべったんでしょう?」エリザベッタはこの近い位置から小声で問いかける、じっと目を覗き込みながら。「どうしてそんなことができるの? わたしたちは、あなたとわたしは友だちだと思っていたのに」

「わたしたち……わたしたちは友だちです」ルクレツィアは愕然としてつっかえる。「わたしはしゃべっていません! ほんとうです」

「ほんとうに? 誰かがあの人に告げ口したのよ。で、わたしはあなただと思うんだけど」

「わたしではありません。そんなことぜったいにするはずがありません。ぜったいに」

「誓う?」

「誓いますとも、エリザベッタ。あの人は……」ルクレツィアはどう説明したらいいか考えようとする。「……あの人は、ほんとうのことを見抜けるんです、状況の肝心なところを。どうしてそんなことができるのかはわかりませんけれど、でもあの人、誰かをじっと見ていると、その人がいちばん隠したがっているとがわかってしまうんです。人が秘密を包んでいるものを剝がしていくことができるんです、あの人――」

エリザベッタは思わず強い嫌悪の声をあげてさっと相手から身を引く。「あなたの言うとおりだわ。あの人、まさにそのとおりね」彼女は両手で顔を覆い、指をぴったりと閉じ、ちょっとの間そのままでいる。手を外したとき、彼女の美しい顔は相変わらずやつれきって台無しになったままだが、もうとげとげしくはない。

「あなたを信じるわ」と彼女は言い、ぼんやりした様子でルクレツィアの手を取る。その目に涙がたまり、つつっと頰を滑り落ちる、そしてもう一滴、もう一滴と。彼女は拭くそぶりも見せず、顔から滴り落ちて着ている夜着に円形の染みができるにまかせている。

ルクレツィアは彼女の前にひざまずき、その手を握っている。すると、エリザベッタが思いがけないことを言う。「可哀そうなルクレツィア」彼女は目を背けたままで呟く。

「わたしが？」とルクレツィアは問い返す。「それはあなたでは――」

「いえ、いえ」エリザベッタは溜息をつき、夜着のしわを伸ばす。「わたしはここを離れます。夜が明けたらすぐに。ローマのルイージのところへ行くの、わたしのもう一人の男きょうだいよ。ここへは二度と戻ってこないかもしれない。アルフォンソはわたしの夫ではないわ。わたしは出ていける。あなたは出ていけない」

ルクレツィアはまたもあの、不安定で予測不可能な風に反対方向へ引き寄せられる気分を味わう。

「わたしにはなんの不満もありません――」

「聞いてちょうだい、可愛いルクレ」エリザベッタは優しく言いながら、丸めた指先で彼女を互いの額が触れあうほど近くまで引き寄せる。「あの人にどんなことができるか、あなたはぜんぜんわかっていない」そう囁きながら、痛いほど強く額をルクレツィアの額に押し付ける。「そしてね、あの人がしているように統治するためには、巧みに、断固として統治するには、徹底して無慈悲にならなくてはならないのだということも。あの人はこの宮廷をほんの短期間で掌握してしまったけれど、どんな犠牲を払った？　わたしが見てきたあの人のしたことといったら！」彼女は手をぎゅっと拳に固めると自分の胸に打ち付け、ルクレツィアをたじろがせる。「あの人のここには何もないの。まったく何も。それから、これも知ってる？」

「なんですか？」

エリザベッタの顔が崩れて、苦々しげな醜い笑いが浮かぶ。「あの人は一度も」と彼女は囁く、「女に子を孕ませたことがないの。ただの一度も――」。

「たぶんあなたは――」

「――ここの女たちの誰にも、それにどこのどの女たちにも。一度も！　ただの一度も！　わたしの言っていること、わかる？　世間では言われているのよ、あの人には世継ぎはぜったいできないだろう、公爵領を我が家の血筋のものとし続けることはできないだろうって、そしてもちろんそれは兄をとんでもなく怒らせる、だって自分がどういうことを言われているのか、あの人はいつもわかっていますからね、どんなふうにしてなのかは知らないけれど、でもわたしにわかるのは、誰かがこのことについて責任をとらされるっていうこと、そしてそれが誰だかわかる？」

ルクレツィアはエリザベッタが額をこちらの額に押し付けてくる勢いに圧倒される、体を洗わず身繕いもしていない彼女のにおいに。

「あなたよ」とエリザベッタは囁く、悪意に満ちた、ほとんど嬉しそうな口調で。「あなたが責任をとらされるわ。だからね、気を付けて、ルクレツィア。うんと、うんと、気を付けるのよ」

それから彼女はルクレツィアを押しやり、隅に立っている女官に合図する。「疲れたわ」と彼女は言う。「お帰りいただいて」

ルクレツィアは自分の寝室へ行く。扉に鍵をかける。蠟燭に火を点けてそれを寝台に持って入り、カーテンを閉める。エミリアやクレリアが扉を叩いても返事しない。二人が朝食を持ってきても扉を開けない、きっとエリザベッタが乗っているに違いない馬車がごとごと去っていく音が聞こえても、二人が鍵穴越しになだめすかしても、ヌンチャータが自分の拳で扉をこつこつ叩いて、皆をなかへ入れてくれとルクレツィアに要求してさえも。

エミリアが鍵穴から、公爵さまとコンシリエーレのバルダッサーレはモデナへ発たれて何週間か帰っていらっしゃいませんと囁いてはじめて、ルクレツィアは掛け金をはずす。

彼女はエミリアに毛皮を持ってきてくれと頼む。自分がいちばん必要としているのは戸外の大気のなかへ出ることだという気がするのだ。この寝室で壁に囲まれているのは耐えられない、それに、彼女に部屋にいろと命令するアルフォンソはここにはいない。頭上に空が広がるところへ行かないではいられない。風に髪を引っ張ってもらわないではいられない。カステッロを離れることが許されないのはわかっている――門のところの衛兵たちがけっして通してはくれないだろう、アルフォンソが許可を出さなければ――だから彼女は自分が行くことのできるあらゆる戸外の場所を探し出す。彼女はオレンジ栽培温室へ行く、壁から壁へと歩く、今は葉も花もついていない裸の木々のあいだを縫って。それぞれの塔の石の階段を順繰りに上り、それぞれの胸壁に沿ってぐるぐるまわる。テラスからテラスへと歩き、街を見わたす、屋根や溝を、そしてその向こうの一方が谷間の平野になっていて、もう一方にはアペニン山脈の峰々が並んでいるあたりを。

彼女はなぜともなく、初めて、家が恋しいという気持ちに襲われる。その気持ちにどっぷり浸り、溺れる、まるで頭から波にのみこまれるように。とつぜん、フィレンツェのパラッツォの廊下に立つことが何よりの望みとなってしまう、あの部屋べやテラスを通り抜けることが。歯痛のような心乱される鋭い痛みを感じながら、歩廊の最上部からの眺めを恋しく思う、下に見える広場、さまざまな像の頭頂、アルノ川の隠れたにおい。自分がいないフィレンツェに冬が訪れるなんて、信じられない。木々は葉を落としていたりするのだろうか？ 街の人々は毛糸の帽子をかぶっている？ スイス衛兵たちはあの暖かい外套をまとっていたりするのだろうか？ 駆り立てられるようにカステッロのテラスからテラスへと歩きながら、彼女は心のなかで自分の家族の日々の推移をたどっている、今ごろは昼食のために子ども部屋の食卓が片付けられているだろう、などと考えて。今ごろはお父さまが運動なさっている。今ごろはお母さまがお付きの女たちといっしょに散歩に出かけられる。今ごろはお母さまが、一緒に過ごしましょうとイザベッラをサロンへ呼んでいる。今ごろはソフィアが靴を脱いで足を火の傍の足載せ台に載せている。

こういったあれこれが自分のいないところで行われているなんてことが、どうしてあり得るのだろう？ 理にかなわないではないか、とオレンジの木々をぐるぐるまわりながら彼女は思う、家族はあちらで彼女はここにいるなんて。彼女は家族の一員だ。父や兄弟たちと同じ形の目だし、母や姉と同じ額と鼻だ。皆同じ食卓を囲んで大きくなった。彼女の肖像画は家族のあいだに掛かっている。彼女はあの家族の一員だ。ここの人たちの一員ではない、傷つけあったり争ったり、追放したり投獄したりし合っている人たち、殺したり陰謀を企んだり、背いたり謀ったりする人たちの一員ではない。

アルフォンソがいない最初の日が終わるころには、エミリアとクレリアはルクレツィアが絶え間なく動きまわるのでくたびれ果てている。クレリアは高いところが苦手なので、胸壁にはついてこようとしない。塔の内側に残って、降りてきてください、なかに入ってください、何か食べて休息なさってください、公爵さまは奥方さまがこんなに長く外の寒いなかにいらっしゃるのをお喜びにはなりませんよ、お戻りになってこんなことをお聞きになったらいい顔はなさいませんよ、とめそめそルクレツィアに懇願する。エミリアは、幅の狭い石の胸壁には気が進まないながら、ルクレツィアの傍を離れようとはしない。彼女は薄い肩掛けにくるまって震えている。ルクレツィアは自分の毛皮を一枚まとわせようとするのだが、エミリアは承知しない。そんなのいけません、奥方さま、と言う。彼女は壁にしがみつき、なるべくルクレツィアに遅れないようじりじりと進み、下を見ないよう目を逸らし、ルクレツィアの握りしめた拳を軽く叩いて、風にもつれた髪を目から払いのけながら、部屋へ戻って、スープと、それに葡萄酒をちょっと飲むよう説得しようとする。

だがフィレンツェへ戻りたい、ここから去りたいという思いが強すぎて、ルクレツィアは吐き気を覚える。食べ物のことを考えるのが耐えられない。じっとしていられない。食卓に向かうこともできなければ、横になることもできない。そんなふうにすると、コントラーリの姿が浮かんでくる、死の苦しみに歪む彼の整った顔が、輪のような痣のついた首が、あるいは、関節が大きくて指が短いバルダッサーレの両手が、あるいは悲嘆に乱れ、やつれた美しいエリザベッタが。ルクレツィアは部屋のなかに留まっているつもりはない、お付きの女たちに嘆願されようとも。悲しみが常に彼女の手首や足首に重しを結わえ付けようとする、だから動き続けなければならない、結わえ付けられないようにしなければならないのだ。

だから彼女は歩く、ひとつのテラスに沿って、それからもう一つのテラス、一つの胸壁からつぎの胸壁へと、そして歩きながら、パラッツォの一部を自分で再現することに注意を集中する。子ども部屋のとある窓からべつの窓への道筋――湿っぽい気候のときには軋むでこぼこの板、食卓に掛けられた布の縁飾り、滑らかな木材でできた椅子、兄弟たちの足音――あるいは、広間の絵が描かれた天井、それぞれの顔、布のさざなみの一つ一つ、ちぎれ雲の一つ一つ。

彼女はクレリアに机上物入れを外の柱廊へ持ってきてくれと頼む、それと小卓も。それらが届くと、歩くのをやめて紙を一枚取り出し、両親に手紙を認める。お願いです、と彼女は黒いインクで記す、堀から吹いてきたそよ風が羽ペンを、奪い取りたがっているかのように引っ張る、家に帰らせてください。彼女は慎重に考える、何を書くべきか、どう書いたらいいか。皆さまに会いたくてたまりません、という言葉がペン先から出てくる。わたしを呼び寄せてはいただけないでしょうか？　ここで起こったことをどう書けばいいか考える。彼の名前を文字に記すことは彼女にはできない――コントラーリ、と心は彼女に言いたてる、コントラーリ、と繰り返し繰り返し、しまいに頭がおかしくなりそうになる――だが彼女は彼のことを近衛隊長と記す。こんな語句を綴る。死に至らしめられました。彼女は綴る、見ることを強いられました。彼女は綴る、エリザベッタは行ってしまいました、そしてあの方はここではわたしの唯一の友人だったのです。最後に署名する直前、彼女は心中の本音を書き記す。ここではもうこの身が安全だとは思えません。

彼女は手紙に封をし、送ってくれるようエミリアに頼む。クレリアではなく。クレリアは信用できない、これまでもけっして信用できなかった。陰険な横目遣い、四六時中ルクレツィアを見張っているようなところ、生白い手、掌がいつもじっとりしている。クレリアは、とルクレツィアはとつぜん、惨めなほどはっきりとわかる、いつもヌンチャータのために嗅ぎまわっていたのだ、ルクレツィアに関する情報や感じたことを知らせていたのだ。いいではないか――家に帰るときにクレリアを連れていくつもりはない。彼女はエミリアといっしょに行くのだ、二人だけで。アルフォンソは反対できない、彼女の父が娘を帰してくれるよう頼んだならば。たぶん一日か二日すれば父が馬や供をする男たちを、アペニン山脈を越えて連れ帰ってくれる男たちを寄越してくれるだろう。そして早朝には、フィレンツェが見える、目の前に広がっているだろう、アルノ川が家々や建物のあいだを流れ、丸屋根が太陽に輝き、パラッツォの胸壁が熊の強い歯みたいに見えている。両親はほっとした顔で嬉しそうに出迎えてくれて、ルクレツィアが家族のもとに戻ったことを喜んで、いなくて寂しかったと語り、ずいぶん成長した、すっかり大人になって優雅に見えると感心してくれるだろう。

アルフォンソがいなくなって三日目、ヌンチャータの女官がルクレツィアを探しにくる。彼女はカステッロの北東側の公爵のテラスにいる。彼女は背後の窓をぜんぶ開け放つよう命じてある、どの部屋もすっかり風を通してきれいな空気を入れたいのだ。女官はそんな窓の一つから顔を突き出し、眉をひそめる。毛皮にくるまってテラスの端から端へと歩くルクレツィアを見つめる。エミリアとクレリアに、奥方さまをなかへ、すぐさまお連れするように、でないとお風邪を召して死んでしまわれる、と言う。ルクレツィアは女官を無視する、なかへ入ってしばらく体を休めてくださいというエミリアの哀願にさえ応えない。

その翌日、ヌンチャータ自身が姿を見せる、階段を上がってきたせいであえぎながら、オレンジ栽培温室へ出る戸口に立つ、そこではルクレツィアがその日を、裸になった木々のあいだを歩いて過ごしている。ヌンチャータは布を顔に当てて、ルクレツィアを苦しめている病がなんであれうつらないようにしている。アルフォンソが留守にしなければならないあいだ、と彼女は布越しに皆に告げる、わたしは公爵夫人について責任があるのだ、と。ルクレツィアが屋内に入るのを拒んでいると聞いたが、それはいったいどういうことなのだ？　いったいどういうつもりなのだ？　これすべてあの死んだコントラーリのためなのだろうか？　あの男のことでかくも過剰な嘆きぶりを見せるのは反逆に等しいということをルクレツィアは弁えて（わきま）おかなくてはならない。ルクレツィアの忠誠心は常にアルフォンソにあるべきだ。それがわからないのか？

ルクレツィアは、顔を外の街のほうに向けたまま、それについてはお話ししたくありませんと言う。ヌンチャータさまにはどうでもいいことです、と言う。

「どうでもいい？」とヌンチャータは繰り返す、布越しなので声がくぐもっている。「いったい何が言いたいの？」

「あなたはわたしにけっして好意を持ってはいらっしゃいません」とルクレツィアは答える、はっきりしたよく通る声で。「それに、どのみちわたしはもうすぐここから出ていきます」

「どこへ行くというの？」ヌンチャータは不機嫌に訊ねる、扉の横で真冬のような風に震えながら。

「フィレンツェへ帰るんです、もちろん」これで話は終わってヌンチャータは引き上げてくれるだろうと思いながらルクレツィアは言う。

ところがヌンチャータは立ち去らない。代わりにクレリアと何かひそひそ話している。ルクレツィアは熱はある？ いったいなにが原因であんな奇妙な振る舞いをするのかしら？ あのフィレンツェがどうとかっていうのはなんのこと？ 皮膚疾患とか咳とか喉の痛みとかはないの？ クレリアはどれに対しても首を振る。じゃあなんなの？ とヌンチャータは訊ねる。クレリアは肩をすくめて、ルクレツィアは吐き気がして何も食べようとしないのだというようなことを話す、ときどきちょっと牛乳を飲んでもらうよう説得するのがせいいっぱいなのだと。ヌンチャータは顔から布を落とし、考え込むようにルクレツィアを見つめる、青白い顔から足元まで、それから新たな目的をもってばたばたと立ち去る、明らかに何かに興奮している様子で。

ルクレツィアには自分がどのくらいここにいるのかよくわからない。彼女はカステッロのすべての柱廊を、すべてのテラスを、すべての胸壁を何度も何度も歩く、夕暮れになってようやくなかに入る。自分の夜が断続的なのは自覚している、うつらうつらと途切れ途切れに眠り、火が衰えて燃えさしとなり、また薪が足される。早朝には窓に氷が張る、長い、ぼさぼさの羊歯のような模様だ、冷たい羽が硝子に貼りついているような。温かいスープと果物の砂糖煮が寝台の脇に運ばれ、彼女は手を振って拒む。夜が明けるや、彼女はいちばん温かい服を着こみ、テラスかオレンジ栽培温室へ向かい、エミリアが後に付き従う。

彼女が南西の塔の狭い階段を上っていると、召使が手紙を持ってくる。ルクレツィアは母の几帳面な傾斜した筆跡をみるや男の手から手紙をひったくる。冷たい階段に腰を下ろして開ける。

短い、急いで書かれたもので、帰っておいでとか馬を寄越すとかいう言葉はない。ルクレツィアには母が、執務室にいるコジモのところへ行こうとして、居室を出るときに、スクリットイオの机で立ち止まって、紙を一枚引き寄せ、走り書きするさまが想像できる。母はそれから手紙を召使の手にせっかちな様子で突きつけて、ほら、と言ったのだろう。

ルクレツィアは震える手で持ちながら手紙に目を通す。

愛しいルクレ

先日のあなたの手紙ときたら、突拍子もなくて怯えていて！　想像力を勝手に暴走させないよう気を付けないといけませんよ――きっと自分でもわかっているでしょうが、あなたはうんと小さなころからそういう傾向がありましたからね。あなたの夫アルフォンソが立派な男性であることを忘れないで、そしてあの方に導いておもらいなさい、常にね。可哀そうに、エリザベッタさまがいなくなられてあなたは動揺しているのね――友を失うというのはとても悲しいことです。でもね、おかげでヌンチャータさまと過ごす機会ができるかもしれませんよ、あなたが以前書いていたご姉妹の張り合いとは無縁になってね。可愛いあなたに何よりも強く言っておきたいのは、宮廷におけるあなた自身の立場に注意を払いなさいということです、あなたの立場をほんとうに盤石なものとするには、世継ぎを産むしかありません。母になることは、あなたがこれほど望んでいる安らぎと安全をきっともたらしてくれるはずです。これについてはあなたのお父さまも同意見です。

こちらではすべて順調です。イザベッラが皆に新しいカード遊びを教えてくれて、わたしたちはついそれに余計な時間を費やしてしまいます。今日の午後はわたしの新しいドレスの仮縫いがあります――クリーム色の絹地で、刺繍した飾り布つきです。男の子たちは授業や稽古に励んでいます。

皆であなたを思って祈っています。
あなたを愛する母より

ルクレツィアは手紙を二回読む、最初はさっと、それからもっとゆっくりと。手紙を膝に置いて見下ろす、目を落とす、焦点は合わさないので、単語や文章が黒い線になって、蟻の行列みたいだ。

そして身を乗り出すと、手紙の端を階段の壁の突き出し燭台で燃えている蠟燭に突きつける。ちょっとの間、炎はそんな幸運が信じられないかのように紙に食いつかないでいる。それから我に返り、摑みかかって紙の端を黒くし、縮ませ、貪る。

手紙はたちまち陽気に燃え上がり、揺らめく橙色の光を湿っぽい階段に投げかけ、エミリアが叫び声をあげながらぱっと駆け寄ってきて、ルクレツィアの手首を摑んで振る。燃える手紙が床に落ちると、エミリアはそれを何度も踏みつけて火を消す。

フェラーラ公爵夫人ルクレツィアの結婚記念肖像画

一五六一年、ボンデノ近郊のフォルテッツァ

ルクレツィアは階段を降りていく、よろよろと、フォルテッツァの湿っぽい寝室にエミリアを残して。食堂に着くと、戸口に立ち、扉の枠に摑まって一息つく。イル・バスティアニーノがいる、広い部屋の横のほうで、彼女に背中を向けて依頼された作品の素晴らしさについて滔々と語っている。自分でも気に入っている作品のひとつです、と彼は言い、陛下が私自身の半分でも出来栄えを喜んでくださるといいのですが、この私めのような一介の絵描きにとって、かくも美徳にあふれる麗しい女性を描けるとは、なんたる名誉、なんたる栄誉であることか、これにまさるものはこの先けっして、けっして、けっして——

部屋にいる男たちは一人、また一人と、戸口に立っている彼女に気がつく。まずはバルダッサーレ、彼女に一番近く、食卓に寄りかかって腕を組んでいる、それから部屋の向こう側で待機している四人の召使、それから二人の弟子、マウリツィオとヤコポ、亜麻布で包んだ大きくて平らな物体を両手で支えている、それからアルフォンソ、火のそばにすわって、足を組み、猟犬たちがその足元で寝ている。画家自身はルクレツィアがそこにいることに最後に気がつく、彼女の肖像画の説明をするのに夢中になりすぎていて。

画家の言葉はどんどん流れ出し、皆のまわりに渦巻き、その場に釘付けにする。しまいにようや

く画家は振り向いて彼女を認め、声が止まる。

一同のひどく驚いた顔に、彼女は自分がすっかり面変わりしている証拠を突きつけられる思いだ。マウリツィオが眉を上げる様子に、自分の顔が青白くやせ衰えていることを彼女は悟る。イル・バスティアニーノの言葉がもごもごと消えていく様子に、首のところで結わえてある切られた髪がぼさぼさになっているのを意識する。バルダッサーレは素早く彼女に目をやってから逸らし、腕を解いてまた組み直し、ルクレツィアは彼のところへ行って両の拳で打ち叩きながら言ってやりたくなる、そうよ、そうよ、わたしがどれほど病み衰えているか分かるでしょ、だけどねえ、知ってる？わたしはまだ生きているのよ、そんなに簡単に始末されませんからね、と。

一瞬、誰も言葉を発しない、誰も動かない。部屋は停止する、ここにいる男たちが皆絵のなかの人物、森のサテュロスとか、聖者の行列の悔悛者であるかのように。それから魔法が、もしこれがそうなのだったとしたら、解ける。どういうやり方を遵守しなければならないか、何を言い、何を言わないままにしておかなければならないか、一同の誰よりも心得ているアルフォンソが、我に返る。彼は長い脚を解くと椅子から立ち上がり、片手を差し出しながら彼女のほうへ歩いてくる。

「愛しい人」と呼びかける、「ひどく具合が悪そうじゃないか。医者を呼んでこよう」

「いいえ、けっこうです」ルクレツィアは顎をあげて夫の目を見る。「わたしはすっかり回復しました」彼女はちょっとの間手を彼の手に委ね、それから引っ込めると部屋のなかへと進む、バルダッサーレから離れていく、ほんのすこしだけふらつきながら。

「医者にもそう診断を下してもらいたいものだ。ちょうどそなたの部屋へ見にいこうと思っていたところだったんだ、朝になっても降りてこないから気になってね、ところがそのときイル・バスティアニーノが思いがけずやってきて、そして、ほら……」アルフォンソは弟子たちが支えているものを指差す。「……そなたの肖像画を持ってきたのだよ」

ルクレツィアはまずマウリツィオを見つめる——あの愛想のいい笑顔、欠けた前歯——それからヤコポに目をやる。彼女はほとんど耐えがたいほど強く、この部屋の異なるさまざまな視線を感じている、それが自分に向けられる様子を、粘つく、滑らかな蜘蛛の巣の糸のような視線を。彼女の左側の、すぐ後ろに立っている夫の視線。今日のやつれて病み衰えた姿をほんの数週間まえに彼が絵に描いた女と比べているに違いない画家の視線。彼女の背中の、交差した胴着の紐が背骨を覆っているあたりに向けられたバルダッサーレの視線。優しい同情にあふれたマウリツィオの視線。そしてヤコポの視線。その視線は他のどれとも異なっている。それは彼の目から彼女の目へと放たれる理解の光線だ。それは干上がった植物が水を吸い込むように認識や情報を吸い上げる。彼女が死んでしまうと彼にはわかっているのだろうか？　この世での彼女の時間は今やうんと限られている、ほんのわずかなのだとわかってくれているのだろうか？　彼はそういったことをすべて彼女の顔から探りだせるのだろうか、夫が彼女を見る様子から、バルダッサーレの態度から。ほら、彼はあそこで待機している、望ましい風を待つ鷹のように身構えて、食卓の端で見張っている、見張っている、いつも見張っている。

「肖像画を見ようじゃないか」とアルフォンソが言う。「女神自身がここにいることだし」

イル・バスティアニーノは両手を打ち合わせる、まるでこの場所、このじめじめする人里離れた砦には何もおかしなところは、変わったところはないかのように、そしてせっかちな仕草で弟子たちに指示する。

マウリツィオとヤコポはまだ包まれたままの絵を食卓に持ち上げ、そこで両側から支えながら、顔を師のほうへ向けて合図を待つ。

イル・バスティアニーノはけっして劇的な瞬間を逃す男ではない、前へ進むと、肩越しにもう一度アルフォンソに視線を投げておいて、覆いをはぎ取る。

「さて」布を足元の床にうねらせ、片腕を高く上げ、息を弾ませて彼は告げる。「公爵夫人をご覧ください」

眼前に、ヤコポとマウリツィオに両側から支えられて、あまりにも目を惹きつける画像が現れたので、彼女は息をのみそうになる。絵のなかの女は彼女のように見える、というか、彼女のとある一面に、というか、理想の彼女に――どれなのか彼女にはわからない。これは彼女なのだが彼女ではない。心を乱されるほど彼女に似ているのに、まったく彼女とは違う。ルクレツィアなのだが、また同時にほかの誰かなのだ。この娘が公爵夫人であることは、耳や首や手首や頭を飾る宝石類、腰に巻かれた金と真珠のチントゥーラや胴着の飾り、衣装の襞やレースや刺繍から明らかだ。この、あなたの眼前にいるのは、と肖像画は叫んでいる、一般庶民ではなく、高貴な生まれの身分の高い人物なのだ、と。彼女は立って、絵を見る人を見返している、背景には彼女の領地である緑の田園や渓谷が描かれている。だが、ここには何かほかのものが潜んでいる、この絵には、あたかもべつの誰かが彼女の背後にいるかのようだ。フォルテッツァの食堂に立つルクレツィアには、それが感じられる、火のにおいのように。娘は机の横に立っていて、机上には本が重ねられ、一番上に羽ペンが置かれている。娘の片手がその隣にある――彼女にはそれが自分の手だとわかる、アルフォンソから贈られた指輪をはめているのだから、それに彼女の爪だ、そして左へ傾いている親指、今この瞬間彼女がもう片方の手で摑んでいるまさにその指だ――だがそれはほかの肖像画の手のような、生気がなくてじっとしている手ではない。この手は筋肉が収縮して腱が見えていて、親指と人差し指のあいだに何か握っている。しっかりした揺るぎない握り方だ。目的を持った手、意志にあふれた手だ。そして、今や彼女にはわかる、娘の目の表情は冴えて熱がこもっている。彼女は挑戦的と言ってもいいほど率直に、見る者を見返している、頭を高くあげ、口元にかすかな笑みをたたえて。かさ高い臙脂(えんじ)色の襞に、地の色の前面へ出たり後ろへ引いたりするあの模様がある衣装は、手なずけられてどうということのないものとなったように見え、娘の表情の大胆さの陰でまるで目立たなくなっている、見る者に問いを投げかけるような娘のあの表情。わたしに何の用なの、どうしてわたしの邪魔をするの、そんなふうにわたしを見つめるなんて、いったいどういうつもり?

ルクレツィアは肖像画を見つめる。じっと見る。目を逸らすことができない。それは火傷しそうなほどおおっぴらであると同時にどこまでも密やかだ。それは彼女の体を、顔を、手を、かつてのあの長かった豊かな髪を、衣装の幾何学模様は彼女らしく横柄に無視して、両側にさざ波のように垂らして見せつけている、だがそれはまた、彼女が奥底に隠しているものを掘り起こしてもいる。彼女はこの絵が大好きだ、彼女はこれが大嫌いだ。口がきけないほどの称賛の念でいっぱいだ。その鋭さに衝撃を受けている。世界中にこれを見てほしい。駆け寄って画家の足元の布でもう一度覆い隠してしまいたい。

彼女はイル・バスティアニーノのほうを向く、どうしてわかったのですか、どうしてああいうすべてを見て取ったのですか、とでも言うように。だが画家の注意は、そして部屋にいるほかの人たちの注意もすべて、ただ一人だけに向けられているのがわかる。フェラーラ公爵に。

アルフォンソは肖像画について熟考している、歯を指で叩きながら。首を傾げて一方に歩き、もう一方に歩く。絵の前へ進み、後ずさりする。

ルクレツィアは目の隅から夫を眺める。公爵の沈黙が続く一刻ごとにイル・バスティアニーノの顔に不安が広がっていくのを見る、頬がけいれんし始めるのを。画家がここへ、このフォルテッツァへ一行の後を追って町からやって来たのは、金を必要としているからだと見て取る。借金を背負っているとか、それとも新しい作品のための画材を買う必要があるとか――そんなことに違いない。バルダッサーレが食卓を離れてアルフォンソの傍へ行くのが彼女の目に映る、絵を見るためというよりは――彼は絵をおざなりに一瞥するだけだ――アルフォンソが不満足を示す可能性を嗅ぎつけたからだ、そして何か言わなくてはならないのなら彼はその場にいなければならない、彼がそれを言わなければならないとわかっているからだ。とつぜん自分がこの部屋にいない、というか、いなくなりかけている、宙へ蒸発しかけているかのように、彼女は感じる、そう気づく。公爵夫人は、あの絵のなかにいるのだ。彼女はそこに立っている。ルクレツィアは不要なのだ。もう出ていってもかまわないのだ。彼女の場所は塞がっている。肖像画が現実の彼女の役割を務めてくれるのだ。

おそらくこの実体のなさ、置き換えられた感覚のせいかもしれないが、とつぜん彼女の知覚がうんと高まったかに思える、というかもしかするともうすでに死んでいるかのように、すでにこの世を去ってべつの世界にいるかのように、彼女の魂がいっぱいになってあふれ出て、近くにあるあらゆるものを浸しているかのように。彼女の耳に床を歩くアルフォンソの靴が軋むのが聞こえる。バルダッサーレの胸に空気が吸い込まれ、吐き出されるのが感じられる。部屋の向こう側にいる召使たちが退屈しているのが、彼らの思考が単調にぐるぐる渦巻いているのがわかる。そしてヤコポを見ると、この肖像画を描いたのは彼だとわかる。

彼だったのだ。彼女にはそれがわかる。彼が顔料を混ぜ、画布の準備をし、その表面を広げて滑らかにし、彼がインプリマトゥーラ（下塗り）をし、どこに影をつけるか決めて、光のことも決め、それから、遠近感や色彩がすべて、文章を翻訳するときに名詞や動詞や分詞でするようにすべてが互いに調和するよう構成を考えたのだ。彼が彼女の髪をあんなふうに描いたのだ、結わえないまま輝かせて、彼は積まれた本を描いて、その上に羽ペンを描いた、描かれた彼女の手に絵筆を持たせ、あの輝きと精気を彼女の目に描いたのだ。彼だったのだ。イル・バスティアニーノもそここに筆を加えたり、こうだよ、いや、そしてこうだ、とか指示したかもしれない。マウリツィオもあの背景に遠く見えている果樹園や小丘を描いたのかもしれない。だがこれを描いたのはヤコポなのだ、この絵を成功させているのは。

あたかも彼女の思いを読んだかのように、ヤコポとルクレツィアはこれだけ時間が経ってもまだあの、過ぎ去った夏にデリツィアの廊下で一緒に経験した不思議な出来事によって繋がっているかのように、彼は彼女を見る。

二人のまわりの部屋のなかでは、さまざまなことが起こっている、といっても沈黙のなかででではあるが、なにしろ公爵が何か言うまで誰も意見を述べるなどという危険を冒すことはできないからだ。イル・バスティアニーノは、支払いはしてもらえるだろうか、また作品を依頼してもらえるだろうか、引き続いて公爵に後援してもらえるだろうかと心配している。バルダッサーレはアルフォンソの機嫌を確かめようとしている、最近はどうも不安定なのだ、そして、自分はアルフォンソからどういうことを期待されるのだろう、この画家と弟子たちを退出させろと言われるだろうか、その退出はどういう形をとるのだろうか、突き止めようとしている。マウリツィオはここから出ていきたいと思っている、馬でフェラーラへ帰りたい、この陰鬱な場所から立ち去りたいと。

ルクレツィアとヤコポは見つめあう。彼女は肖像画へ視線を向け、それからまた彼に戻す、訊ねるかのように。彼はみじろぎもせず見つめ返している、両手で絵の縁を、ぜったい離すものかと言わんばかりに握りしめて。

「これは」と公爵の声がうっすらした沈黙のなかへ切り込む。「驚嘆すべき作品だ」

イル・バスティアニーノはほっとしたあまりへたりこみそうになる、両肩を下げ、膝をがくがくさせながら深いお辞儀をして、公爵に気に入っていただけて幸甚です、嬉しいことこの上ないです、公爵夫人は天与の題材、描くあいだの一刻一刻が喜びでした、無上の喜びでした、と述べる。

公爵はうなずき、これは今までの画家の作品のなかでも最高傑作だと思うと述べる、まるで生きているようだ、色と光の相互作用、公爵夫人の顔の表情——あの深みとひたむきさはまさに彼女だ

——歴然としている、明らかに歴然としているではないか、イル・バスティアニーノがミケランジェロの影響を受けていることは。この類似はきっと他の者たちにもわかることだろう、と公爵は述べる。

　イル・バスティアニーノは顔を輝かせながら何度も何度もお辞儀する。光栄至極に存じます、と画家は公爵に言う、おそらく生涯最高の栄誉であります。陛下のお引き立てにはいつも心より感謝しております、また何かありましたら、どんなご注文でも、どうか陛下におかれましてはご遠慮なくお申しつけくださいますよう。

　一人、また一人と、男たちは部屋から出ていきはじめる。まずはアルフォンソ、まだミケランジェロや筆遣いのことを話しながら、それから画家、こちらは背中で指を鳴らし、それを聞いた弟子たちは肖像画を床に降ろして壁に立てかける、ついでバルダッサーレ、そして召使たち。皆ぞろぞろ扉から出ていく、イル・バスティアニーノはバルダッサーレのところへ行って頼む、できれば、公爵さまにご迷惑をおかけするのでないならば、お支払いを、お支払いの前払いを、一部支払いでもなんでもかまいませんのでお願いできればこれ以上有難いことはないのですが、そしてこの僕(やつがれ)、イル・バルダッサーレ奴(め)は、この先も公爵さまのお役に立たせていただくことができましたら、これほど嬉しいことはございません。

　食堂で一人になったルクレツィアは、急に脱力感を覚える。よろよろと椅子のところへいって、立っていられなくなる寸前にすわりこむ。椅子の両肘につかまって、詰物のおが屑の弾力を感じながら、昨夜の毒がまだ血のなかをこそこそうろついているのを悟る、地面に鼻面を近づけている狼の群れのように。頭上には何列もの石がアーチ型に組まれていて、彼女の孤独な姿の上で弧を描いている。いや、厳密に言えば彼女は一人ではない。部屋の向こうの壁には彼女自身が——べつの自分が、以前の自分が——立てかけてある。彼女が死んで墓に葬られてもそのまま残る、彼女より長生きする自分、片手で絵を描きはじめようとしながら、いつも壁から微笑みかけている自分だ。

足音を聞いて、彼女は振り返る。すると開いたままの戸口から、「食堂に置いてきちまったに違いない、取りにいかなきゃ」というマウリツィオの声とともに、二人の弟子が入ってくる。マウリツィオは肖像画のところへ飛んでいくと、亜麻布の覆いを床から拾い上げて宙で振り、それから角と角をあわせて畳みはじめる。まだ椅子の肘につかまったままルクレツィアがこの作業に気をとられて見入っていると、ヤコポが隣に立っているのに気がつく。

「あなたに危険が迫ってる」と彼は言う。

その方言の響き、ソフィアの方言を聞いて、彼女は泣きたくなる。彼女は訝しげに彼を見上げる――水の色の目、みっしりした額、上着のほつれた縁――だがこんどは彼女のほうが、言葉が出ない、しゃべることができない。

「わたし……」と言いかけるが、彼女が言わなくてはならないことは喉で消えてしまう。彼女は身振りで扉のほうを、アルフォンソのほうを示そうとするが、ひどい倦怠感に腕を摑まれ、手はぐらぐらして膝に落ちてしまう。

「そうね」彼女はなんとか口を、よく知っているこの方言を話すときの形にして言う。「でもどうしようもないの」

ヤコポは彼女を見る。彼はそれ以上何も訊かない、そうだろうと彼女が思っていたとおりだ、そして素早く部屋を見まわすと、また彼女に視線を戻す。

「ほとんど時間がない」と彼は囁く。「あいつら、すぐにでも戻ってくるだろう。だからよく聞いてくれ。厨房の奥に召使用の出入口がある。マウリツィオと俺が出るときに錠にぼろ布を詰めておく」

「なんですって?」部屋の向こう側で、ひらひらする大きな布をなんとか思い通りに畳もうとしている若者の背中越しに見える壮麗な衣装を着けた自分自身の姿に、猛禽の爪で襲いかかってくる頭痛に、吸い込む空気がひどく冷たくて、肺に霜が詰まっていくように感じられることに、粗野で無作法な口調で話しかけてくるこんな言葉に、すっかり気をとられてぼうっとしてしまった彼女は、自分の言葉で訊ねる。

「あなたが開けられるように」と彼は口早に答える。「俺は木立で待ってる、暗くなり次第な。明け方まではいるから。そのあとは、危険すぎるから」

「あなたがわたしを待っていてくれる？」と彼女は繰り返す、口のなかで舌が重くてうまくまわらない。「いったいどういうこと？」

彼は彼女を見つめる、その顔は気づかわしげで、心配でたまらない様子だ。すると彼は手を伸ばして彼女に触れる、胴着の襟ぐりの、肩との境目あたりを。彼女はどきっとしてたじろぐ。彼女の一部はこんな言葉を彼に叩きつけてやりたいと思う、よくもまあ、わたしに触らないで、あなたのような人はわたしに近づくことなど許されないのよ、夫が見たらあなたをどんな目にあわせるかわかっているの、わたしの父ならどんなことを——

だが、肌に当たる彼の指先——見ると今日は緑の染みがついている、それぞれ大きさも形もまちまちで、彼の手という外洋に、地図にはない群島が点在しているかのようだ——の感触は、これまで覚えたことのないような感覚を引き起こす。それは夜彼女を揺さぶる暴力的な動きとは正反対だ。それは軽くて、ひらひらしていて、幾つもの熱の輪が同心円で広がりながら腕や首に伝ってくる。それは優しさだ、それは気遣いだ。デリツィアやカステッロやこのフォルテッツァの寝台で彼女が感じてきたものとは程遠い。その感触は彼女の心のどこかに築かれていた壁を倒す、心に増殖していた棘のある茂みを突き破る、やむを得ないという思いや無視を。その触れ合いは障害物を取り除く、一掃してしまう、宙に放り投げてしまう。

彼女は話そうとして口を開く、あなたが何を言っているのかわからない、あなたはどうかしているに違いないと言おうとして、でもまた同時にこうも言おうとして、そうできたなら、そんなことがほんのちょっとでも可能ならば、と。

マウリツィオが部屋の向こうから囁いている、いいかげんにしろ、ヤコポ、いいかげんにしろ、誰かくるかもしれないぞ、もう行こう。

ヤコポは手を離し、彼女から身を引き、そして彼女は手を伸ばして彼の腕を摑みたいという思いをなんとか抑える。襟首の円形の部分が焦げてむき出しになったような気がする。

「ここにいちゃだめだ」と彼は遠い南の言葉で囁く。「わかってるだろ。なるべくはやく出て行かなくちゃ。ぜったい来るんだぞ」

それから二人は歩み去る、振り返りもせずに、そして彼女はまた一人になる。

凶悪なものが獲物を狙っている

一五六一年、フェラーラのカステッロ

母から手紙が来たあと、ルクレツィアの動いていないではいられない気持ちはなくなる。相変わらず外で過ごしはするのだが、歩く代わりに、立って空を見上げている。ほとんど食べず、宮廷人たちとの交流は一切望まない。ある夜食事のあと、ヌンチャータがエヴィラートたちに歌うよう命じるが、ルクレツィアは彼らが歌い終えるまえに、疲れたと言って席をたってしまう。とにかく、とヌンチャータは背後から叫ぶ、休んでね！　休まなくちゃだめよ！

その夜、カステッロの自分の寝台に閉じこもって、ルクレツィアは夢を見る、じめじめして霧のかかった、狭い通りと流れていない水路のある場所を彼女は歩いている。後ろにも前にも子どもたちがいて、いっしょに歩いている。はっきりした体を持っているようには思えないのだが、夢のなかの明晰さでもって、彼らが自分の子どもたち、まだ生まれていない子どもたちなのだと彼女にはわかっている。舞台に出る準備をして呼び出しの合図がないか耳をそばだてている俳優のように、待っている子どもたちだ。妊娠と母親になることへの日々の不安にもかかわらず、彼女はこの子たちに触れたくてたまらない、その小さな体が自分の体に触れるのを感じたい、絹のような髪を撫でたい、掌の皺に口づけたい。そういう強い欲求が高まってきて、その感覚は、川が土手を乗り越えて小さな支流を作り、それが思いもよらない方向へ流れていってしまうのと似ている。知ることの

できない未来から訪れている夢の子どもたちは、しかし、捕まえようとしても逃げてしまう。手を伸ばすと、すっと横へ逃げる、建物の戸口のなかへひょいと入ってしまったり、面白い小さな石の歩道橋のほうへ跳びはねながら行ってしまったり、そして彼女の手が摑むのは湿気のある空気だけなのだ。子どもたちの顔ははっきりせず、そっぽを向いているのだが、その小さな手はときおり彼女の手をかすめる、しなやかな指が彼女の指のあいだにすべりこんでくる。あなたたちはどこにいるの？　彼女は子どもたちに訊こうとする。ここはどんな場所なの？　どうやってあなたたちを見つければいいの、そしていつあなたたちは来てくれるの？　だが子どもたちは答えないし、彼女の言うことを聞いてもいない。子どもたちは忙しいのだ、互いに呼び交わしながら跳びはねて、路地を進んで突堤へ行く、子どもたちの声が機織りの杼（ひ）のように行ったり来たりする、霧の立ちこめた空気は朧（おぼろ）な布、子どもたちの移ろう幻影の糸で織りなされる。

部屋では、自分の寝台に行くまえに、エミリアが鉢のなかで琥珀色の松脂（まつやに）を燃やす。ルクレツィアにぐっすり眠ってもらいたいのだ、それも長い時間。母親からいつも聞かされていたのだ、眠りを通じてのみ、回復は訪れるのだと。

灰色の羽毛のような煙がふわふわと、ルクレツィアが目を固く閉じて両手で上掛けを摑んで横たわっている寝台の上へただよう。

ルクレツィアは夢のなかで、父の宮殿の壁にかかっている絵のひとつのなかにいて、黒っぽい、木の葉が散っている土の上を靴を履かずに歩いていて、春の花があちこちに咲いている――白、赤、繊細な黄色。夢のなかの彼女は、花を踏み潰してしまうのではないかと心配で、うんと気をつけて通り道を選びながら歩いている、足の下で茎が折れるのが感じられるんじゃないか、足裏に潰れた花弁がひんやり貼りつくんじゃないかと恐れながら。茂った木々の葉を通して、女たちの歌声が聞こえる。互いのまわりをまわりながら、自由に即興で踊っている彼女たちの薄い白っぽいゆったりした服がちらと見える。だが彼女たちそのものは捕らえがたいままで、いつも彼女の先か横のほうにいる。枝が重なる奥のどこかで、凶悪なものが獲物を狙っている。彼女にはそれがわかっているかあるいは思い出す、どちらなのかは言えない。だが氷のような風がそいつから、木々のあいだを縫って糸のように伸びてきて、彼女のむき出しの腕を執拗に舐める。警戒していなくてはならない、なんとしてもそいつを避けなければならないという思いが彼女の心に煙のように渦巻く。そいつはおそらく半神、あるいは自然の力とか復讐しようとか捕らえてやろうとか目論んでいる木の精か何かの化身だ。そいつはあの白っぽい衣服をまとった女たちを探している、それとももしかしたら探しているのは彼女なのかもしれない。それは知りようがない。あの女たちは彼女を助けてくれるだろうか？　ルクレツィアにはわからない。彼女は冷たい、冷たい手で目の前の蔦や枝を払いのけながら歩き続ける、うまくいくよう願いながら。花を踏まないよう避けること、頭上に低く垂れさがっている果物に触れないこと、それが肝要。彼女にわかっているのはこれだけだ。

彼女の周囲で、カステッロはひっそりとしている、ルクレツィアは自分の寝台で丸くなり、エミリアも自分の寝床で、口を開けて穏やかな鼾をかいている。下の階では、ヌンチャータが眠っている、横向きになって、スパニエル犬を腕に抱いている。そのうんとうんと下の、堀端の守衛詰所では、大きな木の扉をごつんと一度、ついでもう一度叩く音に衛兵が目を覚ます。半分寝ぼけながら衛兵は同僚を起こし、二人は起き上がってあくびしながら寝ていた藺草の茣蓙（ござ）をよろよろと離れる。はね橋の鎖は衛兵たちが橋を下げてもガタガタいわない。この装置には週に何度か油を差す。それも彼らの職務に含まれている。はね橋が誰の眠りも妨げずに開け閉めできるのは重要なことなのだ、とコンシリエーレはいつも彼らに言う、公爵さまにとって、誰も警戒させることなく望むままに出入りできるというのはな。

衛兵たちはまだ寝ぼけたまま、二頭の馬がカステッロへ入ってくると帽子をとって低くお辞儀する。

ルクレツィアはまた夢を見ている。今度は、丸い建物のなかに立っている、たぶん製粉小屋だろう。すりつぶす音が、石と石がこすり合わされる音がする。左のほうでは、ソフィアが腰をかがめて両手で碾き臼の上輪をどんどんまわしているのが見える。ひどく骨の折れる仕事で、ソフィアの顔は汗でつるつるしている。両手で上輪を握り、喘ぎながら力を込めている。ルクレツィアは手伝いたくてそちらへ行くが、ソフィアは首を振る。ルクレツィアの顔は見ずに、こう言う。「自分が何をしなければならないか、わかっているでしょう」

周囲のすり潰す音は増大し、夢のなかのルクレツィアは両手で耳を押さえたくなる。「わからないわ」と彼女は騒音に負けまいと叫ぶ。「わたしは何をしなければならないの？」

ソフィアは振り向いて、彼女に厳しい高圧的な視線を向ける。「わかってるでしょ」と彼女は言う。

ルクレツィアははっと目覚める、覚醒のなかへと引っ張り込まれる、口をこんな言葉の形にしたまま。「教えて、教えて」

部屋は空っぽだ。清潔な白い光が家具の輪郭を柔らかくして、布地の色を漉しとっている。樹脂のような焦げたにおいが空中に漂っていて、壁が妙にむき出しに見える。

振り向くと、そこにアルフォンソが、寝台の端の彼女のすぐ近くに腰かけて、片手を彼女の腰に置いている。どうやらモデナから戻ったようだが、でもなぜだろう、もう二週間向こうに滞在すると聞かされていたのに？　ここで何をしているのだろう？　肖像画のために衣装を渡して、そして寝室にこもっているようにと命じられて以来夫の顔は見ていない。あれからどのくらいになるだろう？　一週間、それとももっとだろうか？

「起こすつもりはなかったんだ」と彼は小声で言う。「よく眠れたか？」

彼がこちらにどんどん身をかがめてくるのを、彼女は呆然と見つめる。彼はいったい何をするつもりなのだろう？　彼の顔と上体がますます近づいてくるので、彼女は枕のほうへ身を縮めるが、逃げ場はない、距離を置くのは不可能だ。

彼は彼女のこめかみにちょっと軽いキスをし、それから背を反らせる、どうやら彼女が嫌がっていることには気づいていないようだ。

「夢を見ていただろう」と彼は言う。「そして何か呟いていた——なんなのかは聞き取れなかったが。ひどく真剣な口ぶりだった」

彼は話し続ける、彼の犬が寝ているときにぴくっと動く、どうやら兎を狩っているつもりでいるらしい、とか、ヌンチャータは子どものころよく悪夢を見ることがあり、おかげで乳母たちは気が変になりそうだった、毎晩叫んでは皆を起こしてしまうからだ、とか。あれは妙だったなあ、ヌンチャータのやつ、もがいて絶叫するんだ。

ルクレツィアは彼が自分の部屋にいることに呆然としている、長く留守にしていたあげく、このおしゃべりだ。彼はコントラーリがどうなったか、二人のあいだに何があったか忘れたのだろうか？　自分の部屋にいろと命じたことを覚えていないのだろうか？　彼の様子もまた驚きだ、また彼女が最初に会ったときの公爵に、あの日胸壁に囲まれた屋上で彼女の姉と腕を組んでいた公爵に戻っている。鼠顔をしてみせた男に。彼は彼女とサンタ・マリア・ノヴェッラ教会の祭壇で結婚して一年にもならない男だ。彼はさまざまな顔を持っていて、まだそのすべてに会っていないのではないかという気がする。ここにいるこの男――楽しい人で自分も楽しんでいる、首を傾げて、おしゃべりしたり、彼女の手を取ったり、優しく気遣ってくれて、ジュッボーネの袖をまくり上げて、茶色く日焼けした手首をのぞかせている人。

彼に言いたいことを彼女は脳裏にずらずら並べる。フィレンツェに帰りたい、彼がエリザベッタに、コントラーリにしたことは残酷で非人間的だ、自分はぜったいもう二度と彼を愛せない、彼に夜されることが嫌でたまらない、彼の子どもを産むと考えただけでぞっとする、彼からうんと、うんと離れていたい。こうした言葉が彼女の脳裏を、夢のなかの森を吹き抜ける冷たい風のように過っていく。だが彼女はそれを捕まえることができない、声にすることができない、今はできない、彼がここにこんなに和やかに、愛情のこもった顔つきですわって彼女の手を取って言っているのだから、気分はどうだ、具合がよくなくて可哀そうに、医者を呼んであるからな、このアルフォンソはどんなものであれ、彼女を病で苦しませたりしたくはないからだ、などと。

これはぜったいにべつの男だ、コントラーリに死を命じた男とは。あれが彼であったはずがない。これは彼女の夫だ、彼女を愛してくれている、というか、そう思える。あの男はフェラーラの支配者だった。彼らは同じ男だ。彼らは別人だ、同じだが、違う。

「そなたは吐き気がして食べ物をのみ下せないと聞いた。そうなのか？」

彼は彼女のほうへかがみこんで、彼女の腕を握る、顔にはいびつな笑みが浮かんでいる。

「わたし……いえ、どちらかというと……」ルクレツィアは考えをまとめようとする。「誰からお聞きになったのですか？」

「ヌンチャータが手紙で知らせてきたんだ。ほんとうなのか？」

「わたしはどうも……食欲がぜんぜんないんです」

彼の顔に満面の笑みが現れる。「医者が外に来ている」彼はぱっと寝台から立ち上がりながら言う。「なかへ来させようか？」

ルクレツィアは当惑する。なぜヌンチャータは義姉の食欲のことを兄に手紙で知らせたりするのだろう？　そしてなぜ夫はとつぜん彼女に対してこんなに愛想がよくて思いやりのある態度を見せるのだ？

「お医者さまなど要りません」と彼女は抗議する。「そんな必要は——」

「怖がることはなにもない。この国で一番の名医だ。そなたのことを丁寧に診てくれる。そなたの小間使いたちは下がらせたが、私はずっとこの部屋に一緒にいるからな」

ルクレツィアは上体を起こす。「アルフォンソ、いったい——？」

医者が戸口から入ってきて、まずアルフォンソに、ついでルクレツィアに深いお辞儀をする。禿頭をつやつや光らせ、硬い革の鞄を持っている。

「陛下」寝台の傍らに来た医者は彼女に声をかける。「公爵さまからあなたさまの診察を依頼されました。お脈をとらせていただいてよろしいでしょうか？」

医者はこう言ったあと、またお辞儀をし、彼女が頷くと、冷たい指で彼女の手首を持ち上げる。医者は天井を見上げてしばしそのままでいる。それから彼女に、舌を診たいので口を開けてくださいと頼む。両方の耳をのぞきこみ、ひざまずいて寝台の下のおまるの中身を確かめる。彼女の額に、腕に手を当てる。乳房と腹部を見せてくれと頼む。腹を、最初は慎重に、それからもっと圧を加えて触診する。

「で？」また夜着を下げてもかまわないと医者がルクレツィアに言うと、アルフォンソは訊ねる。彼は、とルクレツィアはとつぜん気がつく、ただならない緊張で張りつめていて、首の腱がくっきり浮き上がり、目は熱っぽい光で輝いている。

「公爵夫人さまがご懐妊なさっているということはまずないと思います。腹部は柔らかく、血管は広がっていませんし、それとあえて申し上げますならば、公爵夫人さまは胆汁が過多なようでございます。お元気がないようにお見受けいたしますので、療法としてはたぶん――」

アルフォンソは手を壁に打ち付け、ルクレツィアも医者もぎょっとする。

「妻の元気さ加減を」と彼は吐き捨てるように言う。「私がここで気にしていると思うのか？」

彼は向こうを向き、二人に背中を向けて立って頭を垂れる。医者は困ったようにルクレツィアに目をやり、彼女は黙って肩をすくめてみせる、わたしに助けを求めないで、とでも言いたげに。

医者は勇気を奮い起こすようにして背を伸ばし、話題を変える。

「公爵さまにはがっかりなさる結果だったことと思います、ですが、絶望に陥ってはなりません。公爵夫人さまがすぐにでもおめでたい状態になられないという理由はまったく見受けられません。奥方さまはお若く、ご健康であらせられます。血色は申し分なく、お身体はあまりにお太りになっていることもなければお痩せになりすぎでもありません。お美しい薔薇色のお顔をなさっていて、血の巡りがとてもおよろしいかと、これらすべて奥方さまはやがてご子息をご懐妊になられるということを示しております」

アルフォンソは振り向く。壁を打った手をジュッポーネの合わせ目のなかへ差し入れている、あの衝動を抑えようとするかのように、またあんなふうにうっかり本心を表に出すことがないようにしておこうとでも言うように。彼はルクレツィアに、冷静な、値踏みするような目を向けると、部屋を出ていく、ついてくるよう医者に頭で合図しながら。寝室と広間のあいだの扉が閉まる。

ルクレツィアはしばらくのあいだ聞き耳をたて、扉越しの声の響きを聞き分けられないとわかると、寝台を出て木の板に耳を押し当てる。

「……もうほぼ一年になるんだ」とアルフォンソが低い声で話している、歩きまわっているに違いない、彼の声は大きくなったかと思うと小さくなり、また大きくなり、それに彼の靴音がするし。「時間としてはじゅうぶんなはずだ、違うか？」

「ご婦人の体は」と医者は答える。「精巧な楽器のようなものでして、望みの調べを生み出すには気遣いと練習が必要でございます――」

「お前の意見ではあとどのくらいかかるのだ、妻が子を産むまでに？」アルフォンソは問いただす。間が空く、医者が自分の置かれた状況を考えているかのように。その良い点、悪い点、自分に及びそうな影響について。

「畏れ多いことでございますが、陛下」と医者は話し始める。「このようなことをお訊ねして、ですが、奥方さまとはどのくらいの頻度で一緒にお休みになりますか？」

「そのときどきだな。たびたびだったり。毎晩だったり」

「五日目ごとにして、その合間は禁欲するという規則的なやり方はいかがでしょうか？　そのようにすることで、種が強化され、成熟し、ご婦人の再び肥沃となった土の上に落ちることとなります。それ以上になりますと、殿方の体と脳に負担がかかりすぎます」

「五日目ごと？」

「さようでございます、陛下。そして奥方さまには合間に聴罪司祭のもとへいらして、しかるべく告解をなさっていただきますよう。これはグレコローマン科学に基づくもっとも効果的な方法であると立証されております。それと、まことにもって畏れ多いことながら、陛下、申し上げさせていただきたいのですが、かようなときには、殿方は奥方と抱きあうのみに留めておかれるのがよろしかろうと考えられております、ほかに手を広げることなく――」

アルフォンソがここで医者の話を遮ったことがルクレツィアの興味を引く、医者が何か言おうとしているのに話の腰を折ったのだ。

「だが、妻には何かがあるのだ」とアルフォンソは言い、ルクレツィアの脳裏には眉を顰（しか）め、せかせかと歩きまわる夫の姿が浮かぶ。「気がつかなかったか？」

「何に気がつくのでしょうか、陛下？」

「何かおかしなところがあるんだ」

医者は口ごもる。「おかしなところ？　べつにそのような――」

「はっきりこうと言うのは難しい。妻の芯の部分には何かがある、ある種の反抗心のようなものが。ときおり妻に目を向けるとそれが感じられるのだ――妻の目の奥に動物がいると言ったらいいか。結婚まえにはこんなことはまったく知らなかった、何も気がつかなかった。釣り合いの取れた性質で、健康状態も良好だとばかり思っていた。とても素直に思えた、うっとりするほどね、若くて純真で。ところがこうしてあれが見えるようになると、どうして見逃していたのかわからない。妻のなかには常に、服従することもなければ支配されることもない部分があるのではないか、と気になるのだ」

医者はどっちつかずのことを言う。「私などの目には、奥方さまは申し分のない――」

「疑いが消えぬのだ」アルフォンソはうんと静かな口調で話すので、ルクレツィアは耳を澄まさなければならない。「妻は意志の力とか性格的な病弊とかによって懐妊しないようにしているのではないだろうかと。ああいうひどく不安定な精神状態の女性の場合、子どもがその胎内に根付く望みがないということはあり得るのだろうか？」

扉越しに、ルクレツィアには医者がためらってから返事するのが聞こえる。

「これまで一度も」と医者は恐る恐る切出す。「そのようなことは聞いたことがございません。奥方さまは大層良いお家柄のお生まれです。陛下が公爵夫人のなかに見られるとおっしゃったのは、もしかして過度に感情的になられるご性質だということではないのでしょうか？」

「そうかもしれない。そうとも言えるな」

「それでしたら、確信をもって言えますが、若いご婦人にはよくみられることです。奥方さまは、畏れながら、お体のなかの熱量が多すぎるのです。血が熱いのですが、これはご婦人の心を過度に働かせることがあります。もちろん、私には治療ができます。治すのは難しくありません。瀉血と吸い玉の治療、薬草と鉱物との調合薬をお薦めします。正確な調合がなされるよう私自身が取り計らいます。奥方さまには冷たい食べ物を召し上がっていただかなくてはなりません、少量の鶏肉、緑色野菜、赤身の肉、チーズと牛乳を毎日。香辛料、スープ、ピーマンやトマトは一切いけません。そしてまた、穏やかで実り豊かなものだけに囲まれてお過ごしにならねばなりません。ここの壁にあるような野生の獣の絵などはいけません。この骨や羽や猛々しい工芸品は奥方さまのお傍から取り除かなくてはいけません。一日に一度、慎重な運動をなさるだけにとどめたほうがよろしいかと、そして毎食後、それにお目覚めになったあとも寝台で休まれますように。興奮なさるようなこと、踊り、音楽、創作活動、宗教書以外の読書は一切いけません」

「なるほど」

「陛下がかくも望んでおられることはきっと成就すると確信しております」

医者がお辞儀して後ずさりし、立ち去ろうとしているような、すり足の足音や衣擦れの音がする。アルフォンソがまた部屋に戻ってくるといけないので、ルクレツィアが寝台へ戻ろうとしたとき、医者が言うのが聞こえる。「ああ、それと、奥方さまのお髪は切ることをお薦めします」

「あれの髪？」

「あのお髪は火の色でございます、陛下」と医者は、考えるのも嫌だと言わんばかりに説明する。「しかもたいそう豊かです。うんと熱を発し、うんと燃え上がっております。奥方さまを冷やさなくてはならないのです、よろしいですか、抑制しなくてはならないのです。奥方さまの髪を切ることはその助けになります、必ずや」

召使の一団が寄越される。彼らは箱と敷布を持ってやってくる。クレリアの指揮のもと、彼らは壁から絵をはずしていく——婚約の贈り物の胸白貂、ルクレツィアの手になる白い騾馬のスケッチ数枚、一匹の狐を描いた小さな油絵、雌鹿が犬たちに追われる光景、彼女がデリツィアの広間で見つけて自室に移動させた飼い慣らした豹を連れた女の肖像画。自分の集めた羽や小石や樹皮の欠片を彼らが処分し始めると、ルクレツィアは飛び出して、自分の宝物と召使たちとのあいだに割って入る。抗議しても彼らが聞いてくれないので、できるだけたくさんの物を集めようとする、腕も手も一杯にして。ところが何が起こっているのか彼女が悟る間もなく二人の衛兵が廊下から入ってきて、羽や石を彼女から奪い去る、彼女の体に手をかけ、彼女を引き戻す。エミリアが金切り声で叫ぶ、そのお方に触らないで、よくもまあ、そのお方から離れなさい。するとクレリアが叱りつける、黙りなさいと言う。衛兵たちの顔は青ざめて辛そうで、石でできたガーゴイルのようだ、そこでルクレツィアは窓下の腰掛に避難して、膝に頭を埋めてうずくまる。

縞が入った針鼠の棘の束は取り上げられる、乾かした苔や地衣類も、きれいにして磨いて光っている杏の種を入れた皿も、ぜんぶ幾つもの箱に詰められて運び去られる。

取り除いたあとに、クレリアは檸檬と無花果を盛った鉢、男たちが槍を持って厳粛な顔で輪になって立っている古典的な情景、襁褓(むつき)を当てた生気のない幼児キリストを抱いている大きすぎる光輪を戴いたうつろな顔の聖母といった絵を掛ける。

彼女の本は持ち去られる、「興奮を避けるために」とクレリアは説明する、そして彼女の絵具や羊皮紙やチョークも。少量の紙とインクのみ許可される、手紙用として。

夕食のまえに飲むようにとの指示付きで、薬草の包みが届けられる。クレリアが乾燥した調合薬に湯を注ぐと、悪臭のする湯気が宙にたちのぼる。

ルクレツィアはカップを見下ろす。その液体は暗緑色で、泡立つ表面には黒い小片が浮いている。口元までもっていくが漂ってくるにおいがあまりに不快で強く、飲み物が唇に触れもしないうちから嘔吐(えず)いてしまう。

「いいじゃないですか」部屋の向こうから見守っているクレリアが言う。「その薬は熱を除去してくれるんです。さっそく効いているじゃありませんか」

ルクレツィアは息を止め、カップを傾け、飲み下そうとする。その混合物はどろっと粘着性があり、腐葉土、苦薄荷(にがはっか)、胡椒のような過泥子(アニス)の味が争いながら口中を満たし、舌や気道にまといつく。彼女はまたも嘔吐き、咳をし、吐き出し、その一部が食道を滑り落ちるのを感じる。残りは喉の、口の奥のほうへ逸れる。

「さあ」と彼女の肘のところに立っているエミリアが言う。「これを食べてください」彼女は女主人にチーズを一片渡す。「その味が消えますから」

ルクレツィアがチーズを口に押し込むと、ありきたりな乳製品の味わいが医者の薬草の刺激を和らげてくれる。彼女は一度身震いし、それからカップをクレリアに返す。

昼食のあと、公爵夫人は休息すべしという陛下からの念押しの言葉を携えた秘書官がやってくる。ルクレツィアはエミリアとクレリアによって寝台に寝かされる。二人は上掛けをぎゅっと引っ張って羽毛の敷布団の下にたくしこむ。彼女はそこで横になって、心のなかで怒りがくすぶり燃え上がるのを感じている。昼日中にこんなふうに横になって寝台の天蓋を見上げているだなんて。これは耐えがたい。こんなことはしていられない。

クレリアは、柄が嘴の長い鶴のような形の鋏と、医者の助言に従って公爵夫人の髪を切るべしという公爵からの命令書を持ってくる。

ルクレツィアは鋏を手に取り重さを確かめ、鶴の脚と下げた嘴とのあいだの空間に指を差し入れる。

この仕事は誰にもさせるつもりはない。クレリアにも、エミリアにも、ヌンチャータにも、この義妹は鋏を振るう気満々でやってきたのだ、まるでルクレツィアの頭からあの豊かな巻き毛を切り取るのが楽しいかのように。このほうがかえっていいのよ、ルクレツィアの手から鋏を取り上げようとしながらヌンチャータは言う、見ていてごらんなさい。すぐにあなたは子どもができて、こんな髪のことなんか、すこしも惜しかったとは思わなくなるから。

自分でやります、とルクレツィアは言う、そうでなければ切りません。

彼女は髪を垂らして鏡の前に立つ。その贅沢な長さが感じられる、背中を覆い、脚を擦る、頭皮から足首まであるのだ。母はあるときこの髪のことを「この子の唯一の強み」だと言ったことがある、片手で束にして握って、およそ期待できるところのない娘にこんな髪が授けられたのが信じられないとでも言いたげな口調で。髪をこんなに長く伸ばせたためしのない姉たちにとって羨望の的だったのをルクレツィアは知っている。マリアとイザベッラは薄紅立葵(マルバビスコ)と柳の若枝との混合物を互いの巻き毛に塗りつけたが、髪は腰の下あたりまで伸びると裂けて乾いてくるのだった。一方ルクレツィアは、時々ブラシをかける以外何もしなくても、豊かに伸びたたてがみのような長い髪が、赤みがかった金色の編み目状に見える川の流れのようにうねうねと波うっていたのだ。マリアはよくこの髪を摑んでは自分の頭のほうへ引き寄せて、「切り落としてわたしの髪にしちゃうから」と言い、この脅しにルクレツィアはいつも悲鳴をあげ——切られた自分の髪をマリアが頭にくっつけて歩きまわるというのは、非道な裏切り行為に思えた——ソフィアがやってきて二人を引き離さなければならないのだった。

マリアは脅しを実行することはなかった。そして今、ルクレツィアは我が手で自分の頭から伸びるこの髪を切り落とさなければならない、そしてマリアはもうけっして彼女から髪を盗むことはできないのだ。

彼女は鏡に映る自分を見る。顔は青白くて血の気がなく、目は眼窩のなかで大きく見開かれている。ものすごい形相だ、覚悟を決めた顔だ。滝のように流れ落ちる自分の髪が目に映る、縮れ毛や巻き毛に陽光が入り込み、その温かい空間に住み着いている。髪は彼女を熱くする、と医者は言ったのだ、ケープのような彼女の髪は。髪は反抗的な気分を生み出し、彼女の本来の秩序を乱し、気分を不安定にするのだと。

彼女は片手で鋏の刃をかざし、もう片方の手で髪を一束握る。背後でエミリアが顔をしかめ、口を覆っているのが鏡に映っている。ヌンチャータはまだ妊娠とか血筋を絶やさないこととか、それに誰の人生にも犠牲はつきものだなどということについてぺちゃくちゃしゃべりながら、すわって前かがみになり、熱心な眼差しをルクレツィアから離さない。

ルクレツィアの指はちょっと震えているが、たぶん気が進まないからではなく、一種なまなましい興奮のせいだろう。これをやるのだ。やろうとしているのだ。やりたいわけではないが、ほかに道はないとわかっている。自分でやらなければ、ほかの誰かがやるだろう、だが、ぜったいに他人に髪を切り取らせたりはしない。どうしてもそうしなければならないのなら、自分でそれを引き受けようではないか。これは自分の髪なのだ。自分の頭なのだ。絵や絵具は持っていけばいい。この体に薬だの冷たい食べ物だのさらにそのほかのものだのを詰め込めばいい。腹部を突いたり触診したり、喉をのぞきこんだりすればいい。自室に閉じ込めればいい、だが、自分の髪を切り落とすのは自分でやる、鋏を持った他人を近寄らせたりするまえに。

彼女は鋏を開き、刃を耳の横に差し入れてチョキンと閉じようとする。

駄目です、とエミリアが叫ぶ、そこは駄目です。

そんなに頭に近いところじゃなくても、とヌンチャータも声を張り上げる、そこまで短く切る必要はないわ。

エミリアは前へ出ると、指でルクレツィアの上腕あたりの位置を示し、鏡に映るヌンチャータに目をやって同意を求める。ヌンチャータは首を振る。エミリアは指をルクレツィアの肩のちょうど下まで上げる、それは帽子を取って垂らしたときのエミリア自身の髪と同じ長さだとルクレツィアは思い当たる。

ちょっと考えたあとで、ヌンチャータはうなずく。

ルクレツィアは鋏の刃を自分の髪の、同意が得られた位置へと動かし、目を閉じもせずにぎゅっと柄を閉じる。

その音は彼女が思っていたより大きい。はっきりした金属的なジョキンという音だ。

切られた髪は二股になった刃から身を避ける。ほらここに、彼女の掌に。生まれてからずっと伸ばしてきたものが、いちばん近い端のいちばん色の濃い部分はおそらく彼女が一人前の女となったすぐの頃のものだ、いちばん遠い端のいちばん色が薄い部分は幼児期のものだ。途方もないことのように思える、まだ子ども部屋にいた小さなころから、人生が行きついた、今ここの、この部屋のこの瞬間にいたるまで、この房はずっと自分の一部だったのだと考えると。

彼女は髪の房を注意深く傍らの貴重品箱に置き、それからまた鏡に向かう。

チョキ、チョキ、チョキン、と刃は動く、連携し、かつまた相反する動きをしながら、そしてたちまちあの長い髪はすっかりなくなり、端が肩を擦るまでに切り詰められ、鏡に映っているのはルクレツィアではなく誰かほかの人だ、操り人形か木の国の生き物、目が大きくて、青白い呆然としたような顔をしている。病人だ、悔悟者だ。

彼女は最後の輝くひと房を箱に置き、短くなった髪を手で撫でおろす。先端は指先にするどくちくちくあたる。驚くほど頭が軽く感じられる、なんと楽に振り向けることか、なんと首が肌寒く、むき出しに感じられることか。

彼女の背後では、エミリアが泣きながら切り落とされた髪を持ち上げている。とっておきましょうと言っている、髪を結うときに使えます、残っている髪にピンで留めれば元どおりに見えます、ちゃんとやれば、ルクレツィアさまがお望みになるならば、と。

「そんなことしたくないわ」とルクレツィアは答える。

「ですが、奥方さま――」

「焼いてしまって」

「できません。そんな――」

ヌンチャータが犬を床に降ろし、近づいてくる。「アルフォンソが髪を欲しいって言っていたわ」

ルクレツィアは振り向く。「アルフォンソが？」

「ええ。頼まれたのよ、わたしに――」

「なぜ？」

「わたしが知るものですか」ヌンチャータはつっけんどんに答える。「あの人の気まぐれに疑問を持ったりすべきじゃないわ」

クレリアが髪をエミリアから取り上げて縛り、梳り、巻いて亜麻布に包むのをルクレツィアは見守る。ヌンチャータはこの包みを受け取ると、腕を伸ばして体から離して持って部屋を出ていく、きゃんきゃんきゃん吠えるスパニエル犬を革ひもで引っ張りながら。

ルクレツィアは髪の包みを彼女の手からひったくりたいという衝動に駆られる、自分で持っておきたい、焼いてしまいたいという思いに。自分の一部が持ち去られ、アルフォンソの所有物になるというのはどうも気に入らない。彼はあれをどうするつもりなのだろう？　収納箱にしまっておく、戸棚に入れて鍵をかけておく？

ヌンチャータが出ていき、扉が閉まり、髪はなくなってしまった。ルクレツィアは向きを変える。小間使いたちが床を掃いている、貴重品箱を整頓し、皿を片付け、女主人が毎日飲む薬草の飲み物を用意する。時はそのまま移ろってその日は終わる、ほかの日と同じように、何も変わっていないかのように。

美しい部屋はむき出しだ。ルクレツィアは一つの壁からべつの壁へと歩く、寝室から広場を見下ろす窓へと。彼女は聖母や果物――ふくらんだ檸檬、破裂しそうな無花果――を盛った鉢の絵は見ない。そんな絵からはずっと顔を背けている。自分の絵を持たせてくれないというなら、目をあんなものに向けたりするものか。

この小さな反逆から、彼女は慰めを得る。

彼女は自分の部屋を十五分間だけ離れて、柱廊で外気にあたることを許されている、毛皮にくるまって湿っぽい冬の風から身を守ってさえいれば。

彼女はできるだけ速く歩く、血が血管を駆け巡るのを、心臓が胸のなかで懸命に動くのを感じながら。片方の目を日時計から離さず、影の進み具合を見守っている。許された時間が過ぎて、部屋へ戻らなくてはならない時刻になると、付き従う衛兵が教えてくれる。

エミリアは、あれほどの長さを失ったのがわからないようにルクレツィアの髪を結う方法を工夫する。前の房を捻じってたっぷりあるように見せかけ、そんなふうにした幾つもの房を耳にかけて残りは持ち上げてピンで留め、嫁入り道具の収納箱から出した真珠の王冠をかぶせるのだ。

クレリアは、そんなのは好みではないと言う。翌日は彼女がルクレツィアの髪を結う、指先を濡らして後ろのほうをくるくるした巻き毛にする。

エミリアは、それじゃ女主人の長い首には合わないように思うけれど、と言う。

三日目、ルクレツィアは髪は自分でやると告げる。

小間使いたちは見守る、それぞれがふくれっ面で、互いのことは見ずに横目で。

ルクレツィアは彼女たちにカステッロの遠い場所へ持っていかせる伝言をひねり出したり、厨房から何か持ってきてくれ、厩にいる彼女の騾馬に好物を持っていってやってくれと頼んだりする。しかめっつらの二人をしばしのあいだ追い払えるようなことならなんでも、ひとりで物思いにふけるために。

五日ごとに、アルフォンソがやってくる。彼もまた小間使いたちを追い払うが、違う理由のためだ。

もう部屋を横切りながら服を脱いだりすることはないし、上掛けをはぐって彼女を見下ろしたりすることもない。代わりに寝台の脇にひざまずき、彼女にも同じようにしてくれと言い、手にロザリオを持って祈りの先導を務める。行為自体はすぐに終わり、彼の動きは慎重で注意深い。

彼は彼女の髪のことは一度も口にしない。

事のあとはいつも心遣いを示す。宮廷での出来事を彼女に話して聞かせる——食事のときにどんな歌が歌われたか、誰がどんな詩を朗読したか、誰が誰と恋愛関係にあるか。彼は国事のことを口にする、フェラーラと他国の両方について。彼女の肖像画の進捗状況を見るためにイル・バスティアニーノの工房を訪れた話をする、仕事ぶりにたいそう満足した、と。彼女がどんな気分か訊ねる。落ち着いているか、以前よりも落ち着いているか、温かいか、以前より冷たく感じるか？　熱っぽすぎないか、空腹か、喉が渇くか、心穏やかか、安らいでいるか？　自分のなかに、体のなかに何か変化を感じるか？　食べたいもの、飲みたいものはあるか？　彼女のために、彼に何かできることはあるか？

彼は念を押す、そなたは聴罪司祭のもとを訪れなくてはならないぞ、と。このことでもまた、彼女は部屋を出ることができる。

ルクレツィアは頻繁に聴罪司祭を訪れるようになる。彼女は初めて、すくなくとも一日に一度ミサにあずかりたいと主張する。

礼拝堂を行き来する彼女の姿に、これこそまさに望ましい行いだと皆が口をそろえる、彼女は子を授けてくださいと神に懇願すべきであると。カステッロ全体がこの夫婦に後継ぎが授けられることを祈っている。衛兵たちも小間使いたちも召使たちも用度係たちも、小さな公爵夫人が十字を切ってから礼拝堂へ入っていくのを恭しい眼差しで見守る。

彼女は階段を降りて、柱廊を歩き、それからもう一つの柱廊を歩いて、それからオレンジ栽培温室を横切って礼拝堂にたどり着く。彼女はサラ・デッラウローラと小さめの広間の入口を通り過ぎる。彼女はこの道中を医者から指示されたとおりたいそうゆっくりと歩く。急いではならない、体力を蓄えておかなくてはならないのだ。しばしば廷臣たちを見かける、厨房と大広間、広間と守衛詰所とを行き来するのが仕事の召使たちを。優に十五から二十の他人の顔を見ることができる。

自室へ戻ると、彼女は手紙用の紙とインクでそういう顔を素早く描き、それから証拠を燃やしてしまう。

医者は定期的に診察にやってくる。最初、ルクレツィアはこの訪問が嫌でたまらない、医者の湿った指先で体を探られたり、脈打つ部分を握られたり、温めた硝子の吸い玉を背中に当てられたり、皮膚や首や舌から情報を引き出されたりするのが。

ところが一、二週間経つと、望ましい変化になってくる、単調な日常の気晴らしに。ルクレツィアは医者に家族のことを訊ねる、子どもたちの名前や年齢を、妊娠中の飼い犬はもう子犬を産んだのかどうか、そして奥方さまはいかが？　奥方さまの脚の痛みはましになりましたか？　一番上の息子さんは相変わらず憂鬱症の症状がおありなの？　娘さんはまだ音楽の練習を拒んでいらっしゃるの？

予定どおりの日に月経が訪れる。アルフォンソは一週間以上やってこない。

あまりに退屈になると、エミリアとゲームをする。カードはルクレツィアがフィレンツェから持ってきたものだ。塔や橋や木々が描かれている。パラッツォの子ども部屋でさんざん使われたので、端が柔らかくなっている。ルクレツィアはそんなカードを頬に擦りつけ、それからにおいを嗅ぐ、もしかしてソフィアかイザベッラか兄弟たちのにおいが表面に残っているかもしれないから。

ゲームが終わると――そして、ルールや戦略を迅速に飲みこんだエミリアがいい結果を出すと――ルクレツィアは窓辺にすわって下の通りを歩く人々がどちらへ曲がるか賭けをする。左、それとも右？　エミリアは紙とインクを持ってきて踵を返し、ルクレツィアが手紙を書く代わりにスケッチを始めていても見ていないふりをする。

そしてルクレツィアが夜泣いていると、エミリアはやってきて、昔ソフィアがやってくれたようにぎゅっと抱きしめる。ルクレツィアの額の髪を撫でつけ、顔を手巾で拭い、ほらほら、と言う。母から聞かせてもらった話をしてくれる――願いをかなえてくれる妖精の話、魔法の鉄剣を持っている小鬼の話。フィレンツェのパラッツォでは、召使たちはルクレツィアに畏怖の念を抱いていて、怖がっている者もいたのだと話す。

これを聞くとルクレツィアは泣き止む。どうして？　と知りたがる。

なぜかというと、とエミリアは答える、奥方さまについての噂があったからです。奥方さまがお小さかった頃、虎に触れるのを見たのだと断言する男がおりましてね。虎は奥方さまに危害を加えたりせずに、撫でられるままになっていたのだと。奥方さまは魔女のようにあの獣に魔法をかけて従わせたのだと、ずっと言われていたんです。もちろんそんなことあり得ませんけれど――

あり得なくなんかないわよ、とルクレツィアは言う、ちっとも。

それから目を閉じて眠ってしまう。ぼんやりと記憶に残る、大きな前足に沸き立つような琥珀色の眼差しを持つ獣の、縞のある橙色の横腹が、彼女の夢を出たり入ったりする。

懐妊するということを自分がどう思っているのか、彼女にはこうと言い切れない。この部屋に閉じ込められていることや薬草を飲まなくてはならないことや医者の往診が終わってほしいとは思っている、そしてどうやら、終わらせる唯一の道は懐妊らしい。

だが、胎児の成長につれて自分の体が膨らむことや、その子を出産するということ、子の教育や健康や生活を監督し、それからまたつぎを産むのを期待されることなどを考えると、圧倒されてまだ無理だと思う。男児ならば歓喜と安堵で迎えられるのはわかっている、でもそうしたらその子はたった一つの運命に向けて形作られていくのだ。公爵という運命に。そして、女児ならば、彼女が経てきたのと同じことを要求される、自分の家族と生まれた土地から引き抜かれて、べつのところへ植え替えられて、そこでうまくやっていくことを学ばねばならない、子をつくることを。ほとんどしゃべらず、あまり何もせず、自室にこもり、髪を切り、興奮することをさけ、刺激を控え、夜毎にどんな愛撫がその身に加えられようとおとなしく従うようにせねばならないのだ。

妊娠したら彼女はどんな気持ちになるだろう？　その知らせをどう受け止めるだろう？　彼女は自室を出ることを許されて、また宮廷生活に加わることができるようになるだろう。だが彼女の体は一人の人間を芽吹かせるのだ、まったく別個の存在を、その頭上にはあらゆる種類の期待が盛り上げられる。アルフォンソの息子、アルフォンソの後継ぎ、未来のフェラーラ公爵。

毎月の出血がまた訪れる、数日早く、小馬鹿にして無視した態度で。

この災厄に、医者が呼ばれる。医者は当て布を検分したいと言う。ルクレツィアは椅子の端に腰かけて顔を背け、両手を体の下に敷きこんで待機し、医者は不機嫌な顔で長椅子にすわっているヌンチャータと、背を向けて窓辺に立っているアルフォンソに、彼女の経血は「薄く」、そして、そう、「熱すぎる」と告げる。

彼女は薬草を調合した新たな薬を与えられる、今度のものは後味が酸っぱくて酵母のようなにおいがする。

彼女に赤ん坊を描かせるのはかまわない、ただし一日に一度か二度まで、と医者は指示する。強くて健康な赤ん坊を、と医者は言う、そして男の子を。

彼女は何枚も何枚も子どもを描く。素直で無防備な顔、真珠のような光沢の四肢。カステッロの窓から見かけた、あるいは夢に出てきた、運河のほとりを歩いていたり、小さなアーチ橋を渡ったりしている子どもたち。両親の背中に負われた赤ん坊、揺り籠のなかの赤ん坊、馬の背にのせられた赤ん坊、羽毛に覆われた翼を広げて飛びたち、青空の一部となって木々の梢をかすめる赤ん坊。

アルフォンソの唯一残った姉妹という役割を喜んでいるらしく、じつに楽しそうにいそいそと、妻がどのように時を過ごしているか兄に報告すべく日に何度かルクレツィアの部屋に突入してくるヌンチャータが、ルクレツィアの背後にやってきて何を描いているのか覗く。

飛んでいる赤ん坊を見た彼女は、顔をしかめる。

ルクレツィアは部屋の窓台に葡萄酒のグラスを並べ、高さを変えて水を注ぎ、爪で縁を叩くと完全な音階を奏でられるようにする。彼女はこれを何時間も繰り返し繰り返しやってみて、しまいに幾つかの旋律を奏でられるようになる。

クレリアは部屋の向こう端で椅子の背に掛けた糸を巻き取りながら黙って見守っている。

ルクレツィアは、棚に残されたまま忘れられていた磨いた小さな鉱石をひとつかみ取り出し、色に光沢がなくなっているのを見て、水を張った皿に入れる。

翌日、水の水位が下がっている。

石が吸ってしまったのだろうか?

彼女はすっかり魅了されて膝をつく。小石を一つ摘まみ上げて振ってみて、証拠となるぴちゃぴちゃいう音がしないか耳を澄ませる。

エミリアは、そんなことあり得ませんと言う、小石は水を吸い込んだりしません、と。暖かい空気が水を吸いあげるんですよ。クレリアは、なんとも空想的な考え方だと言う。ヌンチャータはふんと鼻であしらい、そんな馬鹿げたことは生まれてこのかた聞いたことがないという。

だがルクレツィアは、ぜったいそうだと思う。小石が吸いこんでいるのだ。彼女は皿に水を追加して布で覆っておく。

案の定、翌日、水は半分なくなっている。

彼女はこのことを、服を身に着けているアルフォンソに話す。小石をお見せしましょうかと言ってみる。彼は振り向くと、彼女を長いあいだ見つめる、寝台と窓のあいだに立ってシャツの紐を結んでいた手を止めて。彼の表情は強張って何を考えているかわからず、片方の目に髪がかぶさり、指はそのままの位置でまだシャツの端を摑んでいる。彼は悲しげと言っていいくらいに見え、彼女は言いたくなる、どうしたの？　なぜそんな顔をしているの？

それから彼は、なんであれ脳裏をよぎったものを振り払ったようだ。そそくさとシャツの紐を結わえると、髪を後ろに撫でつけて、寝台に向かい合った椅子にすわり、腕を組んで、片脚をもう一方と交差させる。

「私にはどうも」アルフォンソは咳払いして切り出す。「もしかしたらあの医者の療法はそなたにはうまくいっていないんじゃないかと思えるんだが。そなたもそう思うか？」

ルクレツィアは背中をまっすぐに伸ばしてすわりなおす。掛け布団の下で両手をぎゅっと握りしめて切望の思いを押さえなくてはならない、見せないようにしなくてはならない。慎重に、と自分に言い聞かせる、冷静に振る舞わなくては。

「嫌でたまりません」腹づもりに反して自分がそう言っているのが彼女の耳に聞こえてくる。「こんなふうに閉じ込められているのには我慢できません。耐えられません。わたしを外に出してくださらなくちゃ、わたしの自由を返してくださらなくちゃ」彼女は掌に爪をぎゅっと食いこませる――かっかしていると思われてはいけない、冷静な態度でいなくては。「わたしが言いたいのは、ああいう薬が自分に効果があるのかどうかよくわからないということなんです。わたしの感じでは――」

「べつの医者に相談してみたんだ、そのう……」アルフォンソはちょっと口ごもって思い出そうとしているかに見える、そして、よどみなく話す彼が途中でこうしたためらいを見せるのは異例のことだ――あとになって、彼女はこれを思い起こすこととなる。「……ミラノの医者だ」と彼はこの地名に落ち着く。「その医者の助言はまったく反対なんだ。転地、あっさりした食べ物、運動を薦めている。じつはそれで田舎へ行こうかと考えている、そなたと私とで、短期間。そなたが健康を回復できるように。それに二人で休息もとれる……いっしょに。宮廷から離れて。さまざまな圧力からも」

ルクレツィアはアルフォンソを見つめる。「田舎へ？」彼女は繰り返す。「それはつまり……」彼女は最後まで言えない、いつにない幸福感が押し寄せて喉が詰まってしまったのだ。脳裏いっぱいにデリツィアの情景が広がる、庭園のうららかな小道、天井に天使が描かれた彼女の部屋、皿に練り粉菓子を盛って運んでくる親切な別荘の召使たち、赤い頭絡を着けた彼女の騾馬に乗ること、死にかけている若者の生気のない口に蜂蜜水を垂らしてやったあの廊下。

「ああ」と彼女は言いながら、瞼からじわっと涙が湧いてくるのを止めることができない。「ぜひ行きたいです。はい、田舎へ。お願いします。あそこへ行きましょう」

わたしたちはあそこで幸せでした、と彼女は夫に言いたい。コントラーリの事件は起こっておらず、エリザベッタは去ってはおらず、医者も薬も休息の指示もなく、彼女を監視するためにクレリアが送り込まれてもおらず、あれこれ命令するヌンチャータもおらず、アルフォンソはまったくべつの人間だった――彼はあのころ彼女を好いてくれていて、彼女はまだ彼をがっかりさせてはいなかった。もしかしたら、彼女と彼が相和していたあのときに戻ることができるかもしれない。あそこでならば彼女の体は彼が欲しているあのすべてを取り戻そうというつもりなのかもしれない。彼はることをなせるかもしれない、皆が期待していることを。彼女はまだこの結婚を首尾よくやっていけるかもしれない。

「よし」彼は立ち上がって長靴を履く。「明日出発しよう」

彼のこの性急さにルクレツィアが驚いたとしても、あれこれ考えることはしない。エミリアとクレリアは箱や袋にドレスや肌着やショールを詰める。ルクレツィアは自分の絵具と絵筆を返してもらうよう指示する。彼女はこれを自ら荷造りする。しばしあたりを見まわす、小さな硝子の魚の扇形に開いた金色の尾は布で包まなくては、それに藍玉色の狐もそうしたほうがいいかしら、と考えるが、でもそれからそんな必要はないと思い出す。アニマレッティはなくなってしまった、ずっとまえに割れてしまった。

デリツィアに行くのだ、と彼女は何度も何度も自分に言い聞かせる、あのデリツィアに。あそこでは、望むままに歩きまわることができる、そしてもしかしたらアルフォンソとなんらかの心の繋がりを得られるかもしれない。いずれにせよ、この部屋から出ていけるのだ。カステッロの睨みつけてくるような壁以外の物を目にすることができるのだ。

中庭で、馬車が用意されておらず、衛兵が二人と背に荷物を結わえ付けた驢馬が何頭か、それに二頭の馬——一頭は彼女のための、もう一頭はアルフォンソの——しかいないのを見てルクレツィアは驚く。

夫はそこにいて、あちらの馬番に頭絡を持っているよう言いつけたり、こちらの馬番に鞍用腹帯を締めるよう指示したりしている。はね橋は下ろされて渡れるようになっている——彼がいつも使っている、カステッロの正面から伸びている大きなものではなく、脇にある、馬に乗ってだと一度に一人しか通れないような狭いものだ。

「馬車で行くのではないのですか？」と彼女は訊ねる。

「いや」と彼は答えながら彼女の腕をとる。「このほうが手軽だと思ったんだ。それに速いし」彼は彼女を馬へと導き、手助けしてのせる。彼女が手綱を手にして手袋をきちんと整えるあいだ、彼は妻の小間使いたちに指示している。「連れていくのは一人だけだ」と言い、クレリアを指さす。「こちらは残るように」

ルクレツィアは鞍の上で振り向いて、クレリアが膝を曲げてお辞儀してからヌンチャータの部屋のほうへ歩み去るのを見守る。エミリアはあまり嬉しそうな顔をしないよう気をつけながら、その後姿を見送る。

「さあ行こう」アルフォンソは妻に声をかけ、自分の馬の手綱の向きを変える。「召使たちは後から追いかけてくればいい」

一行は足音を響かせながら狭い脇橋を通って堀を渡り、建物のあいだを抜け、大聖堂の白と朱鷺色の正面部を通り過ぎる。ルクレツィアの心は奇妙な、熱病のような喜びでいっぱいだ。頭上の空の広大さ、目に入る人々、早朝の大気、通りに並ぶ露店、彼女がこれまで会ったことがなくこれからも会うことがないであろう人々の服や手や鼻や靴。

街の市民たちがどんなふうに立ち止まって見つめることか、高々と馬にまたがる彼らの公爵を、毛皮にくるまった彼らの若い公爵夫人を。二人は馬に乗って一緒に街を進んでいく、衛兵たちに側面を守られて。

二人は市の門を通り抜けて、街道へ出る。アルフォンソは馬の速度を速歩に上げ、ルクレツィアの雌馬もそれに従う。田園風景が過ぎていく、がらんとした果樹園、裸の枝が雨で黒ずんでいる、農園の境界を走る石ころだらけの曲がりくねった道、濡れそぼった畑、うつろな目のような窓のある家々。体の下の雌馬の揺れを彼女は感じている、鞍が軋み、風が頭から帽子を攫おうとする、彼女の服と肌のあいだに指を差し入れようとする、顔には雨の鋭い針が当たる。

一行は川沿いの道を進み、ルクレツィアはこの道は見覚えがあると思う。なだらかな坂のいちばん上の交差路には覚えがある、パンの塊に似た岩石層に。すると一行は片側が段々畑になっている方へ曲がる、畑には山羊が繋がれていて、一瞬彼らのほうへ悲しげな眼を向けるが、それから、一行がその場にいないふりをするかのようにそっぽを向く、そしてもう片側には灰褐色のポー川が流れている。

「これはまえに通ったのと同じ道ですか？」ルクレツィアは訊ねる。

一行は道程のこの段階で馬の速度を緩める、このあたりの土地は岩が多いからだ。衛兵の一人がもう一人に、馬の蹄の向きを変えさせたくないと言うのを彼女は耳にしていた。

「まえに？」とアルフォンソは聞き返す。

「デリツィアから戻ってくるときに」

「いや」と彼は答える。「もちろん違う」

「なぜ、もちろんなんです？」

「ああ、私たちはデリツィアに向かっているのではない、だから当然——」

「そうじゃないんですか？」彼女は自分の馬を立ち止まらせたい、だが衛兵が彼女の馬の引き綱を握っている。「わたしたちはどこへ行くのですか？」

「ステラータだ」と彼は答える、その表情は当惑を示している、まるで彼女が忘れっぽくて困るとでも言いたげだ、実際は、そんなこと確かに彼から聞かされてなどいないのに。

「ステラータというのはどこなのですか？」

「ボンデノのちょっと先だ。すぐ近くだよ」

「別荘なのですか？　デリツィアみたいな？」

「田舎の山荘だ、美しい場所だよ、川のすぐ傍で、そして星（ステッラ）の形をしている。だからこの名前なんだ。まだ小さかったころ、よくそこで過ごした。父がそこへ乗馬や狩りに連れていってくれたんだ。そなたに見せてやったらいいんじゃないかと思ってね。環境が変わるし、健康にいい田舎の空気を吸えるし」

「でも……」ルクレツィアは自分の不服をうまく言葉にしようと努め、出てきたのは、「……どこへ来ればいいか、どうやってエミリアにわかるんでしょう？　デリツィアに行く、とわたしは言っておいたんです、まさか――」。

「エミリア？」

「わたしの小間使いです」

「あとに残れと私が指示した女か？」

「いいえ、もう一人のほうです。フィレンツェから連れてきた小間使いなんです。あとから来ることになっていました、そして――」

「気にすることはない。その小間使いはちゃんと正しい場所へ送り届けられる、それに――」彼は言葉を切り、手袋をはめた手で指し示す。「ほら、着いたぞ。見えるか？　星の角のひとつだ」

ルクレツィアには見える、裸の枝が絡み合った向こうに、黒っぽい高い壁が、矢じりのような形をしている。こんな片田舎にしては妙に幾何学的だ。なによりも、それはアルフォンソのカステッロに似ている、同じようにアーチ型の胸壁が繰り返されていて、あの建物の一部が切り取られて運ばれ、木々のあいだに置かれたかのようだ。

「なんだか……」彼女は適切な言葉をひねりだそうとする——彼にとっての子どものころからの大切な場所を批判したくはない。「……立派に見えます。まるで要塞か——」

「そなたはなかなか賢い娘だ」と彼は笑顔で言う。「あれは要塞だったんだ、ずっと昔はね、水運管理のための」

彼は舌を鳴らして馬を急がせる。一行は砦（フォルテッツァ）目指して進み、一人ずつ橋を渡る。

下絵と上絵

一五六一年、ボンデノ近郊のフォルテッツァ

ルクレツィアはフォルテッツァのなかを進んでいく、完成した自分の肖像画を無人の広間に残して。アルフォンソとレオネッロが中庭でイル・バスティアニーノと別れの挨拶をしているのが聞こえる、フェラーラまでの道中の無事を祈ると言っているのが。彼女は階段をのぼる、一段、一段、そしてよろよろと自分の寝室に入る。エミリアが彼女の腕を支えて諭す、陛下へなんていらっしゃらなければよかったのに、まったくもう。寝台でお休みになっていなくてはだめですよ。

ルクレツィアは彼女を無視し、横ずわりにへたり込んで机に向かい、腕に頭をのせる。この姿勢だと、昨夜描いたスケッチが新たな様相で見える。同じ平面まで下がって斜めから見ているのだ。この騾馬を、この一角獣を描いたのは本当に彼女なのだろうか？　こういうもののことで自分をあんなに興奮させたのはなんだったのだろう？　彼女はどうしても思い出せない。今ではそれらはまったく存在感を欠いているように思える、ただの紙の表面の線でしかない。

彼女は目を閉じる。エミリアはまわりでやきもきと、女主人の肩に毛布をかけたり、寝台にお入りにならないと、お休みにならないと、と言ったりしている。

ルクレツィアは目を開けて見る。チョークの動き、騾馬の後ろ脚の蹄、机の木の表面、節や輪や木目、小さな窓にあふれる衰えかけている光、尖筆の隣にぐったり置かれた指を丸めた手、小さな

月長石がついた指輪、レースの袖口。

「寝台にいらしてください」とエミリアが言っている。「お手伝いしますから」

ルクレツィアは首を振り、ヘアピンが机に当たって立てるカタカタいう音に興味を惹かれる。袖口から出ている指輪をはめた手が尖筆のほうへ動くのを彼女は見つめる。指がそれを握る。尖筆は持ち上がり、手の筋肉の溝に落ち着く。その先端が一枚の紙へと向かい、そこで水平な線を描き、しだいに曲線となっていく。もっと下のほうに二番目の線、それは最初の線の端と合わさる。それからまた動く、自信に満ちて上から下へと何度も何度も。動いている脚、端には強靱な足、四本ある、走っている、全速力で。自分の手が活気に満ちた顔を、脇腹の複雑な模様を生み出すのをルクレツィアは見守る。こういう模様は未熟な目で見ると縞か檻の格子のように見えるかもしれないが、ルクレツィアにとっては擬態だ。この絵の動物はたちまち豊かに生い茂った植物に囲まれる、つる植物やずっしりした花々に、そしてそのはっとするような姿さえもすぐに密林に溶けこんで見えなくなる。

「お上手ですね」肩越しに覗き込んでエミリアが言う。「豹ですか?」

相変わらずぐったり横向きにすわりこんでいるルクレツィアは首を振る。

「ほんとうに絵がお上手ですね。でもできれば――」

「三枚続きの絵の真ん中になるはずだったの」ルクレツィアは机の表面に向かって呟く。

「へえ?」エミリアは返しながら、ルクレツィアの襟元を解こうと指を動かす、肩から毛皮と肩掛けを外そうと。

「もうこれを仕上げることはできないわ」ルクレツィアはそう言いながら、自分の手から力が抜けて尖筆が机に落ち、紙が勝手に丸まって虎が姿を消すのを見つめる。「けっして完成することはないんだわ」

だがエミリアは聞いてはいない。女主人を支えて立たせ、するとつぜん頭痛がひどくなり、ぎゅっと締め付けてきて、指先をルクレツィアの目の神経に、肩から首にかけて伸びる筋肉に食いこませる。頭から、肩から、肺から血が引いて、脚に無駄に溜まる。体を直立させておくために寝台の支柱にしがみつかなくてはならない。

背後ではエミリアが彼女のドレスを、胴着を、袖を脱がせながら、まだ小言を言っている。寝台に風を通して温めてありますよ、と彼女は言う。ルクレツィアを寝かせると、上掛けを掛ける。

ルクレツィアは寒い、寒い。これまでこんなに寒く感じたことはない。脚も足も感覚がない、指は氷のようだ。呼吸すると胸がひゅうひゅうぜいぜい耳障りな音を立て、上下の歯が激しくカチカチぶつかり合う。あらゆる関節、体の、関節で接合されて曲がる部分すべてに、引きずられるような重い痛みがある。もう二度と動けないかもしれない。

エミリアは女主人の体に毛布や外衣を何枚も掛けるが、ルクレツィアの寒気は去ってくれない。小間使いは寝台のカーテンを閉じ、火を熾す。しまいに女主人の横にもぐりこんで温めようとする、自分の足で女主人の足をさすり、ルクレツィアの丸めた指先にはあはあ熱い息を吹きかける。

「ほらね」とエミリアは囁きかける。「何もかもだいじょうぶですから」

ルクレツィアはエミリアから顔を背けて壁のほうを向く、口をぎゅっと閉じて。惨めな気持ちがどっと溢れてくる、体の隅々まで。

「いいえ」彼女は食いしばった歯のあいだから言葉を押し出す。「だいじょうぶじゃない。わたしはここで死ぬのよ、そして――」

「そんなことおっしゃってはいけません」エミリアが抗議する。

「――もう二度とフィレンツェを見られないんだわ」

「どうしてそんなふうに思うんです？　元気出してくださいよ、今はお加減が悪いけれど、すぐによくなられますって。旅のせいで悪寒がするだけですよ――」

「毒を盛られたんだわ」ルクレツィアは呟く。

エミリアはさあさあ黙ってと言って、女主人の額を撫で、やがてルクレツィアは意識が薄れていくのを感じる。

「お眠りください」エミリアは女主人に言う。「お休みくださいな」

「扉を開けては駄目よ」とルクレツィアはぶつぶつ言う。「掛け金をはずしては駄目。間違ってもあの人を入れちゃ駄目」

目覚めると、時間はかなり過ぎている。部屋のなかも窓の向こうも闇だ。ルクレツィアは上体を起こす、口はからからに乾き、頭はゴブレットのように澄んでいて、一つの音が響きわたっている。手で顔をこする。頭の痛みは消えているが、膨張するような感覚が頭蓋に残っている、あの苦痛で脳裏がきれいさっぱり洗われたかのように奇妙な清澄さがある。

彼女の思考はダイヤモンドのように鋭い、正確に刻まれて磨かれて明瞭になっている。思考はつぎつぎ連なっていく、糸で繋がれていくように。

自分は空腹だ、腹部はぺちゃんこで痛いほど空っぽだ。

自分はフォルテッツァにいる。

死が訪れるだろう、今夜ではないとしても、明日ではないとしても、うんと近いうちに。

助けてくれる人は誰もいない。

アルフォンソは家臣の誰かを寄越すだろう。十中八九バルダッサーレだ。彼が全幅の信頼をおける人間でなくてはならない。

あるいはもしかしたら彼自身がこの仕事を片付けるのかもしれない。

自分は死ぬのだ。彼はそうするつもりでいる。避けようがない。これが自分の運命なのだ。ルクレツィアはこの思いに突き動かされるかのように寝台から起き上がる、横ではエミリアが寝ていて、広がった髪で顔が隠れている。

ルクレツィアはしばし氷のように冷たい部屋のなかにたたずむ。どうして目が覚めたのだろう？彼女はゆっくりと顔を窓のほうへ向け、それから扉へ向けて、足音が、声が、階段で音がしないか息を殺して聞き耳を立てる。こちらへやって来るのではないか？　今がそのときなのでは？何も聞こえない。向こうに伸びる星形の建物は静まり返ってこそともしない。人間のものだろうがなんだろうが、一つの物音も聞こえない。自分はもうすでに天国にいるのかもしれない。ただし、彼女の腹はぐうぐう鳴って胃袋が己を齧りながら食べ物をせがんでいる。彼女の体は空っぽに違いない。空気だけ食べて生きているようなものだ。

さらにちょっと待って誰も寝室の扉に近づいてこないことを確かめる。それから身をかがめると、意を決したようにエミリアが脱ぎ捨てた衣服を摑む。それを頭からかぶって着こむ。

何をすべきか考えるのなら、まず何か食べなくてはならない。食べ物を見つけなくては、それもすぐに、誰かが目を覚ますまえに。何か自分で調達しなくては、食べても安全だと確信していたいならば。

まるで部屋にもう一人のルクレツィアがいるような気がする、まだ寝台で縮こまっていて、いったい何をしているのと哀れっぽく訊ね、ここにいてちょうだい、ここなら安全で暖かいのだから、と懇願する。彼女はこの娘に、食べ物を見つけるために小間使いの服を着ているのだと説明する、体力を保っておかなくてはならないのだと。そしてまた、三人目のルクレツィアもいるのではないかという気もする、あの絵のなかの彼女だ、どこへ行くつもりなのだと、尊大な表情を浮かべ、片方の眉を上げて訊ねている。このルクレツィア、公爵夫人は、こんな粗末な服を着ていることに怖気(け)をふるっている。立腹した様子でチョッパ〔オーバードレス〕の衣擦れの音を立てながらこちらに向かってやってくる、百合のように白い手を差し伸べて、止めようとしているかのようだ。

だが彼女のほうがずっと素早い。暗褐色の服を着た娘はさっと横に進んで寝台を通り越す。扉の掛け金を外して外に出る。

フォルテッツァは真っ暗な湿った空気で満たされている。朽ちかけたにおいのする、胞子の充満した隙間風の巻きひげが動きまわり、足首に巻きついて、体をすりつけてくる。建物は凍るような夜の冷気のなかで軋み、かさかさ音を立てる。彼女はエミリアの帽子の紐を結び、片手で壁を探りながら階段を降りる。

建物全体が人気がなく空っぽに感じられ、廊下には闇しかないが、ルクレツィアには分別がある。衛兵や召使や手伝いや役人がこれらの扉の後ろに、あちこちの隅に、この建物のあらゆるところに潜んでいるのだ。

これは、と頭のなかで誰かが明るく言うのが聞こえる、これまであなたがしてきたなかで一番危険なことよ。

もし見つかったら——そうしたらどうなる？　もしアルフォンソか家臣の誰かに見つかってしまったら。小間使いの服を着た女が見とがめられて尋問され、なんと実はそれが公爵夫人だとわかったら。

彼女は忍び足で一続きの階段を降り、四角い踊り場を横切り、そしてつぎの階段を降りる。厨房は広間の奥のどこかだと彼女にはわかっている、斜路を降りて角をまわったところだ。二番目の階段を降りきる直前、何かを聞きつけて血管のなかで血が止まる。

足音だ、速足で決然としていて、広間のほうから聞こえてくる。

ルクレツィアは壁にぴったり張り付く。こっちに来ないで、来ちゃ駄目、お願い来ないで。階段の口の向こうに、なかに短い蠟燭を一本灯したランタンが見える、それからそれを掲げている腕が、そして革に包まれた肩が、つぎに胸と顔が、横顔だ、そして黄褐色の頭髪が。

バルダッサーレだ。

ルクレツィアは計測するかのように、両の掌を、体の前面を壁に貼り付ける、ヤモリのように、そしてできるものなら割れ目に姿を消してしまいたい。バルダッサーレは廊下をやってくる、こっそりと素早く、足の爪先部分だけ使って軽やかに。小袋というか、何か小さな鞄のようなものを片手に持ち、もう片方の手にはランタンを持っている。

信じられないことに、そして見るも恐ろしいことに、バルダッサーレは立ち止まる。その靴は一時停止し、彼は身動きせずに待ち構える、ランタンを掲げて。それから一歩下がる、さらにもう一歩、しまいにまたも階段の下に立つ。彼は彼女のすぐ隣にいる、手を伸ばせば触れるくらい近いところに、彼女の呼吸が聞こえてしまうくらい近くに。

彼女は暗闇から見張る、頰をフォルテッツァの壁に押しつけて、壁は湿気でひどく冷たくつるつるしている。恐怖が虫のように群がってくる。これが自分の最期なのだ、この場所で、今この時。この階段で死ぬのだ。彼に捕らえられて喉に両手をかけられるのだ、だがここに証言してくれる者はいない、あとになって彼女の話をしてくれる者は、彼女の最期を覚えていて語ってくれる者は誰もいない。彼女の首のなんと細くてきゃしゃなことか。バルダッサーレのような男にとってなんと簡単な仕事だろう。あっという間に彼女の命を圧し潰してしまい、遺体をぼろきれのように投げ捨てるだろう。

彼は階段のほうへ曲がってくるだろうか？　こちらへ来ようという気になったら、万事休すだ。二歩進むだけで彼女を見つけてしまう。彼女が何をしているのか、どこへ行くつもりなのか知りたがるだろう。彼には彼女だとわかるだろう、彼のような人間は変装を見抜けるのだから。それは確かだ。

バルダッサーレは耳を澄ませているようだ。顔を一方に向け、それからもう一方に向ける。背後を見る、廊下の向こうを、それから階段を見上げる。

ルクレツィアはじっと動かないようにしている。空気はほんのちょっとずつしか吸わない。身動きしない。目も、指も、顔も動かさない。床を駆け回る氷のような風の流れが気になり、彼女に仇をなすのではないか、スカートの布地を波立たせてここにいることを暴露してしまうのではないかと思う。なのにこの心臓ときたら、胸のなかでドキドキと執拗に騒がしい音を立てる、彼女の注意を引き付けようとしているかのように、まず間違いなく彼女を殺す任務を与えられているのであろう男が近くにいるのだと警告しようとしているかのように。

つい目の隅で彼の手を観察してしまう。尖っていない爪、親指の付け根の筋肉、指を掌に繋いでいるくっきり浮き上がった骨、小指に嵌まっている指輪にはアルフォンソの鷹の紋章が彫り込まれている。その瞬間の彼女には、異様に力強い、吐き気のするほど大きな手に見える。

バルダッサーレはそんな手の片方でランタンを頭上に掲げる。彼は廊下をじっと見やる。もう一度振り向いて背後を確かめる。

それから指先で髪を梳き、彼女から離れていく、目的とする場所へ急がなくてはと言わんばかりに足早に。

闇が彼をのみこむまで、フォルテッツァの石壁に彼の足音が反響しなくなるまで待ってから、最後の数段を降り、廊下へ出て、バルダッサーレとは反対の方向へ行く。

彼女にはあまり時間がない、あまり時間がない。バルダッサーレが目覚めて起き上がり、何かをしようとしているということは、ほかにもそんな人間がいるかもしれないということだ。もしかしたら役人の誰かだって、もしかしたら召使たちだって。アルフォンソ自身でさえ。

厨房へ行くには、まず広間の扉を通り過ぎなくてはならない。近づくにつれて、あの肖像画のことが思われる、すぐにでも掛けられる状態で、あそこにたてかけてある様子が。自分が死んだらあの絵はどうなるのだろう、どんなことになるのだろうと彼女は考える。アルフォンソはあの絵をカステッロへ送り返すのだろうか？　どこかに掛けられるのだろうか？　彼はそれを、ときには眺めたりするのだろうか？　あの目はもの問いたげに彼を見返すのだろうか、そして彼はそれに耐えられるのだろうか？

廊下のなるべく端を歩くようにしながら、彼女は広間の扉を通り過ぎ、角をまわり、斜路を下って低い戸口をくぐる。

厨房は静止状態だ。豚の腿肉が天井から吊るされている。鍋類は台の上に逆さに置かれ、横には食べかけのパンの塊がある。灰になった円錐形の燃えさしが大きな火格子のなかでくすぶっている。かさかさした黄色い皮に包まれた玉ねぎを入れた籠が腰掛けの上に置きっぱなしになっている。火の傍の床の上では召使が二人、敷物を敷いて外衣にくるまり、帽子を顔の上まで引き下げて寝ている。

彼女は台の横に立って、丸く盛り上がったパンに片手を置く。もう上へ戻らなくては。背後の扉はフォルテッツァの内部へ続いている。もしかしたらまだすべてうまくいくかもしれない。もしかしたら彼女はアルフォンソの意図を誤解しているのかもしれない。彼女は懐胎するかもしれない、世継ぎを産めるかもしれない、公爵夫人のままでいられるかもしれない。できるかもしれない。

そのとき脳裏に、広間で横に立って彼女の肩に手を置きながらヤコポが言ったことが完全な形で蘇る。召使用の出口の錠前にぼろを詰めておいて、森で彼女を待つ。

思い出した内容にたじろいで、彼女は首を振る。あまりに馬鹿げている。そんなこと、できるわけないではないか？　要塞のようなこの建物の境界線がそんなに簡単に突破されてしまうなんて、アルフォンソが自らの安全性へのそんな侵害を許しておくだなんて、馬鹿馬鹿しいと言ってもいいくらいだ。画家の弟子には、アルフォンソのような男が己の安全を確保するためにどれほどのことをするか思い及ばないのだろう。彼の傍には常に衛兵たちがいる、と彼女は言いたい、毎日毎晩彼の所有する建物を巡回し、安全を守ることが仕事という人たちさえいるのだと。施錠されていない扉などという単純なものを彼らが見逃すはずがない。

ルクレツィアはパンを取り上げると前掛けのポケットにしまい込む。塩漬け腿肉の薄切りを皿から幾切れかすくい取ると、それもパンの隣にしまう。

それからためらう。背後にはフォルテッツァの静寂が待っている、彼女の寝室が、彼女のスケッチが、彼女の夫が、夫の衛兵が、うろついているバルダッサーレが。目の前には厨房がある、眠っている召使たち、低く燃えている炎、そして要塞の厚い壁に埋め込まれているハッチのような出口が。これがヤコポの話していた扉に違いない、彼とマウリツィオが入ってきた扉、そして二人はここから出ていったのだ。

それはほぼ真四角で、厚い板でできていて閂がかかっており、スケッチのなかの消失点のように目を惹く。

ヤコポの考えがうまくいったなどということはあり得ない、と彼女は自分に言い聞かす、彼が本気で言っていたとしても、たとえ彼はやってみたのだとしても。ぼろ布の如きでアルフォンソが意のままにできるあらゆるものに打ち勝てると考えるなど、徒弟如きが公爵やその家臣、訓練されたその衛兵、攻撃に耐えられるよう作られた石の要塞の奮闘努力を出し抜けると考えるなど、狂気に他ならないではないか。

こんな様々な思いにもかかわらず、彼女はここにいる、眠っている召使たちの傍らを通り過ぎ、ほのかな明かりのなかで太い鉄の閂を摑んでいる、そしてつぎを、それから三番目を、彼女の指は長さと太さを読んで、それからずらしていく。そして彼女は取っ手の鉄の輪を握る。回るだろうか？　鍵がかからないようにしておくと言ったとき、ヤコポは本気だったのだろうか？

回してみる。それは言うことを聞かないが、彼女は驚かない、すこしも驚かない、失望もしないし期待を裏切られたとも思わない、ほんのちょっとでさえも、だって期待してはいなかったのだから。それでもなお、逆方向にやってみようと決める、念のために、最後に一度だけ、それから上へ戻ろう、間に合わせの食べ物を持って、なんであれこれから起こることと向き合うために、なにしろ彼女にはほかに選択の余地はないのだから。これまで選択の余地などあったためしがない。そこで、取っ手を最後にもう一度回してみる、すると感じられる——とても信じられない、きっと気のせいだ——装置の奥深くで、滑って動くのが。カチッと小さな音がして、取っ手は従う。

彼女はそこに立っている。息を吸い込む、もう一度。錠前のなかに指を入れて見つけたぼろ布を引っ張り出す、ひとつずつ。信じられない思いで、くしゃくしゃになって油が浸みた布を持ち上げる。こんな頼りないものが重い鉄の錠前の装置を動かなくしてしまうだなんて、とても信じられない、あり得ないことだ。扉を引き寄せてみる、試しに、だって鍵がかかっていないなんてことがあるはずないのだから、そんなことあるはずがない。アルフォンソはけっしてそんな過ちは容認しないだろう、そんな危険は。彼の領域の出入り口がこんなふうに戸締りされていないままだなんて、まったくもって馬鹿げている。

扉は彼女のほうへと動く、ほんのちょっとだけ、外からの風が活発に元気よく隙間から渦を巻いて入ってきて彼女の背後の厨房へくるくる飛び込むのにじゅうぶんなだけ。

ルクレツィアは頭を低くして扉をくぐり、戸口の石の張り出しに立つ。彼女がいるのはフォルテッツァの外側で、地上から数フィート高く、星の突き出た部分の一つの先端だ。建物の側壁にあたり、川やはね橋や正面玄関とは違う方向を向いている。召使や商人、宮廷画家の弟子たちのための秘密のハッチだ。

　彼女は扉の枠を握る、パンが前掛けを揺らす。夜は冷え冷えとして凍てつくようで、突風が木立を吹き抜け、木々を互いのほうへ傾けては離す。頭上では、青い縁の雲が黒々とした海を進む船のようにどんどん動いて、針で突いたような星明り、判読できない空の地図を見せたり隠したりしている。

　背後には死が、彼女自身の死がある。これについては確信がある、自分の目の色や、額の髪の生え際の頂点部分が顔の中心からちょっとずれていることがちゃんとわかっているのと同じくらい。前方にあるのは知り得ないものだ。ここでも死は確実だとは思うが、違う種類のものだ。もし行ってしまえば、この張り出しから地面へ飛び降りて木立へと走れば、アルフォンソは追ってくるだろう。彼は兵士や衛兵を派遣し、彼女は追跡されて捕らえられるだろう、動物のように。

　フォルテッツァの外壁にくっついてここに立っている彼女の見るところ、選択肢は、毒殺されること、自分の寝室で密かに死ぬこと。恐らく熱を出し、耐えられない、我慢できない苦しみに体を痙攣させ、鉢に嘔吐しながら。それとも、この戸外で殺される、森か向こうの街道のどこかで、田舎の野外で。アルフォンソが馬に乗って迫ってくる、たぶん剣を振りかざして。彼女は振り向いて彼と向き合う、彼の目を見つめてやろう、やれるものならやってごらんと言ってやろう、彼の思うままになどなるものか。彼女はそうするのだ、そうなったなら。そうするとも。

　張り出しに立っているルクレツィアが知らないのは、アルフォンソはけっして彼女を探したりはしないということだ。今まさにこのとき、彼はバルダッサーレとともに彼女の寝室目指して螺旋階段を上っていて、いちばん上に着くとランタンを消す。彼は扉を押し開け、部屋を横切っていくが、あまりに暗いので目が慣れるまでちょっと立ち止まらなくてはならない。隣にいるバルダッサーレが、闇のなかでなんとか見える寝台の人影を指し示す。髪が扇形に広がり、眠っている片手が開いていて、上掛けがずっと上まで引き上げられている。アルフォンソはひざまずく。彼は髪の端に口づけ、十字を切り、毛布を引き剝がし、枕を一つとって、バルダッサーレといっしょに若い公爵夫人を窒息死させる。

死は簡単には訪れない。彼女は喚いてもがく。彼女は抗う。拳で、爪で、足で、打ちかかる。枕を爪でひっかく。二人の手の下でのたうちまわる。ある時点で口を枕の下からはずし、そして二人は濃い闇を通して彼女がしゃがれ声で叫ぶのを聞く。ほとんど彼らから身をもぎ離しそうになる。バルダッサーレは罵り毒づく。彼は彼女を押さえつけよう、じっとさせようとして体ごと彼女にのしかかる。小さな公爵夫人がこんな力で抗おうとは誰が思うだろう？

とはいえ彼女は、二人にはとても太刀打ちできない。二人は人生の盛りの時期にある男たちで、体は鍛えられて破壊的な威力を持っている。二人は共同作業に慣れている。互いを信頼し知り尽くしているので、それぞれ互いのつぎの動きが読める。公爵夫人に勝ち目はないのだが、それでもなお彼女は闘う。アルフォンソはいつも、彼女は心のうちに御しえない精神を持っていると言っていた。二人が思っていたよりは長くかかるが、もちろんしまいには二人が勝利を収める。

バルダッサーレがしばらくのあいだ、相手の体から生気が消えたと確信するまで自分の体重で彼女の顔と胴体を圧し潰していたあげく、やっと彼女が動かなくなると、二人は立ち上がり、体をはたき、暗闇のなかで服装を整える。バルダッサーレは暖炉のそばで、顔を手巾で拭う。アルフォンソは乱れた髪を撫でつけ、袖を直す。それから二人は出ていき、扉を外から閉める。寝室の外に出てようやく、バルダッサーレがまたランタンに火を灯す。二人は互いの顔を見ずに階段を降りる。どちらも口を開かない。

厨房の召使が、翌朝、公爵夫人が寝台で死んでいるのを発見し、急を告げる。フォルテッツァは非常な驚きに包まれる。夕食を給仕した二人を除いて、この田舎で勤務する召使たちの誰も公爵夫人を見てはいないのだが、それでもなお彼らは若い彼女の遺体を前にして嘆き悲しむ、その遺体はといえば、死をもたらした突然の発作のせいで打ち叩かれたようなひどい有様で、顔は変わり果てている。彼らは寝台を整え、公爵夫人の髪と夜着をきちんとしてから、公爵に知らせる。

公爵は悲しみのあまり自室に閉じこもったままとなり、お気の毒に、と召使たちは囁き交わす。部屋に出入りを許されるのは公爵のコンシリエーレであり親族でもあるバルダッサーレだけだ。フェラーラへ、教皇へ、そしてフィレンツェへ書簡が送られる。公爵アルフォンソは自ら悲嘆を胸に彼女の両親に手紙を書き、彼らの娘が死んだという恐ろしい知らせを綴る。短期間病んだあげく、瘧（おこり）、発作、脳から来る熱、湿った空気。悲しみに打ちひしがれつつ彼女の魂を天国に委ねる。

フォルテッツァに馬車で棺が届けられる。誰も遺体を整えたがらない、なにしろ病のせいでひどい状態になっているのだ——見分けがつかない、と召使たちは互いに言う。まだ食堂に立てかけたままになっているあの肖像画の女性と同一人物だとは誰にもわからないだろう。この作業は公爵夫人の女官にしてもらうべきだと誰かが言うが、あいにく、とバルダッサーレは説明する、女官たちはフェラーラに残っているのだ、と。結局、村から三人の女がやってきて、食堂で公爵夫人の遺体を整える、あの肖像画に見つめられながら。あまりに痛ましくて、絵を見上げる気になれないね、と女たちは互いに言い交わす。

公爵夫人の遺体はそれからフェラーラに運ばれ、馬に乗った公爵とその家臣たちが頭を垂れて付き従う。

一方、フィレンツェからは使者が派遣され、宮廷医師が同行している。大公によって送り出されたこの二人は、急ぐよう命令されている。コジモは医師に、娘がなぜ、どんなふうにあんなにとつぜん思いがけない死に方をしたのか、はっきり突き止めるよう命じる。コジモは情報を求めている、健康な若い女性の死について責められるべきは誰なのか知りたがっている。医師はトスカーナ大公の紋章が押されたフェラーラ公爵アルフォンソ二世宛ての手紙を携えている、遺体を調べることを許可してもらいたいと要求するものだ。二人はルクレツィア自身がまだ一年にもならないあのとき辿った、アペニン山脈を越えて谷間の平野に沿って進む経路を馬でやってくる。

アルフォンソ公爵は自身で出迎えはしないが、信頼する相談役レオネッロ・バルダッサーレに、フェラーラに着いた二人を中庭で出迎えさせる。バルダッサーレは、公爵としてはまことに遺憾ながら、妻が世を去った悲しみに自室から出られないでいる、と伝える。

フィレンツェの医師と使者はカステッロの大広間に案内され、棺はそこで台の上に置かれている。戸口からでさえ、においは圧倒的だ——甘ったるくて鼻につく腐臭。扉のところで番をしていた召使が申し訳なさそうに、公爵夫人が亡くなられてから五日経っているものですから、と言う。二人の男が棺のなかに目にするのは、変色して、膨張して、黒ずんで、痣のできたものだ。ほとんど人間には見えない。黒っぽいダマスク織の模様がある薔薇色の絹のドレスに包まれた腐りかけのものだ。医者は公爵夫人のロザリオに目を留める、両手に絡められている、爪は紫色がかっている、淡い色の髪は編まれて首に巻き付いている——死によって髪の色が薄くなるとは奇妙なことだ。この公爵夫人の髪には赤味がほぼないのだが、医者はこの現象を以前にも見たことがある。医者の背後では、使者が意気地なく手巾を口にあてて嘔吐いている。

二人は少なからず身震いしながらフェラーラのカステッロの門を出ていく。馬で戻って自分たちが見たものを大公に報告する、腐敗やにおいや嘔吐いたことは省いて。公爵夫人は穏やかに眠っていらっしゃるように見えました、彼らは代わりにそう告げる、そして安らかに。お美しく、ご身分にふさわしいお姿でした。最後まで公爵夫人でいらっしゃいました。

フィレンツェのサンタ・マリア・ノヴェッラ教会でミサが執り行われる、ルクレツィアが結婚した場所だ。母は終始泣いている。父は妻の手を握っている、青ざめた顔で、歯を食いしばって。

フェラーラ公爵夫人ルクレツィアの棺は盛大な儀式とともにカステッロから街を抜けて市の南にある修道院に運ばれる。市民たちは通りに並ぶ。彼らは花を投げる。泣く。じつに冷静沈着で勇敢な彼らの公爵の強張った顔に同情の視線を向ける。公爵夫人は一族の墓に葬られる、彼女の父のものと夫のものが半々になっている紋章と、フェラーラ公アルフォンソ二世の妻、という言葉が彫り込まれた大理石の板の下に。

あの肖像画は公爵の私室に掛けられ、常にずっしりした天鵞絨の幕で覆われている。公爵がいいと言わないかぎり、何人たりとも幕を開けて公爵夫人の顔を見ることは許されない。彼は彼女をそこに隠して、見えないようにしておく。アルフォンソは数か月のあいだ、宮廷からも世間からも引きこもっている、かような死別のあとには当然予想されることであろうが。彼の姿はカステッロでも街でも見かけられない。田舎の別荘のどれかに行っていると言う者もいる。公爵はカステッロの自室に閉じこもって、すわりこんで亡き妻の肖像画を眺めて考え込んでいるのだときっぱり言う者もいる。

すると市民たちは、塔を囲む上のほうの歩廊にいる公爵の見慣れた姿——背が高く、鷹のようで、両手を背後で組んでいる——が領土を見わたしているのを目にする。カステッロの礼拝堂の後部ではまたエヴィラートたちが毎日の練習をするようになる。晩春のころになると、早朝に公爵と家臣たちが馬に乗って出かける蹄の音が聞こえるようになる。

夏が終わりに近づくころ、フェラーラの街には公爵がオーストリアのとある一族の娘に結婚を申し込む交渉を開始したという噂が流れる。

フェラーラ公爵夫人ルクレツィアは、フォルテッツァの小さな隠し扉を引き寄せて閉める。彼女は出っ張りから飛び降りる、茶色の服を体のまわりに翻して。霜でかちかちになった下の草地に着地し、そして足が着くまえにもう走っている。

地面はがたがたで穴だらけ、草むらやぬかるみがあるが、彼女は進み続ける、よろよろと。不調のせいで筋肉が弱っていて痛み、ほとんど倒れそうだが、なんとか体を支える。

ヤコポが木立のなかで待っている――彼女は願う。彼はあそこにいる――きっとあそこにいる。そうすると約束してくれたのだ、あの扉の錠前に細工しておくと約束してくれたように。

彼らは北東へと進むこととなる、ヤコポとルクレツィアは、裏道伝いに、定まらない町へと。そこでは陸と海が出会って互いに混じりあい、そこでは通りが水で、そこでは家々は青緑色の絹織物の上に浮かんでいるように見え、そこで彼女は小舟を走らせるすべを身に着ける。船尾に立って、スカートを膝までたくしあげて、濡れた竿を両手で握って、家から家へと通り過ぎていく、窓という額縁のなかの数限りない肖像画の前を。蠟燭を灯す人、向き合う人たち、子どもを肩車している人、鍋を下ろす人、宙で服を振っている人、生活し、食べ、愛し、しゃべる人々。

のちに――ずっとあとになって――その町ではある画家の作品が大層な人気を呼ぶ。掌にのるほどの小さな絵で、収集家のなかには壁に掛けずに食卓に置いておいて、珍しいもの、話の種として手に取って順にまわして見たりする者もいる。ほぼすべてが動物の絵だ。ミンクや猫や猿、横柄な孔雀、まだらのチーター、騾馬、子羊、雄牛、鳩。絵は、塗り方は薄いのだが、絵具が興味をそそられる層をなしていて、画家の注意深い、愛情のこもった手で塗り重ねられた土台のターヴォロから盛り上がっている。そういう絵を収集する人々――金持ち、遊び人、貴族、支配者、高貴な男女、宮廷人、銀行家、王子、高級娼婦――は、仲間うちでひそひそと、一番上の絵の下には、べつの秘密の下絵が隠されているらしい、幾つも隠されていることもあれば、一つもないこともあるのだと囁き交わす。もっとも思い切りのいい、というか、もしかしたらもっとも無分別な者だけが、布を手にして酢とアルコールの溶液に浸し、絵を擦ってみようなどという気になる、絵具を融かし、虹色の翼や黄土色の嘴を、輝く羽毛や艶やかな焦げ茶色の皮や、鋭敏な感覚と油断のなさのにじむ光をたたえた獣の目を消して拭い去ろうなどという気に。そんなふうにした者は、下にまったく違う光景を見出すと言われている。戦う神々、人間が目にしたことのない風景、三枚組の肖像画といった古典的な作品がこちらを見返していると。これら下に描かれている小さな絵には常にとある女の顔がある、群衆のなかだったり、あるいは背景の木の精として。そこで彼女は、しばしば横目で、謎めいた深遠な眼差しを見る者に投げかけている、いつも自分の幸運がどうも信じられないと思っている人のような雰囲気をまとっている、温かい海で泳ぐ妖精とか、桃を入れた籠を持つ農民でいられる幸運が。だが、こうした絵をせっせと拭い去ってみたものの何も見いだせず、丁寧に磨いて滑らかにした、ただのターヴォロがあるだけだったという者もいる。

ほら。ここにルクレツィアがいる。川と森と聳え立つ石の建物がある風景の隅の小さな人影だ。開けた土地を横切っている、暗い冬の夜のなかを、走っている、走っている、全力で、情け深い木々の天蓋目掛けて。

著者あとがき

フェラーラ公アルフォンソ二世デステは、ロバート・ブラウニングの詩「先の公爵夫人」の着想の源であると広く認められている。フェラーラ公夫人ルクレツィア・ディ・コジモ・デ・メディチは、この小説の着想の源である。

彼女の短い人生について知られている僅かばかりのことを使おうとしてみたのだが、フィクションであるということを名目に多少改変している。

ルクレツィアはフィレンツェのヴェッキオ宮殿で生まれた。一五五〇年、彼女が五歳のときに、大公コジモ一世・デ・メディチの一家は川を渡ったピッティ宮殿へ移った。物語のまとまりをよくするために、わたしは一家を最初の場所に留めておいた。

実際のルクレツィアは一五五八年七月に十三歳でアルフォンソ二世と結婚した(彼女の父が支払った持参金は二十万スクード金貨という驚くべき額で、これは現在の通貨ならば約五千万ポンドにあたる)。彼女は続く二年のあいだフィレンツェの家族のもとに留まり、一方アルフォンソはフランスへ赴いてアンリ二世のために軍事作戦の指揮をとった。一五五九年、父の死によってアルフォンソは公爵となり、フェラーラに戻ってから、一五六〇年の夏にルクレツィアを迎えにフィレンツェへやってきて、彼女を伴い自分の宮廷へ帰った。私は結婚と出立をまとめ、この小説では、ルクレツィアは十五歳のときの一度の出来事として、結婚を機にフェラーラへ向かうことにした。

コジモ一世・デ・メディチは一五三七年、十七歳でトスカーナ大公国の支配者となった。彼は一五六九年に大公に任ぜられた。この小説では彼をアルフォンソと区別するために、終始後者の称号で呼んでいる。

コジモ大公は実際にヴェッキオ宮殿の地下に珍しい外国産の動物を集めて飼っていた。その裏の通りはいまでもヴィア・デイ・レオーニ（ライオン通り）と呼ばれている。エレオノーラがピッティ宮殿へ移ることを主張した理由のひとつは動物の臭気だったのではないかと幾人かの伝記作家が言っている。雌虎とライオンの物語は、ロンドン塔の王立動物園で、飼育員が檻と檻のあいだの連絡扉を間違って開けてしまったときに起きた事件にヒントを得た。

母親が去ったあともフェラーラの宮廷に残ったアルフォンソ二世の二人の妹の名前は、エリザベッタとヌンチャータではなく、ルクレツィアとエレオノーラである。この本のほかの登場人物との取り違えを避けるため、ここでは勝手に名前を変えさせていただいた。

近衛隊長エルコレ・コントラーリとエリザベッタ／ルクレツィア・デステとのあいだの恋愛関係の陰惨な結末は一五七五年に起こったことで、一五六一年ではない。

本書執筆時点で、ヨーロッパで展示されているルクレツィアの唯一の肖像画は、ロバート・ブラウニングのフィレンツェの住居カサ・グィディから通りを二本隔てたパラティーナ美術館で見ることができる。小さな油絵で、大きさはハードカバーの本くらい、ルクレツィアがフェラーラへ発つちょっとまえに彼女の両親が注文したもので、アーニョロ・ブロンズィーノ工房の制作とされている。その絵は黒い背景に描かれていて、彼女はメディチとエステ両方の宝石を身に着けている。顔にはちょっと自信なさそうな、気づかわしげな表情を浮かべている。ウフィツィ美術館には、同じ肖像画のほかの幾つかのバージョンが保管庫にある。アレッサンドロ・アローリによる大きめの（そして、すくなくともわたしの目には、あまり見栄えのしない）バージョンが、ノースカロライナ美術館にある。

フェラーラにおけるルクレツィアの結婚を記念する肖像画、ブラウニングの詩の基盤となっているあの肖像画は、わたしの知る限りではまったくのフィクションである。もしも世に出ることがあるなら、是非ともそれについて知りたいと思う。

最後にルクレツィアの家族における妻殺しについて。彼女のただ一人生き残る姉妹であるイザベッラ・デ・メディチ・オルシーニは一五七六年、三十三歳にして、郊外のチェレットの別荘で夫と狩りの休日を過ごしていたときに、あまりに突然で極めて疑わしい死に見舞われた。当時トスカーナ大公となっていた兄フランチェスコの記した公式説明によると、事件が起こったのは「彼女が朝、洗髪していたときで……彼女は跪いているところを（夫に）発見され、すぐさま倒れて死んだ」。当然ながら、彼女の死の原因については異なった説がある。この小説の最後の部分で、アルフォンソとレオネッロがフォルテッツァの寝室で暴力的な行為を実行に移して見分けがつかない遺体を残す結果となったあの場面は、イザベッラの逝去についてのべつの説明から取っている――エルコレ・コルティーレによるもので、彼はフェラーラ公爵アルフォンソ二世その人のためにフィレンツェの宮廷で諜報活動をしていた。自ら事件の目撃者に訊ねたあとで、彼は公爵にこう書き送った。「イザベッラさまは白昼絞殺されました。哀れなご婦人が寝台にいるところへシニョーレ・パオロがやってきたのです……寝台の下にはローマの騎士マッシモが隠れていて、かのご婦人を殺す手助けをしました」

イザベッラの死のほんの数日まえ、彼女のいとこであるディアノーラ――今ではメディチ兄弟の末子ピエトロと結婚していた――もまたカファッジョロの別荘で不可解な死を遂げている。ピエトロは兄のフランチェスコに不気味な冷静さでこう書き送っている。「昨夜七時に、我が妻が不慮の死に見舞われましたので、陛下におかれましてはお心安らかに、私がどうすべきか、戻るべきか否かご指示ください」示されている理由は、彼女は就寝中にはからずも窒息したというものだ。エルコレ・コルティーレはここでもまたアルフォンソ二世に手紙を認めているが、よりあからさまに報告している。「彼女はドン・ピエトロによって犬用の紐で首を絞められました……そしてさんざんもがいたあげくやっと息絶えました。ドン・ピエトロにはその痕跡が残り、片手の指二本に、かのご婦人がつけた噛み傷があります」

イザベッラとディアノーラの死には、家族内での暗黙の承認があったように思われる。イザベッラの夫であるパオロ・オルシーニもディアノーラの夫であるピエトロ・デ・メディチも、妻の突然の説明のつかない死の責任を問われることはなかった。

フェラーラ公アルフォンソ二世はその後さらに二人の妻を娶った。どちらの婚姻においても子どもは一人もできなかった。

謝辞

メアリ＝アン・ハリントン、ヴィクトリア・ホッブス、ジョーダン・パヴリン、ジョージーナ・ムーア、アマンダ・ベッツ、クリスティ・フレッチャー、レーガン・アーサー、ジョージー・キャルズ、エイミー・パーキンス、イエティ・ラムレグツ、ファーガス・エドマンドソン、キャリー・コンウェイ、ヘイゼル・オーム、ルィーズ・ロスウェル、ティナ・ポール、ジェシー・グーツィンガー＝ホール、レベッカ・ベイダー、エレイン・イーガン、クリス・キース＝ライト、ジェニファー・ドイル、マリ・エヴァンズ、アレグザンドラ・マックニコル、プレマ・ラジ、タバサ・レゲット、ジェシカ・リーに感謝します。

ベアトリス・モンティ・デラ・コルテ並びにサンタ・マッダレーナ財団に感謝します。エマ・パオリ、アンナ・カステッリ、カテリーナ・トースキには、フィレンツェでルクレツィアの肖像画を見つけ出すのを手伝っていただきました、有難うございます。ヴェッキオ宮殿、エステンセ城、ベルリグアルド市民博物館の職員の皆さまに感謝します、そして、フェラーラのコルプス・ドミニ修道院の管理人の方々には、コロナ禍による制限にもかかわらずなかに入ってルクレツィアの墓に詣でることを許可してくださったご親切に感謝します。

エディンバラ大学のジル・バーク博士には、時間を割いて惜しみなく専門知識を分け与えてくださったことに、そしてまたセント・アンドルーズ大学のカーロッタ・モロには、強い興味を示して助言してくださったことに感謝します。ペニー・リードには、美術と肖像画についての考察に感謝します。言うまでもないことですが、ルネッサンス時代の生活や美術に関するいかなる誤りも、もちろんすべての責任はわたしにあります。

　以下の本の著者の方々に感謝します。『How to Do It: Guides to Good Living for Renaissance Italians』ルドルフ・M・ベル著（University of Chicago Press, 1999）、『How to Be a Renaissance Woman』ジル・バーク著（Profile Books, 2023）、『Art of the Italian Renaissance Courts』アリスン・コール著（Everyman Art Library, 1995）、『The Rise and Fall of the House of Medici』クリストファー・ヒバート著（Penguin, 1974）、『Medici Women: Portraits of Power, Love, and Betrayal』ガブリエル・ラングドン著（University of Toronto Press, 2006）、『Gli Ornamenti delle Donne』ジョヴァンニ・マリネッロ博士著（ヴェネツィアで一五六二年に出版、ジル・バーク訳）、『Isabella de' Medici』キャロライン・P・マーフィー著（Faber & Faber, 2008）、『Art in Renaissance Italy』ジョン・T・パオレッティ並びにゲーリー・M・ラドキ著（Laurence King, 2011）、『The Medici: Godfathers of the Renaissance』ポール・ストラザーン著（Vintage, 2007）、『Women in Italian Renaissance Art』パオラ・ティナッツィ著（Manchester University Press, 1997）。間違いやでっちあげはすべてわたしの責任です。

　ＪＡ、ＩＺ、ＳＳには特別な感謝を。

　そして、最後になりましたがウィル・サトクリフに、いつもありがとう。

訳者あとがき

シェイクスピアの妻を、巷間に流布していたのとは全く違う魅力的な姿で描いた前作『ハムネット』で、イギリスの人気作家から英語圏全体の人気作家となったマギー・オファーレルの九作目の小説『ルクレツィアの肖像』をお届けする。

今回の主人公はルクレツィア・ディ・コジモ・デ・メディチ、メディチ家の絶対君主制を確立して初代トスカーナ大公に任ぜられ、その後三百年に及ぶトスカーナ大公国の政治基盤を固めて、フィレンツェの今日の景観を作り上げたコジモ一世の三女である。彼女について後世に伝わっているのは、生年と没年、そして、フェラーラ公アルフォンソ二世と結婚したものの十六歳で急死、夫に毒殺されたとの噂があった、という程度である。ブロンズィーノ工房の作とされる肖像画がフィレンツェに残され、十九世紀イギリスの詩人ロバート・ブラウニングの、いわゆる「劇的独白」による名高い一作「先の公爵夫人」は、このルクレツィアを題材としているとされている。

作者は、『ハムネット』のときは書き始めるまでに何年も構想を温めていたようだが、今回は、次作はこれ、と一瞬で決断したそうだ。コロナ禍直前、友人の家へ娘を迎えに行ったオファーレルは、出てくるのを待ちながら車のなかで、再読していたブラウニングの「先の公爵夫人」のモデルについて調べようと携帯で検索してみた。すると画面に現れたのが、かのルクレツィアの肖像画で、その不安げで心細そうな表情が何かを語りたがっているように思え、ならば小説で語らせようとその場で決めたという。

ブラウニングの「先の公爵夫人」は、フェラーラの貴族が、新たに迎える妻の実家からの使者に、亡き先妻の肖像画を見せながら得々と語る、という設えになっている。肖像画は垂幕で覆われ、公爵だけが覆いをとりのぞける。ご覧なさい、まるで生きているようでしょう、と公爵は語る。「あれの心は――何と言えばよいか？――すぐに舞い上がり、たやすく感動する。目にとまるものなら何でも好きになり、何でも眺めてしまう質なのだ」（『対訳 ブラウニング詩集』より）夫が贈った宝石も、九百年の歴史がある家名も、誰かが手折ってくれた桜桃の枝と同じ扱いをする妻の気質には、夫である公爵の意に添わないところが多々あったものの、今の彼女は夫だけのもの、垂幕の陰で完全に夫の支配下に置かれている、といわんばかりの公爵のしたり顔が目に浮かんでくるような詩だ。隠された物語や見過ごされてきた歴史に惹かれる、というオファーレルは、この女性を垂幕の陰から引っ張り出すことにしたのだ。

　本書の執筆開始はコロナ禍によるロックダウンや海外渡航禁止と重なり、作者はインターネット上でフィレンツェやフェラーラの街を巡るしかなかった。往来が再開されるやトスカーナへ飛んだ作者は、パラッツォやカステッロを実際に歩きまわり、そして毎日のように眺めてきたあの肖像画の所在を探したものの、見つけ出すのに苦労したという。ウフィツィ美術館には主にブロンズィーノの手になるルクレツィアの両親やきょうだいたちの肖像画が展示された一室があるのに、彼女の肖像画はそこにはなく、館内を隈なく探しても見つからない。現地の美術史家三人の手を借りてやっと見つけ出した肖像画は、川向うのパラティーナ美術館にあった。単行本くらいの大きさで、小さな部屋の壁の下のほうの、消火器の陰になる位置に掛けてあったという。また、デステ家の墓所を訪れた際には、アルフォンソの祖母であるルネッサンスのファム・ファタール、ルクレツィア・ボルジアの墓に詣でる人はいても、こちらのルクレツィアの墓に詣でる人は初めてだ、と言われたそうだ。

家族からもその後の歴史からも無視されてきた、十六歳で世を去ったこの女性を、オファーレルは現代の読者の前に鮮やかに蘇らせた。

『ハムネット』と同様、本作も時間軸の扱いに工夫が凝らされている。冒頭に置かれた短い章では、歴史的事実からすると死期が迫っているはずのルクレツィアが、人里離れた砦のような建物で夫と夕食の席につき、殺されるのではないかと思いながら食事するどきどきするような光景が描かれる。アルフォンソの態度はあくまで優しいのだが、場の雰囲気はどうみたって不穏だ。

滑り出しから読者を脅かしておいて、次章ではルクレツィアの懐胎にまつわるエピソードへと時間が戻る。交接のさなかに母が気もそぞろだったがために、それまでの従順で育てやすい子らとはまるで違う、扱いにくい野生児のような女児が生まれてしまうのだ。

その後、ルクレツィアが成長し、死んだ姉の身代わりとなってアルフォンソと結婚して、やがて冒頭の陰惨な砦のシーンへと行きつくまでの過去の経緯の合間に、物語の「現在」である砦でのスリリングな進展が短い章立てで差し挟まれる。

オファーレルの描くルクレツィアは、想像力が旺盛で、豊かな感性を持ち、聡く、記憶力と聴力が人並外れた女の子だ。天性の絵の才に恵まれ、思い立つと実行に移さずにいられない向こう見ずな胆力がある。コジモ一世は息子にも娘にも同じ教育を受けさせ、国政を切りまわす能力のある妻、スペイン貴族であるナポリ副王（当時ナポリはスペインから派遣される副王に治められていた）の娘エレオノーラ・ディ・トレドに手腕をふるわせることを厭わない、開明的な人物だ。聡明なエレオノーラは管理主義タイプで無駄がきらい、宮殿を効率よく運営し、子どもたちを厳しく躾けている。ところがルクレツィアはといえば、何かに夢中になると歯止めが利かず、母の規律からはみ出してしまう困り者だ。両親は彼女に冷たく、きょうだいたちからも浮いていて、姉二人には意地悪くあたられる。家族は誰もルクレツィアの非凡さや寂しい胸のうちには気づかず、彼女に関心を持とうとしない。一方でルクレツィアは、両親に切ない憧憬の念を抱いている。

城の地下に設けられた動物園にやってきた雌虎とルクレツィアが向き合うシーンは、印象的だ。異郷で檻に閉じ込められている雌虎の悲しみが、彼女には痛切に感じられる。思わず檻に手を差し入れて虎を撫でて大騒ぎになり、その後虎がライオンたちに殺されたことを知って心が砕け、生死が危ぶまれるほどの大病を患う。回復してからは物静かな目立たない存在となるのだが、雌虎は、このあとずっとルクレツィアの心に潜んでいるように思える。彼女自身も城という檻のなかに閉じ込められた生活だ。そして彼女のなかには、飼い慣らされることのない野生の獣のような魂がある。のちに、人の心を読むのに長けた夫アルフォンソは妻を診察させた医師に、「妻の芯の部分には何かがある、ある種の反抗心のようなものが。ときおり妻に目を向けるとそれが感じられるのだ――妻の目の奥に動物がいると言ったらいいか」と語るのだ。

ちなみに、『ハムネット』と同じく本書でも、大きな歴史はまったく語られない。物語はルクレツィアの目に入る宮殿内の出来事に限定され、当時のイタリアやヨーロッパの勢力バランスの推移などにはほとんど言及されないのだが、恐らくはそうした情勢による必要性もあって、デステ家の後継ぎアルフォンソとメディチ家の長女マリアとの婚約がととのう。ところがマリアが急死し、ルクレツィアにお鉢がまわってきてしまう。それまで肖像画すら描いてもらったことのない家族のはぐれ者だった彼女が、俄(にわ)かに脚光を浴び、表舞台に引きずり出されるのだ、否応なく。

このあと読者は、アルフォンソとはいったいどういう男なのか、ルクレツィアとともに訝りながら作者の掌で転がされることとなる。なにしろ冒頭があの緊迫した夕食の情景なのだ。平然と妻を殺すような男なのか、と思いきや、動物と絵の好きなルクレツィアに、胸白貂の油絵という型破りな婚約の贈物をして心を惹きつけ、フィレンツェで盛大な結婚式を挙げたあとは、まず郊外の美しい別荘へ連れていく。そこでルクレツィアは、生まれて初めて自由な生活を満喫する。母の厳しい監視の目はなく、優しい（とこのときは思える）夫はなんでも妻の好きにさせてくれて、どんな服装をしようがいつまで絵を描いていようが誰にも何も言われない。フィレンツェの宮廷で疎んじられてきたルクレツィアがここでは公爵夫人、召使たちは彼女の望みをかなえようと待ち受け、姉たちと違い不器量だと言われてきたのに、夫は美しいと褒め称えてくれる。こんな幸せな毎日の代償だというのなら、あの嫌な夜の義務にも耐えられる、などとルクレツィアは思うのだ。

やがて新夫婦は宮殿へ移動。ルクレツィアは夫の別の面を目にし、自分に課せられた重荷を思い知らされる。彼女は世継ぎを産むことを期待されている、それこそが十六歳の彼女の役割であり存在理由なのだ。だがアルフォンソは、女に子を孕ませたことがないらしい。愛し合い互いを尊重する両親を見て育ったルクレツィアは、夫婦とはそういうものだと思っていたのだが、アルフォンソにはそんな考えはない。

そしてルクレツィアは、妊娠するためとして、部屋に閉じ込められ、絵を奪われ、美しい髪を切られる。「産む性」であるとは、なんと酷いことか。一方でアルフォンソはルクレツィアの結婚記念肖像画を描かせる、まるで生身のルクレツィアの代わりにするつもりであるかのように。

雌虎のように強靱で自由な魂を心の奥底にしっかり抱えるこの少女に、作者がどんな運命を用意したのかは、どうぞ本文でお確かめください。

ちなみに、作者あとがきにもあるとおり、歴史的事実はかなり恣意的に変えられているので、そのあたりはあくまでフィクションとしてお読みいただきたい。

本書は二〇二二年八月に発売されるや、サンデー・タイムズ、ニューヨーク・タイムズ、アイリッシュ・タイムズのベストセラーリストに入り、タイム誌はじめ様々な紙誌で二〇二二年のベストブックリストに挙げられ、読者の輪を広げている。

文中のイタリア語については、赤塚きょう子さんにご教示いただきました。また、いつもながら平野キャシーさんには、不明点について詳しく教えていただきました。ありがとうございます。本書をご紹介くださった新潮社出版部の前田誠一さん、編集の労をとってくださった川上祥子さん、細かくチェックしてくださった校閲部の皆さんに感謝いたします。

二〇二三年二月

小竹由美子

The Marriage Portrait
Maggie O'Farrell

ルクレツィアの肖像

著　者
マギー・オファーレル
訳　者
小竹由美子
発　行
2023年6月30日

発行者　佐藤隆信
発行所　株式会社新潮社
〒162-8711 東京都新宿区矢来町71
電話 編集部 03-3266-5411
読者係 03-3266-5111
https://www.shinchosha.co.jp

印刷所
株式会社精興社
製本所
大口製本印刷株式会社

乱丁・落丁本は、ご面倒ですが小社読者係宛お送り下さい。
送料小社負担にてお取替えいたします。
価格はカバーに表示してあります。

ISBN978-4-10-590189-9 C0397